BASTEI
LÜBBE

*Über die Autorin:*

**Meagan McKinney** hat ihre Karriere als Biologin aufgegeben, um sich ganz dem Schreiben zu widmen. Sie lebt mit ihrer Familie in New Orleans und schreibt nicht nur historische Liebesromane, sondern auch packende Thriller, z. B. *Club der Rächerinnen* (Bd. 12980).

Folgende historische Liebesromane von Meagan McKinney sind bei BASTEI LÜBBE erschienen:
18198 – Nur der Wind kennt meine Träume
18238 – Brennende Küsse
18245 – Kampf der Liebe

MEAGAN McKINNEY

# Diebin der Nacht

ROMAN

Ins Deutsche übertragen von
Claudia Ostwig

BASTEI LÜBBE

BASTEI LÜBBE TASCHENBUCH
Band 18643

1. Auflage: Dezember 2002

Vollständige Taschenbuchausgabe

Bastei Lübbe Taschenbücher ist ein Imprint der
Verlagsgruppe Lübbe

Deutsche Erstveröffentlichung
Titel der amerikanischen Originalausgabe: Moonlight becomes her

Published by Arrangement with Kensington Publishing, Corp.
Dieses Werk wurde vermittelt durch die Literarische Agentur
Thomas Schlück GmbH, 30827 Garbsen.

Titelillustration: Endis/Agentur Thomas Schlück GmbH
Einbandgestaltung: Beate Stefer
Satz: Heinrich Fanslau, Communication/EDV, Düsseldorf
Druck und Verarbeitung: AIT Trondheim, Norwegen
Printed in Norway
ISBN 3-404-18643-5

*Für Jude Nicholas Foret –*
*Ein Offizier* und *Gentleman*

*Kein anderer Gedanke . . .*

# Prolog

*September 1881*

Rafael Belloch zog den Ledervorhang beiseite, als seine Kutsche an der City Hall vorbeirollte. Er streckte den Kopf hinaus und rief dem Kutscher zu: »Fahr hinüber zur Baxter Street!«

»Aber das ist in Five Points, Sir. Und es dämmert bereits.«

»Genau richtig. Und nun fahr bitte!«

»Es wimmelt dort nur so von rauen Gesellen, Sir. Die Wiege von Banden und all dem.«

»Das ist mir völlig egal. Fahr schon los.«

»Wie Sie wünschen, Sir.«

Der Kutscher ließ sein Signalhorn erschallen, um die übrigen Verkehrsteilnehmer zu warnen. Dann knallte er die Zügel auf die glänzenden Hinterbacken des Pferdegespanns und die schwarz lackierte Kutsche bog scharf um die nächste Ecke.

Rafe ließ den Vorhang zurückgezogen und sank müde in den Sitz aus gestepptem Satin zurück, während er beobachtete, wie der Tag in die Nacht überging. Ein zunehmender Mond war über der Upper Bay aufgegangen. Von hier aus konnte er einen schemenhaften Blick auf den Manhattan-Turm der noch unvollendeten Brücke erhaschen, der sich vor der Skyline kühn über den East River erhob. Das

Gewirr von Drahtkabeln bildete eine spinnwebartige Silhouette vor dem sich verdunkelnden Himmel.

In den Leitartikeln der Zeitungen wurde mit Überzeugung vorausgesagt, dass die schwerfällige Konstruktion täglich unter ihrem eigenen Gewicht zusammenbrechen könnte. Drüben im Westen hatte er jedoch seinen Ingenieuren und Arbeitern dabei zugeschaut, wie sie Zugtunnel durch scheinbar undurchdringliche Berge aus reinem Granit gesprengt hatten. Die Brücke würde standhalten. Darauf wettete er.

Alles Menschenerdenkliche schien in diesen Tagen möglich zu sein. Einige glaubten, dass das berauschende Zeitalter längst an die Grenzen allen Wissens gestoßen sei. Rafe jedoch verachtete diese selbstgefällige Blindheit. Die Menschen konnten Berge in die Luft jagen und Türme bauen, die in den Himmel hineinragten, sie konnten jedoch noch kein Kind davon abhalten, in den dunklen Gassen der Baxter Street betteln zu gehen. Der Fortschritt war gut für das Bankkonto, jedoch ohne Nutzen für die Seele – oder das verhärtete Herz eines Mannes, der in erster Linie für die Rache lebte.

Das Getrappel der Pferde, die Kabrioletts und Kaleschen zogen, wurde schwächer, als seine Kutsche die gut instand gehaltenen Straßen aus blauem Tonsandstein gegen die unbefestigten Wege der Slums eintauschte. Einen kurzen Moment lang, bevor das laute Geschrei von Five Points ihn umgab, war es beinahe ruhig, so ruhig, dass er das abendliche Angelusläuten der St. Patrick's Cathedral hören konnte.

Tagsüber war die Baxter Street ehrbaren Männern nicht unbekannt. Ihre Lage an der Lower East Side machte sie ideal für viele City-Hall-Beamte. Ein Mann konnte seinen Tabakwarenhändler und seine Hure auf einem Weg besuchen, denn oftmals befanden sich diese im selben Gebäude.

Rafe wusste, dass das Viertel seit der berüchtigten Epoche, in der rivalisierende Banden sich ständig gegenseitig bekämpft hatten, ein wenig besser geworden war. Selbst Charles Dickens hatte sich einst geweigert, dieses Gebiet ohne Geleitschutz zu betreten. Das lag jedoch dreißig Jahre zurück, und in der ehemals gefährlichen Old Brewery befand sich nun eine Kirchenmission. Trotzdem mieden die meisten New Yorker noch immer Five Points, als ob es das Tor zur Hölle wäre – vor allem nach Einbruch der Dunkelheit. Genau das jedoch war der Grund, aus dem er immer wieder darauf bestand, dorthin zu gehen – er, ein Patriarch der »oberen Vierhundert«, Mrs. Astors Auserwählter. Die Fifth-Avenue-Brahmanen, wie er sie verächtlich nannte.

Sie? Uns, korrigierte er sich selbst. Uns.

Eine Fahrt durch Five Points war genau das richtige Gegenmittel, wann immer er sich dabei ertappte, selbstgefällig zu werden. Der Luxus und der Status seines neuen Reichtums waren wie ein Bad, in das man sich mühelos hineingleiten lassen konnte. Er brauchte jedoch den Anblick der Armut, um niemals zu vergessen, dass seine Rolle die der Rache war; Rache an genau den Menschen, die ihn nun umarmten. An denselben erbärmlichen Reichen, die seiner Familie Ruin und Schande bereitet hatten. Denselben amoralischen Menschen, die ihn als Kind nach Five Points getrieben hatten, und die niemals zurückgeschaut hätten.

Draußen im Licht der Gasbeleuchtung flackerten unheimliche Schatten. Sie rollten an Holzhäusern vorbei – modrig und ohne Anstrich –, dazwischen hohe Mietskasernen aus Ziegelstein. Als er einen Blick auf die Bettler und

Diebe, Huren und Gauner warf, kämpften in seinem Innern Mitgefühl und Ekel gegeneinander an. Und überall die Gassenkinder, verlassene und verwaiste Kinder, die sich allein durchs Leben schlugen, indem sie mit den streunenden Hunden um einen trockenen Schlafplatz kämpften.

Die Wall Street braucht eine weitere Börse, dachte er. Eine Schmutzbörse. Das war nämlich eine der am reichlichsten vorhandenen Waren in der Stadt.

Plötzlich kam die Kutsche mit einem Ruck zum Stehen, einen Moment später setzte sie sich wieder in Bewegung. In unmittelbarer Nähe von Five Points, das durch drei sich kreuzende Straßen gebildet wurde, gab es ein verwirrendes Labyrinth dunkler, zwielichtiger Gassen, Heimat der Halbwelt, die außer in den Penny-Zeitungen selten erwähnt wurde. Ohne Vorwarnung bog die Kutsche scharf in eine dieser Gassen ein und hielt erneut an, so abrupt, dass die Zugketten rasselten und Rafe vom Sitz geschleudert wurde. Er streckte seinen Kopf hinaus. »Wilson, verdammt, was zum Teufel –?«

Noch bevor er seine Frage beenden konnte, schoss eine schlanke, wohlgeformte weibliche Hand durch das Fenster und drückte einen feuchten Bausch unter seine Nase. Rafe gelang es, sein Gesicht abzuwenden, nicht jedoch, bevor er den üblen Geruch von Chloroform eingeatmet hatte. Er war nicht bewusstlos, hatte jedoch das Gefühl, einen wuchtigen Schlag abbekommen zu haben.

Rafe fiel der Länge nach in den Sitz zurück. In seinem Kopf drehte sich alles, er nahm nur noch ein schallendes Durcheinander von Geräuschen wahr, die nicht genau zu identifizieren waren. Dann öffnete jemand mit einem Ruck die Tür.

»Steig aus, Jack, und zwar ein bisschen flott, sonst jag ich dir 'ne Kugel durch den Kopf!«

Schwankend und gegen Übelkeit ankämpfend stieg Rafe mit wackeligen Beinen aus. Die Gasse war staubig und mit Abfall übersät. In der zunehmenden Dämmerung konnte er einen großen Mann erkennen, der einen Mantel aus grobem Wollstoff und eine dreckige, in seine Stiefel gesteckte Segeltuchhose trug. Seine rechte Hand umklammerte eine alte Dragonerpistole.

Rafe warf einen flüchtigen Blick über die Schulter und sah einen zweiten Mann oben auf dem Kutschbock stehen, der ein großes Messer an Wilsons Kehle drückte. Irgendjemand hielt eine Laterne vor Rafes Gesicht.

»Schau dir bloß diese schöne Kleidung an!«, rief der Mann in der Gasse aus, während er Rafes Überzieher befühlte. »Es ist unser Glückstag, Schätzchen.«

Rafe nahm rasch wahr, dass er zu der Frau sprach, die die Laterne hielt – derselben Frau, die ihn betäubt hatte. Eine schwarze Dominomaske verdeckte eine Hälfte ihres Gesichtes, ein mit Perlen besticktes Kopftuch aus tiefroter Seide bändigte ihr üppiges dunkles Haar. Sie trug einen geflickten braunen Wollrock und eine schmuddelige grüne Samtjacke, unter der sich ihr wogender Busen abzeichnete.

Sie erwiderte seinen forschenden Blick mit kühlen, glänzenden Augen, die wie Eissplitter hinter der Maske hervorstarrten. Er hätte ihr Herz für genauso kalt halten können, wäre da nicht diese unerwartete Gefühlsregung gewesen, die er plötzlich in ihnen erkennen konnte. In ihren blauen Tiefen lag ein verletzter, vorwurfsvoller Ausdruck, der nichts mit ihm, eher mit der Welt zu tun zu haben schien.

Dieser Ausdruck verriet ihm, dass sie kein völlig verhärtetes Wesen war. Noch nicht jedenfalls.

Sein Blick trieb ein schwaches Lächeln über ihr Gesicht, bei dem sie einen Mundwinkel hochzog. Die blauen Augen blitzten auf, schauten dann weg, als fühlte sie sich unbehaglich.

»Du erkennst ihn doch sicher?«, sagte sie dann verächtlich zu ihrem Gefährten, wobei die Kultiviertheit ihrer Stimme ihn erschütterte. »Es ist Rafael Belloch persönlich. Er baut Tunnel und Brückengerüste für die Kansas-Pacific. Oder pflegte es zu tun, denn ich habe gehört, dass er inzwischen Unternehmer geworden ist.

»Allmächtiger Gott! Du hast Recht, es ist Belloch.«

Der Räuber oben auf dem Kutschbock schnaubte. »Sicher, und der hier oben ist Rockefeller.«

»Es ist Belloch, verdammt noch mal!«, versicherte ihm der große Mann, der Rafe mit der Dragonerpistole in Schach hielt. »Sein Bild war gerade im *Herald*. Dort, schaut nur! Schaut euch die Geschirre an – alle vergoldet.«

»Natürlich ist es Belloch«, bestätigte mit samtweicher Stimme die Frau. »Sein attraktives Gesicht ist keines, das eine Frau so leicht wieder vergisst.«

Im nächsten Moment nahmen ihre Worte jedoch einen spöttischen Ton an. »Sie sind ganz schön weit von der Fifth Avenue entfernt, Mr. Mountain Mover.«

»Vielleicht«, antwortete Rafe. Sein Kopf wurde klarer und seine Faszination für sie ging rasch in Empörung über. »Aber ich wette, dass ihr drei nicht sehr weit vom Ludlow-Street-Gefängnis entfernt seid.«

»Wenn wir deine Meinung brauchen«, fuhr der Mann, der neben ihr stand, ihn an, und sein Gesicht verzerrte sich vor Wut, »werden wir sie schon aus dir rausprügeln. Her mit deiner Brieftasche und deiner Uhr. Und versuch hier keinen deiner Salontricks.«

Rafe zog seine schweinslederne Brieftasche und seine goldene Uhr mitsamt der Kette hervor und reichte ihm beides herüber.

»Den Mantel ebenfalls, Baron«, fügte die Frau hinzu, während ihre kalten, aber hinreißenden Augen sich vor Heiterkeit erwärmten.

»Baron?«, wiederholte er höhnisch, als er seinen Überzieher abstreifte. »Habe ich nun sogar einen Titel erworben?«

»Ja. Sie sind einer der Größten im Adelsstand der Räuberbarone.«

»Wenn ich der Räuber bin, dann solltet vielleicht ihr drei eure Hände hochheben und nicht ich.«

»Er versucht nur, sich Mut zu machen«, spottete der Mann auf dem Kutschbock. »Er überspielt seine feige Angst.«

»Oh, der hat keine Angst«, antwortete die Frau, während sie im Licht der Laterne eingehend sein Gesicht betrachtete. »Mr. Belloch ist weder zaghaft noch ängstlich. Dieses spöttische Lächeln, das er im Gesicht trägt, ist nicht aufgesetzt. Er denkt gerade daran, wie gerne er uns drei quälen würde.« Sie gab ein boshaftes Lachen von sich.

»Madam, Sie können ja Gedanken lesen! Zweifelsohne ist eine Frau mit Ihrer offensichtlichen Schönheit und Kultiviertheit zu etwas Höherem geboren als zu gewöhnlicher Dieberei?«

Ihr Gesichtsausdruck verdunkelte sich. Das verletzte Kind, das er zuvor in ihren Augen gesehen hatte, versteckte sich, ganz so, als ob es gewohnt sei, sich im Dunkeln zu verbergen.

In genau diesem Moment wurde Rafe eines klar: Diese Frau wurde nicht gern daran erinnert, dass sie zu etwas Höherem geboren war. Das war ihr wunder Punkt.

»Dies, Mr. Belloch«, versicherte sie betont kühl, während sie seinen Mantel über ihren Arm drapierte, als wäre er eine Samtdecke, »ist sehr viel gewinnbringender, als Akkordarbeit in einer Bekleidungsfabrik zu verrichten.«

»Du hast gut reden Belloch«, spottete der Mann auf dem Kutschbock mit einer Stimme so ätzend wie Säure, während er das Messer näher an Wilsons Kehle heranführte. »Euresgleichen versteckt sich in der Wall Street und lässt die Banken die Drecksarbeit tun. Wir berauben unsere Opfer wenigstens auf ehrbare Weise, von Angesicht zu Angesicht.«

Rafe zog es vor, die Zähne zusammenzubeißen anstatt eine scharfe Antwort zu geben. Er machte sich keine Illusionen über die Bereitschaft der beiden Männer, sie zu töten. Stattdessen konzentrierte er sich lieber darauf, sich das Gesicht der verwegenen Schönheit genauer anzusehen. Er prägte sich jedes ansprechende Merkmal ins Gedächtnis ein – zumindest diejenigen, die nicht hinter der Maske versteckt waren. Ihre schöne Stirn, die wohlgestaltete Linie ihrer Nase und die üppigen Lippen. Er würde sie wiederfinden. Ihre Entlarvung würde ihm ein Vergnügen sein.

Vielleicht starrte er sie zu eindringlich an, denn plötzlich schienen ihre Augen wieder wie Eiskristalle zu blitzen. Sie sagte frech: »Hören Sie nicht beim Mantel auf, Mr. Belloch. Ziehen Sie auch den Rest Ihrer Kleidung aus. Dafür wird es beim Lumpenhändler ein paar gute Pennys geben.«

»Den Rest …? Das kann doch bei Gott nicht Ihr Ernst sein?«

Rafe zuckte zusammen, als die Mündung der Dragonerpistole sich hart auf sein Brustbein drückte. »Du hast doch gehört, was die Lady gesagt hat!«

Er schluckte seine Wut hinunter und sagte scharf: »Denken Sie, dass ich Ihre Marionette bin?«

»Ich *denke* in der Tat, Mr. Belloch. Sie sind ohne Zweifel ein stolzer und gefährlicher Mann. Aber kein Mann ist gefährlich, wenn er nackt ist«, antwortete sie und lachte verführerisch

»Spricht da Theorie oder Erfahrung?«

Erneut schaute sie weg. »Ich will nur sichergehen, dass der erste Ort, den Sie aufsuchen werden, ihr Zuhause ist. Und nun entkleiden Sie sich.«

»Ich benötige einen Stiefelknecht«, verlangte er missmutig. »Diese Stiefel sind neu und sie sind noch eng – «

»Die Pest soll ihn holen!«, platzte es aus dem Mann auf dem Kutschbock heraus. »Ich werde den Bastard erschießen!«

»Nein!« Mit der Anmut einer auf Spitzen tanzenden Ballerina wirbelte sie herum. »Keine Schießerei!«

Sie drehte sich wieder zu Rafe zurück. Da sie nun näher bei ihm stand, konnte er einen noch besseren Blick von ihr erhaschen. Ein paar Sekunden lang wurden ihre Augen durch das warme Licht erleuchtet – Augen, so blau wie Vergissmeinnicht.

Sie war also nicht durch und durch kalt. Nicht durch und durch schlecht.

»Ein bisschen schneller, Sir, sonst ändere ich noch meine Meinung, was das Schießen angeht.« Ihre Worte klangen beinahe wie eine Bitte.

Obwohl gärender Hass sein Blut erhitzte, gehorchte Rafe. Zuerst reichte er seine Weste, dann sein Hemd aus fein gesponnenem Leinen und sein Unterhemd hinüber.

Sie genierte sich überhaupt nicht, ihn dabei in der vollen Beleuchtung stehen zu lassen.

»Wer hätte das gedacht? Er hat Muskeln so hart wie Salzsäcke«, sagte der Mann oben auf der Kutsche.

Ihr Blick wanderte fast widerwillig über Rafes Oberkörper. »Nun verstehe ich, warum Mrs. Astor so begeistert von Ihnen ist. Rasch, Mr. Belloch, Stiefel und Hose.«

Die Stiefel auszuziehen war ein Kampf. Er kam ins Schwanken und fiel beinahe hin, als er sich aus ihnen herauswand. Der Dieb, der mit der Pistole herumfuchtelte, schnappte sie ihm aus den Händen. »Wir sind zwar nicht gut genug, solche Stiefel zu tragen, aber bei der heiligen Barbara, wir sind gut genug, sie zu stehlen.«

Als er sich auch seiner Hose entledigt hatte, fragte Rafe dreist: »Die Unterwäsche ebenfalls?«

Trotz seiner wütenden Verachtung überrumpelte ihn ihre unverblümte Antwort.

»Natürlich!«, befahl sie ihm. »Der Auftakt war in der Tat schon sehr erfreulich. Enttäuschen Sie mich nun nicht.«

Ihr zynisches Lächeln versetzte ihn erneut in Wut.

Er zögerte.

»Genug jetzt!«, protestierte ihr Gefährte auf dem Kutschbock und sprang hinunter. »Lass ihm gefälligst seine verdammte Unterwäsche, du kleine Dirne. Ich hab keine Lust, nach Blackwell's geschickt zu werden, nur damit du diesen Snob begaffen kannst. Wir machen uns lieber aus dem Staub.«

Die beiden Männer zogen sie mit sich wie einen Straßenlümmel. Im Grunde war sie das ja auch. Rafe beobachtete sie, als ihre sanft geformten Lippen sich zu einem erneuten Lächeln rundeten. Sie lachte ganz unumwunden über ihren Spaß.

Selbst als das Räubertrio schon tief in der finsteren Gasse verschwunden war, rief ihre spöttische Stimme noch aus: »Ich werde wohl nie aufhören, es mir vorzustellen, Mr. Belloch!«

Weder sein Zorn noch seine Beschämung ließen nach. Sie hatte soeben den Fehdehandschuh hingeworfen, und sein Wille ballte sich plötzlich wie zu einer Faust zusammen.

»Nur zu, stell es dir ruhig vor, du unverschämtes kleines Frauenzimmer«, murmelte er zu sich selbst.

Diese Vorstellung sollte ruhig ihren Appetit steigern. Mit Sicherheit hatte sie den seinen gesteigert.

Denn Rafe schwor bei allen Dingen, die ihm heilig waren, dass, was auch immer sie sich heimlich vorstellte, sie es eines Tages zu sehen bekäme.

# 1

*Juni 1883*

»Ladies und Gentlemen«, verkündete Paul Rillieux mit kultivierter, klangvoller Stimme, die nicht den geringsten Hinweis auf sein fortgeschrittenes Alter gab. »In unserer Mitte gibt es einige Menschen, welche die bis dato noch geheimnisumwitterte Gabe besitzen, mit Mächten außerhalb unseres physischen Bereiches Kontakt aufzunehmen. Man bezeichnet sie manchmal als sensitive Menschen. Ich selbst erhebe keinen Anspruch auf einen solchen Titel. Trotzdem beschäftige ich mich nebenbei ein wenig mit den mystischen Künsten. Da Mrs. Astor von meinem Interesse weiß, hat sie mich gebeten, eine kurze Demonstration telepathischen Mentalismus zu geben. Es handelt sich dabei um die gut belegte Fähigkeit, die Gedanken anderer aus dem Äther – dem gasförmigen Element, das unsere Atmosphäre durchdringt – lesen zu können.«

Auf einem Podium am Ende der Galerie hatte ein Orchester gespielt. Nun jedoch überließen die Musiker ihre Bühne dem wohlhabenden, alten Erfinder, Forscher und angeblichen Hellseher.

»Wir alle wissen«, fügte Rillieux mit einem süffisanten Lächeln hinzu, »dass eine Bitte von Mrs. Astor die Überzeugungskraft eines Einberufungsbefehls der Regierung besitzt. Hier bin ich also und melde mich gehorsamst zum Dienst.«

Er verneigte sich in Richtung einer sorgfältig frisierten Matrone, die einen Wasserfall von Diamanten um ihren Hals trug. Sie nickte gnädig, und nach ihrer Erlaubnis, seinem Witz Beifall zollen zu dürfen, erklang verzögertes Gelächter durch die geschmückte Galerie und die umliegenden Gärten.

Erst ein Jahr zuvor war der erste Distrikt im unteren Manhattan mit Elektrizität aus dem neuen Kraftwerk in der Pearl Street versorgt worden. Inzwischen erstrahlte sogar im Herrenhaus der Maitlands am unteren Ende der Fifth Avenue zuverlässig und ohne zu flackern helles Licht aus fünfflammigen Wandleuchten in Form von Putten aus Messing und Kristall.

»Da ist einmal der Verstand«, fuhr Rillieux fort, »aber da gibt es außerdem noch die Seele. Nur selten befinden sich die beiden im Einklang. Das Bewusstsein mag zum Beispiel gerade darüber nachdenken, was es zum Dinner geben wird, während die Seele sich heimlich über irgendein nicht eingehaltenes Versprechen oder einen unerfüllten Traum Gedanken macht.«

Gelassen, selbstsicher und vornehm betrachtete Rillieux die glanzvolle Versammlung vor sich, wobei eine seiner hageren Hände auf seinem Spazierstock aus Peddigrohr liegen blieb. Neben Caroline Schermerhorn Astor befanden sich unter seinem Publikum noch Alice Vanderbilt, ein emigrierter französischer Adliger, und zwar der Comte de Chartrain, die Debütantin Antonia Butler, die als Nächste an der Reihe war, ein Vermögen zu erben, das mit dem der Vanderbilts konkurrieren konnte – und natürlich der Gastgeber des Abends, der Immobilienbonze Jared Maitland.

Mrs. Astors Anwesenheit bewies, dass ihre Exklusivität in

letzter Zeit durch die große Anzahl der neuen Millionäre stark gelitten hatte. Vor allem durch diejenigen aus dem Westen, die weniger gute Umgangsformen pflegten, dafür jedoch sehr viel mehr Geld besaßen, als ihr Snobismus es ignorieren konnte. In der Tat war dadurch letztlich eine radikale und neue Ansicht aufgekommen und hatte begonnen, ihre Wurzeln zu schlagen: Wenn man ganz genau wusste, wie viel Geld einem gehörte, so konnte man nicht wirklich reich sein. Die Quantität war dabei, ererbte Qualität zu ersetzen.

»Irgendjemand unter uns«, verkündete Rillieux abrupt, »träumte erst kürzlich von einem innig geliebten Haustier, das sie vor ein paar Jahren verloren hat. Nun trauert sie wieder im Stillen. Und irgendjemand anderer versucht krampfhaft, sich durch den Glanz dieses Abends beeindrucken zu lassen, in Wahrheit jedoch beschäftigt er sich mit so profanen Gedanken wie dem Kauf erstklassiger Immobilien auf der ... ja genau, auf der 54. Straße West.«

Aufgeregtes Gemurmel brach unter den Frauen aus, die in der Nähe des Podiums standen.

»Ja natürlich, Thelma sagt, dass sie erst vor zwei Nächten von ihrem schottischen Terrier Jip geträumt hat!«, rief Lydia Hotchkiss aus, die in hellgrünem Satin glänzte. »Und dies ist das erste Mal, dass sie es erwähnt hat.«

Eine männliche Stimme schaltete sich ein. »Ich war mir nicht bewusst, tatsächlich darüber nachgedacht zu haben, ich gebe jedoch zu, vor kurzem in Erwägung gezogen zu haben, etwas Land auf der 54. Straße West zu kaufen.«

Bei dem Sprecher handelte es sich um den Anwalt Albert Gage, dessen Wall-Street-Firma die Hälfte aller Neureichen der Stadt vertrat, ebenso wie viele aus der alten Aristokratie.

»Sie dachten auch nicht *bewusst* darüber nach, verehrter Mr. Gage«, korrigierte Rillieux ihn.

Einen Moment lang verweilte Rillieux' Blick auf einer zierlichen jungen Frau, die allein auf einer gusseisernen Bank saß und ihm sittsam zuhörte. Er nickte kaum erkennbar, und eine Minute später fing sie an, langsam zwischen den zerstreuten Gästen umherzuwandern.

»Hier ist noch etwas!«, rief Rillieux aus, wobei sein zerfurchtes Gesicht die Aufmerksamkeit eines jeden außer der jungen Dame erregte, die nun wie ein Puma auf der Pirsch durch die Menge lief. »Irgendjemand unter uns ist äußerst erbost wegen ...«, er strahlte ein künstliches Lächeln aus, »ja genau, wegen eines emporgekommenen Reporters des *New York Herald* ...«

Nach etwa zwanzig Minuten endete Paul Rillieux' eindrucksvolle Demonstration mit begeistertem Applaus.

Selbst diejenigen, die nicht überzeugt waren, sagte Mystere sich, sahen zumindest äußerst amüsiert aus. Wenn Mrs. Astor sich für einen einsetzte, konnte man sich seiner Beliebtheit gewiss sein. Diese war jedoch genauso schnell wieder zunichte gemacht, wenn man es sich mit ihr verscherzte.

Mystere trug ein Glas Limonade und einen schmalen Fächer aus weißer Seide in ihren Händen, als sie sich langsam auf den Weg zurück zur schmiedeeisernen Bank machte, wobei sie sich durch ein beeindruckendes Gewirr von Finanziers, Stahl- und Ölmagnaten sowie Eisenbahnbaronen hindurchschlängeln musste.

Nur einer von ihnen beunruhigte sie jedoch wirklich. Obwohl sie ihren scheuen und unaufdringlichen Blick beibehielt und – wie es sich für ein anständiges junges Mädchen gehörte – diesen Mann nicht ein einziges Mal direkt anschaute, so war sie sich doch bewusst, dass er sie von seinem einsamen Aussichtspunkt aus beobachtete. Sein Gesicht konnte sie nicht erkennen, sie bemerkte aber, dass er einen dunklen Anzug aus Kammgarn trug, und zwar einen ohne den eleganten Schwalbenschwanz der alten Garde.

Sie verscheuchte ihre bösen Vorahnungen und schlüpfte unbemerkt an Philip Armour, einem Millionär aus Chicago, vorbei, der gerade vor einer Gruppe seiner Kaufmannskollegen eine Rede hielt.

»Die besten Immobilien bekommt man jetzt«, versicherte er ihnen, »und selbst wenn wir schließlich Brooklyn unter großem Protest in unseren Verwaltungsbereich hineingezwungen haben werden, so ist die einzige Wachstumsmöglichkeit die nach oben. Genau so, wie das in Chicago schon der Fall ist. Mit all den Schiffen, die mit Rekordgeschwindigkeit durch die Narrows fahren, haben wir keine andere Wahl.«

Selbst Mystere, deren Leben weit entfernt war von dem Geldfieber, das einen großen Teil der Stadt befiel, wusste, dass es die Wall Street gewesen war, durch die die Unionsstaaten während des amerikanischen Bürgerkrieges mit Geld versorgt worden waren. Und nun war es auch die Wall Street, die die astronomischen Kapitalgewinne des langen Nachkriegsbooms erntete. Durch ihre Anwesenheit beim Vanderbilt-Ball im März, die Schlagzeilen machte, hatte Mrs. Astor diesen einst von ihr verurteilten neureichen Millionären ihre seltene Zustimmung gewährt.

Der Rest der alten Aristokratie war treu und brav ihrem Beispiel gefolgt. Mystere bemerkte, dass selbst alteingesessene New Yorker in großer Zahl erschienen waren, was diese Tatsache bestätigte. Trotzdem jedoch starben alte

Vorurteile nur langsam aus, und diese Gruppe mied ostentativ Armour und jeden sonst, der sich nicht an die strikten gesellschaftlichen Regeln hielt und bei Abendgesellschaften über Geschäfte redete. Mrs. Astors Elitekern stritt die Existenz von Vulgarität zwar nicht ab, man bestand jedoch darauf, sie an dem Ort zu belassen, an den sie gehörte. »Handel ist nützlich«, hatte sie einst Mystere anvertraut, »aber das ist ein Abwasserkanal ebenfalls.«

Mystere hatte ihre Bank schon fast wieder erreicht, als sie spürte, wie eine Hand ihren rechten Ellbogen ergriff.

»Miss Rillieux«, begrüßte sie ein blasser, korpulenter Mann unbestimmten mittleren Alters. »Sie sehen heute Abend verdammt hübsch aus. Ich habe Sie seit dem Vanderbilt-Ball nicht mehr gesehen.«

»Danke, Mr. Pollard. Ja, ich befürchte, dass ich in letzter Zeit sehr häuslich gewesen bin. Mrs. Astor hat mich zu diesem Abend überredet.«

»Ein Pluspunkt für sie. Obwohl man einem in diesen Tagen ein Einsiedlerdasein kaum verübeln kann«, nörgelte Abbot Pollard. »Ja doch, man kommt uns in allen Stadtvierteln zuvor. Haben Sie kürzlich die Stadtteile Upper East und Upper West gesehen? Sie sind inzwischen ein regelrechter Schandfleck geworden mit ihren Reihenhäusern und Mietskasernen. Und erst der Park! Gott steh uns bei, der ist nun bevölkert mit Arbeitern und Ladenmädchen, die in Straßenbahnen und dieser stinkenden, qualmenden, lauten Hochbahn dorthin kommen. Man muss quer über den Harlem River fahren, um eine friedliche Kutschfahrt machen zu können. Es ist skandalös, aber daran ist ja wohl diese Tammany-Politik schuld.«

Abbot war berüchtigt für seine snobistischen Tiraden. Mystere lächelte ihm verständnisvoll zu. »Der Park ist nicht ausschließlich für die Reichen angelegt worden«, erinnerte sie ihn freundlich. »Er ist geplant worden als das Gesellschaftszimmer der Stadt, erinnern Sie sich?«

»Das ist ganz schön edelmütig, meine Liebe. Sie sind noch jung und unschuldig, daher vergebe ich Ihnen. Aber ich zum Beispiel erlaube keinem den Zutritt zu meinem Gesellschaftszimmer, der die Dienste eines Läusekammes in Anspruch nehmen muss.«

Sie wollte ihm gerade antworten, als eine kräftige männliche Stimme hinter ihr für sie Partei ergriff.

»Das ist engstirnig und grausam, Abbot. Ich habe eine Menge Ladenmädchen gesehen, die liebenswürdig, intelligent und hübsch sind. Wo bleibt Ihre Einstellung von *noblesse oblige*, mein Herr?«

Ein langsamer, furchtbarer Schauder lief Mystere den Rücken hinunter. Sie drehte sich um und schaute in die türkisfarbenen Augen von Rafael Belloch. Das verkniffene Lächeln, das er ihr schenkte, schien ihm Mühe zu bereiten. Sein kastanienbraunes Haar war unmodern kurz geschnitten und über einer ausgeprägten Stirn und einer feinen, romanischen Nase glatt zurückgekämmt.

»*Noblesse oblige*«, feuerte Pollard zurück, »hat widerliche Suhlen wie den vierten Bezirk und populistische Demagogen wie Tom Foley hervorgebracht, die die Iren und Italiener gegen uns aufhetzen. Der ungewaschene Pöbel hat 1863 beinahe diese Stadt niedergebrannt. Beim nächsten Mal haben sie vielleicht Erfolg damit, dank dieser ganzen neuen ›Aufklärung‹, für die Sie sich stark machen.«

Pollard stapfte mit vor Ärger gerötetem Gesicht davon. Mystere hatte jedoch bemerkt, dass Belloch dem älteren Mann überhaupt nicht zugehört hatte. Er hatte seine provozierenden Bemerkungen nur gemacht, um Pollard loszuwerden. Nun taxierten seine Augen Mystere mit aufrichtigem Interesse.

Ihr Magen verkrampfte sich. Seit ihrer Einführung in die Gesellschaft war es ihr gelungen, diesem Mann aus dem Wege zu gehen, hier jedoch war er nun. Rafe Belloch. Der berüchtigte Räuberbaron persönlich, mit einem Blick, der sie viel zu konzentriert erforschte, und mit Worten, die so sanft waren wie eine Rasierklinge.

»Dieser Haufen hier verachtet die Tammany-Politik«, bemerkte er. »Aber wer sonst macht sich die Mühe, Krankenhäuser und Waisenhäuser für die Armen zu bauen?«

»Ich wäre nicht so voreilig, Mr. Belloch, Waisenhäuser zu preisen.«

Mystere bereute es auf der Stelle, in einem unbedachten Moment ihre Meinung geäußert zu haben. Die Worte waren jedoch aus ihr herausgesprudelt, noch bevor sie sie zurückhalten konnte. Da sie sich durch seinen Blick in der Falle fühlte, fügte sie in sehr viel unbeschwerterem Tonfall hinzu: »Mr. Pollard ist doch nur ein harmloser alter Miesepeter. Hat Ihnen die Demonstration meines Onkels gefallen?«

Sein Blick geriet nicht einen Moment lang ins Wanken. »Sie war raffiniert und unterhaltsam, in der Tat. Aber trotz der ganzen anwesenden Finanzgenies glaube ich nicht, dass irgendjemand bisher hinter sein Geheimnis gekommen ist.«

Ein paar Sekunden lang schwebten seine beunruhigenden Worte bedrohlich und anklagend zwischen ihnen in der Luft. Mystere wurde von Panik ergriffen, denn sein Blick schien sich tief in ihre Seele zu bohren. Sämtliche Stimmen um sie herum wurden plötzlich gemeinsam mit den erhabenen Klängen eines Straußwalzers zu schrillen Geräuschen, die in ihren Ohren kreischten.

Er weiß es, dachte sie verwirrt. Der schreckliche Moment öffentlicher Entlarvung war gekommen.

Mystere hatte jedoch die Kunst der Verstellung von einem wahren Meister gelernt und schenkte ihm ein sittsames kleines Mona-Lisa-Lächeln. »Hinter das Geheimnis meines Onkels gekommen, Mr. Belloch? Ich fürchte, ich verstehe nicht ganz, was Sie meinen.«

»Nun ja, das ist doch ganz einfach. Es ist erstaunlich, wie viel man über einen jeden Bürger in Erfahrung bringen kann, indem man einfach einen Diener schickt, seine geparkte Kutsche zu durchsuchen. Oder Ihr Onkel erhält seine Informationen vielleicht lediglich dadurch, dass er ein paar ruhige Augenblicke mit einem geschwätzigen Zimmermädchen verbringt und sie eventuell sogar überredet, ein vertrauliches Tagebuch zu lesen?«

Sie lächelte vor Erleichterung, und ihre Selbstsicherheit kehrte zurück. Belloch meinte nur das kleine, nicht das große Geheimnis.

»Ich nehme an, das ist möglich«, gab sie ohne großes Interesse zu. »Ich bekenne, dass mein Glaube an okkulte Dinge nicht besonders groß ist. Ich betrachte die Demonstrationen meines Onkels als harmlose Unterhaltung. Mit Sicherheit hat er seine kleinen Tricks.«

»Selbstverständlich. Ermutigt durch Mrs. Astor persönlich. Wenn man vom Teufel spricht ...«

Er wies mit seinem Kinn hinüber. Die große Matrone kam in diesem Moment direkt auf sie zu – natürlich begleitet von ihrem Lieblingslakai Ward McCallister, der mit sorgfältig festgelegtem Abstand hinter ihr herlief. Offiziell ihr gesellschaftlicher Berater, war er außerdem weniger offiziell ein Kuppler.

»Guten Abend, Mystere«, begrüßte Caroline sie mit echter Zuneigung, indem sie der jüngeren Frau einen Kuss auf die Wange gab. »Sie sind in letzter Zeit viel zu zurückhaltend gewesen. Sie haben es doch nicht nötig, im Schatten Ihres großen Onkels zu leben. Sie sind eine Debütantin und keine von der Welt abgekapselte Nonne.«

Caroline wandte sich an Belloch. »Und was Sie betrifft, Rafe, ich muss schon sagen. Sie wissen ganz genau, dass man einen Grafen nicht mit ›mein Herr‹ anspricht. Man redet ihn mit ›le comte‹ an. Ich befürchte, die arme Emile ist schrecklich verärgert.«

Rafe senkte seinen Kopf. »Ich bin aufrichtig beschämt über das Ausmaß meiner Unwissenheit, Caroline. Ich danke Ihnen für Ihre Belehrung. Ich werde studieren, um mich Ihnen würdig erweisen zu können.«

»Sie sind skandalös«, versicherte sie ihm, wobei sie ihre perfekt manikürte Hand erhob, um für einen kurzen Moment seine Wange zu berühren. »Beschämt? Es ist Ihnen doch völlig egal. Und ich bin so vernarrt in Sie, Sie stattlicher Rohling, dass ich Ihnen nicht einmal ernsthaft böse sein kann. Indem Sie meine Schwäche spüren, nutzen Sie sie aus.«

Trotz ihres neckenden Tonfalls sandte Caroline ihm mit gesenkten Lidern ein Lächeln zu, das – zumindest nach Mysteres Auffassung der Regeln – weit über die Grenzen reinen Flirtens hinausging. Caroline wandte sich wieder ihr zu.

»Nehmen Sie sich vor dem da in Acht, meine Liebe«, vertraute sie ihr an. »New Orleans wird Sie mit Sicherheit nicht auf diese Sorte Mann vorbereitet haben. Rafe ist ein übersättigter Idealist und Ihre Jugend und Naivität reizen ihn. Er ist ein Mann, der es gewohnt ist zu bekommen, was er haben will. Und zwar auf direktestem Wege.«

Caroline und Ward schwebten davon und Mystere hoffte, dass Belloch ihnen folgen würde. Er blieb jedoch bei ihr stehen und beobachtete sie mit halb anklagendem, halb grüblerischem Blick.

»Ist das nicht amüsant?«, fragte er und wies mit einer Handbewegung auf die Versammlung. »Die Sterbenslangweiligen und die Emporkömmlinge, alle gemeinsam unter Carolines neu aufgespanntem Schirm. Und was sind Sie, Miss Rillieux?«

»Für jemanden, der ein finsteres Gesicht und so spitze Bemerkungen macht«, ließ sie ihn wissen, »waren Sie Caroline gegenüber gerade ausgesprochen zahm.«

»Natürlich. Man besucht ja auch nicht Rom und beleidigt den Papst.«

Sie lachte, obwohl sie sich fragte, was er wohl von ihr wollte. Mit Sicherheit jedoch hatte er sie nicht erkannt. Sie sah inzwischen völlig anders aus als noch vor zwei Jahren. Mit ihrer eigens zu diesem Zweck eingebundenen und bandagierten Figur sah sie – wenn überhaupt – eher noch jünger aus als älter. Nachdem ihre Ausbildung beendet war, hatte ihr Mentor Paul Rillieux ihr schließlich erlaubt, sich ihren Weg aus den dreckigen, erbärmlichen Lumpen hinaus zu verdienen. Jetzt trug sie das unschuldigste blaue Satinkleid, das Charles Frederick Worth jemals entworfen hatte.

Er konnte sie unmöglich erkennen, aber *sie* erinnerte sich gut an ihn, wie er fast nackt in der Gasse in Five Points dagestanden hatte, sein Gesicht angespannt vor Wut und Rachedrohungen. Er hatte einen atemberaubenden Anblick geboten, und oft war sie seither aus Albträumen erwacht, in denen sein Gesicht sich wie eine Fotografie in ihr Gedächtnis geätzt hatte.

Sie schaute ihn an, um dadurch ihre Selbstsicherheit wiederzuerlangen. Es half nichts. Sie hätte schwören können, dass er seine Position ständig leicht veränderte, als wollte er sie aus verschiedenen Blickwinkeln betrachten.

Noch immer wusste sie nicht viel mehr über ihn als das, was sie zwei Jahre zuvor aus den Zeitungsartikeln erfahren hatte. Er war ein Patriarch der »oberen Vierhundert«, wohingegen sie und Paul Rillieux nur durch besondere Protektion von Mrs. Astor dazugehörten. Es gab vage Gerüchte über irgendeine Tragödie oder sogar einen Skandal. Das konnte gut möglich sein, denn man wusste von Belloch, dass er viele Bekannte, jedoch nur wenige Freunde hatte. Er hatte ein schwindelerregendes Vermögen durch Eisenbahnunternehmen angehäuft, verbrachte für gewöhnlich einen Teil des Jahres auf seinen prächtigen Besitztümern im Jagdgebiet Virginias und besaß eine private Dampfyacht, die so luxuriös war wie ein kleiner Ozeandampfer. Seine Yacht erlaubte es ihm, seinen hiesigen Wohnsitz auf Staten Island zu haben und dadurch Manhattan bewusst fernbleiben zu können.

Und natürlich war er ein äußerst begehrter Junggeselle – was auch die Tatsache erklärte, dass Miss Antonia Butler ihn selbst jetzt nicht eine Sekunde lang aus den Augen ließ.

»Miss Rillieux«, sagte er, abrupt ihre Gedanken unterbrechend, »was halten Sie von der Sache um Lady Moonlight?«

Sie antwortete ihm, ohne sich aus der Ruhe bringen zu lassen. »Ich gestehe, dem Ganzen wenig Beachtung geschenkt zu haben. Sie scheint jedoch in der Presse zu einer kleinen Sensation geworden zu sein.«

»Natürlich. Immerhin holt sich unsere Diebin ja das

Beste von den ›oberen Vierhundert‹. Hält uns alle zum Narren, indem sie uns mitten in unseren Abendgesellschaften beraubt. Als sie schließlich Caroline um ihr bestes Diamantenarmband erleichterte, war man sich ja wohl der Niederträchtigkeit Lady Moonlights gewiss.«

Seine forschenden Augen sandten eine Botschaft aus, die sie nicht deuten konnte.

»Das ist ein dummer Name für sie, vorausgesetzt, dass der Dieb überhaupt eine Frau ist«, meinte sie. Ihr Tonfall klang höflich, jedoch leicht gelangweilt.

»Sie ist so ›ätherisch wie ein Mondstrahl, so schwer zu fassen wie ein Sumpfluchs‹«, zitierte er die Zeitungen, und sie mussten beide lachen. Noch immer schienen seine grünlich blauen Augen jedes Detail ihres Gesichtes zu erforschen.

»Sie ist außerdem beschrieben worden«, fügte Belloch hinzu, »als eine Walküre von einer Frau, groß und stark. Ein gewöhnlicher Sterblicher soll ihr angeblich nicht gewachsen sein. Die einzigen Zeugen geben jedoch zu, sie nur kurz von hinten und im Dunkeln gesehen zu haben. Außerdem habe ich den Verdacht, dass die Presse nur so schändlich übertrieben hat, um diesen Fall zu einer Sensation aufzubauschen. Meiner Meinung nach ist sie eher zierlich und ausgesprochen geschickt.«

»Sie scheinen sich ziemlich intensiv mit dieser Sache auseinander zu setzen.«

»Ich habe großes Interesse an den Methoden und Techniken des Gesellschaftsdiebes, Miss Rillieux.«

»Wirklich? Wie amüsant.«

»Ja, nicht wahr?«

Er rückte ihr noch näher, bis sie seinen Atem auf ihrem Gesicht spüren konnte, der feucht und warm und süß war von dem Brandy, den er zuvor getrunken hatte. Ihre Panik kehrte zurück, und einen Moment lang fürchtete sie eine vernichtende Entlarvung – und zwar gleich hier und jetzt. Ihre Beine fühlten sich schwach an, und sie hätte sich gerne hingesetzt, sein Blick jedoch hielt sie mit der Autorität einer Gewehrmündung an ihrem Platz.

»Sehen Sie, Miss Rillieux, die geschicktesten Diebe arbeiten in Gruppen oder sogar in riesigen Syndikaten zusammen.« Seine Augen verengten sich. »Ich wäre nicht im Geringsten überrascht zu erfahren, dass unsere berüchtigte Lady Moonlight einst eine gewöhnliche Straßendiebin gewesen und mit einer Bande von ungehobelten Ganoven umhergestreift ist. Sie halten zusammen, diese Typen, und sie ziehen immer die Sicherheit der Ablenkungsmanöver vor, um ihre Aktivitäten zu verdecken. Vielleicht hat sie sogar an genau diesem Abend wieder zugeschlagen – während Ihr Onkel uns alle in seinen Bann gezogen hat.«

Sie schaute ihn an und war bereit, ihm mit Leugnen zu begegnen, obwohl sie sich eher danach sehnte wegzulaufen.

Was sie jedoch nicht erwartet hatte, war das großmütige Grinsen auf seinem Gesicht, als er ihren Blick erwiderte.

»Da ist er wieder«, flüsterte er mit fast verzücktem Gesichtsausdruck. »Dieser Blick – so voll des Vorwurfs –, so voll alter Wunden. Welchen Grund könnte eine junge Debütantin aus New Orleans wohl haben, verletzt auszusehen?«

Sie schaute weg und versuchte stattdessen, sich auf die Ballbesucher zu konzentrieren. Die Farben der Satinballkleider fingen an, vor ihren Augen durcheinander zu wirbeln. Schon im Erstarren begriffen ermahnte sie sich, keine Angst zu haben. Er hatte nichts gegen sie in der Hand. Er stellte lediglich Vermutungen an. Wie sie sich schon tausende Male selbst versichert hatte, würde sie das tun, was sie tun musste, um zu überleben. Sie hatte dies alles schließlich nur so lange ertragen, um die Hoffnung nicht zu verlieren, eines Tages ihren Bruder Bram wiederzufinden. Und wenn das erst geschehen war, würde er sie schon aus all diesem Dreck und diesen Lügen herausholen. Er würde dafür sorgen, sie wieder in Sicherheit zu bringen, und alles würde wieder gut sein. Dann hätten sich die Dieberei und die Angst, die sie ständig mit sich trug, gelohnt.

Dank dieser Erkenntnis gelang es ihr, die Panik in ihrem Herzen zu bezwingen.

»Ich habe nicht die geringste Ahnung, wovon Sie reden, Mr. Belloch. Dieser ganze Unsinn von alten Wunden. Ich denke, Sie haben zu viel Brandy getrunken.« Sie schenkte ihm ein Lächeln.

»Wie kann es sein, dass ich Sie auf all den Abendgesellschaften noch nie bemerkt habe? Heute Abend habe ich Sie zum ersten Mal wirklich angeschaut, Miss Rillieux. Ich weiß nicht, wie Sie es geschafft haben, mir sonst aus dem Weg zu gehen. Nun jedoch, da ich Sie sehe, habe ich das Gefühl, dass Sie mir irgendwie bekannt vorkommen.« Sein forschender, spöttischer Blick glitt an ihrer Figur entlang. »Zugegebenermaßen gibt es da ein paar Unterschiede. Die Frau, an die ich mich erinnere, war auf jeden Fall ... robuster, wollen wir es mal so nennen. Sie war nicht die blasse kleine Maus, die Sie zu sein scheinen, aber das würde ja zu meiner Theorie von den Ablenkungsmanövern passen, nicht wahr?«

»Und zweifelsohne«, verhöhnte sie ihn mit selbstsicherer Verachtung, »ist auch mein Onkel Mitglied dieses niederträchtigen Syndikates?«

»Vielleicht«, antwortete er mit einem erneuten starren Lächeln. »Und vielleicht sind Sie ja sogar Lady Moonlight.«

Sein Tonfall ließ die Möglichkeit offen, dass er lediglich scherzte. Diese dunklen Augen jedoch erzählten eine ganz andere Geschichte.

Sie fühlte, wie eine kalte Hand ihr Herz ergriff, und ihr Puls ging in harten, stoßweisen Schlägen. Noch bevor sie antworten konnte, übertönte ein entsetzter Schrei die Musik und das Gemurmel der Gespräche.

»Oh! Meine Brosche! Irgendjemand hat meine Brosche gestohlen!«

# 2

Mrs. John Robert Pendergast aus Grammercy Park griff nach ihrem Hals, als ob sie erdrosselt worden wäre. Nachdem die Nachricht von dem neuesten Diebstahl sich wie ein Lauffeuer verbreitet hatte, lief alles zunächst wild durcheinander. Mystere bemerkte, dass man weniger um die Brosche besorgt zu sein schien als vielmehr erregt durch die Möglichkeit, die exotische »Lady Moonlight« entdecken zu können.

»Nun, Mr. Belloch«, zwang sie sich in leichtem Tonfall zu sagen, »es scheint, als könnten Ihre hellseherischen Fähigkeiten sich mit denen meines Onkels messen. Sie haben dies ja erst vor wenigen Minuten vorausgesagt.«

Belloch verschränkte die Arme vor seiner Brust und beobachtete sie mit der ganzen Wachsamkeit eines Löwen im Unterholz. »Das habe ich. Und wenn ich mir vorstelle, dass ich mich nur schwer dazu durchringen konnte, heute Abend hier zu erscheinen, was hätte ich verpasst!«

Um seinem prüfenden Blick auszuweichen tat sie so, als wäre sie daran interessiert, sich die ganze Aufregung in ihrer Nähe mit anzuhören. Mrs. Pendergast hörte nicht auf, mit ergriffenem Gesichtsausdruck die Halspartie ihres hochgeschlossenen Kleides zu umgreifen, wo sich nun eine Öffnung befand, an der vorher scheinbar die Brosche gesteckt hatte.

»Sie werden sie doch bestimmt fallen gelassen haben?«,

fragte Thelma Richards. »Wie hätte sie denn irgendjemand entfernt haben können, ohne dass Sie es bemerkt hätten?«

»In der Tat, wie nur?«, flüsterte Belloch, während er Mystere noch immer beobachtete. »Es sei denn, unsere Lady Moonlight ist eine wahre Könnerin auf ihrem Gebiet.«

»Ziehen Sie da nicht ein paar voreilige Schlüsse, mein Herr?«, focht sie ihn an, ohne mit der Wimper zu zucken. »Ein Diebstahl ist ja bisher noch gar nicht nachgewiesen worden, geschweige denn das Geschlecht des Diebes.«

Sie hoffte, ihn in der ganzen Aufregung zu verlieren und hatte daher begonnen, sich allmählich immer weiter von ihm zu entfernen. Belloch jedoch hatte andere Pläne mit ihr. Er packte sie mit festem und äußerst schonungslosem Griff am Arm und führte sie näher an den Tumult um das Opfer heran.

Zufälligerweise war auch der Polizeichef Thomas F. Byrnes anwesend. Er war äußerst beliebt bei den »oberen Vierhundert«, denn er hatte die strikte Einhaltung der Sperrlinie nördlich der Fulton Street durchgesetzt und hielt so kriminelle und raubgierige Individuen aus dem Finanzdistrikt fern. Nachdem eine kurze und konfuse Durchsuchung des Geländes und der Galerie durch die Bediensteten nichts ergeben hatte, ging er auf die verzweifelte Frau zu.

»Wie sah denn die Brosche aus, Mrs. Pendergast?«

»Nun ... es war eine gelbgoldene Blumenbrosche, Inspector. Sie hatte fünf ovale Opale und zweiundzwanzig runde Rubine.«

»Ziemlich wertvoll, nehme ich an?«

Die Dame erbleichte. »Ziemlich.«

»Viel Glück, Inspector«, rief Belloch durch die Menge

hindurch, wobei sein Blick noch immer auf Mystere verweilte. »Ihre Aufgabe scheint mir so aussichtslos zu sein wie der Versuch, den Ozean mit einem Besen zurückhalten zu wollen. Es scheint, dass unsere Lady Moonlight wieder mitten unter uns zugeschlagen hat. Vielleicht wäre ja eine gründliche Durchsuchung all unserer weiblichen Gäste angebracht?«

Sein Tonfall war scherzhaft, und ein paar Männer lachten bei dieser leicht ordinären Vorstellung in sich hinein, einige der Damen hingegen fühlten sich dadurch offensichtlich beleidigt.

»Das würde sich sicherlich als sehr amüsant erweisen, Mr. Belloch«, gab Byrnes zu. »Jedoch auch als äußerst unklug. Ich zumindest würde mit Sicherheit zu einem Streifenpolizisten auf der South Street degradiert werden.«

Antonia Butler zog Bellochs Aufmerksamkeit auf sich und lächelte ihn an, wobei sie – wie Mystere schweigend kritisierte – zu viele Zähne sehen ließ. Sie und Antonia hatten beide in dieser Saison ihr Debüt gehabt, wie geplant hatte Antonia jedoch das größere Aufsehen erregt. Ihr Vater hatte sein Vermögen ursprünglich in Canton, Ohio, mit der Herstellung von Kohlendioxid für die Sodalimonaden-Industrie gemacht. Wie Rockefeller, Carnegie, Armour und so viele andere auch war er dann nach New York gezogen, um dort sein Vermögen arbeiten zu lassen.

Mystere beobachtete, wie Antonia sich bei der Gruppe um sie herum entschuldigte und zu ihr und Belloch hinüberkam. Zum Glück konnte sie spüren, wie Bellochs Hand ihren Arm losließ. In dem Gedränge hatte niemand bemerkt, wie unsanft Belloch sie behandelt hatte.

Antonia sah – wie Mystere zugeben musste – ziemlich attraktiv aus in ihrem eng taillierten Baumwollsatinkleid mit schwarzsamtener Bordüre. Zweifelsohne schmeichelte es ihrer Figur auf eine recht freimütige Weise, wohingegen Mysteres sittsames Kleid – wenn auch von hoher Qualität und ihren schimmernden Teint ausgezeichnet unterstreichend – bewusst so ausgesucht war, dass es sie mehr als Mädchen denn als Frau erscheinen ließ.

Die Erbin ist wunderschön, gestand Mystere sich ein, jedoch steif wie ein feines Porzellanstück. In ihrer ungnädigen Gesinnung fand sie, dass Antonia den Elan einer Schlafwandlerin ausstrahlte und dass das bisschen Lebhaftigkeit, das sie besaß, in der Hauptsache aus Schulmädchenboshaftigkeit bestand. Sie war stolz und genoss es, ihren Reichtum auf eine Art und Weise zur Schau zu stellen, die auf frühere Berührungen mit Entbehrung schließen ließ. Was jedoch noch schlimmer war, sie hatte die unscheinbare kleine Mystere immer als eine Art Wohltätigkeitsmaskottchen der Reichen und Berühmten behandelt.

»Guten Abend, Mystere«, begrüßte Antonia sie mit herablassender Höflichkeit. »Die kleine Aufführung Ihres Onkels gerade eben war recht amüsant. Ich hatte ja keine Ahnung, dass es in Ihrer Familie ein solch schauspielerisches Talent gibt.«

Dies war ein weiterer Charakterzug Antonias – herabsetzende, jedoch in lieblichem Tonfall gesprochene Worte. Jeder wusste, dass Theaterleute gesellschaftlich degradiert waren. Für einen kurzen Moment packte Mystere die Wut. Antonia war jedoch schon mit Rafe beschäftigt, und Mystere war dem Mädchen im Grunde genommen dankbar für diese Ablenkung.

»Mr. Belloch, Sie als Gentleman befinden sich uns Damen gegenüber in einer deutlich günstigeren Lage.

Wir müssen zu Hause schmachten, während es Ihrem Geschlecht freisteht, sich ganz nach Belieben zu bewegen. Sie könnten ruhig ab und zu ihr Kärtchen vorbeischicken.«

»Miss Butler, dafür sind die Aussichten viel zu entmutigend. Das einzige Mal, als ich tatsächlich meinen ganzen Mut zusammengenommen hatte, Sie zu besuchen, waren Sie von einer Galaxis hoffnungsvoller Bewunderer umgeben.«

»Mr. Belloch! So schüchtern kennt man Sie ja gar nicht – Sie sind doch der Mann, der jedes Ziel erreicht.«

Antonias Augen blitzten kurz verächtlich in Mysteres Richtung, als sie hinzufügte: »Ich dachte, Sie gehörten zu denen, die an einer Herausforderung Gefallen finden und nicht an leichten Siegen interessiert sind.«

»Das tue ich auch, Miss Butler, solange meine Investitionen Aussicht auf irgendeinen Profit haben.«

Seine Anspielung war in Mysteres Augen ein wenig ordinär und direkt, Antonia aber schien nicht beleidigt zu sein. Mystere in ihren Blick einschließend antwortete sie: »Mein Vater hat mir stets versichert, dass niemand auf Gewinn hoffen kann, der nicht auch große Risiken auf sich nimmt. Ich hoffe, dass Ihr Erfolg in geschäftlichen Dingen Sie in privaten Angelegenheiten nicht … zu schnell selbstgefällig werden ließ.«

Deutlich mit sich selbst zufrieden, wünschte Antonia ihnen einen guten Abend und kehrte zu ihren Freunden zurück.

»Es mag in der Tat eine ganze Galaxis von Männern um sie herum geben«, bemerkte Mystere in neutralem Ton. »Es ist jedoch ziemlich deutlich, dass *Ihr* Orbit oberste Priorität besitzt.«

»Nun ja, eines Tages werde ich wohl mit ihr spielen«, antwortete er ohne großes Interesse.

»Spielen Sie auch mit mir? Ist es das, was Sie tun, sich amüsieren?«

»Ja, aber andere Frauen, andere Spiele, Miss Rillieux. Sagen Sie mir, man hat mir gesagt, dass Ihr Onkel hoch in Mrs. Astors Gunst steht?«

Seine selbstgefällige Stimme ärgerte sie, daher antwortete sie nur knapp: »Sie ist ausgesprochen freundlich zu uns gewesen. Wir sind noch nicht lange in New York, wie Sie ja wissen.«

Darauf erwiderte er ihr mit einem harten, bellenden Lachen. »Mindestens zwei Jahre schon, wenn mich nicht alles täuscht.«

»Andere Frauen, andere Spiele«, warf sie kühl zurück. »Ich denke, dass Sie mich da mit einer anderen verwechseln.«

Er ignorierte ihre Worte und seine Augen verengten sich wieder in Vermutungen. »Caroline hat mir erzählt, dass Ihr Onkel in seiner Jugend viel in der Welt herumgekommen ist.«

»Er ist ausgiebig gereist, ja. Das war jedoch, bevor ich in New Orleans zu ihm gezogen bin.«

»Ach ja, richtig. Nachdem Ihre Eltern von der ... Cholera hinweggerafft wurden, war es nicht so?«

»Gelbfieber. Das ist ein fürchterliches Problem in New Orleans. Im Jahre 1871 hatte es dort einen besonders schlimmen Ausbruch gegeben.«

Inzwischen hatten Mrs. Pendergast und Inspector Byrnes sich in den Salon zurückgezogen, um einen detaillierten Bericht aufzusetzen. Mystere schaute so lange umher, bis sie Rillieux' Blick auf sich zog, der zusammen mit Alice und Alva Vanderbilt an einem marmornen Sockeltisch saß. Er nickte in ihre Richtung und Mystere versuchte, sich von Belloch davonzustehlen. Erneut jedoch hielt der Eisenbahn-Unternehmer sie mit stählernem Griff zurück.

»Ja, New Orleans ist eine bezaubernde Stadt«, fuhr er fort, obwohl sie offensichtlich den Wunsch hatte zu gehen. »Die Gegend leidet jedoch unter einem erbärmlichen Klima. Ich bin einmal beruflich dort gewesen. Verbrennen sie noch immer die Beast-Butler-Puppe?«

»Was?«

»*Was?*« Sein Gesicht umwölkte sich. »Mit Sicherheit meinen Sie das ironisch?«

Gegen ihre Verzweiflung ankämpfend versuchte Mystere, den bekannten Namen irgendwo einzuordnen. Dann jedoch erinnerte sie sich an Rillieux' Privatunterricht. »Oh, natürlich. Sie meinen Ben Butler, den Unionsgeneral, der während des Krieges New Orleans besetzt hatte.«

»Ja. Aber ich bin überrascht, dass jemand, der in New Orleans geboren ist, nicht sofort darauf kommt. Soviel ich weiß, ist er einer der am meisten gehassten Männer der Geschichte der Stadt. Er beschuldigte praktisch jede Dame in New Orleans, eine Hure zu sein.«

»Ich habe keine Erinnerungen an den Krieg, Mr. Bulloch. Sie vergessen mein Alter. Ich habe gerade erst mein Debüt gehabt«, erinnerte sie ihn.

»Miss Rillieux, die Zeit heilt nicht alle Wunden. Ich bin erst vor fünf Jahren dort unten gewesen. Er wurde noch immer von wirklich jedem beschimpft.«

Mysteres Unbehagen angesichts all dieser Fragen ging durch seine zähe Ausdauer in pure Empörung über. Mit einer beherzten Verrenkung befreite sie ihren Arm aus seinem Griff.

»Sie haben mich darauf aufmerksam gemacht, dass ich ein dummes Geschöpf sein muss, Mr. Belloch. Nun, wenn Sie mit Ihren Beleidigungen durch sind, werden Sie mich hoffentlich entschuldigen.«

Er war offensichtlich noch nicht fertig mit ihr, sie jedoch hatte mehr als genug von ihm. Sie wendete sich schnell ab, bevor er sie wieder aufhalten konnte. Sollte er es trotzdem versuchen, so hatte sie vor, um Hilfe zu schreien. Das würde zwar einen Skandal verursachen, aber sie konnte es nicht zulassen, ihn die Oberhand gewinnen zu lassen. Es lag zu viel Gefahr in ihm.

»Dumm ist nicht der Ausdruck, der mir bei Ihnen in den Sinn kommt«, spottete seine Stimme hinter ihr.

Ohne sich umzudrehen, versteifte sie ihren Rücken und überließ ihn seinem spöttischen Lachen.

Als ihre Kutsche an den großen, steinernen Torpfosten des Herrenhauses der Maitlands vorbeirollte, genehmigte Paul Rillieux sich eine Prise Schnupftabak. Er ließ seine silberne Schnupftabakdose wieder zuschnappen und sagte zu Mystere: »Nun denn, meine Liebe. Lass mich unsere neueste Errungenschaft begutachten.«

Sie hob ihren linken Unterarm ein wenig an. Unter ihrem Ärmelaufschlag aus Hermelin konnte man den Rüschenbesatz des bestickten Unterziehärmels ihres Kleides sehen. Ein Täschchen mit einer Kordel zum Zusammenziehen war strategisch günstig zwischen diese beiden eingenäht worden, und zwar dort, wo es durch die voluminösen Falten verdeckt wurde. Nach jahrelanger Übung reiner Fingerfertigkeit unter Rillieuxs peinlich genauer Anleitung konnte sie nun jedes Schmuckstück so mühelos entfernen und verstecken, dass selbst jemand, der sie von nahem beobachtete, nichts anderes sehen konnte als eine Frau, die geistesabwesend einen ihrer Ärmel richtete.

Sie nahm die Brosche heraus und reichte sie Rillieux hinüber.

Dieser entzündete ein Streichholz, dessen auflodernder Schein glänzende Farbpunkte auf dem wunderschönen, reichlich mit Edelsteinen besetzten Stück reflektierte.

»Eine meisterhafte Anfertigung«, verkündete er in ehrfürchtigem Ton. »Mystere, ich hatte im Laufe der Jahre einige brillante Protegés. Dein Talent jedoch ist unübertroffen.«

»Talent«, wiederholte sie, wobei Bitterkeit sich in ihren Tonfall einschlich, »gehört wohl eher in den Bereich der Malerei oder der Dichtkunst, nicht jedoch in den der Diebeskunst.«

»Falsch. Auf alle Fälle einmal ›stehlen‹ wir nicht. Das habe ich dir doch schon gesagt. Wir eignen uns etwas an. Da gibt es einen entscheidenden Unterschied. Stehlen ist niederträchtig, vulgär und gewöhnlich. Bei deiner Herkunft solltest du dich eigentlich gut daran erinnern, nicht wahr, meine Liebe? Ich selbst habe dich aus Five Points herausgeholt.«

Er grinste selbstgefällig. »Nein, im Ernst. Stehlen ist ein schändlicher, heimtückischer Akt. Aneignung hingegen ist raffiniert, anspruchsvoll und kühn. Sie bedeutet Beschlagnahme von Eigentum, ohne irgendwelchen moralischen Rechtfertigungen Beachtung zu schenken. Es ist das, was die Römer *pecca fortiter* nannten – kühn sündigen. Was glaubst du, wie die ›oberen Vierhundert‹ so reich geworden sind? Indem sie sich das angeeignet haben, was sie haben wollten, so läuft das nämlich.«

Das Streichholz ging aus, und Rillieux ließ das Schmuckstück in seine Manteltasche fallen. »Wo wir gerade von den ›oberen Vierhundert‹ sprechen, was hat eigentlich Belloch zu dir gesagt? Es hat nicht nach höflichem Smalltalk ausgesehen.«

»Er verdächtigt mich. Es ist der Raub in Five Points – er erinnert sich an mich.«

»Unsinn. Das war vor zwei Jahren. Hat er dich irgendeiner Sache beschuldigt?«

»Nicht so sehr durch Worte, aber –«

»Nun komm schon, meine Liebe, du weißt doch, wie leicht erregbar du sein kannst. Du nimmst es zu wichtig; Du warst in Five Points maskiert, und außerdem siehst du nun sogar noch jünger aus mit deinen eingeschnürten weiblichen Rundungen.«

»Ja, vielleicht hält er mich für siebzehn statt für zwanzig. Das verwirrt ihn aber lediglich, es kann ihn nicht täuschen. Du hättest ihn hören sollen, wie er mich über New Orleans ausgequetscht hat. Und über dich. Er hat mich beinahe über eine Frage nach Beast Butler stolpern lassen. Gott sei Dank hatte ich die Bücher gelesen, die du mir gegeben hattest, und ich konnte mich gerade noch rechtzeitig an ihn erinnern.«

»Belloch sollte sich lieber raushalten. Meide ihn ganz einfach.«

»Ich werde es versuchen, aber was ist, wenn er mich nicht in Ruhe lässt?«

»Er wird es schon kapieren, ansonsten wird seine Neugier ihm noch zum Verhängnis werden.«

»Was bedeutet das?«, fragte sie mit einer Spur von Beunruhigung in ihrer Stimme.

»Nichts, was dich betrifft. Mach dir wegen Belloch keine allzu großen Sorgen. Er ist ein Sonderling. Es kursieren

Gerüchte, dass er nicht ganz normal sei. Irgendeine peinliche Sache mit seinen Eltern und dem Verlust ihres Vermögens.«

»Er schien mir einen recht klaren Verstand zu besitzen, Sonderling hin oder her.«

Die Kutsche überquerte den Broadway am Madison Square, dem Hotelviertel. Die Ladies' Mile – die in der ganzen Welt unübertroffene Einkaufsmeile – erstreckte sich von der 23. Straße Süd bis zur 14. Straße. Der Marble Palace, Lord & Taylor und die anderen riesigen Warenhäuser waren zum größten Teil dunkel und ruhig. Nur das Delmonico's Restaurant und ein paar Spezialitätengeschäfte hatten noch geöffnet.

»Paul?«, fragte sie mit nun zögernder Stimme. »Die Brosche – wird sie einen guten Preis erzielen?«

»Das hoffe ich. Das hängt jedoch ganz von Helzer ab, weißt du. Warum willst du das wissen?« Wenn eine Stimme die Stirn runzeln könnte, so hätte die seine es nun getan. Mystere hatte noch nie solche Fragen gestellt.

»Ich ... das heißt, ich frage mich nur, ob ich nicht vielleicht einen größeren Anteil bekommen könnte?«

»Wofür denn? Bin ich dir gegenüber etwa nicht großzügig genug? Vergiss bitte nicht, dass ich für uns alle einen Haushalt zu führen habe. Du hast ein schönes Zuhause, gute Kleider, Taschengeld und freie Benutzung einer Kutsche mitsamt Kutscher.« Er drohte ihr mit dem Finger. »Meine Liebe, du musst aufhören, so mit deinem Geld herumzuwerfen.«

Einen Moment lang ließ sein tadelnder Ton ihr Gesicht vor Wut erglühen. Trotz ihrer Angst vor Belloch teilte sie in diesem Augenblick dessen offensichtliche Verachtung für die »oberen Vierhundert«. Wenn sie wirklich so überlegen und scharfsichtig waren, wie konnte dann ein so grober Betrüger wie Rillieux sie so leicht mit guter Kleidung und europäischem Flair hinters Licht führen?

Wahrscheinlich wurde er durch ihr frostiges Schweigen gewarnt, denn seine Stimme senkte sich nun um eine Oktave und sein Tonfall wurde zu einer Drohung. »Mystere, eine Sache gibt es, die ich nicht tolerieren werde, und das ist ein Judaskuss. In unserer kleinen Gruppe lautet die Devise: Einer für alle, alle für einen. Niemand verheimlicht den anderen gegenüber etwas. Habe ich mich da deutlich genug ausgedrückt?«

Einen Moment lang spürte sie, wie im Schutze der Dunkelheit Tränen in ihren Augen und in ihrer Kehle brannten. »Ja«, stieß sie hervor.

Rillieux aber, der ihre Stimmungen haargenau kannte, ging zu einem verständnisvollen Ton über. »Mystere, hast du etwa schon das Waisenhaus vergessen, aus dem ich dich herausgeholt habe?«

Vergessen? Niemals wieder würde sie so viel Glück haben. Sie dachte an die eiskalten Nächte, die schweren Bestrafungen, und es hatte wenig zu essen gegeben außer zweimal täglich Panada – eine Art Brotsuppe, in der ein paar Rübenstückchen schwammen. Dank Rillieux hatte sie das Waisenhaus als achtjähriges Kind verlassen können und gelernt, sich bis zum reifen Alter von zwanzig Jahren durchs Leben zu stehlen. Sie hatte als Straßendiebin angefangen und sich an der Seite von Rillieux in die obersten Schichten der Gesellschaft hochgearbeitet. Wie eine Schlange sich häutet, so hatte auch sie das alte, leidvolle Leben einfach abgestreift – nicht jedoch die Erinnerung daran und die Angst davor, wieder dorthin zurückkehren zu müssen.

»Nein«, antwortete sie mit Nachdruck, »ich habe es nicht

vergessen. Und ich bin dir dankbar. Du bist gut zu mir gewesen.«

Sie schob den Vorhang beiseite und schaute hinaus. Manhattan wurde noch immer erst teilweise mit Elektrizität versorgt, und Gaslaternen säumten die Straßen. Der Mond erleuchtete die Turmspitze der Trinity Church.

Rillieux' noch immer freundliche Stimme schnitt sich in ihre Gedanken. »Es ist wegen Bram, nicht wahr? Du vermisst ihn noch immer. Du denkst noch immer an deinen Bruder.«

»Er ist nun sechsundzwanzig«, sagte sie grübelnd, mehr zu sich selbst als zu Rillieux. »Wenn er noch lebt, so ist er alles, was ich noch an Familie habe.«

»Falsch, meine Liebe. *Wir* sind deine Familie. Wir alle. Ich, du, Baylis, Evan, Rose und sogar unser kleiner Hush, wenn er so weit sein wird. Konzentriere dich lieber auf das, was du hast und nicht auf das, was du verloren hast. Bram wird nun schon seit zwölf Jahren vermisst. Offen gesagt, diejenigen, die das Pech haben, als Matrosen entführt zu werden, leben für gewöhnlich nicht mehr sehr lange. Es ist unwahrscheinlich, dass er wieder auftauchen wird.«

Erneut spürte sie das salzige Brennen von Tränen in ihren Augen. Er hatte wahrscheinlich Recht, sie würde jedoch ihre geheime, kostspielige Suche nach ihrem Bruder nicht aufgeben. Hoffnung war ihr Wachtraum, das Einzige, was sie am Leben hielt.

Ihre Kutsche rollte gerade in dem Moment unter der Hochbahn hindurch, als ein später Pendlerzug über ihren Köpfen entlangdampfte. Mystere hörte Baylis, der oben auf dem Kutschbock saß und die Pferde antrieb, fluchen, als Ruß auf ihn niederrieselte. Erneut konnte sie den Mond zwischen den stählernen Stützpfeilern aufblitzen sehen.

Trotz ihrer Bemerkung zu Belloch über die Lächerlichkeit des Namens Lady Moonlight wusste sie, dass dieser im Grunde auf unheimliche Weise passend war.

Das erste Mal, das Lady Moonlight die Aufmerksamkeit der Presse auf sich gezogen hatte, war nach den grandiosen, stadtweiten Feierlichkeiten zum Anlass der Eröffnung der Brooklyn Bridge im vergangenen März. An jenem Abend hatten New York und Brooklyn ein solch spektakuläres Feuerwerk inszeniert, wie es die Welt noch nicht gesehen hatte.

Vier Stunden lang hatte der Nachthimmel über dem East River in brillanten Farben geglüht. Alle, ob jung oder alt, waren aus ihren Häusern gekommen, um an diesem Schauspiel teilzuhaben.

Dann, nur wenige Sekunden nach dem Abbrennen der letzten Leuchtkugelröhren, war ein atemberaubender Vollmond hinter den dunklen Wolken hervorgetreten und hatte die neue Brücke in eine überirdisch leuchtende Aura getaucht. Diese natürliche Lichtschau hatte die Zuschauer noch mehr verzaubert als das Feuerwerk selbst – und genau dies war der Zeitpunkt gewesen, als Mystere, perfektioniert durch eine zwölfjährige Ausbildung bei Rillieux, Carolines Armband entwendet hatte.

Auf diese Weise regte Lady Moonlight sofort die Vorstellungskraft der Öffentlichkeit an und wurde für die weniger vom Glück Begünstigten zu einer Heldin. Schon bald gehörte es fast zum guten Ton, eines ihrer Opfer geworden zu sein. Von Lady Moonlight beraubt zu werden, bedeutete letztendlich, einer Elite anzugehören – sie beraubte ja schließlich niemals ein Mitglied der Mittelschicht. Nach ihr Ausschau zu halten, über ihre Identität oder ihr nächstes Opfer zu spekulieren – all dies verlieh dem ziemlich langweiligen Leben der Oberschicht ein wenig Nervenkitzel.

Erneut zerstreute Rillieux' Stimme ihre Gedanken.

»Nimm dies«, sagte er zu ihr und drückte ihr ein paar Banknoten in die Hand. »Vielleicht kann ich dann und wann ein wenig mehr Geld für dich zusammenkratzen. Aber du musst mir versprechen, es nicht für die Suche nach Bram zu vergeuden.«

Es zu vergeuden ... nein, dachte sie, es wäre vergeudet, wenn sie es für noch mehr Kleider oder Parfüm ausgeben würde. Die Suche nach Bram jedoch war für sie so lebensnotwendig wie die Luft zum Atmen. Ihre Antwort war daher zumindest eine Halbwahrheit.

»Ich werde es nicht vergeuden«, versprach sie. »Wirklich nicht.«

# 3

Nachdem Caroline erst der zungenfertigen Gelehrsamkeit und dem europäischen Charme Paul Rillieux' erlegen war, war dessen Anerkennung perfekt. Niemand dachte auch nur im Traum daran, seine Behauptung nachzuprüfen, sein Reichtum stamme aus französischem Feudalbesitz. So hatte er also, ohne dass nach weiteren Referenzen gefragt wurde, ein geräumiges Herrenhaus aus rötlich braunem Sandstein in der Nähe der Great Jones Street und des Lafayette Place, einem der beliebtesten Standorte Manhattans, erwerben können.

Mystere war ein kompletter Flügel im oberen Stockwerk als ihr Privatgemach zugeteilt worden. Am Morgen nach der Abendgesellschaft bei den Astors war sie schon früh wach, da sie am Vormittag eine Verabredung im Central Park hatte.

Sie führte eine rasche Toilette durch und bestäubte ihr Gesicht leicht mit Puder. Dann kam ein ermüdendes, tägliches Ritual an die Reihe: Nur mit einer rüschenbesetzten, langen Damenunterhose bekleidet stand sie vor einem Toilettenspiegel aus Sterlingsilber und grünem Samt und umwickelte ihre Brust sorgfältig mit Streifen aus Leinen. Diese Prozedur war beschwerlich und unbequem, Rillieux hatte jedoch darauf bestanden.

»Wir wollen eine hübsche Debütantin haben und keine wunderschöne Frau«, hatte er sie angewiesen. »Wir wollen, dass die Männer dich anschauen und denken: ›Nun, vielleicht in ein paar Jahren, jetzt jedoch noch nicht‹. Wir wollen, dass sie dich wieder aus ihren Gedanken verbannen und irgendwo anders hinschauen, während du sie um ihren Besitz erleichterst.«

Sie beendete das Einwickeln und zog sich ein seidenes Unterkleid an. Danach ging sie zu einem hohen, mit Satin ausgekleideten Schrank hinüber und entschied sich für ein schwarzes Kleid aus Kammertuch. Es war schlicht, ohne jeglichen Schick, aber das war genau das, was sie für dieses Treffen benötigte. Nachdem sie angekleidet war, steckte sie ihr mahagonifarbenes Haar nach hinten zu einem ordentlichen Nackenknoten zusammen.

Ziemlich eintönig und langweilig, bestätigte sie sich, als sie ihr Aussehen im Spiegel begutachtete. Um dem Ganzen noch den letzten Schliff zu geben, setzte sie sich eine Witwenhaube mit Schleier auf. Ja, das sollte genügen – eine arme Witwe konnte sich allein und unbelästigt in der Stadt bewegen. Und durch den Schleier bedeckt würde wohl keiner der »oberen Vierhundert« sie bei ihrer Verabredung im Park erkennen.

Ein plötzliches Klopfen an der Tür ihres Ankleidezimmers ließ sie zusammenfahren. »Mystere? Bist du schon wach?«, fragte die Stimme einer Frau.

Hastig nahm sie die Haube vom Kopf und stopfte sie in ihren Weidenkorb – gerade noch rechtzeitig bevor die Tür aufschnappte und eine Frau um die dreißig mit feuerrotem Haar auf Lockenwicklern unter einer Spitzenhaube ihren Kopf in den Raum hineinstreckte.

»Schon auf und angezogen! Donnerwetter! Ich selbst bin gerade erst aufgestanden.«

»Guten Morgen, Rose.«

Rose O'Reilly schenkte dem schwarzen Kleid einen skeptischen Blick. Sie hatte eine großporige Haut und ein von Sorgen gezeichnetes Gesicht, das schon vor seiner Zeit gealtert war. »In diesem abgerissenen Kleid hast du dein ganzes hübsches Aussehen verloren.«

Mystere ignorierte das einfach. »Ist Paul schon auf?«

»Ja. Er ist mit Hush zusammen im Salon unten. Unterrichtsstunde, weißt du.«

»In Ordnung. Ich werde sofort nach unten gehen.«

Rose wollte gerade die Tür zuziehen, zögerte dann aber doch. »Übrigens, es steht heute Morgen überall in den Zeitungen.«

»Was – oh. Du meinst sicher Mrs. Pendergasts Brosche.«

»Alle sind in heller Aufregung. Evan sagt, dass sogar der Milchmann nicht davon aufhören wollte. Die Polizei gelobt, den Dieb zu schnappen. Sie rufen sogar eine Spezialeinheit ins Leben, nur um Lady Moonlight in die Falle zu locken. Ich habe Paul gesagt, dass er sich ganz schön weit vorwagt, aber er hat mir geantwortet, ich solle den Mund halten, er wisse genau, was er tue. Ich hoffe bei Gott, dass er Recht damit hat, ansonsten kann es uns alle teuer zu stehen kommen.«

Nachdem sie ihre Neuigkeiten losgeworden war, ging Rose wieder fort. Ihre warnenden Worte ließen Mystere jedoch mit einem besorgten und unbehaglichen Gefühl zurück. Vor allem, als sie sich daran erinnerte, wie Rafe Belloch sie am vorhergehenden Abend mit seinen dunklen, anklagenden Augen erforscht hatte. Paul tat ihn als Sonderling ab, sie jedoch spürte die gefährliche, unterdrückte Spannung in ihm. Dieser Mann war wie ein eingesperrter Tiger, der nur darauf wartete, dass irgendein Dummkopf die Tür des Käfigs öffnete.

Trotzdem war es das Risiko wert. Keiner der anderen – nicht einmal der einfallsreiche Hush, der trotz seiner jungen Jahre schon ein erstaunlicher Taschendieb war – brachte Beute mit, die sich mit der Lady Moonlights messen ließ. Das war auch unmöglich, denn die anderen verfügten nicht über ihren leichten Zugang zu den ganz Reichen. Und je mehr sie einbrachte, desto höher sollte ihr Anteil sein – so zumindest hatte Rillieux es ihr versprochen. Geld, das sie so dringend benötigte.

Mystere schloss die oberste Schublade eines goldbronzenen Louis-XVI-Schreibtisches auf und nahm eine kleine Schatulle aus Birkenholz heraus. Der zerlesene und zerrissene Brief, den sie vorsichtig herausholte und entfaltete, war auf Kanzleipapier geschrieben, das durch sein Alter, durch Berührung und durch Belichtung verblasst war. Sie tadelte sich selbst dafür, ihn trotzdem erneut in die Hand zu nehmen. Es gab jedoch Momente, in denen sie es einfach tun musste, ansonsten hätte sie wohl aufgehört, daran zu glauben, dass ihr Kampf es wert war.

Am besten war der gedruckte Briefkopf zu erkennen, der aus einem zweigeteilten Bild bestand, und zwar aus einem halben Adler, an dem der Arm eines Mannes angebracht war, in dessen Hand ein Dolch steckte. Das Datum unter dem Briefkopf war ebenfalls klar zu erkennen, es war der 12. April 1863. Die saubere Handschrift selbst war jedoch fast verblasst und wurde zunehmend undeutlicher, je länger Mysteres Blick über die Seite glitt.

*Lieber Brendan,*
*ich bete zu Gott, dass dieser Brief mitsamt dem beigefügten Bankscheck dich und deine Familie gut erreicht. Ich*

*weiß, wie schrecklich es heutzutage in Dublin ist. Glaube mir, auch in New York ist es hart gewesen, als ich hier ankam.*

*Trotzdem jedoch bin ich über meine kühnsten Hoffnungen hinaus erfolgreich gewesen. Ich weiß, dass es mit deiner Gesundheit in letzter Zeit nicht gut bestellt ist, aber wenn irgend möglich, so bitte ich dich eindringlich, deine Familie hier nach New York zu bringen. Sei versichert, dass ich über die Mittel verfüge sicherzustellen, dass du dich gut hier einrichten kannst. Das Leben ist turbulent und verwirrend, vor allem jetzt, da wir auf das Ende dieses schrecklichen Krieges warten. Wie dem auch sei, ein Mann, der bereit ist, die Ärmel hochzukrempeln, wird reichlich Möglichkeiten finden, seine eigene Lage und die seiner Kinder zu verbessern.*

*Da wir gerade davon sprechen, sei dir außerdem gewiss, dass – egal, ob ihr es schafft hierher zu kommen oder nicht – für dich, Maureen, Bram und Mystere in meinem Testament gesorgt sein wird. Ohne deine Hilfe hätte ich nie nach Amerika gehen können. Das Geld, das du mir unter großen Entbehrungen für dich und deine Familie gabst, hatte mir die Überfahrt ermöglicht. Gott segne dich und erhöre meine Bitte, dass wir alle schon bald wieder vereint sein werden.*

Den letzten Abschnitt konnte sie jedoch nicht mehr lesen, da er schon zu verblichen war. Und so sehr sie es auch versuchte, die fast vollständig verblichene Unterschrift konnte sie genauso wenig entziffern. An einer Stelle hatte sogar Wasser die Tinte verwischt, noch bevor sie verbleichen konnte. Sie hatte den Brief einst zu einem Restaurator alter Handschriften gebracht, der leider ohne Erfolg versucht hatte, die Unterschrift mit einer Tinktur aus Quecksilber und Zink lesbar zu machen.

Noch dazu hatte sie keinen Namen, mit dem sie ihre Suche beginnen konnte, denn sie hatte nie ihren Nachnamen gewusst – oder ihn vor langer Zeit schon vergessen. Brendan, ihr Vater, war schon gestorben, noch bevor ihre Mutter diesen Brief erhalten hatte, und Mystere war erst zwei Jahre alt gewesen, als auch ihre Mutter durch die Schwindsucht hinweggerafft wurde. Als eine ihrer letzten Taten hatte Maureen sie und den achtjährigen Bram auf ein Schiff verfrachtet, das nach Amerika fahren sollte.

Mystere faltete den Brief vorsichtig zusammen und steckte ihn wieder weg. Das Gedächtnis war etwas, das sie erstaunte und gleichzeitig entmutigte: Es konnte sich durch das ganze Leben eines Menschen bewegen, und zwar in der Zeit, die man brauchte, um einen Schuh zuzubinden. Es konnte jedoch ebenso gut dabei versagen, die grundlegendsten Fragen über die eigene Existenz zu beantworten. Sie hatte keine Erinnerungen mehr an ihr Leben in Irland, lediglich diesen Brief und die Dinge, die Bram ihr erzählt hatte. Und auf einer Sache hatte er immer und immer wieder bestanden, und zwar, dass ihre Mutter ihm erzählt hatte, dass er und Mystere Ansprüche auf ein großes Vermögen hätten.

Unten in der Eingangshalle schlug die hohe Standuhr die Viertelstunde und holte sie mit einem Ruck wieder in die Gegenwart zurück. Sie warf einen letzten Blick in den Spiegel und umklammerte ihren Weidenkorb, in dem ihr Schleier steckte.

»Heute«, sagte sie hoffnungsvoll zu ihrem Spiegelbild. »Heute wird Lorenzo etwas für mich haben.«

»Denke immer daran, Junge«, drang Rillieux' volltönende Stimme durch die angelehnten handgeschnitzten Rosenholztüren des Salons, »ein ausgezeichneter Moment, den man unbedingt ausnutzen sollte, sind die ersten kritischen Sekunden, wenn zwei Bekannte sich auf der Straße begegnen. Der Moment, wenn ihre Augen sich schließen und sie den Beschluss fassen, sich gegenseitig durch die Rituale der Begrüßung anzuerkennen.«

Mystere warf einen kurzen Blick durch die offenen Türen in einen luxuriös ausgestatteten Raum, der durch vergoldete, sternförmige Messinglampen erleuchtet wurde, die erst kürzlich elektrifiziert worden waren. Das gleichmäßige Licht hob einen persischen Hamadan-Teppich in roten, blauen und grünen Farben vor einem schwarzen Hintergrund hervor. Rillieux saß in einem aus Nussbaumholz geschnitzten Lehnstuhl und gestikulierte mit seinem Spazierstock wie ein Dirigent mit seinem Taktstock. Und der junge Hush – der einzige Name, unter dem sie ihn kannten – hatte sich buchstäblich zu Füßen seines Meisters auf eine gepolsterte Fußbank gesetzt.

»Das Begrüßungsritual«, fuhr Rillieux mit seinem Vortrag fort, »ist eines, das für ein paar Sekunden die komplette Aufmerksamkeit erfordert. Ich habe einst bei genau solch einer Gelegenheit einen Mann um seinen Handkoffer erleichtert. Aber die Wahl des richtigen Zeitpunktes ist alles, gemeinsam mit blitzschnellen und fehlerlosen Bewegungen. Die Schnelligkeit ist alles, Hush. Diese und absolute Zuversicht, denn du bist ein Künstler in deinem Metier.«

»Ein Künstler, Sir?«

»Natürlich. Stehlen – was ich Aneignung nenne – ist eine vielschichtige und wunderbare Kunst, wenn sie richtig ausgeübt wird. Sie sollte jedoch niemals Drohungen, Gewalt oder Blutvergießen mit sich bringen. Diese Straßenlümmel und Kakerlakenwächter, die ihre Opfer einschüchtern, verletzen oder gar töten, kann ich auf den Tod nicht ausstehen. Warum sollte man einen Erzeuger weiterer reicher Männer töten? Genauso, wie ein guter Farmer seinen fruchtbaren Mist mit Respekt behandelt, müssen wir diejenigen in Ehren halten, die wir von ihrem kostbaren Spielzeug trennen.«

»Also wirklich, Paul«, neckte Mystere ihn, als sie in den Salon trat, »der Junge ist doch erst zwölf. Du klingst wie Plato, der seinen Schülern eine Vorlesung hält.«

Bei ihrem Eintreten rappelte Hush sich höflich auf und ließ das traurige, wirre Lächeln aufblitzen, das bei ihrer ersten Begegnung sofort Mysteres Herz erobert hatte. Der Waisenjunge arbeitete als Rattenfänger und lebte in Little Italy am südlichen Ende der Mulberry Street in einem Zimmer, das einem Loch glich, im Untergeschoss. Seine Hose aus Resten unionsblauen Shoddytuches wurde von einem Ledergürtel gehalten, der drei Nummern zu groß für ihn war; sein schmutziges, geflicktes Hemd war aus Wolle und man konnte erkennen, dass der Junge es ständig trug.

Rillieux war an diesem Morgen in guter Stimmung und begrüßte Mystere mit einem Lächeln. »Erst zwölf, ja, aber schau dir das hier mal an. Er ist nicht nur ein aufmerksamer Schüler, sondern auch ein Wunderkind.«

Er wies auf die Beute, die auf einem in der Nähe stehenden Teetisch mit Einlegearbeit aufgehäuft war. Neben mehreren Brieftaschen enthielt Hushs letzte Ausbeute ein goldenes, italienisches Kordelarmband und ein Paar Ohrgehänge mit Saphiren und Diamanten.

»Der Junge hat ein bemerkenswertes Talent«, brüstete Rillieux sich. »Nach dir habe ich seinesgleichen nicht mehr gesehen, Mystere. Was er in den Gassen gelernt hat, wird ihn für die ›oberen Vierhundert‹ qualifizieren, das sage ich dir. Er hat die Hände eines Taschendiebes, die ebenso gut ein Klavier oder ein Chirurgenmesser beherrschen könnten. Das Gold übrigens hat vierundzwanzig Karat.«

Ihr Gesicht zeigte keinerlei Rührung, seine selbstgefällige gute Laune über das vorsätzliche Verderben dieses Kindes erfüllte sie eher mit Wut. Rillieux hatte den Ruf eines weit gereisten Gelehrten. In Wahrheit jedoch bestand seine Genialität aus nichts anderem als aus einem fast fotografischen Gedächtnis. Dieses diente zwei nützlichen Zwecken: Allein durch das Sicheinprägen von Dingen konnte er sich als beträchtlich gelehrt ausgeben und, was noch nutzbringender war, er vergaß niemals den Fundort irgendeines wertvollen Stückes.

»Ist jemand gestorben?«, fügte er hinzu und schenkte ihrem düsteren schwarzen Kleid einen verdutzten Blick.

»Ich finde, sie sieht wunderschön aus, Sir«, sagte Hush mutig. »Wie eine Dame auf irgendeinem berühmten Gemälde.«

»Wir wissen ja, dass du in sie vernarrt bist, mein Junge. Und wer könnte dir das auch verübeln! Selbst in Schwarz ist sie noch eine Augenweide. Wirst du heute die Kutsche benötigen, Mystere?«

Sie musste vorsichtig sein. Das war ja auch einer der Gründe dafür, dass sie das schwarze Kleid trug. Witwen, die allein ausgingen, wurden normalerweise ihrer Trauer überlassen, während andere junge Frauen, die sich allein in der Stadt aufhielten, bestenfalls für Prostituierte gehalten wurden. Und sie hatte vor, alleine in die Stadt zu gehen.

Gewiss könnte sie die Kutsche nehmen, aber Rillieux hatte seine Gründe dafür, mit der Kutsche so großzügig zu sein. Wenn Baylis sie führe, so würde dieser ihre Unternehmungen pflichtbewusst an Rillieux weitergeben. Die ganze Dienerschaft, Rose eingeschlossen, verhielt sich ihm gegenüber ausgesprochen loyal. Immerhin hatte er sie ja von der Straße geholt und ihnen einen guten Platz zum Leben und eine gewisse Sicherheit in ihrem bis dahin verzweifelten Leben gegeben. Baylis mochte sie wirklich, und sie mochte ihn; sie hatte jedoch gelernt, dass er nie etwas vor Paul geheim halten würde.

»Ich denke, der Bus wird es auch tun«, sagte sie zu ihm. »Ich habe vor, ein wenig auf dem Broadway einkaufen zu gehen, und du weißt ja, wie verstopft dieser normalerweise ist. Der arme Baylis hasst es, einen Standplatz suchen zu müssen.«

»Nun, dann lass dir aber zumindest eine Kutsche kommen. Die ›oberen Vierhundert‹ fahren nicht mit dem Bus.«

»Um so besser«, antwortete sie leichthin. »Dann wird ja auch keiner von ihnen mich dort sehen können. Es macht mir Spaß, mit dem Bus zu fahren.«

Rillieux runzelte die Stirn. »Wie du willst, meine Liebe. Sorge aber bitte dafür, dass du bis spätestens drei Uhr am Nachmittag wieder zurück bist. Wir sind zu einer Dichterlesung bei den Vernons eingeladen. Sylvia Rohr wird ebenfalls dort sein – ich habe ein Auge auf eines ihrer kleinen Schmuckstücke geworfen.«

»Ich werde rechtzeitig zurück sein«, versprach sie ihm und behielt ihren Groll für sich.

Allem Anschein nach hatte sie einen äußerst erstrebenswerten gesellschaftlichen Terminkalender. Neben den zahlreichen – endlosen, korrigierte sie sich – Bällen, Abendgesellschaften und frühen Abendessen gab es da noch die Besuche von Museen, Opern, dem Theater und den Vortragssälen. Trotz allem befand sie sich jedoch in einem Zustand unaussprechlicher Einsamkeit. Sie war zwar unter Menschen, jedoch nicht *mit* ihnen – sie war nur dort, um zu stehlen.

Hush folgte ihr aus dem Salon hinaus und durch das Haupt-Empfangszimmer in die Vorhalle. »Mystere?«, sprach er sie an, als sie nach dem gläsernen Knauf der Eingangstür griff.

»Hmm?« Gedankenverloren drehte sie sich um und erwiderte seinen düsteren, intelligenten Blick.

»Wann werde ich hier zusammen mit dir … ehm, ich meine mit euch allen leben dürfen?«

Sie lächelte, obwohl seine Worte ihr einen Stich versetzten. »Schon recht bald, denke ich. Auf jeden Fall aber hängt das von Paul ab.«

Aus Angewohnheit schüttelte er sich seinen dunklen Haarschopf aus den Augen. »Mr. Rillieux … er mag mich, nicht wahr? Er findet, dass ich gute Arbeit leiste, stimmt's?«

Mystere glaubte daran, bei sehr sorgfältiger Betrachtung eines Gesichtes nicht nur erkennen zu können, war für ein Mensch derjenige war, sondern auch, was aus ihm werden würde. Und was sie in Hushs Gesicht sah, gefiel ihr. Hinter dem Schmutz und den Narben und der rauen Politur eines Gassenjungen sah sie ein aufrichtiges Herz und echte Charakterstärke.

»Hush«, antwortete sie, »er ist ziemlich zufrieden, ja. Mach dir deswegen keine Gedanken. Aber du weißt hoffentlich, dass niemand dazu gezwungen werden kann … ein Dieb zu werden?«

»Gezwungen? Mir gefällt es. Mit Sicherheit ist es tausendmal besser, als unter Häusern herumzukriechen, um Ratten zu vergiften.«

»Ich weiß. Aber denke immer daran, auch wenn du lediglich das tust, was Paul dir aufträgt, dass du genauso gut etwas anderes tun könntest, etwas, das dir sogar noch besser gefallen würde. Etwas Ehrenhaftes. Bringe dir selbst ein nützliches Gewerbe bei – kannst du lesen?«

Er schüttelte den Kopf. »Aber ich kann ein wenig rechnen.«

»Nun, dann werde ich dir das Lesen beibringen. Für einen so intelligenten Jungen wie dich wird es ein Kinderspiel sein, das zu lernen. Wir werden damit anfangen, sobald du das nächste Mal wieder zu uns kommst.«

Sein Gesicht hellte sich angesichts dieser Aussicht auf. Sie drehte sich zur Tür um, aber erneut hielt seine Stimme sie vom Gehen ab. »Mystere?«

»Ja?«

Er warf einen flüchtigen Blick über seine Schulter, um sicherzugehen, dass Rillieux den Salon nicht verlassen hatte. »Wirst du ... du weißt schon, gezwungen?«

Sie durchforschte sein Gesicht. »Du hast es erraten, nicht wahr? Das mit der Lady Moonlight?«

Er nickte.

»Du bist wirklich intelligent. Lass es aber Paul nicht wissen, dass du es weißt.«

»Wirst du denn nun? Gezwungen, es zu tun, meine ich?«

Irgendetwas in dem neugierigen Blick, den er ihr zuwarf, erinnerte sie an die Art, wie Rafe Belloch sie am vorangegangenen Abend angeschaut hatte, als wollte er die Tiefen ihrer Seele erforschen.

Sie wollte gerade nach einer Antwort suchen, als ihr Blick auf die Kaminuhr aus Messing und Glas fiel: schon nach zehn.

»Wir werden später darüber reden«, sagte sie zu ihm und gab ihm einen flüchtigen Kuss auf die Wange. »Lass dir nur eines gesagt sein: Hochtrabende Worte wie ›Aneignung‹ ändern nichts an einer Sache. Stehlen mag dir leicht und gewinnbringend erscheinen, aber egal, wie gut man auch darin wird, es ist und bleibt eine Sünde und ein Verbrechen.«

»Nicht, wenn *du* es tust«, beharrte er in einem Ton, der keinen Einspruch duldete.

Paul ist nicht der Einzige, der ihn verdirbt, dachte sie mit einem flauen Gefühl im Magen, als sie nach draußen ging. Ungeachtet dessen, was er gerade gesagt hatte, fühlte sie sich völlig außer Stande, ihm in die Augen zu schauen oder ihm eine abschlägige Antwort zu geben.

# 4

Es gab keinen Bus zum Lafayette Place, Mystere brauchte jedoch nur ein paar Blocks weiterzulaufen, um einen Expresswagen zu erreichen, der von einem riesigen Pferd gezogen wurde. Dieser brachte sie direkt zum Parkeingang an der Fifth Avenue Ecke 59. Straße.

Trotz ihrer nervösen Erwartung dessen, was sie bei dem Treffen mit Lorenzo Perkins erfahren sollte, genoss sie die lange und langsame Fahrt. Es war ein schöner Tag, mit strahlendem Sonnenschein, einem wolkenlosen Himmel und einer gleichmäßigen Brise aus nördlicher Richtung, die die Hitze erträglich machte. Wohl wahr, es konnte passieren, dass man zufällig vom Washington Square aus in südliche Richtung schaute, wo ständig diese dichte, dunkle Dunstglocke über dem unteren Manhattan schwebte – dem Fabrikendistrikt, der mit allem Möglichen, von Chemiewerken bis hin zu Gerbereien voll gestopft war. Mystere nahm dies einfach hin, denn sie war mit der Stadt groß geworden und hatte beobachtet, wie diese sich weiter und weiter nach Norden hin ausbreitete, bis zum einzig noch übrig gebliebenen ländlichen Teil Manhattans. Dort weidete noch Nutzvieh, wenn auch schon Gehwege angelegt und Gasleitungen um sie herum verlegt wurden. Erst kürzlich hatte sie gelesen, dass die letzten Herdenbesitzer und Bauern, die nur für den Eigenbedarf anbauten, in Höhe der 78. und 79. Straße nun verjagt wurden. Selbst die landwirtschaftlichen Felder von Harlem wurden inzwischen auf Bauplätze hin vermessen.

Der bemerkenswerte Fortschritt war überall um sie herum deutlich sichtbar, vor allem über ihrem Kopf, wo ein dickes, verworrenes Netz aus Telefon- und Elektrokabeln an einigen Stellen den Himmel verdeckte.

Sie wollte gerade den Park betreten, als eine elegante, lodengrüne Kutsche auf der anderen Seite der Avenue vorbeifuhr. Deren glänzende, goldene Geschirrvorrichtung zog ihre Aufmerksamkeit auf sich, und zu spät erkannte sie, wem die Kutsche gehörte. Noch bevor sie sich wegdrehen konnte, fand sie sich gefangen in dem fast körperlich spürbaren Blick Rafe Bellochs.

Sie wagte es nicht, in den Park zu verschwinden, denn das würde so aussehen, als wollte sie sich vor ihm verstecken. In der Hoffnung, dass ihr Schleier sie schützen würde, ließ sie es also zu, dass er sie nach Lust und Laune musterte. Auf einem Gehsteig voller kauflustiger Menschen wählte er ausgerechnet sie aus, um sie mit minuziöser Aufmerksamkeit zu beobachten. Trotz ihrer Besorgnis kam sie nicht umhin festzustellen, dass das Fenster ihn gleich einem Gemälde umrahmte – das Porträt eines dunkeläugigen, gefährlichen jungen Adligen mit ausgeprägter Stirn.

*Ich habe ein großes Interesse an den Methoden und Techniken des Gesellschaftsdiebes, Miss Rillieux.*

Dann fuhr er glücklicherweise an ihr vorbei, und sie konnte sicher den Park betreten.

Sie und Lorenzo Perkins hatten vereinbart, sich hinter dem Wasserengel nahe der Bethesda Terrace nördlich des Sees zu treffen. Wie üblich verspätete er sich. Sie fand eine leere Steinbank, von der aus sie einen guten Blick über die überfüllte Piazza hatte, und sie setzte sich dorthin, um auf ihn zu warten. Wasser rauschte aus den bronzenen Füßen des Engels und lief in Kaskaden die Stufen des Brunnens hinab.

Nur schiere Verzweiflung, irgendetwas über ihren Bruder herauszufinden, hatte sie dazu bringen können, einen ehemaligen Pinkerton-Detektiv anzuheuern. Zunächst einmal hatte sie selbst jede erdenkliche Möglichkeit ausgeschöpft. Befragungen irischer Immigranten aus ihrer alten Nachbarschaft in Dublin, Nachforschungen in der Universitätsbibliothek – sie zündete sogar regelmäßig eine Kerze für den heiligen Antonius an, den Schutzpatron aller verlorenen Dinge. Natürlich heimlich, denn sie war eine fromme Katholikin inmitten der herrschenden Protestantenelite und besuchte zusammen mit Paul die Trinity Church.

Am Ende jedoch entschied sie, dass Gott denen hilft, die sich selbst helfen. Also hatte sie unter hohen Kosten und großen Risiken zusätzlich Perkins Dienste angeheuert. Bisher hatte er aber nur wenig herausgefunden, mit dem sie etwas anfangen konnte, lediglich vage, unbestätigte Informationsfetzen.

Während sie so grübelte, bemerkte sie Lorenzo erst, als er sich neben sie setzte. »Was soll das mit der Witwenkleidung?«, begrüßte er sie.

»Lediglich eine kleine Vorsichtsmaßnahme. Waren Sie in der Lage, irgendetwas herauszufinden?«

Perkins schaute sie mit den kleinen, glanzlosen Augen einer Schildkröte an. Er befand sich irgendwo in den Dreißigern und hatte arg vernachlässigte Zähne. Er war lächerlich stolz auf seinen gewachsten Schnurrbart, den er ab und zu sorgfältig mit Daumen und Zeigefinger zwirbelte – vielleicht, um von seinen Zähnen abzulenken. Ihr Blick jedoch wurde gerade dadurch um so öfter auf seinen Mund gelenkt.

»Ich hab wegen diesem Schiff rumgefragt, von dem ich Ihnen erzählt hab, der *Sir Francis Drake.*«

Er zuckte mit den Schultern, während er den kunterbunten Menschenfluss überall um sie herum beobachtete. Kinder in weißen Leinenanzügen und -kleidern wurden von Kindermädchen beaufsichtigt. Und mitten unter ihnen die Gassenkinder, Kinder wie Hush, die in Lumpen gekleidet waren und mehr oder weniger auf der Straße lebten. Auch sie waren Kinder und konnten dem Anblick der Geldstücke im Brunnen oder dem Leierkastenmann nicht widerstehen.

»Jeder Hinweis endet einfach in einer Sackgasse«, erzählte er ihr. »Diese Art von Suche braucht halt ihre Zeit. Ich komm aber dem Aufenthaltsort Ihres Bruders immer näher. Das hab ich im Gefühl.«

»Ja, aber das ist genau das, was Sie mir beim letzten Mal auch schon gesagt hatten, Mr. Perkins. Sie haben seitdem also nichts Neues herausgefunden?«

»Was verstehen Sie schon vom Detektivgeschäft? Eines sollten Sie wissen – man kann alles verwerten. Es muss nur unter großen Mühen sortiert werden. Ich werd es schon noch rausfinden, wie ich Ihnen sagte, Sie müssen nur etwas Geduld haben.«

»Sie haben also nach zwei Wochen absolut nichts Neues zu berichten? Was haben Sie denn die ganze Zeit über getan?«

»Ich leb nicht nur von Ihnen allein, wissen Sie. Ich hab verschiedene andere Fälle, die ich zurzeit bearbeite.«

»Ja, das erzählten Sie mir schon. Verschuldete Kapitäne, glaube ich, hatten Sie gesagt.«

»Unter anderem«, versicherte er ihr in defensivem Ton.

Sie spürte, wie ein Wutausbruch in ihr hochstieg. Bram zuliebe unterdrückte sie diesen jedoch. Ihre Haltung Perkins gegenüber war eine Mischung aus Widerwillen und Nachsicht, denn er war ihre einzige Hoffnung – wenn auch eine verzweifelte Hoffnung. Detektive waren nicht so einfach zu finden, und sie war nicht erpicht darauf, sich einen anderen suchen zu müssen, der sich dann womöglich als noch schlechter herausstellen könnte.

»Falls er an Bord der *Drake* gesegelt sein sollte«, fuhr sie fort, »müsste es da nicht irgendeine Aufzeichnung darüber geben? Das Logbuch des Schiffes oder so etwas?«

»Das ist eine Nuss, die ich noch nicht geknackt habe.«

Eine von vielen, dachte sie verbittert.

»Ich hatte schon vorgehabt, es mir anzuschauen«, fügte er hinzu, als er die Wut in ihren Augen und auf ihren zusammengekniffenen Lippen sah.

In der Ferne kündeten die Dampfpfeifen der Fabriken die Mittagszeit an. Mystere verharrte in übellaunigem Schweigen und beobachtete, wie ein plötzlich aufkommender Windstoß die Oberfläche des Sees in Bewegung brachte und die Bootsfahrer ihre Hüte festhalten mussten.

Das Wasser aber verhalf ihrem Gedächtnis auf die Sprünge, und ihr inneres Auge sah Brams Entführung noch einmal vonstatten gehen.

Es passierte nur wenige Wochen, nachdem Rillieux sie und Bram aus dem Waisenhaus in der Jersey Street befreit hatte. Zum damaligen Zeitpunkt war sie acht und Bram vierzehn Jahre alt gewesen. Eines Tages, als sie auf der Suche nach Opfern für ihre Diebstahle in Manhattan herumgelaufen waren, wie Rillieux es ihnen beigebracht hatte, hatte plötzlich eine Kutsche neben ihnen angehalten.

Vier wie normale Seeleute gekleidete Männer hatten Bram gepackt und in die Kutsche geworfen, offensichtlich in der Absicht, ihn zum Dienst auf einem Schiff zu entführen. Danach war die Kutsche fortgeeilt und hatte sie hilflos, erschüttert und ihrer Familie beraubt zurückgelassen.

Bram hatte sie seither nicht mehr losgelassen. Sein Verschwinden war, als hätte man ihr einen Arm abgeschnitten. Sie wurde von Visionen gequält über das, was mit ihrem einzigen Verwandten passiert sein könnte, dem wunderschönen Jungen mit den platinblonden Haaren, die so anders aussahen als ihre eigenen, und den Augen in exakt der gleichen grünen Farbe wie die taufrischen Felder Irlands. Manchmal fragte sie sich, ob der Verfasser des Briefes ihn wohl gefunden hatte. Sie versuchte sich vorzustellen, wie er nun in einem vornehmen Haus lebte, geliebt und geschätzt – ein Mann von inzwischen sechsundzwanzig Jahren, vielleicht schon mit einer eigenen Familie. Sollte das jedoch der Fall sein, warum hätte er sie im Stich lassen sollen – oder glaubte er vielleicht, sie sei tot?

»Einst, als ich zwölf war«, erzählte sie Perkins und unterbrach dadurch ihr langes Schweigen, »glaubte ich, Bram zu sehen. Er war oben in der Takelage eines Schiffes, das von den Docks in der South Street lossegelte. Das gleiche Haar und die gleichen Augen. Aber es war schon zu spät, um noch an Bord des Schiffes gehen zu können.«

»Ein Frachtschiff?«

Sie nickte. »Voll getakelt«, fügte sie hinzu, denn sie hatte seither einiges über Schiffe gelesen.

»Konnten Sie den Namen des Schiffes erkennen?«

»Nein, ich … ich war zu aufgeregt, um zu jenem Zeitpunkt daran zu denken.«

»Aufgeregt« war eine grobe Untertreibung. Immer und

immer wieder hatte sie Brams Namen gerufen, und doch hatten diese prachtvollen, smaragdgrünen Augen sie lediglich angestarrt, als sie schreiend die Docks entlanglief, und in seinem kalten, leeren Blick hatte sie kein Zeichen von Wiedererkennen entdecken können.

Lorenzo beobachtete sie mit finsterem, dämlichem Gesicht. Sie hatte schon bemerkt, dass er nur selten lächelte, und wenn er es tat, dann war das eher ein spöttisches Grinsen, das auf einen Mangel an Feinfühligkeit schließen ließ. Mit genau diesem Grinsen schaute er sie nun an.

»Es ist nicht klug, seine Schlussfolgerungen höher zu stapeln als sein Beweismaterial. Er könnte in der Tat noch am Leben sein. Es ist aber genauso gut möglich, dass er inzwischen in einem namenlosen Grab in Potter's Field begraben liegt. Oder im Gefängnis auf Blackwell's Island eingesperrt ist.«

»Sollte Letzteres der Fall sein«, bemerkte sie, »könnten Sie das dann nicht herausfinden? Die Namen der Gefangenen müssen doch irgendwo aufgezeichnet sein.«

Gewitztheit blitzte in seinen Augen auf. »Sicher kann ich ein paar Erkundigungen einholen. Aber wie man so schön sagt: Ohne Speck fängt man keine Mäuse.«

Genauso wenig wie einen Betrüger, dachte sie bitter. Laut sprach sie jedoch lediglich aus: »Schon wieder Geld?«

»Es ist nicht für mich; ich brauche es, um die zuständigen Beamten zu bestechen.«

Enttäuschung verschärfte ihren Ton. »Aber, Mr. Perkins, ich habe Ihnen doch erst vor zwei Wochen hundert Dollar gegeben.«

Er stieß einen gezwungenen Seufzer aus. »Ja, nun, Sie müssen sich deswegen aber nicht gleich vor den Kopf gestoßen fühlen. Leider befinde ich mich selber vorübergehend in bedrängten Umständen. Meiner Frau geht's in letzter Zeit nicht besonders gut, sie braucht laufend einen Arzt.«

»Ja, das erwähnten Sie bei unserem letzten Treffen bereits.« Als Sie nach Alkohol stanken, dachte sie. Plötzlich kam ihr Hush in den Sinn, und sie hatte eine Idee: Sie könnte herausfinden, was Lorenzo mit seiner Zeit machte – und mit ihrem Geld.

Vorläufig jedoch öffnete sie ihren Geldbeutel und nahm das Geld heraus, das Paul ihr letzte Nacht gegeben hatte.

»Das ist alles, was ich momentan besitze. Fünfzig Dollar.«

»Das wird uns schon weiterhelfen«, versicherte er ihr und steckte die gefalteten Geldscheine in seine Uhrentasche.

»Was glauben Sie, wann Sie etwas in Erfahrung gebracht haben können?«

Er zuckte mit den Schultern. »Immer schön eins nach dem andern. Ich hab Ihnen doch schon gesagt, dass ich der Sache näher komme.«

Sie hatte beobachtet, dass er ihr gegenüber immer vorlaut wurde, sobald er erst ihr Geld eingesteckt hatte. Inzwischen jedoch hatte ihre Wut auf ihn die Schwelle der Besonnenheit überschritten. Um keinen hässlichen, sinnlosen Streit zu riskieren, stand sie abrupt auf.

»Da es anscheinend sinnlos ist, sich weiterhin regelmäßig zu treffen, möchte ich Sie bitten, mich anzurufen, falls sich irgendetwas Neues ergibt. Unsere Nummer steht im Telefonverzeichnis.«

Er stand ebenfalls auf, wobei seine Schildkrötenaugen erneut ihre Kleidung musterten.

»Unter Rillieux, richtig?«

»Ja.«

»Es ist ein kleines Verzeichnis«, sagte er, während er sie noch immer beobachtete. »Nur wenige Menschen können sich ein Telefon leisten. Ich seh Ihren Namen in den Gesellschaftskolumnen, Ihren und den Ihres Onkels. Da bin ich natürlich neugierig. Warum halten Sie es geheim, dass Sie mich engagiert haben? Und wenn Sie wissen, dass Sie eine Rillieux sind, warum wissen Sie dann nicht auch den Namen Ihres eigenen Bruders?«

Diese Frage war schon früher aufgekommen. Sie hatte ihm jedoch nichts von dem Brief erzählt, den sie zu Hause in der Birkenholzschatulle aufbewahrte. Bram hatte sie schwören lassen, nichts darüber zu verraten, und er hatte darauf bestanden, dass nur die richtigen Leute den Brief sehen dürften. Wie dem auch sei, er war entführt worden, noch bevor er diese richtigen Leute hatte finden können.

»Es war mir bisher noch nicht bewusst«, antwortete sie schelmisch, »dass *ich* der Gegenstand Ihrer Untersuchungen bin.«

Da war schon wieder dieses kleine, grinsende Lächeln. »Es würde den Job einfacher machen, wenn Sie offen zu mir wären.«

»Ich bin so offen, wie es vonnöten ist«, versicherte sie ihm. »Ich hoffe, Sie sind es ebenfalls.«

Mit diesen Worten drehte sie sich um und ging fort. Ihre Hoffnungen waren nun gründlich zerschlagen, und sie verspürte einen scharfen Stich der Verzweiflung in ihrem Herzen.

# 5

Mystere hatte keinen Appetit, fühlte sich aber ein wenig schwindelig, als sie den Park zur Fifth Avenue hin verließ. Als sie sich daran erinnerte, dass sie ohne Frühstück aus dem Haus gegangen war, hielt sie an einem kleinen Teerestaurant an und bestellte ein leichtes Mittagessen.

Kurz nach zwei kehrte sie nach Hause zurück. Nach einem kurzen, jedoch erholsamen heißen Bad in ihrem Quartier zog sie sich ein königsblaues Seidentaftkleid an. Wie die meisten ihrer Kleider hatte auch dieses ein hochgeschlossenes Oberteil und war so geschnitten, dass es ihre weiblichen Rundungen herunterspielte.

Sie fand Rillieux unten im Salon, Rosa, Evan und Baylis um sich herum versammelt. Hush war fortgegangen.

»Baylis wird Mystere und mich zu den Vernons fahren«, sagte Rillieux gerade, als sie den Raum betrat. »Er wird jedoch genügend Zeit haben, hierher zurückzufahren und Evan abzuholen. Ich habe die Zeitungen zusammengetragen, um herauszufinden, wer den Sommer über ins Ausland gefahren ist.«

Er reichte Evans ein Stück Papier und einen seltsam aussehenden Schlüssel, den Mystere als einen *passe-partout* oder Generalschlüssel erkannte. Diese stellte er in einer Bleigießkelle selbst her. Auf der Straße schlicht und einfach als »Dietrich« bekannt, besaß er nicht weniger als vier Standardteile, die man in den Haustürschlössern vorfand.

»Hier sind die Adressen. Einige werden Diener im Hause zurückgelassen haben, andere nicht. Seid also vorsichtig. Und denkt daran: nur Bargeld, echten Schmuck und Chronometer – und echte Silberservices. Das ist alles, was Holzer zurzeit annimmt.«

»Nicht einmal echte Pelze?«, fragte Baylis. Er war erst in den Zwanzigern, besaß jedoch schon das harte Gesicht eines Terriers. Er trug keinen Bart, abgesehen von der Haarlinie zwischen Kinn und Hals, die man Newgate-Fransen nannte, weil sie genau die Stelle bedeckten, an der beim Hängen das Seil festgebunden wurde.

Rillieux schüttelte seinen eleganten weißen Kopf. »Momentan nicht. Er hat Probleme, sie schnell genug wieder loszuwerden.«

»Holzer wird in letzter Zeit ganz schön wählerisch«, beschwerte Evans sich mit seiner tiefen Stimme. Auf den ersten Blick erschien der Mann, der den Rillieux' als Butler diente, plump und ungeschickt. Bei näherem Hinsehen entdeckte man jedoch einen starken Mann, der verblüffend schnell und koordiniert war für seine Größe. Sein linkes Ohr zeugte von vielen Boxkämpfen in seiner Jugend. Mystere wusste, dass er und Baylis noch immer ihre Schlagringe aus schwerem, geformtem Messing bei sich trugen, die man bei einem Kampf über die Knöchel schieben konnte.

»Nun ja, aber daran können wir leider nichts ändern«, erklärte Rillieux ihnen. »Dieser neue Polizeichef, Inspector Byrnes – der hat neue Methoden eingeführt, die unsere Hehler ganz schön unter Druck setzen.«

Er wandte seine Aufmerksamkeit Mystere zu, die sich zu Rose auf das geschnitzte Rosenholzsofa gesetzt hatte.

»Du siehst richtig reizend aus, meine Liebe. Eine echte Verbesserung gegenüber den Fetzen, die du heute Morgen getragen hast. War dein Einkaufsbummel erfolgreich?« Der forschende Blick des alten Betrügers verriet ihr, dass er ihre Geschichte noch immer anzweifelte.

»Einigermaßen«, log sie, seinem prüfenden Blick nicht nachgebend. Schließlich hatte sie ja die Kunst des Lügens von ihm gelernt. »Aber könnte ich mich nicht vielleicht von der Dichterlesung heute Nachmittag freimachen?«

»Warum? Ich dachte, du magst Dichtung. Fühlst du dich nicht wohl?«

»Ich mag Dichtung, und ich bin auch nicht krank. Nur ein wenig der Menschen überdrüssig, das ist alles. Ich habe in letzter Zeit einen ziemlich hektischen gesellschaftlichen Terminkalender gehabt.«

All dies entsprach der Wahrheit. Sie war müde. Sie hatte letzte Nacht nicht besonders gut geschlafen, und das heutige erfolglose Treffen mit Lorenzo hatte sie erschöpft. Sie würde gerne einen ruhigen Nachmittag in ihren Räumen mit Lesen und Nachdenken verbringen.

»Kopf hoch, Mystere! Es geht mir auch auf die Nerven. Aber erinnere dich bitte daran, dass eine Mitgliedschaft bei den ›oberen Vierhundert‹ sowohl Verpflichtungen als auch Privilegien mit sich bringt. Eine dieser Verpflichtungen ist es nun mal, ein ausgesprochen geselliger Mensch zu sein.«

Da war er wieder, ärgerte sie sich – dieser »freundliche Würgegriff«, wie sie Rillieux' Macht über sie nannte. Er hatte ihr so viel gegeben, verlangte jedoch eine Menge dafür. Trotzdem stellte er selten Forderungen, denn er konnte sie leicht durch Freundlichkeit zu etwas zwingen. Und wenn es mit Freundlichkeit nicht klappte, dann gab es da immer noch den »anderen« Rillieux, der sie bearbeiten konnte. Dieser Mann war kein Gentleman der »oberen

Vierhundert«. Paul Rillieux' dunkle Seite stand im Einklang mit dem Lügner und Betrüger, der er ja in Wirklichkeit war. Tief in seinem Innern hatte er einen harten, unbarmherzigen Geist, der sich nur selten blicken ließ, da er glaubte, dass man mit Honig mehr Fliegen fing. Diesen Mann hatte sie nur ein einziges Mal gesehen, und zwar, als sie sich geweigert hatte, einer Matrone, von der man munkelte, dass sie sich kurz vor dem Bankrott befände, eine Brosche wegzunehmen. Noch vor dem Ball war Rillieux in ihr Schlafzimmer gekommen und hatte sie mit seinem Spazierstock aus Silber und Elfenbein geschlagen. Und er hatte selbst dann noch weitergemacht, als der Stock unter der Kraft seiner Schläge zerbrochen war – sein Gesicht starr vor heftiger, leidenschaftlicher Verachtung.

Auf dem Ball war sie kaum in der Lage gewesen sich zu bewegen, geschweige denn mit ihren Kavalieren zu tanzen. Er war vorsichtig genug gewesen, ihr Gesicht auszulassen, sodass die Prellungen gut bedeckt waren. Trotz ihrer Verärgerung und ihres Schmerzes besorgte sie ihm die Brosche. Die Erinnerung an diese Episode hatte sich jedoch wie ein Brandmal in ihrem Gedächtnis festgesetzt.

Sie und die anderen ließen Rillieux lieber mit seinem freundlichen Würgegriff herrschen, denn der andere Würgegriff war sehr viel schlimmer.

»Ich werde zu der Dichterlesung gehen, wenn du es wünschst«, sagte sie, nachdem sie sich ohne Widerstand damit abgefunden hatte. »Aber ich kann dir nicht versprechen, dass ich in der Lage sein werde, irgendetwas zu entwenden.«

Rillieux nickte. »Vor allem will ich, dass wir beide uns bei diesem Besuch mit den Örtlichkeiten dort vertraut machen. Glaube mir, man wird uns ein weiteres Mal einladen. Sollte sich trotzdem eine günstige Gelegenheit ergeben, dann ergreife sie selbstverständlich. Du wirst aber wahrscheinlich viel zu beschäftigt damit sein, Carrie Astor bei Laune zu halten.«

Mystere stöhnte. »Willst du damit sagen, dass sie aus ihrem Internat in England zurück ist?«

»Ja, und sie wird heute Nachmittag mit ihrer Mutter dort sein. Caroline will, dass du nett zu ihr bist. Das Mädchen ist sehr zurückhaltend, aber du hast es ihr offensichtlich angetan, Mystere.«

»Sie ist wirklich von Mystere eingenommen«, schaltete Rose sich ein, die die beiden Frauen zusammen gesehen hatte. »Aber sie ist nicht zurückhaltend, Paul – sie ist ein völliger Schwachkopf.«

Der alte Rillieux schnaubte. »Natürlich ist sie das, aber sie ist außerdem eine Astor. Jeder Makel wird zu einem Schönheitsfleck, wenn er sich im Gesicht der Reichen befindet. Nichts jedoch hat unseren Erfolg bei Caroline so sehr gesichert wie die Zuneigung ihrer Tochter zu Mystere.«

In dieser Hinsicht hat er Recht, dachte Mystere. Einen Beweis für Mrs. Astors Begünstigung konnte man in ihren aufrichtigen Worten entdecken. Sie nahm niemals einen schneidenden Tonfall an, wenn sie sich an sie oder an den alten Rillieux wandte. Normalerweise machte Caroline nur zweifelhafte Komplimente, und sie schaffte es immer, beleidigend zu sein, selbst wenn sie jemandem schmeichelte. »Nun, *das* ist aber ein prächtiges Kleid«, mochte sie zum Beispiel irgendeiner Witwe die Ehre geben, wobei ihr Tonfall jedoch implizierte, dass es höchste Zeit sei, sich endlich wieder schicker zu kleiden.

»Ich werde nett zu Carrie sein«, versprach Mystere. »Sie

ist zwar langweilig, aber wenigstens nicht so ein entsetzlicher Snob. Rafael Belloch könnte jedoch ebenfalls dort auftauchen. Er ist bekannt dafür, Dichtung zu schätzen. Und wenn er da ist, wird er ein wachsames Auge auf mich werfen. Ich bleibe dabei, dass er Ärger bedeutet, Paul.«

Rillieux' gewieftes, verschlagenes Gesicht entspannte sich zu einem verschmitzten Grinsen. »Oh, er beobachtet dich, nun gut. Aber ist dir schon jemals der Gedanke gekommen, dass es nicht Argwohn ist, was sein Interesse hervorgerufen haben könnte?«

Baylis, Evan und Rose tauschten heimlich Blicke aus und stimmten dann alle drei in Rillieux' verschmitztes Grinsen mit ein.

»Mystere glaubt, dass diese Leinenwickel da sie zu einem kleinen Rotbäckchen machen«, sagte Baylis.

»Das tun sie ja auch«, beteuerte Rillieux. »Aber genau das ist doch mein Punkt. Manche Männer wollen gar nicht darauf warten, bis ein Mädchen zur Frau wird – sie begehren das Mädchen und ihre Unschuld. Es erregt sie, lässt in ihnen den Wunsch aufkommen –«

»Ich habe schon verstanden«, unterbrach sie ihn plötzlich mitten im Satz, nachdem seine Worte sie hatten erröten lassen. »Ich versichere dir jedoch, dass keine seiner Bemerkungen auf diese Art von Dingen schließen lässt.«

»Auf welche Art von Dingen?«, neckte Evan sie, woraufhin alle lachten.

»Worte«, informierte Rillieux sie, »wurden uns gegeben, um unsere wahren Gedanken zu verbergen. Belloch versucht nicht, dich verhaften zu lassen; er ist daran interessiert, dich zu verführen. Vielleicht könnten wir ihn sogar dazu nötigen, dich zu heiraten. Das dürfte sich als eine ziemlich gewinnbringende Vereinigung erweisen.«

»Vor allem«, mischte Evan sich ein, »wenn der Bräutigam auf tragische Weise ums Leben kommt und dir alles hinterlässt, was er besitzt.«

Sie spürte, wie ihr Puls sich beschleunigte und Hitze in ihre Wangen stieg. Ihre Worte richtete sie an Rillieux. »Heute Morgen noch hattest du Hush erklärt, dass Diebstahl niemals Gewalt oder Blutvergießen mit sich bringen dürfe. Verrätst du nun dein Glaubensbekenntnis?«

Er schaute Evan finster an. »Natürlich nicht. Dieses hohle Geschwafel ist mal wieder typisch Evans. Und nun rühr dich, Baylis, und spann die Pferde an. Wir müssen uns beeilen.«

Die einstigen Sandsteinhäuser der Mittelklasse auf der Fifth Avenue waren inzwischen der Palastmeile Manhattans gewichen, die sich kilometerweit nach Norden hin erstreckte. Nichts auf der Welt konnte sich in Bezug auf Protzerei mit ihr messen, allem voran das Vanderbilt-Chateau auf der Ecke Fifth Avenue und 52. Straße, gebaut aus importiertem Marmor zum atemberaubenden Preis von drei Millionen Dollar.

Das Herrenhaus der Vernons befand sich am unteren Ende der Avenue. Obwohl nicht so aufwändig gebaut wie einige andere von ihnen, bestand es doch aus einer stattlichen, im Stile einer mittelalterlichen Kathedrale gebauten Granitkonstruktion – der ideale Schauplatz, sagte Rafe Belloch sich, um ein wenig gute Dichtung zu genießen, vorausgesetzt natürlich, dass es diese heute geben würde.

Sein Gefühl der Vorfreude wurde noch gesteigert, als er in die riesige Bibliothek auf der zweiten Etage mit ihren prachtvollen, gewölbten Decken geführt wurde: Bücherschränke aus Mahagoni gefüllt mit ledergebundenen Bänden, Gemälde in goldenen, verschnörkelten Rahmen – Meisterwerke im Privatbesitz, die gelegentlich die Wände des Louvre oder der Saint Sophia Cathedral schmückten, denn die Vernons waren Sammler europäischer Malerei.

Der Tee wurde in erlesenem, seltenem russischen Porzellan serviert. Für diejenigen, die etwas Stärkeres als Tee bevorzugten, standen dicht gedrängt Wein- und Spirituosenflaschen auf einer geschnitzten Mahagonianrichte, an der ein gediegener Schankkellner mit adretter Pomadenfrisur bediente. Kaum angekommen, hatte Rafe auch schon einen Scotch mit Soda bestellt. Nun stand er wie üblich auf solchen Versammlungen allein abseits und beobachtete die Menschenmenge, während er vorgab, sich mit einem riesigen Stehglobus auf einem Sockel aus Nussbaumholz zu befassen.

Wie es der Brauch war, herrschte Caroline Astor mit matriarchalischer Zurückhaltung über allem. Sie teilte sich mit ihrer Tochter Carrie ein mit weißem Brokat bezogenes Sofa im Eingangsbereich des Raumes. Das Sofa hätte ebenso gut ein Thron sein können, denn jeder Ankömmling – Rafe eingeschlossen – brachte zunächst Mrs. Astor und Carrie seine Huldigung dar, bevor er die Gastgeber begrüßte.

Er hatte Carrie kennen gelernt, als diese das letzte Mal aus ihrer Schule nach Hause gekommen war. Es war lästig, sich mit dem Mädchen zu unterhalten, da sie von einem Gedanken zum nächsten stolperte. Und wenn sie auch nicht gerade unattraktiv war, so hatte sie doch einen seltsam schiefen Mund, der ihn irritierte.

Als er diese beiden Frauen dort zusammen sitzen sah, musste er innerlich grinsen über die Ironie eines Lebens inmitten der Brahmanen. Jeder wusste, dass Caroline ihn vom ersten Moment an, als er mit seinem Vermögen nach

New York zurückgekehrt war, unter ihre Fittiche genommen hatte. Und trotz seiner dunklen Vorgeschichte, die jeder Einzelne der »oberen Vierhundert« kannte, war es ausgerechnet Caroline, die darauf achtete, dass er zu jedem gesellschaftlichen Anlass eingeladen wurde.

Sie konnte ihn ziemlich gut leiden – zu gut, munkelten einige. Die Matrone der halbamerikanischen New Yorker Gesellschaft würde sich nicht leichtfertig einen Liebhaber nehmen, das wusste er. Sollte dies jedoch jemals der Fall sein, so würde er sein ganzes Vermögen darauf wetten, dass sie sich um ihn, Rafe Belloch, bemühen würde. Und er wartete ungeduldig auf den Tag, an dem Mrs. Astor ihrem Herzen nachgab. Eines Tages würde sie ihre Reserviertheit ihm gegenüber aufgeben, und das würde dann ihren eigenen gesellschaftlichen Ruin bewirken. *Zum Teufel mit ihr*, dachte er, *zum Teufel mit ihr und mit ihrer ganzen Sippe.*

Er fühlte Zorn in seinem Inneren aufsteigen. Die hier Versammelten hatten keine Ahnung davon, welch erbitterten Groll er gegen sie hegte. Seine untadelige Familienabstammung und sein enormes Eisenbahnvermögen qualifizierten ihn als Patriarchen. Für ihn waren ihre gesellschaftlichen Ziele jedoch lediglich ein oberflächliches, jämmerliches Spiel. Zwanzig Jahre zuvor hatten seine Eltern sich in der Schlinge der Gesellschaft befunden, die sich einzig und allein durch die Herrschaft von Caroline Astor mitsamt ihrem Gefolge zusammengezogen hatte. Der Familienhintergrund der Bellochs war unantastbar und ihr Vermögen – als es noch bestanden hatte – alt und immens gewesen.

Dann jedoch verlor sein Vater in einem tragischen Moment falscher geschäftlicher Entscheidungen und einer unglücklichen Wahl des Zeitpunktes praktisch alles durch riskante Investitionen in ausländische Wertpapiere. Zwei

Tage danach, an Rafes vierzehntem Geburtstag, schloss er sich in sein Arbeitszimmer ein und erschoss sich. Seine Mutter starb nur wenige Jahre später vor seinen Augen als eine einsame, gebrochene Frau, deren Freunde aus den »besseren Kreisen« sich von ihr losgesagt hatten.

Das Leid und die Verzweiflung, denen er während seiner Fahrten durch Five Points begegnete, waren nicht so weit entfernt von dem Leben, das er einst kennen gelernt hatte. Und wenn es nach ihm ginge, so würde die Angesehenste unter ihnen – Mrs. Astor selbst – eine kleine Kostprobe davon nehmen müssen.

Lediglich aus Rache hatte er eingewilligt, den Patriarchen zu spielen. Sie hatten das Ende seiner Familie herbeigeführt, und er schwor bei allen Dingen, die ihm heilig waren, das er dafür großen Schaden anrichten würde. Er würde ihre unantastbare Hierarchie zerstören; er würde ihre Debütantinnen entehren und ihre Königin hinauswerfen. Die Fassade würde durch einen hässlichen, öffentlichen Skandal bröckeln – und dann langsam ganz zerstört werden. Er verachtete die selbst ernannte Elite mit ihrem beißenden Witz und ihrer snobistischen Tratscherei.

Entspann dich, alter Junge, warnte er sich selbst, denn er spürte, wie Wut und Alkohol ihn leichtsinnig werden ließen.

Erneut suchte er den Raum ab und katalogisierte die altbekannten Gesichter seiner Feinde.

Da war dieser aufgeblasene, arrogante Dummkopf Abbot Pollard, ein schickes Seidentuch in sein Hemd gesteckt, was ihn wie einen alternden, krummbeinigen Dandy aussehen ließ. Antonia Butlers reizende, hellbraune Augen blickten ihn gelegentlich verstohlen über ihrem Palmetto-Fächer an und ließen ihn wissen, dass ein Annäherungsversuch willkommen sein würde. Er lächelte direkt zurück und freute sich schon auf die Unannehmlichkeiten, die er für sie geplant hatte.

Andere Frauen, andere Spiele.

Diejenige, mit der er momentan sein Spiel trieb, hatte eisblaue Augen. Lady Moonlight tat sich schneller gütlich an den Dummköpfen, als selbst er es konnte, und eine widerwillige Bewunderung begann sich in seinem Inneren für sie zu entwickeln. Er hatte keinen echten Beweis dafür, dass Mystere Rillieux die berüchtigte Juwelendiebin war, nicht einmal dafür, dass sie die junge Räuberin gewesen war, die ihm in der Gasse nahe der Baxter Street befohlen hatte, sich zu entkleiden.

Wenn jedoch die Augen die Fenster der Seele waren, so hatte er in diese Seele schon früher einmal geschaut.

Mystere Rillieux' Augen waren die gleichen Augen, die ihn seit zwei Jahren verfolgten. Wie viele Ausflüge er und Wilson auch nach Five Points gemacht hatten, das maskierte Mädchen hatte nie wieder ihren Weg gekreuzt. Dann jedoch – völlig unerwartet – war sie ihm begegnet, blass und unscheinbar, mädchenhaft gekleidet in das Gewand eines Unschuldslammes. In seinem Herzen und in seiner Seele brannte die Überzeugung, sie gefunden zu haben.

Andere Frauen, andere Spiele.

War er sich selbst gegenüber ehrlich, so musste er zugeben, dass er sie wollte – und wenn auch nur wegen der heimlichen Lust, sie demaskieren zu können. Er wollte sie wegen der rachsüchtigen Genugtuung, die er bei ihrer Entwaffnung empfände. Und im dunkelsten Winkel seiner Seele wusste er, dass er sie vor allem wegen der süßen, sexuellen Erregung wollte, die ihre Kapitulation in ihm hervorrufen würde.

Der Vorwurf in ihren Augen, ihr verletzter Ausdruck, all dies waren Dinge, um die er sich später kümmern würde. In erster Linie war er aber ein Mann, und er hungerte nach Eroberung. Eroberung einer Beute seiner Wahl.

Als die Dichterlesung immer näher rückte, hatte es den Anschein, dass die Rillieux' nicht erscheinen würden. Rafe konnte sich eines Stiches der Enttäuschung nicht erwehren. Wenn es eine unter ihnen gab, mit der er sich sehnte zu spielen, so war es diese Schönheit.

Dann aber, nur wenige Minuten nach Beginn der Lesung, sah er Mystere am Arm ihres Onkels die Bibliothek betreten.

Ihr Blick streifte ihn und glitt dann schnell wieder weg.

Seine Instinkte legten sich, sein Argwohn entflammte aufs Neue. Er hatte noch etwas anderes an dem Mädchen entdeckt: Sie lächelte nur selten. Wenn sie es aber tat, so war dies ein nervöses Lächeln, das Lächeln einer Frau, die zu viele Geheimnisse hatte.

Während er sie noch anstarrte, konnte er beobachten, wie ihr Onkel ihr einen Platz anwies. Obwohl es nicht warm war, fächerte sie sich mit einem kleinen weißen Spitzenfächer zu. Ihre zarten Schultern sahen angespannt und verkrampft aus, und er fragte sich, ob es ihre späte Ankunft war, die sie so nervös gemacht hatte.

Dann jedoch machte sie den fatalen Fehler, seinen Blick zu erwidern.

Ihr Zögern und ihre innere Unruhe sandten Blitze durch seinen Körper, die ausgereicht hätten, ganz Manhattan in Flammen zu setzen. Und dann war er sich plötzlich sicher: Sie war Lady Moonlight, genauso wie sie seine Angreiferin in der Gasse war. Und sie würde eines Tages ihm gehören.

Es wird langsam Zeit, entschied er, während er den Raum überblickte, dass ich ein paar Erkundigungen über das angebliche kreolische Fräulein aus New Orleans einhole. Er musterte Rillieux. Und über diesen »Onkel« von ihr, das könnte nicht schaden.

Sein Mund verzog sich zu einem verächtlichen Lächeln. Er brannte darauf, dass Mystere sich umdrehte und ihn ein weiteres Mal anschaute; sie saß jedoch steif da und hielt ihre Geheimnisse verborgen wie gestohlene Juwelen.

# 6

David Cyril Oakes, der von Mrs. Astor protegierte Dichter, um den solch ein Rummel veranstaltet wurde, stellte sich als älterer Mann heraus mit wilder Mähne und weißem Bart, der direkt dem ersten Buch Moses hätte entstammen können. Er war Gastprofessor am Columbia College. Die düsteren und bedrückenden Meditationen des Walisers über Tod und Sterben sowie seine schwülstige Verehrung pastoralen Lebens kamen Mystere überladen und penetrant vor – genauso wie der Blumenschmuck, den Emma Vernon zum Dekorieren der Bibliothek ausgewählt hatte.

Aber wie vorauszusehen, täuschten die zu Tode Gelangweilten Interesse vor, da ihre gute Erziehung es von ihnen verlangte. Der Raum brach in lauten Applaus aus, nachdem Oakes schließlich mit einem besonders schwülstigen Gedicht zu einem stöhnenden, verzweifelten Abschluss gekommen war.

»Dieser Mann ist todlangweilig,« murmelte Abbot Pollard in Mysteres Ohr, obwohl er mit enthusiastischer Begeisterung klatschte. »Der Esel wackelt mit seinen Ohren, und ein weiterer Gesellschaftsdichter ist geboren. ›Oh Tod, du dunkler Dämon.‹ Welch ein Unsinn! Popc und Dryden würden sich in ihren Gräbern umdrehen.«

»Auf jeden Fall ist er ziemlich bedrückend«, stimmte sie ihm zu. Aber selbst, als sie dem ewig unzufriedenen Pollard zulächelte, konnte sie Rafe Bellochs frostigen Blick wie eine kalte Hand auf ihrem Nacken spüren.

Aus ihrem Inneren vernahm sie eine warnende Stimme.

Er beobachtet mich, entschied sie. Er wartet nur darauf, dass ich einen Fehler mache.

In der Zwischenzeit war Pollard zu einer seiner Lieblingstiraden übergegangen: dem Niedergang und Fall der herrschenden Kaste New Yorks.

»Es ist wirklich eine Schande, wie all dieses neue Geld Caroline den Kopf verdreht hat. J.P. Morgan ist der Einzige in dieser herumscharrenden, habgierigen Meute, den ich wirklich respektiere. Zumindest er erkennt Spielregeln und Kontrollen an. Diese Neureichen wollen unbedingt die Macht übernehmen und die vornehme Aristokratie verdrängen. Aber vielleicht wird sich ja letztendlich doch noch das Blut durchsetzen – du wirst es wahrscheinlich nicht wissen, meine Liebe, aber der allererste John Jacob Astor ist ein richtiger Wilder gewesen, mit schlechten Manieren und unzüchtiger Lebensweise.«

»Mr. Pollard«, rügte sie ihn, während sie noch immer Rafe aus einem Augenwinkel heraus beobachtete, »Sie klingen genauso pessimistisch wie unserer düsterer, alter Dichter.«

»Unsinn, *ma chere.* Sie sind zu jung, um sich an den Schwarzen Freitag erinnern zu können, der durch unsere habgierigen Räuberbarone hervorgerufen wurde. Mit Sicherheit jedoch erinnert sich Caroline daran. Oder sollte sich um Himmels willen daran erinnern.«

»Ich erinnere mich an die Panik von ’73«, versicherte sie ihm.

»Ja, nun gut, beide wurden durch Eisenbahnmänner und

ihre kriminelle Rücksichtslosigkeit herbeigeführt. Und nun hat man ihnen plötzlich alles vergeben.«

Er warf einen gehässigen Blick zu Belloch hinüber und sie fragte sich, ob es irgendeinen persönlichen Grund für Rafes Einzelgängerhaltung dem Rest der »oberen Vierhundert« gegenüber gab.

Pollard liebte es, sich in Szene zu setzen, und seine kühnen Beschimpfungen zogen schon bald einen Kreis von Zuschauern um ihn herum an.

Mystere sah, wie Belloch sich ihnen näherte. Sie hoffte, sich an Carrie hängen zu können, die junge Astor unterhielt sich jedoch gerade mit Paul und dem Dichter. Oakes schien ihnen Zeichnungen oder Fotografien zu zeigen, die Carries Gesicht bleich werden ließen.

»Ich habe noch etwas anderes festgestellt«, schwatzte Pollard mit seinem nasalen Bariton und seiner affektierten Betonung weiter. »Genauso, wie Carolines Haltung den Neureichen gegenüber hat sich auch ihre Meinung über die Armen geändert. Schon bald wird sie auf den fahrenden Zug aufspringen und die Reichen für deren Elend verantwortlich machen. Ja doch, Oakes' lavendelsüße Dummheiten gerade eben waren eine Elegie an die Ungewaschenen. Was kommt als Nächstes? Werden wir womöglich Kelten und Neger zu unseren nächsten Nachmittagsgesellschaften einladen?«

»Sagen Sie uns doch, Verehrtester«, konnte man Rafes kraftvolle, zynische Stimme hinter Abbot vernehmen. »Haben Sie sich schon jemals die Zeit genommen, an dem zu riechen, was Sie so nach oben schaufeln?«

Pollard machte sich nicht einmal dic Mühe, sich umzudrehen. »Ich habe noch nie in meinem Leben eine Schaufel in die Hand genommen, Mr. Belloch, und ich werde es mit Sicherheit auch niemals tun.«

»Ja, glauben Sie mir, das ist an Ihrem Körperbau auch gut zu erkennen.«

Mystere sah sich gezwungen zu husten, um ihr plötzliches Lachen zu verbergen. Ein paar andere lächelten, während einige die Stirn runzelten über Bellochs unschicklichen Angriff.

»Zweifellos«, antwortete Pollard mit lässiger Bosheit, »hat Ihre eigene unglückliche Kindheit in Armut Sie mit Vorurteilen ausgestattet, Mr. Belloch. Wie dem auch sei, der Reverend Conwell hat völlig Recht. Wie die Armen sich betten, so liegen sie auch. Es gibt ja schließlich genügend Diamantenfelder für all diejenigen, die den Willen und den Mut haben, sie zu ernten.«

Belloch hielt seinen Blick starr auf Mystere gerichtet, selbst dann noch, als er seine Bemerkungen an Pollard richtete. »Ich wäre vielleicht mehr beeindruckt«, betonte er, »wenn ich nicht wüsste, dass Ihr eigenes Vermögen geerbt ist. Welche Diamanten haben Sie denn schon jemals geerntet?«

»Nicht einen einzigen, wie ich mit Stolz berichten kann. Männer, die sich quälen, um zu Vermögen zu kommen, langweilen mich. Wie gewöhnlich haben Sie die Wahrheit wieder völlig verdreht. Habgier, mein Herr, ist kein Ersatz für höhere Geburt und Erziehung.«

»Ja«, sagte Belloch nun mit so leiser Stimme, dass Mystere sich anstrengen musste, ihn zu verstehen. »Ich weiß alles über eure großartigen Gepflogenheiten.«

Durch Rillieux' Unterweisungen wusste Mystere, dass Belloch gerade den strengen Kodex verletzt hatte, indem er in die Offensive gegangen war und Pollard verbal attackiert hatte, wenn dieser es auch mit Sicherheit verdient hatte. Erneut hatte sie den Verdacht, dass Rafe mehr aus irgendeiner persönlichen Motivation heraus sprach als aus tiefer, emotionaler Überzeugung.

Genauso, wie es ihm durch sein Benehmen am Vorabend schon gelungen war, so verscheuchte er auch jetzt durch seinen Angriff Pollard und die anderen. Sie schaute auf und nahm wahr, dass Rafe sie ganz für sich allein hatte. Sie fragte sich, ob das nicht vielleicht die ganze Zeit über seine Absicht gewesen war.

Seine intensiven, dunklen Augen tasteten sie offen und zugleich verächtlich ab, sie ließ sich jedoch nicht von ihm einschüchtern. Sie hatte beschlossen, selbst in die Offensive zu gehen, damit dieser gefährliche Mann keine Macht über sie gewinnen konnte.

»Sie können in der Tat ganz schön streitlustig sein, Mr. Belloch«, verspottete sie ihn. »Ihnen kann man wirklich nicht nachsagen, ein Herdentier zu sein.«

»Leuten von Rang klein beizugeben, ist eine gute Sache, Miss Rillieux, wenn das einzige Ziel es ist, ein schwanzwedelnder Schoßhund wie Ward McCallister zu werden.«

»Sie haben weiterreichende Ziele, wenn ich Sie richtig verstehe?«

Diese unverschämten, dunklen Augen drangen tief in sie hinein. »Oh, in der Tat. Mein … Verlangen kennt keine Grenzen.«

Oder meine Zerstörungslust, schien sein Tonfall hinzuzufügen.

Trotz ihres soeben gefassten Beschlusses ließ diese Zweideutigkeit sie erröten. »Ich bin neugierig, Mr. Belloch. Sie sind doch unverkennbar ein Mann von Leidenschaftlichkeit. Sie sind außerdem reich und durchaus ein netter Anblick für das weibliche Auge.«

Er machte galant eine leichte Verbeugung, um sich für das Kompliment erkenntlich zu zeigen.

»Warum um alles in der Welt hängt also ein so guter Fang wie Sie noch immer nicht am Haken? Sind wir Frauen es, die Sie verachten, oder ist es einfach nur die Ehe?«

»Keines von beiden, Miss Rillieux, obwohl ich zugeben muss, dass die Ehe wenig Anziehungskraft auf mich ausübt. Ich finde sie zwar nicht völlig undenkbar, in meinem Falle jedoch sollte die Ehe ein – ein letzter Ausweg sein.«

»Ein letzter Ausweg für was?«

Seine Lippen verkniffen sich zu einem Lächeln. »Sie sind ganz schön neugierig für Ihr Alter, das muss ich schon sagen.«

Erneut spürte sie, wie seine süffisante, aufreizende und selbstgefällige Stimme ihr auf die Nerven ging. Auf seine ihm eigene Art war er genauso egozentrisch wie Pollard. Wo Pollard jedoch nur ein harmloser Griesgram war, schien dieser Mann gefährlich wie ein Wolf. Sie hatte keinen stichhaltigen Beweis für ihre Überzeugung, war sich aber trotzdem sicher.

»Vielleicht«, brachte sie vor, wobei sie so tat, als würde sie die Menge beobachten, »sollten Sie lieber Antonia Butler über Ihre instinktive Abneigung gegen die Ehe in Kenntnis setzen. Seit ich hier bin, hat sie Sie nicht mehr aus den Augen gelassen.«

»Das haben Sie also bemerkt? Nun, *ich* werde sie nicht warnen. Der Adler hat schließlich kein Mitleid mit den Lämmern.«

Sie köderte ihn mit ihrem Lächeln. »Caroline Astor jedenfalls ist doch kein Lamm. Und ihr ›Schoßhund‹, wie Sie Ward nennen, hat in letzter Zeit ständig von einer möglichen Heirat zwischen Ihnen und Carrie gesprochen.«

»Das sind also schon zwei Frauen, die Sie mir zugedacht

haben. Stellen Sie vielleicht gerade einen Harem für mich zusammen?«

»Warum nicht? Vielleicht mache ich auch drei daraus, indem ich Caroline selbst hinzufüge. Sie liebt es so sehr, Ihre Wangen zu liebkosen.«

Er zog die Augenbrauen hoch, und sein Mund formte sich zu einem harten Lächeln. »Das ist ja interessant.«

»Was?«

Er stieß ein scharfes, bellendes Gelächter aus. »Sie, Sie sind es. Wie mir scheint, hat unser hilfloses, kleines Kätzchen seit gestern Abend seine Krallen entdeckt.«

»Selbst Kätzchen schlagen zurück, wenn man sie drangsaliert.«

»Drangsaliert? Nun kommen Sie schon, das ist doch wohl um einiges zu hart ausgedrückt.«

Noch während er sprach, schien sein Handeln jedoch seine Worte Lügen zu strafen, denn er umfasste ihren Arm mit eisernem Griff. Die großen Fenstertüren standen offen, um ein wenig Luft hereinzulassen. Er »begleitete« sie durch die am nächsten gelegene hinaus auf einen schmiedeeisernen Balkon. Dann stellte er sich zwischen sie und die Fenstertür, um ihre Flucht zu vereiteln.

»Ich möchte nicht hier draußen sein«, ließ sie ihn wütend wissen, wobei sie jedes einzelne Wort betonte.

»Nein? Dann springen Sie doch. Es sind lediglich zwei Stockwerke. Vielleicht wird Ihre Unschuld Sie ja retten?«

»Mr. Belloch, im Ernst, Caroline bat mich, mich um Carrie zu kümmern, und ich –«

»Carrie ist mit Ihrem Onkel beschäftigt. Wie ich festgestellt habe, verzaubert er die ganze Damenwelt. Haben Sie zufällig die *New York World* von heute Morgen gelesen?«

»Nein«, erwiderte sie kalt. »Ich komme kaum dazu, die *Times* zu lesen.«

Seine prüfenden Augen zwangen sie, den Blickkontakt abzubrechen. »Sie brachten heute einen anschaulichen Artikel über den Diebstahl der Pendergast-Brosche. Der Verfasser scheint in der Tat recht angetan zu sein von unserer Lady Moonlight. Er sieht sie wie eine Art Klassenkämpferin, die die Reichen bestraft.«

»Wie ich gestern Abend schon sagte, Mr. Belloch, ist es überhaupt noch nicht erwiesen, dass es sich bei dem Dieb um eine Frau handelt. Aber offen gesagt ist mir das so oder so ziemlich egal. Ich teile Ihre augenscheinliche Leidenschaft für gewöhnliche Diebe nicht. Und nun, wenn Sie mich bitte entschuldigen möchten …«

Sie versuchte, sich um ihn herumzuwinden, er war jedoch schneller. Einen Moment lang hielt er sie zurück, indem er mit seinen Händen ihre Taille umfasste. Bei dieser unerwarteten Berührung spürte sie, wie ein Feuerstoß durch ihren Körper jagte und ihre Beine schwach werden ließ. Sie versuchte sich freizukämpfen, er jedoch hielt sie ohne große Anstrengung zurück. Seine Kraft, erkannte sie, war beeindruckend – und entmutigend.

Ihre Blicke trafen sich. Eine lodernde Gefühlsregung veränderte die Farbe seiner Augen. Er schaute hinunter auf seine Hände und ein ironisches Lächeln verzog seine Mundwinkel. »Wenn ich nicht ein Gentleman wäre«, flüsterte er ihr ins Ohr, »könnte ich jetzt meine Hände ein paar Zentimeter höher schieben und eine meiner Vermutungen überprüfen.«

Ihr Herz raste vor Angst. Eine unerwünschte, prickelnde Wärme dehnte sich tief in ihrem Magen aus. Sie starrte ihn an. Sein Blick hielt dem ihren stand, und ihr Atem wurde schneller und unregelmäßiger.

»Bitte, Mr. Belloch, das ist äußerst unschicklich«, flüsterte sie beinahe flehentlich.

Er beugte sich weiter zu ihr hinunter, so nah, dass sie spüren konnte, wie sein Atem ihre Schläfe liebkoste.

»Sie brauchen keine Angst vor mir zu haben«, sagte er mit tiefer, einschmeichelnder Stimme. »Im Grunde sind wir uns nämlich ähnlich, Sie und ich. Wir machen beide Beute auf die ›oberen Vierhundert‹ –«

»Ich weiß nicht, wovon Sie reden«, unterbrach sie ihn, während sie versuchte, sich aus seinem Griff zu befreien.

»Sie wissen es nicht?« Er lachte leise in sich hinein, und sein Griff wurde zu einer Fessel. Langsam arbeitete seine Hand sich an ihrem Korsett hinauf. Langsam, als würde er seine Begierde und seine Verdächtigungen genießen. Und seine Lust.

Sie ergriff seine Hand und warf ihm einen giftigen Blick zu. Paul hatte Andeutungen über irgendein Schmuckstück gemacht, das Sylvia Rohr gehörte. Aber nicht nur, dass es heute keinen Diebstahl geben würde; Mystere könnte von Glück reden, wenn sie davonkäme, ohne dass das Geheimnis ihrer Tarnung aufgedeckt werden würde.

»Wenn Sie nicht augenblicklich Ihre Hände entfernen«, drohte sie ihm, »so schwöre ich, werde ich nach meinem Onkel rufen.«

Er ließ sie los, versperrte ihr jedoch noch immer den Weg.

Außer Stande, sich seinem spottenden, anklagenden Blick zu stellen, drehte sie sich um und ging zur Balkonbrüstung hinüber. Das Licht des späten Nachmittags hatte schon begonnen, die gedämpfte Sattheit kurz vor dem Sonnenuntergang anzunehmen. Zwei samtige englische Setter spielten im Garten unter ihnen. Sie beobachtete die beiden, während sie versuchte, ihre Atmung wieder unter Kontrolle zu bekommen.

»Es ist nicht der gewöhnliche Dieb, der mich interessiert, Miss Rillieux«, sagte er hinter ihrem Rücken. »Wie ich Ihnen gestern Abend schon sagte, es ist der Gesellschaftsdieb, der mich fasziniert.«

»Ja, und Sie deuteten außerdem an, dass Sie vermuten, mein Onkel und ich seien Mitglieder irgendeines Diebesringes. Wenn Sie Beweise haben, warum gehen Sie dann nicht zur Polizei damit und hören auf, mich zu belästigen?«

»Ich habe nicht den geringsten Beweis. Vor zwei Jahren jedoch wurde ich in Five Points von einer Bande ausgeraubt. Einer davon war eine Frau. Eine wunderschöne Frau, die Ihnen sehr ähnlich sah. Außer, dass sie ... hmm, sagen wir, vollere Rundungen besaß, als Sie sie zu haben scheinen.«

»Oh? Erwarten Sie nun von mir, dass ich mich für Sie entkleide, um Ihnen meine Unschuld zu beweisen?«

»In der Tat, das tue ich. Sehen Sie, diese Frau, die mich ausraubte, verlangte auch von *mir*, mich auszuziehen.«

»Nun, dann werden Sie mich wohl weiterhin verdächtigen müssen, denn ich versichere Ihnen, dass ich mich nicht für Sie entkleiden werde.«

Er lachte, es war jedoch ein freudloses Lachen. Seine Stimme wurde tiefer und rauer, und irgendetwas Animalisches in ihrem Inneren wurde durch die sexuelle Dringlichkeit in seinem Tonfall erregt, das ihr Angst machte.

»Oh, ein Griff würde auch schon genügen, um nachzuprüfen, ob meine Vermutung stimmt«, warnte er sie dreist, »jetzt sofort!«

»Tun Sie es doch!«, schleuderte sie ihm entgegen, wobei sie seinen Blick erwiderte, um ihre Kräfte mit den seinen zu messen. »Beweisen Sie mir doch, dass Abbot Pollard Recht hat mit dem, was er über Sie und Ihresgleichen sagt.«

»Bei Gott, das werde ich«, flüsterte er beinahe und kam ihr näher.

»Mystere!«, ertönte eine weibliche Stimme von der offenen Fenstertür hinter ihm herüber. »Ich hatte mich schon gefragt, wo Sie sich versteckt haben. Oder habe ich da etwa Pläne für ein Durchbrennen gestört?«

Ausnahmsweise einmal war Mystere überglücklich, Carrie Astor zu sehen. Sie stürzte vor und fegte schnell um Belloch herum. »Carrie, wie schön, Sie zu sehen. Oh, Mr. Belloch und ich unterhielten uns lediglich über einen Aspekt der Anatomie griechischer Statuen. Wie geht es Ihnen, Carrie?«

Sie nahm die Neuangekommene beim Arm und ging mit ihr zusammen wieder hinein.

»Sie werden es nicht glauben«, vertraute Carrie ihr mit schockiertem Tonfall an, »aber Mr. Oakes zeigt Fotografien von Kadavern herum. Mir ist beinahe schlecht geworden. Dieser Mann ist . . . ganz schön seltsam.«

»Miss Rillieux?«

Mystere schaute über ihre Schulter zurück. »Ja, Mr. Belloch?«

»Ich werde wohl nie aufhören, es mir vorzustellen«, sagte Rafe mit spöttischer Stimme, indem er ihre eigenen Worte aus jener Nacht in Five Points zitierte.

Eine verzehrende Angst übermannte sie. Er wusste es. Er wusste es, und er würde so lange unbarmherzig sein, bis er sich sicher sein konnte.

Sie errötete, während er einfach nur lachte. Und trotz ihrer gespielten Tapferkeit war sie es, die zuerst ihren Blick senkte und von ihm abwendete.

# 7

Hushs erste Lesestunde fand in dem selben Salon statt, in dem Rillieux und sein einzigartiges Gefolge von Dieben am Tag zuvor zusammengekommen war. Mystere saß in dem aus Nussbaumholz geschnitzten Sessel, dem Lieblingssessel ihres Onkels, während ihr Schüler mit dreckigem Gesicht rittlings auf einem dreibeinigen Hocker neben ihr saß.

Der Junge war clever, das wusste sie schon, er war aber auch undiszipliniert und nicht daran gewöhnt, sich konzentrieren zu müssen – abgesehen von einer unglaublichen Konzentrationsfähigkeit, wenn es darum ging, das Stehlen von Rillieux, einem Meister der Unterweisung zu erlernen. Sie begnügte sich also in dieser ersten Unterrichtsstunde damit, ihn die Buchstaben A bis L auswendig lernen zu lassen, was er in nur wenigen Minuten bewältigt hatte. Dann zeigte sie ihm, wie die Buchstaben ausgesprochen wurden, während er sie aus einem Abc-Buch abschrieb, das sie extra für ihn gekauft hatte.

»Nun höre gut zu und folge meinem Finger, während ich laut vorlese«, wies sie ihn an. »Achte darauf, wie die Buchstaben klingen. Vor allem die, die du heute gelernt hast.«

Sie las langsam aus *Leslie's Illustrated Weekly* vor, und zwar einen interessanten kleinen Artikel über die kürzlich eröffnete Brooklyn Bridge. Hush folgte ihr genau, als ob das

Vergnügen, so nahe bei Mystere sein zu dürfen, die Mühen der Gelehrsamkeit wettmachten.

»Das wär's«, verkündete sie, klappte die Zeitschrift zu und legte sie zur Seite auf den Kaffeetisch. »Das sollte für die erste Stunde genügen. Es war doch gar nicht so schlimm, oder?«

»Nee. Du hast wirklich eine schöne Stimme, Mystere. Ich hör dich richtig gern vorlesen.«

Sie lächelte und zerzauste sein wildes, dunkles Haar. »Dank dir, du Charmeur. Möchtest du noch ein wenig Limonade?«

»Das ist verdammt nett von dir, aber siehst du – Limonade ist wohl eher was für Frauen und Kinder.«

Sie biss sich auf ihre Unterlippe, um ein Lächeln angesichts seiner ernsthaften Art zu unterdrücken. »Oh? Ich verstehe ... welches Getränk, glaubst du also, wäre für einen jungen Gentleman wie dich angebrachter?«

»Ich mag ein Getränk, das Humpty Dumpty heißt«, brüstete er sich wie ein alter Hase.

»Davon habe ich noch nichts gehört. Ist es gut?«

»Das sag ich dir! Es ist Ale, das mit Brandy zusammen gekocht wird. Alle bei mir im Haus trinken das.«

Mystere sah schockiert aus. »Du bist doch noch zu jung für Alkohol.«

»Das glaubst du doch wohl selbst nicht!«, protestierte Hush. Er machte ein finsteres Gesicht, als ob er nichts mehr hassen würde, als von ihr wie ein Kind behandelt zu werden. »Ich bin zu alt für Limonade, solltest du lieber sagen.«

»Also gut. Ich werde dir von nun an Kaffee oder Tee servieren.«

»Mit einem Schuss Whisky drin?«

Sie drohte ihm mit dem Finger. »Diejenigen, die Alkohol trinken, denken auch alkoholisiert.«

»Wie! Und die, die Limonade trinken, denken auch limonadisiert«, gab er zurück.

Das brachte ihm ein bewunderndes Lachen ein und er lächelte vor Stolz und Glück darüber, ihr eine Freude bereitet zu haben. Sie wollte gerade fortfahren, ihm Vorhaltungen zu machen, als die schwere Teakholztür sich öffnete und Rose in den Raum gestürmt kam. Wie gewöhnlich trug sie ihre Haube und ihre adrette Musselinschürze, und ihr rotes Haar war zu zwei dicken Zöpfen geflochten.

»Nur zur Warnung«, erzählte sie ihnen mit einer Stimme, die kaum mehr war als ein Flüstern. »Macht euch auf ein Donnerwetter gefasst. Paul ist aus seinem Klub zurück, und er hat eine Stinkwut.«

»Warum?«, wollte Mystere wissen.

»Du weißt doch, dass Evan und Baylis gestern losgeschickt wurden, um die Häuser von denen auszurauben, die in diesem Sommer verreist sind?«

Mystere nickte. »Während der Veranstaltung bei den Vernons, meinst du?«

»Ja genau. Pauls Alibi ist in Ordnung, und deins natürlich auch. Aber irgendjemand hat da was vermasselt. Sie haben sich ein Haus ausgesucht, vom dem sie dachten, dass es für diese Jahreszeit fest verschlossen worden wäre. Räumten die Uhren und das Silber und Gott weiß was aus. Es stellte sich jedoch raus, dass ein Dienstmädchen da war; die war nur eben einkaufen.«

Mystere wurde blass. »Du willst doch nicht etwa sagen, dass man sie geschnappt hat?«

»Nein, sie konnten rechtzeitig abhauen. Der Diebstahl wurde aber sofort entdeckt und gemeldet. Viel schlimmer ist jedoch, dass die Kutsche in der Nähe abgestellt war und Paul nun befürchtet, dass das Dienstmädchen sie auf ihrem Rückweg gesehen haben könnte. Er ist so wütend, dass er Baylis sogar geschlagen hat. Ich hab's mit eigenen Augen gesehen. Huch, da kommen sie! Die Heiligen stehen uns bei!«

Rose flüchtete gerade in dem Moment, als Rillieux' wutentbrannte Stimme in der Vorhalle zu hören war. »Siehst du nun, was deine Nachlässigkeit uns gekostet hat? Helzer wird uns jetzt übers Ohr hauen. Das bedeutet, dass eine Menge Geld einfach den Bach runtergehen wird.«

»Warum wird *mir* dafür die Schuld in die Schuhe geschoben?«, heulte Baylis Stimme empört. »Es war dieser Hurensohn und Drückeberger hier, der geschworen hat, dass keiner im Haus sei.«

»Jetzt reicht's aber!«, brauste Evan auf. »Schieb das bloß nicht *mir* in die Schuhe, du Hohlkopf! Ich bin ein friedliebender Mensch, solange ich nicht angegriffen werde; sonst aber werd ich zu einer wildgewordenen Furie.«

»Haltet gefälligst eure verdammten Mäuler, und zwar beide!«, brüllte Rillieux mit einer erstaunlichen Kraft für sein Alter und seine schmächtige Statur. »Ihr seid *beide* Vollidioten! Ist aber wohl meine eigene Schuld, wenn ich euch für außergewöhnliche Männer gehalten habe.«

»Wir haben doch nur getan, was man uns gesagt hat«, protestierte Baylis.

»Ja? Nun, dann ist es wohl schlampig durchgeführt worden, oder etwa nicht?«

Alle drei Männer waren vor der halb offenen Tür stehen geblieben.

»Habt ihr die Beute in der Remise versteckt?«, fragte Rillieux ein paar Sekunden später mit ruhigerer Stimme.

»Klar«, versicherte Evan ihm. »So war doch der Plan.«

»Nun, der Plan wird nun geändert. Bringt alles sofort zu Helzer. Wir werden zwar dafür, dass wir es eilig haben, einen niedrigeren Preis in Kauf nehmen müssen; ich habe jedoch einen bezahlten Informanten bei der Polizei, einen Bezirkspolizeimeister, und der hat mir erzählt, dass die Untersuchungen energisch vorangetrieben werden. Das Dienstmädchen könnte unsere verdammte Kutsche gesehen haben. Werdet bloß schnell die Beute wieder los. Und nur für den Fall, dass einer von Byrnes Männern hier rumschnüffeln sollte, solltet ihr lieber irgendeine Lügengeschichte parat haben, um zu erklären, warum ihr ohne mich und Mystere drüben am Riverside Drive standet.«

Mystere hörte, wie Evan und Baylis fortgingen. Ein paar Augenblicke später trat Rillieux in den Salon. Er ließ kein Anzeichen seiner wütenden Stimmung von vor wenigen Minuten erkennen.

»Hier also sind meine beiden Paradeschüler«, begrüßte er sie und durchquerte mit Hilfe seines Spazierstockes den Salon. Er beugte sich hinunter, um Mysteres Wange zu küssen. Sie konnte sein übermäßig süßes Flieder-Eau-de-Cologne riechen.

»Mystere lernt mich zu lesen«, prahlte Hush.

»›Lehrt‹ mich«, korrigierte sie ihn.

Rillieux schien kaum etwas davon aufzunehmen. »Das ist schön, jeder Mann sollte lesen können«, sagte er geistesabwesend. Seine dunklen Augen verengten sich, als er Mystere eingehend betrachtete. Er sah aus, als sei er in irgendwelche Grübeleien vertieft.

»Mir ist aufgefallen, dass Belloch sich gestern zu dir gesellt hat«, erzählte er ihr. »Aber euren beiden Gesichtern nach zu urteilen hat er dir mit Sicherheit nicht den Hof gemacht. Du hast dich ihm gegenüber recht kühl verhalten, wie es mir schien.«

»Ich war ihm gegenüber eher … kurz angebunden, das ist wohl wahr.«

Rillieux lächelte über die Wahl ihrer Worte. »Das schürt nur das Feuer, meine Liebe, das schürt nur das Feuer. Ich behaupte noch immer, dass dieser Belloch eine Schwäche für Nymphen hat.«

Mystere warf ihm einen warnenden Blick zu, denn Hush konnte jedes einzelne Wort mit anhören, und sie mochte es nicht, wenn in seiner Gegenwart so gesprochen wurde. Nicht, dass er nicht auf der Straße sehr viel Schlimmeres zu hören bekam, brachte sie sich dann aber selbst in Erinnerung.

»Es ist nicht das, was du denkst, Paul. Da bin ich mir sicher. Ich glaube, er hat … ein paar Dinge über uns erraten. Oder vielleicht ist ›intuitiv erfasst‹ der bessere Ausdruck dafür.«

»Unsinn. Aber selbst wenn du Recht haben solltest, so könnten wir mit dieser Eventualität fertig werden.«

»Was auch immer du darunter verstehst, vielleicht schätzt du ihn als zu harmlos ein. Ich habe den Eindruck, dass er ein gefährlicher und fähiger Mann ist.«

Rillieux schnaubte verächtlich. »Tatsächlich? Gefährlich und fähig? Und doch zieht er sich in Five Points nur auf den Befehl eines halben Kindes hin nackt aus? Oh, ich fürchte mich zu Tode, Mystere! Gott schütze uns vor diesem nackten Übermenschen.«

»Paul!«, schalt sie ihn, während sie flüchtig zu Hush hinüberschaute.

»Oh, der Junge ist kein Baby mehr; lass ihn ruhig zuhören. Du könntest übrigens Recht haben, was Belloch angeht, ungeachtet meiner ganzen Neckerei. Ich habe Caroline über ihn ausgefragt. Sie benutzte den Ausdruck ›unbedachter Tollkopf‹, um ihn zu beschreiben. Und ihr schien diese Vorstellung auch noch zu gefallen.«

»Was bedeutet das?«, wollte Hush wissen.

»Leichtsinnig und unberechenbar«, erklärte Rillieux ihm. Er schaute zu Mystere hinüber. »Von nun an werde ich ihn ein wenig ernster nehmen.«

Und ich werde das Gleiche tun, gelobte sie sich selbst. Mehrmals schon hatte sie seit dem vorangegangenen Nachmittag darüber nachgedacht, wie vertraulich die Dinge doch mit ihm ganz allein dort auf dem Balkon geworden waren. Nur eine kleine Bewegung seiner Hände etwas nach oben ... Selbstverständlich traute sie sich nicht, mit dem Stehlen aufzuhören, nun, da er sie verdächtigte – das würde ihn lediglich anstacheln, sie noch mehr zu verfolgen.

Die Gefahr einer Entlarvung war jedoch nicht das Einzige, was sie im Hinblick auf ihn fürchtete. Wie viele Male schon hatte sie seit gestern empört versucht, die Erregung zu leugnen, die sein Griff auf ihren Hüften entfacht hatte? Der starke, überwältigende Griff dieser wohlgeformten Hände hatte eine pulsierende Lendenwärme hervorgerufen, die sie schwach und atemlos machte und die vor ihrem geistigen Auge Bilder entstehen ließ, die sie in ihrer leidenschaftlichen Offenheit beschämten.

Solche Gedanken musste sie zügeln. Nicht nur, weil sie unschicklich waren, sondern auch, weil diese sie dazu verleiteten, ihre Vorsicht zu vernachlässigen. Und der Mann musste erst noch geboren werden, der dazu in der Lage war. Sie war noch immer Jungfrau, und sie hatte vor, es zu bleiben. Für immer.

Zwar übermannte sie von Zeit zu Zeit eine tiefe, dunkle

Einsamkeit, andererseits wusste sie aber auch, dass ihr Wert für Rillieux nicht allein in ihrer »Kunstfertigkeit« lag, sondern ebenso in ihrer Schönheit. Oft sprach er davon, ausgezeichnete Partien für sie zu arrangieren. Sollte Rillieux sie jemals mit einem Mann zusammen überraschen, sollte er sie jemals entehrt vorfinden, so wüsste sie nicht, was er dann tun würde. Vielleicht sie töten. Dieser Gedanke war nicht ganz von der Hand zu weisen, denn sie kannte seine Brutalität aus eigener Erfahrung.

Obwohl sie noch nie erlebt hatte, dass Rillieux jemanden getötet hatte, so hatte sie ihn doch bisher noch nie so wütend gesehen. Er würde sie opfern können, um an Rafe Bellochs Vermögen heranzukommen; nur für Liebe und Ehe allein war sie jedoch nicht zu haben. Solange, bis sie sich von ihm losreißen konnte, war sie sein Eigentum, und Rillieux würde sie lieber tot als verdorben sehen. Sie müsste vor Rillieux und seiner Obhut davonlaufen. Ihre einzigen beiden traurigen Möglichkeiten wären dann, sich auf der South Street für eine Flasche Whisky zu verkaufen oder den Rest ihres Lebens mit dem Nähen von Hemden in einem Ausbeuterbetrieb zu verbringen. Keines von beidem schien ihr erträglich, sie würde also niemals dieses Risiko auf sich nehmen. Sie würde hungrig und einsam bleiben. Aber am Leben.

Ihre Gedanken kehrten zu Belloch zurück. Du hast dich in einer spannungsgeladenen Situation befunden, argumentierte sie sogar jetzt noch, als ob sie sich vor Rillieux' Tribunal verteidigen müsste. Du warst aufgedreht und angespannt auf Grund seiner neugierigen Fragen. Keine anständige Frau würde einen so eingebildeten, hinterhältigen Mann wie ihn begehren.

Während all diese Gedanken in ihrem Kopf umherschwirrten, hatte Rillieux sich wieder Hush zugewandt.

»Nun, mein Junge, du wirst bald als unser neuer Lakai hier bei uns wohnen. Hast du heute etwas für die Familienkasse mitbebracht?«

»Noch nichts, Sir, weil, ich habe nämlich den ganzen Morgen in einem Konzertsaal in der Bowery Ratten gefangen. Außerdem geh ich, wie Sie mir ja gesagt haben, ein paar Tage lang nicht mehr in den Park, damit die Polizisten sich nicht mein Gesicht einprägen können. Diese Geldbörse, die ich Ihnen am Sonntag gebracht habe, ist von da gewesen.«

»Das ist mein Mann – sei immer schön vorsichtig und geschickt.«

»Aber jetzt ist die Brücke ja auf, da kann ich ganz einfach zum Prospect Park rüberlaufen. Der ist knüppelvoll mit reichen und feinen Pinkeln, genauso wie unser Park hier.«

»Gut, gut, dann bleib dran. Denke nur immer daran, niemals mit irgendjemandem außer mit uns über das zu reden, was du tust. Erfolg in unserem Geschäft bedeutet, den Mund halten zu können. Und vergiss nie, dass wir hier eine Familie sind, alle für einen, einer für alle. Niemand« – bei diesem Wort verschob sich sein Blick, um Mystere mit einzubeziehen – »darf irgendetwas abschöpfen. Ich werde unser gemeinsames Vermögen gerecht verteilen.«

»Gerecht«, bemerkte sie, war sein Schlagwort. Genauso, wie »die Familienkasse« nichts anderes war als Pauls Bezeichnung für »meine eigene Tasche«. Und noch etwas anderes war ihr an Rillieux aufgefallen: Er versicherte den anderen, dass sie nur so tun würden, als seien sie seine Diener. In Wirklichkeit waren sie jedoch tatsächlich Diener, Diener, die zum Spionieren, Stehlen und Sammeln von Informationen ausgebildet worden waren. Sie weigerte sich, die anderen außer in der Öffentlichkeit als Untergeordnete zu behandeln, er jedoch hatte keinerlei Probleme damit.

Rillieux drehte sich um und verließ den Salon.

»Sir?«, rief Hush ihm hinterher. »Sie haben etwas vergessen!«

Rillieux drehte sich wieder zurück. Mysteres Kinnlade fiel vor Staunen herunter, als sie die Brieftasche aus genarbtem Leder sah, die Hush ihm entgegenhielt.

»Ich glaub, mich laust der Affe«, sagte Rillieux, fassungslos angesichts der Kühnheit des Jungen. »Du dreister kleiner Halunke.«

Einen Augenblick später jedoch verzogen sich die Augen des alten Mannes vor Zufriedenheit, und er strahlte vor Stolz und Habgier. »Den alten Fuchs austricksen, he? Das ist genau das Richtige. Immer die beste Gelegenheit im Auge behalten. Du machst deiner verdammten – wer auch immer sie war – Ehre«, fügte er hinzu, als er seine Brieftasche zurücknahm und unauffällig sein Geld zählte.

Dann blickte er flüchtig zu Mystere hinüber. »Ich habe nur eine Schülerin gehabt, die so vielversprechend war wie du, Hush. Aber die hat meine Brieftasche in Ruhe gelassen – bisher jedenfalls.«

Es machte Mystere fast krank, die Dankbarkeit in den Augen des Jungen zu sehen. Der arme Hush war geradezu ausgehungert nach ein wenig Selbstwertgefühl, und dann ausgerechnet diese Art von Lob, mit dem Paul ihn bedachte.

Nachdem Rillieux gegangen war, fragte sie Hush: »Erinnerst du dich daran, was ich dir beim letzten Mal gesagt hatte, als du hier warst? Darüber, etwas zu tun, was du gerne tun würdest, und nicht nur, was andere dir auftragen?«

Er nickte.

»Nun, es macht keinen wirklichen Unterschied, wenn jemand Älterer dir befiehlt zu stehlen. Es gibt ein altes Sprichwort: ›Wer dem Teufel die Kerze hält, macht sich mitschuldig‹.«

»Tun wir das, Mystere? Ich und du – dem Teufel die Kerze halten?«

»Ja. Und das Verbrechen allein ist noch nicht alles. Manchmal, wenn man alles gut erledigt, was andere einem auftragen, dann kann es sein, dass man seine Freiheit dabei aufgibt, indem man versucht, ihnen zu gefallen. Sie werden reich und mächtig durch dein Risiko und deine Fähigkeiten. Sie sind frei in ihren Entscheidungen, während du ihr Eigentum bist.«

Hush, der solche Abstraktionen nur auf sein eigenes Leben bezogen verstehen konnte, sagte: »Meinst du damit ... dass ich für mich selbst stehlen sollte?«

»Ich bin mir nicht sicher, was ich meine«, gab sie hilflos zu. Sie hatte Angst, durch ihren Versuch, die Moralvorstellungen des Jungen anzuheben, ihn womöglich mit Pauls Naturell in Konflikt zu bringen. Denn, wie nett Rillieux auch manchmal zu sein schien, so wusste sie doch, dass er zu enormer Grausamkeit fähig war, vor allem denjenigen gegenüber, die sich als illoyal erwiesen, nachdem er ihnen vertraut hatte.

Insgeheim hatte sie jedoch eine ganz andere Antwort für Hush: Ja. Wenn du schon stehlen musst, dann tu es wenigstens für dich selbst und nicht für einen Meister. Harte Worte. Wenn sie Bram jemals finden wollte, so musste sie endlich aufhören, lediglich hart zu reden und stattdessen beginnen, auch hart zu *sein*.

Solche Gedanken erinnerten sie unweigerlich daran, dass es nicht nur Paul war, wegen dem sie sich Sorgen machen musste. Da gab es außerdem noch Lorenzo Perkins. Sie spürte, wie ein neuerlicher Anfall von Kummer sie überkam. Wie konnte sie jemals ihren Bruder aufspüren, solange sie ausgerechnet dem Mann nicht vertrauen konnte, den sie engagiert hatte, ihn zu suchen? Trotzdem aber hatte sie nicht die Willensstärke, ihn ohne Beweise zu entlassen. Immerhin hatte er ja ein paar Informationsfetzen geliefert wie den Namen der *Sir Francis Drake*, dem Schiff, auf dem Bram einst fortgesegelt sein könnte.

Sie beschloss, nun endlich das zu tun, worüber sie bisher lediglich nachgedacht hatte.

»Hush?«

»Was?«

Sie nahm ihre Brieftasche heraus und entnahm ihr einen Fünfdollarschein. »Der gehört dir«, sagte sie zu ihm, »wenn du mir dafür einen Gefallen tust.«

Er nahm den Schein und starrte sie an. »Jesus! Aber du brauchst mich doch nicht zu bezahlen, Mystere.«

»Egal, nimm ihn, aber lass Paul ihn nicht sehen. Kennst du die Amos Street?«

»Klar. Da ist die Ausgabestelle. Wo sie Medizin für umsonst an die Armen geben.«

Sie nickte. »Auf der Amos Street Ecke Greenwich Street ist ein Drogeriegeschäft. Du kannst es an dem hölzernen Mörser mit Stößel draußen an der Kette erkennen. Dort in der Wohnung über dem Geschäft leben ein Mann und seine Frau. Der Mann ist groß und schlank, trägt immer einen ziemlich schäbigen Anzug mit Weste, und er hat einen albernen, gewachsten Schnurrbart, der wie aufgemalt aussieht. Ich muss etwas darüber wissen, wie er seine Zeit verbringt. Bist du bereit, ihm immer mal wieder zu folgen, ein paar Tage lang?«

Hush grinste. »Das wird ein Spaß werden.«

»Gut. Aber sei bloß vorsichtig. Lass ihn nicht merken, was los ist. Versprochen?«

Ein paar Minuten später brachte sie Hush zur Eingangstür und verweilte noch einen Moment lang in der Vorhalle, während ihre Gedanken wieder zum vorherigen Tag und zu Rafe Belloch zurückkehrten.

Welch ein Jammer, sagte sie zu sich selbst, dass ein so gut gebauter und attraktiver Mann mir so gefährlich werden kann. Sie hielt Rafe Belloch für einen nicht einschätzbaren Feind, und sie gelobte sich, ihm auf alle Fälle aus dem Weg zu gehen – ungeachtet ihrer Reaktion auf seine Berührung.

Vielleicht befand sie sich ja doch im Irrtum, was sein Interesse an ihr betraf. Vielleicht war er auch nur hinreichend interessiert daran, grausam zu sein, mehr nicht. Das hoffte sie. Aber irgendetwas in ihrem Inneren zweifelte daran, dass er nur mit ihr spielte. Sie befürchtete, dass er wie ein kleiner Junge war, der eine Fliege gefangen hat und dann beginnt, ihr die Flügel auszureißen und ihr beim Sterben zuzusehen.

## 8

Im Gegensatz zu Manhattan war es Staten Island bisher gelungen, der hektischen Gangart des urbanen Fortschritts zu entkommen. Es machte noch immer einen abgeschiedenen und ruhigen Eindruck. Seine fünfzigtausend Einwohner fielen kaum ins Gewicht gegenüber den fast zwei Millionen auf der anderen Seite der Upper Bay. Hier gab es keine dieser teerpappengedeckten Hütten illegaler Siedler, die das obere Manhattan übersäten, nur hübsche Häuser mit großen Veranden, auf denen Korbstühle standen, und ein paar bescheidene Kirchtürme mit Wetterhähnen auf ihren Spitzen.

Rafe Belloch liebte das Gefühl, zurückgezogen zu leben und sich trotzdem zweckmäßig nahe an der lebenswichtigen Schaltzentrale des Finanzdistriktes Wall Street zu befinden. Er unterhielt eine Suite im Astor House, dessen Lage gegenüber dem City Hall Park günstig war für solche Gelegenheiten, bei denen geschäftliche oder gesellschaftliche Verpflichtungen seinen Aufenthalt in der Nähe seiner Büros in Manhattan erforderlich machten. Wann immer er jedoch die Möglichkeit hatte, zog er sich im wahrsten Sinne des Wortes nach Garden Cove, seinem Landsitz aus dem 17. Jahrhundert auf Staten Islands Bay Street zurück. Wenn er keine Lust auf die Fähre hatte, so konnte er immer auch seine private Dampfyacht benutzen, die an einem nahe gelegenen Schiffslandeplatz wartete. Die dreiköpfige Crew lebte an Bord des Schiffes und war so jederzeit bereit loszufahren.

Zur gleichen Zeit, als Mystere Hush die erste Hälfte des englischen Alphabets beibrachte, befand Rafe sich in seinem Studierzimmer in Garden Cove und diktierte seinem Sekretär Sam Farrell Briefe.

»Zusammenfassend, meine Herren, bin ich davon überzeugt, dass die Wahl des Zeitpunktes Ihren Interessen entgegenkommt. Die Zusammenlegung unserer Kurzstreckeneisenbahnen im Mittelwesten zu einem zentral verwalteten Konzern wird in großem Maße sowohl die Streckenverbindungen als auch die Profite verbessern. Ich beantrage, dass dieser Vorschlag der Zusammenlegung bei der nächsten ordnungsgemäßen Vorstandsversammlung zu einer verbindlichen Abstimmung gebracht wird. Mit freundlichen Grüßen, und so weiter, und so fort.«

Rafe beobachtete Sams Gesicht ganz genau, denn er war neugierig, wie dessen Reaktion auf diesen neuesten Affront aussah. Beim ersten Kennenlernen erschreckte Farrell die Menschen oft, denn sein Grinsen, das seine vorstehenden Zähne bloßlegte, stimmte nicht überein mit seinen tief eingesunkenen Augen, die sehr ernst dreinblickten. Schon oft hatte Rafe gedacht, dass Sams Gesicht sowohl die Maske der Tragödie als auch die Maske der Komödie zu einem einzigen, beunruhigenden Antlitz vereinte.

Gerade jetzt jedoch gab dieses Antlitz dem Boss keinerlei Hinweis auf eine Reaktion.

»Können Sie die Wölfe nicht schon heulen hören?«, half Rafe nach, »und meine Karikatur mit einer Piratenaugenklappe in den Leitartikelcartoons sehen?«

»In der Tat, das ist bei dieser Ansammlung von Hyänen vorhersehbar. Sehen Sie es jedoch mit Stolz, Sir. Joseph

Pulitzers katastrophenheischende Artikel können die Eisenbahnunternehmen und Räuberbarone so viel verreißen, wie sie wollen. Tatsache ist, dass es nun schon seit zwanzig Jahren – abgesehen von der Panik im Jahre '73 – einen blühenden Aktienmarkt gibt. Und der ist in der Hauptsache den Eisenbahnen zu verdanken. Und was die Zusammenlegung angeht – so ist die New York Short Line der beste Beweis für die Klugheit eines solchen Schrittes, und zwar in höchstem Maße. Der Kommodore hat sein geliebtes Dampfschiff schließlich nicht für irgendein Hirngespinst verlassen.«

»Heißt das, ich soll ihren Hohn wie ein Ehrenabzeichen tragen? Das ist gut, Sam, das werde ich mir merken.«

Da ein Großteil der Eisenbahnarbeit gefährlich war, war es schon immer Rafes Unternehmenspolitik gewesen, verletzte Arbeiter umzuschulen und sie für Büroarbeiten einzustellen. Sam Farrell – dessen rechte Hüfte zertrümmert worden war, als er einen Verbindungsbolzen an seinen Bestimmungsort zwischen zwei Kohlewagen herablassen wollte, hatte nur wenig Schulung nötig gehabt. Nachdem Rafe die begeisterten Berichte seines Verwalters in Ohio gelesen hatte, hatte er persönlich ein Gespräch mit Sam geführt und ihn dann sofort mit einem ordentlichen neuen Gehalt nach New York versetzt.

In den darauf folgenden Jahren hatte Sam in seiner Freizeit Recht studiert und war in New York als Anwalt zugelassen worden, und nun diente er zusätzlich als erster Rechtsberater für das Belloch-Unternehmen. Er hatte seine ruhige Hand am Ruder gehabt, als Rafe den steinigen Kurs vom Eisenbahnbauer hin zum Kapitalanleger und Unternehmenseigentümer gesteuert hatte. Während all dieser Veränderungen war Sam stets ein direkter, einfacher, äußerst loyaler Mann mit einem erstaunlich einfallsreichen Geist geblieben.

»Ich werde die Briefe heute Nachmittag abschicken«, sagte Sam. »Gestern sagten Sie, dass es da noch etwas anderes gäbe, das ich für Sie tun könnte. Irgendeine Erkundigung in New Orleans, sagten Sie, glaube ich?«

»Ach ja, das ist richtig.«

Rafe begann, sein Studierzimmer zu durchschreiten, nachdem Sams Frage seine Gedanken zu Mystere Rillieux zurückgeführt hatte. Sein Studierzimmer diente gleichzeitig auch als Firmenbüro. Der Raum war vertäfelt und mit georgianischen Schnitzereien verziert. Die Gaskronleuchter hingen an Seilen in Form von Schlangen von der Decke. Das Licht wurde noch verstärkt durch alte, siebenarmige Kandelaber. Ein Sultanabad-Teppich und gotische Lehnstühle erschienen manchem Besucher als prachtvoll und imposant, anderen einfach nur als kalt und geschmacklos. Rafe für seinen Teil fand Geschmack an alldem, stimmte aber denen voll und ganz zu, die der Meinung waren, dass es ihm an Kultiviertheit fehle.

Mystere Rillieux ... Während er so grübelte, musste er erneut daran denken, wie es sich angefühlt hatte, als er ihre schlanken Hüften in seinem Griff gespürt hatte. Und das Korsett hätte sie eigentlich gar nicht nötig, so viel hatte er zu seiner eigenen Befriedigung überprüfen können. Sie war zierlich und wunderschön, und sie hütete irgendein größeres Geheimnis, wie schon ihr Name es andeutete. Und beim Leibhaftigen, sie besaß die umwerfendsten blauen Augen, in die er je geschaut hatte.

Aber zur Hölle mit ihrem verführerischen Körper, denn *sie* war es, die ihn in Five Points gedemütigt hatte, dessen war er sich nun so gut wie sicher. Sie war eine gute Schauspielerin, er spürte jedoch, dass irgendetwas in ihrem Inneren sich im Krieg befand gegen das Böse und dass sie beinahe *wollte*, dass man sie entlarvte. Als ob … als ob sie eine Adlige wäre, die versucht, sich durch Maskerade zu verbergen.

»Ich möchte, dass Sie sich mit Stephen Breaux' Anwaltskanzlei auf der Canal Street in New Orleans in Verbindung setzen«, sagte er zu seinem Sekretär. »Sie finden die Anschrift in den Akten. Ich hatte einst mit ihm zusammengearbeitet, als es um einen Vertrag über den Transport von Baumwolle ging. Er ist ein guter Mann und sehr diskret. Lassen Sie seine Leute ein paar Erkundigungen einziehen über Mr. Paul Rillieux und seine Großnichte Mystere, die beide behaupten, aus New Orleans zu kommen.«

Sam, der sich auf einem aufgeklappten Schreibblock Notizen machte, wusste selber, was Diskretion bedeutete. »Welche Art von Erkundigungen genau?«, drängte er. »Auskünfte über ihre Finanzen, Rechtsakten … private Angelegenheiten?«

Rafes ausdrucksstarke Lippen pressten sich zu einem zynischen Grinsen zusammen. »Ich sehe, Sie denken wie ein Anwalt. Ich brauche nichts, um es als Druckmittel zu verwenden. Nein, ich denke …«

Seine Stimme verhallte, als er über die Sache nachdachte. Er ging hinüber zu einem Flügelfenster mit Blick nach Nordosten über die Narrows hinweg, seinem liebsten Platz im ganzen Hause, wenn er nachdenken wollte.

Seine Haushälterin ließ die Jalousien zu dieser Tageszeit immer geschlossen, damit die Sonne nicht die Teppiche ausbleichte. Er zog sie auf, gerade noch rechtzeitig, um ein riesiges, ausländisches Dampfschiff mit drei Schornsteinen die Narrows passieren und für die Docks in der Battery beidrehen zu sehen, wobei die Passagiere für einen ersten Blick auf Manhattan die Heckreling bevölkerten. Diejenigen in der ersten und zweiten Klasse würden eine schnelle Musterung durchlaufen und konnten sich dann auf ihren Weg machen; diejenigen auf dem Zwischendeck jedoch würden zur Abfertigung und medizinischen Untersuchung im nahe gelegenen Castle Garden zurückgehalten werden.

Rafes inneres Auge aber sah lediglich Mysteres makellose, opalisierende Haut, die so weich war. Mehr als einmal hatte er daran gedacht, seine Hände und seine Lippen über diese Haut gleiten zu lassen und ihre aufgestauten Sehnsüchte unter seiner Berührung beben zu spüren …

Aber nein. Er zwang sich selbst, sich nicht vom eigentlichen Thema, und zwar dem ihrer wahren Identität, ablenken zu lassen. Okay, es gab hellhäutige Kreolen, das war ihm bekannt. Wie viele aber von denen, die aus New Orleans kamen, wussten nicht, wer Beast Butler war, und zwar im gleichen Moment schon, in dem sein Name ausgesprochen wurde? Teufel noch mal, zuerst musste er diese Frau entlarven, um seine Neugier zu befriedigen, dann könnte er sich daranmachen, sie zu verführen.

»In erster Linie«, gab er Sam schließlich zur Antwort, »würde ich gerne ihre Identitäten überprüft haben sowie ihre Anschriften in den vergangenen Jahren, außerdem ihr gesellschaftliches Ansehen. Finden Sie etwas über den Charakter dieses Mannes heraus. Offen gesagt habe ich den Verdacht, dass die beiden ungemein geschickte Gauner und Diebe sind, die als Team zusammenarbeiten.«

Sam hatte die Angewohnheit, jede Tageszeitung aus der Gegend zu durchkämmen. Er hatte also schnell begriffen, worauf Rafe hinauswollte. »Heilige Johanna! Lady Moonlight … Sie glauben, es ist Mystere Rillieux?«

»Ich habe den Verdacht, ja, aber behalten Sie das bitte für sich. Kennen Sie sie? Mystere, meine ich?«

»Nur aus den Kolumnen. Über ihren Onkel wird sehr viel geschrieben, seit er einer von Caroline Astors Anhängern ist.«

Rafe nickte, während er noch immer nach draußen schaute. Von seinem Platz am Fenster aus hatte er einen ausgezeichneten Ausblick auf den terrassenförmig angelegten Garten, der das Haus auf drei Seiten umgab. In ihm wuchs eine Vielfalt von Pflanzen in leuchtenden Farben nach seinem ungebändigten Geschmack: Chinarosen, engblättrige Narzissen mit gelben Blüten, strahlende Flamboyant-Büsche und Ringelblumen. Inmitten dieser Fülle von Blumen erhob sich eine mit Patina überzogene Bronzefigur der Siegesgöttin, die Lorbeerkränze in die Höhe hielt. Auf einer Koppel hinter dem Garten wälzte sich ein schönes, rotbraunes Pferd mit vier weißen Fesseln faul im Gras herum.

»Ja«, fuhr Rafe fort, »Paul Rillieux hat in den ›besten‹ Kreisen ziemlich Furore gemacht.«

Es lag in der Tat eine gewisse Ironie in dieser Situation, die Rafe inzwischen außerordentlich gut gefiel. Denn, wer auch immer Lady Moonlight wirklich war, auf eine bizarre Weise war sie seine Verbündete. Was die »oberen Vierhundert« anging, für diese war sie der Schrecken schlechthin. Gerissen unter falscher Flagge segelnd stahl sie den Reichen ihre Juwelen. Er dagegen hatte vor, ihnen ihre Herzen und ihr gutes Ansehen zu stehlen. Er würde Carrie Astor ruinieren, und indem er den wertvollsten Besitz der Königin ruinierte, würde er Mrs. Astor und ihre unumstößliche Stellung in der Gesellschaft zerstören.

Dann gäbe es keine »oberen Vierhundert« mehr, die ihr folgen und um sie herumscharwenzeln konnten. Sie alle würden die Demütigung erfahren, erkennen zu müssen, dass sie einer falschen Göttin gehuldigt hatten. Die New Yorker Gesellschaft wäre vernichtet. Sollte Lady Moonlight sie also ruhig um ihre Schmuckstücke erleichtern – er hatte vor, ein noch größerer Schurke zu sein.

Solche Gedanken brachten jedoch den Zorn ans Licht, der direkt unter dieser ruhigen Oberfläche schäumte. Er schaute erneut auf die bronzene Statue der Siegesgöttin. Sie anzuschauen stählte jedes Mal seine Entschlossenheit und spendete ihm Trost und Stärke. Sie machte ihm etwas verständlich, das sein Vater einen Augenblick lang wohl irgendwie vergessen haben musste: Ein Mann muss bis zum bitteren Ende kämpfen; das erst war der echte Sieg – auszuharren und die Oberhand zu gewinnen.

Niemals – und wenn er ein Jahrhundert leben würde – würde Rafe je die knappe letzte Mitteilung vergessen, die sein Vater der Welt hinterlassen hatte: *Ich schäme mich zu sehr, um noch einen Moment länger leben zu können. Bitte vergebt mir meine Schwäche.*

Nicht ein einziges Mitglied dieser Gruppe, die Abbot Pollard »die Auserwählten« nannte, war zu John Bellochs Beerdigung erschienen. Diese Tatsache war insofern recht auffällig, als der erfolgreiche Kapitalanleger vielen von ihnen zu ihrem Reichtum verholfen hatte, einige von ihnen hatte er mit heimlichen Darlehen unterstützt, um die harten Zeiten zu überstehen.

Es hatte Rafes Mutter getötet, als Ausgestoßene zurückgelassen zu werden, bemitleidet und verachtet von denen, die einst ihre Gesellschaft geschätzt und sie zu einer Auserwählten gemacht hatten. Ihr Ende war langsam gekommen, ein schleppender Tod durch diese Folter gesellschaftlicher Schande, die sie sich selbst auferlegt hatte …

Rafe hatte das Ganze mit ansehen müssen, er hatte gesehen, was es war, das sie zerstörte, war jedoch nicht in der Lage gewesen, es zu verhindern.

Sam, der gerade in diesem Moment von seinem Schreibblock aufblickte, war der verbissene Zorn im Gesicht seines Arbeitgebers nur allzu bekannt. Sam hatte etwas herausbekommen, das einige andere höchstens vermuteten: Rafe Belloch war die traurigste aller Kreaturen, unendlich erfolgreich und doch unendlich enttäuscht.

»Nun denn«, sagte Sam schließlich, wodurch Rafe wieder in die Gegenwart zurückgerissen wurde. »Soll ich ein Telegramm oder einen Brief schicken?«

»Es ist nicht dringend, benutzen Sie also ruhig den Postweg. Um Ihnen die Wahrheit zu sagen, ich hätte gern noch ein wenig Zeit, Mystere beobachten zu können – Mystere und ihren Onkel, meine ich«, korrigierte er sich schnell. »Das ist, muss ich zugeben, sogar recht amüsant.« Er lachte. »Wissen Sie, es ist vor allem eine persönliche Sache. Es ist nämlich so, Sam, dass ich so gut wie überzeugt davon bin, dass Mystere nicht nur Lady Moonlight ist. Ich glaube, dass sie und ihre Bande von Schuften es gewesen sind, die mich vor ein paar Jahren ausgeraubt haben.«

Sam staunte. »Sie meinen doch nicht das kesse Weibsstück, das Sie fast nackt in Five Points zurückgelassen hatte?«

»Ja, zur Hölle mit ihr. Und kommen Sie nicht auf die Idee, die Polizei einzuschalten, verstanden? Ich habe selber zunächst ein paar Fragen an sie zu stellen, bevor die Polizei sich um sie kümmern kann.«

Sam schaute so unschuldig drein wie ein Priester. »Die Polizei? Die ist doch nichts weiter als ein schwerfälliger Haufen von Stümpern. Ich würde sagen, dass es Ihnen mit

Sicherheit sehr viel besser gelingen wird, eine dem Vergehen angemessene Strafe zu verhängen – verzeihen Sie bitte, wenn ich mir erlaube, das zu bemerken, Sir.«

»Da gibt es nichts zu verzeihen, aber ich weiß Ihre guten Umgangsformen zu schätzen, Sam. Ja, Sie haben Recht«, versicherte er ihm. »Unsere hochmütige kleine Räuberin wird eine gute Portion von dem wieder einstecken müssen, was sie ausgeteilt hat, verlassen Sie sich drauf.«

»Ich glaube Ihnen«, antwortete Sam. »Wenn Sie wirklich diejenige ist, für die Sie sie halten, dann haben Sie vermutlich noch einen ganz schönen Weg vor sich. Sie könnte sich Ihnen als ebenbürtig erweisen.«

Rafe schnaubte, und seine dunklen Augen funkelten voller Vorfreude auf diese Herausforderung.

# 9

»Meine Liebe«, sagte Paul Rillieux in einem gebieterischen Ton, den er kürzlich von Mrs. Astor übernommen hatte, »heute Abend wirst du die Königin aller Klunker sehen, ein Schmuckstück, das eigentlich in eine Vitrine gehört und nicht an einen Finger. Caroline rief mich heute an und informierte mich über die Details. Antonias neuestes Spielzeug ist ein vierundzwanzigkarätiger Goldring mit einem riesigen indischen Smaragd in der Mitte und achtzehn radial geschnittenen Diamanten um ihn herum.«

»Sie hat schon immer ein Faible für Understatement gehabt«, antwortete Mystere trocken, obwohl Rillieux kaum Notiz davon zu nehmen schien.

Durch das Fenster der Kutsche sah sie hinaus auf einen angenehmen Abschnitt des Riverside Drive mit Blick über den Hudson. Es war eine bewölkte Nacht und die dunklen Schatten des Mondes durchstreiften den Fluss und die weit entfernte Küste New Jerseys. Die ruhelosen, ihre Form verändernden Schatten schienen ihrer Stimmung zu entsprechen.

»Selbstverständlich wirst du den Ring nicht an dich nehmen«, schwatzte Rillieux weiter. »Du wirst ihn lediglich mit allen anderen zusammen bewundern – vorerst jedenfalls. Das Schicksal dieses Ringes wird zu einem späteren Zeitpunkt besiegelt werden, wenn er weniger im Rampenlicht der Öffentlichkeit stehen wird. Heute Abend, wenn jeder darauf wartet, dass Lady Moonlight nach diesem offensichtlichen Köder schnappt, wird sie stattdessen Sylvia Rohr um eine äußerst bezaubernde Brosche aus Saphiren und Diamanten erleichtern. Eine Anstecknadel, meine Liebe, keine Schnalle, es ist also ein Zulangen und Gleitenlassen, wie wir es geübt haben. Ich kenne inzwischen all ihre Gewohnheiten und ich denke, dass sie so weit ist, sie wieder einmal tragen zu wollen.«

Dr. Charles Sanford und seine Frau Catherine (geborene Logan aus dem Bostoner Immobilienclan) gaben jede Saison ihren Ball zur Sommersonnwende, und dieser hatte schon bald den Ruf, langweilig und vorherschaubar, jedoch völlig unumgehbar zu sein. Charles Sanford hatte irgendeine entfernte Verbindung zum britischen Adel, während das Vermögen seiner Frau ihnen eine Mitgliedschaft auf Mrs. Astors kurzer Liste sicherte. Caroline selbst würde dort sein, und das würde zur Folge haben, dass die anderen Auserwählten ebenfalls dort erschienen.

»Nimmst du wirklich an«, fragte Mystere träge, als sie das hell erleuchtete Herrenhaus der Sanfords näher kommen sah, »dass Antonia alles mit der Polizei abgesprochen hat?«

»Mystere, ich verlasse mich nicht auf Annahmen, wenn es um diese Art von Dingen geht, das solltest du inzwischen wissen. Es ist nicht nur Antonia Butler – der ganze Plan hat Carolines Segen. Du darfst nicht vergessen, dass die Lady Moonlight zwar die Masse erregt, die meisten der stattlichen Matronen aber langsam die Geduld verlieren. Diese Diebin pfeift auf sie, macht sie zum Gespött. Aus diesem Grunde hat Antonia vor, es für alle sichtbar zu machen, wenn sie den Ring abnimmt und in ihre Handtasche steckt.«

»Ich zweifle nicht an deinen Informationen, Paul. Es ist nur schwer zu glauben, dass Caroline es wirklich zulassen würde, alle anwesenden Frauen durchsuchen zu lassen.«

»Nur in Anerkennung des außergewöhnlichen Wertes dieses Ringes. Der Smaragd ist riesig und könnte schnell in mehrere schöne, kleine Steine geschnitten werden. Vergiss nicht die Genialität dieses Kompromisses, den Caroline zusammen mit Inspector Byrnes ausgearbeitet hat: Jede Dame muss sich freiwillig durchsuchen lassen, und es versteht sich von selbst, dass es nur älteren Polizistinnen erlaubt sein wird, diese Aufgabe zu übernehmen. Caroline weiß, dass die restlichen Frauen nachziehen werden, wenn sie sich erst dem Ganzen unterzogen haben wird.«

»Warum bist du so zuversichtlich, dass die gleiche Durchsuchung nicht auch stattfinden wird, wenn Sylvia ihre Brosche vermisst?«

Er schnaubte. »Ich vergesse manchmal, wie jung du in Wirklichkeit noch bist, Mystere. Zunächst einmal hat Sylvias Familie – wenn sie auch altes Geld besitzt – über die Jahre hinweg an Ansehen verloren, seit nämlich die Eisenbahn angefangen hat, Einfluss auf die Schifffahrt zu nehmen. Die Butlers hingegen befinden sich auf ihrem gesellschaftlichen Höhepunkt. Hinzu kommt, dass die Brosche – wenn sie auch zugegebenermaßen ihren Wert hat – wohl nur ein Viertel so viel wert ist wie dieser Ring. Byrnes Beliebtheit hängt von dem guten Willen der ›oberen Vierhundert‹ ab – weder er noch Caroline werden eine Durchsuchung durchführen lassen für etwas, das weniger wert ist als dieser Ring, verlass dich drauf.«

Rillieux hielt inne, um eine Prise Schnupftabak zu nehmen. »Wie dem auch sei, in dem unwahrscheinlichen Falle, dass tatsächlich eine Durchsuchung stattfinden sollte, bist du doch eine unübertroffene Meisterin der Fingerfertigkeit, meine Liebe. Lege die Brosche einfach an irgendeinen sicheren Ort, am besten draußen, wo wir später dann einen unserer Jungen hinschicken können sie abzuholen. Und falls wir sie verlieren? Nun, dann verlieren wir sie halt. Anderes Flitterzeug wird uns in Zukunft erwarten, unter anderem dieser Ring.«

Eine kräftige kühle Brise wehte plötzlich vom Fluss her hinein und strich über Mysteres Wange. Dieser Teil der Upper East Side, Morningside Heights, war ein annehmbares, wenn nicht gar exklusives Gebiet Manhattans. Es war noch immer ein wenig steril und offen, hatte jedoch die City in der Nähe. Es war im Gespräch, schon bald eine Akademie zu errichten, wo jetzt die Anstalt für Geisteskranke war, denn in letzter Zeit hatten die New Yorker immer mehr feststellen müssen, dass es ihnen an einer hohen Kultur mangelte, die ihrem hohen Vermögen entsprechen würde.

Sie waren inzwischen nur noch drei Wohnblocks von der Residenz der Sanfords entfernt. Das dreistöckige Herrenhaus aus grauem Mauerwerk besaß eine unpersönliche, zweckmäßige Formgebung, die besser in den Finanzdistrikt hineingepasst hätte. Der dunkle Umhang der Nacht verhüllte das glanzlose Äußere, drinnen jedoch, das wusste Mystere von mehreren Besuchen her, war das Haus luxuriös ausgestattet. Der Tanz sollte an diesem Abend in der angrenzenden Galerie stattfinden, die provisorisch durch einen stabilen Tanzpavillon vergrößert worden war, der direkt auf den Hudson hinausragte. Wegen des starken Winde hatte man den Damen geraten, Abendkleider mit beschwerten Säumen zu tragen.

Rillieux' Stimme schnitt sich in ihre Gedanken hinein. »Mystere? Du weißt, dass Belloch ebenfalls kommen könnte? In letzter Zeit ist er zu einem regelrechten Lebemann geworden. Und jeder hat bemerkt, wie ungern er sich unter die Leute mischt – es sei denn, du bist ebenfalls anwesend.«

Allein schon die Erwähnung seines Namens rief eine seltsame, ambivalente Art von Angst in ihr hervor. Auf der einen Seite fürchtete sie Bellochs forschende Augen und seine forschenden Fragen. Auf der anderen Seite schürte er jedoch verbotene Gefühle von Lust und Erregung in ihr, die sie nie zuvor kennen gelernt hatte – geschweige denn, dass sie deren Existenz jemals überhaupt erahnt hätte.

»Ja und?«, antwortete sie vorsichtig.

»Wenn du es unbedingt wissen willst, du und er, ihr seid zu einem ›Thema‹ geworden, über das in den Klatschkolumnen spekuliert wird. So zumindest hat Caroline es mir berichtet. Sie liest diese Kolumnen zwar nicht, aber Ward tut es. In der Tat habe ich sogar den Verdacht, dass er einige von diesen selber schreibt, so grotesk sind sie.«

Angst ließ ihren Pulsschlag schneller werden. »Welche Art von Dinge könnte irgendjemand schon über Rafe und mich schreiben?«

»Das hängt natürlich noch alles in der Luft. Niemand wird das Aufgebot bekannt geben, glaube mir. Caroline fühlt sich durch das Ganze beleidigt. Ich vermute, dass sie ihre eigene Carrie für Belloch im Sinn hatte – wenn nicht gar sich selbst, der Art und Weise nach zu urteilen, wie sie ihn anschaut –, sie brachte diesen Ballon jedoch noch im gleichen Moment zum Platzen, als ich ihn steigen ließ. Sie will kein Gerede, und um dieses zu vermeiden, wird sie wahrscheinlich viel eher geneigt sein zu versuchen, Antonia Butler als ihre neue Wahl für ihn durchzusetzen.«

»Soweit ich gesehen habe«, sagte Mystere, »hat Mrs. Astor tatsächlich sehr persönliche Gründe sicherzustellen, dass Belloch nicht auf Carrie aus ist.«

Rillieux schniefte amüsiert. »Nein so was, du bist aber wirklich erwachsen geworden in letzter Zeit. Du bist ganz schön aufmerksam, mein Herz, und ganz schön kritisch. Ich teile deinen Verdacht – es liegt tatsächlich ein unanständiger Glanz in den Augen dieser Frau, wenn sie Rafe anschaut. Trotzdem jedoch bezweifle ich, dass sie etwas so Unkonventionelles tun würde wie sich einen Liebhaber zu nehmen. Auf jeden Fall aber spielt das kaum eine Rolle. Ich denke, dass Belloch es in letzter Zeit ziemlich deutlich gemacht hat, dass er seine Frauen fast skandalös jung und unschuldig bevorzugt.«

»Du missverstehst sein Interesse«, beteuerte sie erneut. »Der Mann flirtet nicht mit mir – er verfolgt mich.«

»Vielleicht macht er dir gegenüber ja ein wenig spitze Bemerkungen. Das ist jedoch lediglich die Art, die manche jungen Männer an sich haben – er ist extrem zynisch. Bei all deiner Geschicklichkeit und deinem Talent darfst du nicht vergessen, dass du bisher noch wenig Erfahrung mit Männern als Liebhaber gemacht hast.«

Welch absolute Frechheit, mich daran zu erinnern!, kochte sie innerlich. Seine Stimme hatte wieder diesen selbstgefälligen Ton angenommen, und erneut hatte sie einen leisen Verdacht, was Pauls eigentliche Motive anging, sie zu einer reichen Witwe machen zu wollen. Auch hatte sie Evans Bemerkung über den tragischen Unfall, der Rafe nach ihrer Heirat zustoßen sollte, noch nicht wieder vergessen.

Sie versuchte, sich selbst davon zu überzeugen, wie töricht sie sei. Evan redete eine Menge gedankenloser, düster klingender Dinge, die nichts zu sagen hatten. Rillieux war ein Dieb und ein Betrüger, das ja, aber er war kein Mörder. Zumindest bis jetzt noch nicht …

Da gab es andererseits aber auch diese Kälte in seinen Augen, wenn er unzufrieden oder enttäuscht war. Durch ihre Erfahrung auf der Straße wusste sie, dass er das Zeug zu einem Mörder in sich hatte; die Angst vor dem, was er tun könnte, begleitete sie ständig. Ein Mann, der methodisch Kinder zum Stehlen abrichtete, war sich bestimmt nicht zu gut dafür, seine kriminelle Karriere weiter voranzutreiben. Sie konnte alle guten Seiten Rillieux' aufzählen – die Fesseln, die er ihr angelegt hatte, blieben trotzdem bindend. Sie war nicht frei. Und vielleicht würde sie niemals frei sein.

Sie verspürte den starken Reiz einer verbotenen Verlockung. Ihren eigenen Weg zu gehen hieße, aus einem Albtraum aufzuwachen, der nun schon andauerte, seit sie ein Kind gewesen und Rillieux sie dem Kinderheim entrissen hatte. Antonias neuer Ring lockte sie, wie Brot einen Verhungernden lockt.

*Der Smaragd ist riesig und könnte schnell in mehrere schöne kleine Steine geschnitten werden.*

Aber nein … zuerst musste sie abwarten, was Hush ihr über Lorenzo Perkins zu berichten hatte. Eine Sache ist es, frei sein zu wollen, sagte sie zu sich selbst; eine völlig andere jedoch, töricht zu sein. Das Leben auf der Straße war hart. Sie kannte es nur allzu gut. Rillieux war ein Teufel, aber er war der Teufel, der sie am Leben erhielt. Außerdem hatte sie in ihrer Stellung Geld, um Bram suchen zu können. Und Lorenzo Perkins war sein Geld wert, wenn er sich zumindest Mühe gab, Bram dort zu suchen, wo sie es nicht tun konnte. Etwas völlig anderes wäre es aber, wenn sie herausbekäme, dass er lediglich ein Dieb war.

Lediglich ein weiterer Dieb, meinst du wohl, quälte ihr Gewissen sie.

»Paul?«, platzte es plötzlich aus ihr heraus, hervorgerufen durch Schuldgefühle und irgendeine namenlose, jedoch sehr reale Furcht.

»Ja?« Die plötzliche Behutsamkeit, mit der er sprach, zeigte ihr, dass ihre Stimme ihn auf der Stelle gewarnt hatte.

»Dieser ganze Unsinn in den Klatschkolumnen – ist es da wirklich klug, Aufmerksamkeit auf mich zu ziehen, während die Presse gleichzeitig nach Lady Moonlight sucht? Das macht mir Angst. Können wir das Ganze nicht einfach ausklingen lassen, irgendetwas anderes versuchen? Vielleicht noch nicht heute Abend. Noch nicht jetzt.«

Mystere brachte nur selten Befürchtungen dieser Art zum Ausdruck, und Rillieux reagierte ohne zu zögern darauf. Sie waren nur noch einen halben Block von dem Haus der Sanfords entfernt und näherten sich diesem im Trab. Rillieux schob die Fensterscheibe zurück.

»Baylis!«, rief er nach draußen. »Bring die Pferde in den Schritt, wir brauchen noch einen Moment!«

Er nahm ihre Hände in die seinen. »Mystere, schau mich bitte an.«

Sie wollte es nicht tun; sie wollte einfach nur aus der Kutsche aussteigen und stundenlang umherlaufen, allein mit sich selbst und ihren Gedanken. Aber da gab es keine Chance, sich den seit Jahren zwischen ihnen etablierten Gewohnheiten zu entziehen. Obwohl es so weit nördlich noch keine Elektrizität gab, warfen die flackernden Gaslaternen genug Licht ab, um seine scharfen Gesichtszüge und die hypnotische Intensität seiner Augen erkennen zu können.

»Atme tief und langsam«, befahl er ihr. »Nicht aus der Lunge heraus, sonder noch tiefer, noch weiter unten. Langsam und gleichmäßig; sei ein braves Mädchen.«

Nachdem sein Wille den ihren besiegt hatte, spürte sie, wie eine ruhige Zuversicht ihre Verwirrtheit ersetzte.

»Ich habe dich trainiert, unter den strahlendsten Lichtern zu scheinen, erinnerst du dich? Die abgeschlossene Schulausbildung in London, eine Reise durch den Kontinent, Ballettunterricht bei der unvergleichlichen Mademoiselle Dupree. Du bist nicht irgendeine niederträchtige Diebin, die vorgibt, Kultur zu haben, du bist eine Künstlerin. Wie jede Künstlerin fürchtest du dich vor der Aufmerksamkeit, der Herausforderung. Aber gerade die Dinge, die du fürchtest, bringen dich erst zur vollen Entfaltung. Du verwandelst deine Ängste in deinen größten Triumph.«

»Ja«, erwiderte sie, während sie sich ein wenig sammelte. »Du hast Recht. Es tut mir ... es tut mir Leid.«

»Unsinn, du brauchst dich nicht dafür zu entschuldigen, nervös zu sein; das liegt in deiner Fam–«

Er ertappte sich selbst. »Das ist dein Naturell«, verbesserte er sich. »Und merke dir noch etwas anderes, Mystere. Für dich und mich gibt es keinen Kompromiss. In gewissem Sinne befinden wir uns rittlings auf einer Flutwelle und wir müssen so lange auf ihr reiten, bis sie zusammenbricht. Oder genauer gesagt: bis kurz vor ihrem Zusammenbruch, denn dann müssen wir fliehen.«

»Und wenn wir unseren Zeitpunkt verpassen – was dann?«

»Ha! Was glaubst du wohl, meine Liebe? Mich wird man an den Galgen hängen. Und was dich angeht – nicht einmal Caroline Astor könnte sie dazu bringen, eine Frau zu hängen. Du wirst in einem Frauengefängnis ›gebessert‹ werden, und zwar durch drahtige, pferdegesichtige alte Jungfern, die nach Zurückweisung und Scheitern stinken – und die dich dafür hassen, dass du alles das bist, was sie nicht sind.«

Er tätschelte liebevoll ihre Wange. »Aber wir werden unseren Zeitpunkt nicht verpassen, denn die Wahl des richtigen Zeitpunktes zu treffen, ist meine große Begabung.«

Zu Anfang hatte Mystere noch die Hoffnung, dass Rafe Belloch nicht auftauchen könnte. Im Inneren des Hauses, wo die Sanfords, Mrs. Astor und ein paar andere eine Empfangsreihe für die Gäste gebildet hatten, konnte sie kein Anzeichen von ihm entdecken; auch draußen war er nirgends unter den geladenen Gästen zu finden, die sich zwischen der Galerie und dem angrenzenden Pavillon verteilten, an dessen vorderem Ende ein Orchester seine Instrumente stimmte.

In der mit Säulen versehenen Galerie hatte sich schon eine große Gruppe zusammengefunden, deren Mittelpunkt die Vanderbilt-Schwestern Alva und Alice bildeten. Sie waren jedoch eher mit Gesprächen beschäftigt als mit dem Bilden von Paaren zum Tanzen. Selbst drei Monate nach dem ausführlich besprochenen Vanderbilt-Ball waren die Penny-Zeitungen noch immer voll mit Artikeln über das Kostüm, das Alice getragen hatte. Sie war als »Elektrisches Licht« in einem unglaublichen Kleid aus weißem Satin erschienen, das voller Diamanten gefunkelt hatte – echten Diamanten auf einem Kleid, das sie nur dieses einzige Mal tragen sollte.

Wie nach der Begrüßungszeremonie üblich, stießen die Männer zu der betagten alten Garde nach draußen, um Zigarren zu rauchen und Gespräche über Politik führen zu können. Das Matriarchat persönlich, in der Person Mrs. Astors, königlich gekleidet in einen Umhang mit Seehundsfellkragen, erhob Anspruch auf Paul Rillieux' Gesellschaft.

»Sie«, sagte sie zu Mystere, als sie diese für einen Moment zur Seite nahm, »sind das Abbild der Unschuld, und ich zum Beispiel halte dieses Bild für echt. Vergessen Sie das nicht, wenn andere einen Schatten auf Ihren Namen werfen wollen.«

»Hat irgendjemand das getan?«

Caroline schaute sich eingehend das Gesicht der jungen Frau an, dann schüttelte sie voller Staunen ihren Kopf. »Sehr wahrscheinlich, sonst wird es in Kürze geschehen. Aber machen Sie sich nichts daraus, Mystere. Die Öffentlichkeit hat einen unstillbaren Durst, all die Details der Reichen zu erfahren, verstehen Sie. Und publizierende Schurken wie J. Gordon Bennett sind erpicht darauf, diese Details zu liefern, selbst wenn das bedeutet, Informanten zu beschäftigen, die richtiggehend Lügen verbreiten und uns namentlich verleumden.«

Sie gingen ein paar Schritte, und Ward McCallister folgte ihnen immer im gleichen, diskreten Abstand – nicht nah genug, um lauschen zu können, jedoch bereit für den Fall, dass seine Herrin ein Datum oder irgendeine neue Gelegenheit aufgeschrieben haben wollte, »die sich ergeben hatte«, wie Caroline das Zustandekommen des gesellschaftlichen Terminkalenders bezeichnete. Sein unterwürfiges Gesicht und seine ebensolchen Umgangsformen irritierten einige, veranlassten jedoch andere, ihm großen Respekt zu zollen.

»Amüsieren Sie sich ganz einfach, meine Liebe«, drängte Caroline sie. »Mischen Sie sich unter die Menge, lassen Sie

Ihre Jugend die Führung übernehmen, und beachten Sie diejenigen von uns einfach nicht, die nicht anders können, als alles zu verhöhnen. Sie haben Ihr Leben noch vor sich, Sie sind wunderschön, und die Männer begehren Sie. Ich beneide Sie, Mystere. Aber denken Sie immer daran, dass Skandale schnell entfacht sind, es für gewöhnlich jedoch unmöglich ist, sie vergessen zu machen. Sie haben keine Mutter, die Ihnen Ratschläge erteilen könnte, Sie armes Ding, aber ich teile Carries aufrichtige Zuneigung zu Ihnen, und das ist der Grund dafür, warum ich solche Dinge Ihnen gegenüber erwähne, mein liebes Mädchen.«

Nach diesen alarmierenden Worten gesellte sie sich wieder zu Paul und überließ Mystere sich selbst. Ganz in der Nähe hatte sich eine zweite Menschenansammlung um Antonia Butler herum gebildet, in der Hauptsache Frauen, die ihrem neuen Ring Ehrerbietung erwiesen. Mystere zögerte nicht und begab sich ebenfalls dorthin, um sich unter die Bewunderer zu mischen, denn sie wusste, dass sie sich nicht durch Distanziertheit selber verdächtig machen durfte.

»Mystere! Wie ausgesprochen nett, Sie wiederzusehen«, erging Antonia sich in der Tonart, die sie für diejenigen reserviert hatte, die nicht ihre volle Begeisterung hervorriefen. »Sie sehen ziemlich hübsch aus heute Abend. Und vor allem gut geschützt für den Fall, dass es plötzlich frisch werden sollte.«

Die letzte Bemerkung war bissig und verursachte bei einigen ein heimliches Lächeln, denn sie war ein offensichtlicher Hieb gegen Mysteres Kleidung. Die gegenwärtigen Abendroben der Damen ließen einen großen Teil des Rückens und der Schultern unbedeckt, wenn auch die Dekolletés weniger gewagt waren als in den pikanten Sechzigern und Siebzigern. Mystere jedoch trug wie immer ein hochgeschlossenes Kleid, das auch im Rücken fast bis zum Hals mit Haken versehen war und nur ihr zartes Schlüsselbein sehen ließ. Antonia nahm natürlich an, dass sie sich auf diese Weise kleidete, um ihren Mangel an weiblichen Rundungen zu verbergen.

»Ihr neuer Ring ist fantastisch«, zwang Mystere sich in süßem Ton zu sagen. Sie war jedoch tatsächlich beeindruckt von der Größe und Reinheit des Smaragdes. Einen Moment lang, als der Stein im Licht der Lampions glitzerte, hatte sie sogar ein *Déjà-vu*-Erlebnis. Als läge die Vision in der tiefgrünen Mitte des Smaragdes sah sie erneut, wie die smaragdgrünen Augen eines Matrosen sie anschauten – und zwar so leblos wie Stein. Es waren Brams Augen. So manche Nacht war sie aus einem Traum aufgewacht, in dem sie wieder die Docks entlang dem fortsegelnden Schiff nachlief und Brams Namen hinter dem Mann herrief, der sie jedoch nicht erkannt hatte.

»Ja, er ist ganz nett, nicht wahr?«, antwortete Antonia, die Mrs. Astors Wohltätigkeitsveranstaltungen schon überdrüssig war. »Er ist furchtbar schwer. Möchten Sie ihn gerne einmal anprobieren?«

»Oh, darf ich?«

Antonia zog ihn unter leichten Schwierigkeiten ab. Beide Frauen waren entsetzt, feststellen zu müssen, dass der funkelnde Ring perfekt auf Mysteres Ringfinger passte.

»Er ist wie für Sie gemacht«, gab Antonia zu, wobei ihr Sarkasmus kurzzeitig ihre Stimme verließ – der Ring passte nicht nur perfekt, er sah an Mysteres Hand einfach wunderschön aus.

Als Mystere plötzlich gewahr wurde, dass ein Dutzend Leute sie anstarrten, zog sie den Ring ab und reichte ihn zurück. »Unsinn, Antonia, er beißt sich mit meinen Augen. An Ihnen ist er perfekt.«

Mystere stahl sich davon und begann ein Gespräch mit Thelma Richards und Sylvia Rohr, die in der Tat genau die Brosche trug, die Paul haben wollte. Thelma regte sich noch immer über den Stau auf, den es früher an diesem Tage auf dem Broadway Ecke Fulton Street gegeben hatte.

»Der Verkehr stand über eine Stunde lang absolut still«, klagte sie. »An einem Wagen war eine Achse gebrochen und die Fässer, die er geladen hatte, waren überallhin gerollt. Ich wünschte, man würde kommerzielle Fahrzeuge in den oberen Stadtbezirken verbieten.«

Während Mystere verständnisvoll nickte, suchte sie überall nach Rafe Belloch, indem sie so tat, als ließe sie ihren Blick gedankenlos über die Menschenmenge schweifen.

Vorläufig in Sicherheit, entschied sie, als sie ihn nirgends entdecken konnte. Bevor sie jedoch weiter über Rafe nachdenken konnte, hatte Abbot Pollard sich an das kleine Trio herangemacht.

»Meine Damen«, begrüßte er sie, indem er die rechte Hand einer jeden von ihnen mit einer galanten, schwungvollen Bewegung anhob und diese mit seinen trockenen Lippen berührte. »Was sehe ich da – keine Lydia heute Abend?«

Er presste seine Lippen zusammen wie ein kleiner, zimperlicher Schuljunge, der ein Geheimnis hütete. »Und dazu gibt es eine Geschichte, *ich* werde sie jedoch nicht erzählen.«

Das brauchte er auch gar nicht, wie Mystere wusste, denn jeder, der im Telefonverzeichnis von Manhattan aufgelistet war, kannte schon den neuesten Skandal, in den eine von ihnen verwickelt war. Es war eine unumstößliche Tatsache, dass Mrs. Astor die zentrale Figur der besten Gesellschaft des alten New York war – der feste Pol, um den all die glänzenden Sterne rotierten. Gestern jedoch war dieses sichere Universum erschüttert worden, als einer der Sterne für immer aus seiner Umlaufbahn gestürzt war.

Lydia Hotchkiss, die Ehefrau eines Friedensrichters der Stadt New York, war bei einem Akt vornehmer Kleptomanie, wie es in gewissen Kreisen taktvoll genannt wurde, festgenommen worden. Man hatte sie bei Tiffany's erwischt, als sie gerade versuchte, ein Medaillonkästchen in ihre Tasche gleiten zu lassen. Normalerweise wurden solche Straftaten der gut Betuchten stillschweigend vertuscht.

Zum Pech für Lydia und den Rest der »oberen Vierhundert« kannte man jedoch bei der *Sun* keine Klassenritterlichkeit. Ein einfallsreicher Kriminalreporter hatte einen Ladendetektiv bestochen, und die Geschichte verbreitete sich somit schnell. Innerhalb weniger Stunden war Lydias Untergang besiegelt.

»Man bedenke nur«, mischte eine kräftige, wohlbekannte Stimme hinter Mystere sich ein, »wenn Lydias vornehmer Diebstahl ihr schon einen derart endgültigen gesellschaftlichen Ruin eingebracht hat, wie werden wir da wohl mit unserer Lady Moonlight verfahren, wenn *sie* eines Tages … entlarvt sein wird?«

# 10

Mystere drehte sich anmutig um und nickte dem späten Ankömmling kühl zu. Sie spürte, wie Hitze in ihre Wangen stieg, als alle anderen Rafe Bellochs Beispiel folgten und sie anstarrten, während sie auf eine Antwort warteten.

»Das kann ich Ihnen mit Sicherheit nicht sagen, Mr. Belloch. Außerdem ist es mir, im Gegensatz zu Ihnen, ziemlich egal, was mit Dieben passiert«, antwortete sie reserviert.

Er warf seinen Kopf zurück und lachte, wobei seine weißen Zähne im sanften Licht hunderter Laternen aufblitzten. An diesem Abend war Rafe mit einem Schwalbenschwanz und einem ausgefallenen Rüschenhemd bekleidet erschienen. Die Blicke der Frauen wandten sich in seine Richtung und verweilten dort. Sein kastanienbraunes Haar war glatt zurückgekämmt und ließ seine hohe Stirn sehen. Seine türkisfarbenen Augen, die immer dunkler schienen, als sie in Wirklichkeit waren, verspotteten sie.

»Ja, ich habe Ihre offensichtliche Abneigung gegen unsere berüchtigte Lady schon bemerkt«, sagte er, »aber denken Sie doch nur an die ganze Aufregung, an das ganze Vergnügen – das ist doch interessanter als jedes Theaterstück. Ein kleiner Ausrutscher – und unsere legendäre Diebin endet in einer dreckigen Verwahrungszelle im Tomb Prison.«

»Sie haben eine seltsame Vorstellung von Vergnügen«, gab Mystere zu bedenken.

»Unsinn, Sie werden schon genau so ein humorloser, alter

Stockfisch wie Abbot hier. Ich finde die Aktivitäten der Lady Moonlight recht amüsant. Mit Sicherheit sind sie aufregender als irgendein erbärmlicher Diebstahl bei Tiffany's.«

Pollard, der noch nie einen Affront stillschweigend hinnehmen konnte, appellierte an die anderen, während er bewusst Rafes einschüchternden Blick mied: »Über Geschmack lässt sich bekanntlich streiten, meine Damen. Es ist das Gleiche wie mit diesen ›fortschrittlichen‹ Dichtern und Geschichtsschreibern, die sich in letzter Zeit einer gewissen Beliebtheit erfreuen: Es ist der schlechte Geruch eines Jahrhunderts, den sie beschlossen haben, im Gedächtnis zu behalten.«

Der Zusammenprall der beiden Kontrahenten wurde jedoch durch Mrs. Astors plötzliches Erscheinen am Rande der Gruppe jäh beendet.

»Rafe, Sie haben ein Herz aus Stein«, klagte sie ihn an, während sie ihm ihre Hand für einen Kuss hinhielt. »Sie haben sich bewusst an mir vorbeigeschlichen, und das hat mich wirklich niedergeschlagen.«

Rafe setzte einen zerknirschten Blick auf, führte ihre Hand an seine Lippen und war dann darauf bedacht, sie weiterhin festzuhalten, während er mit verschmitzter Galanterie antwortete: »Vielleicht, Caroline, habe ich das ja nur getan, um herauszufinden, ob Sie es überhaupt bemerken?«

»Oh? Und machen Sie auch mit Antonia Ihre Experimente? Sie ist ziemlich verärgert über Sie, mein Herr, wenn die Arme es auch gut verbirgt. Sie mögen ja von mir aus grob mit uns alten, verheirateten Frauen umgehen, wir bekommen ja nur, was wir verdient haben. Unsere Schönheiten jedoch haben gewisse Rechte.«

Sie machte eine Pause, um einen Blick auf Mystere zu werfen. »Dieses junge Mädchen hier ist ausgesprochen reizend, und niemand kann Ihnen Ihr Interesse an ihrer Gesellschaft verübeln. Aber sollen die Übrigen deswegen vielleicht am Weinstock verdorren?«

Mystere beobachtete sie, als sie sanft Rafes glatt rasiertes Gesicht mit ihren Fingerspitzen berührte.

»Was verheiratete Frauen oder jungfräuliche Schönheiten betrifft«, versicherte Rafe Caroline, »ganz egal, welchen Alters, *keine* Frau sollte sich jemals vernachlässigt fühlen.«

Seine offensichtliche Anspielung machte auf Mystere einen skandalösen und ordinären Eindruck, Caroline jedoch lächelte nur geheimnisvoll, während sie sich an Thelma und Sylvia wandte, um mit ihnen zu plaudern.

Mystere wandte sich an Rafe. »Für Sie ist alles nur ein Glasperlenspiel, nicht wahr? Zutiefst unbedeutend, wie das Töten einer Fliege?«

Er zog seine Augenbrauen vor Überraschung hoch. »Was meinen Sie damit?«

»Frauen. Antonia, Caroline – mich. Jede von uns.«

»Vielleicht, aber Glasperlen sollte man nun wirklich nicht geringschätzen. Mit ihnen hat man schließlich den Wilden *Mana-hata* abgekauft.«

Sie sehnte sich danach, ihn in seine Schranken verweisen zu können, aber noch bevor sie die Möglichkeit hatte zu antworten, stellte sie fest, dass Caroline sich ihrer kleinen Gruppe nicht nur angeschlossen hatte, um mit Rafe zu flirten. Mystere beobachtete, wie sie sich Abbot Pollard zuwandte und einen stählernen Blick aufsetzte, der einem Husaren hätte Angst einjagen können.

»Und Sie, Sir«, stieß sie kalt und ohne auch nur die geringste Spur von Humor in ihrer Stimme aus, »haben mit mir verspielt.«

Das war kein Scherz, sondern eine nüchterne Exkommunikationserklärung, und Pollard wusste das. Von Natur aus schon blass, wurde er nun so alabasterfarben, dass er aussah wie chemisch konserviert. »Meine Liebe, weswegen denn nur?«

»Wegen so abscheulicher Verbrechen, Abbot, dass Ihre gewohnten Schmeicheleien und Ihr gerissener Verstand Ihnen diesmal nicht helfen werden. Ich werde jetzt nicht alles wieder ausgraben. Es sollte genügen zu erwähnen, dass Sie kürzlich ein paar unverschämte Bemerkungen gemacht haben, und zwar über mich und über einige von denen, die ich zufällig bewundere.«

»Warum? Wenn Sie diesen Dichter meinen, diesen Oakes, wir alle lehnen von Zeit zu Zeit jemanden ab, es ist –«

»Unterbrechen Sie mich nicht, Sir«, stieß sie aus, und Mystere sah eine wilde, tyrannische Kraft in Mrs. Astors Augen, die ihr das Blut in den Adern gefrieren ließ. Pollard war vollends eingeschüchtert.

»Ihre Schlagfertigkeit«, fügte sie hinzu, »ist berühmt und viel bewundert. Wenn Sie jedoch ständig mich zum Gegenstand hat, so verfehlt sie ihr Ziel.«

Pollard öffnete den Mund, um sich zu verteidigen. Caroline jedoch drehte sich um und ging zu ihrer Gruppe zurück, während sie ihn die anderen dumm anstarrend zurückließ.

Nachdem sie gegangen war, reagierte Abbot, wie man es von ihm erwartete, indem er sich weigerte, sich dem vernichtenden Verweis zu beugen. Vor einem Publikum, das ihn erwartungsvoll anschaute, sagte er mit schriller Stimme und gehässigem Genuss: »Wenn es Primitivität ist, was ihr Leute verabscheut, warum betet ihr dann nicht dafür, dass endlich jemand mit Format die Macht in der Stadtverwaltung übernimmt? Wird irgendjemand hier sich widersetzen und die geschmacklose Monstrosität verhindern, die sie auf Bedloe's Island errichten wollen? Ich flehe Sie an. Es ist schon schlimm genug, dass der Pöbel in Frankreich uns sein populistisches Dogma aufdrängen will. Warum um alles in der Welt sollten wir dabei auch noch helfen, indem wir dafür bezahlen? Achten Sie auf meine Worte – diese scheußliche Statue wird für die zukünftigen Generationen eine Witzfigur sein. Sie werden einen besseren Geschmack beweisen und ihren Abriss fordern.«

»Wie gewöhnlich, Abbot«, tat Rafe ihn geistesabwesend ab, während seine Augen Mystere beobachteten, »plappern Sie wieder aufgeblasenen Unsinn. Mein Gott, meine Herren, ist irgendjemand gestorben?«

Diese letzte Bemerkung war laut gegen das Orchester gerichtet. Zu Anfang, kurz nachdem Mystere angekommen war, hatten sie durch die mitreißenden Klänge des Triumphmarsches aus Verdis *Aida* das Blut eines jeden in Wallung gebracht. Irgendwann jedoch hatte Abbot sich den Dirigenten vorgenommen und nun füllte ein düsterer, schwerfälliger Satz, den Mystere weder erkannte noch mochte, die Nacht mit einem nicht enden wollenden Stöhnen, das an ein Begräbnis erinnerte.

»Es ist kein Lied der Eisenbahnarbeiter«, stichelte Pollard, »also können Sie es auch nicht erkennen, Rafe. Es ist aus dem *Ring der Nibelungen* von Wagner. Ich hielt es am heutigen Abend für angebracht, da der Meister erst kürzlich von uns gegangen ist.«

»Von mir aus hätte er seinen ganzen infernalischen Lärm mit sich nehmen können«, murmelte Rafe und schlenderte entschlossen zum Podium des Dirigenten hinüber. Mystere sah, wie er dem Dirigenten ein paar zusammengefaltete Banknoten zuschob. Dieser schien durch Rafes Wunsch erleichtert zu sein, wie man an dem neuen Feuer erkennen konnte, mit dem das Orchester drei Taktschläge anstimmte und zu einem lebhaften Walzer überging.

Da noch keiner tanzte, hatte Mystere ein beunruhigendes Gefühl, als Belloch zurückkam und sie fest beim Arm griff. »Geben Sie mir die Ehre?«

»Ich würde lieber nicht, ich ... Mr. Belloch!«

Ihr Protest war ihm jedoch völlig egal. Seine linke Hand legte sich einfach auf ihren Rücken und er wirbelte sie hinaus in den leeren Pavillon im Freien.

Von Anfang an konnte sie erkennen, dass er sie mit seiner Stärke und seinem Geschick einschüchtern wollte, denn es wurde sehr bald deutlich, dass Rafe Belloch ein begnadeter – wenn auch ein wenig besitzergreifender – Tänzer war. Aber wie heftig auch immer er sie in eine Drehung hineinschleuderte, so gelang es ihr doch jedes Mal, diese in eine anmutige Pirouette zu verwandeln und zum perfekten Zeitpunkt in seine Arme zurückzukehren.

Ein Wolkenberg, der sich vor den Mond geschoben hatte, gab ihn plötzlich frei, und in seinem Licht wurde die Oberfläche des Hudson hinter dem Pavillon zu einem Meer glitzernder Diamanten. Zum ersten Mal an diesem Abend fingen die lustlosen, hinter der eisernen Umzäunung lauernden Klatschkolumnisten an, ungestüm Notizen zu kritzeln.

»Mein Kompliment, Miss Rillieux«, murmelte Rafe in ihr Haar. »Man sagt mir nach, dass ich zu gewaltsam führe, Sie jedoch schaffen es, mich sanft aussehen zu lassen.«

Sie ignorierte ihn einfach. Vier gleitende Schritte, sein kräftiger Stoß, und ihre perfekte Balance ließ sie wie eine Fechterin wieder zu ihm zurücktreiben.

»Sie vermitteln mir den Eindruck, als machten Sie sich ständig über mich lustig«, beschuldigte sie ihn.

»Und dabei würde ich viel lieber einen Blick unter Ihr Unterkleid werfen«, erwiderte er scharf und lachte, als sich ihre Wangen rosig färbten.

»Und außerdem sind Sie sehr schnell bei der Hand mit solch unschicklichen Ausflüchten.«

»Ausweichen, abwehren und vorstoßen«, antwortete er, während er sie auf Armeslänge hinauswirbelte. Immer wieder ließ irgendein unsichtbares Gegengewicht Mystere in seine Arme zurückdrehen – mit solch anmutiger Präzision, dass um sie herum spontaner Applaus ausbrach.

Schon bald hatte jeder – einschließlich der Journalisten draußen – wahrgenommen, wie großartig Rafe Belloch und Mystere Rillieux miteinander tanzten. Viele vermuteten, dass das Ganze bewusst geplant war, um einen weiteren dieser durchschnittlichen Bälle zu beleben.

Sie hatten inzwischen einige andere Paare auf die Tanzfläche im Pavillon gelockt. Die ersten, die zu ihnen stießen, waren die Neureichen – nur wenige von ihnen waren New Yorker durch Geburt. Dann aber, gerade nachdem sie öffentlich den letzten Ball der Vanderbilts gepriesen hatte, ließ Mrs. Astor sich herab, mitten unter ihnen zu tanzen, wobei Ward McCallister ihr seinen allgegenwärtigen Geleitschutz gab.

»Alles, was Sie tun, tun Sie mit ziemlicher Vollendung, habe ich Recht?« Belloch erforschte Mystere auf eine seltsame Weise, diesmal jedoch ohne Sarkasmus in der Stimme.

Als er sie am Ende des Tanzes innehalten ließ, schenkte sie ihm einen kleinen, eleganten Knicks. »Alles würde ich nicht unbedingt sagen«, antwortete sie ihm abweisend.

Sein Blick war unbarmherzig und ließ ihr keine Möglichkeit, ihm auszuweichen. »Nun, ich kann mir in der Tat vorstellen, dass es eine Menge Dinge gibt, die Sie noch nicht ausprobiert haben.«

»Das stimmt, aber einige von ihnen habe ich noch vor kennen zu lernen, mein Herr.«

Er lachte, während er noch immer ihre Hand hielt, damit sie ihm nicht entkommen konnte. »Oh, das ist ausgezeichnet. Das ›mein Herr‹ haben Sie perfekt eingeworfen. Jung und unschuldig, die Debütantin, nicht wahr? Nun gut, denken Sie jedoch immer daran – im Hinblick auf die Dinge, die Sie noch nicht getan, jedoch vorhaben zu tun … dass die Gedanken frei sind. Niemand kann verhaftet werden für seine persönlichen Gedankenbilder.«

»Das habe ich auch schon begriffen, ohne dass Sie es mir erst sagen müssen.«

Sein Blick glitt auf ihre Brust hinunter. »Natürlich haben Sie das, aber es erregt mich, mit Ihnen über solche Dinge zu reden.«

Sie versuchte sich zu befreien, er jedoch hielt sie zurück.

»Ja«, sagte er mit neu gewonnener Überzeugung und schaute fest in ihre lebhaften blauen Augen. Er hielt eine Hand über ihre untere Gesichtshälfte, als wolle er einen Domino nachahmen. Dann lächelte er triumphierend. »Sie waren es. Das Licht war zwar schwach in jener Nacht, aber Sie waren es. Wenn ich Sie gleich jetzt nackt ausziehen würde …«

Die Kapelle setzte mit einem weiteren Walzer ein. Er fegte sie herum …

»In welcher Nacht?«, fragte sie ihn, als ob er nichts anderes gesagt hätte.

Er jedoch stieß angesichts ihrer gespielten Verblüffung nur wieder ein zynisches Lachen aus.

»Sie sind eine gute Schauspielerin«, gab er zu, »aber

irgendetwas tief in ihrem Inneren kann Täuschungen nicht akzeptieren, wie das Ihrem lieben Onkel gelingt.«

Er führte sie unerbittlich durch die Menge der tanzenden Paare, bis sie beide völlig außer Atem waren. Seine Heftigkeit brachte sogar die Musiker dazu, unbewusst sein Tempo zu übernehmen.

Mystere war dankbar dafür, dass andere Paare sich zu ihnen gesellt hatten, denn deren Anwesenheit schien ihn zumindest ein wenig zu zügeln. Sie wusste sehr wohl, was er mit »jener Nacht« meinte, und er hatte sie inzwischen schon genug zermürbt, um den Gedanken aufzugeben, Sylvia Rohrs Brosche zu entwenden. Das wäre zu riskant, solange seine Adleraugen auf ihr ruhten.

Er war jedoch nicht der alleinige Grund. Über der Geschichte schwebte ein Gefühl von dramatischer Spannung. Nur wenige sprachen direkt darüber, aber jeder der an diesem Abend Anwesenden hatte die reißerischen Artikel der Tageszeitungen, die in der Printing House Row hergestellt wurden, genau studiert, hungrig nach weiteren Einzelheiten über die gefeierte Diebin, die sogar in den britischen und europäischen Zeitungen auf der ersten Seite erwähnt wurde.

Jetzt, dachte sie, während sie tanzten, ist Rafe nicht auf eine Reaktion von mir gefasst. Ich muss irgendetwas versuchen, um mich zu beweisen, denn offensichtlich nimmt er an, allein durch seine Anwesenheit die Lady Moonlight in Angst versetzen zu können.

Als sie beschloss, ihn zu bestehlen, hämmerte ihr Herz einen Moment lang vor Angst. Rillieux' Lektionen hatten sie jedoch gut vorbereitet.

Rafe wirbelte sie herum – direkt zu Garrett Teasdale und seiner Gemahlin Eugenia. Für den Bruchteil einer Sekunde konzentrierten Mysteres geübte Augen sich auf die schwere goldene Nadel in Rafes schwarzer Seidenkrawatte; dann lenkte sie ihn ab, indem sie Garrett charmant anlächelte. Garrett nickte grüßend, und auch Rafe schaute ihn an.

Mit einer präzise ausgeführten Bewegung streifte ihre Hand ihn, und die Nadel war weg. In der gleichen fließenden Bewegung steckte sie die Nadel sicher in ihren Nackenknoten, wobei es nach nicht mehr aussah als nach einem geistesabwesenden Streichen über ihr Haar.

Der Diebstahl war im Nu vollendet. Sie wusste, dass Rillieux wegen des geringen Wertes der Nadel kein Geschrei veranstalten würde. Ihr Instinkt sagte ihr jedoch, dass die Lady Moonlight Rafes Zuversicht, alles unter Kontrolle zu haben, erschüttern musste – ansonsten wäre sie verloren.

Die plötzliche Erleichterung über ihren kühnen Erfolg veränderte ihre Stimmung. Ein paar bezaubernde, berauschende Momente lang, als die Violinen sich erhoben und er sie an dem funkelnden Wasserstreifen entlang mitriss, konnte sie die Kraft und die männliche Stärke in ihm spüren und diese unglaubliche Geschmeidigkeit, die zu seinem Körperbau passte. In diesem Moment fühlte sie sich schwerelos und spürte, dass Aufregendes auf sie zukommen würde. Und sie spürte ihre Jugend und das Verlangen einer Frau nach Erfüllung.

Dann nahm sie seinen warmen und feuchten Atem auf ihrer Wange wahr, so vertraut wie der eines Liebhabers, und er drückte sich noch enger an sie heran, bis sie hätte schwören können, die verbotene Schwellung seines Geschlechtes zu spüren.

Er hatte begonnen, sie gezielt von den anderen Tänzern wegzuführen. In der Dunkelheit hinter dem Pavillon zog er sie plötzlich in eine versteckt liegende Gartenlaube.

»Nein!«, protestierte sie, als er sie an sich presste.

Ihr Protest wurde durch seinen beinahe gewalttätigen Kuss auf ihre Lippen erstickt. Ein paar Sekunden lang reagierte ihr verräterischer Körper sofort, und ihre Leidenschaft schien der seinen gleichzukommen. Dann, mit einer gewaltigen Anstrengung, befreite sie sich aus seiner Umarmung.

»Hören Sie sofort auf!«, schleuderte sie ihm entgegen. »Sind Sie verrückt? Man hat uns hier hineingehen sehen!«

»Für dieses Mal werde ich noch aufhören«, sagte er mit rauer Stimme. »Aber wie ich gerade schon sagte, Gedanken sind frei. Ich werde es mir vorstellen.«

Sie schob sich an ihm vorbei und ihr Gesicht fing an zu glühen, als sie sah, dass alle Köpfe sich in ihre Richtung gedreht hatten.

Nur wenige Augenblicke zuvor hatte sie sich direkt in den Himmel versetzt gefühlt, und nun stürzte sie auf die Erde zurück. Als sie auf die Menschen und den Pavillon schaute, kam ihr die Szenerie plötzlich künstlich heiter und unecht vor, wie die gemalte Kulisse einer Bühne.

»Das haben Sie nun schon zum zweiten Mal zu mir gesagt«, gelang es ihr zu flüstern.

»Ja, aber nur, weil Sie es einst zu mir gesagt hatten«, spottete er hinter ihr mit leiser Stimme, sodass nur ihre Ohren es vernehmen konnten.

Ein letztes Mal drehte sie sich zu ihm um.

Seine Augen versprachen Verdammnis. Er deutete auf seine schwarze Krawatte, wo sich normalerweise die goldene Nadel befand. Die ganze Zeit über schien er gewusst zu haben, dass sie die Nadel an sich genommen hatte. »Das wird Ihr Verderben sein, Lady Moonlight«, stieß er aus.

# 11

Noch bevor die Sonne aufgegangen war, schlängelten sich Menschen und Transportmittel durch die Straßen des unteren Manhattan. Hush begann um kurz nach sieben die Wohnung auf der Amos Street zu überwachen. Um kurz nach acht, den Glocken der St. Paul's Chapel nach zu urteilen, trat eine stämmige Frau in einem verblichenen Kattunkleid aus dem privaten Straßeneingang heraus, der sich im Erdgeschoss direkt um die Ecke der Apotheke herum befand. Sie ging über die gepflasterte Straße zu einer Bäckerei hinüber und kehrte mit einem in Wachspapier eingewickelten Brot zurück.

Die nächsten beiden Stunden schleppten sich für Hush nur langsam dahin, so langsam wie das Beten, das er jedes Mal über sich ergehen lassen musste, bevor er die freie Mahlzeit in der Methodistenmission bekam. Er hatte einen guten Aussichtspunkt auf dem Dach eines dreistöckigen Warenhauses auf der gegenüberliegenden Seite der Straße. Inzwischen kannte er die Lower East Side so gut, dass er den größten Teil auf den Dächern der Gebäude hätte überqueren können, um auf diese Weise dem Verkehr, der Polizei und den sich herumtreibenden Banden auszuweichen.

Ein stetiger Strom von Kunden betrat die Apotheke und kam mit Mineralwasser, Salzen und Medikamenten jeglicher Art wieder heraus. Die Kirchenglocken schlugen zehn und noch immer keine Spur von dem Mann, den Mystere ihn gebeten hatte zu überwachen. Es war kein Sonntag, warum also war der Mann noch nicht zur Arbeit gegangen? Bei diesem Viertel handelte es sich nicht um einen Slum, andererseits war es aber auch kein Viertel, in dem die Reichen wohnten.

Gelangweilt und hungrig kletterte Hush die wackelige Hintertreppe hinunter und schlenderte in die Cherry Street hinüber. Dort kaufte er sich einen Apfel.

Nachdem sein Appetit vorerst gestillt war, bemerkte der Zwölfjährige eine gut gekleidete ältere Frau, die an der Ecke auf ihren Einspänner wartete. Eine riesige Tasche aus Samt hing an ihrem rechten Arm. Mit geschultem Auge nahm er den Messingverschluss wahr und erkannte ihn als einen von der Sorte, mit der er leicht fertig werden konnte.

Er schaute sich um, um sicherzugehen, dass sich keine Polizisten in der Nähe befanden. Dann fischte er einen Ohrring aus seiner Tasche – Rillieux hatte ihm beigebracht, möglichst mit Ablenkungsmanövern zu arbeiten – und ließ ihn links von der Frau auf den Gehsteig fallen.

»Tschuldigung, Ma'am«, meldete er sich. »Haben Sie vielleicht Ihren Ohrring verloren?«

Er zeigte auf diesen, und ihr neugieriger Blick folgte seinem Finger. Die paar Sekunden, die sie damit verbrachte, sich den Ohrring genauer anzuschauen, waren mehr als genug für ihn, um die italienische Lederbrieftasche aus ihrer Handtasche zu ziehen und sie hinter sein Hemd zu stecken.

»Nein, es ist nicht meiner, junger Mann, aber trotzdem vielen Dank, dass Sie mich darauf aufmerksam gemacht haben.«

»Oh, nun denn, wer's findet, dem gehört's«, sagte er, steckte den Ohrring ein und eilte davon.

Wie man es ihm beigebracht hatte, würde er in dieser Gegend nun ein paar Wochen lang nichts mehr stehlen. Und er würde nicht einmal einen Blick auf den Inhalt der Brieftasche werfen – sie würde sofort an Rillieux und die Familienkasse gehen. Die Familie ... *seine* Familie, wenn er sich an sämtliche Regeln hielt.

Er kehrte zu seinem Posten auf dem Lagerhaus zurück. Schon bald wurde ihm wieder langweilig; er brauchte jedoch nur daran zu denken, dass er nun schon bald im selben Hause leben sollte wie Mystere – und er konnte wieder diesen Knoten in seinem Magen spüren. Sie gehörte direkt zu den »oberen Vierhundert«, okay, wenn sie auch praktisch zugegeben hatte, diese Lady Moonlight zu sein. Er war entschlossen, gute Arbeit für sie zu leisten. Wirklich, dachte er – als er sich ihre samtene Stimme und ihre elfenbeinfarbene Haut vorstellte –, ich würde mich mit einer Tasche voller Knallkörper in die Hölle schleichen, wenn sie mich darum bäte.

Kurz nach Mittag wurde seine Geduld belohnt. Ein großer, dunkler Mann mit Koteletten, behaarten Händen und spreizfüßigem Gang blieb vor der Tür stehen und schlug den Türklopfer aus Messing. Er wurde eingelassen und kam ein paar Minuten später zusammen mit dem Mann wieder hinaus, den Mystere ihm beschrieben hatte.

Hush kletterte auf die Straße hinunter und holte sie ein, als sie gerade in Richtung des unaufhörlichen Lärms und des geschäftigen Treibens auf dem Broadway liefen. Während er sie mit ein paar Metern Abstand verfolgte, erkannte er schnell den Größeren der beiden an seinem seltsamen Gang – er hieß Sparky und war einer der gewohnten Nichtstuer, die in der Nähe der South-Street-Docks herumlungerten und Centstücke warfen, bis Arbeiter gebraucht wurden, um ein Frachtschiff zu entladen. Wenn er dann lange genug gearbeitet hatte, um seine nächste Sauftour finanzieren zu können, wurde er wieder zum Nichtstuer. Und dieser Kreislauf wiederholte sich ständig.

Hush folgte ihnen über den Broadway hinüber, was keine geringe Leistung war bei dem starken Verkehr. Selbst er musste all seine Geschicklichkeit aufweisen, um nicht von einem der offenen Einspänner überfahren zu werden.

Zunächst nahm er an, dass die beiden Männer sich auf dem Weg zur Bowery mit ihren primitiven Vergnügungsstätten nur drei Blocks östlich vom Broadway befanden. Stattdessen steuerten sie jedoch auf die Musiksaloons auf dem unteren Broadway zu.

Hin und wieder konnte Hush ein Glissando von Klaviertönen hören, die lauter wurden, je näher sie dorthin kamen. Die beiden Männer drückten sich durch die aus Latten hergestellten Fledermausflügel eines Saloons, und Hush blieb draußen stehen, um das Schild mit den vergoldeten Buchstaben aus Holz zu studieren, das über dem Eingang hing. Zur Übung suchte er die Buchstaben heraus, die Mystere ihm beigebracht hatte, und zu seiner Überraschung kannte er sie alle bis auf den letzten: »A … l … i … b … i … B … a … err«, wobei er den letzten Laut geraten hatte. Die Alibi Bar. Mit Stolz stellte er fest, dass er schon ein wenig lesen konnte.

Die Varietévorführung sollte erst später beginnen, folglich waren die Typen, die dafür bezahlt wurden, vor der Tür zu sitzen und mit ihren Schlagstöcken herumzufuchteln, noch nicht bei der Arbeit. Hush schlüpfte ins dunkle, verrauchte Innere; er entdeckte die beiden Männer an der

Mahagonibar. Sparky redete und gestikulierte. Hush wusste, dass er hinausgejagt werden würde, trotzdem versuchte er, in ihre Nähe zu kommen.

Sägemehl bedeckte einen Großteil des Bodens, und unrasierte Männer mit Zigaretten zwischen den Lippen spielten Billard oder Dart. Hush warf einen sehnsüchtigen Blick auf einen riesigen Fleischbraten, der auf der Theke für die kostenlosen Mahlzeiten lag. Diese waren jedoch nur für diejenigen bestimmt, die Cocktails zu fünfzig Cent oder mehr bestellten.

»Zwei Ale, Jimbo!«, rief Sparky dem Schankkellner zu. »Und zapf sie schön schäumend.«

Bis jetzt schien noch niemand den Jungen mit der schäbigen, an den Knien durchgewetzten Stoffhose bemerkt zu haben. Er schob sich näher an die beiden Männer heran. Sparkys Gewieher war leicht zu verstehen.

»Ich sag dir, Lorenzo, wir können ein Vermögen in Little Italy machen, ohne dass wir auch nur einen Finger krumm machen müssen. Wir brauchen nur bei jedem Mietstand unsere Knete einzukassieren. Ich schwör's bei Gott, dressierte Affen lassen sich für sage und schreibe dreißig Dollar im Monat vermieten. Rechne noch vier Dollar für die Drehorgel dazu und uns gehört die Welt, mein Junge. Alles, was du brauchst, wenn du zu gleichen Teilen einsteigen willst, sind tausend Dollar. Kannst du das Geld auftreiben?«

»Krieg dich bloß wieder ein, Sparky – ich denk nicht dran, irgendwelche dreckigen Affen zu dressieren!«

»*Wir* tun sie doch nicht dressieren, du Schlaumeier; wir bezahlen irgendwelchen spagettifressenden Gören ein paar Cent am Tag dafür. Wir brauchen nicht mal in die Nähe von den verdammten Affen gehen; wir sind einfach nur die

Besitzer. Warum nicht? Das ganze Geld nur für ein paar alte Tricks! Du wärst ganz schön blöd, wenn du dich nicht einkaufen tätest.«

Beide Männer hatten schnell ihre ersten großen Biergläser ausgetrunken. Sparky bestellte per Handzeichen zwei weitere. Hush beobachtete, wie Lorenzo seine Ellbogen vorsichtig aufsetzte, um nur ja kein Bier auf der Theke zu verschütten, während er sich Sparkys Angebot durch den Kopf gehen ließ. Er fummelte ständig an seinem Schnurrbart herum, als ob er Angst hätte, dass dieser abfallen könnte.

»Ich könnte tatsächlich interessiert sein«, antwortete er schließlich. »Aber was das Geld angeht, das ich bezahlen muss – das ist nicht gerade eine lächerliche Summe.«

»Es ist aber auch nicht gerade ein lächerlicher Gewinn, oder?«

»Vielleicht, ich hab jedenfalls nur einen Teil des Geldes. Ich muss noch ungefähr vierhundert auftreiben.«

»Bist du in der Lage, das ziemlich flott zu besorgen? Nick hat noch andere Interessenten auf seiner Liste, wenn wir nicht wollen.«

»Könnte sein, dass ich mit dabei bin«, erwiderte Lorenzo nickend. »Ich hab zurzeit ’ne ziemlich reiche Kundin. Weißt du, sie –«

»Alles klar, Hauptsache du kriegst es. Aber denk dran, wer nicht wagt, der nicht gewinnt. Wir müssen schnell handeln, du und ich.«

Selbst als Lorenzo immer betrunkener wurde, bemerkte Hush, wie seine Stimme ihre ausdruckslose Tonlage beibehielt. Sie tranken mittlerweile ihr drittes Bier, und wiederum bezahlte Sparky. Seltsam, wenn man bedachte, dass Lorenzo es war, der Anzug und Weste trug. Es sei denn, Sparky will ihn hereinlegen, dachte Hush, bestimmt, und Mystere ist diese »ziemlich reiche Kundin«, von der Lorenzo gesprochen hatte.

Inzwischen hatte der Schankkellner Hush entdeckt und wies ihm die Tür. Schon kurze Zeit nach ihm kamen jedoch auch die beiden Männer nach draußen, schüttelten sich die Hände und trennten sich. Sparky ging zurück in Richtung Hafenviertel, während Lorenzo nur bis zum unteren Teil der Fifth Avenue hinüberging.

Hush war überrascht, als er durch den Triumphbogen hindurch den Washington Square betrat. Er ging zur Nordostseite des Platzes hinüber, und zunächst war Hush sich sicher, dass er das marmorverkleidete Verwaltungsgebäude der New York University betreten würde.

Stattdessen jedoch ging er auf eine Reihe hübscher Wohnungen aus Backstein und Steinmetzarbeiten direkt hinter der Universität zu. Er zog am Klingelzug des Hauses Washington Square Nr. 17 und wurde von einer schlanken, lächelnden jungen Frau eingelassen, die ihr wallendes, dunkles Haar offen trug.

Hush machte einen Bogen um den Platz herum, denn er musste vorsichtig wegen eines Polizisten sein, der sich unter dem Triumphbogen aufhielt. Einen Block weiter westlich vom Platz kam eine Gruppe junger Mädchen aus einer riesigen Hemdenfabrik aus Backstein heraus, nachdem sie ihr morgendliches Arbeitspensum erfüllt hatten. Während der Polizist abgelenkt war, da er mit einer von ihnen flirtete, tauchte Hush in den nahe gelegenen Gartenstreifen zwischen Nr. 17 und dem daneben stehenden Gebäude unter.

An dem ersten Fenster, das er erreichen konnte, und wo eine Lücke zwischen den Spitzenvorhängen es ihm erlaubte, hindurchzuschauen, machte er halt. Er erhaschte einen Blick von einer Lilientapete, von Wandteppichen aus Petitpoint-Stickereien und von hohen Vitrinen, die mit glasierten Porzellanfiguren vollgestellt waren. Es schien sich jedoch niemand in dem Raum aufzuhalten.

Er huschte zum nächsten Fenster hinüber. Hier waren die Vorhänge dicht zusammengezogen, Hush drückte jedoch ein Ohr an die Scheibe. Die Geräusche, die er drinnen hören konnte, waren ihm wohl bekannt; er hatte sie vor langer Zeit schon durch das Wohnen in überfüllten Mietskasernen kennen gelernt. Lorenzos Frau lebte auf der Amos Street, so viel war klar, aber anscheinend hielt er sich außerdem eine Hure am Washington Square. Und Hush konnte sich inzwischen ziemlich gut vorstellen, mit wessen Geld er diese bezahlte.

So sehr ihm das auch missfiel, entschied er doch, dass es Zeit war, Mystere aufzusuchen.

»Wenn du mich fragst, ich würd sagen, dass er für dein Geld nichts anderes tut als Däumchendrehen«, informierte Hush Mystere beinahe im gleichen Moment, als seine zweite Lesestunde beendet war. Sie hatte darauf bestanden, zuerst die Stunde abzuhalten, da sie befürchtete, dass der Bericht des Jungen sie zu sehr aufregen würde. »Und er will noch mehr für irgendeinen Plan, Affen und Orgeln zu vermieten.«

»Ich hatte nie etwas davon gesagt, dass ich ihm Geld gebe«, ließ sie ihn wissen, machte sich aber andererseits nicht die Mühe, es abzustreiten.

»Nun, er sitzt einfach auf seinem Hintern rum, wenn er nicht gerade säuft oder seine Hu– seine Geliebte besucht. Und sein Kumpel Sparky, der ist keinen Pfifferling wert.

Kannst ruhig jeden fragen, der ihn kennt – alles, was du von 'nem Typen wie dem erwarten kannst, ist wenig Leistung für viel Geld.«

Hush hielt die Fibel fest, die Mystere ihm an diesem Tag gegeben hatte. Sie hatten beide ihre gewohnten Plätze im Salon eingenommen. Mystere war froh, dass sie zuerst auf ihrer Unterrichtsstunde bestanden hatte – Hushs Bericht hatte ihre Hoffnungen auf eine gute Laune zunichte gemacht.

»Du sagst, dass er ziemlich viel trinkt?«, fragte sie nach.

»Und ob! Der säuft wie ein Loch.«

Ja, dachte sie, dieses Loch kenne ich – es ist dasselbe, in das seit Monaten mein Geld hineinläuft.

»Hast du seine Frau gesehen?«

Er nickte. »Sie ist zum Bäcker gegangen.«

»Gegangen?«

»Klar, war ja nur über die Straße rüber.«

»Du hattest nicht den Eindruck, dass sie krank war?«

»Nee. Dick und gesund.«

Hush beobachtete, wie Sorge sich auf ihrem Gesicht abzuzeichnen begann. Er wollte ihr etwas sagen, das sie aufheitern sollte. Also erzählte er ihr davon, wie er die Buchstaben auf dem Schild der Alibi Bar herausgefunden hatte und wie er das *r* erraten hatte. Das konnte ihr in der Tat ein Lächeln entlocken.

»Wie schön für dich«, sagte sie geistesabwesend zu ihm. »Du musst üben, sooft du die Möglichkeit dazu hast.«

Ihre Gedanken waren in diesem Moment in ein wirres Durcheinander übergegangen. Sie versuchte noch immer, die Vorkommnisse des vergangenen Abends auf dem Ball zu begreifen. Und dann war da Hush mit dieser endgültigen Bestätigung ihrer Befürchtungen gekommen. Gewisse Vorkommnisse spitzten sich eindeutig zu, und sie fühlte sich von ihnen überrollt und hinweggespült, wo sie doch eigentlich nur verzweifelt versuchte, irgendwie die Kontrolle zu gewinnen.

*Eine* hoffnungsvolle Nachricht zumindest gab es. Wie sie inständig gehofft hatte, hatte Belloch nichts über die Krawattennadel verlauten lassen, die sie ihm am Abend zuvor gestohlen hatte. Es gab keine neue Flut von Geschichten über Lady Moonlight in den aktuellen Tageszeitungen – zumindest nicht in der *Sun,* der *World,* dem *Herald* und der *Independent,* die Baylis wie üblich zusammen mit der angeseheneren *Times* für Rillieux' rituelle Morgenlektüre gekauft hatte.

Unglücklicherweise wurde jedoch ein Teil der Lücke, die dadurch in der Lady-Moonlight-Sache entstanden war, mit weiterem spekulativem Klatsch über sie und Rafe Belloch angefüllt. Lance Streeter, der ungemein beliebte Klatschexperte des *Herald,* fragte provokativ in einem seiner Artikel: »Was genau passierte nun in dieser Gartenlaube? Wird dieser *pas de deux* in einer Hochzeit oder in einem vernichtenden Skandal enden? Die Unschuld einer Dame mag noch intakt, trotzdem aber plötzlich umstritten sein.«

Als ob das nicht schon schmerzvoll genug für sie gewesen wäre, hatte Streeter – der so mächtig war, dass er Mrs. Astor oftmals namentlich aus dem Hinterhalt beschießen konnte – sogar eine neue Kolumne mit dem Titel »In der Gartenlaube« ins Leben gerufen. Er versprach darin, dass der wissbegierige Leser in die privaten Liebesnester der Reichen und Berühmten hineingeführt werde.

Sie wollte gerade Hush zur Vorhalle hinüberbegleiten, als Rillieux plötzlich die Teakholztür des Salons aufstieß und ihnen den Ausgang versperrte. Sein Gesicht war rot vor Zorn, und sie konnte auf der Stelle erkennen warum: Seine linke Hand umklammerte ihre monatlichen Rechnungen. Das Bezahlen von Rechnungen versetzte ihn immer in eine verdrießliche Stimmung.

»Junge Frau«, begrüßte er sie ohne Vorwarnung, »ich habe deine Extravaganzen satt, hast du mich verstanden? Das ganze Geld, das ich dir gebe, und trotzdem lässt du noch auf meinen Namen anschreiben? Von nun an wirst du dich nach der Decke strecken müssen.«

Er gehörte nicht zu denen, die Unterbrechungen duldeten, wenn sie wütend waren, folglich ließ Mystere seinen cholerischen Anfall geduldig über sich ergehen und wartete ab, bis die Schimpfkanonade vorüber war. Am vorangegangenen Abend hatte er eiskaltes Schweigen bewahrt, nachdem sie ihm die Goldnadel anstelle der erwarteten Brosche überreicht hatte. Nun jedoch explodierte er und ließ dabei die dunklere, bedrohlichere Seite seiner Persönlichkeit erkennen.

»Glaubst du vielleicht, die Sahne, die du heute Morgen über deine Erdbeeren gegeben hast, ist kostenlos zu deinem Vergnügen geliefert worden? Dieser Junge hier« – er nickte in Hushs Richtung – »wird neue Lakaien-Uniformen benötigen, wenn er zu uns kommt, und zwar mit unserem aufgeprägten Familienwappen. Hast du überhaupt eine Ahnung davon, was es kostet, Baylis als unseren Kutscher auszustatten und ein Pferdegespann mit Kutsche zu unterhalten? Oder einen Schlägertypen wie Evans in gute Anzüge und Wäsche zu kleiden?«

Du bezahlst aber keinem von ihnen einen Lohn, du alter Geizhals, hätte sie ihm am liebsten an den Kopf geworfen.

»Und dann dein kleines Spielzeug von gestern Abend«, wütete er weiter. »Wenn man den Nennwert betrachtet, nun ja, dann ist die Nadel schon was wert. Von Holzer jedoch werden wir höchstens vierzig Dollar dafür bekommen.«

Rillieux machte eine Pause und stützte sich stärker auf seinem Stock ab, als ob sie buchstäblich zu einer untragbaren Last geworden wäre. Hush wählte diesen Moment, um zu versuchen, die Stimmung seines Meisters zu heben. Er reichte ihm die Brieftasche, die er am Morgen gestohlen hatte, als er für Mystere Detektiv gespielt hatte. Das hatte jedoch lediglich den unvorhergesehenen Effekt, Rillieux' Schimpfkanonade noch mehr Nährstoff zu geben.

»Da, siehst du's?«, wandte er sich an Mystere, als er ein imposantes Bündel Geldnoten aus der Brieftasche zog. »Gott sei Dank hat der Junge deine Nachlässigkeit wieder gutgemacht, Mystere, ansonsten wären wir inzwischen wohl schon aus unserem Haus hinausgemahnt worden. Und verstehst du, was eine Zahlungsaufforderung für uns bedeuten würde? Das wäre eine völlige öffentliche Entlarvung unserer kunstvoll aufgebauten Fassade.«

»Du hast ja Recht«, räumte sie ein. »Ich verspreche dir auch, es an diesem Samstag in der Oper besser zu machen.«

»So gefällst du mir«, stimmte er ihr zu.

Er hatte völlig Mrs. Astors jährlichen Opernball vergessen, und Mysteres reuiger Ton schien seinen Zorn ein wenig zu mäßigen. Der Opernball war nicht nur eine Möglichkeit, Paul einen Knochen hinzuwerfen – er war wieder einmal eine Gelegenheit, den Druck auf Lady Moonlight zu vermindern, denn der Kreis der Verdächtigen würde im Opernhaus sehr viel größer sein. Und mit Sicherheit konnte man nicht sämtliche Damen durchsuchen.

Obwohl er nun ein wenig beschwichtigt war, hatte Rillieux doch seine Ermahnungen noch nicht beendet. Er schob die Geldscheine in seine Westentasche und steckte den Gehstock unter einen Arm. Mit einer Faust schlug er auf die Handfläche der anderen Hand, um seinem Standpunkt Nachdruck zu verleihen.

»Mystere, ich erwähne die Gefahr einer öffentlichen Entlarvung nur, weil gerade *das* ironischerweise die Angst ist, die dich in letzter Zeit so zaghaft werden lässt. Du bist, fürchte ich, zu gut auf die Art und Weise der oberen Gesellschaftsschicht erzogen worden. Inzwischen habe ich das Gefühl, dass es viel mehr die Schande ist, vor der du dich fürchtest, als die Bestrafung.«

»Mag sein«, gab sie zu, mehr jedoch nicht.

»Natürlich ist das so, in unserem Milieu jedoch müssen solche konventionellen Moralvorstellungen ab und zu beiseite gelassen werden. Missverstehe meine Geduld nicht als Nachgiebigkeit. Und auch die Tatsache, dass du eine Frau bist, ist keine triftige Entschuldigung dafür, schwächlich zu werden. Rose ist nicht nur ein gutes Dienstmädchen, sie hält auch ein wachsames Auge und Ohr auf die alltäglichen Begebenheiten in dieser Gegend, und obendrein bringt sie ab und zu ein paar Stücke mit nach Hause. Du musst dir deinen Lebensunterhalt in dieser Familie verdienen, wie jeder andere das auch tut.«

Sie konnte nicht anders, als sich so lange auf ihre Unterlippe zu beißen, bis sie Blut schmecken konnte. Seine Worte machten sie wütend. Sich ihren Lebensunterhalt verdienen? In den letzten drei Monaten hatte sie allein mindestens fünftausend Dollar in den Haushalt eingebracht, vielleicht nicht gerade das Unterhaltsgeld der Vanderbilts, aber eine schöne Summe in einer Zeit, wo Arbeiter ihre Familien irgendwie mit dreihundert Dollar im Jahr über Wasser halten mussten.

Natürlich gelangte einiges aus dieser Beute nie in die Familienkasse. Die meisten gestohlenen Gegenstände wurden draußen in der Remise versteckt, bis sie zu Helzers Tarnungsbetrieb gebracht wurden, einem riesigen Sammelgutlagerplatz unten auf der Water Street. Auf diese Weise würden Evan und Baylis die Sündenböcke sein, falls das Ganze irgendwann einmal auffliegen sollte.

Rillieux hatte jedoch heimlich Bargeld und ein paar Gegenstände von besonders hohem Wert beiseite geschafft und in einen Tresor in seinem Schlafraum eingeschlossen. Nur ein einziges Mal hatte sie einen flüchtigen Blick auf den Inhalt werfen können. Unter diesen Dingen befand sich ein wunderschönes Diamantendiadem, das sie in diesem Frühjahr gestohlen hatte – eines der ersten Bravourstücke der Lady Moonlight.

»Du musst aufhören, dir über Recht und Unrecht unserer Unternehmungen Gedanken zu machen«, schloss er das Ganze in einem freundlicheren Ton ab. »Hat der Fuchs das Recht auf seiner Seite, wenn er sich das Küken schnappt? Ich versichere dir, wo Geld im Spiel ist, kann es keine Heuchelei geben. Du unterliegst einer Gaunermoral. Sündige unerschrocken, dann wirst du auch damit durchkommen.«

Ein verschmitztes Lächeln blitzte in seinen Augen auf. »Apropos unerschrocken sündigen – was ist nun *wirklich* in dieser Gartenlaube passiert, mein Herz?«

Sie errötete bis unter ihre Haarwurzeln, was bei Rillieux ein Kichern hervorrief.

»Na, na, ist doch nicht so schlimm«, beruhigte er sie, als ob sie noch ein Kind wäre. »Dein Teint spricht Bände. Auf jeden Fall hat dieses Ereignis und euer Tanzen für dieses Jahr einen erinnerungswürdigen Sanford-Ball gesichert.«

Seine Augen wurden schmaler und konzentrierten sich – jetzt wieder anklagend – auf Mystere. Seine Stimme verhärtete sich. »Aber glaube nur ja nicht, dass ich mir nicht Gedanken mache über das, was da vor sich geht. Ich sehe doch, wie Rafe Belloch der perfekte Ausweg für dich sein könnte.«

»Ausweg?«, wiederholte sie, da sie nicht verstanden hatte, was er damit meinte.

»Natürlich. Du benimmst dich ganz so, als ob du des Stehlens überdrüssig geworden wärst. Du gibst zu, wegen einer verheerenden Entlarvung besorgt zu sein. Wenn du jedoch Rafe heiratest, wirst du nie wieder andere Geldsorgen haben als die, wie du alles ausgeben kannst, bevor du stirbst.«

»Ungeachtet natürlich der Tatsache«, warf sie heftig ein, »dass ich ihn für eine arrogante Bestie halte.«

Rillieux' Lippen formten sich zu einem ordinären, wölfischen Grinsen und ließen dabei seine Goldkronen sehen. »Kannst du mich anschauen und mir sagen, dass er dein Blut nicht in Wallungen bringt?«

Sie musste sich abwenden, so sehr beschämte er sie.

»Oh, übertreib es bloß nicht mit dem naiven Mädchen«, schnauzte er ungeduldig. »Du wirst in keiner Ehe gefangen sein. Wenn du seiner … ehelichen Aufmerksamkeiten überdrüssig wirst, wird Rafe einen Unfall haben. Du hättest nichts damit zu tun.«

Sie erstickte ihren ersten Impuls, diesen Punkt erörtern zu wollen und versuchte stattdessen, eine andere Richtung einzuschlagen. »Du missverstehst ihn, Paul. Selbst wenn ich einem solchen Plan zustimmen würde, selbst wenn er mir auf irgendeine unglaubliche Kette von Ereignissen hin einen Antrag machen und ich diesen annehmen würde – so ist er doch immer noch kein alter Mann, der gedankenlos mit seinem Geld umgeht. Er wäre ein furchterregender Gegner, wenn er sich mit Gewalt konfrontiert sähe, da bin ich mir sicher. Dieser Mann ist gefährlich.«

»Hm. Vertraue mir, *jeder* Mann wird zu einem Kätzchen, wenn sein Blut erst wegen einer Frau in Wallung gerät. Ich habe gesehen, wie er dich anschaut, er leckt sich ja förmlich die Finger nach der flachbrüstigen kleinen Nymphe –«

»Paul, das reicht!« Sie runzelte die Stirn über ein so unschickliches Gespräch im Beisein des Jungen. Rillieux jedoch kicherte erneut, zerzauste Hushs wilde, dunkle Mähne und ging dann nach oben in sein eigenes Quartier.

»Was bedeutet ›Zahlungsaufforderung‹?«, lautete Hushs Frage, bevor Mystere ihn hinausbegleitete.

Er wusste, dass er erbärmlich ungebildet war, aber selbst ein Dummkopf verstand, dass Männer, die echten Damen wie Mystere den Hof machten, eine Menge wissen mussten. Sogar Gedichte schreiben und ähnliches wertloses Zeug müssen sie können, um das schöne Geschlecht zu beeindrucken, dachte er, denn sie sind ja ein ganz schön sensibel; das konnte er in Mysteres ausdrucksstarkem Gesicht erkennen, wenn Mr. Rillieux sie ordentlich runterputzte. Niemals im Leben, schwor er sich feierlich, darf ich eine Dame meinen Ratteneimer sehen lassen, wenn er bis zum Rand gefüllt ist.«

»Ich werde dir in unserer nächsten Stunde erklären, was das ist«, versprach sie ihm. »Ich werde dir zeigen, wie man das Lexikon benutzt.«

Eine wichtige Aufgabe blieb noch zu erledigen. Nachdem Hush fort war, ging sie in die kleine Telefonnische auf halbem Wege durch die Halle und nahm den Hörer von seiner an der Wand befestigten Gabel. Sie drehte die Kurbel, rief die Vermittlung an und verlangte dann, indem sie fast in den Hörer schrie, eine Verbindung zum Fahrradkurierdienst, der sich in der Nähe der 14. Straße und Sixth Avenue befand.

Eine dünne, weit entfernt klingende Stimme unbestimmten Geschlechts antwortete, und sie diktierte eine kurze Nachricht für Lorenzo, in der sie ihm mitteilte, dass sie am nächsten Tag um ein Uhr mittags an gewohnter Stelle auf ihn warten würde. Danach hängte sie wieder ein. Ihr Herz schlug wie wild, denn sie hatte das Gefühl, an einem kritischen Punkt in ihrem Leben angekommen zu sein.

Sie war sich nicht sicher, was sie Perkins sagen würde – oder was er tun würde. Wenn sie jedoch jemals Bram zu finden hoffte, musste sie zunächst einmal schleunigst ihren eigenen Weg gehen; zumindest darüber war sie sich völlig im Klaren. Wie Pauls beunruhigende Bemerkungen über Belloch ihr zu verstehen gegeben hatten, musste sie außerdem das Feuer löschen, sowohl seines als auch ihres. Nicht nur, dass Rafe eine Bedrohung war, er wurde nun *selber* bedroht. Ganz egal, wie sehr er sie auch wütend machte und ängstigte, sie würde es nicht einmal im Traume ernstlich in Erwägung ziehen, Gewalt gegen seine Person anzuwenden.

Wenn sie nur stark genug sein könnte – sie würde am kommenden Tage damit anfangen, ihr Schicksal selbst in die Hand zu nehmen.

# 12

»Schon wach?«, fragte Rose mit der Frühstücksglocke in der Hand durch die Schlafzimmertür. Mystere, die zwar die Augen weit offen hatte, deren Gedanken jedoch nach innen gerichtet schienen, war deutlich durch die himmelblauen französischen Vorhänge ihres Himmelbettes zu erkennen.

»Schon seit einiger Zeit vor dem Sonnenaufgang«, beichtete sie, »und trotzdem liege ich noch hier wie eine Langschläferin.«

»Nun, vielleicht solltest du den hohen Herrn in eine heitere Stimmung versetzen, indem du ihm heute Morgen beim Frühstück Gesellschaft leistest«, schlug Rose taktvoll vor und fügte hinzu: »Ich habe gestern gehört, wie er dich im Salon angebrüllt hat. Jesses Maria, er hat die Fensterläden ganz schön zum Klappern gebracht!«

»Vielleicht sollte ich ihm wirklich Gesellschaft leisten«, stimmte Mystere ihr zu und schlug die Tagesdecke zurück.

Sie hatte jedoch nicht gefaulenzt, vielmehr war sie durch Angst wie gelähmt gewesen. Ihre neu gewonnene Entschlossenheit war während der fast schlaflosen Nacht irgendwie schwächer geworden. Der Gedanke an das, was ihr bevorstand – heute mit Lorenzo und später dann mit Paul und Rafe Belloch –, ließ in ihr den Wunsch aufkommen, sich unter der Bettdecke zu vergraben und nie wieder darunter hervorzukommen.

»Rose?«

»Hmm?«

Mysteres Blick wanderte zum Schreibtisch neben dem Ostfenster hinüber. Sie unterdrückte jedoch den Drang, den Brief ein weiteres Mal in die Hand zu nehmen – sie hatte ihn schon genug abgenutzt. Ihn nochmals zu lesen, tadelte sie sich selbst, würde auch keine Geheimnisse preisgeben. Und doch gab es da ein Geheimnis – das wusste sie so sicher wie das Amen in der Kirche. Und ganz egal wie, sie würde, sie *musste* hinter dieses Geheimnis kommen. Denn irgendwie hatte es etwas mit Brams Verschwinden zu tun.

»Ja?«, erinnerte Rose sie sanft, da sie an Mysteres düstere Stimmungen gewohnt war.

»Denkst du oft an Irland?«

Diese Frage schien Rose nicht zu überraschen. Obwohl sie nicht wie Mystere aus Dublin stammte, sondern aus einem ländlichen Gebiet an der Irischen See, schien sie Mysteres Neugierde zu verstehen. Da Rose älter und länger in Irland geblieben war, überhäufte Mystere sie des Öfteren mit Fragen. In der Tat war das Verlangen der jungen Frau nach Informationen über ihr Heimatland und ihre Familienwurzeln unersättlich. Ihre ganze Lektüre, die endlosen Befragungen im Ausland lebender Iren … Mystere war sogar jeden Tag ins American Museum gegangen, als Barnums aufwendiges, maßstabgetreues Modell Dublins dort ausgestellt gewesen war.

»Ich denke schon viel an meine Familie, aber ich behaupte noch immer, dass ich meinen Heimatort nicht gerade vermisse. Ich bin ’53 geboren, während der Missernten, wenn auch das Schlimmste damals schon vorbei war.«

Mysteres Augen hatten einen verklärten, abwesenden Blick angenommen. »So viele sind während der Hungersnot gestorben, dass tödlicher Hunger unsere einzige nationale Identität zu sein scheint.« Sie zog sich weiter in ihre düsteren Gedanken zurück. Sie selbst war Irin. Einer der schwierigsten Aspekte ihres Täuschungsmanövers war es, die unverhohlene Verachtung ertragen zu müssen, mit der die überwiegend protestantischen »oberen Vierhundert« die Iren und natürlich die Katholiken überschütteten.

Sie stand auf, schlüpfte achtlos in einen Morgenmantel und ging zu dem Kleiderschrank aus Satinholz hinüber. Was auch immer sie beschloss anzuziehen, in jedem Falle würde zuerst die ermüdende, würdelose Prozedur mit den Leinenwickeln erfolgen müssen.

»Wenigstens *hast* du Erinnerungen, ob nun gute oder schlechte«, betonte sie. »Ich denke, das ist immer noch besser, als gar keine zu haben.«

»Zweifelsohne. Ich erinnere mich daran, dass auf dem Lande alles ziemlich trostlos war zu der Zeit, als ich '63 hier rüberkam – keine Zukunftsperspektiven für die jungen Leute, was auch der Grund dafür war, dass meine Eltern mich herschickten. Ich bin direkt nach Five Points gegangen, wo ich einen Onkel hatte. Der war aber schon an der Cholera gestorben. Das ist übrigens ein weiterer Grund, warum sie uns hier so hassen, weißt du – man kann die Cholera schließlich nicht verleugnen, die einige von uns mit rübergebracht haben.«

»Und wenn auch, es waren doch hauptsächlich Iren, die daran gestorben sind.«

»Ja, möge Onkel Liam in Frieden ruhen. Mystere, Five Points ist noch immer ein rauer Ort, aber '63 bedeutete er für Kinder Verderbtheit und Tod, vor allem für die, die keine Familien hatten. Wenn Paul mich nicht aufgenommen hätte, hätte ich so sicher wie das Amen in der Kirche dran glauben müssen.«

Mystere wusste, dass Rose das nicht absichtlich sagte, um ihr Schuldgefühle einzureden. Ihre Bemerkung erinnerte sie jedoch eine an ihre rebellischen Pläne. Rillieux hatte sie und Bram ebenfalls gerettet – unglaublich, wie undankbar sie dafür war.

In ihrem Inneren verteidigte ihr kühnes neues Selbst energisch die persönliche Freiheit, und Bram war genau der Grund, warum sie ihre Freiheit brauchte und warum sie außerdem diesen Betrüger Lorenzo Perkins loswerden musste. Sie brachte Rillieux so viel ein – sie würde also anständig leben und trotzdem noch eine gründliche Suche nach Bram finanzieren können, wenn sie nur ein wenig von dem Geld für sich behalten könnte.

Geld ... ohne es zu wollen, musste sie plötzlich an Antonias makellosen Smaragd denken, der genau den gleichen weichen, taugrünen Farbton hatte wie Brams Augen. Sie war nicht übertrieben abergläubisch, kam jedoch nicht umhin sich zu fragen, ob dieser Ring nicht vielleicht dazu bestimmt war, ihre Willenskraft anzuspornen. Für Antonia war er lediglich ein Vorzeigeschmuckstück, für Mystere jedoch könnte er die Unabhängigkeit bedeuten, die sie benötigte, um mit ihrer überaus wichtigen Suche fortzufahren.

»Versuche, dich ein wenig zu beeilen«, erinnerte Rose sie sanft, als sie in Richtung Tür ging. »Es muntert ihn immer auf, wenn er mit dir zusammen frühstücken kann. Er mag dich so sehr.«

»Er mag uns alle«, räumte Mystere ein. »Vielleicht ist ja gerade das unser Problem.«

Rose wollte schon antworten, gab dann jedoch ihr Vorhaben wieder auf und versteckte sich hinter ihrem gewissenhaften Dienstmädchengesicht.

»Rose?«, konnte Mystere gerade noch sagen, bevor die Tür zuging.

Roses Kopf kam um die Türkante herum wieder zum Vorschein. »Ja?«

»Ich … ich wollte nur sagen, dass es nicht *meine* Idee ist, dass Paul und ich so vornehm leben und uns bedienen lassen.« Mystere wusste Bescheid über die engen Kämmerchen auf dem Dachboden, die für die Dienerschaft bestimmt waren – stickig im Sommer und unbeheizt im Winter. Und sie nahmen alle Mahlzeiten im Gesindespeiseraum im Untergeschoss ein. Rillieux bestand darauf, und zwar mit der Begründung, dass diese List für ihr Täuschungsmanöver unerlässlich sei.

»Vergiss das alles mal schnell wieder«, sagte Rose missbilligend. »Mein Zimmer ist trocken und sauber und hat ein Schloss an der Tür. Wir essen alle gut, und Paul missgönnt uns nicht einmal unsere freie Zeit. Er schlägt zwar gelegentlich die Jungen, aber die sind das doch gewohnt und hätten wohl auch kaum Respekt vor ihm, wenn er es nicht tun würde.« Ihre Augen sahen plötzlich traurig aus, als würde sie an den Vorfall denken, bei dem Mystere Schläge bekommen hatte. »Mich hat er nie geschlagen«, brachte sie vor, als ob dies eine Art Entschuldigung wäre. »Und mal ganz abgesehen von alldem – du hast keine besonderen Privilegien, die du dir nicht auch hart verdient hast. Das Risiko, das du auf dich nimmst … alle Achtung! Mach dir lieber Gedanken über dein eigenes Schicksal, denn er ist inzwischen ganz schön abhängig geworden von … nun, egal, ich muss weiter. Ich bete für dich, Mystere, und ich empfinde keinen Neid oder Groll, überhaupt keinen.«

Mystere gesellte sich für ein angenehmes Frühstück in dem sonnendurchfluteten Raum zu Rillieux, und dieser zeigte sich nach seinen beleidigenden Bemerkungen vom Vortage von seiner besten Seite. Er machte jedoch eine spitze Bemerkung darüber, dass er seine Ziegenlederhandschuhe und seinen Seidenzylinder für Mrs. Astors bevorstehenden Opernball habe reinigen lassen – und erinnerte sie dadurch an ihr Versprechen, die armselige Beute vom Sanford-Ball wieder gutzumachen.

Er zweifelte jedoch nicht an ihrer Geschichte, dass sie den größten Teil des Tages im Park und anschließend in Macys Lesesaal verbringen wollte, denn sie verweilte dort oft ein oder zwei Stunden nach einem Ausflug im Park. Er bot ihr auch nicht die Kutsche an, da er sie selber benötigte.

Trotz ihres neuen Vorsatzes zu sparen, hielt Mystere eine einspännige Mietdroschke an, sobald sie sich außer Sichtweite ihres Sandsteinhauses befand.

»Wie viel für eine Fahrt nach Brooklyn und dann über den Central Park zurück – sagen wir ein paar Stunden, vielleicht auch etwas länger?«

»Festpreis, Ma'am«, log er, ohne mit der Wimper zu zucken. »Einen Dollar pro Stunde.«

Der Preis war hoch, und er war nach einer raschen Musterung ihres Rockes aus Baumwollleinen und ihrer seitlich geschnürten Stiefel festgesetzt worden. Heute jedoch konnte sie unbekümmert Geld ausgeben.

»In Ordnung«, stimmte sie ohne zu fälschen zu, und er half ihr hinein, ohne seinen Platz hinten aufzugeben.

Schon lange bevor die Brücke eröffnet worden war, hatte Mystere immer dann alleine Ausflüge nach Brooklyn gemacht, wenn etwas Wichtiges ihre Gedanken beschäftigte. Die ruhige Wohnstadt war ein erholsamer, beruhigender, beschaulicher Ort verglichen mit dem von Menschen wimmelnden Moloch direkt auf der gegenüberliegenden Seite des Flusses. Es hatte damals fünf Fährlinien gegeben, meistens jedoch hatte sie die Wall-Street-Fähre genommen.

Inzwischen machte die Brücke die Fahrt natürlich schneller und bot einen sensationellen Ausblick, vor allem den Fußgängern, die auf der erhöhten Promenade entlangbummelten: ein geschäftiges Durcheinander von Dampfschiffen, Lastkähnen und stabilen Frachtpaketbooten der Black-Ball-Linie unter ihnen, und zwischen diesen wie Wasserwanzen herumflitzende kleine Skiffs und Segelboote.

Wenn Mysteres Augen dies alles auch registrierten, so konnte sie doch in Gedanken nur bei Rafe Bellochs grausamen, faszinierenden Augen verweilen; sie konnte an nichts anderes denken als an seinen fordernden, leidenschaftlichen Mund, der ihren Körper wie eine Fackel entzündet hatte.

»Wohin nun, Lady?« Die Stimme des Kutschers brachte sie in die Realität zurück, und mit Schrecken stellte sie fest, dass sie schon an dem gotischen Bogen des Brückenturmes auf der Brooklyner Seite vorbeifuhren.

»Biegen Sie ab in den Prospect Park«, wies sie ihn an.

Beschämt durch die Heftigkeit ihrer anstößigen Gedanken beschloss Mystere erneut, es nicht zuzulassen, dass ein paar schamlose Momente unschicklicher sexueller Leidenschaft ihren Untergang herbeiführten, sowohl ihren gesellschaftlichen als auch ihren emotionalen. Für kein Vermögen der Welt würde sie sich einem so eingebildeten, arroganten Mann körperlich hingeben. Sein Verhalten Caroline und Antonia gegenüber und die Art und Weise, wie er sie in diese Gartenlaube … nun, praktisch gezwungen hatte, um sich ihr mit den Manieren eines gewöhnlichen Gärtnerjungen aufzudrängen … waren Beweis genug für die Klugheit ihres Entschlusses, ihn zu meiden.

Plötzlich wurde ihr bewusst, dass der Droschkenkutscher sie durch die schmale Öffnung zwischen dem geschlossenen Wagen und seinem Sitz hindurch gespannt anstarrte.

»Verzeihung?«, brachte sie verwirrt heraus, denn sie hatte jegliches Zeitgefühl verloren.

»Ich fragte, ob alles in Ordnung sei, meine Dame. Es ist nun schon das zweite Mal, dass ich Sie gefragt habe, wo Sie als Nächstes hinwollen. Wir fahren schon einige Zeit durch den Park.«

»Oh, tut mir Leid. Mir geht's gut, ich habe nur –«

»Hören Sie, sind Sie sicher, dass Sie den Fahrpreis bezahlen können?«, forderte er sie mit skeptischem Ton heraus. »Was weiß denn ich, vielleicht sind Sie ja aus dem Bellevue Hospital abgehauen und haben die schicken Klamotten gestohlen.«

»Hier sind drei Dollar, um Sie zu beruhigen.« Sie reichte die Geldscheine durch die Öffnung hindurch. »Wie spät ist es, bitte?«

»Gleich elf.«

Ihr Herzschlag verlangsamte sich wieder, denn es war noch nicht so spät, wie sie befürchtet hatte. Sie musste aber aufhören, an Rafe Belloch zu denken und sich stattdessen mehr auf das direkt anstehende Problem in der Gestalt von Lorenzo Perkins konzentrieren.

»Fahren Sie ein wenig die High Street entlang«, entschied sie.

Sie verließen den Park und fuhren in Richtung Norden, indem sie der angenehmen, von Bäumen umsäumten Allee durch Blocks komfortabler Reihenhäuser hindurch folgten. Das Land war hier billiger, und die weniger Betuchten konnten sich anständige Häuser leisten und trotzdem in der Nähe ihres Arbeitsplatzes wohnen.

Aber Perkins, *Perkins,* sie zwang sich, konzentriert zu bleiben. Sie hatte das beunruhigendes Gefühl, dass die Aufkündigung seiner Dienste weder schnell noch billig vonstatten gehen würde. All seine neugierigen Fragen über sie und Rillieux ... die ganze Zeit über hatte sie ihre gesamten Hoffnungen auf ihn gesetzt, und wofür? Für nichts und wieder nichts. Womöglich würde ja sogar noch mehr auf sie zukommen als nur ihr Verlust an Zeit und Geld.

Erneut dachte Mystere an ihren Brief zu Hause, an seinen seltsamen, faszinierenden Briefkopf – an ihre verzweifelte Hoffnung, Bram ausfindig zu machen und vielleicht sogar ein großes Vermögen zu erben. Sie konnte ihren rechtmäßigen Anspruch jedoch nicht geltend machen, wenn sie nicht zunächst ihren Familiennamen herausfinden würde. Bram hatte ihr so viel erzählt, diesen jedoch hatte er verschwiegen – warum?

Sie verspürte ein merkwürdiges Kribbeln, und erinnerte sie sich an das, was Rillieux an jenem Abend in der Kutsche auf ihrem Weg zum Sanford-Ball beinahe gesagt hätte: *Es liegt in deiner Familie.* Sie hatte geglaubt, dass es sich dabei lediglich um einen einfachen Versprecher gehandelt hatte. Sie hatte keine Idee, warum er das beinahe gesagt hätte. Plötzlich jedoch fragte sie sich, ob er nicht vielleicht irgendetwas wusste, das er ihr verheimlichte. Und wenn das der Fall sein sollte, so würde die bloße Ironie des Ganzen sie an den Rand des Wahnsinns treiben. Sie hatte heimlich die ganze Welt nach Informationen über Bram abgesucht, und womöglich hätte sie diese die ganze Zeit über schon zu Hause finden können – zurückgehalten aus Gründen, von denen sie wusste, dass es keine guten sein konnten.

Erneut erschreckte sie die Stimme des Kutschers. »Toller Ausblick, was, Lady? Ich hab einen Cousin, der bald hier ganz in der Nähe bauen will. Ein Abteilungsleiter«, fügte er stolz hinzu. »Auf seinem Teller werden se keinen Maisbrei finden, das garantier ich Ihnen.«

Er hatte sein Pferd oben auf dem luftigen Kliff gezügelt, das den East River überragte und der High Street ihren Namen gab. Der Ausblick im Sonnenschein des späten Morgens war atemberaubend.

Sie schaute über den überfüllten Fluss und sah Jungen unter dem Manhattan-Turm der Brücke spielen, insektengroß, von dort aus gesehen, wo sie stand, genauso wie die Tagelöhner, die schwere Fischfässer über die Docks rollten.

Sie konnte den stolzen Turm der Trinity Church sehen, das achtstöckige Equitable Building auf dem unteren Broadway, die massiven Bögen der Brücke ... all dies zum Himmel greifende Erhabenheit und Reichtum. Sie konnte jedoch ebenso die schiefen Mietskasernen im Hafenviertel des East River sehen, jede einzelne von ihnen so schlecht gebaut, dass sie sich an das Nachbarhaus lehnen musste, um nicht umzufallen. Und es war nicht länger nur die Lower East Side – der Schatten der Slums hatte sich inzwischen auch über einen Großteil der Ost- und der Westküste Manhattans gelegt; menschliche Wesen »wie Maden in Käse gestopft«, wie ein schockierter Reformer die Bevölkerungsdichte Manhattans beschrieben hatte.

Es war jedoch keine Reform, die sie momentan beschäftigte; unter Rillieux' strenger Herrschaft hatte sie nicht die Möglichkeit, gute Werke zu tun. Angesichts dieser dunkleren Seite der Metropole wurde sie plötzlich wieder durch die alten Unsicherheiten und Ängste gelähmt, denn in Wahrheit war es nur sehr viel weniger als eine halbe Meile, die sie von entsetzlicher Verderbtheit trennte.

Eine entsetzliche Verderbtheit, die sie wie ihre Westentasche kannte.

Sollte es ihr nicht irgendwie gelingen, von niemand anderem mehr abhängig zu sein als von sich selbst, so würde die Gefahr der Armut weiterhin über ihr schweben. Es war lediglich die Laune eines Mannes, die sie zu jedem Zeitpunkt ihres Lebens von einer Katastrophe trennte; sie war nur eine reißerische Schlagzeile entfernt davon, eine dieser verzweifelten Frauen zu werden, die man überall sehen konnte: zur verarmten Oberschicht gehörende Kreaturen, für die harte Zeiten angebrochen waren und die sich stolz, aber mittellos abmühten, sich in irgendeiner untergeordneten Funktion den Reichen anschließen zu können.

Nein, sie durfte es nicht zulassen, dass diese zerstörerische Angst sie verschlang; sie musste für sich selbst und für Bram stark sein. Selbst heute noch hatte sie die große Messingtafel vor Augen, die sie, Bram und die anderen Kinder im Kinderheim jeden Abend vor dem Beten lesen mussten, diese prägnante Weisheit von Cornelius Vanderbilt: *Lass andere tun, was ich getan habe, dann brauchen sie auch nicht hier sein und betteln.*

In Ordnung also, beschloss sie, von jetzt an werde ich zäh sein und einen eisernen Willen haben, wie der Kommodore.

»Kutscher«, rief sie nach oben, »fahren Sie mich bitte zum Bethesda-Brunnen!«

»Das ist ein verdammt schwieriger Job«, fing Lorenzo seinen Bericht an – was wahrscheinlich der einzige Teil war, der der Wahrheit entsprach. »In diesen letzten paar Tagen hab ich mich vom Sonnenaufgang bis zum Sonnenuntergang schwer ins Zeug gelegt.«

Das war eine schamlose Lüge, und sie wusste das. Seine

glanzlosen kleinen Schildkrötenaugen starrten auf die Bootsfahrer auf dem See und wichen so ihrem prüfenden Blick aus. Seine gewohnt missmutige, teilnahmslose Stimmung war von einer Eindringlichkeit abgelöst worden, die sie bisher noch nicht begriffen hatte – obwohl sie sich an Hushs Bericht erinnerte, dass Lorenzo und Sparky irgendeinen Plan ausheckten, für den sie Geld benötigten.

Noch bevor sie ihn jedoch der Lüge bezichtigen konnte, fuhr er übereilt fort, ganz so, als würde er ahnen, warum sie ihn um ein Treffen gebeten hatte: »Ich glaube aber, dass meine Bemühungen sich bezahlt gemacht haben.« Trotz ihrer Entschlossenheit, das Ganze zu beenden, musste Mystere noch diesen einen Köder schlucken, für alle Fälle.

»Und…?«, ermutigte sie ihn.

»Es ist dieser Typ da auf Blackwell's Island, wissen Sie, ein Gefängniswärter. Es wäre möglich, dass Ihr Bram vor einiger Zeit in seinem Zellenrevier eingesperrt gewesen war.«

»Es wäre ›möglich‹? Weiß er es denn nicht?«

Perkins stieß einen langen Seufzer aus, so als sei er ein geduldiger, ausgenutzter Mann. »Natürlich weiß er es. Aber Sie haben keine Vorstellung davon«, versicherte er ihr, »wie habgierig und ungehobelt diese Gefängnisschließer sind.«

»Ich verstehe. Sie wollen mehr Geld, ist es das?«

Mit einer Geste der Hilflosigkeit öffnete er beide Hände. »Es ist ja nicht für mich, sondern um ihre Zungen zu ölen.«

Buchstäblich angewidert durch sein lügendes Gesicht wandte sie ihre Augen ein paar Sekunden lang dem prachtvollen bronzenen Engel zu, der sich triumphierend aus dem Wasser erhob. Gerade jetzt spendete die Statue ihr großen Trost, denn sie glaubte, dass es trotz Lorenzo Perkins und allem, was sie erlitten hatte, derselbe Engel war, der sie nach New York geführt hatte, damit sie dort ihrem Schicksal entgegentreten konnte. Und sie *würde* ihm entgegentreten.

»Mr. Perkins«, sagte sie mit einer Stimme voll unerschütterlicher Entschlossenheit und einer Spur von Zorn zu ihm, »Sie haben während der letzten Tage *nicht* an meinem Fall gearbeitet, und das wissen Sie genau.«

Perkins wurde vor Überraschung kreidebleich. Derart überrumpelt fiel er auf seine ermüdende Lieblingsmaxime zurück. »Man sollte seine Schlussfolgerungen nie höher ansetzen als sein Beweismaterial.«

»Nun, wie wäre das als Beweis? Sie haben den größten Teil des gestrigen Tages sowohl zu Hause verbracht als auch beim Biertrinken mit einem Kumpel auf dem Broadway, und dann haben Sie eine ... Freundin am Washington Square besucht.«

Sein Unterkiefer fiel herunter.

Für einen so unehrlichen Mann, dachte sie, ist er ein verdammt schlechter Lügner.

»Das ist Blödsinn«, protestierte er. »Sicher, ich habe gestern ein wenig freigenommen, da stimme ich ihnen zu.«

Für seine Verhältnisse ist das ganz schön gerissen, dachte sie. »Es handelt sich aber nicht nur um den gestrigen Tag«, beharrte sie. »Sie sind in letzter Zeit nie auch nur in die Nähe von Blackwell's Island gekommen.«

Das konnte sie zwar nicht beweisen, aber es musste der Wahrheit entsprechen, denn er stritt es nicht ab. Er blickte sie nur finster an, als ob seine üble Laune schlimmer wäre als ihr Groll. Nachdem sie sich jedoch nicht einschüchtern ließ, verlangte er zu erfahren: »Wer sagt das?«, als ob er ein Recht dazu hätte.

»Das spielt nun wirklich keine Rolle, Mr. Perkins. Meine Informanten sind verlässlich, und ich bin entschlossen, Ihre Dienste aufzukündigen, denn ich habe vor, meinen Bruder lieber auf eigene Faust zu suchen.«

»Reden Sie keinen Blödsinn. Eher machen Sie den Tag zur Nacht.«

»Vielleicht, aber so lautet mein Plan.«

Sie raffte ihren Rock zusammen und machte Anstalten, sich von der Bank zu erheben. Sein unfreundlicher, drohender Ton hielt sie jedoch zurück.

»Es ist Belloch, hab ich Recht?«

»Wie bitte?«

»Ich hab die Nase voll von Ihnen«, knurrte er, wobei seine Gewöhnlichkeit an die Oberfläche kam, »wie Sie so fein frisiert und etepetete daherkommen. Meine Frau liest die ganzen Klatschkolumnen; sie hat mir alles über Sie und Ihren Liebhaber erzählt.«

»Sprechen Sie von Ihrer kranken Frau, Mr. Perkins, oder von Ihrer heimlichen?«

Er ignorierte das, oder zumindest tat er so. Sie beobachtete ihn, wie er schnell dieses neue Problem in seinem Kopf hin und her wälzte, dessen Facetten studierte und nach dem Standpunkt suchte, den er benötigte.

»Es ist Belloch«, wiederholte er mit der Hartnäckigkeit einer Bulldogge, die sich etwas geschnappt hatte und sich dann weigerte, es wieder loszulassen. »*Das* ist es, warum Sie mich feuern. Sie haben ihn sich gekrallt, und Sie wollen nicht, dass er alle Ihre Leichen im Keller findet. Und jetzt haben Sie sich diese ganzen falschen Anschuldigungen ausgedacht, damit Sie mich loswerden können.«

»Das ist Unsinn, ich – «

»Sie müssen verstehen, *Miss Rillieux*«, unterbrach er sie,

wobei finstere Andeutungen in seinem Tonfall mitschwangen, »dass ich inzwischen auf Ihre regelmäßigen Zahlungen angewiesen bin. Wir haben das, was das Gesetz eine mündliche Vereinbarung nennt.«

»Mr. Perkins, das ist absurd. Sie sind nicht fest bei mir angestellt; ich habe Sie für eine bestimmte Aufgabe engagiert, die sie nicht einmal im Entferntesten erfüllt haben. Des Weiteren habe ich Sie großzügig bezahlt und schulde Ihnen mit Sicherheit kein Geld mehr.«

Mit diesen Worten machte sie erneut den Versuch aufzustehen, denn ihre Verbindung zu diesem flegelhaften Rüpel belastete sie ständig mehr.

Offensichtlich sah er die Dinge aber anders.

»Sie werden mich bezahlen«, knurrte er, »oder ich gehe zu Belloch.«

Angst schnürte ihr die Kehle zu, ihre ungestüme Wut jedoch war ungebrochen. »Um ihm was zu erzählen?«, forderte sie ihn heraus.

An diesem Punkt geriet seine Selbstsicherheit ein wenig ins Wanken, verlor sich jedoch nicht ganz – genauso wenig wie seine boshafte Aggressivität. »Es ist mein Beruf, solche Dinge herauszufinden«, versicherte er ihr. »Nennen sich selbst Rillieux, was, und kennen noch nicht mal den Nachnamen Ihres eigenen Bruders? Vielleicht sollte ich mich auch mal um diesen angeblichen Onkel von Ihnen kümmern?«

Seine Drohung jagte ihr einen Schauer in die Gliedmaßen, sie konnte lediglich hoffen, dass er sich in anderen Dingen als genauso unfähig erwies wie in ihrer Angelegenheit. Einen Moment lang konnte sie die Verzweiflung derjenigen nachempfinden, die sich fragen, ob eine Sache überhaupt der Mühe wert ist. So viele Behinderungen, so viele Fallen und Hindernisse brachte ihr dieser träge, habgierige Mann ihr entgegen.

In diesem Moment jedoch richtete sich ihr Blick auf einen anderen Mann, der die Terrasse überquerte. Er bummelte langsam durch die Menschenmenge, während er eine Ausgabe der *Leslie's Illustrated Weekly* durchblätterte. Sie konzentrierte sich auf das Fettgedruckte einer ganzseitigen Anzeige auf der letzten Seite: *WHAT ABOUT BUB'N'SIS?*

Die altbekannten Worte in genau diesem Moment zu lesen, verschleierte auf der Stelle ihre Augen mit heißen Tränen. Die beliebte Phrase wurde von jedem, vom Politiker bis hin zum Werbefachmann benutzt. »*What about bub'n'sis?*« hatte die Bedeutung von »*He! Lasst uns die Kinder nicht vergessen*« angenommen. Auch wenn es sich bei der Anzeige nur um Kommerz handelte, schnürte es ihr in genau diesem Moment die Kehle zu.

»Das haben Sie nun davon«, wagte Perkins unbeholfen zu äußern, nachdem er ihre Reaktion missgedeutet hatte und sich schuldig fühlte, sie zu sehr verängstigt zu haben. »Niemand will Ihnen etwas tun, Miss Rillieux, ich –«

»Schon gut, Mr. Perkins«, unterbrach sie ihn in gebieterischem Ton, während sie sich von der schmiedeeisernen Bank erhob. »Ich betrachte mein Abkommen mit Ihnen als beendet. Sollten Sie daran denken, Ihre absurde Erpressungsdrohung tatsächlich in die Tat umzusetzen, so vergessen Sie bitte nicht, dass Ehebruch ein Verbrechen ist und mit Gefängnis bestraft wird.«

»Sie haben nicht zum letzten Mal von mir gehört!«, schrie er ihr hinterher. »Zum Teufel mit Ihren Drohungen, wir haben einen Vertrag, und Sie werden auf die eine oder andere Art zahlen!«

# 13

Selbst das Wetter schien sich in Mrs. Astors weit reichendem Einflussbereich zu befinden. Der Samstagabend, den sie für ihren alljährlichen Opernball ausgesucht hatte, sollte sich als märchenhaft vollkommen erweisen, mit einem Himmel voll blinkender Sterne und einer seichten, warmen Brise. Mystere jedoch fragte sich, wann ihre Verzauberung schockartig ein Ende finden würde, indem Rafe Bellochs Prophezeiung in Erfüllung gehen und sie und Paul öffentlich als Betrüger und Kriminelle entlarvt werden würden.

»Menschenskind!«, rief Baylis aus, als er sie erblickte, wie sie an Rillieux' Arm aus dem Sandsteinhaus heraustrat. Die Kutsche wartete in einer Sackgasse. »Du würdest glatt ein kastriertes Pferd dazu bringen, sich wie ein Zuchthengst zu fühlen, Mädchen.«

»Baylis«, schnauzte Rillieux ihn mit gedämpfter Stimme an, »hör gefälligst im Beisein des Jungen mit diesem Schürzenjägergerede auf; du wirst ihn noch für die Arbeit verderben.«

»Was, den Schwachsinnigen hier?«, lachte Baylis höhnisch. Er meinte Hush, der neben der geöffneten Tür der Kutsche stand und sich unbehaglich fühlte, jedoch auch stolz war auf seine steife, neue, scharlachrot-goldene Livree und Schirmkappe. Der Anblick Mysteres in ihrem silberfarbenen Satinkleid mit den von Hand aufgenähten Kristallen, die plötzlich wie eine Vision aus dem Hause trat, hatte ihn in genau dem Moment gefesselt, als er die Tür noch weiter aufmachen wollte.

»Hush!« Ärger ließ Rillieux' Stimme schrill klingen. »Du bist nun ein Lakai, kein liebeskrankes Hündchen. Pass bloß auf, dass deine Augen dir nicht aus dem Kopf fallen, und stehe neben der Tür bereit. Wenn wir uns dir nähern, überprüfe gefälligst, ob das Trittbrett sicher unten ist. Dann hilfst du uns ganz einfach beim Einsteigen. Das ist alles. Glotz nicht wie ein Bauerntölpel und rede nicht, es sei denn, einer von uns spricht dich an.«

»Jawoll Sir!«

Der Junge beeilte sich, die Tür zu öffnen und das Trittbrett für sie herunterzudrehen, wobei er sich dazu zwang, Mystere im flackernden Schein der Gaslaternen nicht anzustarren.

Baylis stand mit seinen Händen in den Taschen in der Nähe und beobachtete sie alle, während er vor Vergnügen seinen Kopf schüttelte. Rillieux runzelte die Stirn angesichts des verlotterten Erscheinungsbildes des Kutschers.

»Wenn du schon unbedingt diesen lächerlichen Kragenbart tragen musst«, schnauzte er ihn an, »könntest du ihn nicht wenigstens kürzen?«

Baylis straffte die Schultern. »Darauf lass ich nix kommen, Chef. Ich muss schon genug von dem überheblichen Theater ertragen. In Europa sind es die königlichen Familien, in Amerika die Astors, überall die gleiche verdammte Geschichte – das ganze Land für ein paar große Lords. Ein armer Mann sollte wenigstens die Herrschaft über seinen eigenen verdammten Bart haben.«

»Deine politischen Ansichten sind mir vollkommen schnuppe«, brummte Rillieux, während er sich in der Kutsche niederließ und dabei auf seine Bügelfalten achtete. »Wir *berauben* die großen Lords, du Dummkopf. Ist dir das nicht Rache genug?«

»Doch«, wagte Baylis gerade noch zu äußern, bevor Hush die Tür schloss und auf den hohen Sitz kletterte. »Andere berauben sie, während du mit ihnen herumschwatzt und verdammt noch mal auch noch Gefallen daran zu finden scheinst.«

»Frecher Hund«, murmelte Rillieux, als Baylis seine Peitsche aus ihrer Befestigung nahm und das Pferdegespann in Bewegung brachte.

»Ich kann Baylis das nicht verübeln. Du genießt es tatsächlich, dich als einen der ›oberen Vierhundert‹ auszugeben. Es ist dir zu Kopf gestiegen, dass Mrs. Astor dich mag, und du redest mit Baylis und den anderen, als wären sie in der Tat unsere Diener.«

Sie forderte ihn nur selten derart heraus. Er runzelte seine Stirn so, dass seine silberweißen Augenbrauen sich berührten. In der schattenhaften Beleuchtung der Straßenlaternen sah sein Gesicht schmal, kantig und bedrohlich aus. Er überraschte sie jedoch, indem er lediglich in sanftem Ton erwiderte: »Wenn die Jungen nur wüssten, und die Alten nur könnten.«

Er beobachtete sie vielleicht dreißig Sekunden lang, ohne irgendetwas zu sagen. »Mystere, Baylis hält an seinen politischen Ansichten fest, weil sie den Armen Luftschlösser bieten, den ungebildeten Menschen, die weniger als ein Stück Dreck auf einer Müllhalde sind, um es geradeheraus zu sagen. Luftschlösser lassen sich jedoch nicht bewohnen, siehst wenigstens du das ein?«

Noch immer sagte sie nichts. Als spürte er ihre verwirrte Stimmung, wurde Rillieux sogar noch geduldiger.

»Und was dein ständiges Lamentieren in der letzten Zeit angeht, dass ich die anderen als Diener behandele – so denk doch bitte nur einen Moment nach. Ich *muss* ein strenges Regiment führen. Was passiert wohl in dem Moment, in dem einer von ihnen vor der verkehrten Person einen Fehler macht und irgendjemand unser Spiel durchschaut! Ein vollendeter Schauspieler übernimmt eine Rolle und *lebt* sie dann auch, um überzeugend zu sein.«

»Da haben wir's schon wieder, dass du Langfingerei mit Kunst vergleichst.«

»Junge Frau, was ich dir beigebracht habe, ist in der Tat Kunst, und du bist eine Künstlerin, ob du es nun glaubst oder nicht. Ist dir noch nie aufgefallen, auf welch minimalem Stand ich unsere angeblichen Hausangestellten halte? Mystere, selbst ein normaler Mittelklassehaushalt hat heutzutage in der Regel vier bis sechs Bedienstete. Die Haushalte der ›oberen Vierhundert‹ beschäftigen zwei bis drei Mal so viele. Mrs. Astor hat taktvoll über unseren Mangel an einem eigenen Gärtner und einer Zofe hinweggesehen, aber die Einstellung eines Lakaien war unumgänglich.«

»Du hast vermutlich Recht«, gab sie ein wenig nach, wenn auch widerwillig. »Aber du erwähntest Luftschlösser – unser eigenes Haus ist aus Karten gebaut und muss irgendwann einmal zusammenfallen.«

»Mein Herz, sollte ein Mann vielleicht aufhören zu essen, nur weil er eines Tages an einem Knochen ersticken könnte? Unser Beruf ist nichts für solche, die sich über Katastrophen Gedanken machen, die passieren *könnten.* Man kann darüber jammern, dass der beste Freund tot ist, man kann aber auch freudig verkünden, dass er einst gelebt hat. Beide Aussagen sind gleich wahr, wie man sich jedoch entscheidet, es zu betrachten, das unterscheidet die

Glücklichen im Leben von den Unglücklichen. Verstehst du, was ich meine?«

Seltsam genug, aber sie tat es. Manchmal war das, was er sagte, sehr vernünftig – sie konnte die Richtigkeit seiner Äußerung erkennen. Und dank seiner Schulung hatte sie gelernt, alles unter Kontrolle zu halten, nur ihre Gefühle nicht, die ließen sich nicht zügeln. Vor allem das Gefühl der Angst, denn sie bezweifelte ernsthaft, dass eine positive Einstellung aus Rafe Belloch jemals etwas anderes machen würde als das, was er war – eine ernsthafte Bedrohung für jeden, der sich ihm in den Weg stellte.

»Lass es nicht zu, dass dein Herz dir schwer wird«, fuhr Rillieux mit seiner beruhigenden, Respekt einflößenden Stimme fort. Seine dunklen, ausdrucksvollen und bezwingenden Augen brannten sich in ihr Inneres, und die jahrelange Unterwerfung brachte sie rasch in seinen hypnotischen Bann. »Heute Abend wirst du Sylvia Rohrs Brosche nehmen. Du wirst das schnell erledigen und schon längst nicht mehr in ihrer Nähe sein, wenn sie sie vermisst. In Ordnung?«

Sie nickte. »In Ordnung.«

»Braves Mädchen. Denk nur immer daran: Gehe sicher, dass deine Augen deine Bewegungen oder Absichten nicht verraten. Benutze irgendeine natürliche Ablenkung zu deiner Tarnung. Handle selbstsicher, schnell und fließend.«

Sie nickte erneut, gehorsam wie immer und allem Anschein nach wie das dünne Schilfrohr, das sich unter seinem Willen gebeugt hatte.

Am heutigen Abend würde sie jedoch nur stehlen, um Paul zu beschwichtigen. Beim nächsten Mal würde es dann Antonia Butlers schöner Smaragdring sein, und Mystere hatte vor, nach seinem Verkauf das Geld für sich selbst zu behalten – für Bram.

Jede von Mrs. Astors Veranstaltungen zog die Aufmerksamkeit der Presse auf sich. Am heutigen Abend jedoch, erkannte Mystere schnell, waren die Reporter in Scharen erschienen – zum einen natürlich, um die Erhabenen in ihrer Eleganz zu begaffen, was sie jedoch in Wirklichkeit geifern ließ, war die Hoffnung auf weiteren Klatsch über Lady Moonlight.

Sogar sie selbst, die sie abgestumpft war gegen den falschen Glanz der High Society, war beeindruckt von der Einladungsliste zum Ereignis dieses Abends. Noch bevor ihr Fahrzeug überhaupt das Astor Place Opera House erreicht hatte, befanden sie sich schon inmitten eines Gedränges teurer Kutschen, Zweisitzer, Kaleschen und anderer Fahrzeuge, die alle in Richtung Opernhaus fuhren und somit einen Verkehrsstau verursachten.

»Nun mach schon! Oder bist du mit dem verdammten Straßenbelag verwachsen, Bursche?«, schrie Baylis dem Kutscher direkt vor ihnen zu. Er fügte noch eine ganze Reihe von Beschimpfungen hinzu, worauf Rillieux wütend mit seinem Spazierstock gegen das Kutschendach hämmerte.

»Werde nicht ausfallend, Baylis!«, rief er nach draußen.

Im Gegensatz zu Pauls Gereiztheit und trotz ihrer Angst vor einem Wiedersehen mit Rafe Belloch verspürte Mystere ein bewegendes Gefühl der Vorfreude. Eine berühmte Kompanie aus Madrid sollte Bizets *Carmen* aufführen, eine ihrer Lieblingsopern.

Als sie sich Stück für Stück dem Opernhaus näherten, zog Rillieux den Vorhang beiseite.

»Dort ist Inspector Byrnes«, sagte er mit grimmiger Mine. »Er geht zwar alleine hinein, aber sei versichert, dass er der Astor-Loge vorstehen wird.«

»Um nach Lady Moonlight Ausschau zu halten«, bemerkte sie, die Ironie des Ganzen verspürend. »Und er wird nicht ein einziges Mal den Verdacht haben, dass er eine Loge mit ihr teilt.«

Sie hatte natürlich angenommen, dass sie sich mit Paul gemeinsam in unmittelbarer Gesellschaft der Astors befinden würde. Nun jedoch räusperte er sich mit ausweichendem Blick.

»Du wirst während der Vorstellung nicht bei uns sitzen, meine Liebe. Ich vergaß ganz, das zu erwähnen.«

»Warum werde ich das nicht?«

»Nun, du hast sicherlich davon gehört, dass der Duke und die Duchess of Granville mit großem Gefolge die Stadt besuchen. Viele aus Carolines engerem Kreis werden in den angrenzenden Logen sitzen müssen.«

*Mit Ausnahme meiner Wenigkeit,* schien sein selbstgefälliger Ton hinzuzufügen.

»Und mit wem werde ich zusammensitzen?«, fragte sie, plötzlich misstrauisch geworden.

»Oh, irgendjemand wird dich schon zu sich einladen.« Er tat die Frage mit einem Achselzucken ab. »Da habe ich nicht den geringsten Zweifel.«

»Hmm«, war alles, was sie sagte, obwohl sie befürchtete, dass Verrat im Gange war.

Endlich waren sie an der Reihe, auszusteigen, und zu viel Sehenswertes und Aufregendes lenkten sie ab. Hush war hinuntergesprungen und wollte ihnen hinaushelfen, er wurde jedoch von einem würdevollen Portier in einer mit goldenen Borten besetzten Livree und dem Astor-Wappen beiseite geschubst.

Die gesamte Elite der oberen Stadtbezirke war erschienen. Bei einem flüchtigen Rundblick entdeckte Mystere den Stahlmagnaten Andrew Carnegie, mehrere Personen aus dem Vanderbilt-Clan sowie den zum Wall-Street-Inventar gehörenden George Templeton Strong. Ruhig und ernsthaft im Gespräch mit Strong erblickte sie Trevor Sheridan, dessen Schwester Mara nun die Duchess of Granville war. Sheridan war groß, breitschultrig und außergewöhnlich gut aussehend. Er war Ire durch und durch, aber man erzählte sich, dass er trotz seiner Öffentlichkeitsscheu erfolgreich gewesen war. Und dann hatte eine große New Yorker Schönheit sich in ihn verliebt. Er und Alana Van Alen Sheridan wurden als eine der großen Liebesheiraten des Jahrhunderts betrachtet. Wann immer seine Gemahlin sich nicht an seiner Seite befand, strahlte er eine ungeheure Grimmigkeit aus. Man sagte über ihn, dass er sein Lächeln genauso horte wie sein Geld; wenn jedoch Mrs. Sheridan erschien, verschwand seine Schroffheit sofort. Jeder konnte sehen, dass er noch immer – und jederzeit – nur Augen für sie hatte.

Und dort, auf ihrem Weg ins Opernhaus, befanden sich Caroline und Carrie, Mrs. Astor ganz die hoheitsvolle Matrone in ihrem Fuchsfellumhang. Antonia Butler ging in ihrer Nähe am Arm irgendeines langweiligen, kleinen englischen Grafen, mit dem Mystere einst getanzt und den sie danach wieder vergessen hatte. Er sah aus, als wäre sein Kinn halb weggeschmolzen, und er schien sich vor der Schönheit an seinem Arm zu fürchten.

Und dort – dort war Sylvia Rohr, und genau so, wie Paul es vorausgesagt hatte, trug sie die wunderschöne Schulterbrosche, die Mystere versprochen hatte, sich an diesem Abend »anzueignen«.

Sie schaute flüchtig nach links und wurde auf der Stelle durch den beherrschenden Blick Rafe Bellochs herausgefordert. Viele der älteren Männer, Paul eingeschlossen, trugen glänzende, seidene Zylinder und weite Hosen. Rafe hingegen hatte keinen Hut auf dem Kopf und trug Lackschuhe und eine engbeinige Hose, wie es bei den jungen Handelskapitänen zurzeit in Mode war.

»Ich wusste, dass Sie heute Abend hier sein würden«, sagte er, während er souverän zu ihr hinüberkam und sich vorbeugte, um ihr die Hand zu küssen.

Ihr Herz hämmerte in ihrer Brust, und in ihrem Mund konnte sie den metallischen Geschmack der Angst schmecken. Er war gefährlich. Er hatte sie zu sehr in Verdacht, und nun spielte er mit ihr wie eine Katze mit einer Maus. Es war gut, dass sie schon bald nicht mehr da sein würde.

»Woher konnten Sie wissen, dass ich hier sein würde, Mr. Belloch? Haben Sie vielleicht die telepathischen Künste von meinem Onkel gelernt?« Ihre Stimme klang sicher und verriet nichts von ihrer Angst.

»Nichts derart Okkultes, Miss Rillieux. Es ist nur ziemlich vorhersehbar, dass eine Dame mit Ihrem … interessanten geheimen Leben den Charakter einer Carmen anbetet.«

»Oh ja, entschuldigen Sie. Ich hatte ganz vergessen, dass ich ja Lady Moonlight bin«, sagte sie in spöttischem Ton.

»In der Tat. Und schließlich ist Carmen ja eine hinterlistige Verführerin, die alle Männer um sich herum betrügt.«

Kühn erwiderte sie seinen Blick. »Mir gefällt der Stierkämpfer sehr viel besser, der sie ersticht.«

Er legte ihren Arm in den seinen, noch bevor sie ihn wegziehen konnte. »Er ist auch mein Favorit. Ich beglückwünsche Sie zu Ihrem guten Geschmack, meine Dame, wenn ich auch darüber nachdenke, ob ich diese gefährliche

Schönheit nicht lieber nach Waffen absuchen sollte, bevor ich meine Loge mit ihr teile.«

»*Ihre* Loge?« Sie blieb stehen.

»Ja, es ist alles arrangiert«, verriet er ihr, nachdem die Sache anscheinend schon beschlossen worden war. Dann wurden seine Stimme und seine Augen weicher. »Sie sehen wunderschön aus heute Abend. Wie immer.«

Wir betäubt erlaubte sie ihm, sie ein weiteres Mal zu begleiten, denn sie wusste, dass sie von allen beobachtet wurden. Obwohl sie sich ganz und gar nicht danach fühlte, rang sie sich ein zuversichtliches Lächeln ab und sagte: »Wie freundlich von Ihnen, aber ich fürchte, dass ich im Vergleich zu Antonia lediglich wie eine unscheinbare graue Maus aussehe. Ich hätte in jedem Falle Verständnis dafür, wenn Sie es vorziehen würden, irgendeine andere – «

»Ich ziehe es aber nicht vor«, unterbrach er sie und duldete keine weiteren Diskussionen.

Ihr Lächeln wurde schwächer. Schüchtern vor sich hin murmelnd, warnte sie ihn: »Sie laufen Gefahr, galant zu erscheinen, Mr. Belloch.«

Seine Hand auf ihrem Arm wurde zu Stahl. »Ich befürchte, dieser Eindruck wird schon bald wieder nachlassen.«

Die summende Menschenmenge bahnte sich langsam ihren Weg in das Foyer mit seinen wertvollen Teppichen und dem riesigen Porträt von John Jacob Astor in einem vergoldeten Holzrahmen mitten auf einer der Wände. Elektrische Lampen mit Schirmen aus Milchglas verbreiteten weiches, angenehmes Licht.

»Ich glaube, ich trau meinen Augen nicht«, bemerkte Mystere, die entschlossen war zu zeigen, dass Rafe sie nicht verwirrte. »Schauen Sie nur. Da ist Abbot, und er begleitet Caroline und Carrie. Und das, nachdem er erst vor drei Tagen von ihr exkommuniziert worden ist.«

»Oh, Mr. Abbot hat einen ungeheuren Einfluss auf Mrs. Astor«, versicherte Rafe. »Vergessen Sie nicht, dass sie seinem beißenden Snobismus voll und ganz zustimmt, solange er sich nicht gegen sie oder ihre Auserwählten richtet. Was Sie heute Abend sehen, ist seine öffentliche Buße. Er muss sie und Carrie geduldig begleiten, da der männliche Teil der Astors sich in der Oper langweilt. Sie scheinen keinen Anteil daran nehmen zu wollen.«

Angesichts dieser unbezweifelbaren Wahrheit musste Mystere lächeln, denn sie hatte Astor einst sagen hören, dass alle Opern weiblicher Unsinn seien »mit Ausnahme von der mit diesem gerissenen Gauner Figaro; *die* ist nun wirklich mal eine richtig famose Vorstellung.«

Rafe erwiderte ihren Blick. »Caroline wird ihn auf Herz und Nieren prüfen. Aber vergessen Sie nicht, ein Familienstammbaum, der so alt ist wie der der Abbots, lässt sich nicht so leicht entwurzeln, auch durch Caroline nicht. Da spielt es keine Rolle, dass er den größten Teil seines Vermögens vergeudet hat oder dass er sich geweigert hat zu heiraten und einen Erben zu hinterlassen.«

Und dann ließ Rafe seine ironische Maske fallen und pure Boshaftigkeit funkelte in seinen Augen. »Die einzige Todsünde für Caroline und ihresgleichen ist die Armut. Mit ihr konfrontiert schließen sich sofort ihre Reihen. Und was Abbot angeht, so wird er sich beugen, denn immerhin ist er ein Patriarch der ›oberen Vierhundert‹.«

»Genauso wie Sie, Mr. Belloch.«

»Genauso wie Ihr Onkel, Miss Rillieux.«

Sein Blick war drohend und spöttisch zugleich. Sie weigerte sich jedoch, sich von ihm einschüchtern zu lassen und hielt seinem Blick mit kühnem Trotz stand.

Die Spur eines Lächelns kam über seine Lippen. »Gut, das ist gut. Ich sehe, Sie haben beschlossen zu kämpfen. Es gefällt mir, mit Ihnen zu kämpfen.«

»Meinen Sie auf die Art und Weise, wie Sie mich auf dem Sanford-Ball zum Kämpfen brachten? Indem Sie sich mir wie ein betrunkener Rüpel aufzwingen?«

»Ah, das hat Sie also beschäftigt, Lady Moonlight?«

»Hier kommt gerade eine Frau, die Sie mit Sicherheit nicht abwehren würde«, bemerkte sie trocken und wich damit geschickt seiner Frage aus. Antonia hatte ihren langweiligen Grafen stehen lassen, um Rafe zu begrüßen. Sie trug ihren wunderschönen Smaragdring und Mystere musste sich dazu zwingen, ihn nicht begehrlich anzustarren. Schon *bald*, versprach sie sich selbst.

»Rafe Belloch, Sie herzloser Schuft«, begrüßte Antonia den Eisenbahnplutokraten, wobei sie Mystere mehr oder weniger ignorierte. »Sie zwingen uns Frauen wirklich, beschämend dreist zu sein, ist es nicht so?«

»Bei diesem britischen Weichei dort bei Ihnen werden Sie dreist sein *müssen«*, antwortete er mit kaum verhohlenem Zynismus. »Aber tun Sie ihm bloß nicht weh. Er sieht ziemlich zerbrechlich aus.«

»Das war Carolines eiserne Hand – sie hält uns alle von Ihnen fern, vor allem Carrie. Ob das ein Hinweis auf ihre Pläne ist? Diese schamlose Frau spart Sie auf, Rafe, und wer könnte ihr das verübeln?«

Was wirklich schamlos ist, dachte Mystere, ist dieses unverschämte, unschickliche Gespräch. Rafe grinste verschlagen wie ein Wolf.

Unglücklicherweise verpasste Mystere den Rest dieses

Gespräches, denn Abbot hatte sich von den Astor-Damen entfernt, um ihr etwas ins Ohr murmeln zu können.

»Ich habe diesen Mann« – seine feindseligen Augen richteten sich auf Rafe – »vom ersten Tag unserer Begegnung an nicht gemocht. Wir gaben uns die Hände, und ich soll auf der Stelle tot umfallen, wenn *seine* nicht schwielig war. Der Mann ist so gewöhnlich wie ein Kanalgräber. Sie haben etwas Besseres verdient, meine Liebe. Seien Sie vor ihm auf der Hut, denn er ist ein Schurke.«

Angst schnürte ihr die Kehle zu – also waren sie und Rafe Belloch inzwischen wirklich zu einem Gesprächsthema geworden. Auf die eine oder andere Weise jedenfalls.

»Passen Sie lieber selber auf«, erwiderte sie leichthin. »Caroline durchbohrt Sie schon mit ihren Blicken, weil Sie sich von ihr entfernt haben.«

Diese Frau ist ein Satan«, stimmte er ihr zu, während er sich umdrehte, um zu ihr zurückzugehen. »Aber sie ist durchschaubar, und ich kann auf ihr spielen wie auf einem Piano.« Er warf einen letzten Blick auf Rafe, der mit wildem Blick zurückstarrte.

»Sie dagegen«, winselte Abbot, bevor er floh, »haben es mit einem Casanova zu tun – noch dazu mit einem ziemlich impulsiven. Seien Sie vorsichtig!«

# 14

»Opernglas, Miss?«, fragte ein höflicher Platzanweiser und bot Mystere ein zierliches, vergoldetes Opernglas mit Perlmutteinlegearbeit an, als er sie zu Rafes Privatloge hinführte.

»Oh, diese junge Frau hat ganz ausgezeichnete Augen«, vermittelte Rafe, während er dem Mann eine Banknote in die Hand drückte und ihn fortwinkte. »Vor allem für alles, was funkelt.«

Angst versetzte ihrem Herzen einen Stich. Hatte sie ihn törichterweise sehen lassen, wie sie auf Antonias Ring starrte? Begab sie sich vielleicht gerade in die Höhle des Löwen? Es sah ganz danach aus. Sie würde jederzeit auf der Hut sein müssen.

»Was kann ich nur tun, um Sie davon zu überzeugen, dass ich nicht die dunkle und mysteriöse Lady Moonlight bin? Immerhin bin ich davon ausgegangen, dass wir uns heute Abend eine Oper anschauen, müssen wir also den ganzen Abend lang über dieses Thema reden?«, fragte sie matt und schaute sich im eleganten Innern des Astor Place um. Im oberen Bereich verführten romanische Bögen und überhängende Logen die Augen. Von dort aus schaute man auf steile Reihen samtener Plüschsessel hinunter, die sich verengten, je mehr sie sich der Bühne und dem Orchestergraben näherten.

Er lächelte wölfisch. »Aber gerade das macht doch Ihren

Reiz aus, meine Liebe. Von einer solchen Frau möchte ich verführt werden. Ja, den ganzen Abend lang und auch später noch. In der Zwischenzeit hätte ich gerne meine Krawattennadel wieder, wann immer es Ihnen passt.«

Sie beachtete ihn einfach nicht und schaute sich in der Opernloge um. »Hier haben noch vier Personen mehr Platz. Wer wird uns Gesellschaft leisten?«

»Mit Sicherheit nicht ihr angeblicher Onkel.«

Sie ignorierte ihn erneut und bemerkte dann leider seine Hand auf ihrem Rücken, als er ihr kavaliersmäßig half, sich zu setzen.

Er zog sie auf: »Nein, heute Abend befinden Sie sich allein in meiner Gewalt. Aber machen Sie sich darüber keine Gedanken, Sie raffinierte Schwindlerin. Ich warte darauf, Ihren Protest zu hören, denn ich hatte gerade ihren Onkel als angeblich bezeichnet.«

»Ich habe Sie gehört, Mr. Belloch; es ist nur so, dass ich es zu albern finde, Ihre fixen Ideen auch noch zu unterstützen. Haben Sie Beweise dafür, dass er nur angeblich mein Onkel ist, oder sind keine Beweise nötig, wenn ihr erhabenen Patriarchen Anschuldigungen erhebt?«

*Ihr.* Dieses Wort schien ihn wie eine Kugel zu treffen. Sein Mund verengte sich vor Wut. »Die Beweise sind schon unterwegs«, erzählte er ihr freiheraus. »Ein sehr fähiger Angestellter von mir hat ein paar Nachforschungen eingeleitet. Die Post geht inzwischen schon recht schnell den Mississippi rauf und runter. Ich erwarte täglich Neuigkeiten aus New Orleans.«

Trotz ihres Entschlusses, seinen Einschüchterungsversuchen zu widerstehen, ließ diese Ankündigung sie blass werden. Er lachte. »Ich glaube, in den Frauenblättchen nennt man das ›Erbleichen‹.«

»Na und, selbst wenn ich wirklich erbleicht bin. Wie sollte ich denn anders reagieren, wenn ich erfahre, dass ein anscheinend besessener Mann in meiner Vergangenheit herumspioniert?«

»Was sollte einem unschuldigen, unerfahrenen und flachbrüstigen Mädchen wie Ihnen das schon ausmachen?«

Sie warf ihm einen schneidenden Blick zu. »Können wir nicht wenigstens meine Brust aus dem Spiel lassen?«

Er lachte. »Das versuchen Sie ja die ganze Zeit über schon, nicht wahr? Es ist Ihnen übrigens eine ziemlich geschickte Verkleidung gelungen, denn soweit ich mich erinnere, hatten Sie in Five Points eine ganze Menge zu bieten.«

»Sie sind absolut widerlich«, verkündete sie mit kalter, wütender Stimme und ignorierte ihn ostentativ, während sie die versammelte Menge unter sich betrachtete. Zu denjenigen, die nicht privilegiert genug waren, in den Logen sitzen zu können, gehörten Thelma Richards, Dr. und Mrs. Charles Sanford, Jared Maitland und seine Frau Constance, Garret und Eugenia Teasdale ...

Ihre Konzentration ließ jedoch nach, als sie sich bewusst wurde, dass er sie weiterhin mit einem selbstgefälligen, wissenden Blick beobachtete, der sie wütend machte.

»Ich würde gerne etwas wissen«, meinte er. »Sam, dieser findige Angestellte von mir, den ich Ihnen gegenüber eben erwähnte, hat mir schon einige Dinge über Sie erzählt. Ist es wahr, dass Sie mit einem Vollblutpferd genauso gut umgehen können wie ein Mann? Ich habe gehört, dass Sie auf dieser noblen Schule in England, auf die Rillieux Sie geschickt hatte, die Fuchsjagd erlernt haben?«

»Ja, ich reite sehr gut, danke, aber das ist kein Geheimnis, Mr. Belloch.«

»Kein Wunder also, dass Sie mich während unserer Tänze mit solch anmutiger Stärke geführt haben. Sie sind es offensichtlich gewohnt, die Führungsgewalt innezuhaben.«

Er lehnte sich zu ihr hinüber.

»Ich bin jedoch kein Tier, das Zaumzeug und Geschirr gewohnt ist.« Er schockierte sie, indem er sanft ihren Nacken massierte, darauf achtend, dass niemand diese Unschicklichkeit sehen konnte. »Die Dirne, die mich in Five Points ausgeraubt hatte,« vertraute er ihr mit leiser Stimme an, »ist ebenfalls recht anmutig gewesen.«

»Dirne? Sie ist also obendrein noch eine Prostituierte gewesen?«, fragte sie steif und betete, dass das unaufhörliche Prickeln, mit dem seine Finger sie elektrisierten, nicht auch noch ihren Rücken hinunterlaufen und ihren ganzen Körper erhitzen würde.

»Sagen *Sie* es mir.«

Mystere bewegte sich nicht. Ihre Gedanken überschlugen sich.

Er ist argwöhnischer denn je, erkannte sie. Warum? Einen flüchtigen Moment lang dachte sie an Lorenzo Perkins und seine verschleierten Erpressungsdrohungen, nachdem sie ihn gefeuert hatte.

»Es ist schade für Sie, dass Sie sie nie näher kennen gelernt haben«, schlug sie zurück, während sie mit ihrer eigenen Hand über ihren Nacken fuhr und die seine dadurch wegschob. »Sie sind offensichtlich ziemlich vernarrt in sie.«

Seine Augen fixierten sie. »Sie war in der Tat wohlgestaltet. Ihre Verwegenheit gefiel mir, aber sie hatte dringend einen Aufpasser nötig.«

»Weil sie Sie überlistet hat?« Ihre Blicke trafen sich. Sie war eine Närrin, nun genau die Verwegenheit an den Tag zu legen, die er gerade gepriesen hatte; es war jedoch befreiend und berauschend zugleich. Sie war keine sich zierende Debütantin, die bei jedem seiner finsteren Blicke gleich weglief. Ihre einzigen wirklichen Ängste waren die vor der Polizei und vor Rillieux, und beide saßen zusammen mit Mrs. Astor in einer Loge.

Er neigte seinen Kopf zurück und lachte leise. Die starke und – Pollard hatte in der Tat Recht gehabt – schwielige Hand schob sich zurück in ihren Nacken. Dieses Mal jedoch mit festem Griff. »Sie hat mich nicht nur einmal überlistet, sondern gleich zweimal. Ich freue mich schon auf den Moment, in dem ich ihr zeigen kann, wer ihr Meister ist.«

Sein Ton wurde plötzlich hart und ließ sie den Entschluss fassen, so bald wie möglich mit Paul zu reden. Sie musste ihn von der Gefahr überzeugen, in der sie schwebten, vor allem, wenn Rafe aus New Orleans hören würde. Gerade in diesem Moment konnte sie seinen eleganten weißen Kopf unter denen in der Astor-Loge sehen. Würde er ihr Gehör schenken?

Dann fiel ihr eine unheilvolle Bemerkung Pauls über »einen Unfall« ein, der Rafe Belloch zustoßen könnte. Würden Neuigkeiten durch Rafes Nachforschungen in New Orleans Paul dazu veranlassen, mehr Vorsicht walten zu lassen, oder würde er stattdessen Evan und Baylis beauftragen, ihm zuzusetzen? Egal wie verwerflich sie Rafes Gerede und sein Benehmen auch fand, so lehnte sie es doch ab, bei Gewalttätigkeiten gegen ihn oder irgendjemand anderen mitzuspielen.

»Ihre Faszination diese Sache betreffend ist unklug, Mr. Belloch. Ich bin nicht die Abenteurerin, die Sie sich vorstellen. Ich bin lediglich eine Debütantin – wohl kaum die Art von Frau, die sich für einen Skandal oder für eine

Romanze eignet. Ich muss Sie also darauf hinweisen, dass Ihre Bemühungen jämmerlich fehlschlagen.«

Die Hausbeleuchtung ging aus, und die Oper fing an. In der Dunkelheit stellte Rafe jedoch eine noch größere Bedrohung dar. Er lehnte sich näher an sie heran. So nah, dass sie seinen Atem an ihrer Schläfe spüren konnte und seinen starken Oberschenkel an dem ihren. Verflixt, er streichelte ihre Wange mit der Zärtlichkeit eines Liebhabers.

»Sie sind kein Schulmädchen mehr. Schauen Sie mich an.«

Sie gehorchte seinem Befehl, ihre Augen blickten jedoch selbst im Dämmerlicht noch wachsam.

Er nahm ihr Gesicht in beide Hände. Wenn das Licht angeschaltet gewesen wäre, so hätte sie sich gewehrt. Niemand jedoch konnte sie im Dunkeln sehen, halb versteckt hinter dicken Samtvorhängen.

»Bitte, Mr. Belloch.«

»Rafe. Mein Name ist Rafe.«

Eine Woge unerwünschter Erregung erfasste sie. Sie durfte sich wahrlich nicht nach seinen Händen auf ihrem Gesicht sehnen oder nach der Vertraulichkeit, ihn beim Vornamen nennen zu können; der Gedanke daran erregte sie jedoch. Und sie wusste nicht einmal warum. Sie spürte, dass sie verletzlicher war, als sie jemals vermutet hätte.

»Bitte, Rafe«, bettelte sie fast. »Ich bin nicht die Richtige für Sie. Ihre Faszination könnte für uns beide sogar gefährlich werden. Glauben Sie mir, ich kann Ihnen nichts Gutes geben –«

»Sie geben mir eine Natürlichkeit, die ich selten unter diesen Menschen hier gesehen habe. Ich kann nichts dafür, wenn ich mich davon angezogen fühle.«

»Es gibt keine Natürlichkeit. Keine wirkliche, ehrliche«, flüsterte sie, ihre Stimme rau von unvergossenen Tränen.

»Sie irren sich«, flüsterte er zurück, bevor seine Lippen sich auf die ihren pressten.

Der Kuss war fordernd und ausdauernd. Sie wollte fliehen, sein eiserner Griff ließ jedoch nicht nach. Langsam zwang er ihren rebellischen Mund, sich zu ergeben. Ihre Lippen teilten sich und gaben ihm den Weg frei.

Seine Zunge drang in sie ein, erforschte ihren Mund, bis ihre Lenden schmerzten. Bebend ließ sie sich gegen ihn fallen; ihr Atem war unregelmäßig und schwer, ihr Herz pochte so heftig, dass sie glaubte, es müsste zerspringen.

»In Five Points haben Sie das Spiel eines Schurken gespielt, Lady Moonlight«, flüsterte er in ihr Haar hinein, als sie sich wieder trennten. »Das bedeutet aber auch, dass Sie die Spielregeln der Schurken respektieren müssen. Verstehen Sie, es ist sehr viel besser einen Mann zu töten und mit ihm fertig zu sein, als ihn zu beschämen und zur Rache zu zwingen.«

»Entweder, Sie sind vollkommen verrückt, oder Sie machen sich über mich lustig«, flüsterte sie zurück. »Ich bin mir nicht sicher was von beiden, aber ich warne Sie! Ich bin für diese Spielchen nicht zu haben; sie sind gefährlich, das sage ich Ihnen, gefährlich.«

»Sie sind es, die sich in Gefahr befindet, Mystere.« Seine Stimme wurde dunkel und voll. »Ich ertappe mich dabei, dass ich Sie haben will. Und ich bekomme immer, was ich haben will.«

Am liebsten hätte sie ihren Kopf in ihre Hände gelegt und geweint. Stattdessen wendete sie sich nur stöhnend von ihm ab. »Dann sind Sie ein Narr«, sagte sie zu ihm, während sie die ganze Zeit über an Rillieux und seinen mörderischen Plan denken musste.

»Ich kann Ihnen versichern, dass ich mich noch nie in meinem Leben für eine Frau zum Narren gemacht habe, aber andererseits habe ich auch noch nie eine Frau wie Sie kennen gelernt, Lady Moonlight. Sie rauben den Frauen die Juwelen und den Männern den Verstand.«

Ein Schluchzer blieb ihr in der Kehle stecken. Unfähig zu sprechen, legte sie die Finger auf ihren Mund, der noch von seinem Kuss brannte. Seine bedrohliche Gegenwart hinderte sie daran, die Oper zu genießen. Obwohl es eine spektakuläre Produktion war, Gesang, Kostüme, Bühnenbilder und Beleuchtung überwältigend, fühlte sie sich doch durch ihre Situation so unbehaglich, dass sie es nicht genießen konnte. In ihrem Innern wütete eine Flut von Gefühlen.

Während der Pause blieb Rafe ihr wie ein Schatten auf den Fersen, als wollte er sie herausfordern, direkt in seiner Nähe etwas zu stehlen. Sie überlegte gerade, ob sie nicht vielleicht genau das tun sollte, als Carrie Astor sich einen Weg durch das überfüllte Foyer bahnte, um sich zu ihnen zu gesellen.

»Gefällt Ihnen die Vorstellung?«, begrüßte sie sie.

Mystere, die damit beschäftigt war, Sylvia Rohr und ihre Brosche ausfindig zu machen, antwortete zerstreut: »Ja, es ist wundervoll. Vor allem der Tenor gefällt mir.«

»Ist das wahr?«, verspottete Rafe sie. »Nun, ich habe im letzten Sommer Colonel Codys neue Wild-West-Schau gesehen, und diese Produktion heute Abend ist sehr ähnlich. Ein großes Spektakel. Was noch fehlte, wären ein paar Wilde mit Kriegsgeschrei.«

Seine Augen verengten sich vielsagend. »Obwohl das eigentlich gar nicht so schlecht wäre – ein paar Indianer würden sich mit Sicherheit als unterhaltsam erweisen«, endete er nachdrücklich, indirekt Mystere anklagend.

Sie konnte ein plötzliches Erröten nicht verhindern, denn er ließ sie wissen, dass er verstanden hatte, was sie im Schilde führte. Er lachte sie an, die arme Carrie schien verwirrt.

»Meine Mutter bat mich, Sie daran zu erinnern«, sagte sie, kurz bevor sie wieder ging, »dass sie ein spätes Abendessen und Cocktails in unserem Hause ausrichten wird.«

»Oh, wir werden beide dort sein«, versicherte Rafe ihr. Er erhebt bewusst seine Stimme, dachte Mystere, damit einer der Klatschkolumnisten es ebenfalls hören kann.

Da Rafe sie wie ein Gefängniswärter beobachtete, hatte sie keine Gelegenheit, sich Sylvia zu nähern. Und inzwischen hatte seine ständige Wachsamkeit ihre Nerven bis zum Zerreißen gespannt. Kurz bevor das Licht gedämpft wurde, um das Ende der Pause zu signalisieren, traf Inspector Byrnes' Blick den ihren.

Seine Augen streiften sie nur kurz und bewegten sich sofort wieder weiter, trotzdem aber berührten eisige Finger ihr Herz. Plötzlich schienen alle sie aus verschlagenen, misstrauischen Augen anzusehen. Und Rafes Worte hallten drohend in ihren Gedanken wider: *Die Post geht inzwischen schon recht schnell den Mississippi rauf und runter.*

Wenn auch all dies auf ihren Gedanken lastete, so bemerkte Mystere schließlich doch, dass sie für einen Augenblick von dem Drama, das sich unter ihr auf der Bühne abspielte, mitgerissen wurde – vor allem von der Musik des schwungvollen Toreroliedes.

Das mächtige Schlagen der Kesselpauken, das klagende Weinen der Violinen, und plötzlich sah sie sich wieder zusammen mit Rafe auf den mondbeschienenen Hudson zutanzen. Sein fordernder Kuss brannte erneut auf ihren Lippen. Und wieder überkam sie dieses seltsame Gefühl, das die ganze Zeit über verschwunden war; es gab nur noch diese vibrierende Freude in ihr, ihr Herz pulsierte wild *ich will, ich will.* Dieses Gefühl, dass auch ihr eigenes Leben ein Tanz war, erfasste ihren ganzen Körper.

Dann schaute sie zu Rafe hinüber und seine wachsamen, spöttischen Augen verursachten in ihr wieder die schon bekannte Angst. Das Orchester verlangsamte das Tempo, und Rafe neigte sich nahe zu ihr herüber, um ihr ins Ohr flüstern zu können.

»Sie haben schon etwas gestohlen, nicht wahr?

»Natürlich«, log sie flüsternd. »Ich bin doch Lady Moonlight, erinnern Sie sich nicht?«

»Es ist irgendwo an ihrem Körper versteckt, aber wo?«

»Ruhe, ihr zwei«, zischte Caroline aus der angrenzenden Loge hinüber.

Rafe brachte jedoch lediglich seine Lippen noch näher an sie heran, bis sein heißer Atem ihre Wange streifte. »Wo ist es versteckt?«, wiederholte er.

Sie schüttelte den Kopf und tippte mit dem Zeigefinger auf ihre Lippen, um ihn zu ermahnen, still zu sein. Rafe lächelte sie nur an und rückte seinen Stuhl näher heran. Sie erkannte warum, als sein rechter Arm sich direkt oberhalb der Taille um sie herumlegte und sie beim Schock der Berührung nach Luft schnappen ließ.

»Ich hatte Sie höflich gefragt«, murmelte er. »Nun durchsuche ich Sie.«

»Das werden Sie nicht!«, protestierte sie scharf, während sie seine rechte Hand mit ihrer Linken ergriff und versuchte, seinen Griff zu lösen.

»Pst«, antwortete er, mit dem Zeigefinger auf seine Lippen tippend in Verspottung ihrer Ermahnung, die sie ihm wenige Sekunden zuvor gegeben hatte.

Bei ihrem Versuch, seine Hand zu entfernen, bemerkte sie erneut, wie rau diese war. Seine Hand fing an, sich zu ihrem Oberschenkel hin zu bewegen, und trotz ihrer Empörung spürte sie doch auch diese erotische Reaktion auf seine intime Berührung.

Ihr Atem wurde schneller, und wenn sie auch noch starken Widerstand ausübte, so war sie doch insgeheim fast schon bereit, dieses neue Gefühl zuzulassen, dieses glühende Anzeichen von Verlangen an einer Stelle, der seine aufdringlichen Finger nun schamlos näher kamen.

Plötzlich jedoch überraschte er sie, indem er seine Hand schnell nach oben gleiten ließ und nur um Haaresbreite vor einer Entdeckung ihrer stramm eingeschnürten Brust halt machte.

Panikartig fing sie an, mehr Druck auszuüben, um seine Hand wegzuschieben.

Rafe war so amüsiert, dass er ein stillvergnügtes, leises Lachen von sich gab. Carolines Gesicht drehte sich in ihre Richtung, und trotz der schwachen Logenbeleuchtung konnte man ihre verärgerten Gesichtszüge erkennen.

Erneut drückte er seine Lippen an Mysteres Ohr. Diese Berührung war erregend und äußerst unangenehm zugleich.

»Zeigen Sie mir all Ihre Schätze, Lady Moonlight«, flüsterte er aufreizend, seine Lippen eine sanfte Liebkosung an ihrem Ohr. »Lassen Sie uns eine Wette abschließen, kleine Schönheit. Erlauben Sie mir, meine Hand nur zwei Zentimeter höher zu schieben. Wenn mein Verdacht gegen Sie falsch ist, so werde ich eine jungfräuliche Braut erworben haben. Stellt er sich jedoch als richtig heraus, so werde ich eine Verräterin überführt haben. Was sagen Sie dazu?«

Die Post aus New Orleans, das wurde ihr in diesem Moment atemloser Angst bewusst, war nur eine ferne Bedrohung verglichen mit der momentanen Gefahr. Ihre einzige Chance war die, auf die Kunstfertigkeit der Täuschung zurückzugreifen, die Rillieux ihr beigebracht hatte.

»Wie Sie wollen, mein Herr«, flüsterte sie zurück und schaute ihm kühn in die Augen. »Aber ein Gentleman steht zu seinem Wort, und ich nehme Ihre Wette für bare Münze. Wenn Sie unrecht haben, dann muss ich darauf bestehen, dass Sie mich meiner Ehre wegen heiraten. Ich denke, die Androhung einer Heirat wird Ihrer Hand Einhalt gebieten, Rafe Belloch.«

Mutige Worte.

Ihr Herz setzte jedenfalls die nächsten paar Schläge aus, und zwar so lange, wie ihr Schicksal in der Schwebe hing.

Sie blickten sich weiterhin gebannt in die Augen. Als wollte sie sich ihre Zuversicht selbst beweisen, entfernte sie ihre Hand von der seinen. Nun hielt ihn nichts mehr zurück – eine kleine Bewegung und er würde die Angelegenheit ein für alle Mal aus der Welt geschafft haben.

Aus Gründen jedoch, die sie nicht ermessen konnte – es sei denn, er war einfach nur weniger zynisch und verderbt, als er vorgab zu sein – nahm er plötzlich seine Hand weg.

»Ach, es ist doch die Spannung, die das Leben interessant sein lässt«, kapitulierte er. »Und was Ihren Körper angeht – die Zeit wird kommen, da werde ich sehr viel mehr über ihn erfahren, als ich das hier in der Oper tun kann.«

»Bei Antonia Butler haben Sie da bessere Aussichten. Sehr viel bessere sogar«, antwortete sie mit Nachdruck.

»Vielleicht. Irgendetwas jedoch verrät mir, dass Ihr Körper eine andere Meinung vertritt als Ihre frömmlerischen Worte.«

Inzwischen gab keiner von beiden mehr vor, das Drama zu verfolgen, das sich auf der Bühne abspielte, wo Carmen gerade aus dem Gefängnis geflohen war. Angefangen hatten sie zwar im Flüsterton, in ihrer Wut war Mysteres Stimme jedoch lauter geworden. Mrs. Astor warf ihr erneut einen tadelnden Blick zu. Mystere konnte einem letzten Seitenhieb aber nicht widerstehen.

»Sind Sie wirklich menschlich, Mr. Belloch, oder sind Sie einfach nur emotionslos? Haben Sie jemals irgendjemanden geliebt?«

Einen Moment lang wurde sein Gesicht sichtbar zornig. Und wie sie gerade dabei war herauszufinden, kam mit dem Zorn auch die Gefahr. »Das ist gut, ausgerechnet aus Ihrem Munde. Soll ich den Platzanweiser etwas Wasser holen lassen, damit Sie mich taufen können?«

Bevor Sie jedoch antworten konnte, betrat Mrs. Astor plötzlich ihre Loge.

»Ihr zwei stört die Oper«, verkündete sie in ihrem Achtung gebietenden Ton. »Rafe, schieben Sie Ihren Stuhl dorthin zurück, wo er hingehört. Ich werde mich für den Rest der Aufführung zwischen Sie setzen. Jetzt haben Sie beide es mit mir verscherzt.«

# 15

Rafe Belloch holte tief Luft, entspannte seinen Körper und schaute vorsichtig am Lauf seiner Pistole entlang. Langsam schob er den Abzugshahn hoch, bis die Waffe in seiner Faust ruckte.

Er feuerte sechs Mal, bis das Magazin leer war.

Sam Farrell schaute durch das Fernglas, um die in fünfzig Yards Entfernung stehende Zielscheibe zu untersuchen.

»Chef, Sie schießen mit der Pistole genauso gut, wie Sie Ihre Geschäfte führen«, berichtete er. »Zuverlässig ins Schwarze. Sechs Schüsse genau ins Zentrum.«

Rafe ließ die Ladesperre seiner speziell für ihn angefertigten belgischen Pistole aufschnappen und drückte mit dem Daumen Patronen in die leeren Kammern. »Mein Vater hat mir das Schießen beigebracht, Sam. Er war Truppenoffizier während des Krieges zwischen den Staaten, wissen Sie.«

»Ja, ich weiß«, antwortete Sam, als würde er Informationen von einer Karteikarte ablesen. »Das fünfzehnte New Yorker Schützenregiment. Er wurde dreimal verwundet und bekam die Kriegsverdienstmedaille für Tapferkeit in Cold Harbor verliehen.«

Rafe lächelte. »Sie verblüffen mich. Entgeht Ihnen eigentlich niemals etwas?«

Einen Moment später verschwand jedoch das Lächeln,

als er hinzufügte: »Ein Mann steht angesichts des feindlichen Feuers aufrecht da und tötet sich dann, um der Schande der Armut zu entgehen. Da fragt man sich doch, was Mut nun wirklich ist, nicht wahr?«

»Einen bewaffneten Feind zu töten, ist eine Sache; ein Schreckgespenst im Kopf zu töten, eine andere.«

»Ja«, stimmte Rafe leise zu. »Guter Punkt. ›Töte mir das Schreckgespenst‹.«

Er sicherte die Pistole und ließ sie in ein Klappenhalfter gleiten, das er über seiner Schulter hängen hatte. Sein privater Schießplatz befand sich an der Nordostküste von Staten Island, eingekeilt zwischen dem Hauptgelände von Garden Cove und der Upper Bay.

»Schon gefrühstückt?«, fragte Rafe seinen Sekretär.

Sam schüttelte den Kopf. »Ich habe fast den ganzen Morgen in meinen Räumen damit verbracht, die Zeitungen sorgfältig durchzuschauen.«

»Ah, Sie sind ein tüchtiger Mann. Einer von uns beiden muss diese verdammten Dinger ja lesen. Nun, dann werden wir uns jetzt ein gutes Frühstück genehmigen. Irgendwelche interessanten Neuigkeiten? Hat unsere Lady Moonlight wieder zugeschlagen?«

Beide Männer gingen zum Haus zurück, indem sie einem Kiesweg quer durch einen prachtvollen Blumengarten folgten. Sonnenstrahlen schimmerten durch die Blätter der Eichenbäume, die den Garten umsäumten. Rafe ging langsam, mit Rücksicht auf Sams kaputte Hüfte, die ein deutliches Hinken bei ihm verursachte.

»Sollte sie es getan haben, so wurde es jedenfalls nicht erwähnt«, antwortete Sam mit seinem wie gewöhnlich ausdruckslosen Gesicht. »Aber Lance Streeters Kolumne im *Herald* war ... bemerkenswert.«

»Streeter? Der Witzbold, der diese Gartenlaubengeschichten geschrieben hat?«

»›In der Gartenlaube‹, ja. Nur geht die Fortsetzung vom heutigen Morgen eher in Richtung ›In der Opernloge‹.«

Rafe lachte leise in sich hinein. »Ich wusste, dass die Klatschreporter uns beobachteten. Hat Streeter sehr dick aufgetragen?«

»Ihr Name wurde ein Dutzend Mal wiederholt, der von Mystere Rillieux ebenfalls.«

Rafe grinste, während er sich bückte, um eine weiße Nelke zu pflücken. Er steckte ihren Stiel in ein Knopfloch seiner Jacke.

»Gut«, antwortete er begeistert. »Wurde das Wort ›Skandal‹ ebenfalls benutzt?«

»Nur indirekt.«

»Noch besser. Der Kern eines echten Skandals liegt in dem, was ungesagt bleibt.«

Trotz Sams sorgsamer Kontrolle und seines ausdruckslosen Gesichtes kannte Rafe ihn gut genug, um seine stumme Missbilligung zu spüren.

»Nun, alter Junge, wenn Sie etwas zu sagen haben, so will ich es hören. Sie missbilligen dieses schamlose Geschäft mit öffentlichen Skandalen, nicht wahr?«

»Meine Zustimmung ist nicht der Punkt. Die meisten klugen Männer vermeiden Skandale; auf keinen Fall fordern sie sie aber bewusst heraus.«

»Ich verstehe. Schließlich muss ich ja an meine gehobene Position denken, stimmt's?«

Sam nickte. Sie hatten inzwischen den Garten verlassen und überquerten nun einen weitläufigen, makellosen Rasen in Richtung eines weiß angestrichenen Hauses, das auf einer kleinen Anhöhe stand, und von einem holländischen Kaufmann um 1790 erbaut worden war. Seine Fensterläden und zahllosen Verandatüren standen weit offen, um den warmen Sonnenschein und die sanfte Brise hereinzulassen.

»Meine geschäftlichen Leistungen sind mir wichtig«, gab Rafe zu. »Und ich verstehe voll und ganz, dass die falsche Publicity dem Börsenwert eines Unternehmens schaden kann. Aber in einem solchen Falle kann die Führungsgewalt weitergegeben werden. Sollte ich eine zu große Belastung für Belloch Enterprises werden, so trete ich zurück und Sie werden übernehmen.«

»Ich weiß Ihr Vertrauen zu schätzen, aber mir gefällt mein momentaner Job recht gut.«

Rafe lächelte verständnisvoll, beharrte jedoch auf seinem Standpunkt. Er hatte beschlossen, dass es höchste Zeit sei, Mrs. Astors heile, komfortable Welt durch einen Skandal zu erschüttern, wie ihn die Brahmanen der Fifth Avenue nie wieder vergessen würden. Paul und Mystere Rillieux zu entlarven, stand für ihn nicht an erster Stelle – seine Nachforschungen über sie erfolgten aus rein privaten Gründen und nicht wegen einer öffentlichen Entlarvung. Er wollte lediglich seine Überzeugung bestätigt wissen, dass Mystere sowohl Lady Moonlight als auch das dreiste, scharfzüngige Frauenzimmer war, das ihn in Five Points ausgeraubt hatte.

Nur dann würde er seine Rache bekommen, nicht, indem er sie und ihren Onkel entlarvte. Aber sein größter Triumph würde der öffentliche Ruin Carolines oder Carrie Astors sein. Carrie schien kaum Ansatzpunkte für einen Skandal zu bieten. Sie war eine geistlose und oberflächliche Langweilerin, harmlos und auf ihre Art irgendwie süß. Er würde es nicht übers Herz bringen, sie zu verletzen. Bei Caroline jedoch lag der Fall ganz anders …

Ein überdachter Durchgang führte vom Westflügel in eine gemütliche Frühstücksecke. Kurz bevor die beiden Männer diese betraten, hielt Rafe inne. Er drehte sich um und schaute von seinem hoch gelegenen Aussichtspunkt aus über die Bucht an Governor's Island vorbei und auf das bevölkerte Manhattan hinüber.

»Baron Rothschild hatte Recht, Sam. Die ganze Welt ist eine Stadt geworden. Diese dreizehn Meilen lange Insel wird schon bald auch ihre letzten Kühe und Hühner verlieren.«

»Niemals jedoch ihre Ratten«, fügte Sam hinzu, und beide Männer mussten lachen.

Rafe mochte es, während der Mahlzeiten ohne die neugierigen Ohren der Bediensteten frei reden zu können, also wartete das Frühstück wie gewöhnlich in zugedeckten Wärmepfannen auf einer Anrichte. Die beiden Männer bedienten sich selbst und setzten sich dann an einen schmiedeeisernen Tisch, der einen guten Ausblick auf den Schiffsverkehr in den Narrows bot.

»Schon irgendetwas aus New Orleans gehört?«, fragte Rafe nach.

Sam, der damit beschäftigt war, Marmelade auf sein Brötchen zu schmieren, schüttelte den Kopf. »Es ist erst fünf Tage her, dass ich den Brief an Stephen Breaux' Anwaltskanzlei abgeschickt habe. Ich schätze, dass wir in etwa einer Woche etwas hören werden.«

Rafe sagte nichts dazu, denn in Gedanken befand er sich wieder zusammen mit Mystere in der Opernloge. Warum hatte er nicht einfach seine Hand zwei Zentimeter höher geschoben und sich selbst bestätigt, dass sie ihre vollen Brüste unter Wickeltüchern versteckte? Immerhin war seine Vermutung inzwischen schon fast zur Gewissheit geworden.

Vielleicht bestimmte ja trotz seines tiefen Zynismus noch immer der Duellkodex des Gentleman sein Handeln. Oder war er vielleicht gerade dabei, sich törichterweise in diese kleine Betrügerin zu verlieben und fürchtete sich deshalb davor, in ihrem Falle Recht zu haben. Er war gewillt zu verletzen, hatte jedoch Angst davor zu töten.

»Sagen Sie mir, Sam – wie kann die Tochter des Teufels nur eine so unschuldig aussehende Schönheit sein?«

»Sie sprechen vermutlich von Mystere Rillieux?«

Rafe nickte.

»Welch andere Form«, argumentierte Sam, »sollte die Tochter des Teufels denn haben? Sie muss ja vor allem betören – das wahre Wesen alles Höllischen.«

Rafe nickte erneut, denn er konnte die Weisheit dieser Aussage erkennen. Er warnte sich jedoch selbst: Er musste wachsam seine Gefühle bekämpfen, denn er war ein Mann mit einer Mission, und Mystere war eine Bedrohung für deren Erfolg.

»Hush, wasch dir gefälligst die Ohren oder schneide dir die Haare«, schnauzte Paul Rillieux den Jungen an. »Ich habe dir schon früher gesagt, dass du nicht in Mysteres Nähe herumlungern sollst. Wenn der Lakai gerade nicht seinen Kutschenpflichten nachkommt oder Botengänge macht, hat er in der Eingangshalle zu warten, um an die Türe oder ans Telefon zu gehen. Und nun verschwinde.«

»Aber Sir, ich lungere nicht herum. Mystere hat gesagt, dass ich heute Morgen wieder eine Lesestunde haben –«

»Gut, dass du mich daran erinnerst«, unterbrach Rillieux ihn und warf einen missbilligenden Blick durch den Salon in Mysteres Richtung. »Ich will, dass dieser Lesestunden-unsinn aufhört.«

Sie hielt mit ihrer Kaffeetasse auf halbem Wege zu ihrem Mund inne und stellte sie auf ihre Untertasse zurück. »Warum, Paul? Das ist unfair. Du hast selbst gesagt, dass der Junge lesen können sollte.«

»Nun, dann hatte ich eben Unrecht. Er wird lediglich auf dumme Gedanken kommen. Sieh dir nur an, welchen Blödsinn diese radikalen Pamphlete in Baylis' und Evans ungebildete Köpfe hineingestopft haben. Verschwinde, hab ich gesagt«, wiederholte er, und Hush gehorchte.

»Also wirklich, Paul, er ist doch kein Hund«, tadelte Mystere ihn.

»Oh, zum Kuckuck mit deinem weltverbessernden Geschwafel. Er war ein dreckiges Gossenkind, bevor ich ihm ein Zuhause gegeben habe. Ich hab deine verdammten Klagen satt.«

»Ich verstehe nicht, warum du eine so widerliche Laune hast. Ich habe doch Sylvias Brosche für dich gestohlen, oder etwa nicht?«

Dieselbe Brosche, hatte sie jedoch nicht den Mut hinzuzufügen, die in deinen privaten Tresor gewandert ist und nicht in die Familienkasse. Es war ihr gelungen, diese nach der Oper in der Astor-Residenz zu entwenden, nachdem Rafe gegangen war. In der hektischen Aufregung der Verabschiedungen hatte sie dann zugeschlagen. Der Diebstahl war nicht einmal in den Morgenzeitungen erschienen, also war es ziemlich wahrscheinlich, dass Sylvia ihn – wenn überhaupt – erst zu Hause bemerkt hatte.

»Meine Stimmung hat damit überhaupt nichts zu tun«, antwortete er. »Hast du nicht bemerkt, dass du und Belloch uns beinahe die Oper verdorben hättet. Und das nach meiner ganzen harten Arbeit, in Mrs. Astors inneren Kreis einzudringen. Ihr beide ward schlimmer als Schulkinder, und Caroline war wegen dir ziemlich wütend auf mich.«

»Paul, du hast noch immer nicht verstanden, worum es in Wirklichkeit geht. Carolines Verärgerung ist nicht das wirklich Ausschlaggebende. Ich sagte dir doch bereits letzte Nacht, dass Rafe Belloch dabei ist, uns zu entlarven. Er erzählte mir, dass er wegen uns in New Orleans Erkundigungen einholen lässt.«

»Ich sage dir, das ist alles nur Bluff. Warum sollte er dir irgendetwas davon erzählen, noch bevor er eine Antwort bekommen hat?«

»Das ist eben seine Art – der Mann ist arrogant und sich seiner Sache ganz sicher.«

Paul schnaubte. »Ach ja, ich hatte ganz vergessen, dass du schon so viel Erfahrung mit Männern hast. Aber nur einmal angenommen, rein theoretisch, er hat wirklich eine Anfrage gemacht. Versprichst du mir, dass deine Reaktion auf das Ganze so aussehen wird, dass du ihn von nun an meidest?«

»Ja, sicher, er –«

»Wer viel redet, denkt nie nach. Benutze doch deinen Kopf, du naive kleine Närrin. Wenn du einen Splitter im Finger hast, schneidest du dir doch auch nicht gleich den Arm am Ellbogen ab, oder?«

»Das ist klug gesprochen, aber ich sehe nicht den Zusammenhang.«

Er seufzte ungeduldig. »Schau, der Mann ist eindeutig vernarrt in dich, er brennt darauf, dich zu verführen. Wenn er tatsächlich in deiner Vergangenheit herumschnüffelt, dann solltest du lieber darauf vorbereitet sein, ihn zu … beschwichtigen, wenn es Ärger gibt. Du hast genau das, was Rafe Belloch trotz seines Geldes nicht besitzt, sich aber von ganzem Herzen wünscht.«

Pauls Direktheit war unverschämt, aber sie musste zugeben, dass seine Logik einen gewissen Sinn machte. Konnte sie jedoch Rafe auf die Art und Weise beschwichtigen, die Paul im Sinn hatte? Sie war nicht davon überzeugt, dass Belloch so leicht unter Kontrolle zu bringen war. Und genauso wenig glaubte sie, dass sie so verdorben sein könnte.

Diesen letzten Gedanken schien er verstanden zu haben. »Was sein muss, muss sein«, versicherte er ihr. »Ich weise dich nur darauf hin, was erforderlich sein könnte, falls deine Befürchtungen sich als berechtigt erweisen. Selbst wenn Belloch nicht blufft, vergiss bitte nicht, dass ich so vorsichtig gewesen bin, für die legitime Existenz eines Paul Rillieux in New Orleans zu sorgen.

»Ja, aber es gibt keine Aufzeichnungen darüber, dass er eine Nichte hat, keine Aufzeichnungen über eine Mystere Rillieux.«

»Das ist zwar problematisch«, gab er zu, wobei sein Tonfall die gelangweilte Arroganz vermittelte, die er von Mrs. Astor übernommen hatte. »Jedoch nur dann, wenn eine gründlichere Untersuchung durchgeführt wird.«

Seine Stimme schien auf ihren Verstand einzuhämmern. Hush war kurz zuvor weggegangen, um die Morgenzeitungen zu holen. Nun durchquerte Paul den Salon mit dem *Harold* in der Hand in ihre Richtung. Sie konnte den übermäßig süßen Geruch seines Flieder-Eau-de-Cologne riechen.

»Lies Lance Streeters Kolumne«, befahl er ihr in weniger hartem Ton.

»Hab ich schon.« Eine fliegende Hitze stieg ihr ins Gesicht, als sie sich an den Artikel erinnerte.

»Nun«, ermahnte er sie, »dann benutze bitte deinen

Kopf. Rafe Belloch ist ein mächtiger und wichtiger Mann. Doch sieh dir nur an, wie bereitwillig er sich selbst in schlüpfrigen Klatsch hineinziehen lässt, solange auch du mit darin verwickelt bist. Das ist nicht das Verhalten eines Mannes, der damit beschäftigt ist, eine Frau zu ruinieren.«

»Da wäre ich mir nicht so sicher. Er ist nicht wie andere Männer.«

»Natürlich nicht, er ist wohlhabender als die meisten.«

»Nein«, protestierte sie, »ich meine ...«

Notgedrungen verstummte sie jedoch, denn ihr fehlten die richtigen Worte, um ihn davon zu überzeugen, dass eine Falle zuschnappte. Sie würde Paul niemals dazu bringen, es zu verstehen, da nicht einmal sie selbst es verstand. Nie in ihrem ganzen Leben hatte irgendein anderer Mann diese seltsame Reaktion aus Angst und Verlangen zugleich in ihr wachgerufen.

Draußen in der Eingangshalle schrillte das Telefon. Sie hörte, wie Hush dranging. Einen Moment später steckte er seinen Kopf durch die Tür des Salons. »Telefon für dich, Mystere.«

»Danke. Wer ist es?«

»Weiß nicht. Ich hab gefragt, aber er wollte es mir nicht sagen.«

Mystere erkannte Lorenzo Perkins Stimme sofort.

»Was liegt an, Mr. Perkins?«, fragte sie mit kalter Präzision. »Unsere Geschäftsverbindung wurde beendet.«

»Noch nicht. Ich rufe an, um Ihnen mitzuteilen, dass fünfhundert Dollar mich für immer zum Schweigen bringen könnten.«

»Schweigen worüber, Mr. Perkins?«

»Ich bin mir sicher, dass Rafe Belloch bestimmt ziemlich interessiert sein würde zu erfahren, dass seine schicke Lady nach einem Bruder sucht, von dem sie nicht mal den Namen kennt. Einem Bruder, der einst wie ein Straßenköter entführt worden ist.«

»Genauso, wie ich mir sicher bin, Mr. Perkins, dass Ihre Frau ziemlich interessiert sein würde, etwas über Ihre Besuche in der Washington Street Nr. 17 zu erfahren.«

Mit diesen Worten legte sie den Hörer zurück auf seine Gabel. Ihr Herz klopfte angesichts dieser neuen Drohung.

Egal, in welche Richtung sie sich auch wendete, die Katastrophe braute sich direkt über ihrem Horizont zusammen. Schlimmer noch, Paul war so angetan von seinem neuen Ansehen, dass er sich fälschlicherweise in Sicherheit fühlte – und Rafe mitsamt seinen Absichten unterschätzte.

Fünfhundert Dollar ... eine Schwindel erregende Summe. Sie würde aber niemals zahlen.

*What about bub'n'sis?*

Tränen brannten ihr in den Augen und sie versuchte verzweifelt, wieder die Entschlossenheit in sich wachzurufen, die Zuversicht, die sie vor ein paar Tagen während der Droschkenfahrt nach Brooklyn verspürt hatte. Sie würde ihren eigenen Weg gehen und ihre neu gewonnene Freiheit dazu benutzen, Bram zu finden. Ohne ihn war sie völlig allein auf dieser Welt und jeglicher richtigen Familie beraubt.

Die Zeit war jedoch wie ein Vogel im Fluge. Der Dringlichkeit erneut bewusst, beschloss sie, endlich Antonia Butlers Smaragdring zu stehlen, in eine andere Stadt zu fliehen und eine weitere Identität anzunehmen. Die Hauptschwierigkeit würde darin bestehen, den Ring vor Paul zu verbergen. Sie würde einen sehr klugen Plan aushecken müssen.

Hush, der sie vom entgegengelegenen Ende des langen

Hauptkorridors aus beobachtete, rief: »Alles okay, Mystere?«

Irgendwie gelang ihr ein Lächeln. »Alles okay«, log sie.

Sie gab dem Jungen ein Zeichen, näher zu kommen. Mit gesenkter Stimme, damit Paul sie vom Salon aus nicht hören konnte, fügte sie hinzu: »Bring später deine Fibel mit in meine Räume, wir werden dann die Lesestunde dort abhalten.«

# 16

Am Dienstagmorgen blieb Mystere oben in ihren Räumen und bereitete sich auf die bevorstehende Katastrophe vor, von der Paul hartnäckig bestritt, dass sie kurz davor war, sie zu verschlingen. Mit Rafe Belloch und Lorenzo Perkins als wachsende Bedrohungen wollte sie im Falle einer plötzlichen Krise mit einem Notfluchtplan vorbereitet sein.

Sie packte Kleidung und wichtige persönliche Dinge wie den mysteriösen Brief, der vor langer Zeit an ihren sterbenden Vater geschrieben worden war, in einen Koffer. Die Stadt zu verlassen gehörte nicht zu ihrem unmittelbaren Plan, denn die Suche nach Bram hatte hier ihren Mittelpunkt. Es gab jedoch ein paar Pensionen für ehrbare Damen in der Centre Street. Sie konnte wieder ihre Witwentracht anziehen und unter falschem Namen dort ein Zimmer nehmen. Das würde sie zwar nicht ewig schützen, aber auf diese Weise könnte sie ein wenig Zeit herausschinden.

Ihr Rückzugsplan war alles andere als perfekt, sie versuchte jedoch, sich Mut zu machen. Es waren nicht nur die Schande, der gesellschaftliche Ruin und das Gefängnis, die sie erwarteten – Entlarvung und Gefangennahme würden das Ende ihres Traumes bedeuten, ihren Bruder zu finden.

Sie war gerade dabei, den Lederkoffer zu schließen, als Rose ihren Kopf zur Tür hereinstreckte.

»Telefon, Mystere. Es ist Mrs. Astor.«

»Danke. Ach, Rose?«, rief sie aus, gerade bevor der Rotschopf die Türe wieder schließen wollte.

Ihr von der Spitzenhaube eingerahmtes Gesicht kam um den Türpfosten herum zurück. »Ja?«

Mystere zögerte, unsicher, was sie sagen sollte. Sie wollte Rose und die anderen Bediensteten warnen, dass Schwierigkeiten sich zusammenbrauen könnten – ernsthafte Schwierigkeiten. Aber Paul würde davon erfahren und fuchsteufelswild werden.

»Das hat Zeit«, sagte Mystere unglücklich.

Auf ihrem Weg zum Telefon verspürte sie ein kleines Anzeichen von Besorgnis. Wenn die Telefonanrufe Carolines auch nicht gerade selten waren, so war Mystere doch noch immer wegen der Störung in der Oper am Samstag schlecht angeschrieben.

»Hallo«, sagte sie mit lauter Stimme.

»Guten Morgen, meine Liebe«, begrüßte Mrs. Astors durch den Telefonmechanismus verzerrte Stimme sie. »Haben Sie schon Pläne für den späten Vormittag?«

»Nein, ich habe keine, aber ich glaube, mein Onkel Paul hat einen Termin beim Zahnarzt.«

»Kümmern Sie sich nicht um Paul, Sie sind es, die wir sehen wollen.«

Erneut verspürte Mystere ein inneres Anzeichen von Unbehagen. »Wir? Sie und Carrie?«

»Nein, Carrie hat einen Dampfer hoch nach West Point genommen, um ihren Cousin Andrew zu besuchen. Ich meine Abbot und mich, meine Liebe. Wir hätten gerne, dass Sie uns zu einem Vortrag auf der Fourth Avenue begleiten. Hinterher werden wir im Delmonico's essen gehen.«

»Ich fühle mich geschmeichelt, dass Sie an mich gedacht haben«, versicherte Mystere ihr.

»Ja«, antwortete Mrs. Astor, die dies als für sie gebührend akzeptierte. »Es könnte Ihnen jedoch missfallen, was wir Ihnen zu sagen haben.«

Es war ganz Carolines Art, schroff und unverschämt zu sein. Trotzdem bewirkte ihre Bemerkung, dass Angst in Mystere aufkam. Hatten die Probleme etwa schon angefangen?

»Wir werden mit meinem Landauer fahren«, fügte Caroline hinzu. »Es ist ein herrlicher Tag heute, um ohne Verdeck zu fahren. Wir werden um halb elf vorbeikommen.«

Paul war während des Telefongespräches nach unten gekommen. Er beobachtete Mystere misstrauisch, während sie den Hörer auflegte. »Wer war das?«

»Mrs. Astor.«

»Und sie hat nicht nach mir gefragt?«

»Sie wollte mich sprechen. Sie und Abbot nehmen mich zu einem Vortrag und danach zum Essen mit.«

»Dich allein? Mich will sie nicht dabeihaben?«

Mystere schüttelte den Kopf und fragte sich, ob Paul wohl wie ein eifersüchtiges Kind reagieren würde. Stattdessen lächelte er unerwartet angesichts dieser Neuigkeit. »Schön, schön. Das ist ja interessant. Du bist eine charmante Frau, Mystere, aber es geht Caroline nicht um deine Jugend oder deinen Charme. Bei allem, was sie tut, hat sie einen Hintergedanken.«

»Zum Beispiel …?«

»Rafe Belloch.«

»Du meinst – sie ist noch immer sauer wegen letzten Sams –«

Mit einer ungeduldigen Handbewegung brachte er sie zum Schweigen. »Nein, sie ist doch nicht deine Gouvernante. Ich habe vielmehr den Verdacht, dass sie eine Verkupplung im Sinn hat.«

»Das ist doch absurd«, sagte sie offen zu ihm. »Und selbst wenn Caroline solche Intentionen hätte, so würde das keine Rolle spielen. Die Ehe gehört nicht zu Rafe Bellochs Plänen. Caroline sollte das besser wissen als jeder andere.«

»Rafe hat aber eindeutig *dich* in seine Pläne mit einbezogen, meine Liebe.«

»Ja, aber nicht aus den Gründen, die jeder vermutet.«

»Fang bitte nicht schon wieder mit deinen panikmachenden Theorien an. Ob Belloch sich nun in dich verliebt hat oder nicht, auf alle Fälle vergeht er vor Verlangen nach dir – deine Bescheidenheit in Ehren. In Anbetracht seines Vermögens reicht Verlangen völlig aus, um deine Hoffnungen darauf aufzubauen. Caroline weiß das und tut dir einen großen Gefallen.«

»Gefallen? Caroline? Aber du hast doch gerade eben noch gesagt, dass sie immer einen Hintergedanken hat.«

»Natürlich«, stimmte Paul ihr zu. »Und dieser Gedanke ist, Carrie vor Rafe zu schützen. Ich denke, sie sieht inzwischen, dass Belloch zwar ein guter Fang ist – jedoch nur für die Tochter von jemand anderem. Caroline findet Rafe faszinierend und attraktiv, aber die Mutter in ihr erkennt auch, dass dieser Mann gefährlich ist.«

Sie schüttelte den Kopf. »Wenn sie eine Verkupplung im Sinn hätte, warum sollte sie mich dann warnen, dass es mir nicht gefallen könnte, was sie mir zu sagen hat?«

Paul wollte gerade antworten. Genau in diesem Moment jedoch ging plötzlich die Eingangstür auf und Baylis und Evan traten ins Haus, in einen heftigen Streit verwickelt.

»Da will das Ei wieder klüger sein als die Henne!«, kochte Baylis vor Wut. »Ich brauche auch ausgerechnet dich, um zu lernen, wie man ein Pferdegespann anbindet!«

»Entspann dich, du Hohlkopf, sonst schwör ich dir, dass ich – «

»Sofort auseinander«, schnauzte Paul. »Ich werde es nicht dulden, dass ihr im Haus streitet! Mrs. Astor wird in Kürze hier eintreffen, also nehmt euch gefälligst in Acht. Evan, bürste deine Jacke ab! Und du, Hush! Komm her!«

Der Junge saß pflichtbewusst auf einem Stuhl mit leiterförmiger Rückenlehne neben der Eingangstür. Nun sprang er auf seine Füße. »Ja, Sir!«

»Steck bloß diese verflixte Pfeife weg. Rauch in deinem Zimmer und nicht vor den Gästen. Und pass gut auf, wenn Mrs. Astor kommt.«

»Ja, Sir!«

»Ich werde mich umziehen«, sagte Mystere und wollte zur Treppe hinübergehen.

Paul hielt sie jedoch zurück, indem er seine Hand auf ihren Arm legte. »Du hast die Einladung gesehen, die gestern angekommen ist?«

Sie nickte. James und Lizet Addison gaben am kommenden Wochenende einen Ball, und zu den Ehrengästen zählten unter anderem der Duke und die Duchess of Granville.

»Hübsche Klunker in Hülle und Fülle«, freute Paul sich hämisch. »Die Damen werden ihre besten Juwelen tragen. Vielleicht hast du sogar eine Chance auf Antonias Paradesmaragd. Sie nimmt ihn öfter einmal ab, wie ich bemerkt habe, und trägt ihn dann in einem kleinen, perlenbestickten Retikül.«

»Ja«, bestätigte sie und gab Acht, seinen Blick offen zu erwidern. Sie hatte Antonias Ring im Sinn, das war richtig, aber das war ein Klunker, den sie nicht vorhatte, Paul zu übergeben.

Manchmal jedoch war seine Beobachtungsgabe entmutigend. Sie fragte sich, ob ein winziger Hinweis auf ihrem Gesicht ihn dazu veranlasste, sie daran zu erinnern: »Ich bin ein friedliebender Mensch, solange man mich nicht reizt. Niemand in dieser Familie verheimlicht etwas vor den anderen, verstanden?«

Und was ist mit dem privaten Safe in deinem Zimmer?, hätte sie ihm am liebsten ins Gesicht geschrien. Stattdessen nickte sie nur gehorsam.

»Selbstverständlich«, versicherte sie ihm. »Habe ich schon jemals etwas verheimlicht?«

»Vermutlich nicht«, räumte er ein. »Du bist ein braves Mädchen. Aber du bist auch extrem launisch, und ich fürchte deine Impulsivität. Vor allem, wenn sie deinen Bruder Bram betrifft.«

»Da gibt es nichts, worüber du dir Gedanken machen müsstest.«

»Ich hoffe nicht, meine Liebe, um deinetwillen.« Sein fester, drohender Blick ließ einen Schauer über ihren Rücken laufen. »Illoyalität der Familie gegenüber ist eine Sünde, die ich niemals vergeben könnte.«

»Vorsicht mit dem Trittbrett, Miss«, warnte Mrs. Astors Kutscher Mystere, als er ihr in den viersitzigen Landauer half. »Ich hatte vorhin vergessen zu erwähnen, dass es frisch geschwärzt worden ist und abfärben könnte.«

»Warum um alles in der Welt«, nörgelte Abbot, als er seinen Platz auf dem Sitz gegenüber von Caroline und Mystere einnahm, »gibt man sich solche Mühe mit diesen Leuten? Das ist doch vertane Zeit!«

»Mir hat Mrs. Hanchons Rede recht gut gefallen«, focht Caroline ihn an. »Sie war fast dreißig Jahre lang Methodistenmissionarin für die Armen; sie versteht deren Mentalität.«

Auch Mystere hatte den Vortrag über »Die Förderung von Selbstständigkeit in der Arbeiterklasse« interessant gefunden. Mrs. Hanchon hatte von einer Arbeiterkolonie in New Hampshire erzählt. Aber Abbot ließ sie seine Verachtung spüren.

»Abbot, Sie sind unverbesserlich«, ermahnte Caroline ihn abwesend, während sie ihre Aufmerksamkeit auf Mystere richtete. »Wie Mrs. Hanchon uns geraten hat – verachte die Armut, nicht die Armen.«

Ist das eine kleine Anspielung, fragte Mystere sich besorgt. Hat sie mich durchschaut?

»Meine Liebe«, sagte Abbot zu Caroline, »der Pöbel muss im Zaum gehalten und nicht aufgestachelt werden.« Diese Äußerung fiel, während sie an Vanderbilts Grand Central Depot auf der 42. Straße Ecke Fourth Avenue vorbeifuhren. Auf dem großen Uhrenturm des Bahnhofes waren gigantische Buchstaben zu sehen: NEW YORK & HARLEM R.R. Während der Landauer sich behutsam von der Bordsteinkante fernhielt, warf Abbot einen spöttischen Blick auf das vier Block lange Bahnhofsgebäude. Sein Zorn auf die Anerkennung des neureichen Vanderbilt-Clans durch die »oberen Vierhundert« war legendär.

»Was sagen *Sie* dazu, meine Liebe?«, wandte Caroline sich an Mystere. »Können die Armen moralisch aufgerichtet werden? Oder sind sie von Grund auf verdorben, wie Abbot es beharrlich behauptet.«

Erneut befürchtete Mystere, dass Caroline auf irgendeine Weise mit ihr spielte.

»Mir sind keine Beweise dafür bekannt«, gab sie zur Antwort, »dass moralische Verderbtheit die exklusive Domäne der Armen ist.«

Mrs. Astor nickte. »Gut formuliert. Man schaue sich nur unsere Lady Moonlight an. Alle Indizien weisen darauf hin, dass sie eine von uns ist.«

Mysteres Herz begann plötzlich zu rasen; ihre Kehle fühlte sich an wie zugeschnürt. Sie haben mich durchschaut, dachte sie verzweifelt und versuchte, ihre Angst unter Kontrolle zu halten. Es kostete sie große Mühe, Mrs. Astors Blick zu erwidern. Die Zeitungen vom Vortrag hatten ein großes Theater um Sylvias gestohlene Brosche veranstaltet.

»Ja«, stimmte sie zu. »Lady Moonlight ist ein gutes Beispiel, das trifft den Nagel auf den Kopf.«

»Sie beide schütten Kerosin in ein brennendes Gebäude«, sagte Abbot beharrlich. »Reicht man dem Pöbel den kleinen Finger, so nimmt er gleich die ganze Hand. Man braucht sich doch nur anzuschauen, wonach diese ewig Unzufriedenen im vierten Stadtbezirk nun schreien – eine Grundsteuer für die Reichen, um öffentliche Transportmittel für die Massen finanzieren zu können. Nun ist es also schon so weit gekommen, dass wir ihnen nicht einmal mehr entfliehen können.«

Noch während Abbot seine Tirade ausstieß, konnte Mystere jede Menge abgemagerter Kinder auf dem Gehsteig sehen, die nach ihrem Landauer griffen. Sie starrten mit dem leeren, glasigen Blick des Hungers dem Wagen hinterher, gezeichnet von chronischen Krankheiten. Sie selbst war einst eine von ihnen gewesen und ihr Herz sehnte sich danach, ihnen zu helfen. Sie würde jedoch niemals in der Lage sein, irgendetwas zu tun, wenn sie sich erneut in dieser erbärmlichen Hoffnungslosigkeit oder gar im Gefängnis befinden würde.

Als sie an dem massiven Triumphbogen des Washington Square vorbeifuhren, musste sie an Belloch denken. Diese ganze, ihm zur Verfügung stehende Macht konzentriert gegen ihre Raffiniertheit und ihre Schlagfertigkeit. Die Aussichten für ihr Überleben schienen in der Tat entmutigend, vor allem jetzt, wo Mrs. Astor sie auf die Folter spannte – sie hatte keine Vorstellung, was die einflussreiche Lady ihr zu sagen hatte.

Delmonico's befand sich auf der Ladies' Mile, von hochragenden Warenhäusern und steilen Cañonwänden umgeben. Der Oberkellner machte ein Getue um Mrs. Astor und ihre Gesellschaft und begleitete sie an einen geräumigen Tisch, der mit einer Decke aus elfenbeinfarbener Spitze dekoriert war, und auf dem langstielige Gläser und glänzendes Silber funkelten.

Mystere, deren Magen nervös revoltierte, bestellte lediglich einen Artischockensalat und eine Fischcremesuppe. Nachdem der Kellner mit unterwürfiger Verbeugung in Mrs. Astors Richtung mit ihrer Bestellung fortgegangen war, fixierte diese mit ihren stählernen Augen Mystere.

Jetzt kommt's, dachte sie mit bangem Herzen.

»Meine Liebe«, begann Mrs. Astor mit hoheitsvoller Förmlichkeit, »Sie sind jung, und Ihnen fehlen die Ratschläge einer erfahrenen Frau, der nur Ihr Bestes am Herzen liegt. Ihr Onkel ist ein ganz reizender Mann, der Sie offensichtlich wie eine Tochter liebt. Er ist jedoch nur ein Mann« – an dieser Stelle bewegten sich ihre Augen schnell mit einem geringschätzigen Blick zu Abbot hinüber – »und er ist nicht in der Lage, Ihnen die Feinheiten des ... ehm ... weiblichen Anstandes zu vermitteln.«

Eine große Last fiel plötzlich von Mystere ab. Sie war sich noch nicht sicher, wohin die Predigt führen sollte. Ganz sicher jedoch war es nicht die Krise, deren Eintreffen sie befürchtet hatte.

»Sie dürfen niemals vergessen«, fuhr Caroline fort, »wie leicht das Wort ›Skandal‹ sich an eine Frau heften kann. Genau die gleichen Handlungen, die das gesellschaftliche Ansehen eines Mannes nur erhöhen können, können eine Frau in den Ruin treiben. Verstehen Sie, was ich damit sagen will?«

»Ich denke ja. Sie meinen Rafe Belloch.«

Caroline nickte. »Die Tage des bedingungslosen öffentlichen Respekts für die Wohlhabenden liegen hinter uns, meine Liebe. Es gab eine Zeit, da unser Privatleben niemals diskutiert wurde. John Gordon Bennett und sein grässlicher *Herald* haben all dies jedoch geändert. Er hat bezahlte Informanten unter unsere Dienstpersonal gebracht und seine Reporter getarnt, damit er unsere privaten Zusammenkünfte infiltrieren kann.«

»Dank dieser Schurken«, schaltete Abbot sich ein, »ist die Jagd auf die Reichen zu einem regelrechten Sport geworden.«

»Und nun, da Lance Streeter diese ... offensichtliche Liebschaft zwischen Ihnen und Rafe in Erfahrung gebracht hat«, fuhr Caroline fort, »müssen Sie vorsichtiger sein, meine Liebe. Ich bewundere Rafe sehr und erkenne seine Anziehungskraft auf unser Geschlecht. Ich befürchte jedoch, dass er ein leichtsinniger Lump ist, der sich über Konventionen einfach hinwegsetzt.«

»Das ist noch gelinde ausgedrückt«, äußerte Abbot sich abschätzig. »Der Mann ist niederträchtig und völlig ohne Ehrgefühl.«

»Das ist zu hart«, warf Caroline ein. »Er ist ein ehrenhafter Mann, nur folgt er halt seinem eigenen Ehrenkodex, nicht dem unseren.«

Abbot schnaubte. »Mit dieser Argumentation wäre jeder Verurteilte auf Blackwell's Island ehrenhaft.«

Sie verfielen in Schweigen, da der Kellner zurückkam und ihr Mittagessen auf französischem Porzellan servierte. Jedes Mal, wenn die Schwingtür der Küche aufgedrückt wurde, konnte Mystere einen flüchtigen Blick auf die berühmte Kochstelle aus Ziegelstein und Mörtel mit ihrer wunderschönen Kupferverkleidung werfen, die den Rauch und die Gerüche durch einen Abzug in den Kamin leitete.

»Auf alle Fälle«, fuhr Mrs. Astor fort, als sie wieder allein waren, »müssen Sie Rafe gegenüber bestimmter sein, meine Liebe. Machen Sie ihm klar, dass *Sie* auf Ihre Tugend Wert legen, wenn er es auch nicht tut.«

Noch bevor sie über eine Antwort nachdenken konnte, murmelte Abbot plötzlich: »Oh, das ist aber nun wirklich köstlich.«

Sein ironischer Ton machte deutlich, dass er nicht sein Essen lobte. Mystere und Mrs. Astor folgten seinem Blick, und plötzlich spürte Mystere, wie sie errötete: Rafe Belloch war gerade in den Speisesaal geführt worden, Antonia Butler an seinem Arm.

Es überraschte Mystere feststellen zu müssen, dass ihre erste Reaktion nicht Angst, sondern Eifersucht war. Auch Caroline schien nicht sehr erfreut zu sein über den Anblick von Antonia, die in deutlicher Bewunderung zu Rafe aufschaute und über irgendetwas lachte, das er gerade gesagt hatte.

Mystere hatte jedoch keine Zeit, sich über Carolines rätselhafte Reaktion zu wundern. Rafe hatte sie entdeckt und kam nun gemeinsam mit Antonia direkt auf ihren Tisch zu.

»Tut mir Leid, mein Lieber«, begrüßte Abbot ihn mit

deutlicher Verachtung in der Stimme. »Unser Tisch ist zu klein, um zwei weitere Gäste aufzunehmen.«

Caroline machte ein finsteres Gesicht angesichts dieser rüpelhaften Unhöflichkeit seitens Abbots.

Abbot errötete und schluckte so schwer, dass sein Adamsapfel hervortrat.

»Ich muss doch sehr bitten«, protestierte Caroline, »nun übertreiben Sie aber wirklich.«

»Wir können Ihnen sowieso keine Gesellschaft leisten. Ich habe oben einen Raum reserviert«, stieß Rafe aus.

Caroline Astor starrte Antonia an. Jeder wusste, wofür die Privaträume oben im Delmonico's bestimmt waren. Die kulinarischen Köstlichkeiten wurden nur sehr wenig gewürdigt, wenn erst einmal die Türen geschlossen waren.

Antonia fing an, mit Caroline zu plaudern, um so ihre Nervosität zu verbergen, während Abbot finster auf seinen Teller starrte. Mystere fühlte Rafes intensiven Blick auf sich gerichtet.

Er stellte sich hinter ihren Stuhl und brachte seine Lippen nahe an ihr linkes Ohr.

»Lady Moonlight«, flüsterte er.

Bevor er sich wieder aufrichtete, berührte die feuchte Spitze seiner Zunge kaum wahrnehmbar ihr Ohr. Diese Berührung hätte sie abstoßen und wütend machen sollen; stattdessen lief jedoch eine heiße Welle der Erregung durch ihren Körper.

Er wünschte Caroline einen guten Tag, nahm wieder Antonias Arm und führte sie zur Treppe hinüber.

»Antonia und Rafe«, sagte Abbot grüblerisch. »Nun, vielleicht werden die Klatschkolumnisten Sie jetzt in Ruhe lassen, Mystere.«

»Ich würde nicht zu viel in das hineininterpretieren, was Sie da gesehen haben«, warnte Caroline ihn. »Rafe Belloch ist ein vielschichtiger Mann, der ein bestimmtes Ziel verfolgt, und die oberflächlichen Ereignisse geben keinerlei Aufschluss darüber, was ihn wirklich interessiert.«

Die Augen der Lady blieben auf Mystere gerichtet, als sie hinzufügte: »Und was ihn wirklich interessiert – den Verdacht habe ich langsam –, ist ein bewusst herbeigeführter, öffentlicher Skandal.«

Inzwischen glaubte Mystere, ihrer Stimme wieder vertrauen zu können. »Aber Mrs. Astor, warum sollte er etwas so Leichtsinniges und Sinnloses tun?«

»Leichtsinnig sein, ja, das liegt in seiner Natur. Sein Vater war es auch, und es hat ihn ruiniert. Aber Sinnloses tun? Er sieht es wahrscheinlich anders.«

Mystere wollte fragen, was sie damit meinte, dass sein Vater sich selbst ruiniert habe. Abbot erhob jedoch noch vor ihr seine Stimme.

»Belloch will, dass jeder ihn als einen gequälten Idealisten sieht«, sagte er mit vor Verachtung schriller Stimme. »Einen Idealisten mit einem Groll im Herzen, der nach Rache schreit.«

Mystere wandte sich augenblicklich an Abbot. »Was für einen Groll?«

»Egal, das ist eine alte Geschichte«, sagte Caroline abweisend. »Meine Liebe, Sie müssen mir etwas versprechen.«

»Ja?«

»Am kommenden Wochenende auf dem Addison-Ball – werden Sie mir versprechen, Rafe gegenüber vorsichtiger zu sein?«

Mystere spürte, wie ihr Hitze ins Gesicht stieg. »*Ich?* Ich bin doch nicht diejenige, die sich ihm aufdrängt.«

»Meine Liebe, Männer sind von Natur aus aggressiv, vor allem amerikanische Männer. Es ist die Aufgabe der Frauen, diese Aggression in Schranken zu halten. Sie sind noch jung und müssen lernen ...«

»Im Gegensatz zu Antonia«, warf Abbot ein, »die ist jung und wohl bewandert. Seht sie euch nur an, diese kleine Dirne – lässt sich von einem Mann nach oben führen. Und das in aller Öffentlichkeit.«

»Unterbrechen Sie mich noch ein Mal, Abbot«, wies Mrs. Astor ihn mit kalter Autorität zurecht, »und Ihr guter Ruf wird in dieser Stadt wertlos sein.«

Abbot wurde weiß wie eine Kalkwand.

Erneut verspürte Mystere einen unangenehmen Eifersuchtsstich – und Verärgerung über die vertraulichen Freiheiten, die Rafe sich herausgenommen hatte. Nun war er also mit einer Frau zusammen, die sie voll und ganz verachtete.

Caroline wandte sich nochmals an Mystere. »Versprechen Sie mir, dass Sie diesen Skandal im Keime ersticken werden, meine Liebe. Ich bewundere eine Menge an Rafe Belloch, aber ich werde nicht tatenlos dabei zusehen, wie er Sie ruiniert. Versprechen Sie mir, nicht zuzulassen, dass der Addison-Ball oder Sie selbst durch einen Skandal ruiniert werden.«

Selbst jetzt noch, als sie durch widersprüchliche Emotionen in verschiedene Richtungen gezogen wurde, konnte Mystere die Ironie in Mrs. Astors Aufforderung spüren. Caroline hatte offensichtlich den Gedanken an einen durch die Lady Moonlight verursachten Skandal völlig verworfen. Warum war sie nur so zuversichtlich?

»Selbstverständlich«, antwortete sie und meinte das auch aufrichtig. »Ich verspreche es Ihnen. Ich werde Rafe Belloch aus dem Weg gehen. Und wenn er dies nicht zulässt, so verspreche ich, seine Annäherungsversuche so vehement wie möglich abzuwehren.«

# 17

Am Freitagmorgen packte Mystere ihren »Fluchtkoffer«, wie sie ihn inzwischen nannte, zu Ende. Sie steckte gerade Duftsäckchen zwischen die Kleider, als es an der Tür ihres Ankleidezimmers klopfte.

»Einen Moment!«, rief sie aus, nachdem sie Pauls Klopfen erkannt hatte. »Ich bin gerade dabei, mich anzuziehen!«

Hastig machte sie den Lederkoffer zu und schob ihn mit einiger Mühe hinter ihren Ankleideschirm. Dann eilte sie in das angrenzende Schlafzimmer und machte die Tür hinter sich zu.

»Guten Morgen«, begrüßte sie Paul und ließ ihn ein. »Du bist früh auf.«

Seine trockenen Lippen streiften ihre Wange mit einem Kuss. »Du ebenfalls. Was ist denn das? Du trägst schon wieder dieses fade schwarze Kleid? Meine Liebe, wir wollen, dass du jünger aussiehst, nicht altmodisch und leidtragend.«

»Ich mag schwarz«, log sie. In der Tat hatte sie beschlossen, erneut Witwentracht anzulegen, damit sie nicht erkannt wurde, wenn sie ausging, um ein Zimmer zu mieten. Die Haube mit dem schwarzen Spitzenschleier steckte wieder in ihrem Weidenkorb.

»Jedem das seine«, sagte er galant. Aber irgendetwas in seinem Tonfall und in seinem Benehmen warnte sie, dass Ärger bevorstand.

»Was ist, Paul?«

»Nun, nun, beruhige dich, meine Liebe, es ist wahrscheinlich nichts. Komm, wir setzen uns lieber hier hin, nicht wahr? Meine Knochen sind älter als deine.«

Sie ließen sich auf zwei gepolsterte Mahagonistühle nieder.

»Du weißt«, fing er an, »dass ich einen bezahlten Informanten bei der städtischen Polizei habe?«

Sie nickte, während sie plötzlich ein nervöses Gefühl in ihrem Magen verspürte.

»Nun«, fuhr Paul fort, »offensichtlich plant dieses spezielle Polizeiteam – dasjenige, das zur Festnahme der Lady Moonlight gegründet wurde – eine Falle, um sie zu ergreifen.«

»Eine Falle? Wie? Ich meine, welche Art von Falle?«

Er schüttelte den Kopf. »Sie lassen sich nicht in die Karten schauen. Aber irgendetwas ist definitiv im Gange. Im Laufe dieser Woche hat Inspector Byrnes Mrs. Astor und anderen aus ihrem Kreise Besuche abgestattet. Ich befürchte, dass sie ihre Falle morgen Abend auf dem Addison-Ball zuschnappen lassen wollen.«

Obwohl dies schlechte Neuigkeiten waren, so war es doch immerhin nicht der Todesstoß, den sie befürchtet hatte – wie zum Beispiel ein ausführlicher Bericht aus New Orleans, der sie und Paul als Betrüger entlarven würde.

»Leider«, fuhr er fort, »ist unser Informant bei der Polizei nicht wichtig genug, um in allzu viele nützliche Informationen eingeweiht zu sein. Irgendetwas liegt jedoch eindeutig in der Luft. Es ist zwar bedauerlich, aber ich denke, es ist das Beste, wenn Lady Moonlight sich zurückzieht – vorübergehend zumindest.«

Mystere wusste zunächst nichts darauf zu antworten, denn die Ironie dieser letzten Entwicklung tat ihre Wirkung. Ein solcher Vorschlag wäre ihr willkommen gewesen, hätte sie sich nicht dazu entschlossen, das nächste Schmuckstück für ihre eigenen Bedürfnisse zu behalten. Und sie hatte vorgehabt, Lady Moonlight erst nach dem darauf folgenden Abend in den Ruhestand zu versetzen, vorausgesetzt, dass sie Antonias Smaragdring oder irgendetwas anderes von hohem Wert würde stehlen können.

»Was ... was ist mit den ausbleibenden Einkünften?«, wollte sie wissen. »Können wir es uns erlauben, uns zurückzuziehen?«

»Natürlich nicht! Du hast doch unsere monatlichen Rechnungen gesehen. Die Miete allein schluckt schon ein halbes Vermögen. Und nun, da Hush hier bei uns lebt, brauchen die Abgaben für ihn das auf, was er uns normalerweise eingebracht hat.«

»Nun ... was werden wir also tun?«

Pauls schlaues Fuchsgesicht gab nichts von seinen heimlichen Gedanken preis. »Tun? Nun, fürs Nächste, denke ich, werden wir Evan und Baylis öfter hinausschicken. Es ist Urlaubszeit, und viele Häuser der Reichen sind nur leicht bewacht.«

»Du weißt doch, was beim letzten Mal passiert ist«, erinnerte sie ihn. »Ein Dienstmädchen hätte sie beinahe auf frischer Tat ertappt.«

»Ja, nun, ich denke, dass Rose und Hush ebenfalls zum Taschendiebstahl auf die Straße zurückkehren sollten. Ich zögere zwar, dieses Risiko einzugehen, denn sie könnten als unsere Bediensteten erkannt werden. Die Alternative jedoch ist noch viel schlimmer.«

»Es ist ja nur für die nächste Zeit«, erwiderte sie und

beobachtete ihn dabei genau. »Wie sieht's auf Dauer gesehen aus? Werden wir zum Straßenraub zurückkehren müssen?«

Er schüttelte seinen Kopf. »Natürlich nicht. Zumindest du würdest es nicht müssen, wenn du, nur mit deinem beachtlichen Charme bewaffnet, andere, sicherere und lukrativere Wege einschlagen würdest.«

Argwohn machte sich in ihrem Magen breit. »Andere Wege wie ...?«

»Wie Rafe Belloch zu heiraten«, antwortete er mit unverblümter Offenheit.

Sie hätte am liebsten laut losgelacht, so absurd und dumm war das. Stattdessen schüttelte sie lediglich ihren Kopf, hartnäckig darum bemüht, ihn davon zu überzeugen, wie falsch es von ihm war, so zu denken.

»Paul, ich habe dir doch von Anfang an gesagt, dass Rafe Belloch nicht heiratswillig ist.«

»Aber er –«

»Ja, ja, ich weiß, er zeigt großes ... Interesse an mir. Du nennst es Verlangen, und vielleicht ist das ja auch mit im Spiel. Verlangen allein wird jedoch einen Mann wie ihn nicht vor den Altar zwingen.«

»Also gut, aber ein Skandal könnte ihn zu dem zwingen, was Verlangen nicht vermag.«

Hitzewellen krochen ihr den Nacken hinauf. »Da würde ich lieber einen Mann mit vorgehaltener Waffe ausrauben.«

»Mystere, wo Geld im Spiel ist, ist Scheinheiligkeit fehl am Platz, siehst du das nicht? Glaubst du etwa, John Jacob Astor oder Cornelius Vanderbilt haben ihr Vermögen durch Ritterlichkeit erworben? Hast du eine Vorstellung davon, wie viele Menschen in gefährlichen Minen umkommen müssen, damit New Yorks Frauen der Oberschicht mit

Gold und Diamanten protzen können? Und ich persönlich scher mich einen Dreck darum.«

»Selbst wenn ich Rafe in einen Skandal verwickeln könnte, selbst wenn ich ihn heiraten wollte, so würde das nichts ändern.«

»Und warum nicht?«

»Aus dem einfachen Grunde, weil er darauf aus ist, mich zu vernichten und nicht, mich zu verführen. Uns zu vernichten, Paul, dich und mich.«

»Wenn das so wäre, warum sollte er dann jede Gelegenheit wahrnehmen, seinen Namen in Verbindung mit dem deinen in die Klatschblätter zu bekommen? Er ist nicht irgendein geckenhafter Dandy aus der Welt des Theaters, wo ein Skandal das eigene Ansehen nur erhöhen kann. Rafe ist ein solider Mann, der sich ein kleines Imperium aufgebaut hat! Warum sollte er nur für ein wenig Druckerschwärze in den Boulevardzeitungen so viel riskieren?«

»Das kann ich dir auch nicht beantworten, denn ich kann nicht in seine Seele schauen – wenn er überhaupt eine hat. Er ist jedoch der allerletzte Mann, den du versuchen solltest zu manipulieren«, beschwor sie ihn.

»Er wird aber die Lösung sein müssen, Mystere.«

Rillieux' unheilschwangerer Ton ließ ihr einen beunruhigenden Schauder den Rücken hinunterlaufen. Und den kannte sie gut, er war immer der Auftakt zu Schwierigkeiten.

Früh am Freitagmorgen mietete Mystere sich ein kleines, jedoch recht sauberes Zimmer in der Centre Street Nr. 720, einer Gegend mit Häusern der verarmten Oberschicht, die fast alle in Appartements und Zimmer aufgeteilt worden waren.

Sie benutzte den Namen Lydia Powell und erklärte, dass ihr Ehemann erst kürzlich bei der Explosion eines Dampfschiffes auf dem Hudson ums Leben gekommen war und sie daraufhin ihr Heim in Brooklyn verkauft hatte. Die Vermieterin schien zunächst Empfehlungsschreiben verlangen zu wollen; eine Monatsmiete im Voraus, das wohlhabende Erscheinungsbild und die guten Umgangsformen der jungen Witwe konnten sie jedoch umstimmen. Sie wurde sogar noch freundlicher, als sie erfuhr, dass Mystere ihr Essen nicht zusammen mit den anderen Pensionsgästen einnehmen wollte, dafür jedoch auch keinen Preisnachlass verlangte.

Mit dem Schlüssel sicher in ihrer Handtasche und der Pension einen Block hinter sich nahm sie schnell die unbequeme Haube mitsamt Schleier ab und steckte sie ein. Es war ein schwüler Tag, und außerdem hatte sie keine große Angst, nun erkannt zu werden.

Eine unerfreuliche Aufgabe blieb ihr noch. Paul war in letzter Zeit nicht gerade großzügig mit ihrem Taschengeld gewesen und sie hatte gerade den größten Teil ihres Bargeldes ausgegeben, um das Zimmer zu mieten. Aus diesem Grunde hatte sie ein paar von ihren eigenen Schmuckstücken mitgenommen, um diese schätzen zu lassen. Es gab da einen angesehenen Pfandleiher im Herzen des Geschäftsviertels; sie kannte ihn durch Paul. Wenn er auch ein rechtmäßiger Juwelier war, so kaufte er doch von Zeit zu Zeit diskret ein paar schöne Stücke an.

Das war Ironie des Schicksals. Lady Moonlight versetzte ihre privaten Schmuckstücke.

Am Morgen des Addison-Balles gab es erneut Ärger; erst später, als es für ihre eigene Rettung schon zu spät war, erkannte Mystere, dass der schlechte Tagesbeginn ein Omen war, das sie besser hätte beachten sollen. Inzwischen hatten jedoch schon schiere Verzweiflung und ständige Beunruhigung ihr Urteilsvermögen verzerrt.

Sie war schon früh nach unten gekommen, da sie vorhatte, die Bibliothek des Columbia College in Manhattan aufzusuchen, um dort ein paar Stunden lang über Wappenkunde zu forschen. Erst kürzlich hatte sie gelesen, dass man dort eine neue Sammlung von Wappeninsignien besaß, und sie hoffte, das Wappen – falls es sich denn um ein solches handelte – auf dem Briefkopf dieses enttäuschend unvollständigen Briefes an ihren Vater ausfindig machen zu können.

Noch während sie die Treppe hinunterstieg, konnte sie schon Hushs Stimme hören, die immer lauter wurde, als ob er sich mit jemandem stritt.

Schon wieder eine Auseinandersetzung mit Evan oder Baylis, nahm sie zunächst an, denn keiner von beiden konnte den Jungen besonders gut leiden – sie hielten ihn für Pauls verzogenen Balg. Mystere beschleunigte ihre Schritte, um sie zu beschwichtigen, bevor sie Paul aufweckten. Als sie jedoch den Hauptkorridor erreichte, hörte sie eine laute, kräftige Stimme, die sie nicht erkannte.

»Halt bloß deine Schnauze, du frecher Kerl, oder du kannst dich warm anziehn! Ich hatte dir gesagt, dass du Miss Rillieux holen sollst, und, junger Mann, ich meine *sofort!*«

»Das werde ich nicht«, beteuerte Hush und wich nicht von der Stelle. »Nicht, bevor Sie Ihr Anliegen genannt haben.«

»Wozu, du kleine Kanaille, ich werd –«

»Beruhigen Sie sich, Sir!«, rief Mystere und eilte zu den beiden hinüber. »Lassen Sie den Jungen in Ruhe!«

Hush hatte eine Schulter gegen die Eingangstür gelehnt und gab sein Bestes, das gewaltsame Eindringen eines rauen, abstoßend aussehenden Mannes zu verhindern, den sie noch nie zuvor gesehen hatte. Er war fast so kräftig wie Evan und dunkelhäutig.

»Na also«, begrüßte der Rohling sie streitlustig, »hier haben wir also die große Lady höchstpersönlich, würd ich wetten. Sind Sie Mystere Rillieux?«

»Das bin ich. Sollte ich Sie kennen, Sir Herr?«, fragte sie.

Hush sprach als Erster. »Das ist Sparky, Mys – ich meine, Ma'am. Wissen Sie – dieser Typ, von dem ich Ihnen schon erzählt hatte.«

Einen Moment lang hatte sie keinerlei Erinnerung. Dann jedoch fiel es ihr ein. »Oh, ja. Lorenzo Perkins' Freund.«

»Eigentlich mehr 'ne Art Geschäftspartner, Miss«, verbesserte Sparky sie.

»Was soll das bedeuten, dass Sie sich Eintritt in unser Haus erzwingen wollen?«, fragte sie ihn, obwohl ihr klar war, dass Erpressung sein Anliegen sein musste.

»Nun, also dann hören Sie mir mal gut zu und kommen Sie mal ganz schön flott von Ihrem hohen Ross runter, junge Lady.«

Sparky, der inzwischen halb drinnen, halb draußen stand, schaute sie mit anzüglichem Blick an. Trotz seiner Größe und augenscheinlichen Stärke hatte er eine ungesunde Hautfarbe, die an vergilbtes Elfenbein erinnerte.

Der elegante Luxus der Inneneinrichtung schien ihn ein wenig einzuschüchtern, denn er verlor plötzlich das Interesse daran, Beleidigungen auszustoßen.

»Bitte tragen Sie Ihr Anliegen vor, Sir«, sagte sie mit entschlossener Stimme zu ihm, wobei ihre Knie sich jedoch kraftlos und schwach vor Angst anfühlten.

Er zog ein gefaltetes Blatt Papier aus der Tasche seines ausgefransten und fleckigen Arbeitshemdes, einem billigen »Konfektionsstück«, wie die neuen Bekleidungsstücke von der Stange meist genannt wurden.

»Die Sache ist nämlich die«, fing er an, wobei seine Stimme wieder vor Großtuerei strotzte, »dass ich grade auf dem Weg zu einem gewissen feinen Pinkel von der Eisenbahn bin, den wir beide kennen, um ihm das hier zu bringen. Scheint mir, dass in letzter Zeit ganz schön viel über euch beide in den Klatschblättchen geschrieben worden ist.«

Ohne ein Wort zu sagen, nahm sie das Papier von Sparky entgegen. Dann ging sie wieder ein paar Schritte zurück und entfaltete das Blatt. Der Brief war mit schwarzer Tinte geschrieben, achtlos bekleckst und obwohl Rechtschreibung und Grammatik beinahe einwandfrei waren, so war der Ton doch sowohl naiv als auch wichtigtuerisch zugleich.

*Lieber Mr. Belloch,*
*ich bin ein Detektiv, der zufälligerweise dabei ist, interessante Dinge über eine gewisse junge Frau rauszukriegen. Dinge, die Sie vielleicht gerne wissen würden. Zum Beispiel, warum sucht diese Frau nach einem Bruder, von dem der Name anders ist als ihrer? Warum verkleidet sie sich immer, wenn sie mich zum Bezahlen im Park trifft? Und wenn sie so vornehm ist, warum wurde ihr Bruder dann als ein einfacher Matrose zur See gezwungen? Wenn Sie mehr wissen wollen, schicken Sie einfach eine Nachricht an mich in die Amos Street Nr. 21.*

*Hochachtungsvoll,*
*L. Perkins*

Während sie las, rückte Hush näher an sie heran.

»Sparky und dieser andere Mann«, erinnerte er sie mit leiser Stimme, »haben vor, in Little Italy reich zu werden – erinnerst du dich, die Affen und die Drehorgeln?«

Sie nickte und faltete das Blatt wieder zusammen. An der vagen Formulierung des Briefes konnte sie erkennen, dass die beiden stümperhaften Erpresser tatsächlich nur sehr wenig von ihr wussten – ironischerweise wohl nicht mehr, als was sie nicht schon längst Lorenzo von sich aus hatte wissen lassen. Angesichts seines offensichtlichen Rachegedankens würde der wohlhabende Industrielle wohl selbst einer zweifelhaften Spur nachgehen, um mehr über sie zu erfahren.

»Die fünfhundert Piepen müssen auf die Hand bezahlt werden«, forderte Sparky. »Sie können das jetzt bei mir tun oder um fünf Uhr heute Nachmittag bei Lorenzo am Bethesda-Brunnen. Wenn nicht, so wird dieses Briefchen hier schon bald seinen Empfänger erreichen.«

Offensichtlich, dachte Mystere, deren Gedanken sich in heillosem Aufruhr befanden, hat die Drohung, Lorenzos Ehebruch aufzudecken, ihm keine Angst einjagen können. Wenn er auch log bei der Behauptung Detektiv zu sein, so war er doch anscheinend clever genug zu erkennen, dass sie ihre eigenen Geheimnisse preisgeben müsste, wenn sie sein Verbrechen öffentlich machen wollte – und dass sie sehr viel mehr zu verlieren hatte als er.

»Das ist einfach absurd«, sagte sie zu Sparky.

Er schnappte ihr das Briefchen aus der Hand. »Ein guter Scherz, was? Dann werden wir also Belloch dran teilhaben lassen.«

»Ich – das ist eine große Summe«, protestierte sie. »Ich habe dieses Geld nicht.«

»Das sagen *Sie*.« Sparkys fülliges Gesicht entstellte sich zu einem süffisanten Grinsen. »Verkaufen Sie mich bloß nicht für dumm, Lady.«

Er streckte seinen Kopf weit genug durch die Tür, um den langen persischen Läufer und den kunstvollen, marmornen Briefständer hinter der Tür sehen zu können. »Wow, alle Achtung. Da sieh sich einer an, wie die leben! Das ist ja 'n regelrechter Palast. Da verlangen wir ja wohl nur sehr wenig von Ihnen.«

»Fünfhundert Dollar sind eine Menge Geld!«, erwiderte sie scharf. Langsam geriet sie in Panik.

Hush gefiel das Ganze überhaupt nicht. Er wollte gerade etwas sagen, da brachte Mystere ihn mit einem Zeichen zum Schweigen. Sie hatte sich für eine Verzögerungstaktik entschieden. Wenn sie Sparky und Perkins so lange hinhalten konnte, bis sie Antonias Ring hatte, so würde sie all diesen Drohungen, die auf dem besten Wege waren, sie zu überwältigen, entfliehen können.

»Ich werde wohl kaum die gesamte Summe auf einmal bezahlen können«, wiederholte sie. »Ich werde Hush heute mit einer Anzahlung zum Brunnen schicken.«

»Wie viel?«, wollte Sparky wissen.

»Fünfzig Dollar.«

»Das wird nicht reichen.«

»Du rollst den ganzen Tag lang Fischfässer für *einen* Dollar«, griff Hush ein, wobei Wut seine Stimme schrill klingen ließ.

»Hau bloß ab, du unverschämter Bengel!«, schnauzte Sparky ihn an.

»Fünfzig Dollar«, wiederholte Mystere. »Später dann mehr.«

»Wann?«

»Bald. Sobald ich mehr auftreiben kann.«

Sparky tat so, als würde er über ihr Angebot nachdenken. Sie wusste jedoch genau, dass die Aussicht auf fünfzig Dollar ihn schon längst verführt hatte.

»Nun – um *fünf* Uhr also«, sagte er zu ihr. »Mit Bargeld. Und keine Tricks, kapiert, sonst werden wir alles an Belloch verraten.«

»*Was* verraten?«, forderte sie ihn heraus, indem sie ihm direkt in seine blutunterlaufenen Augen schaute.

»Hm!« Ihre direkte Frage schüchterte ihn ein, und er zog prompt von dannen. Selbst wenn dieses Briefchen alles war, was sie hatten, so wusste sie doch, dass das in den Händen von Rafe Belloch eine Menge sein konnte. Er konnte sich eine ganze Schar sehr viel kompetenterer Detektive als Lorenzo leisten.

Bis zu diesem Punkt war es Mystere gelungen, ihre Fassade aufrechtzuerhalten. In dem Moment jedoch, als Hush die Tür schloss, konnte sie das volle Ausmaß der Verzweiflung spüren. Ihre Beine fingen plötzlich an zu zittern.

»Mystere!«, rief Hush aus, als sie kurz vor einer Ohnmacht stehend stolperte und beinahe hingefallen wäre. Er nahm ihren Arm und führte sie zu einem altmodischen Stuhl neben dem Telefon. »Kann ich dir etwas holen?«

Das Gesicht des Jungen war bleich vor Sorge. Sie tätschelte seine Wange. »Da stehen eine Karaffe mit Brandy und ein paar Gläser in diesem Eckschrank im Salon. Sei so lieb und gieß mir ein wenig davon ein. Aber nur ein klein wenig.«

Er nickte und eilte in den Salon. Wie, fragte sie sich niedergeschlagen, hatte ihr Leben sich nur in diesen traurigen Zustand verwandeln können? Alles, was sie von dieser Welt erwartete, erschien ihr so einfach: ihren Bruder zu finden und in Erfahrung zu bringen, wer sie war. Ohne Bram war sie ganz allein auf dieser erbärmlichen Welt, ohne einen Nachnamen jeglicher Familiengeschichte beraubt und ohne Blutsverbindungen den Menschen um sich herum ausgeliefert. Die Mächte, die sich gegen sie gerichtet hatten, waren zu stark für sie.

»Hier, bitte, Mystere.«

Ein dienstbeflissener Hush kam mit Brandy in einem Kognakschwenker zurück. Der niedergeschlagene Ausdruck auf seinem Gesicht berührte ihr Herz. Sie stellte das Glas auf einen Ständer neben sich und umarmte ihn fest.

»Ich möchte, dass du dich an das erinnerst, worüber wir uns unterhalten haben«, sagte sie zu ihm. »Ein Junge mit einer soliden Ausbildung kann auch ein ehrliches Handwerk betreiben. Eines, das ihn stolz macht. Du bist ein intelligenter Junge mit einem wundervollen Herzen.«

»Was stand in dem Brief, den er dir gezeigt hat?«

»Das ist nicht wichtig. Versprichst du mir, dass du an deiner Bildung weiterarbeiten wirst, was auch immer geschieht?«

Er nickte.

»Und versprich mir vor allem eines. Wenn ... Ärger auf uns alle zukommen sollte, Ärger mit der Polizei – dann will ich, dass du den zuständigen Obrigkeiten die Wahrheit darüber erzählst, wie Paul dir Unterricht im Stehlen gegeben hat.«

»Ärger?«, wiederholte er. »Wird uns irgendetwas passieren, Mystere?«

»Vielleicht, aber was auch immer geschieht, du musst ehrlich und respektvoll zu den Obrigkeiten sein, und es wird dir nichts passieren. Versprichst du mir das?«

Er nickte widerwillig. »Was ist mit *dir?* Wird auch *dir* nichts passieren?«

»Ich hoffe es«, antwortete sie ehrlich. »Weißt du, wo sich der große Brunnen im Park befindet?«

»Der Engel?«

»Ja.«

Er nickte.

»Nachher werde ich dir etwas Geld geben, das du Mr. Perkins bringen sollst, dem Mann mit dem gewachsten Schnurrbart. Dem Mann, den du verfolgt hast.«

Sie würde nun diesen Juwelierladen auf dem Broadway aufsuchen und ihre goldenen Lieblingsohrgehänge mit den großen schwarzen Perlen verkaufen müssen, die auf fünfzig Dollar geschätzt worden waren.

»Diese beiden haben kein Recht, dich so zu behandeln«, beteuerte Hush wütend.

»Egal«, sagte sie sanft zu ihm. »Es wird uns nichts geschehen, uns beiden nicht.«

In Gedanken sah sie jedoch, wie Rafe Bellochs attraktives Gesicht sie anklagte, und selbst der wärmenden Glut des Brandys gelang es nicht, die kalte Angst in ihrem Inneren zu unterdrücken.

# 18

Der vorsitzende Richter des Obersten Bundesgerichtes im Ruhestand James Addison und seine Frau Lizet verbrachten jeden Winter in ihrer Villa in Mexiko City. Sie kamen gegen Ende April nach Manhattan auf ihr Anwesen auf der oberen Sixth Avenue zurück. Ihr jährlicher Sommerball erfreute sich inzwischen großer Beliebtheit unter Mrs. Astors Auserwählten, zum Teil wohl deswegen, weil es unerlässlich geworden war, dass ausländische Würdenträger, die New York besuchten, daran teilnahmen. Die New Yorker wurden in den höheren Kreisen von Paris und London als geldgierig und ungehobelt verschrien, daher waren sie stets bestrebt, ihre kosmopolitische Seite unter Beweis zu stellen.

Mystere waren dieser ganze Aufruhr und das Theater willkommen, denn es zog die Aufmerksamkeit der Presse und der Öffentlichkeit auf etwas anderes als auf Lady Moonlight oder Lance Streeters Klatsch. Und das vor allem an diesem Abend, da der Duke und die Duchess of Granville zugegen sein sollten – was der gemischten Gesellschaft sowohl altes Geld als auch einen alten Titel sicherte.

Schon bald nachdem Paul und Mystere angekommen waren, wurden sie den beiden vorgestellt. Der Herzog strotzte nur so vor unbezähmbarer Jugend und Energie, während der Charme seiner attraktiven jungen Frau gesetzter, jedoch keineswegs weniger natürlich war. Mara

Sheridan war eine schwarzhaarige, irisch-amerikanische Schönheit, die das gute Aussehen mit ihrem älteren Bruder Trevor gemeinsam hatte, jedoch keinerlei Anzeichen seines gefürchteten Jähzornes oder seiner verurteilenden Blicke aufwies.

Beide schienen ziemlich angetan von Mystere zu sein, die Herzogin machte ihr Komplimente wegen ihres ärmellosen Kleides aus grüner Seide. Paul überraschte Mystere, indem er sich seltsam schüchtern gab, ihre Hand nahm und sie plötzlich wegzog, noch bevor sie ihr Gespräch mit der Herzogin beenden konnte.

»Komm, meine Liebe, da sind noch andere, die ihr ihre Aufwartung machen wollen«, murmelte er.

»Aber Paul! Sie hatte mich etwas gefragt, und du hast mich mitten im Satz weggezogen. Du warst unhöflich, ich konnte ihrem Gesicht ansehen, dass sie es auch so empfand.«

»Oh, mach dir wegen ihr keine Gedanken, ich muss dir etwas Wichtiges zeigen.«

Als Paul und Mystere den Empfangssalon verließen und ein Lakai sie in den Ballsaal geleitete, beugte Paul sich näher zu ihr hin, um ihr ins Ohr sprechen zu können.

»Starr jetzt bitte nicht hinüber, aber dort drüben beim Orchester steht Inspector Byrnes. Es geht das Gerücht, dass mehrere der ›Bediensteten‹ heute Abend in Wirklichkeit seine Männer sind. Und sieh dir nur all diese hübschen Schmuckstücke an, die heute hier zur Schau gestellt werden. Irgendeine Falle ist ausgelegt worden, so viel ist sicher. Aber so dringend wir es auch nötig hätten, widerstehe heute Abend lieber der Versuchung, meine Liebe.«

»Glaub mir, das werde ich tun«, versprach sie, und in diesem Moment meinte sie es sogar beinahe ernst damit. Ein rascher Rundumblick bestätigte ihr jedoch zwei beruhigende Tatsachen: Rafe war nicht dort, aber Antonia war es – und ihr Smaragdring war unübersehbar.

Schon bald jedoch gaben Mysteres Sorge und ihre aufgewühlten Emotionen jedem einzelnen Umstand eine düstere Bedeutung, selbst denen, die ihr eigentlich positiv erschienen. Rafes Abwesenheit zum Beispiel. Hatte er schließlich doch etwas aus New Orleans gehört? Wenn ja, so könnte seine Abwesenheit ein Teil der Falle sein, die Paul erwähnt hatte. Bewusst geplant also, um sie kühn werden zu lassen. Und das könnte bedeuten, dass die Polizei sie schon verdächtigte.

In jedem Falle aber musste sie die reale Gefahr gegen ihre zunehmend verzweifeltere Lage abwägen. Pauls Idee, dass Rafe irgendwie ihr finanzieller Ausweg sein könnte, war absurd. Ihre einzigen echten Alternativen waren mehr als deutlich: entweder Antonias Ring stehlen oder passiv auf Entlarvung, Festnahme, Demütigung und Gefängnis warten.

Sie wanderte in der glanzvollen Menschenmenge umher und versuchte, sich dezent im Hintergrund zu halten. Zweimal tanzte sie, zuerst einen Walzer mit Anwalt George Templeton Strong und dann eine längere Quadrille mit einem steifen Marinekadetten, der puterrot wurde, als sie kühl seine Flirtversuche zurückwies. Das Letzte, was sie gebrauchen konnte, war ein Mann, der ihr den ganzen Abend an den Fersen hing.

Als sie wieder allein war, besuchte Mystere die Cocktailbar und verlangte ein Glas Limonade. Abbot Pollard, der, seinem schwankenden Gang nach zu urteilen, gerade an seinem dritten oder vierten Glas Gin arbeitete, tauchte plötzlich an ihrer Seite auf.

»Ich habe Lance Streeter in der Masse der Zeitungsmänner draußen entdeckt«, begrüßte er sie. »Sieht so aus, als hätten Sie vor, ihn heute Abend zu enttäuschen, was? Glückwunsch.«

»Wofür?«

»Natürlich für Ihre Fähigkeit, diesem vulgären Rüpel Rafe Belloch aus dem Weg zu gehen. Genau so, wie Caroline und ich es Ihnen geraten hatten. Braves Mädchen.«

»Ihm aus dem Weg zu gehen? Das ist nicht besonders schwierig, da er heute Abend ja gar nicht erschienen ist.«

Abbot gab ein Schnauben von sich. »Nein? Dann muss das wohl sein Zwillingsbruder sein, der gerade in diesem Moment mit Carrie tanzt.«

Äußerst verwirrt folgte sie der Richtung, in die Abbot schaute. Plötzlich entdeckte sie mitten im Wirbel der Tanzenden Rafe und Carrie.

Auf der Stelle fingen Alarmglocken an, in ihrem Inneren zu läuten. Das sah ihr überhaupt nicht ähnlich, die Ankunft des Mannes zu übersehen, der sich zu ihrem Rächer entwickelte. Sie schien nachzulassen. Es passte nicht zu ihr, ausgerechnet an ihrem letzten Abend durch so etwas zu Fall zu kommen. Erneut befürchtete sie, dass alles nur Teil irgendeiner sehr raffinierten Falle war.

»Ist er gerade in diesem Moment angekommen?«, wollte sie von Abbot wissen.

»Das kann ich Ihnen nicht sagen, meine Liebe, und es interessiert mich auch nicht im Geringsten. Fahren Sie einfach so fort. Zum Teufel mit Bellochs Geld, der Mann sollte hingehen, wo der Pfeffer wächst.«

Im weiteren Verlauf des Abends erkannte Mystere, dass ihr Versprechen, das sie Mrs. Astor gegeben hatte, unnötig gewesen war, denn es war Rafe, der ihr aus dem Weg ging –

abgesehen von seinem prüfenden Blick, mit dem er sie unermüdlich zu verfolgen schien.

Er hatte sich offensichtlich an Carrie gehängt und tanzte mehrmals mit ihr, trotz der wütenden und anklagenden Blicke von Antonia Butler. Was auch immer er im Schilde führte, Mrs. Astor versuchte es eindeutig zu vereiteln. Nachdem Rafe und Carrie schon wieder zusammen getanzt hatten, ging Caroline dazwischen. Sie wies Rafe der Herzogin zu und Carrie dem Herzog, und beide Besucher schienen äußerst zufrieden zu sein.

Paul gelang es, sich lange genug von Carolines Gruppe zu lösen, um Mystere einen Moment allein sprechen zu können.

»Du musst wohl unbedingt all unsere Pläne über den Haufen werfen, ist es so?«, klagte er sie in tiefem, nachdrücklichem Ton an.

»Wovon sprichst du?«

»Von Belloch, du kleiner Dummkopf. Kannst du nicht sehen, dass er mit Carrie flirtet, um dich eifersüchtig zu machen? Geh und unterhalte dich mit ihm.«

»Ich werde mich ihm *nicht* nähern. Außerdem – deine Aufseherin Mrs. Astor hat mir befohlen, mich von ihm fernzuhalten.«

»Schön«, murmelte in gedämpftem Zorn. »Bring uns ruhig ins Armenhaus – oder noch schlimmer.«

»Ich bin nicht diejenige, die unser Haushaltsgeld durch fadenscheinige Investitionen verschwendet, nur um den Reichen zu imponieren.«

»Das ist notwendig für unsere Täuschung«, zischte er und fügte hinzu: »Du junger Dummkopf.«

»Du *alter* Dummkopf.«

Paul setzte das Gesicht auf, das er in Gesellschaft immer

zu Schau trug, und ging so plötzlich wieder weg wie er gekommen war. Mystere fand eine nur schwach beleuchtete Ecke, wo sie unter dem harmlosen Vorwand, sich die Tanzenden anschauen zu wollen, jeden beobachten konnte. Sie erwartete, dass Rafe jeden Moment der Duchess of Granville entkam würde, um Lady Moonlight von Neuem quälen zu können.

Ein weiteres Mal jedoch überraschte er sie. Vielleicht anderthalb Stunden nach Ballbeginn bemerkte sie, dass er verschwunden war. In Rafes Fall war das nicht wirklich ungewöhnlich, denn er beachtete nur selten die Formalitäten, wenn es darum ging, eine gesellschaftliche Veranstaltung zu verlassen. Zweifelsohne hatte auch Mrs. Astor ihn vermisst, was man aus der Art und Weise schließen konnte, wie sie mit verwirrtem Gesicht die gesamte Gesellschaft absuchte.

Mystere glaubte nicht, dass er einfach nur beschlossen hatte, sie nicht mehr zu quälen. Und sollte dies alles Teil einer Falle sein, so konnte sie sich dennoch keinen Reim darauf machen. Nachdem Rafe gegangen war, schien niemand überhaupt mehr Notiz von ihrer Anwesenheit zu nehmen. Es war beruhigend, sich so anonym zu fühlen.

Und doch ... ist das Ganze nicht vielleicht ein wenig *zu* beruhigend?, fragte sie sich. Sie hatte beinahe schon das Gefühl, dass die Gäste sie misstrauisch beobachteten.

Unsinn, meldete sich ihr Verstand zu Wort. Glaubst du im Ernst, dass alle hier Anwesenden sich verschworen haben, dich in eine Falle zu locken? Womöglich sind sogar der Herzog und die Herzogin Teil dieses großen Planes, was? Paul hat Recht, du bist wirklich eine Närrin.

Mitten in diesen widersprüchlichen Gedanken schien ein

Gesicht mit einem gepflegten Schnauzbart sich plötzlich von der Menge abzusetzen und sich ihr zu nähern.

»Ist alles in Ordnung, Miss Rillieux?«, fragte Inspector Byrnes besorgt. »Sie sehen ein wenig blass aus.«

Einen Moment lang zog sich ihre Kehle vor Angst zusammen. Dann jedoch wurde ihr Folgendes bewusst: Wenn sie der Grund für ein Polizeinetz war, so würde der leitende Polizeibeamte sich ihr wohl kaum nähern, um auf diese Weise mit ihr zu sprechen und dadurch ihre Aufmerksamkeit auf sich zu lenken.

»Mir geht es gut, Inspector. Trotzdem vielen Dank, dass Sie sich erkundigen, das ist sehr freundlich von Ihnen. Es sind nur leichte Kopfschmerzen. Ich werde etwas dagegen nehmen, sobald ich wieder zu Hause bin.«

»Soll ich Ihnen einen Schluck Champagner bringen? Meine Frau trinkt oft ein Glas gegen Kopfschmerzen; das scheint ihr gut zu helfen.«

»Warum nicht? Ich danke Ihnen, das ist vielleicht genau die Stärkung, die ich brauche.«

Er ging, um ein Glas zu holen, und sie spürte, wie ein Teil ihrer alten Selbstsicherheit zurückkehrte. Erneut sagte sie sich, dass er sich ihr nicht so nähern würde, wenn sie unter Verdacht stünde. Er kehrte mit ihrem Getränk zurück, und sie plauderten noch ein wenig. Dann jedoch entschuldigte er sich, wie es der Anstand von einem verheirateten Gentleman forderte, der sich mit einer allein stehenden Frau unterhielt, und ließ sie allein.

Derart gestärkt wandte sie ihre Aufmerksamkeit wieder Antonia und ihrem überwältigenden Ring zu. Mystere hatte einen ausgezeichneten Aussichtspunkt auf der Galerie gefunden, wo sie sich ein wenig hinter einer Harfe mit vergoldeten Saiten verstecken konnte. Jeder, der sie beobachtete, konnte lediglich eine junge Frau sehen, die gedankenverloren an den Harfensaiten herumzupfte, während sie sich an den Tanzenden erfreute.

In Wahrheit jedoch beobachtete sie sorgfältig die versammelte Menge und ließ gleichzeitig Antonia nicht aus den Augen.

Endlich schien der günstige Moment gekommen zu sein.

Antonia, vielleicht verärgert darüber, dass Rafe sie wegen Carrie ignoriert hatte, hatte großzügig dem Wein zugesprochen. Da sie kein Mauerblümchen war, flirtete sie nun angeregt mit demselben jungen Kadetten, den Mystere abgewiesen hatte. Seine Uniform, vermutete sie, könnte sämtliche anwesenden Polizisten in der trügerischen Annahme wiegen, dass Antonias Ring momentan sicher war. Überhaupt schienen nur wenige Menschen sie zu beobachten.

Eine gute Gelegenheit allein war jedoch wertlos, wenn Antonia sich dazu entschloss, den Ring die ganze Nacht über zu tragen. Mystere war dank Rillieux' Drill ungeheuer talentiert, aber selbst sie konnte keinen Ring unbemerkt von einem Finger ziehen – wenn es ihr auch manchmal gelang, ein Armband von einem Handgelenk zu entfernen. Der Ring war schwer und unbequem, und in der Vergangenheit hatte Antonia ihn immer zu einem gewissen Zeitpunkt abgenommen, manchmal sogar mehrmals im Verlaufe eines Abends.

Ein paar Sekunden später tat sie dann auch genau das. Sie schob ihn unbewusst von ihrem Finger und steckte ihn in ihre kleine, mit Perlen bestickte Handtasche.

Mystere konnte ihr Herz schlagen hören. Sie hatte sich auf genau diese Eventualität vorbereitet und eine kleine Nähschere in ihr Täschchen gesteckt, bevor sie von zu Hause fortgegangen war.

So unauffällig wie möglich bewegte sie sich nun in Richtung des in ein Gespräch vertieften Paares, während ihre Augen gleichzeitig schnell über die gesamte Galerie wanderten, um den »richtigen Moment zu bestimmen«, wie Paul die letzte Entscheidung vor dem Diebstahl nannte.

Niemand schien Notiz von ihr zu nehmen. Offensichtlich hatte Caroline Paul dazu überredet, eine kleine Demonstration des »Mentalismus« zu geben. Viele der Nichttänzer hatten sich in einer entlegenen Ecke um ihn geschart, unter ihnen ein völlig vertiefter Inspector Byrnes.

Ergreife die Gelegenheit, drängte eine innere Stimme sie – die erfahrene Stimme einer Meisterdiebin. Trotzdem aber drohten Ängste und Zweifel sie zu lähmen, auch dann noch, als sie näher an Antonia und den Kadetten herankam. Selbst unter den günstigsten Umständen würde das ein schwieriger Diebstahl werden. Sie würde ziemlich nahe an Antonia heranstreifen und sich mit blitzartiger Geschwindigkeit bewegen müssen, ohne auch nur den geringsten Spielraum für Ungeschicklichkeit.

Sie war kurz davor, es sich anders zu überlegen. Plötzlich jedoch erfüllte Brams Bild ihre Gedanken, das Bild dieses blonden Seemannes, dem sie vor Jahren hinterhergerufen hatte. Unvermittelt mit neuer Entschlossenheit erfüllt hielt sie auf ihr Ziel zu.

Nun übernahmen Rillieux' lange Jahre exzellenter Schulung das Ruder. *Anmutig und fließend, Mystere, wie eine Ballerina, die ein Plié durchführt; flink und entschieden, wie ein Adler einen Falken tötet.*

Sie ließ den Verschluss ihres Täschchens aufschnappen, damit dieses bereit sein würde. Da sie den Zeitpunkt ihrer Annäherung stets mit höchster Konzentration auswählte, wartete sie einen Moment ab, in dem Antonia in irgendetwas vertieft war, das sie gerade dem Kadetten erzählte. Die perlenbestickte Handtasche befand sich in ihrer linken Hand, wo sie zwischen den Falten ihres Kleides hervorlugte.

Sie machte einen geschickten und flinken Schnitt.

Der Ring gehörte ihr.

Um für einen plötzlichen Aufschrei gewappnet zu sein – der jedoch nie eintrat – ging Mystere schnurstracks, jedoch langsamen Schrittes durch die Galerie. In nur wenigen Sekunden befand sie sich auf dem Rasen der Addison-Villa, vorerst also in Sicherheit. Natürlich würde ihr rascher Aufbruch mit dem Diebstahl in Verbindung gebracht werden, aber bis dahin hatte sie schon vor, sich in ihrem Versteck zu befinden.

Dem Wind ausgesetzt bemerkte sie nun, dass die Nacht für Ende Juni überraschend kühl war. Eine plötzliche, peitschende Böe schnitt wie ein scharfes Messer in ihre ungeschützte Haut und ließ sie wünschen, einen Umhang mitgenommen zu haben. Unter einer Gaslaterne sah sie einen Lakaien stehen und rief ihm zu.

»Ja, Ma'am?«, antwortete dieser und lief zu ihr hinüber.

»Besorgen Sie mir bitte eine Mietdroschke. Ich fühle mich nicht wohl und möchte früher nach Hause.«

»Wird sofort erledigt, Miss.«

Er eilte nach draußen auf die Allee. Mystere wusste, dass ihr mit Rillieux noch eine Menge Probleme bevorstanden. Der Aufschrei würde jeden Moment zu hören sein, sobald Antonia ihren Ring vermisste. Sie brauchte noch ein wenig Glück, um nach Hause fahren zu können, den Kutscher zu bezahlen, damit er ihren Fluchtkoffer für sie hinuntertrug und sie in ihr neues Zimmer in die Centre Street brachte, noch bevor sie Paul gegenübertreten musste.

Mitten in diesen Gedanken tauchte plötzlich eine schattenhafte Gestalt aus dem nahe gelegenen Gebüsch auf. Sie vermutete, dass dies ein weiterer Lakai war. Plötzlich jedoch starrte sie auf einen Polizisten, der seine Pistole gegen sie gerichtet hielt, während sie sowohl mit ihrer eigenen als auch dem Rest von Antonias abgeschnittener Tasche in der Hand da stand.

»Das ist also unsere berüchtigte kleine Diebin. Lass mich dich gut anschauen unter dem Gaslicht, damit ich Inspector Byrnes erzählen kann, wer du bist.« Er trat aus der Dunkelheit hervor, während sie zurückwich.

Plötzlich wurde sie von Panik ergriffen. In ihren Ohren hämmerte das Geräusch ihres eigenen Blutes, das aus ihren Wangen entwich. Sie war erwischt worden. Ihr schlimmster Albtraum würde nun wahr werden.

»Komm hier herüber«, sagte er und machte mit seiner Pistole eine drohende Bewegung in ihre Richtung. »Gib mir deinen Namen, damit ich dich zu Inspector Byrnes bringen kann.«

Instinktiv machte sie noch einen Schritt zurück.

»Komm hierher, und keine Tricks. Ich habe noch nie eine Dame erschossen, aber für alles gibt es ein erstes Mal – he, du!«

Ein unbändiger Wille zu überleben nahm Besitz von ihr. Gegen jede Vernunft raffte sie ihr Kleid und machte sich davon wie eine wilde Stute, die vor einem Feuer davonläuft. Sie rannte in Richtung der Kutschen. Vielleicht hatte sie vor, eine Mietdroschke zu finden. Vielleicht war ja auch Hush dort und konnte ihr helfen, sich zu verstecken. Sie wusste es nicht. Sie wusste lediglich, dass sie rannte, als wäre der Teufel hinter ihr her, und wegen des ohrenbetäubenden Lärms ihres eigenen Herzschlags hörte sie weder den Pfiff des Polizisten noch den Aufschrei im Ballsaal, als ein Knall aus dem Revolver des Polizisten zu hören war.

Sie hatte von angeschossenen Hunden gehört, die meilenweit gelaufen waren, um ihr Herrchen zu finden, und die dann tot vor dessen Füßen zusammengebrochen waren. Das Brennen in ihrem Oberarm war wahrscheinlich nicht lebensbedrohlich, der Schmerz war jedoch unerträglich. Noch immer rannte sie, angeschossen wie ein Hund. Selbst als sie über ihr schweres, minzfarbenes Satinkleid stolperte, rannte sie weiter.

So lange, bis ein Paar starker Arme sie in der Dunkelheit ergriffen und in eine wartende Kutsche hineinzerrten.

Verwundet, das Kleid blutdurchtränkt, kämpfte sie gegen ihren Ergreifer. Schraubstockartige, raue Hände drückten sie auf den Sitz hinunter. Dann verrieten seine Worte ihr, dass das Spiel verloren war.

»Erwischt, Lady Moonlight«, freute Rafe Belloch sich hämisch.

# 19

Beim Klang von Rafes Stimme wurde Mysteres Herz schwer wie ein Stein.

»Lassen Sie mich gehen«, flehte sie ihn an und versuchte vergeblich, sich aus seinem Griff zu befreien. »Lassen Sie mich gehen!«

»Ich denke gar nicht daran«, sagte er trocken und klopfte dann an die Vorderwand der Kutsche. Im Galopp fuhren sie davon.

Er ließ sich auf dem Sitz ihr gegenüber nieder und musterte sie so gut es in der Dunkelheit ging.

Sie rutschte zur Tür hinüber, stand auf, um sie zu öffnen. Mit ihrer nachlassenden Kraft war sie jedoch nicht in der Lage dazu. Er stieß sie wieder auf Ihren Sitz zurück.

»Sie haben verdammtes Glück, dass ein Nordwind von Kanada herüberweht«, sagte er zu ihr. »Die Reporter waren alle schon gegangen. Diese kleine Szene wird also nicht in den Klatschblättern enden. Aber sie werden natürlich eine größere Geschichte haben, nicht wahr?«

Er wartete auf eine Antwort, sein Schweigen schien sie zu verspotten.

Sie weigerte sich, ihn auch nur anzusehen.

Ein starker, wenn auch behutsamer Griff zog ihre Hand von der Wunde weg. Er untersuchte sie kurz und verband sie dann mit einem Taschentuch aus seiner Jackentasche. »Das wird eine schöne kleine Narbe geben, Lady Moonlight, aber ich bezweifle, dass Sie daran sterben werden. Die Kugel hat Ihren Arm nur gestreift.«

Er setzte sich zurück auf den gegenüberliegenden Sitz und beobachtete sie ein paar lange, qualvolle Minuten. »Was haben Sie gestohlen?«, fragte er freiheraus. »Ich vermute, dass Sie irgendwie an Antonias Smaragdring rangekommen sind.«

Sie sagte nichts. Es hatte keinen Sinn. Sie starrte ihn nur unglücklich an, während sie mit einer Hand ihren verbundenen Arm festhielt und mit der anderen Antonias wertvolles Seidentäschchen mit dem Smaragd.

Sein Mund verzerrte sich zu einem höhnischen Grinsen. »Sie haben schon eine Menge Dinge getan, Lady Moonlight, nicht wahr, das haben Sie doch? Ich hatte den Verdacht, dass Sie etwas versuchen würden. Stellen Sie sich nur meine Überraschung vor, als ich Sie draußen mit einer Pistole auf Sie gerichtet entdeckte. Nun schauen Sie sich nur an. Sie sind verwundet, und Sie sind gefangen. Schlimmer hätte es kaum kommen können, nicht wahr?«

»Lassen Sie mich gehen«, forderte sie, indem sie all ihren Mut zusammennahm.

»Sie gehen lassen?« Er brach plötzlich ab, als ob ihm eine Idee gekommen wäre. »Ich sage Ihnen was, ich stelle Sie vor die Wahl. Entweder, Sie kommen mit mir, um mit was auch immer konfrontiert zu werden, oder wir kehren zum Ball zurück, um mit *ihnen* konfrontiert zu werden. Vielleicht werde ich ja verkünden, dass alle Damen eine Bestandsaufnahme ihrer Wertsachen machen sollen. Was meinen Sie? Machen Sie Ihre Flucht bei mir wieder gut, oder gehen Sie lieber zu Inspector Byrnes und dem trefflichen Gentleman, der Sie angeschossen hat?«

Die Ungeheuerlichkeit seines Angebotes traf sie mit voller Kraft. Ihr vernichtendes Schweigen entlockte ihm ein weiteres Lachen.

»Genauso, wie ich es mir dachte.«

Sie hatte angefangen zu zittern, nicht vor Kälte oder durch den Schmerz in ihrem Arm, sondern vielmehr vor wahnsinniger Angst. Es gab nichts Schlimmeres, als sich dem Unbekannten stellen zu müssen, und bei Rafe Belloch war es unmöglich, einen Ausgang vorherzusagen.

Während er sie weiter beobachtete, zog er langsam seine Jacke aus und legte sie ihr über die Schultern.

»Nun«, sagte er mit selbstgefälliger Befriedigung, als er Antonias Tasche an sich nahm, »dann geben Sie mir mal Ihre Trophäe.«

Während sie sich ausgesprochen hilflos und verdammt fühlte, sah sie ihm dabei zu, wie er den Verschluss von Antonias Täschchen öffnete und dessen Inhalt auf seinen Schoß fallen ließ. Er zog einen der Ledervorhänge beiseite, um die gespenstische Beleuchtung der Gaslaternen auf der Straße hereindringen zu lassen.

Und dort, eingebettet zwischen einem Spitzentaschentuch und den kleinen Gastgeschenken, die den Frauen überreicht worden waren, lag das Objekt ihrer Begierde: der erstaunlich große, von Diamanten umrahmte Smaragdring. Selbst in gedämpftem Licht war sein durchschimmernder grüner Glanz noch atemberaubend.

»Nun sieh sich einer das an«, murmelte Rafe und verfiel in fast ehrfürchtiges Schweigen.

Er nahm den Ring hoch und studierte ihn, als wäre er nicht in der Lage, einen so riesigen und so kunstvoll geschliffenen Stein zu begreifen.

Dann schaute er auf und durchbohrte sie mit seinem Blick. »So. Unsere kleine Unschuld ist also tatsächlich aus der Art geschlagen, genau so, wie ich es schon gewusst hatte.«

»Wenn Sie sich Ihrer Sache so sicher waren, warum spielen Sie dann jetzt den Überraschten?«, antwortete sie kalt.

»Es ist nicht Überraschung«, versicherte er ihr. »Lediglich eine gewisse Verwunderung. Es ist immer wieder eindrucksvoll zu sehen, wie eine Theorie zu einer Tatsache wird. Was hatten Sie vorgehabt, mit diesem Stein zu tun? Frankreich zu kaufen?«

Sie öffnete den Mund, um sich irgendwie zu verteidigen, die Worte blieben ihr jedoch im Halse stecken, als eine Welle der Erschütterung über ihr zusammen. Sie konnte nicht glauben, was sie da sah.

Ein Schrei entwich ihrer Kehle und ihre Hand schoss nach vorn.

»Oh nein, das werden Sie nicht tun«, verspottete Rafe sie und zog den Smaragd aus ihrer Reichweite zurück.

Es war jedoch nicht der Smaragd, der sie interessierte. Stattdessen griff sie nach einem der Gastgeschenke, die aus Antonias Tasche gefallen waren – es war ein mit goldenen Pailletten besetzter Fächer aus Seide und Spitze.

Mystere hatte nicht einmal einen Blick auf den Fächer geworfen, als sie ihr Gastgeschenk früher an diesem Abend in ihre Tasche gesteckt hatte. Antonias Fächer hatte sich jedoch teilweise geöffnet, als er in Rafes Schoß gefallen war. Nun starrte sie, unfähig zu glauben, was sie da sah, auf das seltsame Motiv, das sie seit ihrer Ankunft in Amerika schon quälte.

Aufgedruckt auf beide Seiten des Fächers fand sie das zweigeteilte Bild aus einem halben Adler und dem Arm eines Mannes, in dessen Hand ein Dolch steckte. Ganz genau das gleiche Motiv, das auf dem Brief aufgeprägt war, in dem auf ein Testament zu ihren und zu Brams Gunsten angespielt wurde – und der genau der Grund war, aus dem ihre sterbende Mutter sie nach New York geschickt hatte. Nur, dass dieses Mal weitere Insignien hinzugefügt waren: ein von Lorbeerblättern umgebener Hirsch.

»Was ...?« Sie musste erst aufhören und schlucken, da ihre Stimme gerade dabei war, sie im Stich zu lassen. »Was ist das?«, wollte sie von ihm wissen.

Rafe, dessen Augen sich grüblerisch verengten, während er sie beobachtete, sagte ernsthaft: »Kommen Sie nur nicht auf die Idee, Verrücktheit vorzutäuschen; das würde nicht funktionieren. Sie sind so berechnend wie ein Krähenpaar, und dieser Quatsch würde mich nicht umstimmen.«

»Nein«, keuchte sie, während sie noch immer wie angewurzelt auf den Fächer starrte, »Sie verstehen nicht, ich kenne dieses –«

»Zurück zum eigentlichen Thema, Sie liederliches Frauenzimmer«, knurrte er und warf den Smaragd unbarmherzig hoch, um ihn dann geschickt wieder aufzufangen. »Nicht nur, dass Sie Lady Moonlight sind, sie waren auch diejenige, die mich in Five Points beraubt hat. Ich will ein Geständnis. Das ist die erste Rechnung, die hier fällig wird.«

Einen kurzen Moment zuvor hätte sie es noch zugegeben – warum auch nicht? Ihre Situation erschien hoffnungslos. Der Anblick dieses seltsamen Motives hatte sie jedoch mit neuer Willenskraft erfüllt zu widerstehen, zu lügen und wirklich alles zu tun, um freibleiben zu können, damit sie dieser unerwarteten Offenbarung nachgehen konnte.

»Ich bin nicht Lady Moonlight«, erwiderte sie scharf. »Ich habe Antonias Tasche auf dem Fußboden des Ballsaals gefunden und bin in den Garten gegangen in der Annahme, dass sie mit dem jungen Soldaten dorthin gegangen sei.

Dann erschreckte mich der Polizist, indem er mich in der Dunkelheit überraschte, und als ich mich umdrehte, um in den Ballsaal zurückzukehren, verletzte er mich. Also bin ich natürlich gerannt. Ich war zu Tode erschrocken.«

Seine Kinnlade fiel vor Staunen über ihre dreisten Lügen und Anschuldigungen nach unten. »Oh, wie konnte das nur passieren? Sie meinen, dass alles nur ein schreckliches Missverständnis gewesen ist?«, ging er sarkastisch darauf ein.

»Ja«, flüsterte sie, durch ihre noch immer blutende Wunde geschwächt. Zerstreut öffnete sie den Fächer und sah ihn sich genauer an, als wäre er eine heilige Reliquie.

Er starrte sie an, während seltsame, widersprüchliche Emotionen über sein hartes Gesicht zogen.

»Was bedeutet dieses Symbol?«, fragte sie mit ernsthaftem Blick.

Er beugte sich näher zu ihr, um ihr Gesicht genau betrachten zu können. »Sie schauspielern also nicht, oder? Sie wollen es wirklich wissen?«

»Bitte. Wissen Sie, was es bedeutet?«

Er schien ziemlich verblüfft zu sein. »Schauen Sie, Sie haben gewichtigere Probleme als –«

»*Bitte.* Wissen Sie es?«

»Diese Fächer hat die Duchess of Granville, die, wie Sie sicherlich wissen, aus London zu Besuch ist, an die Damen verteilt. Das Grundmotiv auf dem Fächer, wie ich heute Abend selbst erst durch Carrie erfahren habe, ist aus dem Schutzschild von Connacht, wo die Herzogin ihre Wurzeln hat. Der Hirsch und die Lorbeerblätter stammen aus dem Wappen der Granville. Warum sind Sie so sehr davon angetan?«

Anstelle irgendeines Gefühles von Erleuchtung bewirkte die Antwort lediglich, dass sie sich vernichtet und emotional ausgelaugt fühlte. Nun war sie beim Stehlen erwischt worden, und das erste Mal in all den Jahren, in denen sie versucht hatte, Antworten auf das Rätsel ihrer Vergangenheit zu finden, machten diese Antworten sie ratloser denn je zuvor.

Sie und Bram stammten aus Dublin, einer Stadt, die sich auf der genau entgegengesetzten Seite Irlands befand als die Provinz Connacht. Und es gab in dem Brief aus New York keine Anzeichen dafür, dass sie ihre Verwandten in London oder unter dem britischen Adel finden würde. Der Duke und die Duchess of Granville hatten mit Sicherheit in keiner Weise etwas mit zwei Waisen zu tun, die im Diebstahl geschult worden waren – allein schon der Gedanke daran war lachhaft. Rafes Antworten erschienen ihr genauso nutzlos zu sein wie ihre Fragen.

»Warum sind Sie so sehr davon angetan?«, wiederholte er ungeduldig.

»Bin ich nicht«, antwortete sie schließlich in hoffnungslosem, niedergeschlagenem Ton. Entmutigt und schwach vor Schmerzen sank sie in sich zusammen und ergab sich selbst einem schrecklichen Schicksal in den Händen von Rafe Belloch.

»Werden Sie mich der Polizei übergeben?«, fragte sie ihn mit dumpfer Stimme.

»Wäre das etwa ein Problem, da Sie ja so überschwänglich Ihre Unschuld beteuern?«

Allerdings wäre es das, dachte sie. In Wirklichkeit jedoch machte sie sich mehr Sorgen wegen Rillieux. Er würde sie umbringen, jetzt, wo er wusste, dass sie für sich allein arbeitete. Sein Zorn würde schlimmer sein als alles, was die Obrigkeiten tun könnten. Nach außen hin mochte er ja ein liebenswürdiger Gentleman sein, sie wusste jedoch ganz sicher, dass dieser Mann ungeheuerliche Grausamkeiten begangen hatte, vor allem gegen die, die sich ihm gegenüber illoyal verhalten hatten.

Belloch stieß ein bitteres Lachen aus. Er hielt ihr den Ring unter die Nase und zwang sie dadurch, ihren Kopf abzuwenden wie ein Kind, das sich weigert zu essen.

»Ihr Berufsdiebe kämpft instinktiv, nicht wahr? Nun, machen Sie sich keine Sorgen wegen der Polizei, Lady Moonlight. Ich habe kein Interesse daran, eine stümperhafte Regierung meine persönlichen Rechnungen begleichen zu lassen. Erinnern Sie sich bitte daran, dass ich derjenige in Five Points gewesen bin. Ich habe das niemals vergessen.«

Angst schnürte ihr die Kehle zu. »Was haben Sie also vor?«

»Ich habe meine eigene Bestrafung für Sie. Sie werden in nur wenigen Minuten meine Yacht besteigen. Dann werde ich Sie mit in mein Haus nehmen, wo Sie genau der gleichen Demütigung unterzogen werden, die *ich* in der Gasse von Five Points erleiden musste.«

Obwohl sie wie betäubt war, gelang es ihr doch zu flüstern: »Welche Demütigung?«

»Spielen Sie noch immer das unschuldige, kleine Engelchen? Nun, dann lassen Sie es mich deutlicher ausdrücken.« Sein Gesicht wurde hart, und seine Worte wurden scharf. »Zuerst werde ich Ihre Wunde behandeln lassen. Und dann, wenn es Ihnen wieder richtig gut geht, werde ich dabei zuschauen, wie Sie sich vor meinen Augen ausziehen – sich völlig entkleiden bis auf ihre wunderschöne, kreolische Haut. Und dann, ganz nach Lust und Laune, werde ich Ihnen erlauben, mein Haus zu verlassen, Sie werden es jedoch mit nicht mehr verlassen, als ich zu dem Zeitpunkt anhatte, als Sie mich schließlich in der Dunkelheit stehen ließen.«

# 20

Zu dieser späten Stunde gab es so gut wie keinen Verkehr mehr, und Rafes Kutscher ließ den Pferden freien Lauf, wobei ihre eisenbeschlagenen Hufen auf dem Kopfsteinpflaster Funken schlugen. Innerhalb weniger Minuten hatten sie die ruhige, beinahe ausgestorbene Battery erreicht. Die Nacht war kühl und düster geworden, feucht und neblig.

Die letzte Fähre des Tages nach Staten Island hatte schon für die Nacht angelegt. Rafes Dampfyacht jedoch, die *Courageous Kate,* wartete an einem nahe gelegenen Schiffslandeplatz. Die Crew befand sich schon in Bereitschaft, die Dampfkessel hatten den nötigen Druck für die Fahrt. Ganz in der Nähe lagen ein paar weitere Yachten vertäut, einschließlich einer, die den Astors gehörte.

Mystere, noch immer starr vor Schreck über Rafes angekündigte Bestrafung, ließ sich beinahe widerstandslos den Landungssteg hinaufführen.

»Ein wenig frisch heute Abend, was, Skeels?«, begrüßte Rafe einen Mann seiner Crew, der darauf wartete, die Planke einzuholen und das Anlegeseil loszumachen.

»Kälter als das Herz eines Grundbesitzers, Sir. Ihr Ofen unter Deck ist schon angezündet worden«, antwortete Skeels, wobei sein Blick in dem flackernden Schein einer kerosinbetriebenen Positionslampe rasch über Mystere glitt.

Mystere zitterte noch immer, trotz der zusätzlichen Wärme durch Rafes Jacke. Sie schöpfte neuen Mut bei der Erwähnung eines warmen Ofens. Als ob Rafe jedoch diese Gedanken verstanden hätte, erwiderte er: »Ich danke dir, aber ich würde sagen, wir beide werden es auch auf dem Deck aushalten.«

Noch mehr von dieser vorsätzlichen Grausamkeit, dachte sie, denn er kann sehen, dass ich durchgefroren bin. Und er ist es genauso, er wird jedoch mit Freuden leiden, wenn das nur gleichzeitig mehr Elend für mich bedeutet.

Aber selbst ihre Verärgerung über ihn konnte nicht länger eine wachsende, durch Angst hervorgerufene Übelkeit unterdrücken. Sie wusste nicht, wie sie jemals die Nacht überleben sollte.

Die Crew zog den Anker hoch und die Yacht drehte bei, wobei ihr Bug für die kurze Fahrt über die Upper Bay nach Staten Island in Richtung Südwesten zeigte. Eine Hand fest auf ihrem Arm führte Rafe sie zur Reling, lehnte sich dort an und beobachtete sie, während sie sich ihren Weg durch das Wasser bahnten.

»Sie machen einen entsetzlichen Fehler«, sagte sie mit leiser, hilfloser Stimme zu ihm.

Er tätschelte seine Hemdtasche, die nun Antonias Ring enthielt. »*Sie* waren es doch, die den ersten Soldaten in diesem Krieg ausgesandt hat«, erinnerte er sie, »als Sie mich in Five Points beraubt hatten.«

»Zur Hölle mit Ihnen, ich habe Sie nicht beraubt!«

»Das Fluchen gefällt mir an Ihnen, es ist sehr damenhaft«, versicherte er ihr.

Ein erschütterndes Elend erfüllte sie. Verzweifelt versuchte sie nun, eine andere Richtung einzuschlagen. »Selbst wenn ich wirklich Lady Moonlight wäre«, argumentierte sie,

»so hieße das noch lange nicht, dass ich Sie auch in Five Points ausgeraubt habe, oder?«

»Wir beide wissen, dass Sie diejenige gewesen sind, die mich beraubt hat. Und schon bald werden wir das unter Beweis stellen. Und was Lady Moonlight angeht – ich hege keinerlei Groll gegen sie. Tatsächlich habe ich es sogar genossen, sie zu beobachten – sie macht, ich meine, Sie machen die ›oberen Vierhundert‹ nervös.« Er starrte sie an, versuchte, ihren Gesichtsausdruck zu interpretieren. »Ich vermute, das erklärt auch meine fixe Idee, Sie ergreifen zu wollen ... Sie haben zu wollen.«

Die Yacht fuhr langsam an Governors Island vorbei und dampfte ruhig immer weiter auf Staten Island zu, wo ein paar einsame Küstenlichter wie Leuchtkäfer blinkten. Mystere konnte durch die Sohlen ihrer Schuhe hindurch das Brummen der Maschinen spüren. Sie wurde von einer tiefen Traurigkeit ergriffen. Erneut konnte sie die freudige Überraschung beim Anblick der Insignien aus dem Schutzschild von Connacht verspüren – und dann ihre bittere Verzweiflung darüber, dass es sie nicht weiterbrachte. Wenn Rafe sie nicht so festhalten würde, hätte sie vielleicht über die Reling springen und allem ein Ende bereiten können.

Einen Moment lang trat der Mond hinter den über den Nachthimmel jagenden dunklen Wolken hervor und tauchte die Bucht in silbriges Licht. Aber dieser Anblick verstärkte ihren Kummer nur noch. Alle zwei Wochen unternahm das Boot der Charity Commission im Schutze der Dunkelheit eine Fahrt nach Hart Island, einem trostlosen Flecken in Long Island Sound, wo die Stadt ihre Armen in anonymen Massengräbern beerdigte.

Sie konnte nun einen Blick von dem Boot erhaschen, das

mit billigen Särgen beladen war und auf die Mündung des East River zufuhr. Plötzlich hallte eine zufällige Bemerkung in ihren Gedanken wider, die Lorenzo Perkins über Bram gemacht hatte: *Es ist gut möglich, dass er inzwischen in Potter's Field begraben liegt.*

Überwältigt von diesem Anblick wandte sie sich ab.

»Das Todesboot ist ein trauriger Anblick«, bemerkte Rafe mit einer Spur von Mitgefühl in seiner Stimme.

»Sie wissen doch gar nicht, was es heißt, arm und verlassen zu sein«, sagte sie sarkastisch.

»Ich zahle mit gleicher Münze heim«, erwiderte er kalt. Dann jedoch veränderte sich seine Stimme. Seine Worte bekamen eine seltsame, schwermütige Note. »In jener Nacht, als ich Sie in der Gartenlaube küsste, hatte ich vor, mehr zu geben. Ich hätte Ihnen gerne mehr gegeben, wenn Sie – es erwidert hätten.«

Sie drehte ihr Gesicht weg, um ihn nicht anschauen zu müssen. Das stachelte ihn jedoch lediglich zu noch größeren Quälereien an. Er nahm seine Hand von ihrem Arm fort und benutzte sie, ihr Kinn zu umfassen und sie dadurch zu zwingen, ihn anzuschauen.

»Das ist ein Vollmond dort hinter den Wolken«, erinnerte er sie. »Es ist ein weit verbreiteter Glauben, dass das Gehirn durch die verschiedenen Mondphasen beeinflusst wird – einige Menschen sind buchstäblich ›mondsüchtig‹. Sagen Sie mir, Lady Moonlight, ist das auch *Ihre* Rechtfertigung? Vor Gericht könnten Sie damit womöglich Erfolg haben: ›Der Mond lässt mich solche Dinge tun, Euer Ehren, ich kann einfach nichts dagegen tun.‹«

Wieder lachte er, während seine Augen sie verspotteten, und in diesem Moment erfüllte sie ein abgrundtiefer Hass gegen ihn.

»Vor Gericht? Ich dachte, Sie wollten mich nicht vor die Obrigkeiten bringen«, erinnerte sie ihn. »Ich dachte, diese Qual hier wäre ein Weg, das Gefängnis zu umgehen.«

»Wenn Sie mit dieser Karriere weitermachen, wird irgendjemand schon noch dafür sorgen, dass Sie im Gefängnis landen. Irgendwann wird das Diebesgesindel doch zwangsläufig geschnappt. Ich habe aber vor, diese Nacht und die nächste und auch die übernächste zu Ihrer Besserung zu nutzen.«

Erschüttert und sprachlos starrte sie ihn an, und sie fragte sich, ob sie gerade einen Pakt mit dem Teufel geschlossen hatte.

Die *Courageous Kate* legte so an, dass sie Rafes Haus leicht zu Fuß erreichen konnten. Von der Küste der Insel aus gesehen hockte das dunkle Gebäude bedrohlich auf seiner kleinen Anhöhe und erinnerte Mystere an eine alte Burg aus einem Zigeunermärchen. Der Mond kam kurz hinter einer Wolkenbank hervor, wodurch sie eine in der Nähe gelegene Remise erkennen konnte, die mit Glyzinien überwachsen war.

Während ihres kurzen Fußmarsches sagte Rafe kein einziges Wort, und durch das trübe Mondlicht konnte sie sein Gesicht nicht erkennen. Trotz ihrer zunehmenden Verzweiflung wüteten ihre Instinkte. Sie wollte bis zum Schluss ihre Unschuld beteuern. Es war jedoch gut möglich, dass er inzwischen etwas erfahren hatte – vielleicht aus New Orleans – was seine derart starke Überzeugung von ihrer Schuld erklären würde. Sie hatte keinen Zweifel daran, dass sie schon bald seine Gedanken erfahren würde.

Sie hielten bei einem stattlichen, aus unbearbeitetem Stein gebauten Pförtnerhäuschen an, das mit schmiedeeisernen Pfeilern versehen war.

»Jimmy!«, rief Rafe. Einen Moment später drehte jemand ein paar Meter entfernt eine Laterne auf. Eingeschüchtert durch den kräftigen, grobknochigen Pförtner, der aus dem Pförtnerhäuschen heraustrat, wich Mystere zurück. Sie starrte auf die Waffe, die in seinem Gürtel steckte.

»Meine männlichen Bediensteten sind alle bewaffnete, gut ausgebildete Schützen, genauso wie ich. Sie sind nicht die Einzige, die mich hasst, Lady Moonlight«, murmelte Rafe, als Jimmy das schwere Tor öffnete. »Die Populisten schreien ebenfalls nach mir.«

Sie hatte gehört, dass Abbot Pollard die Populisten schon viele Male verdammt hatte. Jimmy schloss hinter ihnen das Tor wieder zu, und Rafe schob sie unter dem Einsatz erbarmungsloser Kraft zum Vordereingang des fast dunklen Hauses hinauf.

Er zog an einem Klingelzug, der neben der massiven Tür hing. Kurze Zeit später ließ eine in frischem weißem Leinen gekleidete Frau mittleren Alters sie ein. Mystere warf einen flüchtigen Blick hinter sie und sah eine stattliche Haupteingangshalle mit einer Standuhr aus englischer Eiche. Das einzige Licht kam jedoch – kaum ausreichend – von einem sechsarmigen Messingkronleuchter.

»Gas ist hier draußen zwar inzwischen erhältlich«, erklärte Rafe, als er ihren erstaunten Blick sah, »aber ich hasse den Geruch und benutze es nur im Studierzimmer, wo ich arbeite. Ich warte lieber auf Elektrizität.«

Er wandte sich an die Bedienstete. »Guten Abend, Ruth. Dies ist Miss Rillieux. Sie wird über Nacht bleiben.«

»Ma'am.« Ruth warf ihrem Arbeitgeber einen diskreten, fragenden Blick zu. »Soll ich ein Zimmer für sie fertig machen, Sir?«

Rafes Lippen öffneten sich zu einem wölfischen Grinsen. »Ich denke nicht. Ein *Gast* verdient ein Zimmer. Eine Kriminelle aber verdient eine Zelle.«

Die Frau war offensichtlich erschrocken über diese Neuigkeit, als ob Kriminalität das letzte sei, was sie sich bei dieser jungen, elegant gekleideten Frau vorstellen konnte.

»Auf alle Fälle hat sie aber einen Unfall gehabt«, fügte er hinzu und zog seine Jacke von Mysteres Schultern. »Glauben Sie, dass eine Ihrer Hexensalben das heilen könnte, oder soll ich lieber einen Arzt kommen lassen?«

Ruth untersuchte die Wunde, nachdem Rafe das Taschentuch entfernt hatte. Sie sagte mit Überzeugung: »Ich kann mich darum kümmern, Sir. Keinen Grund, den Arzt kommen zu lassen.«

Rafe lachte. »Ich werde Sie dann also weitermachen lassen, Ruth«, fügte er hinzu. »Ist Sam noch auf?«

«Er ist in seinen Räumen und liest, Sir. Ich hatte ihm gerade eben ein wenig Kakao gebracht.«

Ruth warf einen letzten, unsicheren Blick auf Mystere und verschwand dann irgendwo im dunklen Inneren des großen Hauses. Rafe, der Mysteres Handgelenk so fest hielt, dass es schmerzte, führte sie zu einem engen Treppenhaus, von dem aus man anscheinend in die Küche gelangte.

»Lassen Sie mich Ihnen Ihr späteres Quartier zeigen«, machte er sich in korrektem und höflichem Ton über sie lustig, als wäre er ein Gastwirt und sie ein Gast. Er entlieh sich einen vierarmigen Kerzenleuchter aus seinem Ständer neben der Treppenhaustür.

Das Licht vor sich nach vorn haltend führte er seine widerwillige Gefangene nach unten in ein feuchtes, düsteres Gemach, das sie nur als Verlies bezeichnen konnte. Das Licht warf sich verändernde Schatten auf die Wände aus kaltem, grauem Gestein. Überall hingen Spinnweben.

»Geben Sie Acht auf Ratten«, warnte er sie und musste grinsen, als sie daraufhin näher an ihn heranrückte.

Vor einer Eisentür mit abgedecktem Guckloch blieb er stehen und schob die Klappe beiseite.

»Werfen Sie einen kurzen Blick hinein«, forderte er sie vergnügt auf. »Direkt unter der Decke befindet sich ein Gitter, das Mondlicht hereinlässt. Wäre das nicht passend für eine nächtliche Plünderin, wie Sie eine sind?«

»Sie würden es nicht wagen, mich hier einzusperren«, protestierte sie, während sie ihre Angst durch Kühnheit überspielte. »Sie haben absolut kein Recht, so etwas zu tun.«

»Oh, es wird nicht nötig sein, wenn Sie kooperieren. Ansonsten werden Sie den Rest der Nacht hier unten verbringen – ein wenig Hausarrest, sozusagen, damit Sie Ihr Gewissen prüfen können. Wenn Sie dann jedoch auch weiterhin nicht kooperieren wollen, so werden Sie sehr viel länger hier bleiben, mit Recht oder ohne.« Er lächelte und wies auf das Guckloch. »Kommen Sie schon, schauen Sie hinein.«

Sie brachte ein Auge zum Guckloch hinunter und erblickte eine kahle Steinzelle mit lediglich einem dünnen, aus schäbigen Fetzen geflochtenen Läufer, der einen Teil des Bodens aus festgestapfter Erde bedeckte. Das »Bett« bestand aus einem schmalen, hölzernen Brett, das aus einer der Wände herausragte.

»Ich nehme an, Sie können erraten, wofür der Eimer in der Ecke bestimmt ist«, bemerkte er, woraufhin sie schnell wieder wegschaute.

»An diesem Ort wurden während des Krieges rebellierende Spionageagenten festgehalten«, erklärte er ihr. »Meist waren es weibliche Spione, die für … spezielle Befragungen hier hergeschickt wurden, so könnte man es nennen. Vielleicht nicht unähnlich der Erfahrung, die Sie bald machen werden.«

»Das können Sie nicht tun«, stieß sie voller Verachtung gegen ihn aus, obwohl noch immer Angst ihre Knie wie ein regengetränktes Kätzchen zittern ließ.

»Nein?« Er gab ihr ein Zeichen, ihm zu dem engen Treppenhaus zu folgen. »Dann überzeugen Sie mich doch auf eine andere Weise. Ich würde Sie auch viel lieber in Seidenlaken sehen als in diesem abscheulichen Verlies.«

Ein Schauder lief ihr bei dieser Bemerkung den Rücken hinunter. »Und wie wär's mit Gnade, Mr. Belloch?«

»Ich habe doch die Polizei nicht über Sie informiert, oder? Auch die Presse nicht. Das ist doch wohl Gnade genug. Ihre Vertrauensbrüche bleiben unser kleines Geheimnis.«

»Ich verstehe.«

Er grinste. »Ich bin nicht der verrückte Lüstling, für den Sie mich halten. Ah, hier sind wir.«

Er stieß die Tür eines prachtvollen Salons mit hohen, schmalen Fenstern und wollenen Vorhängen auf. Sie erblickte dunkle Eichenmöbel, aus Rosenholz geschnitzte Bücherregale mit ledereingebundenen Bänden und mit einem Fries versehene Wände, an denen französische Aquarelle aus dem frühen neunzehnten Jahrhundert in goldenen, verschnörkelten Rahmen hingen. In einem großen Kamin aus schwarzem, italienischem Marmor prasselte ein gemütliches Feuer. Seine Flammen spiegelten sich in der Politur des Bodens und der Möbel wider.

»Gemütlich und warm«, bemerkte er, als er sie hineinzog und die Tür hinter sich zumachte. »Sie werden sich besser fühlen, wenn Ruth sich erst um Ihren Arm gekümmert haben wird.«

Als hätte sie am Schlüsselloch gelauscht erschien die Haushälterin mit Bandagen und einer starken, ätherischen grünen Salbe. Nachdem Mysteres Arm gereinigt und verbunden worden war, goss Ruth ihr einen angewärmten Brandy ein. Mystere hätte diesen gerne in zwei Schlucken ausgetrunken, sie befürchtete jedoch, dass sie dadurch ihre Angst verraten würde.

Ruth verabschiedete sich für die Nacht. An diesem Punkt beschloss Mystere, mit ihrem Appell zu beginnen. Ihre Stimme hatte ihre stolze Förmlichkeit verloren. »Was genau wollen Sie also von mir? Ist es ein Anteil an der Beute, hinter dem Sie her sind? Oder ist das Ganze lediglich ein Spiel, aus dem Sie als Sieger hervorgehen wollen?« Sie war nun vollkommen ehrlich. Ihr drehte sich alles vor Angst und Müdigkeit und von dem warmen Brandy. »Wenn es das ist, was Sie wollen, so lassen Sie sich gesagt sein, dass ich Sie zum Sieger erkläre und wir somit diese Inquisition beenden können.«

»*Inquisition*, ist es das?« Er warf seinen Kopf zurück und lachte sie aus. »Gut, Lady Moonlight, heute Nacht bin ich nicht Rafe Belloch. Da Sie mich angeklagt haben, ein Inquisitor zu sein, bin ich heute Nacht Tomás de Torquemada, der Großinquisitor.«

Er schritt hinter einen Schreibtisch mit aufklappbarer Schreibplatte und öffnete sie. Sie spürte, wie es ihr eiskalt über den Rücken lief, als er ein scharfes, silbernes Messer hervorholte.

»Als Großinquisitor«, kündete er an, während seine türkisfarbenen Augen sie an ihrem Platz festhielten, »habe ich gelernt, dass die Kutte allein noch keinen Mönch macht. Ziehen Sie sich also aus, meine Dame, und lassen Sie mich sehen, wie fromm Sie wirklich sind.«

Er ging zu ihr hinüber und stellte sich dann hinter sie. »Ich werde Ihnen helfen anzufangen. Es ist nicht nötig, dass Sie sich schon wieder verletzen.«

Ein unwillkürlicher Schauder – jedoch ein ganz anderer als der vor Angst – lief durch ihren Körper hindurch, als sie seine Finger spürte, wie sie die Bänder ihres Kleides auf dem Rücken lösten.

»Äußerlich sieht es so aus, als würden Sie kein Korsett tragen – und auch nicht benötigen. Aber ich denke, Sie sind zu bescheiden, was die Zurschaustellung Ihrer Reize angeht. Lassen Sie uns doch einen Blick darauf werfen.« Er schob seine warme, raue Handfläche zwischen die Satinschnürung und ihre nackte Haut. Seine Finger hielten bei dem Leinenverband inne, der ihren Busen verbarg.

Geschickt schob er die Klinge des Messers zwischen die sich spannenden Leinenstreifen, und sie konnte hören, wie diese mit dem Geräusch eines zerfleddernden Segels zerrissen.

Ihre Brüste traten hervor, verrieten sie, ergossen sich in das Vorderteil ihres Satinkleides. Sie versuchte verzweifelt, das Kleid am Hinuntergleiten zu hindern.

Er beugte sich vor, fasste ihr Kinn mit seiner Hand und drehte ihren Kopf so herum, dass sie ihn anschauen musste. Das plötzliche Funkeln in seinen Augen sagte ihr, dass alle Zweifel nun ausgeräumt waren: Er war sich sicher, dass er seine Räuberin erwischt hatte.

Sie konnte seinen Atem wie die heiße Liebkosung des Teufels auf ihrer Schläfe spüren, so nahe stand er. Böse und trügerisch. Gestehen Sie, Lady. Warum tun Sie das?«

»Ich kann es Ihnen nicht sagen«, flüsterte sie, während ihre Augen sich plötzlich mit Tränen der Hilflosigkeit füllten.

Sein Mund verhärtete sich. »Zwingt Ihr ›lieber‹ Onkel Sie, diese Dinge zu tun?«

Sie entwand sich seinem Griff; der Schmerz in ihrem Arm war nichts gegen den Schmerz in ihrem Herzen. »Ich werde es Ihnen nicht sagen«, erwiderte sie kalt, überzeugt von Rillieux' Zorn, falls sie es tun würde.

Seine Stimme milderte sich zu einem Flüstern: »Ein sehr schmaler Grat trennt den Verrückten vom Helden.«

»Und was von beidem sind Sie, Sir?« Sie erschrak über die unerwarteten Tränen, die lautlos ihre Wangen hinunterliefen. Sie befand sich kurz vor dem Zusammenbruch.

Er hielt ihr das Messer vor die Augen, das in der orangefarbenen Glut des Feuers blitzte. »Heute Nacht, gebe ich zu, bin ich mir da nicht so sicher. Ich habe noch nie zuvor eine Frau entführt. Andererseits habe ich aber auch nur sehr wenige Frauen kennen gelernt, denen es gelungen ist, mich zu berauben – und das gleich zweimal.«

Er richtete sich auf, ging zum nächstgelegenen Fenster hinüber und ließ sich auf der Bank davor nieder, während er sie mit der Intensität eines unglücklich Liebenden beobachtete.

»Sie können den Ring haben, wenn Sie mich dafür gehen lassen«, bot sie ihm mit stolzem und herausforderndem Gesicht an, die Augen dunkel vor unbeschreiblicher Traurigkeit.

»Sie waren es, die mich in Five Points ausgeraubt hat. War das eine Art Übung für die größeren Diebstähle, die dann folgten?«

Todunglücklich holte sie tief Luft und beichtete: »Es war

schamlos, wie ich mich in jener Nacht benommen habe. Ich hätte nicht im Traum daran gedacht, Sie jemals wiederzusehen.«

Provokativ brachte er hervor: »›Ich werde wohl nie aufhören, es mir vorzustellen, Mr. Belloch.‹«

Hitze stieg ihr ins Gesicht. »Wenn es keinen anderen Weg gibt, Sie zu beschwichtigen, als mich die gleiche Demütigung erleiden zu lassen, dann muss es wohl so sein. Wenn Sie mich danach nur gehen lassen.« Schnell wischte sie die Tränen weg, die an ihren Wimpern hingen. Trotzig stand sie da, streifte ihr Satinkleid von den Schultern und ließ es hinuntergleiten auf den kostbaren Teppich. Lediglich ein hauchdünnes rosafarbenes Seidenhemd und eine spitzenbesetzte Unterhose trennten sie von völliger Nacktheit.

Rafe nickte. Seine nächste Bemerkung bewies, dass er ein gnadenlos gutes Gedächtnis für Details hatte: »›Der Auftakt war in der Tat schon sehr erfreulich, enttäuschen Sie mich nun nicht.‹«

Erneut wurde sie durch ihre eigenen Worte geschlagen, die sie in jener schmachvollen Nacht in der Gasse an ihn gerichtet hatte. Sie hasste ihn, er hatte jedoch lediglich die grausame Wahrheit ausgesprochen, als er sagte: *Ich zahle mit gleicher Münze heim.*

Ihre Scham und ihr Zögern waren deutlich sichtbar. Sie wollte sich mit ihren Händen bedecken und aus dem Raum fliehen. Das hauchdünne Unterhemd überließ nichts der Fantasie. Sie konnte ihre harten Brustwarzen durch die blassrosa Seide sehen. Ihre schweren Brüste straften jeden Anspruch auf kindliche Unschuld Lügen. Sie war eine Frau.

»Leugnen Sie es noch immer?«, flüsterte er, sein Blick verschleiert von dunkler Begierde, als er auf ihre Brust schaute.

»Ich war es, die Sie beraubt hat«, beichtete sie, wobei jedoch weder ihr Gesicht noch ihr Tonfall irgendein Anzeichen von Reue verrieten.

»Sie verführerischer kleiner Teufel«, sagte er, und sein Blick zog endlich den ihren auf sich. »Unsere flachbrüstige Debütantin erweist sich schließlich als eine begehrenswerte Frau. Fahren Sie also fort. Ich schwöre, dass ich nicht aufhören werde, bis ich befriedigt bin.«

Die Zweideutigkeit seines letzten Satzes jagte ihr fürchterliche Angst ein, gleichzeitig brannte trotziger Zorn in ihr.

»Sie haben Entschädigung genug bekommen. Und nun fahren Sie zur Hölle, Rafe Belloch!« Sie wandte sich von ihm ab und bedeckte ihre Brust mit ihren gekreuzten Armen. »Ich bin eine Diebin, keine Prostituierte«, informierte sie ihn mit kalter, entschlossener Präzision. »Wenn Sie mich nackt haben wollen, müssen Sie mich zuerst erschießen. Da Sie aber darüber hinaus vorhaben, mich zu vergewaltigen, ziehe ich auf jeden Fall die Kugel vor.«

»Sie schamlose Heuchlerin. Diese ganze ›noble Tugend‹ hier – wo bleibt die denn, wenn Sie rauben und stehlen, wenn Ihr ganzes Leben eine einzige Lüge ist?«

Ihre schmalen Schultern zitterten vor Angst und Erschöpfung, ihr Gesicht jedoch schien Überlegenheit und Stärke auszudrücken. »Mein Leben ist keine Lüge. Ich weiß sehr gut, was ich bin«, sagte sie, ihre innersten Gedanken durch die Rechtschaffenheit dieser Worte offen legend. »Ihr seid es vielmehr, die ›oberen Vierhundert‹, die lügen. Ihr tut so, als gäbe es keine gewöhnliche Armut, keine verhungernden Kinder. Ich bin genau wie viele andere ein Produkt der Hungersnot in Irland. Scon im Alter von acht Jahren musste ich mich allein in den Straßen New

Yorks durchschlagen. Rillieux rettete mich vor dem Tode und der Prostitution. Tief in seinem Herzen ist er ein schlechter Mensch, aber dafür, dass er mich gerettet hat, stehe ich für den Rest meines Lebens in seiner Schuld. Und ob Sie es glauben oder nicht, Rafe Belloch, ich zahle meine Schulden zurück.«

Während ihrer bemerkenswerten Beichte schien sich die Härte in seinen Augen zu mildern. Auf seinem Kinn trat ein Muskel hervor, ganz so, als würde er über irgendetwas Unangenehmes nachdenken. »Ich hatte es Ihnen doch schon gesagt, dass Sie und ich uns ähnlich sind. Ich kann die ›oberen Vierhundert‹ nicht ausstehen, wenn ich auch zu ihnen gezählt werde. Sie sind nichts weiter als die verhätschelten Lieferanten der Scheinheiligkeit. Und ich verachte sie mehr als alle anderen Menschen auf der Welt.«

»Und doch schauen Sie gerade durch mich hindurch, als wäre ich eine schmutzige Glasscheibe«, sagte sie sanft.

Sein Blick schweifte hinunter auf ihren fast nackten Körper. Seinem Gesichtsausdruck nach zu urteilen hatte es beinahe den Anschein, als würde er sich selbst züchtigen. Leise fragte er: »Wer sind Sie nun wirklich? Ist Ihr Name tatsächlich Mystere Rillieux?«

»Mein Name ist Mystere, das ja, aber – aber Rillieux ist angenommen.«

»Und der alte Mann – er ist kein Verwandter?«

Sie schüttelte den Kopf.

»Und wie *lautet* nun Ihr Nachname?«

»Ich weiß es nicht. Entweder habe ich ihn nie gekannt, oder ich habe ihn vor langer Zeit schon vergessen, meinen Familiennamen.«

Er schüttelte den Kopf, während er aufstand, zu seinem Tisch hinüberging und das Messer weglegte. »Sie machen

Ihrem Namen alle Ehre.« Er drehte sich zu ihr um. Beinahe widerwillig warf er ihr ein türkisches Kaschmirplaid von einem in der Nähe stehenden Stuhl zu. »Verhüllen Sie sich also, aber enthüllen Sie mehr von Ihrer Vergangenheit.«

Sie wickelte das Plaid um ihre Schultern und hielt die Enden vor ihrer Brust zusammen. Langsam unterbreitete sie ihm ihre Geschichte, von ihren frühesten Erinnerungen in Dublin bis hin zu den fürchterlichen Jahren im Waisenhaus in der Jersey Street und weiter zum Verschwinden Brams und ihrer unehrenhaften »Befreiung« durch Paul Rillieux.

Ständig stellte er Fragen und schien nach Lücken in ihrer Geschichte zu suchen. Nachdem sie geendet hatte, sagte er eine sehr lange Zeit nichts. Er starrte sie nur an, studierte sie, als ob sie etwas wäre, das er noch nie zuvor gesehen hatte.

Schließlich murmelte er langsam: »Sie haben mich vom ersten Moment Ihres Eintrittes in die Gesellschaft an fasziniert. Die Insignien auf Ihrem Brief – vielleicht messen Sie ihnen zu viel Wert bei. Wer auch immer ihn geschrieben hat, er könnte genausogut ein Bediensteter gewesen sein, der das Briefpapier seines Arbeitgebers entwendet hatte – das ist ziemlich weit verbreitet. Außerdem missbrauchen Drucker oft ohne Genehmigung Wappeninsignien, denn es ist nicht strafbar und macht ihr Briefpapier ansprechender für die Massen. Vergessen Sie nicht, die Granvilles sind eine alte, etablierte Familie, und es ist äußerst unwahrscheinlich, dass es irgendwelche unbekannten Anspruchsteller auf ihren Namen gibt.«

Seine lässige Bemerkung zerstörte ihre Hoffnungen vollends, denn er sprach zweifelsohne mit großer Autorität und gesundem Menschenverstand. Sie konnte jedoch kaum noch stehen, geschweige denn ihre Gedanken sammeln. Das Martyrium des Abends hatte einen harten Zoll von ihr gefordert – sie zitterte sichtbar, und das nicht nur vor Kälte.

»Kommen Sie näher ans Feuer heran«, murmelte er und nahm sie bei der Hand. Er setzte sie auf eine kunstvoll geschnitzte Chaiselongue, die an einer Seite des Kamins stand, dann setzte er sich direkt neben sie.

»Sie wissen, dass Sie nicht fortfahren können, Lady Moonlight zu sein«, sagte er. »Das ist zu gefährlich.«

Sie stieß ein bitteres Lachen aus. »Sie klingen fast, als würde es Ihnen etwas ausmachen.«

»Ich will nicht, dass es mir etwas ausmacht, aber Sie bringen mich dazu.«

Sie erwiderte seinen Blick. »Ich habe Antonias Ring genommen, um mich dadurch von Rillieux zu befreien. Wenn ich nun vor Ihnen fliehen muss –«

»Sie brauchen nicht zu fliehen.« Seine Augen wurden wärmer.

Sie schüttelte den Kopf. »Rillieux wird die Ehe verlangen.« Sie starrte ihn unverwandt an. »Und ich werde es ebenfalls tun«, flüsterte sie.

Er warf seinen Kopf zurück und lachte.

Wut stieg in ihr auf. »Ist das denn so lächerlich?«

Vor lauter Lachen war er kaum in der Lage, ihr eine Antwort zu geben.

Sie wandte sich von ihm ab. »Sie behaupten, die ›oberen Vierhundert‹ zu hassen, aber schauen Sie sich doch nur selber an, Sie sind genauso hochmütig wie der ganze Rest. Und warum sollten Sie es auch nicht sein? Selbst wenn Sie sie verschmähen – und vielleicht sogar aus gutem Grunde –, so war Ihre Kinderstube doch sehr viel besser als meine. Ja doch, wenn Sie nicht durch den Tod Ihrer Eltern das Unglück kennen gelernt hätten, so hätten Sie niemals überhaupt irgendein Gefühl erlebt. Dafür, dass angesichts der Privilegien, die Sie genießen durften, nichts Besseres aus Ihnen geworden ist, hätten Sie Prügel verdient.«

»Ich habe Gefühle«, sagte er, und diesmal lag kein Spott in seiner Stimme.

Sie drehte sich zu ihm zurück, und Tränen schimmerten in ihren Augen. »Dann zeigen Sie sie.«

»Sie wollen eine Heirat – aber wie steht's mit der Liebe? Sollte diese nicht ein Bestandteil der Ehe sein?«, fragte er.

»Ich habe wenig Liebe in meinem Leben erfahren, aber ich glaube, ich würde sie erkennen. Sie sind ein arrogantes Ekel, das gebe ich zu«, ihre Stimme wurde weicher, »trotzdem hat es aber Momente gegeben, in denen ich dachte, dass ich Sie lieben könnte.«

Für ein paar lange Sekunden verharrte er in tödlichem Schweigen. Schließlich sagte er: »Wenn das eine neue Masche ist, mich hereinzulegen, so muss ich zugeben, dass sie brillant ist. Es funktioniert beinahe.«

Entmutigt schüttelte sie den Kopf, überzeugt, niemals an ihn heranzukommen zu können.

»Sie brauchen Schutz, Mystere. Ich würde mich gerne darum kümmern.«

»Ich kann mich selbst schützen.«

»Ja, Ihre Krallen sind scharf, aber ich befürchte, Ihr Herz spricht eine andere Sprache.« Langsam hob er seine Hand und legte seine Handfläche auf ihr schnell schlagendes Herz. »Ich rede von Liebe, aber ich kann nur sehr wenig davon in Ihnen entdecken.«

»Ich kann lieben«, schwor sie. »Diese Fähigkeit hat mir keiner nehmen können.«

»Dann zeig es doch«, flüsterte er und schaute ihr tief in die Augen.

Sie holte tief Luft und drehte sich von ihm weg. Ihn zu küssen, dagegen sprachen all ihre Instinkte; es würde sie nur auf noch gefährlichere Wege hinabführen. Plötzlich jedoch sah die Zukunft so trostlos aus, dass sie sich fragte, ob sie nicht eine Närrin war, sich nicht in seine Arme fallen zu lassen. Auf sie warteten lediglich das Gefängnis und Einsamkeit. Wenn sie sich nur ein wenig Glück gönnte, so hätte sie zumindest den Trost der Erinnerung. Sie wusste, dass er sie niemals bitten würde, ihn zu heiraten; sie wusste außerdem, dass sie niemals seine Geliebte sein könnte. Aber eine Nacht der Liebe – das erschien ihr nicht so falsch mit ihm in ihrer Nähe, mit dem Feuer, das sie wärmte, und mit dem Brandy in ihr, der ihr Mut gab …

Ihr Herz schlug schneller. Sie drehte ihren Kopf zu ihm hin und erwiderte diesen ruchlosen, sehnsuchtsvollen Blick. Langsam streckte sie ihre Hand aus und strich mit ihrer weichen Handfläche über raue, unrasierte Wange. An diesem Punkt hätte sie aufhören können, wenn er nicht seine Augen geschlossen hätte, als würde er die Liebkosung genießen, und wenn er nicht ihre Hand ergriffen und ihr einen quälend dankbaren Kuss auf ihre Handfläche gedrückt hätte.

Danach ging alles sehr schnell. Es war, als tanzten sie einen Walzer, den sie auch ohne vorherige Unterweisung schon kannte. Ihr Hemd und ihre Hose glitten gemeinsam mit dem türkischen Plaid auf den dicken Teppich. Seine Lippen erforschten begierig ihre Brüste, leckten an ihnen, knabberten an ihnen, bis die Wärme zwischen ihren Beinen zum Feuer wurde.

Er erhob sich und knöpfte sein Hemd auf.

Mit verschleiertem Blick beobachtete sie ihn und bedeckte sich instinktiv mit ihren Händen. Seine Brust war prächtig, muskulös und leicht behaart. Sie sehnte sich danach, dass diese Brust sich über sie legen und die Kälte vertreiben würde.

Er entledigte sich seiner Hose und seiner Unterhose. Wie sie schon wusste, waren seine Beine lang und wohlgeformt. In seiner ganzen Pracht neigte er sich zu ihr herunter, zog ihre Arme von ihrem Körper fort und untersagte ihr somit wortlos, sich seinen Blicken zu entziehen.

»Ich will dir nicht wehtun«, flüsterte er und brachte ihre Lippen zu einem tiefen, innigen Kuss zueinander.

»Dann tu es doch nicht«, antwortete sie nur, als er zwischen ihre Beine glitt.

Er füllte ihren Mund mit seiner Zunge, stieß in sie hinein. Wenn es irgendeinen Schmerz gegeben haben sollte, so ging dieses Gefühl in seinem Kuss und in der süßen Erfüllung, den sein Körper ihr brachte, unter. Sanft fuhr er an mit seinen Lippen über die weiße Haut ihres Nackens und brachte sie dazu, seinem Rhythmus zu folgen. Er stieß härter und härter, und seine Begierde schien immer größer zu werden, bis sie sie schließlich beide überwältigte.

Das Gefühl trieb wie eine Welle durch ihren Körper, eine Welle, die weiter und weiter anschwoll, bis sie schließlich den Höchststand erreichte und sich über ihr brach. Sie stöhnte vor Lust, Tränen der Wonne liefen ihre Wangen hinunter. Sein stoßender Körper erregte sie erneut, diesmal durchdringender und länger, bis sie ihn stöhnen hörte und spüren konnte, wie er befriedigt und erschöpft in sie hineinströmte.

Keuchend ließ er sich auf sie niedersinken und hielt sie fest; seine Wärme und Härte waren ihr Trost in dieser kalten, regnerischen Nacht. Sie schienen beide vom Schlaf übermannt, sie wusste jedoch, dass sie nicht würde schlafen können. Ihre Gedanken liefen um die Wette gegen die Angst vor dem Schmerz, von dem sie sicher wusste, dass er kommen würde.

Und er kam viel zu schnell.

Rafe stand plötzlich auf, sammelte seine Hose und sein Hemd zusammen und zog sich wieder an.

Nackt und frierend lag sie auf der Chaiselongue und tastete nach ihrer Wäsche, und sie fragte sich, wie sie ihm nur so schnell hatte erliegen können. Die Blutflecken, die sie entdeckte, schienen der Beweis ihrer Kapitulation zu sein.

Nachdem er sich angezogen hatte, schaute er auf sie hinab, studierte sie. Zögernd fing er an: »Ich schlage eine Art Waffenstillstand zwischen uns beiden vor.«

Sie sagte nichts; sie starrte ihn lediglich an und hielt ihre Gefühle in Schach.

»Ich werde darüber nachdenken, Sie zu Ihrem Onkel zurückzuschicken. In der Zwischenzeit, da bin ich mir sicher, wird Rillieux dem Skandal um Ihr Verschwinden ausweichen können, vor allem schon deswegen, weil es keinen Beweis dafür gibt, dass Sie es gewesen sind, die von einem Polizisten angeschossen wurde. Ich werde meinen Teil dazu beitragen, indem ich die Geschichte von Antonias verschwundenem Ring herunterspülen werde. Dann wird sowohl der Polizist als auch Antonia glauben, sich das Ganze nur eingebildet zu haben.« Er machte eine Pause und sah sie nachdenklich an. »Auf einer Sache muss ich jedoch bestehen: Sie brauchen einen Beschützer, Mystere. Rillieux ist nur gierig nach den Reichtümern, die Sie für ihn stehlen.

Ich dagegen stelle fest, dass ich gierig bin nach etwas, für das auf eine sehr viel erfreulichere Weise gesorgt werden kann.«

Er streckte seine Hand aus und streichelte die weiche Haut ihrer Wange. Diese Berührung verwirrte sie und weckte auf seltsame Weise in ihr das Verlangen nach mehr.

»Ich bin keine Hure. Das hatte ich schon gesagt«, teilte sie ihm mit, ihr Blick von Elend überschattet.

»Ich weiß. Der Beweis befand sich zwischen Ihren Beinen.« Mit seinem Finger zeichnete er die Konturen ihrer Lippen nach. »Abgesehen davon ist Geliebte ein sehr viel schönerer Ausdruck.«

»Ich werde aber nicht – «

Sein Finger brachte sie zum Schweigen. »Rillieux hat Sie offensichtlich nicht als seine Geliebte gehalten, aber es wird Zeit, dass irgendjemand das tut.«

»Das können Sie nicht tun«, flüsterte sie todunglücklich. »Außerdem würde Rillieux mich nicht so einfach gehen lassen.«

Er lachte. »Sie vergessen das alte Sprichwort von denjenigen, die arm dran sind, meine Liebe. Diesmal sind es jedoch die Räuber, die nicht wählerisch sein können.«

»Wenn Sie mich zwingen, wird es keine Liebe zwischen uns geben.«

Er nahm ihr Gesicht in seine großen Hände und betrachtete sie eingehend. »Es wird nicht lieblos sein, Mystere. Nein, es muss schon Verführung sein. Für meine Geliebte käme nichts anderes in Frage.« Er bemerkte, wie sie erneut zitterte, und ließ seine Hände fallen. »Vorläufig jedoch wird die erste Verführung so aussehen, dass Sie sich um Ihre Gesundheit kümmern. Ich werde Ruth Ihnen Ihr Zimmer zeigen lassen, und sie wird dann dafür sorgen, dass Ihre Wunde Sie nicht weiter beeinträchtigt.«

»Ich kann nicht hier bleiben – Rillieux wird –«

»Soll ich dafür sorgen, dass er Sie nicht mehr belästigt?«

Hilflos und verwirrt starrte sie ihn an, während er nach der Haushälterin klingelte. In ihrer Verzweiflung, sich selbst zu retten, sagte sie: »Ihr Angebot ist verlockend, Mr. Belloch –«

»Rafe.«

»R–Rafe–«, stammelte sie, »aber meine ganzen Sachen befinden sich bei Rillieux. Ich *muss* dorthin zurück. Der Brief ist bei ihm. Er ist alles, was ich von meiner Vergangenheit besitze, und ich werde ihn nicht aufgeben. Ich muss Ihr Angebot also leider ablehnen, denn so schön es auch wäre, beschützt und umsorgt zu werden, so weiß ich doch besser als jeder andere, dass solche Dinge ihren Preis haben.«

»So gut wie keinen«, widersprach er ihr, wobei ein lasterhaftes Grinsen seine energischen Lippen umspielte.

»Ich werde Ihnen den Smaragd geben. Ich werde alles tun, was Sie wollen, aber ich kann nicht hier bleiben.«

Er lächelte nur. »Sie vergessen, meine Liebe, dass ich den Smaragdring schon besitze.«

»Aber es muss doch irgendetwas anderes geben, das Sie haben wollen und das ich Ihnen besorgen kann. Ist keines von Mrs. Astors Schmuckstücken eine Versuchung für Sie?«

Unerwartet warf er ihr den Smaragdring zu. »Wie Sie sehen, junge Lady, bin ich kein Almosenempfänger, und ich habe es nicht nötig zu stehlen, um mein Auskommen zu haben.« Seine Augen verengten sich. Ein Gedanke jedoch schien in ihm zu nagen. »Wie dem auch sei, ich kann Ihnen folgenden Handel vorschlagen: Sie bleiben hier und kurieren Ihren Arm. Wenn Sie noch immer etwas gegen die Rolle der Geliebten haben sollten, so könnte ich vielleicht trotzdem eine nette kleine Aufgabe für Sie haben. Ein Stück gibt es nämlich, das ich begehre und das sich schon seit langem außerhalb meiner Reichweite befindet.«

»Sagen Sie mir, was es ist, und ich werde noch heute Nacht daran arbeiten«, sagte sie verzweifelt.

Sein Gesicht verzog sich zu einem sanften Lächeln. »Durch den Blutverlust sind Sie geschwächt; Sie zittern durch den Schock. Ich würde sagen, dass Sie heute Nacht nichts unternehmen außer Ruths Heilmittel einzunehmen und zu schlafen.«

Bei diesen Worten klopfte die Haushälterin an die Tür, öffnete sie und kam herein.

»N–nein. Ich kann nicht hier bleiben«, stammelte Mystere und wich vor ihnen beiden zurück.

»Machen Sie die venezianische Suite fertig, Ruth.«

Die Frau mittleren Alters nickte, wobei ihre mit Rüschen verzierte Haube wippte.

»Nein.« Mystere stöhnte. Sie fühlte sich schwach und war verstört, ihre Beine versagten plötzlich. Noch bevor sie sich fangen konnte, fand sie sich auf Rafes Armen wieder und wurde eine schöne Mahagonitreppe hinaufgetragen.

»Das kann ich nicht tun«, flehte sie ihn mit ihrem letzten bisschen Kraft an.

»Ich mag den Kampfgeist ihn Ihnen, meine Liebe. Benutzen Sie ihn aber lieber zum Gesundwerden und nicht gegen denjenigen, der sich um Sie sorgt.«

»Sie sorgen sich doch gar nicht um mich«, weinte sie fast.

Er legte sie auf ein französisches Bett in einem herrlichen Schlafraum, der in venezianischem Rosa gestrichen war. Bevor er sie verließ, schob er noch eine Locke ihres dunklen Haares aus ihrem Gesicht und schaute ihr einen ewigen Moment lang in die Augen. »Wenn Sie auch das Gefühl haben, dass ich mich nicht um Sie sorge, so unternehmen Sie doch bitte nichts, um das zu Ihrem Schicksal werden zu lassen. Und nun schlafen Sie und befolgen das, was Ruth Ihnen sagt.«

»Ich werde alles tun, was Sie verlangen. Alles, nur nicht –« Ihre Worte wurden durch ein Glas Laudanum ertränkt. Das Letzte, an das sie sich erinnern konnte, waren die freundliche Haushälterin, die mit der Bettwäsche hantierte und der unerbittliche Blick Rafe Bellochs, der Ruth nachdrückliche Instruktionen zu ihrer Pflege gab.

# 21

Mystere erlebte grauenhafte Momente, als die Dunkelheit sich wie ein Schleier über sie zu legen schien. Im Schlaf wälzte sie sich mit ihrem in Schweiß gebadeten Körper stöhnend und um Gnade flehend in den Satinlaken hin und her. Im Dunkel verloren bemerkte sie nicht das kühle Tuch, das ihr auf die Stirn gedrückt wurde; sie war blind für die starke, maskuline Hand, die sich um sie kümmerte.

Dann jedoch kam der willkommene Tagesanbruch. Angeregt durch einen goldenen Sonnenstrahl, der durch die Vorhänge fiel, öffneten sich langsam und blinzelnd ihre Augen. Ihr Arm pochte noch immer vor Schmerz, es war jedoch ein dumpfer Schmerz und nicht mehr der heftige, empfindliche Schmerz der vergangenen Nacht. Sie setzte sich auf und schaute sich in dem ihr unbekannten Raum um. Die Sonne schien durch die venezianischen Samtvorhänge und ihre Strahlen tauchten den Raum in rosa-goldenes Licht. Auf einer der Louis-XVI-Stühle lag ihr ruiniertes grünes Satinkleid. Auf einem der anderen Stühle saß ein Mann, der seine langen Beine weit von sich gestreckt hatte und seine Arme fest vor der Brust verschränkt hielt. Rafe war in seiner Kleidung eingeschlafen. Er trug noch immer die Hose vom Vorabend, hatte aber den Rest bis auf ein feines Batisthemd ausgezogen.

Sie taxierte ihn nervös. Sie war zusammen mit dem Löwen in seinem Käfig gefangen, und es blieben ihr nur wenige Möglichkeiten. Selbst wenn sie sich anziehen und fortschleichen könnte, so müsste sie immer noch alleine nach Manhattan zurückkommen. Ihre Sachen waren bei Paul, und der würde wohl kaum erfreut sein über ihre Rückkehr. Es schien keinen Ausweg zu geben.

Er fuhr sich mit der Hand über das Gesicht. Seine faszinierenden Augen starrten sie an.

»Dornröschen wacht auf«, sagte er und setzte sich aufrecht in den Stuhl. »Wie fühlst du dich?«

Unsicher und stotternd sagte sie: »G-gut, aber i-ich würde gerne nach Hause gehen.«

»Du hast kein Zuhause, in das du zurückkehren kannst.« Diese Aussage wurde wie ein Todesurteil gesprochen, und sie hatte keine echte Möglichkeit, sie zu widerlegen.

Er stellte sich auf und streckte sich. Durch das dünne Batisthemd konnte man seine Brust sehen. Er ließ die Muskeln spielen, die ihre Fingerspitzen ja inzwischen schon kennen gelernt hatten. Mit seinem verschlafenen Gesicht sah er unerreichbar entspannt und attraktiv aus. So gar nicht wie der Dämon, der sie unbedingt in ihr Verderben jagen wollte.

»Wenn ich schon als Gefangene hier festgehalten werden soll, so möchte ich doch zumindest darum bitten, meine Sachen zu bekommen. Mein Brief ist noch in Pauls Haus.«

»Du bekommst, was immer du wünschst«, antwortete er schroff. »Aber alles zu seiner Zeit. Zuerst würde ich gerne ein paar Tage abwarten, um zu sehen, wie fügsam du dich als Geliebte anstellst.«

Schweigsam und nachdenklich starrte sie ihn an.

Er starrte zurück, und dann lachte er. »Ich sehe, dass du noch immer heimlich meinen Tod planst.« Er ging zum

Bett hinüber. Ihre beiden Arme ergreifend, drückte er sie auf die Matratze hinunter und sagte: »Ich versichere dir, dass ich noch niemals aus dem Bett einer Frau gestoßen wurde, und ich habe auch nicht vor, dich die erste sein zu lassen, die das tut.«

Sie war so gut wie nackt unter den feinen Seidenlaken. Ihr hauchdünnes, rosafarbenes Hemd vermittelte alles andere als Sittsamkeit. Als er sich auf die Bettkante setzte, verrutschte das Laken, das ihre Brust bedeckte. Ungeschützt schienen ihre Brüste ihn zu verführen, er beherrschte sich jedoch und streifte lediglich die Spitze einer ihrer Brustwarzen mit seiner Handfläche, bevor er ihr Gesicht streichelte.

»Ich sehe schon, dass du dich dem Spiel noch nicht gewachsen fühlst, komm also mit nach unten. Wir werden etwas essen und über unsere neue« – er lächelte – »unsere neue ›Verbindung‹ reden.«

Es klopfte an der Tür. »Ist die junge Dame schon auf?« Ruth streckte ihren Kopf durch die Tür. Die Haushälterin trat mit einem silbernen Tablett ein und schien nicht einmal Notiz zu nehmen von der Unschicklichkeit, dass der Herr des Hauses auf der Kante eines Gästebettes saß.

»Ich überlasse dich Ruths guter Pflege. Es ist kalt heute Morgen, wir werden also vor dem Bibliothekskamin frühstücken.« Er stand auf und ging zur Tür hinüber.

Mystere starrte ihm nach, ohnmächtig zu kämpfen, jedoch auch unfähig, sich zu ergeben.

»Es heilt schon recht gut«, sagte die freundliche Haushälterin, als sie Mysteres Arm freiwickelte. »Das sollte eigentlich keine allzu große Narbe hinterlassen, würde ich wetten.«

»Ich werde ewig in Ihrer Schuld stehen. Ich danke Ihnen«, murmelte Mystere, denn ihr Herz war zu schwer, als dass sie irgendetwas anderes herausgebracht hätte.

Zwei heiße Tassen Kaffee am Kamin und Mystere konnte spüren, wie sie anfing, sich zu erholen. Als sie sich Rafe zuwandte, erkannte sie, dass Flucht – welcher Art auch immer – ihr einziger Weg der Rettung war. Je mehr Pläne sie jedoch in ihrem Kopf schmiedete, desto unverblümter und aufdringlicher wurden seine Blicke. Er war ein raubgieriger Mensch, dem sie sich nur schwer würde entziehen können. Darüber gab sie sich keiner Illusion hin.

»Komm her«, sagte er schließlich, als sie fertig waren und Ruth das Frühstückstablett wegtrug.

Argwöhnisch stand sie von ihrem Stuhl auf. Sie zog die schwarze, mit Troddeln verzierte Seidenkordel enger, die seinen Morgenrock zusammenhielt. Der schwarze Morgenmantel war mehr als einen Fuß zu lang für sie, sodass sie beinahe auf seinen Saum getreten wäre.

Als sie so vor ihm stand, beobachtete sie entsetzt, wie seine Hände sich der Seidenkordel näherten.

»Ich könnte sie wegziehen und mir dadurch einen Augenschmaus verschaffen.« Sein Blick begegnete dem ihren. »Ich hätte es aber weitaus lieber, wenn du die Kordel lösen würdest. Ich möchte, dass du diejenige bist, die zu mir kommt; um sich für mich zu entkleiden.«

»Das werde ich nicht tun«, flüsterte sie schroff.

Er nickte. Seine Hände bewegten sich zu ihrer Hüfte hinunter, und er zog sie auf seinen Schoß. »Du willst es nur nicht tun, weil du so schnell schon die Belohnung wieder vergessen hast, meine Liebe.« Sein Mund fand den ihren. Sie wollte kämpfen, fliehen, aber die Glut seiner Lippen und die beruhigende Stärke seiner harten Brust ließen sie erliegen.

Sein Kuss intensivierte sich. Seine heiße Zunge drang in sie ein und brandmarkte sie mit beherrschender Leidenschaft. Der Morgenrock öffnete sich, ohne dass einer von ihnen beiden nachgeholfen hätte. Er teilte sich über ihrem Oberkörper und brachte die üppigen Wölbungen ihrer Brüste zum Vorschein. Und was noch viel schlimmer war, er teilte sich ebenfalls zwischen ihren Beinen und lud ihn so zu Liebkosungen ein.

Seine Hand streichelte sie wahrhaft meisterlich.

Ihr Atem gefror in ihrer Brust.

Sie spürte Wärme zwischen ihren Beinen. Ihre Atmung kehrte zurück, beschleunigte sich. Sie war dankbar dafür, dass der Morgenrock die Verderbtheit seiner Handlungen verbarg, denn nicht einmal sie selbst hätte diesen Anblick aushalten können.

Es war, als wäre er ein Zauberer und sie sein unbesonnenes Opfer. Wie gelähmt saß sie halb nackt auf seinem Schoß und nahm wie ein schnurrendes Kätzchen seine Liebkosungen entgegen. Der Zauber schien vollkommen, als seine Finger ihren heiligsten Punkt aufsuchten, und sie konnte an nichts anderes mehr denken als daran, wie leer sie dort doch war und wie sehr sie sich danach sehnte, erneut von ihm gefüllt zu werden.

»Du lieber Gott!«, ertönte eine Stimme von der Tür herüber.

Wie betäubt durch ihr eigenes Liebesspiel hatten weder Rafe noch Mystere gehört, dass die Tür geöffnet worden war.

Mit vor Staunen offenen Mündern standen dort Mrs. Astor und Ward und eine äußerst bestürzte Ruth in ihrem Gefolge.

Souverän wie immer, machte Rafe einen Versuch, Mysteres Anstand zu wahren. Er raffte den geöffneten Morgenmantel zusammen und half ihr, sich langsam auf die Füße zu stellen. Dann tat er das Gleiche. Er beobachtete Caroline beim Betreten der Bibliothek, während Ward wie ein schnüffelnder Hund hinter ihr herlief. Ruth jammerte unentwegt Entschuldigungen, bevor Rafe sie durch ein Nicken aufforderte zu gehen.

Der kleine Zwischenfall brachte Mystere nahezu aus der Fassung. Sie griff nach dem Schalkragen des Morgenrockes und presste ihn an ihren Hals; sie fühlte sich äußerst beschämt und betete darum, aufzuwachen und festzustellen, dass die letzten vierundzwanzig Stunden nichts als ein schlechter Traum gewesen waren.

Rafe gewann jedoch schon kurz nach dem anfänglichen Schock seine Gelassenheit zurück. Ein grimmiges, zynisches Lächeln erschien auf seinem Gesicht. Es erinnerte Mystere an einen Soldaten, der sich damit abgefunden hat, ehrenhaft für eine verlorene Sache zu sterben.

»Caroline, Ward«, begrüßte er sie höflich. »Wollen Sie nicht ablegen?«

Mystere konnte die Dreistigkeit seines schlechten Scherzes nicht glauben. Und ebenso wenig trug dieser dazu bei, Carolines Stimmung zu heben.

»Sie gefühlloser, charakterloser Schurke«, sagte sie kalt. »Sie niederträchtiger Verführer und Schänder der Unschuld. Sie haben dieses Lamm zur Schlachtbank geführt.«

»Warten Sie, Mrs. Astor«, versuchte Mystere zu protestieren, »Sie – «

»Seien Sie still, mein Kind«, unterbrach die Matrone sie mit entschiedener Bestimmtheit. »Ich bin nicht im Geringsten überrascht über Ihren Mangel an ... Selbstbeherrschung. Rafe ist äußerst attraktiv, und Sie haben keine mütterliche Hand gehabt, die Sie hätte belehren können. Ich betrachte nicht Sie als den Bösewicht in diesem erbärmlichen Drama. Sie sind schließlich von einem Meister verführt worden. Aber überbeanspruchen Sie mein Wohlwollen nicht, denn es hat seine Grenzen.«

Mrs. Astor wandte ihren wutentbrannten Blick wieder Rafe zu.

Dieser sprach, noch bevor sie etwas sagen konnte. »Aus reiner Neugierde, Caroline – warum sind Sie und Ward hier? Was hat Sie inspiriert, die Festung von Manhattan zu verlassen und die Bucht so früh am Morgen zu durchqueren? Nur um mich zu besuchen?«, fügte er mit verschmitztem Unterton hinzu, woraufhin sie ihm beinahe eine Ohrfeige gegeben hätte.

»Törichte Besorgnis, das war der Grund. Sie sind gestern Abend so plötzlich verschwunden, und ein Gerücht kam auf, dass Sie erkrankt wären. Man sollte es nicht für möglich halten, dass ich die ganze Mühe auf mich genommen habe, nur um *dies hier* entdecken zu müssen. Haben Sie irgendetwas zu Ihrer Verteidigung zu sagen?«

Jetzt kommt's, warnte Mystere sich selbst und versuchte angestrengt, die zitternde Schwäche in ihren Beinen unter Kontrolle zu halten. Er wird ihr alles erzählen, und ich werde ruiniert sein.

Anstatt sich an Mrs. Astor zu wenden, wandte Rafe seinen Blick zu Ward hinüber, dessen Augen wiederum den umwerfenden Anblick der spärlich bekleideten Mystere in sich aufnahmen.

»Gehen Sie zur hinteren Wand hinüber, Sie alter Schwerenöter«, schlug Rafe vor, »von dort aus werden Sie einen besseren Ausblick haben.«

McCallister wurde rot und wollte gerade protestieren, aber Carolines Stimme setzte sich über seine hinweg.

»Dies ist kein Spiel!«, fauchte die Frau mit dem eisernen Willen. »Es wird keine Möglichkeit geben, einen Skandal zu vermeiden, Rafe, das sehen Sie doch wohl?«

»Sicher gibt es die«, widersprach er ihr ruhig. »Sie und Ward halten einfach den Mund.«

Mrs. Astor war plötzlich die Förmlichkeit in Person, als sie ihn finster anschaute. »Im Falle schändlichen Treibens konspiriere ich nicht. Sie mögen vielleicht glauben, dass ich nichts weiter bin als ein Snob; damit liegen Sie aber falsch. Ich sorge lediglich dafür, dass unsere Gesellschaftsschicht an einem hoch gesinnten Verhaltenskodex festhält.«

»Einem hochnäsigen Kodex, meinen Sie wohl«, korrigierte er sie.

»Dies ist nicht der rechte Zeitpunkt für Ihre Unverschämtheiten. Ich kann Sie zugrunde richten, Rafe, und das wissen Sie. Ein Wort zu dem richtigen Mann in der Wall Street, und Ihre Unternehmensaktien werden nur noch zum Einwickeln von Fischen benutzt werden können. Zweifeln Sie daran, dass ich das tun könnte?«

»Caroline«, gab er mit missmutiger Offenheit zu, »ich glaube in der Tat, dass Ihr Einfluss die Sonne im Westen aufgehen lassen könnte.«

»Nun gut, es hat den Anschein, als würden wir uns zumindest verstehen. Dies ist nicht einfach nur ein Skandal, der nun auch mich mit einbezieht, wenn ich mich dazu entschließen sollte zu schweigen. Es hat noch nie einen Makel auf meinem Namen gegeben, und es wird ihn auch niemals geben.«

Mystere konnte einfach nicht glauben, dass Rafe angesichts dieser Gefahr für sich selbst ihr Geheimnis bewahrte.

Noch weniger konnte sie verstehen, wohin dies alles führen sollte. Das wurde ihr jedoch auf schreckliche Weise klar, als Mrs. Astor sich an ihren Gesellschaftsberater wandte.

»Ward, was wir hier gesehen haben, ist nie passiert. Heute Abend werde ich eine Nachricht verfassen, die Sie morgen früh Reverend Lowell übergeben werden. Er soll umgehend das Aufgebot bestellen, damit Mr. Belloch Miss Rillieux heiraten und sämtliche Skandalgerüchte dadurch aus der Welt schaffen kann.«

Der Raum schien sich einen Moment lang zu drehen, und Mystere sah, wie Blässe sich auf Rafes schöne Gesichtszüge legte. Sie öffnete den Mund, um zu protestieren, hatte jedoch einfach nicht die Kraft, etwas zu sagen. Carolines Ankündigung hatte sie buchstäblich betäubt.

»Dies sind meine unabänderlichen Bedingungen«, fügte die Matrone resolut hinzu. »Haben Sie irgendwelche Einwände, Rafe?«

»Natürlich habe ich Einwände.«

»Sicher, aber werden Sie die Bedingungen erfüllen?«

»Wenn ich das nicht tue, wird es mich ein Unternehmen kosten, sehe ich das richtig?«

»Unter anderem. Zweifeln Sie daran, dass es dazu kommen würde?«

Zum ersten Mal, seit sie angekommen war, lag eine Spur von Ärger in seinem Tonfall. »Warum sollte ich? Sie und Ihresgleichen haben ja auch nicht gezögert, meinen Vater zu töten, nicht wahr?«

»›Meinesgleichen‹, Rafe, schließt Sie mit ein«, erwiderte sie, ohne sich aus der Fassung bringen zu lassen. »Und was Ihren Vater angeht, der hat sich sein Grab selber geschaufelt. Genauso, wie Sie es auch zu tun scheinen. Und nun kommen Sie, Ward, ich habe rasende Kopfschmerzen.«

Sie gingen, ohne einen Blick zurück zu verschwenden.

Rafe stieß einen langen Seufzer aus und ließ sich auf einem Sessel hinter seinem Schreibtisch nieder. Mystere stieß einen Verzweiflungsschrei aus, raffte ihren Morgenrock zusammen und lief so schnell sie konnte zur Tür. Rafe überraschte sie jedoch mit seiner schnellen Reaktion. Er sprang auf und hielt ihren Arm, noch bevor sie fliehen konnte.

»Zur Hölle mit dir«, murmelte er, »du hast mir schon genug Ärger eingebracht. Rühr dich nicht von der Stelle, bis ich das Ganze gründlich durchdacht habe.«

»Rafe, bitte lass mich gehen! Ich verspreche, dass ich Dir jeden Cent zurückzahlen werde, den ich dir gestohlen habe, ich –«

»Sei ruhig. In diesem Augenblick habe ich Wichtigeres zu tun. Sie meint das ernst; sie wird mein Unternehmen vernichten. *Ich* würde diesen Schlag überstehen – ich bin flexibel genug. Aber bist du dir darüber im Klaren, wie viele meiner Angestellten in absolute Not gestürzt würden? Ich habe ihnen und ihren Familien gegenüber eine Verpflichtung, und das nehme ich nicht auf die leichte Schulter. Hast du gehört, was sie McCallister aufgetragen hat?«

»Sie – sie kann uns nicht wirklich zwingen zu heiraten. Ich meine, sie wird schon nicht das Aufgebot bestellen, nachdem sie sich erst wieder ein wenig beruhigt hat. Erinnerst du doch daran, wie sie geschworen hatte, Abbot zu ruinieren und es dann doch nicht getan hat?«

Rafe lachte und schüttelte seinen Kopf. »Auf gewisse Weise zumindest bist du noch immer unschuldig, Lady M, und ich gebe zu, dass ich das bezaubernd finde. Abbot zu vergeben bedeutete keine ernsthafte Verletzung ihres Stolzes. Mir zu vergeben würde jedoch eine bedeuten.«

»Warum?«

»Warum?«, wiederholte er, während Wut seinen Tonfall veränderte. »Weil sie nicht vorgehabt hat, Abbot zu ihrem heimlichen Geliebten zu machen, du argloses kleines Ding.«

Mystere starrte ihn ungläubig mit großen Augen an. »Du meinst, dass sie ... und du? Das kannst du doch nicht im Ernst von Caroline glauben?«

»Sie ist nicht die Jungfrau Maria, weißt du. Warum zum Teufel glaubst du, hat sie sich auf ihr hohes Ross gesetzt und mir einen Vortrag über ihre hochgesinnten Moralvorstellungen gehalten? Das waren Schuldgefühle wegen dem, was sie mit mir vorhatte. Und glaubst du wirklich, sie ist hier herausgekommen, nur um nachzusehen, ob ich krank bin?«

»Aber Ward war doch bei ihr.«

Er schnaubte. »Sie hat absolutes Vertrauen zu Ward; er ist so loyal wie die Schweizer Garde. Und ich sage dir ganz offen: Hätte ich nicht angefangen, so viel Zeit mit *dir* zu vergeuden, so wäre die Verführung von Mrs. Astor inzwischen schon längst eine vollendete Tatsache und jedem bekannt durch meine eigenen Bemühungen.«

Sein selbstgefälliger, angeberischer Ton ließ sie zornig werden, genauso wie das geschmacklose Thema. »Nun, ich wusste ja, dass du eingebildet bist. *Dies* jedoch ist einfach absurd. Du hast gerade eben gehört, wie sie sich damit brüstete, dass es noch nie einen Makel auf ihrem Namen gegeben hat.«

»Caroline spricht von *erwischt werden*, nicht davon, Verstöße zu meiden. Siehst du, ich hatte alles schon ausgearbeitet, hatte nur noch auf den Tag gewartet, an dem Caroline Astor ihren inneren Versuchungen erliegen würde. Dir habe ich es zu verdanken, dass dieser Tag nun niemals eintreten wird.«

»Aber ... aber es ist doch nicht zu übersehen, dass du sie verachtest. Warum in Gottes Namen solltest du die Verführung einer Frau planen, die du – «

»›Das Herz hat seine Gründe‹«, unterbrach er sie, »›die der Verstand niemals kennen lernen wird‹.«

»Dein Vater«, sagte sie leise. »Er ist der Grund, nicht wahr? Ich habe gehört, was du gesagt hast, und Abbot erwähnte irgendeinen ›Groll‹ deinerseits. Was hat sie deinem Vater getan?«

»Nichts«, antwortete er verbittert. »Und dieses Nichts bedeutete alles. Aber das geht dich verdammt noch mal überhaupt nichts an, also kümmer dich gefälligst nicht um all das.«

Mit sichtbarer Mühe schüttelte er seinen Zorn ab und erwiderte den Blick seiner Gefangenen. Vielleicht eher laut denkend als redend sagte er zu ihr: »Nun, morgen ist Sonntag; wir werden wahrscheinlich nicht lange warten müssen, um zu sehen, was Carolines nächster Spielzug sein wird. Im Moment jedenfalls hat sie alle Trümpfe in der Hand.«

Er warf ihr einen anzüglichen Blick zu, und sie erblasste leicht. »Aber ich habe noch einen Vorschlag für dich.«

Die plötzliche Angst auf ihrem Gesicht veranlasste ihn zu einem rauen Lachen. »Nicht diese Art von Vorschlag, du kleiner Angsthase, obwohl ich zugeben muss, dass nach dem, was ich heute Morgen von dir gesehen habe, mich dies weiterhin beschäftigen wird. Nein – ich will, dass du das tust, was du am besten kannst, Lady M. Ich will, dass du etwas für mich stiehlst. Zurückstiehlst, genauer gesagt.«

»Ich verstehe nicht«, platzte es aus ihr heraus.

»Erinnere dich an Mitte März und an eine Soiree, die von John und Joanna Strahan gegeben wurde. Das war kurz vor dem Vanderbilt-Ball, noch bevor du von der Presse als Lady Moonlight getauft wurdest. Du hattest einer verwirrten alten Matrone namens Louise Blackburn ein Diadem aus Diamanten und Saphiren gestohlen.«

Mystere erinnerte sich sofort daran, denn es war eines der Beutestücke, die sie in Pauls Wandsafe gesehen hatte.«

»Es wurde nicht gestohlen«, sagte sie sehr leise. »Es handelte sich lediglich um Aneignung.«

»Wie das?«, fragte er ungeduldig angesichts dieser Unterbrechung.

»Nichts. Was ist mit dem Diadem?«, erkundigte sie sich widerwillig, denn selbst jetzt noch – nachdem sie als Lady Moonlight entlarvt worden war – war es ihr unangenehm, ihre Diebstähle zugeben zu müssen.

»Es gehörte meiner Mutter, das ist es. Ein Schmuckstück, das sie zu ihren Lebzeiten sehr geschätzt hatte. Es war im Rahmen unseres Eigentumverkaufs versteigert worden, nachdem sie gestorben war, und alle Einnahmen gingen an die Gläubiger. Und ich will es nun zurückhaben.«

»Das ist unmöglich.«

»Zu dumm aber auch für dich. Denn ich hatte vor, dir ein sehr faires Angebot zu machen. Besorge mir das Diadem, und ich betrachte meine Rechnung mit dir als beglichen. Kein Aufenthalt in der Zelle unten und keine Drohungen mehr, deine Diebstähle zu enthüllen. Plus ...«

Er tauchte eine Hand in seine Hemdtasche und holte Antonias Ring hervor. Dieser fing ein wenig Licht vom Kamin ein und leuchtete in der strahlend grünen Farbe sonnendurchdrungenen Seewassers.

»Der wird dir gehören. Den Ring gegen das Diadem.«

Alles in allem betrachtet, dachte Mystere, ist das in der Tat ein faires Angebot. Der Gedanke, Paul zu bestehlen, machte ihr Angst, aber der Ärger, den Rafe verursachen könnte, setzte ihr noch mehr zu. Außerdem, selbst wenn er bluffte, was ihre Entlarvung anging – so brauchte sie doch unbedingt diesen Ring.

»Das wird sehr schwierig sein«, antwortete sie schließlich. »Außerdem kann ich keinen Erfolg garantieren. Ich werde es jedoch versuchen.«

Er nickte. »Ich an deiner Stelle würde mir sehr viel Mühe dabei geben. Weiß der Teufel, warum ich dich heute beschützt habe, indem ich den Mund hielt.« Seine Stimme wurde dunkel und bedrohlich. »Denk daran, dass ich mich nur mit Caroline zusammenzusetzen und ihr diese ganze erbärmliche Geschichte erklären brauche. Wenn sie erst einmal erfahren hat, wer ihr ›Lamm‹ in Wirklichkeit ist, wirst du dich in einer Welt des Leidens wiederfinden.«

# 22

Als Bestandteil seiner ausgearbeiteten Maskerade hatte Paul Rillieux am Sonntagmorgen oft zusammen mit vielen anderen der »oberen Vierhundert« die Trinity Church besucht und Mystere gezwungen, ihn dabei zu begleiten. Sie wusste, dass er heimlich Spaß an der Ironie eines überzeugten Katholiken inmitten von Anglikanern hatte.

An diesem Sonntag jedoch befand er sich in einer fürchterlichen Stimmung und ließ die Kirche ausfallen, um Mystere mit den Geschehnissen des Vorabends auf dem Addison-Ball zu konfrontieren. So unangenehm das auch war, so zog sie doch Pauls schlechte Laune dem möglichen Schock vor, Reverend Lowell öffentlich ihre Verlobung mit Rafe Belloch bekannt geben zu hören. Sie durfte trotz allem die Hoffnung nicht aufgeben, dass Mrs. Astor ihren drastischen Befehl widerrufen würde, wenn sie sich erst einmal beruhigt haben würde. Sie hätte Rafe vielleicht sogar gerne geheiratet, wenn dieser sie gefragt hätte; aber sich selbst an einen unfreiwilligen Bräutigam gekettet zu sehen – vor allem an einen Löwen wie Rafe –, erschien ihr wie ein unvorstellbarer Albtraum.

»Hast du die Spätausgabe der Zeitungen gesehen, junge Lady?«, fragte Paul sofort, als Mystere den Salon betrat.

Sie sah blass und abwesend aus, beinahe gebrechlich. Dunkle Ringe unter ihren Augen zeugten von völliger Erschöpfung.

»Du weißt, dass ich nur die *Times* lese«, antwortete sie, setzte sich ihm gegenüber an den Alabastertisch und goss sich etwas Brandy aus der Karaffe ein. »Und die haben keine Leute wie Lance Streeter auf ihrer Gehaltsliste, wenn es das ist, was du meinst.«

»Ich rede nicht von Klatsch!«, fauchte er. »Und nur zu deiner Information, die Sache, auf die ich anspiele, *wird* in der *Times* erwähnt. Auf Seite eins, genau wie in allen anderen Zeitungen.«

Er schlug den *Herald*, auf, eine seiner Lieblingszeitungen, und fing an, laut vorzulesen: »›Erneut hat die schwer zu fassende Gesellschaftsdiebin, bekannt unter dem Namen Lady Moonlight, die wohlhabende Elite der Stadt hereingelegt, indem sie irgendwann im Laufe des gestrigen Abends auf dem jährlichen Ball von James und Lizet Addison zugeschlagen hat. Dieses Mal hat die mysteriöse Juwelendiebin ein wahres Meisterwerk gestohlen: einen wunderschönen, einzigartigen Smaragdring aus dem Besitz von Miss Antonia Butler, dessen Wert vor der Presse geheim gehalten wird.‹«

Paul legte die Zeitung zusammen und warf sie beiseite, während er Mystere über den Tisch hinweg finster anschaute. »Wo ist dieser Ring?«, wollte er wissen. »Eine Sache ist es, die ganze Nacht mit diesem Bastard Belloch herumzuhuren; eine völlig andere jedoch, für ihn zu stehlen.«

Normalerweise jagte Pauls Zorn ihr fürchterliche Angst ein. Die neue Krise jedoch, der sie und Rafe sich gemeinsam in der Person von Mrs. Astor gegenübersahen, führte dazu, dass alles andere ihr dagegen nichtig erschien. Sie machte sich noch immer Sorgen und fragte sich, ob die rachsüchtige große Dame sie wirklich zu einer Heirat zwingen würde. In die Enge getrieben würde Rafe sie verraten, daran hatte sie keinen Zweifel. Und nun stand sie außerdem noch vor dem schwierigen Problem, irgendwie an Pauls Safe herankommen und das Diadem für Rafe zurückholen zu müssen.

»Gestern Abend habe ich nichts gestohlen«, gab sie mit kühner, schamloser Lüge zurück, wobei sie Überraschung vortäuschte, diese Neuigkeiten zu hören. Der Wahrheit entsprechend fügte sie hinzu: »*Ich* habe diesen Ring nicht.«

Es war deutlich zu erkennen, dass Rillieux nicht mit ihrem Leugnen gerechnet hatte. Nachdem er sich wieder gefasst hatte, fuhr er einen Moment später mir beunruhigend leiser Stimme fort: »Was habe ich dir gesagt, Mystere, über Illoyalität der Familie gegenüber?«

»Dein Ton gefällt mir nicht!«, fauchte sie.

»Verdammt, es ist mir völlig schnuppe, was dir nicht gefällt, du undankbare kleine Hexe. Wenn du ihn nicht gestohlen hast, warum bist du dann so plötzlich verschwunden?«

Sie starrte in ihren Brandy und sagte nichts. Als Paul so hart auf die Tischplatte schlug, dass die Tassen klirrten, zuckte sie zusammen.

»Warum bist du verschwunden?«, wiederholte er. »Und wohin hat Belloch dich mitgenommen? Offensichtlich bist du ja erst vor einer Stunde heimgekommen.«

Sie erwiderte seinen Blick und spielte die eine Karte aus, von der sie wusste, dass sie ihn wieder beruhigen würde. »Vielleicht«, sagte sie leise, »habe ich ja meine eigenen großen Pläne für unseren Wohlstand.«

Einen Moment lang irritierten ihre Worte ihn nur und er war kurz davor, sie erneut anzuschnauzen. Dann plötzlich schien er zu begreifen.

»Du meinst Heirat?«, fragte er.

Sie nickte, während sie leicht errötete. »Ich ... ich bin

mit Rafe zusammen zu ihm nach Hause gefahren. Es wurde über Heirat gesprochen.«

In dem Moment, als er anfing zu verstehen, drang Hoffnung in Pauls zerfurchtes Gesicht und löste seine Wut ab. »Nun, da fresse ich doch einen Besen«, sagte er in erstauntem Ton. »Aber du wirst hoffentlich nicht so dumm gewesen sein, ihm …?«

Ernsthaft verlegen schüttelte sie ihren Kopf. Wenn er auch durch diese Wende der Ereignisse noch nicht völlig besiegt war, so hatte Paul sich doch mit Sicherheit wieder beruhigt.

»Ich verstehe. Nun … das ist wirklich interessant. Du hast dir also einiges von dem zu Herzen genommen, was ich dir gesagt habe. Aber wenn nicht du den Ring genommen hast, wer dann?«

Er machte eine Pause, um nachzudenken, wobei er über sein Kinn strich. Mysteres unerwartete Neuigkeit hatte ihn in eine sehr viel bessere Stimmung versetzt.

»Weißt du«, sagte er schließlich, »es ist ziemlich gut möglich, dass irgendein schlauer, einfallsreicher Dieb Vorteil aus dem Wirbel um Lady Moonlight gezogen hat, denn er konnte sich sicher sein, dass man ihr den Diebstahl zuschreiben würde. Da ist außerdem dieser Schuss abgefeuert worden. Der Polizist glaubte, die mysteriöse Frau getroffen zu haben.«

Er schaute Mystere an. »Du kannst es nicht gewesen sein. Du siehst viel zu gesund aus, um angeschossen worden zu sein.« Dann lächelte er sogar. »Nun, ich denke, wir haben keine Exklusivrechte, die Reichen auszurauben, was? Der Ring wird wohl kaum eine Rolle mehr spielen, wenn diese neue Entwicklung zwischen dir und Rafe erst Früchte tragen wird – um das mal so auszudrücken. Es tut mir Leid, meine Liebe, dass ich so barsch zu dir gewesen bin. Ich hätte wissen müssen, dass ein gutes, gehorsames Mädchen wie du die Familie nicht im Stich lassen würde.«

»Du brauchst dich nicht aufzuführen, als wäre unsere Zukunft schon gesichert«, wandte sie ein. »Rafe ist noch immer sein eigener Herr.«

»Nun, ja ... sicher, sicher. Und ich will nicht taktlos erscheinen, Mystere, aber was ist mit ... den Wickeln? Wie hast du ihm diese Sache erklärt?«

Sie errötete erneut und wandte ihren Blick ab. Das war jedoch nur gespielt, um ein wenig Zeit herauszuschlagen. Schnell suchte sie nach einer überzeugenden Lüge.

»Nun bist du aber wirklich taktlos, Paul. Ich habe ihm erzählt ... ich sagte, dass ich mich gehemmt fühlen würde wegen ... der Fülle meiner Figur, dass es mich stören würde, wenn andere Notiz davon nähmen. Er muss es mir geglaubt haben, denn er zog mich damit auf.«

»Zog dich damit auf, hat er das? Gut, gut.« Pauls Laune wurde immer besser, als er anfing, die möglichen Auswirkungen des Ganzen zu registrieren. »Habt ihr beide irgendeine, ehm, Vereinbarung getroffen? Wird die Beziehung fortbestehen?«

Hier musste sie vorsichtig sein. Sie traute sich nicht nein zu sagen, für den Fall, dass Mrs. Astor tatsächlich das Aufgebot bestellt hatte. Sollte sie aber andererseits nachgegeben haben, so wollte Mystere nicht, dass Paul seine Hoffnungen zu hoch steckte – sein Zorn würde wahrhaft fürchterlich sein, wenn seine Hoffnungen erst zerschlagen worden wären.

Sie entschied sich für taktvolle Zweideutigkeit.

»Die Beziehung wird fortbestehen«, antwortete sie, »ich bin mir zurzeit jedoch noch nicht völlig im Klaren darüber, auf welcher Basis.«

»Nun, das ist sicherlich besser als gar nichts, was? Sag mir nur noch eins: Wie bestimmt hat er sich in puncto Heirat geäußert?«

Die Ironie dieser Frage entlockte ihr trotz der so schwer auf ihren Gedanken lastenden Probleme beinahe ein Lächeln. »Er war«, sagte sie, erneut der Wahrheit entsprechend, »sehr bestimmt.«

»Hmm«, war alles, was er zur Antwort gab, sein Strahlen sprach jedoch Bände.

Rafe Belloch war kein religiöser Mensch, und auch wenn seine Hausangestellten sonntags frei hatten, so war dieser Tag doch für ihn und Sam Farrell lediglich ein weiterer Arbeitstag in Garden Cove. Um neun Uhr morgens trafen sich die beiden Männer in Rafes Studierzimmer zu ihrer üblichen wöchentlichen Besprechung.

»Das hier ist gestern mit der späten Post angekommen«, informierte Sam ihn als Erstes. Er reichte seinem Arbeitgeber einen Brief mit dem Poststempel von New Orleans. »Ich hatte Sie gesucht, aber Ruth sagte mir, dass Sie gestern vorhatten, in der Stadt zu bleiben.«

»Ah, endlich. Unser Bericht von Stephen Breaux«, sagte Rafe und benutzte einen massiven, goldenen Brieföffner in der Form eines Eisenbahnschienennagels, um den Umschlag aufzuschlitzen. »Das könnte sich zwar als ein wenig enttäuschend erweisen nach dem ganzen Zirkus, der letzte Nacht hier stattgefunden hat. Ich bin aber trotzdem neugierig.«

Rafes Blick flog schnell über die höfliche Begrüßung Breaux', verlangsamte sich dann jedoch, als er zum Kern des Berichtes kam.

*Wir haben absolut keinen Hinweis darauf finden können, dass Paul Rillieux eine Nichte hatte, die bei ihm lebte, auch nicht auf irgendeine andere Verwandte. Auch ist der Name Mystere Rillieux in keinem Register der Stadt verzeichnet. Was Paul Rillieux betrifft, so war dieser ziemlich aktiv in dem, was hier als der Lafayette-Kreis bekannt ist, das heißt in der wohlhabenden Klasse, die in den oberen Stadtteilen am Ende der Straßenbahnlinie aus dem Vieux Carré, dem alten französischen Viertel und Herzen New Orleans' lebt.*

*Persönlich habe ich ihn nie kennen gelernt, alle Berichte jedoch weisen darauf hin, dass der Mann bei einigen unserer führenden Bürger ziemlich beliebt gewesen und dass er keinem Beruf nachgegangen ist. Angeblich lebte er recht komfortabel – wenn auch nicht aufwendig – von Einkünften aus Grundbesitz in Frankreich. Nach seiner Abreise (zurück nach Frankreich, wie er behauptete) war jedoch eine interessante Entwicklung eingetreten.*

*Ein junger Mann, der einst als Rillieux' Kammerdiener gearbeitet hatte, wurde dabei erwischt, als er einem Besucher unserer Stadt eine wertvolle, goldene Uhr stahl. Als er für das Vergehen dem Gemeindegericht vorgeführt wurde, behauptete er, von seinem ehemaligen Arbeitgeber Rillieux in die Kunst des Diebstahls eingeführt worden zu sein. Er erzählte die unglaubliche Geschichte (in den Augen des Richters zu unglaublich, denn das Ganze wurde kurzerhand abgewiesen) eines »Meisterdiebes«, der Bewohner des Armenviertels anheuerte, sie als Diener in sein Haus nahm und gut von den Erträgen ihrer Beute lebte.*

Nachdem er den Brief gelesen hatte, schaute Rafe zu Sam auf, während ein Lächeln über seine Lippen kam. Er gab ihn Sam zurück, der ihn schnell durchlas.

»Also führt der alte Schurke wieder die gleichen Tricks im Schilde«, bemerkte Rafe. »Nun, das ist ganz schön vernichtend. Vor allem, was Paul Rillieux angeht. Das dürfte in der Tat für uns ausreichen, ihm das Handwerk legen zu können. Er wird den Rest seines Lebens im Gefängnis verbringen.«

»Ich nehme an, das könnte auch für Mystere ziemlich hart werden«, warf Sam leise ein.

Rafe nickte. »Ja, verdammt. Vielleicht härter, als sie es verdient, aus diesem Grunde werde ich mich nicht an die Behörden wenden. Ich erkenne nun, dass sie mir letzte Nacht die Wahrheit gesagt hat. Sie behauptete, dass Rillieux sie aus einem Waisenhaus rekrutiert und ihr das Stehlen beigebracht hat, genauso wie man einem einjährigen Pferd den Passgang beibringt.«

»Das stimmt mit seinem Modus Operandi in New Orleans überein,« bemerkte Sam.

»Ja, und das mildert auf gewisse Weise die Schuld des Mädchens. Aber kein Mitleid der Welt könnte mich dazu bringen, die charmante kleine Diebin heiraten zu wollen.«

»Heiraten?«, wiederholte Sam, während ein selten überraschter Blick seine Augen weitete.

»Ja, genauso hatte ich auch reagiert.«

Rafe fasste kurz die Situation im Salon zusammen, die in Mrs. Astors unbarmherzigem Ultimatum ihren Höhepunkt gefunden hatte.

»Nein«, stimmte Sam ihm zu, nachdem er geendet hatte. »Mitleid ist mit Sicherheit die falsche Motivation für eine Ehe. Vorausgesetzt natürlich, dass das alles ist, was Sie für sie empfinden.«

Sam mischte sich nur selten in die Privatangelegenheiten seines Arbeitgebers ein; so selten, dass Rafe es ihm nun nicht übel nahm. Trotzdem verengten sich seine Augen, und er warf Sam einen scharfen Blick zu.

»Nun, natürlich ist sie eine Schönheit«, räumte Rafe ein. »Vor allem dann, wenn sie nicht … sagen wir, ihre vollen Reize herunterspielt. Aber Lust ist auch kein besserer Grund für eine Heirat als Mitleid.«

Sam hatte ein seltenes Talent, Schweigen zu seinem großen Vorteil einzusetzen, und das tat er nun auch.

»Sie glauben, dass ich mich in sie verliebt habe, ist es das?«, wollte Rafe wissen.

»Keine Ahnung. Da gibt es jedenfalls neben Lust und Mitleid noch etwas anderes, das Sie dazu veranlasst hat, sich in diesen letzten Wochen mit ihr zu beschäftigen.«

»Das kann ich nicht leugnen«, gab Rafe widerwillig zu. »Aber vergessen Sie nicht – da ist ja auch noch Carolines Drohung gegen die Solvenz von Belloch Enterprises.«

»Würde sie diese Drohung wahrmachen?«

»Ich weiß es nicht. Wenn Sie mich jedoch fragen, ob sie fähig ist, das bis zum Ende durchzuziehen, ja, absolut. Diese Frau ist knallhart.«

Er verfiel in Schweigen, und der erfreuliche Anblick der fast nackten Mystere kam ihm ins Gedächtnis zurück. Lust mochte vielleicht keine Ehe rechtfertigen, aber andererseits konnte er deren bezwingende Reize auch nicht abstreiten – vor allem in Mysteres Falle. Einen großen Teil der letzten Wochen hatte er damit zugebracht, sich schlaflos in seinem Bett herumzuwälzen, und es war nicht die Androhung des Bankrotts, die ihn in den Bettlaken zum Schwitzen brachte.

Gleich nach dieser Reaktion folgte jedoch noch eine weitere, und zwar ungeheure Verärgerung über seine eigene Schwäche. Warum in Gottes Namen hatte er ihr Geheimnis vor Caroline zurückgehalten? Es würde all seine Pläne durchkreuzen, wenn er sich tatsächlich in diese tückische kleine Diebin verlieben würde.

Er konnte es nicht länger leugnen, dass sein frivoles Abenteuer mit Mystere ihn von seinem Hauptziel abgelenkt hatte, nämlich dem, Caroline zu seinem größten Coup zu machen, indem er sie in einen hässlichen Skandal verwickelte. Mystere hat ihn für immer dieses Ziel gekostet. Da gab es natürlich noch eine Menge anderer in Frage kommender Damen der Gesellschaft, Antonia Butler eingeschlossen. Er durfte sich jedoch niemals in die Falle einer Ehe mit irgendeiner betrügerischen kleinen Schönheit begeben, die ihn – nach allem, was er wusste – wegen seines Vermögens vergiften könnte.

»Auf alle Fälle«, fuhr Rafe schließlich fort, »werde ich nicht in der Lage sein, meinen nächsten Schritt zu planen, bevor ich nicht herausgefunden habe, ob das Aufgebot schon bestellt worden ist. Diese Information könnte jede Minute hier eintreffen. In der Zwischenzeit …«

Rafe gab Sam den Brief zurück. »Würden Sie mir bitte eine Kopie davon machen? Legen Sie dann das Original zu den Akten und senden Sie die Kopie an Mystere Rillieux. Sie finden ihre Anschrift im Telefonverzeichnis von Manhattan.«

Nur als kleiner Ansporn, sagte er zu sich selbst, um sie daran zu erinnern, dass es mir todernst damit ist, das Diadem zu bekommen.

# 23

Weniger als eine Stunde nach Beendigung des Gottesdienstes in der Trinity Church schrillte in der Eingangshalle des Wohnsitzes der Rillieux' plötzlich das Telefon. Mystere, die im Salon emsig damit beschäftigt war, die Zickzackbordüre eines ihrer Kleider auszubessern, fuhr bei diesem Geräusch zusammen und stach sich mit der Nadel in den Finger.

Sie fühlte sich wie eine Verurteilte, die gerade gehört hatte, wie der Scharfrichter sein Schafott überprüft. Mrs. Astor und Ward hatten sie wie eine Gefangene zu Rillieux' Haus zurückbegleitet. Es waren nur wenige Worte gewechselt worden. Die einzige Ermahnung, die Caroline Paul gegeben hatte, lautete: »Lassen Sie sie nicht aus den Augen.«

Paul Rillieux würde auf jeden Fall tun, was Mrs. Astor von ihm erwartete. Nun beobachtete er sie mit Argusaugen von seinem Lehnstuhl aus und wartete geduldig darauf, dass sie beichten oder eine Erklärung abgeben würde. Bisher jedoch hatte sie sich zu keinem von beidem entschließen können. Sie wollte sich noch immer sämtliche Möglichkeiten offen halten, und sie wusste ja noch nicht, wann die ganze Sache ins Rollen kommen würde.

Beim Klingelton in der Eingangshalle war es jedoch sehr schnell schon so weit.

Obwohl Hush seinen freien Tag hatte und somit nicht da war, um ans Telefon gehen zu können, machte Mystere keine Anstalten, dies selbst zu tun. Wie erstarrt blieb sie auf ihrem

Stuhl sitzen. Gerade in diesem Moment aber war Baylis in der Eingangshalle und nahm den Hörer ab. Sie konnte zwar das kurze Brummen seiner Stimme hören, seine Worte waren jedoch auf diese Entfernung hin unverständlich. Einen Moment später streckte er seinen Kopf zur Tür herein.

»Telefon, Paul«, informierte er Rillieux, der von Mystere aus gesehen am entgegengesetzten Ende des Salons saß. »Es ist die alte Astor.«

»*Mrs.* Astor«, korrigierte Paul ihn mit einem verärgerten Stirnrunzeln. »Zeige gefälligst Respektspersonen gegenüber etwas mehr Achtung.«

Baylis grinste höhnisch, während Paul sich mit Hilfe seines Spazierstockes vom Stuhl erhob und aus dem Raum hinkte. Als Rillieux sich außer Hörweite befand, zwinkerte Baylis Mystere unter dem Rand seiner mit Federn geschmückten Melone zu.

»Verdammt noch mal, mir hat die alte Ziege noch nie ein Bier spendiert«, sagte er mit leiser Stimme zu ihr.

Mystere versuchte höflich, über diesen armseligen Witz zu lachen, sie wurde jedoch plötzlich von einer lähmenden Angst befallen. Bitte, betete sie stumm, lass es lediglich eine Einladung zu einem Sonntagsausflug sein.

Im selben Moment jedoch, als Paul zurückkam, wurde ihr klar, dass ihr Gebet nicht erhört worden war.

»Mystere, du kleiner Schelm«, sagte er von der Tür des Salons aus und strahlte sie liebevoll an. »Hast dein großes Geheimnis den ganzen Morgen lang für dich behalten, was? Hast es zugelassen, dass ich dich so ausgeschimpft habe, du solltest dich was schämen!«

Baylis, der gerade dabei war, durch die Vordertür hinauszugehen, kam in den Salon zurück. »Welches Geheimnis?«, fragte er neugierig.

»Baylis«, kündete Paul hochtrabend an, während er kaum in der Lage war, sich zu beherrschen, »unser kleines Mädchen hat uns alle übertrumpft. Mrs. Astor hat gerade angerufen, um mich zu Mysteres offizieller Verlobung mit Rafe Belloch zu beglückwünschen.«

»Nun, zum Teufel noch mal! Meinst du *den* Belloch? Diesen reichen Pinkel, den wir in Five Points ausgeraubt hatten, höchstpersönlich?«

»Genau den«, bestätigte Paul, während er noch immer sein »kleines Mädchen« anstrahlte. »Wenn ich bedenke, dass ich ihre Loyalität der Familie gegenüber in Frage gestellt habe. Wirst du mir vergeben, meine Liebe?«

Mystere jedoch hörte ihn kaum. Einen ganzen Moment lang schien der Raum herumzuwirbeln, und sie umklammerte die Arme ihres Stuhles, als hätte sie Angst, abgeworfen zu werden.

»Belloch ist 'n richtiger Vanderbilt!«, rief Baylis aus.

»Nicht ganz«, korrigierte Paul ihn. »Aber er ist ohne Frage einer der wohlhabendsten Männer der Nation. Wenn ich bedenke, dass unser Mädchen seine Frau werden wird.«

»Endlich haben wir das große Los gezogen«, brüstete Baylis sich. »Schau sie dir an, Boss – die große Dame. Ist sie nicht wirklich schrecklich vornehm? Wann soll denn die Hochzeit sein, Schätzchen?«

Mystere versuchte zu sprechen, sie hatte jedoch das Gefühl, als würde eine Hand ihr die Kehle zudrücken.

»Das arme Ding ist ganz überwältigt von dem Gedanken«, sagte Paul überschwänglich. »Caroline zufolge steht das Datum noch nicht fest. Aber je eher, desto besser, würde ich sagen.« Er zwinkerte ihr zu, sah dabei aber aus wie der Teufel höchstpersönlich. »Nur damit du Bescheid weißt, ich habe Mrs. Astor versprochen, dich nicht aus den

Augen zu lassen, und ich habe vor, dieses Versprechen auch zu halten. Für eine schutzlose Debütantin hast du zu viele Freiheiten gehabt, und genau das hat dich in diese Geschichte hineingezogen.« Paul lachte. »Wir wollen doch nicht, dass das Huhn sich aus dem Staub macht, noch bevor es das goldene Ei gelegt hat, nicht wahr?«

Noch während sie ihn anstarrte, war Mystere sich bewusst, dass das Ende gekommen war. Wenn es ihr nicht gelingen würde zu fliehen, so würde sie gezwungen sein, Belloch zu deren Profit zu heiraten. Sie konnte nicht vorhersagen, wie das alles enden würde.

»Wenn sich einem eine *solche* Gelegenheit bietet, so ist es am besten, das Eisen zu schmieden, solange es heiß ist«, fuhr Paul fort.

»Oder solange Belloch es ist«, spielte Baylis mit den Worten und beide Männer lachten ungehobelt.

Noch immer wie betäubt wollte Mystere plötzlich unbedingt der grobschlächtigen Fröhlichkeit der beiden Männer entfliehen. Sie raffte ihr Kleid zusammen und zwang ihre Beine irgendwie dazu, sie beim Aufstehen zu unterstützen.

»Ich ... ich denke, ich werde oben weiterarbeiten«, gelang es ihr zu sagen.

»Oh-ha!«, zog Baylis sie auf. »Siehst du, wie das geht? Schon ist sie sich zu schade für unsere Gesellschaft.«

»Na, na«, ermahnte Paul ihn. »Du hast sie in Verlegenheit gebracht. Zieh sie nicht so auf; das arme Ding muss sich in diesem Augenblick doch überwältigt fühlen. Mir geht es mit Sicherheit auch so, und dabei werde ich lediglich die Braut zum Altar führen.«

Während Mystere sich der Tür näherte, traten die beiden Männer zur Seite und strahlten sie an. Auf ihrem Weg zur

Wendeltreppe war sie schon halb durch die Halle gegangen, als ihre angeregten Stimmen aus dem Salon sie innehalten ließen.

Schnell und leise ging sie denselben Weg zurück und blieb stehen, als sie sich nahe genug an der Tür befand, um verstehen zu können, was da geredet wurde.

»Nun ja«, betonte Baylis, »Belloch wird mit Sicherheit vorhaben, sein Vermögen zu behalten.«

»Natürlich wird er das, würdest du das nicht auch? Aber weißt du, ich bin inzwischen der Meinung, dass Mystere in Schwarz ziemlich reizend aussieht.«

»Irgendwann müssen wir alle den Löffel abgeben«, witzelte Baylis, und beide Männer lachten.

Ein eisiger Finger berührte ihr Herz. Sie würde Rafe beschützen müssen. Das soeben Gesagte stählte nur noch ihren Entschluss, Rafes Hand genauso entschieden zurückzuweisen, wie er sich dagegen wehrte, ihre zu nehmen.

Einen Seufzer der Verzweiflung unterdrückend lief sie zur Treppe zurück.

Mystere hatte keine Ahnung, wie lange sie auf ihrem Bett gelegen, in ihre Kissen geweint und immer wieder Brams Namen wiederholt hatte. Selbst jetzt noch stand er in ihren Gedanken an erster Stelle, sie gab jedoch langsam jede Hoffnung auf, ihn jemals wiederzusehen. Niemals konnte sie hoffen ihn zu finden, wenn eine fürchterliche Komplikation nach der anderen sie von der Suche abhielt.

Ihr wurde nun eindringlicher denn je bewusst, wie sie zu einem Kind zweier Extreme herangewachsen war. Das eine Extrem war der unwiderstehliche Drang, das Rätsel lösen zu wollen, das zum Mittelpunkt ihrer Existenz geworden war, und zwar das Rätsel ihrer eigenen Identität – das andere Extrem bestand in den kollektiven Erinnerungen an die frühen Tage, an das hoffnungslose Leben in der Gosse und später dann im Waisenhaus. Sie wusste sehr genau, dass niemandem an ihrer Existenz etwas gelegen war, dass sie innerhalb eines Herzschlages ausgelöscht werden könnte.

Nach und nach jedoch wich ihre persönliche Verzweiflung dem Gedanken an Rafe.

Trotz all seiner entsetzlichen Worte und seines Verhaltens ihr gegenüber – in diesen letzten Wochen konnte sie nicht umhin, ein wachsendes Gefühl von Dankbarkeit für die Art und Weise zu empfinden, wie er die volle Wucht von Mrs. Astors Zorn über sich hatte ergehen lassen, nur um sie vor einer Entlarvung zu schützen. Ihre Dankbarkeit ließ sie erneut über Rafes »Groll« – wie Abbot ihn nannte – nachdenken. Rafe hatte Mrs. Astor aufs Schärfste beschuldigt, seinen Vater getötet zu haben – wenn das auch nur im Entferntesten wahr war, so trug es mit Sicherheit dazu bei, Rafes zynische Haltung und sein raues Benehmen zu erklären.

Ein plötzliches Klopfen an der Schlafzimmertür schreckte ihre Gedanken in die Gegenwart zurück. »Mystere?«, rief Roses Stimme ihr zu.

Schnell setzte sie sich im Bett auf und benutzte einen Zipfel ihrer Tagesdecke, um ihre Tränen zu trocknen. »Komm herein, Rose.«

Auch Rose hatte sonntags frei. Oft bestand sie jedoch darauf, trotzdem ein paar Stunden zu arbeiten, um das Haus in Ordnung zu halten. Voller Zuneigung der jungen Frau zulächelnd trat sie nun ein und ging zum Bett hinüber, um sich neben Mystere zu setzen und deren beide Hände in die ihren zu nehmen.

»Ich will mich ja nicht einmischen«, entschuldigte sie sich, »aber ich habe dich eben weinen hören. Das scheint mir eine seltsame Reaktion auf einen der glücklichsten Tage in deinem Leben zu sein.«

*Glücklichsten.* Dieses Wort schien sie verspotten zu wollen, trotzdem jedoch bemühte Mystere sich stoisch, ihre Gefühle nicht zu zeigen.

»Du hast es also schon gehört?«, fragte sie.

»Gehört?« Rose lachte. Ihr leuchtend rotes Haar war zu zwei dicken Zöpfen geflochten. »Baylis benimmt sich wie ein Zeitungsjunge. Er geht mit der Nachricht hausieren. Man könnte meinen, *er* habe vor zu heiraten.«

Eine einzelne Träne lief aus Mysteres Auge, ihre Stimme jedoch blieb fest. »Ja, Paul hat sich genauso aufgeführt. Aber sie –«

Sie konnte sich gerade noch zurückhalten, als sie sich daran erinnerte, dass Rose trotz allem Paul gegenüber zur Loyalität erzogen war. Sie würde Mystere niemals bewusst verletzen, und man konnte auf sie zählen, wenn es darum ging, ein paar Dinge im Namen weiblicher Kameraderie vor Paul und den anderen geheim zu halten. Es wäre jedoch indiskret und unnötigerweise riskant, Rose zu erzählen, dass sie Rafe Belloch *nicht* heiraten würde, was auch immer passierte.

»Aber sie sehen nur den Nutzen für sich selbst«, ergänzte sie.

»Ja«, stimmte Rose ihr zu. »Offen gesagt haben sie auch niemals etwas anderes in dir gesehen als eine Quelle des Profits. Und dabei steckt in Wahrheit so viel mehr in dir.«

Mystere umarmte sie einen Moment lang fest. »Wenigstens *du* solltest den Mund aufmachen. Ich befürchte nämlich, dass wir uns beide in demselben lecken Boot befinden.«

»Ja, aber vor Pauls Zeit waren wir dabei zu ertrinken«, erinnerte Rose sie pflichtbewusst. »Also ist ein leckes Boot doch eine Verbesserung, nehme ich mal an. Warum weinst du, mein Schatz?«

Nur widerwillig zwang Mystere ihre Gedanken zu einer dringenderen Angelegenheit zurück – nämlich dem Diadem, das Rafe verlangt hatte. Sie wusste, dass das dicke Ende noch kommen würde, wenn Paul es erst vermissen würde. Andererseits konnte sie aber auch nicht hoffen, ohne irgendeinen Preis aus ihrer fürchterlichen Zwangslage herauszukommen.

Noch dazu ließ Rafes augenscheinliche Galanterie der vergangenen Nacht sie nicht vergessen, dass er ein zynischer, gefährlicher und unberechenbarer Mann war. Sie musste versuchen, seinem Geheiß nachzukommen – und immerhin hatte es ja seiner Mutter gehört. Sie konnte es ihm wohl kaum vorwerfen, dass er es haben wollte. Da sie als Dienstmädchen bei ihnen lebte, wusste Rose mehr über Pauls Geheimnisse als jeder andere.

Mystere beschloss, einfach nur offen zu sein und sich Rose auf Gedeih und Verderb auszuliefern.

»Ich befinde mich in einem fürchterlichen Dilemma«, antwortete sie schließlich. »Rafe Belloch will unbedingt ein silbernes Diadem haben, das ich in diesem Frühjahr gestohlen habe. Verstehst du, es hat seiner Mutter gehört, die vor einiger Zeit verstorben ist.«

»Das wird aber inzwischen an Pauls Hehler verkauft worden sein«, sagte Rose. »Gott allein weiß, wo es sich jetzt befindet.«

»Nein, ich glaube, ich habe es in Pauls Wandtresor gesehen. Du weißt doch bestimmt, dass er einige Dinge zurückbehält.«

Rose nickte. »Also hast du diese Sache ebenfalls durchschaut? Ich hatte geglaubt, dass nur ich davon wüsste.«

»Ja. Aber siehst du, Rose, Rafe will dieses Diadem unbedingt haben. Er hat mir gesagt, dass, wenn ich es ihm nicht besorge ... nun, es reicht wohl, wenn ich sage, dass es mich teuer zu stehen kommen würde.«

»Und das sagt der Mann, der dich heiraten will?«

Mystere runzelte die Stirn, und Traurigkeit überkam sie. »Rose, das ist alles sehr kompliziert. Du darfst es niemandem gegenüber erwähnen, aber – verstehst du, Rafe hat mich nicht gebeten, seine Frau zu werden. Mrs. Astor übt Druck auf ihn aus, indem sie ihm mit finanziellem Ruin droht.«

»Oh, gütiger Gott«, flüsterte Rose. »Darum also weinst du, du armes Ding.«

»Ja, ich weiß, dass ich eine Menge von dir verlange, aber ich befinde mich in einer fürchterlichen Klemme. Kannst du ... weißt du, wo Paul den Schlüssel zu seinem Tresor aufbewahrt?«

Rose erbleichte angesichts dessen, was von ihr verlangt wurde. Trotzdem jedoch fühlte sie mit Mystere, die sie immer wie eine große Schwester behandelt hatte und nicht wie eine untergeordnete Dienerin, wie die anderen das taten.

»Du weißt, Mystere, dass er eine Stinkwut kriegen wird, wenn er es vermisst.«

»Ja, aber mach dir deswegen keine Sorgen, ich werde mich dazu bekennen, sobald er es bemerkt.«

»Es ist nicht nur der Wert – er wird außer sich sein, dass jemand in seinem Tresor herumgeschnüffelt hat. Du kennst ja seine Reden über Loyalität.«

Mystere nickte. »Ich weiß. Aber ich muss mich auf seine neuerlich gute Laune verlassen, in die ihn die Ankündigung der Verlobung versetzt hat.«

Rose wurde ein wenig fröhlicher. »Ja, da ist was dran. Er will es sich nicht mit dir verderben. Nun … ich glaube, ich weiß, wo er einen der Schlüssel aufbewahrt. Hast du jemals seine alte, ramponierte Reisetasche gesehen?«

»Die grüne mit den rostigen Messingverschlüssen?«

»Genau die. Ich habe ihn einmal dabei beobachtet, wie er einen Schlüssel aus einem braunen Umschlag genommen hat, den er in dieser Tasche aufbewahrt. Die Tasche selbst ist irgendwo unter seinem Bett, falls er sie nicht inzwischen woanders hingeräumt hat.«

Nun, da sie sich verpflichtet hatte, ihr zu helfen, war Rose ganz eifrig bei der Sache. Sie stand auf und glättete ihren Baumwollrock. »Dies ist ein guter Zeitpunkt, meine Liebe. Evan und Baylis sind in die Schenke gegangen, und Hush ist wer weiß wo hin. Ich habe Paul im Salon zurückgelassen, als er gerade dabei war, Briefe zu schreiben. Ich werde nach unten zurückgehen und ihn ablenken. Und nun beeil dich.«

»Ich danke dir, Rose«, sagte Mystere und umarmte sie erneut.

»Beeil dich«, wiederholte Rose und verließ den Raum.

Nun, da der Zeitpunkt zum Handeln gekommen war, verspürte Mystere nervöse Erregung in ihrem Magen. Sie eilte nach draußen in den langen Korridor, der zu Pauls Quartier im gegenüberliegenden Flügel des Hauses führte.

Ein paar Sekunden lang zögerte sie vor der Tür seines Schlafzimmers und versuchte, irgendwelche Geräusche neben dem ohrenbetäubenden Tosen ihres Pulses in ihren Ohren zu hören. Die Angeln quietschten, als sie die Tür öffnete, und obwohl niemand außer ihr auch nur im Entferntesten nahe genug war, dies zu hören, so zuckte sie doch bei diesem Geräusch zusammen.

In dem großen Raum war es beinahe dunkel, denn Paul war eine menschliche Fledermaus, er hasste das Sonnenlicht. Gardinen aus schwerem Stoff bedeckten beide Fenster. Sie schaltete das neu installierte elektrische Licht an und konnte so ein Bett aus Nussbaumholz mit einem Baldachin sowie einen dreitürigen, geschnitzten Kleiderschrank aus Nussbaumholz erkennen, an dessen mittlerer Tür ein Spiegel mit schräg geschliffenen Kanten angebracht war. Der alte Gauner war trotz seines Alters noch eitel – ein zweiter Spiegel, ein französischer Empirespiegel mit vergoldetem Rahmen hing an der Wand zu ihrer Linken.

Sie lief schnell zum Bett hinüber, bückte sich und entdeckte sofort die ramponierte, alte Reisetasche. Mystere zog sie hervor und ließ die Verschlüsse aufschnappen, was ein Durcheinander von alten Briefen, Zeitungsausschnitten und Fotos – zum größten Teil aus Pauls früheren Tagen in New Orleans – zum Vorschein brachte. Beinahe sofort fand sie den kleinen Umschlag, den Rose erwähnt hatte – und darin steckte in der Tat auch ein Messingschlüssel.

Der Tresor befand sich in der Rückwand des Zimmers, hinter einem Gemälde verborgen. Mit zitternden Händen nahm sie das Bild ab und stellte es beiseite, während sie sich ermahnte, sich zu beeilen. Trotz ihrer Eile jedoch, so schnell wie möglich wieder wegzukommen, erschreckte sie der Anblick des Inhaltes beim Öffnen der Eisentür des Tresors so sehr, dass sie in eine vorrübergehende Bewegungslosigkeit verfiel.

Das Diadem war wirklich da, reines Silber mit ovalen blauen Saphiren ausgeschmückt. Außerdem erblickte sie eine massive goldene Kameenbrosche, ein goldenes, mit minengeschliffenen Diamanten besetztes Filigrankreuz, ein paar Ohrgehänge aus Saphiren und Diamanten und viele weitere wertvolle Schmuckstücke. Und Bargeld – und zwar mehr Bargeld, als sie die Zeit hatte zu zählen.

Mystere erkannte sowohl Stücke, die sie selbst gestohlen hatte als auch Beisteuerungen von Hush und den anderen. Sie griff gerade nach dem Diadem, als sie Rose' Stimme draußen auf der Treppe hörte, das Herz blieb ihr stehen.

»Ja, es werden in der Tat viele Vorbereitungen für die Hochzeit nötig sein. Aber Mystere und ich werden das mit Leichtigkeit hinkriegen, Paul, mach dir deswegen nur keine Sorgen.«

Rose sprach absichtlich laut, um Mystere zu warnen, dass Paul auf dem Weg nach oben war. Fast hätte blinde Panik sie überkommen, sie zwang sich jedoch dazu, unverzüglich zu handeln. Pauls Lähmung ließ ihn Treppen nur sehr langsam hinaufsteigen, es gab also noch eine geringe Chance zu entkommen. Das Diadem zu nehmen stand jedoch außer Frage – nicht, wenn er sie damit im Korridor erwischen könnte.

Sie schlug den Tresor zu, hängte das Gemälde wieder an seinen Platz, legte den Schlüssel in die Tasche zurück und stieß diese mit dem Fuß unter das Bett. Sie schaltete das Licht aus und entkam gerade noch rechtzeitig aus seinem Zimmer; sie begegnete Rose und Paul erst, als sie sich sicher außer Reichweite von Pauls Tür befand. Es sah nun so aus, als hätte sie gerade ihr eigenes Zimmer verlassen.

»Da ist ja unser Hochzeitsmädchen.« Der alte Betrüger strahlte sie an. »Hast du dich inzwischen damit angefreundet, dass du eine der wohlhabendsten Frauen Amerikas sein wirst?«

»Nein«, gelang es ihr mit fester Stimme zu antworten. »Im Moment erscheint mir alles noch wie ein Traum.«

Bis Hush endlich Lorenzo Perkins aus seinem Haus in der Amos Street hinaustreten sah, blieben nur noch ein paar Stunden Tageslicht übrig. Der Schatten des Mannes war lang und schmal und unheimlich in der untergehenden Sonne, als er sich in die Richtung der Saloons begab, die über die ganze Tin Pan Alley verstreut waren – einem geschäftigen Block auf der 48. Straße zwischen dem Broadway und der Sixth Avenue.

Hush spionierte nun auf seine eigene Initiative hin und beobachtete Sparky und Lorenzo, wann immer er die Möglichkeit dazu hatte, denn er war entschlossen zu verhindern, dass diese beiden Ganoven Mystere zugrunde richteten. Er hatte also beschlossen herauszufinden, was die beiden im Schilde führten.

In einer nahe gelegenen Gerberei endete gerade die Sonntagsschicht, und die müden Arbeiter kamen hinaus ans Tageslicht; sie sahen aus wie verdammte Seelen, die der Hölle entkommen waren. Sie boten Hush gute Deckung, als er sich seinem Mann näherte, der dann ganz plötzlich in einem Backsteinbau mit eisernen Fensterläden verschwand – in einem beliebten Lokal in dem ortsansässige Texter, Komponisten und Interpreten verkehrten.

Seit es den Tammany-Politikern gelungen war, die unbeliebten »Moralgesetze« aufzuheben, waren am Sonntag die Bars der Stadt überfüllt. Diese war scheinbar von besserer Qualität als die auf der Bowery. Als Hush die Bar betrat, konnte er vor lauter Tabakrauch zunächst nichts erkennen. Im Gedränge entdeckte er dann Lorenzo an einem Tisch im hinteren Bereich des Raumes, wo er mit Sparky zusammenhockte.

Hush schien heute seinen Glückstag zu haben. In dem Lokal war es dunkel, und so gelang es ihm, sich nur ein paar

Fuß von den beiden Männern entfernt hinter ein mit Eis gefülltes großes Fass zu zwängen. Trotz des Lärms konnte er sie deutlich verstehen.

»Bist du dir da sicher?«, wollte Sparky wissen.

»Ich schwör's bei dem Grab meiner Mutter.«

»Deine Mutter lebt doch noch, du Dummkopf.«

»Richtig, aber wird sie nicht irgendwann mal 'n Grab brauchen? Ich sag's dir, meine Frau hat es heute Morgen in der Kirche gehört. Der Priester hat es selbst angekündigt.«

Sparky kratzte geistesabwesend am Querstab eines Stuhles den Schlamm von seinem rechten Stiefel. Einer seiner Hosenträgerbänder hatte sich gelöst, und seine Kniebundhose hing an dieser Seite herunter.

»Dann, bei Gott«, sagte er, »lass uns das Pferd gewinnen oder den Sattel verlieren. Ich hab es satt, so arm wie eine Kirchenmaus zu sein.«

Sparky nahm die Tonpfeife – ein universelles Zeichen der Armen – aus seinem Mund und hielt sie über den Tisch. »Vergiss doch irgendwelche stinkenden Affen. Ich träum davon, wie die feinen Pinkel aus einer Meerschaumpfeife zu rauchen. Und diese Hochzeit ist unsere große Chance. Wir gehn direkt zu Belloch und machen ihn begierig drauf zu erfahren, war wir so alles wissen.«

»Sei bloß still!«, warnte Lorenzo ihn. »Wir müssen vorsichtig sein bei ihm, der Mann hat 'nen guten Denkapparat im Kopf.«

»Daran gibt es keinen Zweifel. Dummköpfe werden nicht stinkreich, oder? Aber jeder Mann kann zum Dummkopf werden, wenn erst 'ne Frau mit im Spiel ist, die er liebt.«

Von seinem beengten Aussichtspunkt aus hatte Hush einen guten Blick auf Lorenzos glanzlose kleine Augen und seinen gewachsten Schnurrbart. Der Mann kippte ein halbes Bierglas in einem tiefen Zug hinunter und wischte sich dann den Schaum mit dem Handrücken ab.

»Das ist Schicksal, Sparky. Unsere Vorsehung. Das Glücksrad hat sich endlich zu unseren Gunsten gedreht.«

»Nun reißt du aber das Maul auf!«

»Du weißt doch, ich wollte schon immer Abteilungsleiter sein. Ich hab's schon immer in den Knochen gespürt, dass ich zu was Großem bestimmt bin. Die Frau denkt genauso; darum geht sie ja in die Kirche der Reichen, obwohl sie hinten stehn muss.«

»So läuft's halt. Zum Teufel mit diesem Pokerspiel, bei dem nur Cents eingesetzt werden, was? Warum sollen wir uns die Buckel krumm machen, um fünfzig Dollar aus der Frau rauszupressen – Herrgott, Belloch wird sie *heiraten*. Jetzt, wo das öffentlich bekannt ist, können wir ihm mit Ruinierung drohen.«

Hush war geschockt. Das ist doch nicht möglich! Mystere wird heiraten?

»Wir müssen irgendwie ein Treffen mit Belloch arrangieren«, sagte Lorenzo. »Wir müssen ihm klar machen, dass er mit seinem Geld unser Schweigen kaufen kann.«

Leider wurde Hush in keine weiteren Pläne eingeweiht, denn in diesem Moment zog ein Angestellter ihn aus seinem Versteck und gab ihm eine schallende Ohrfeige, bevor er den Jungen hinauswarf. Er hatte jedoch genug gehört, um zu erkennen, dass diese Männer Mystere großen Schaden zufügen wollten. Der Stich der Eifersucht, als er hörte, dass sie heiraten würde, war nichts gegen seine Angst um ihre Sicherheit.

Hush verschwand für einen Moment in einer dunklen Gasse, um das Geld aus der Brieftasche zu nehmen, die er gerade dem Mann gestohlen hatte, der ihn hinausgeworfen hatte. Nur drei Dollar, aber die könnten vielleicht Mystere helfen. Er hatte beschlossen, Rillieux zu trotzen, indem er das Meiste von dem, was er stahl, ihr übergeben würde – sie hatte es dringender nötig als der alte Mann.

Er warf die leere Brieftasche auf einen Müllhaufen und machte sich auf den Heimweg, während er versuchte, einen Plan auszutüfteln, um Mystere zu helfen. Er hatte nun vor, auf eigene Faust zu handeln, denn das arme Mädchen hatte in letzter Zeit so viel um die Ohren. Er hatte sie weinen sehen, als sie angenommen hatte, allein zu sein, und dieser Anblick hatte ihn mehr geschmerzt als irgendwelche Schläge. Genau das Gleiche war der Fall mit ihren kleinen, feinen Sorgenfältchen, die sich um ihren Mund herum zu bilden schienen.

Wie irgendjemand vorhaben konnte ihr wehzutun, das überschritt sein Vorstellungsvermögen, denn sie war genauso lieb, wie sie schön war. Er liebte es, wenn sie ihm vorlas, ihre Stimme hatte für ihn den Klang von Engelsharfen. Wenn er in ihre blauen Augen schaute, fühlte er sich innerlich ganz komisch – als könnte er für sie eine ganze Nation erobern.

*Er* wollte sie heiraten. Warum konnte er nicht so reich sein wie Rafe Belloch, sodass sie stattdessen ihn lieben würde?

In seinen verborgensten Gedanken hallten jedoch Sparkys Worte wie die Bedrohung einer fernen Artillerie wider: *Lass uns das Pferd gewinnen oder den Sattel verlieren. Diese Hochzeit ist unsere große Chance.*

# 24

Am Dienstagmorgen rief Ward McCallister im Hause der Rillieux' an, um anzukündigen, dass Mrs. Astor am kommenden Samstag in der Astor-Residenz eine Verlobungsgesellschaft für Rafe und Mystere geben würde.

Wie gewöhnlich, bemerkte Mystere in einem Anfall ohnmächtiger Verärgerung, hatte sie keinen höflichen Versuch unternommen nachzufragen, ob ihr dieser Termin überhaupt gelegen kam. Caroline hatte ganz einfach einen Marschbefehl gegeben, und alle mussten folgen.

Auch Lance Streeter hatte ihr am Montag das Leben durch eine überschwängliche Kolumne schwer gemacht, die in der Hauptsache aus hochtrabendem Blödsinn über die »Heirat der Saison« bestand. Das Telefon hatte bis spät am Abend nicht stillgestanden vor lauter Anrufen von wohlwollenden Freunden, die eine Litanei klischeehafter Glückwünsche aussprachen, was ihr schon bald pochende Kopfschmerzen eingebracht hatte.

Mystere empfand die ganze Ironie ihrer Situation. Es war noch nicht allzu lange her, und zwar während ihrer letzten Mietdroschkenfahrt durch Brooklyn, dass sie sich geschworen hatte, »ihren eigenen Weg zu gehen«. Und nun das – eine öffentliche Pseudoverlobung, die ihr voll und ganz aufgezwungen worden war und die ihr das Gefühl gab, in einem gläsernen Käfig zu sitzen, in dem man jede ihrer Bewegungen von jedem Winkel aus beobachten konnte. Unter solchen Umständen war ihre Chance, Bram zu finden, etwa genauso groß geworden wie die, auf den Mond zu kommen.

Als ob sie nicht schon genug Probleme hätte, so war es ihr außerdem noch nicht gelungen, das Diadem aus Pauls Tresor zu holen. Dieses Vorhaben erhielt mit der Ankunft der Post am Dienstagmittag eine neue Dringlichkeit.

»Da liegt ein Brief für dich auf dem Ständer«, informierte Rose sie, als Mystere gegen ein Uhr am Mittag nach unten kam. »Die Anschrift des Absenders lautet Staten Island«, fügte sie hinzu, und Mystere spürte, wie eine dunkle Vorahnung ihren Puls beschleunigte. Wenn Rafe Belloch im Spiel war, so war keine Nachricht eine gute Nachricht.

Sie nahm den sauber getippten Umschlag vom Marmorständer und öffnete ihn mit zitternden Fingern. Der ebenfalls sauber getippte Brief mit dem Vermerk »Original bei den Akten« bedurfte keiner Erklärung. Obwohl sie kaum darin erwähnt wurde, so verdammte der Brief aus Stephen Breaux' Anwaltskanzlei in New Orleans doch potentiell Paul und seine ganze »Familie«, sie selbst eingeschlossen.

Während sie den Brief las, arbeitete Rose in ihrer Nähe, indem sie geschäftig mit einem Staubwedel über die Korridormöbel fuhr.

»Mystere! Was ist los?«, wollte sie wissen, denn die junge Frau wurde plötzlich bleich.

»Dieses dumme Diadem«, antwortete sie, den Tränen der Verzweiflung nahe. »Rafe übt Druck auf mich aus, um es zu bekommen.«

»Du wirst wohl kaum eine Chance haben, es dir heute zu holen«, bemerkte Rose besorgt. »Paul hat mir aufgetragen, alle seine Verabredungen abzusagen, da er sich angeschlagen fühlt. Er wird wahrscheinlich den ganzen Tag über im Bett bleiben.«

Paul … Mystere riss den Umschlag und den Brief in Stücke, warf diese in den in der Nähe stehenden Abfalleimer und schüttelte ihn dann, um sicherzugehen, dass nichts mehr zu sehen war. Ein Grund, warum er sich wie ein Schneekönig über die Verlobung freute, war natürlich der, dass er sich erhoffte, durch Rafes Geld seine Fehlinvestitionen ausgleichen zu können. Er würde Grauen erregend sein in seiner Wut gegen sie, wenn sie das jemals gefährden würde. Noch schlimmer wäre es jedoch, wenn er erfahren würde, dass Rafe den Modus Operandi des alten Diebes herausgefunden hatte.

Es ist die Aufmerksamkeit, die Mrs. Astor ihm schenkt, erinnerte sie sich. Die hat ihm mehr als alles andere den Kopf verdreht, denn sie bedeutet nicht nur bestätigte Anerkennung seines Ansehens, sondern auch höchste Klassifizierung. Noch mehr als Armut fürchtete er also eine Entlarvung, denn die würde ihn um seine Auszeichnung bringen. Und das machte ihn, ungeachtet seines Alters, gefährlich.

Rafe war zweifellos ein starker und fähiger Mann, und er war wahrscheinlich relativ sicher, wenn er sich zu Hause in Garden Cove aufhielt. Sobald er jedoch Staten Island verließ, setzte er sich leichtsinnigerweise der Gefahr eines Angriffs aus – was ihr eigener Überfall auf ihn vor zwei Jahren bewies. Evan oder Baylis würden nicht zögern, ihn auf Pauls Befehl hin umzubringen – da war sie sich sicher. Sie würden wahrscheinlich alles verkehrt machen und schon kurz darauf erwischt werden, aber das würde Rafe dann auch nicht wieder lebendig machen.

Mitten in ihre bekümmerten Gedanken hinein schrillte das Telefon. Rose ging an den Apparat.

»Ja, Sir«, hörte Mystere sie sagen. »Zufälligerweise steht sie gerade direkt neben mir. Einen Moment bitte.«

Sie hielt Mystere den Hörer entgegen. »Für dich. Es ist dein Verlobter.«

*Dein Verlobter.* Diese beiden kleinen Worte trafen sie wie Schläge ins Gesicht.

»Ja«, meldete sie sich knapp.

»Was ist denn das?« Selbst seiner verzerrten Stimme gelang es noch, Sarkasmus zu vermitteln. »Kein ›Guten Tag, mein Liebling‹ für deine große Liebe?«

»Was willst du?«, fragte sie ungeduldig.

»Was hat unser Mädchen denn so gereizt? Hast du vielleicht schon die Mittagspost bekommen?«

»Das weißt du doch ganz genau«, antwortete sie kalt. »Musst du unbedingt alles in Szene setzen?«

»Oh, lass bitte deine Affektiertheit, Lady Moonlight – ich habe dich schließlich nackt gesehen, und –«

»Fahr zur Hölle!«, platzte es aus ihr heraus, denn sie war schockiert, dass er so etwas über einen Gemeinschaftsanschluss gesagt hatte. Rose starrte sie erstaunt an. »Sag mir, warum du anrufst, oder ich werde auf der Stelle einhängen.«

»In Ordnung«, willigte er ein und ließ seine gezierte Stimme sein. »Betrachte diesen Anruf als eine Fortsetzung des Briefes. Hast du das Diadem?«

»Noch nicht. Ich habe bisher noch keine ungehinderte Möglichkeit gehabt, heranzukommen. Als wir unsere kleine Vereinbarung getroffen hatten, hattest du nichts von einem Ultimatum gesagt.«

»Nun, dann tue ich das eben jetzt. Wenn du mir dieses Diadem nicht heute Nachmittag noch übergibst, werde ich deinen ›Onkel‹ heute Abend anrufen und ihm Breaux' Brief vorlesen.«

Sie begann zu zittern. »Rafe! Das ist unmöglich, ich kann nicht –«

»Das hat dir nun wohl deine Frechheit ausgetrieben, was? Nun hör mir mal gut zu, du bist die geschickteste Diebin in der ganzen Stadt, und das will eine Menge heißen. Fang nun also bitte nicht an mir vorzuheulen, dass du es nicht besorgen kannst.«

»Du verstehst nicht, Paul ist –«

»Heute Nachmittag«, wiederholte er mit erbarmungsloser Beharrlichkeit. »Ich arbeite zwischen zwei und fünf Uhr in meiner Suite im Astor House Hotel, Nr. 511.«

»Rafe, bitte, ich kann einfach nicht –«

»Du wirst, ansonsten wirst du die Konsequenzen tragen müssen. Am Sonntag habe ich Caroline nichts über dich erzählt, Gott allein weiß, warum nicht. Vergiss bitte nicht, dass ich aus diesem ganzen Schlamassel herauskommen könnte, indem ich sie besuche und ihr alles erkläre.«

»Warum tust du das also nicht?«

»Wo liegt da der Spaß? Ich bekenne mich zu einer gewissen perversen Freude daran, mich auf Kosten anderer zu amüsieren.«

»Mich eingeschlossen.«

Er sagte nichts. Sein ausbleibender Spott schien etwas zu bedeuten, sie konnte jedoch nicht sagen was. Seine letzten Worte waren: »Ich erwarte dich also zwischen zwei und fünf. Bis dann, *Liebling*.«

Er hatte schon eingehängt, noch bevor sie ihn weiter anflehen konnte. In ihrer Verärgerung und Enttäuschung knallte sie den Hörer so hart auf den Wandapparat, dass sie dadurch die Klingel einen Moment lang zum Ertönen brachte.

»Ich habe deine letzten Sätze mit angehört«, entschuldigte Rose sich. »Und ich glaube, ich habe einen Plan, um dir zu helfen.«

»Was immer es ist«, griff Mystere verzweifelt zu. »Er ist unnachgiebig.«

»Du weißt doch, dass Paul es sich niemals nehmen lässt, zum Telefon zu kommen, wenn nach ihm verlangt wird? Hush ist im Moment in der Remise, um das Geschirr zu reparieren. Du gehst in deine Räume und lauschst auf das Telefon. Ich werde Hush zur Telefonzentrale schicken und ihn bei der Vermittlung unsere Nummer verlangen lassen. Sobald ich den Hörer abgenommen habe, kann er wieder auflegen.«

Mystere hatte die nahe gelegene Telefonzentrale völlig vergessen, wo die Allgemeinheit Ortsgespräche zum astronomischen Preis von fünf Cent führen konnte.

»Ja, natürlich.« Sie konnte spüren, wie ein kleiner Funke Hoffnung sich zum Kern ihrer Verzweiflung durcharbeitete. »Du wirst oben nach Paul rufen. Er braucht eine Ewigkeit, um die Treppe hinunter und wieder hinaufzukommen.«

Rose nickte, während sie schon ein Fünfcentstück aus der Haushaltsgeldschublade fischte und auf die Eingangstür zuging. »Ich werde sagen, dass es ... irgendeine Frau namens Sandra ist. Er wird glauben, dass die Verbindung unterbrochen wurde. Aber sei schnell, Süße. Gott bewahre uns alle davor, dass er dich auf frischer Tat ertappt und begreift, dass wir ihn reingelegt haben.«

»Oh, ich danke dir, Rosie!«, rief Mystere aus, während sie die Treppe nach oben ging. »Und mach dir keine Sorgen. Dieses Mal wird es klappen.«

Roses Plan ging reibungslos über die Bühne. Zu dem Zeitpunkt, als Paul nach oben zurückkam und heftig über die unnötige Treppensteigerei schimpfte, war das Diadem mit den Diamanten und Saphiren schon sicher in Mysteres Handtasche verschwunden. Sobald Paul seine Tür wieder hinter sich zugemacht hatte, trug sie Baylis auf, die Kutsche für sie herauszuholen, damit sie eine Fahrt damit machen konnte.

Die kurze Fahrt zum Astor House, einer massiven Konstruktion mit sechs Etagen und dreihundert Räumen auf der gegenüberliegenden Straßenseite des City Hall Parks gab ihr etwas willkommene Zeit, ihre Gedanken ein wenig zu sammeln.

Es war ein fantastischer Julinachmittag – heiß, mit einer steten kühlen Brise. Für die sonnigen Straßen und die schimmernden grünen Rasenflächen in den Parks hatte Mystere jedoch heute keinen Blick, da sie sich Gedanken darüber machte, ob Rafe ihr wirklich im Austausch gegen das Diadem Antonias Ring geben würde, wie er es versprochen hatte.

Unhöflichkeit ihr gegenüber schien die einzige Umgangsform zu sein, die er kannte. Und inzwischen sollte sie daraus gelernt haben, ihn zu verachten. Stattdessen ertappte sie sich jedoch dabei, dass sie sich mit schamloser Häufigkeit an die gefährliche Erregung erinnerte, die seine Küsse bei ihr hervorgerufen hatten, an das verbotene Feuer in ihren Lenden, als seine Hände sie auf eine bestimmte Art und Weise – und an bestimmten Stellen – berührten. Es hätte sie eigentlich in Wut versetzen sollen.

Trotz seines nach außen hin rüden Benehmens wusste sie aber, dass auch er eine starke Anziehungskraft zu ihr hin verspürte. In der Tat, seine Grobheit könnte möglicherweise eine Art männliche Verteidigungsstrategie sein, um diese Anziehungskraft nicht eingestehen zu müssen.

Lust, so belehrte sie sich selbst, war jedoch eine animalische Reaktion. Wie konnte sie überhaupt eine Lust bar jeder Zuneigung befürworten? Seine ständige Grausamkeit ihr gegenüber würde jede Möglichkeit vereiteln, ihn tatsächlich zu mögen. Und was Rafe betraf – seine Grobheit war gegen fast jeden gerichtet, nicht nur gegen sie allein. Sie befürchtete, dass er einfach nicht in der Lage war, zu irgendjemandem Zuneigung zu empfinden, dass sein Herz so hart und unbeugsam war wie Caroline Astors Streben nach Macht.

Baylis' Stimme trieb ihre Gedanken auseinander. »Da wären wir, Lady«, verhöhnte er sie in selbstzufriedenem Ton.

Er ließ sein Pferd vor der grauen Fassade des Astor House anhalten und sprang hinunter, um ihr beim Aussteigen behilflich zu sein. Sie versuchte, ihn zu bitten, bei der Kutsche zu bleiben, es gelang ihr jedoch nicht, ihn loszuwerden. Die amüsierten Blicke der livrierten Pagen ignorierend eilte sie mit dem an ihrer Seite klebenden Baylis durch das Foyer auf eine Reihe Fahrstühle zu. Der Liftboy brachte sie hoch in den fünften Stock, wobei er sie mit einem wissenden Lächeln beobachtete, das er ohne Zweifel für Frauen ohne Gepäck reserviert hatte. Er ließ sie wünschen, die Treppe genommen zu haben.

Die Aussicht, Rafes Hotelsuite zu betreten, ließ plötzlich eine Faust in ihrer Brust zusammenballen. Sie befahl Baylis, draußen zu warten und holte dann tief Luft, um sich selbst zu beruhigen, bevor sie den Messingklopfer der Tür von Suite 511 betätigte.

»Es ist offen«, rief Rafes kraftige, gebieterische Stimme von drinnen, und sie klang ein wenig ungehalten über die Störung.

Sie ließ ihren Blick kurz über die Innenausstattung des

Raumes schweifen. Was sie sah, war ein überladener Büroraum. Die Wände waren vollgehängt mit Tabellen, Diagrammen und Landkarten, jedes zur Verfügung stehende Möbelstück war hoch mit Stapeln von Notizbüchern, Heftern und dicken Nachschlagewerken bepackt.

Rafe saß an einem breiten, mit tiefen Furchen überzogenen Schreibtisch und arbeitete an irgendetwas. Er trug eine Hornbrille zum Lesen, die er bei ihrem Eintreten abnahm und in seine Hemdtasche steckte. Er stand zwar auf, ließ diese Aktion jedoch eher pro forma erscheinen als höflich, selbst als das gewohnte zynische Lächeln wie ein eingefleischter Reflex über seine Lippen huschte.

»Ah, meine reizende, zukünftige Braut«, begrüßte er sie. »Komm und gib mir einen Begrüßungskuss, Liebling.«

Stoisch ignorierte sie seine überhebliche Spöttelei. »Ich habe das Diadem«, verkündete sie in kaltem, geschäftsmäßigem Ton. »Hast du den Ring?«

Er täuschte Verblüffung vor. »Unseren Verlobungsring, meinst du? Liebling, ich hatte ja wohl kaum Zeit – «

»Du weißt sehr wohl, welchen Ring ich meine, Rafe. Hast du ihn hier?«

Eindeutig amüsiert setzte er sich auf den Rand des Tisches. Während er sie keinen Moment lang aus den Augen ließ, nahm er einen Papierbeschwerer vom Tisch und fing an, diesen von einer Hand in die andere zu werfen.

»Ich habe ihn«, versicherte er ihr. Anstatt jedoch dieses Thema fortzuführen, fragte er plötzlich: »Ich nehme an, du weißt schon, dass an diesem Wochenende eine Verlobungsgesellschaft für uns stattfinden wird?«

Sie nickte. »Was schlägst du also vor zu tun?«

»Tun? Was sollen wohl zwei wahnsinnig ineinander verliebte Menschen tun? Wir werden uns fein machen und liebenswürdig sein und die ganze Nacht hindurch einander zulächeln. Was könnten wir schon anderes tun? Immerhin werden wir ja heiraten.«

»Das kannst du doch nicht im Ernst meinen.«

»Was, dich zu heiraten?« Belustigung durchzog noch immer seine Stimme. »Deine Schönheit, deine Anmut und deine Intelligenz interessieren mich nicht, wenn die Peitsche der einzig bewährte Weg ist, einen verhärteten Charakter wie den deinen zu läutern. Und ich fände keinen Geschmack daran, meine Frau schlagen zu müssen.«

Er wies mit seinem Kinn auf eine Tür in der hinteren Wand. »Ich würde es in der Tat sehr genießen, dich zu meiner Geliebten zu machen. Das da drüben ist das Schlafzimmer – sollen wir nicht die Hochzeit überspringen und direkt zu den Flitterwochen übergehen?«

Wut brannte in ihrem Innern. »Du bist ein Schuft.«

Sein arrogantes Lächeln brachte sie beinahe dazu, ihn zu schlagen, in nur wenigen Sekunden gewann sie jedoch ihre Würde zurück. »Ich habe dir gebracht, wonach du verlangt hast. Wirst du dich nun ebenfalls an die Abmachung halten?«

Mit verkniffenem Mund antwortete er schnippisch: »Die überlegen moralische Position steht dir nicht, Lady M, es wäre also besser, sie aufzugeben.«

»Ich werde dir nichts weiter geben als meinen Teil der Abmachung.«

»Egal. Wie Caroline dich ja schon gewarnt hat: Ich bekomme, was ich haben will, auf die eine oder andere Weise.«

Sein Blick fiel von ihrem Gesicht auf das spitzenbesetzte Oberteil ihres rosaroten Damastkleides. »Was ist das denn?

Schon wieder dieses flachbrüstige Aussehen einer Debütantin?«

Sie spürte, wie sie bis unter ihre Haarspitzen rot wurde. »Ich werde ja wohl kaum über Nacht einen vollen Busen entwickelt haben können, oder?«

»Warum nicht? Samstagnacht hat das nur etwa zwei Minuten gedauert. Ich versichere dir, dass Ward McCallister dich jetzt mit anderen Augen anschauen wird. Und was ist mit Caroline? Mit Sicherheit hat auch sie es bemerkt. Was, wenn sie –«

»Können wir bitte dieses Thema lassen?«, unterbrach sie ihn scharf. »Ich bin hierher gekommen, um das Diadem gegen den Ring einzutauschen und nicht, um deine unerträgliche Rüpelhaftigkeit über mich ergehen zu lassen.«

»Ganz die Geschäftsfrau, was? In Ordnung, lass es mich sehen.«

»Lass mich zuerst den Ring sehen.«

»Woher nur das ganze Misstrauen? Ich bin ein Gentleman, ein Patriarch der ›oberen Vierhundert‹. *Du* bist die gewöhnliche Diebin, der man nicht trauen kann.«

»Oh ja, ich habe gerade eben erst deine ›gentlemanartigen‹ Schweinereien gehört. Zeige mir zuerst, dass du den Ring hast.«

Er stand wieder auf, zog die große, oberste Schublade des Schreibtisches auf und holte den Ring heraus. Als sie nach ihm greifen wollte, zog er ihn wieder zurück.

»Halte dich zurück, Lady Moonlight. Zuerst das Diadem.«

Sie zögerte und versuchte, seine Absicht aus seinem Gesicht abzulesen. Dann jedoch nahm sie das Diadem aus ihrer Tasche und reichte es ihm. Eine erstaunliche Metamorphose schien in ihm vorzugehen, eine ihr unbekannte

Weichheit überzog sein Gesicht. Selbst seine Stimme verlor ihre skalpellartige Spitze.

»Ja, das ist es. Ich hatte schon ganz vergessen, wie schön es ist. Kein Wunder, dass meine Mutter es unter ihren Besitztümern am meisten liebte. Sie strahlte immer regelrecht, wenn sie es trug.«

Seine veränderte Stimmung wirkte sich auch auf ihre eigene aus, und plötzlich fühlte sie sich weniger aggressiv. Lediglich, wenn er von seinen Eltern sprach, schien er seine zynische Fassade zu verlieren.

»Was hast du gemeint«, fragte sie ihn in ruhigem Ton, »als du Caroline beschuldigtest ... deinen Vater umgebracht zu haben?«

Im gleichen Moment noch nahm sie wahr, dass sie einen Fauxpas begangen hatte, denn sein Gesicht war auf der Stelle wieder hart wie Granit.

»Sie sind beide tot – es hat also keinen Zweck, Salz in die Wunde zu streuen.«

Er legte das Diadem in die Schublade, behielt jedoch Antonias Ring in seiner geballten Faust.

»Dürfte ich nun bitte den Ring haben?«, erinnerte sie ihn.

»Aber warum, Liebling? Der Smaragd ist so groß, dass er eigentlich schon geschmacklos ist, wenn mir auch die Diamanteinfassung recht gut gefällt.«

Seine Worte verursachten, dass ihre Knie weich wurden. Stotternd platzte es aus ihr heraus: »Du hast es versprochen!«

»Immerhin hast du das Diadem gestohlen. Zweimal sogar.«

»Ich habe es dir aber gegeben, oder etwa nicht?«

»Was erwartest du nun, eine Belohnung?«

»Nein, ich will den Ring. Laut Gesetz gehört er auch dir nicht.«

Er warf ihr einen langen, harten Blick zu. Irgendetwas ließ seine Augen weicher werden – irgendetwas, das fast schon an Einfühlungsvermögen grenzte – das Grinsen brachte jedoch seine Absicht zum Ausdruck. »Ja. Du hast ja Recht. Streng genommen nehme ich fremdes Eigentum an, nicht wahr? Ich vermute, das macht uns zu Komplizen. Der Casanova und die Lady Moonlight – klingt wie der Titel eines Romanes, nicht wahr?«

Als er noch immer keine Anstalten machte, ihr den Ring zu geben, kam eine plötzliche Wut in ihr auf. Sie stürzte sich auf ihn, packte seine Faust und versuchte, diese mit Gewalt zu öffnen. Ebenso gut hätte sie versuchen können, einen Felsen zu sprengen. Er machte keine Anstalten, sie aufzuhalten, sondern war nur äußerst belustigt über ihre nutzlosen Bemühungen.

Im Kampf wurde ihr plötzlich bewusst, dass sie sich mit ihrem ganzen Gewicht eng gegen ihn lehnte. Durch ihre Anstrengung atmete sie schwer, ihr Gesicht befand sich nur wenige Zentimeter von dem seinen entfernt.

Ihre Blicke hielten aneinander fest, der Kampf war beendet. Sie sah Heiterkeit in seinen Augen, eine völlig andere Gefühlsregung schien sich in seinem Wesen breit zu machen. Sie konnte seine Maskulinität spüren, die Macht und die Gefahr, die durch ihn hindurchzuströmen schien. Sie konnte das plötzliche, pulsierende Verlangen tief in ihren Lenden nicht leugnen, genauso wenig die Angst, die einen bitteren Geschmack in ihrer Kehle hinterließ.

Sie legte beide Fäuste gegen seine breite Brust und drückte sich von ihm ab.

»Du hast es versprochen«, wiederholte sie, inzwischen

schon so frustriert, dass heiße Tränen aus ihren Augen quollen. Sie musste an Baylis denken, der sie wie ein Gefängniswärter bewachte, und an ihr gemietetes Zimmer in der Centre Street, ihre letzte Zuflucht. Der Ring war ihr einziger Ausweg. Selbst wenn sie aus dieser neuen Falle Carolines fliehen konnte, so konnte sie doch niemals hoffen, allein und ohne den Ring überleben zu können.

Rafe beobachtete, wie eine kristallene Träne an ihren Wimpern hängen blieb, einen Moment lang vibrierte und dann im Zickzack ihre Wange hinunterlief.

»Warum ist das so wichtig?«, gab er nach. Mit einer großen Geste reichte er ihr schließlich den Ring. »Wird der alte Rillieux dich schlagen, wenn du ihm den Ring nicht gibst?«

Mystere hielt den Smaragd in ihrer Hand und starrte ihn an wie in stillem Gebet. Dann steckte sie ihn in ihre Tasche und sagte: »Er weiß nicht, dass ich ihn genommen habe. Ich hatte es dir doch schon am Sonntag gesagt, dass ich Geld brauche, um nach meinem Bruder suchen zu können.«

»Ja, und *ich* hatte dir gesagt, dass du zweifelsohne deine Zeit vergeudest. Wenn eine Erpresserbande ihn sich vor so langer Zeit schon geschnappt und zur See gezwungen hat, wird er kaum irgendeine Chance gehabt haben, heute noch am Leben zu sein.«

»Fein. Das hast du nun schon zweimal gesagt. Es ist jedoch *meine* Zeit; ich kann sie vergeuden, wie ich will.«

Sie machte eine Bewegung zur Tür hin, er packte sie jedoch beim Handgelenk und hielt sie zurück.

»Stiehlst du noch immer für den alten Mann?«, wollte er wissen.

»Nein.«

»Doch, du tust es.«

»Warum machst du dir erst die Mühe, mich zu fragen, wenn du mich dann sowieso eine Lügnerin nennst?«

»Lügnerin? Nun, wenn dich das beleidigt, so erlaube mir, es taktvoller auszudrücken: Ich würde deine Antwort als weit von der Wahrheit entfernt bezeichnen. Immerhin scheinst du ja ein großes Talent zur Täuschung zu haben.«

Sie versuchte, ihren Arm wegzuziehen. »Dann solltest du auf jeden Fall den Raum inspizieren, nachdem ich gegangen bin. Lass mich *los!*«

Er ignorierte sie einfach. Seine zynische Fassade war inzwischen voll und ganz zurückgekehrt.

»Schluss mit dieser verdammten Stehlerei«, befahl er ihr. Sein Tonfall steigerte sich ins Ironische, als er hinzufügte: »Meine zukünftige Frau muss engelrein sein.«

Für einen Augenblick hörten sie auf zu kämpfen, da seine geschmacklose Bemerkung sie erneut an die fürchterliche Falle erinnerte, die Caroline für sie ausgelegt hatte.

»Rafe, im Ernst – du scheinst diese ganze Ehekomödie höchst amüsant zu finden. Aber siehst du denn nicht, dass es umso schwieriger wird, da wieder rauszukommen, je länger wir bei der ganzen Sache mitspielen? Und begreifst du nicht, dass Caroline Vergeltung suchen wird, wenn wir sie verärgern? Du hast mehr zu verlieren als ich, denn sie hat geschworen, dich finanziell zu ruinieren.«

Dieses Mal schienen ihre Worte und ihr ernster Ton tatsächlich zu ihm durchzudringen. Einen Moment lang sah er ernst aus, wenn auch nicht ganz so überzeugend.

»Wir befinden uns in einer unangenehmen Situation, das stimmt«, räumte er ein, »und zwar wir beide. Ich hatte vorgehabt, dir die Lektion deines Lebens zu erteilen und bin verdammt noch mal in meine eigene Falle gegangen. Wie passend«, fügte er verbittert hinzu, »dass ein Mann wie ich in das Gefängnis der Ehe gehetzt wird.«

Trotz ihrer Dankbarkeit dafür, dass er ihr Geheimnis nicht an Caroline verraten hatte, ließ sein Kommentar sie plötzlich vor Wut schnauben.

»Gefängnis?«, schleuderte sie ihm entgegen. »Gefängnis? Ich bin es doch, der ein Aufenthalt im Gefängnis droht, in einem realen. Eine Ehe ist nichts im Vergleich dazu, und nur zu deiner Information, eher würde ich in ein Nonnenkloster eintreten, als dich zu heiraten.«

»Warum? Damit du dort alle Kruzifixe stehlen kannst?«

»Schmor doch in der Hölle, du selbstherrlicher Tyrann!«

Erneut machte sie sich auf den Weg zur Tür, und erneut hielt er sie zurück. Das Letzte, was sie jetzt gebrauchen konnte, war, wieder anzufangen zu weinen; in den letzten paar Tagen war sie jedoch zu sehr aufgewühlt worden, was ihre Gefühle anging. Sie spürte, wie ihre Augen sich mit heißen Tränen füllten.

»Na, na«, beruhigte er sie in beruhigendem Tonfall, »wer wird denn gleich wieder weinen.«

Es überraschte sie beide, als Mystere ihn plötzlich so fest schlug, dass ein Abdruck ihrer Hand auf seiner Wange davon zurückblieb.

Nun sprang der Zorn auch auf ihn über. Beim Anblick der plötzlichen Wut in seinen Augen fing sie an zu zittern.

»Du willst also die körperliche Tour«, sagte er mit gefährlich ruhiger Stimme zu ihr. Im nächsten Moment umfassten seine kräftigen Hände ihr Gesicht. Er stieß seine Lippen mit fast verletzender Kraft auf die ihren, wodurch er sie zwang, ihren Mund zu öffnen. Genauso wie in der Nacht in der Gartenlaube reagierte ihr Körper begierig auf sein forderndes Verlangen. Eine seiner beiden Hände glitt hinunter auf ihren Rücken und zog sie an ihn heran, und eine ganze Weile lang schienen ihre beiden Körper zu einem zu verschmelzen.

Es gelang ihr schließlich, sich ihm zu entziehen, aber sie floh nicht zur Tür. Es war, als hätte der Kuss ihre ganze Willenskraft zerstört.

»Was hast du nun wieder vor?«, fragte er sie schroff.

»Keinen«, antwortete sie außer Atem.

Sie legte den Rücken ihrer Hand auf ihre brennenden Lippen und drehte sich zur Tür um, seine Stimme ließ sie jedoch innehalten. »Dass *ich* dich nicht heiraten will, ist ja wohl verständlich. Aber befriedige doch bitte meine Neugierde in der Hinsicht, warum *du* so abgeneigt bist, mich zu heiraten? Gerade, als ich dich küsste, hatte ich den Eindruck, dass du etwas anderes für mich empfindest.«

Sie schaute über ihre Schulter zu ihm zurück.

»Meine Zurückweisung verletzt deine Eitelkeit, ist es nicht so?«

»Du kannst doch nur alles gewinnen.«

»Deine Bescheidenheit und Demut eingeschlossen?«

Darauf schnaubte er nur verächtlich. »Ich bin ein ehrlicher Mann. Warum sollte ich weit verbreitete Tugenden vortäuschen, wenn ich sie nicht habe? Sag mir – warum wehrst du dich so gegen diese Heirat?«

Sie hätte ihm die Wahrheit sagen können, denn er hatte etwas beängstigend Gefährliches an sich, eine Art selbstzerstörerischer, selbstverachtender Rücksichtslosigkeit. Ihre Nähe zu ihm gab ihr das Gefühl, einen Balanceakt auf einem Seil über tosende Stromschnellen zu vollführen. Ganz zu schweigen davon, dass er mit den Herzen der Menschen spielte wie ein Junge, der aus Spaß Fliegen die Flügel ausreißt.

Aber das erklärte nicht ihre Motivation – sie war gezwungen, ihn vor Pauls Verrat zu schützen. Sie würde es nicht zulassen, dass er durch ihr Verhalten Schaden davontrug.

»Warum nicht wenigstens meine Geliebte werden?«, fragte er, als sie sich schweigend abwendete und ihre Hand auf den Türknauf aus Porzellan legte.

»Weil ich persönlich«, antwortete sie kühl, bevor sie seine Suite verließ, »es ehrenhafter finde, eine Diebin zu sein als eine Konkubine. Außerdem könnte ich mich niemals wohl dabei fühlen, die Liebkosungen eines Mannes zu genießen, den ich so durch und durch verachte.«

# 25

Da die Diebe, die sich als Paul Rillieux' Diener ausgaben, für ihre häusliche Knechtschaft nicht entsprechend entschädigt wurden, hatte Mystere darauf bestanden, dass sie immer dann frei haben sollten, wenn ihre Dienste nicht unmittelbar erforderlich waren. Rillieux nörgelte deswegen zwar ständig herum und beklagte sich, dass solche Freiheiten die Illusion gefährden würden, die er so kunstvoll geschaffen hatte. In diesem Punkte hatte Mystere jedoch hartnäckig ein Machtwort gesprochen, und der alte Mann musste widerwillig nachgeben.

So kam es also, dass Hush genügend Zeit hatte, am frühen Nachmittag des Samstages, an dem Mrs. Astors Gesellschaft stattfinden sollte, die Fähre von der Battery nach Staten Island zu nehmen. Er hatte bis sechs Uhr abends Zeit, bis er wieder seinen Frack – wie er ihn nannte – anziehen und für die Fahrt zur Astor-Residenz bereit sein musste.

Er hatte seine neuen Lesekünste dazu benutzt, Rafe Bellochs Namen im Telefonverzeichnis nachzuschauen. Unter diesem Namen waren zwei Adressen aufgelistet, eine im Astor House Hotel und die andere auf Staten Island. Als er im Hotel nach Belloch fragte, informierte der Empfangschef ihn, dass dieser nicht vor Montag dorthin zurückkäme. Also beschloss Hush, es mit der Bay-Street-Adresse zu versuchen.

Nur wenige andere Passagiere stiegen zusammen mit ihm an dem hölzernen Schiffslandeplatz aus; die meisten waren Inselbewohner, die von ihrem Einkaufsbummel oder Arbeitsplatz in der City heimkehrten. Es war ein heißer, windstiller Tag, nur ein paar Wolkenfetzen waren am Himmel, der so blau war wie eine Lagune, zu sehen. Hush marschierte auf dem zerstoßenen Kies die Bay Street entlang. Er ging in Richtung Süden auf ein riesiges weißes Haus zu, das oben auf einer kleinen Anhöhe stand und die Upper Bay zu beherrschen schien.

»Menschenskind!«, murmelte er vor sich hin, als er sich der eindrucksvollen schmiedeeisenen Pforte näherte, dessen Pfeiler wie Artilleriegeschütze in den Himmel ragten. Noch stärker beeindruckt – geradezu eingeschüchtert – wurde er durch den hünenhaften Pförtner, der aus dem Pförtnerhäuschen heraustrat, um ihn zu begrüßen.

Der Mann lächelte freundlich zu ihm hinunter. Hush konnte jedoch seine Augen kaum von der Pistole abwenden, die in seinem Gürtel steckte.

»Heda, Junge«, begrüßte der Riese ihn mit starkem, irischen Akzent. »Was treibt dich denn hierher? Hast dich wohl verlaufen?«

»Nein, Sir. Ich bin gekommen, um Mr. Belloch zu sprechen, bitte.«

»So, bist du das? Erwartet er dich?«

»Nein, Sir.«

»Junge, das hier ist kein Spielplatz. Mr. Belloch ist 'n wichtiger Mann. Er empfängt Gäste normalerweise nur auf Anmeldung, verstehst du?«

»Ja, Sir. Aber – aber es ist sehr wichtig, dass ich ihn spreche.«

»Wichtig, sagst du?« Der Riese ließ sich das ein paar

Sekunden lang durch den Kopf gehen, während er den Jungen mit amüsierten, neugierigen Augen durch das Tor hindurch anschaute.

»Wie alt bist du, Kleiner?«

»Zwölf, Sir.«

»Und der Grund deines Besuches?«

»Der ist ... ziemlich privat, Sir, ohne dass ich Ihnen gegenüber respektlos sein will. Das kann ich nur mit Mr. Belloch persönlich besprechen.«

Die Neugierde des Wachpostens schien mittlerweile sein Zögern zu besiegen. Er schaute zum Haus hinüber, und Hush folgte seinem Blick. Auf einer abgezäunten Koppel hinter einer Ecke des Hauses konnte er einen distinguiert aussehenden Mann in hellbrauner Reithose und hohen Stiefeln erkennen. Er striegelte ein rotbraunes Pferd, das lediglich ein Halfter trug.

Der Pförtner drehte sich um und zog an einer Glocke an der Tür des Pförtnerhäuschens, um so die Aufmerksamkeit des Mannes auf sich zu ziehen. Hush beobachtete, wie dieser die Bürste an einen Stalljungen übergab und entschlossen über den grünen, abfallenden Rasen auf sie zukam. Sein kastanienbraunes Haar trug er kurz und glatt nach hinten gekämmt. Hush gefiel das Gesicht des Mannes, obwohl er einen kleinen inneren Eifersuchtsstich verspürte – dies war ja schließlich Rafael Belloch persönlich, der Mann, den Mystere heiraten würde.

»Was ist los, Jimmy?«, fragte der Mann und nickte dem Besucher zu, als er am Tor ankam.

»Dieser junge Mann sagt, dass er gekommen ist, um Sie in einer wichtigen Angelegenheit zu sprechen, Mr. Belloch. Sagt, dass das nur mit Ihnen unter vier Augen besprochen werden kann.«

Jetzt war auch Rafes Neugierde geweckt worden. Er schaute Hush an. »Private Angelegenheit, sagst du? Wie ist dein Name, mein Junge?«

»Man nennt mich Hush, Sir.«

»Hush.« Rafe musterte ihn einige Sekunden. »Hush also. Nun, Hush – welche Angelegenheit könntest du mit mir zu besprechen haben? Oder bist du gekommen, um mich zum Zweikampf herauszufordern?«

Hush grinste verlegen. »Nein, Sir.«

Er schaute unsicher durch die schwarzen, schmiedeeisernen Stäbe zu Jimmy hoch. »Es geht um Mystere Rillieux, Sir. Ist was eher Privates.«

Rafes Augen verengten sich argwöhnisch. »Mystere? Sag mir blitzschnell: Hat der alte Rillieux dich hergeschickt?«

»Nein, Sir. Ich bin von allein gekommen.«

»Ist das die Wahrheit?«

Hush legte seine rechte Hand aufs Herz. »Der liebe Gott soll mich tot umfallen lassen, wenn das nicht die Wahrheit ist.«

Der feierliche Ernst im blassen Gesicht des Jungen ließ Rafes Gesichtszüge weicher werden. »Lass ihn hereinkommen, Jimmy.«

Nachdem Hush das Grundstück betreten hatte, streckte Rafe ihm zur Begrüßung die Hand hin.

»Nun, Sir«, sagte Rafe auf geschäftsmäßige Art und Weise. »Sollen wir uns nicht hineinbegeben und die Angelegenheit von Mann zu Mann bei einem Kaffee und Zigarren besprechen? Oder wäre dir vielleicht Brandy lieber?«

Hush versuchte, neben Rafe Schritt zu halten, wobei er praktisch rennen musste, um mithalten zu können. »Nein, Sir, Kaffee wäre prima.«

»Dann wird es also Kaffee sein. Es gefällt mir, wenn ein Mann vor dem Abend Alkohol meidet. Zeig mir einen Mann, der tagsüber trinkt, und ich zeige dir einen Mann, der sich nicht vernünftig um seine Familie kümmert.«

»Ja, Sir«, sagte Hush, der sich durch Rafe Bellochs Empfang angenehm überwältigt fühlte. Er wurde von ihm wie ein Mann behandelt und nicht wie ein rotznasiger Bengel. Hush war in der Absicht gekommen, den Mann nicht zu mögen, der Mystere heiraten würde; nun jedoch konnte er es ihr nicht im Geringsten verübeln, ihn zu mögen.

Eine freundlich aussehende, ältere Frau ließ sie in das Haus ein, und Rafe bat sie, ihnen Kaffee in die Bibliothek zu bringen. Hush riss vor Staunen den Mund auf, als er den luxuriös ausgestatteten Raum erblickte.

»Haben Sie etwa die ganzen Bücher da gelesen, Sir?«, fragte er voller Ehrfurcht angesichts der vielen ledergebundenen Bände mit Goldprägetiteln auf ihren Rücken.

»Viele davon, und durch den Rest arbeite ich mich gerade hindurch. Ein paar davon sind reiner Schund, aber andere dagegen sind recht gut. Liest du?«

»Ich habe gerade damit angefangen, Sir. Mystere hat es mir beigebracht.«

»So, hat sie das?«

»Ja, Sir. Mystere sagt, ein Mann sollte lesen können, um im Leben weiterzukommen.«

»Da stimme ich von ganzem Herzen mit ihr überein«, sagte Rafe, während er Hush mit nachdenklichen Augen anschaute. »Hast du einen Vater und eine Mutter?«

Hush schüttelte den Kopf. »Meinen Vater hab ich nie gekannt. Meine Mutter, hat man mir gesagt, ist an der Schwindsucht gestorben, Sir. Ich kann mich aber auch an sie nicht mehr erinnern.«

Rafe nickte. »Wenn jemand seine Eltern verloren hat«, sagte er in sachlichem Ton zu Hush, »so kann er sich manchmal ganz schön allein fühlen, selbst in einer großen Stadt, wo er von vielen Menschen umgeben ist.«

»Ja, Sir. Haben Sie ebenfalls Ihre Eltern verloren?«

Rafe ließ sich in einen Sessel fallen und gab Hush ein Zeichen, ebenfalls Platz zu nehmen.

»Ja«, antwortete er. »Und alles, was du um dich herum sehen kannst, habe ich nach ihrem Tode und ohne jegliche Hilfe aufgebaut. Glaube niemals, dass Waise zu sein ein lähmender Schlag gegen dich ist, hörst du? Unsere Nation ist bei weitem nicht perfekt, aber sie ist ein Land der Möglichkeiten für diejenigen, die ihre Ärmel hochkrempeln.«

Hush nickte. »So was Ähnliches sagt Mystere auch. Studiere fleißig und erlerne einen ehrbaren Beruf, anstatt – «

Er konnte sich gerade noch rechtzeitig bremsen, und Rafe warf ihm einen weiteren nachdenklichen Blick zu. Ruth half Hush aus der Klemme, indem sie gerade in diesem Moment mit dem Kaffee hereinkam.

»Wie trinkst du deinen Kaffee, junger Mann?«, fragte sie, während sie den von Ehrfurcht ergriffenen Jungen anstrahlte.

Unsicher schaute dieser hinüber zu Rafe, um zu sehen, wie der seinen Kaffee nahm. »Schwarz, bitte«, antwortete er.

»Das ist mein Mann«, ermutigte Rafe ihn. »Man sagt, dass der Mann, der seinen Kaffee schwarz trinkt, Irland regieren wird.«

»Den Job würde ich nicht unbedingt haben wollen, Sir«, antwortete Hush mit ehrlichem Gesicht. »Ich will Züge fahren, wenn ich älter bin.«

Ruth und ihr Arbeitgeber tauschten diskret belustigte

Blicke aus. Dann verließ sie den Raum und Rafe ging zu einem in der Nähe stehenden Sekretär mit aufklappbarer Schreibplatte hinüber. Er kam mit einer Zigarrenkiste zurück und benutzte dann einen kleinen silbernen Zigarrenabschneider, um die Enden von zwei Zigarren abzuschneiden. Hush reichte er eine davon. Rafe entzündete ein Streichholz und steckte zuerst seine und dann Hushs Zigarre an.

»Gute kubanische Handgerollte«, bemerkte er zwischen den Zügen. »Ich mag es, ab und zu eine gute Zigarre zu rauchen.«

Hush hatte bisher nur Pfeife geraucht, wollte sich jedoch nicht blamieren, indem er das zugab. »Ich auch«, flunkerte er, gerade noch rechtzeitig, ehe ein Hustenanfall ihn zum Schweigen brachte.

»Rauch lieber nicht auf Lunge«, riet Rafe ihm beiläufig, wobei er Mühe hatte, ein Grinsen zu unterdrücken. »Nun denn, Hush – was ist es, das du mit mir besprechen willst?«

»Es geht um Mystere, Sir.«

»Hm, das sagtest du bereits. Was ist mit ihr? Du hast doch hoffentlich nicht vor, mich wegen ihr zu einem Duell herauszufordern, oder?«

Hush fiel die Kinnlade herunter, und beinahe hätte er dabei seine Zigarre verloren. Dann jedoch sah er, dass Rafe grinste, und er musste selbst ein wenig lächeln. Nun, da der Moment gekommen war, fehlten ihm die Worte.

»Es ist nur so, dass ... nun, ich wollte sagen ... sehen Sie, Sir, sie sitzt ganz schön in der Tinte. Und ich werd es nicht zulassen, dass irgendjemand ihr wehtut, Mr. Belloch, Sir.«

»Glaubst du, dass ich vorhabe, ihr wehzutun?«

»Oh nein, Sir. Sie werden sie doch heiraten, oder etwa nicht?«

Rafe nahm seine Zigarre aus dem Mund und betrachtete sie einen Moment lang, während ein schwaches, bitteres Lächeln über seine Lippen kam. Oder hatte er einfach nur Rauch in seine Augen bekommen? Hush war sich da nicht sicher.

»Es sieht ja wohl ganz so aus«, antwortete Rafe schließlich. »Scheint sie glücklich darüber zu sein?«

Hush hatte Probleme damit, die Menschen, die er mochte, zu belügen. Er wurde plötzlich verlegen und täuschte Interesse an einem Weltglobus vor, der in der Nähe seines Sessels stand.

»Nicht so, wie Sie das wahrscheinlich erwarten, Sir«, gab er zu. »Sie ... weint die ganze Zeit über.«

»Tut sie das?«

»Ja, aber nur, wenn sie denkt, dass keiner sie dabei sieht. Und Mystere ist nun wirklich alles andere als eine Heulsuse. Für ein so hübsches und süßes Mädchen ist sie ganz schön zäh.«

Rafe dachte kurz darüber nach, wobei er einen abwesenden Blick annahm.

»Frauen sind oft schwer zu ergründen, Hush«, antwortete er schließlich. »Und ihre Tränen sind selten ein eindeutiger Hinweis auf irgendetwas. Aber was meinst du damit, dass du es nicht zulässt, dass irgendjemand ihr wehtut? *Tut* ihr irgendjemand weh?«

Hush nickte. »Ja, Sir. Oder versucht es zumindest.«

Er machte eine Pause und war offensichtlich nicht geneigt, weiterzureden. Rafe konnte sich denken warum.

»Nur unter uns beiden, Hush«, vertraute er ihm an, »Mystere hat mir schon die Wahrheit gesagt.«

»Die ... Wahrheit, Sir?«

»Ja. Über den alten Rillieux und wie er eine Schule eingerichtet hat, um jungen Menschen beizubringen, für ihn zu stehlen. Er hat es ihr beigebracht, und er hat es auch dir beigebracht, nicht wahr?«

Hush blieb eine Weile vollkommen still. Dann nickte er.

»Ja, Sir. Sehen Sie, Mystere hatte keine andere Wahl. Mr. Rillieux, der hat diese Art von ... Macht. Macht, die einen dazu bringt zu tun, was er von einem verlangt.«

Rafe schnipste seine Zigarrenasche in einen Aschenbecher. »Ich verstehe. Meinst du den alten Mann, wenn du davon sprichst, dass irgendjemand versucht, ihr wehzutun?«

»Nein, Sir. Es sind zwei andere Männer.«

Da er inzwischen keine Hemmungen mehr hatte, erklärte Hush ihm alles, was er über Lorenzo Perkins und seinen Partner Sparky wusste.

»Und nun«, kam er zum Schluss, »haben die beiden beschlossen, zu Ihnen zu kommen, Sir. Sie sind doch nicht etwa schon vor mir da gewesen, oder? Ich bin so schnell gekommen, wie ich konnte.«

Rafe schüttelte den Kopf. »Während der Woche erreicht man mich nicht so leicht. Vielleicht haben sie es ja versucht und mich verpasst.«

»Sie haben geplant, eine Menge Geld von Ihnen zu verlangen, Sir. Und wenn Sie nicht bezahlen, haben sie vor, Sie ... zu erniedrigen, so haben sie das, glaube ich, ausgedrückt. Sie und Mystere.«

»Das ist ja ziemlich interessant. Und wie genau haben die beiden das vor? Was wissen sie – oder glauben sie zu wissen?«

Hush zuckte mit den Schultern. »Ich bin mir da nicht sicher, Sir. Hat irgendwas damit zu tun, dass Rillieux in Wahrheit nicht Mysteres Name ist, und damit, dass die ganze Sache ein Riesenschwindel ist. Sie haben vor, zur Polizei und zu den Zeitungen zu gehen, wenn Sie nicht bezahlen.«

»Ich verstehe. Und darum bist du also zu mir gekommen, um mich zu warnen, ist das so?«

»Ja, Sir. Ich traue mich nicht, Mystere etwas davon zu erzählen, die hat im Moment auch so schon genug am Hals.«

»Ja«, murmelte Rafe und rieb sich nachdenklich das Kinn. »Das denke ich mir.«

Einen Moment später schüttelte er jedoch seine nachdenkliche Stimmung wieder ab.

»Nun denn, Hush«, sagte er in forschem Ton, während er seinen Besucher anlächelte. »Du und ich, wir werden nun Partner. Würde dir das gefallen?«

»Partner, Sir?«

»Natürlich, denn diese Frau ist ja schließlich meine Verlobte. Und es macht mir auf jeden Fall den Anschein, dass sie dir alles andere als gleichgültig ist, ansonsten wärst du ja wohl kaum einfach so hier hergekommen.«

»Oh ja, Sir. Sie ist die außergewöhnlichste Frau, die ich jemals kennen gelernt habe. Ich würde alles für sie tun.«

»Das sehe ich. Und ich rechne damit, dass du ihr als Hauptbeschützer dienen wirst, wenn ich mal nicht da bin. Willst du das tun?«

Hush warf sich in die Brust vor Stolz und Entschlossenheit. »Da können Sie Gift drauf nehmen! Sie können auf mich zählen, Sir.«

Rafe lehnte sich vor und klopfte dem Jungen auf die Schulter. »Das weiß ich, denn du siehst aus wie ein tapferer Kerl. Mach dir keine Sorgen. Ich werde vorbereitet sein auf diesen Lorenzo und – wen?«

»Sparky, Sir. Ein großer, dummer Tölpel.«

»Ja, auf diesen Sparky. Ich werde einen kleinen Empfang für sie vorbereiten, und mach dir sich keine Sorgen – deinen Namen werde ich nicht erwähnen.«

Hush musste plötzlich wieder husten. Er wurde ein wenig blass von der Zigarre. Rafe, der ein Grinsen verbarg, indem er sein Gesicht abwandte, hielt ihm die Zigarrenkiste erneut hin. »Lust auf eine weitere?«

»Nein, danke, Sir. Eine ist mein Limit.«

»Ah, ein disziplinierter Mann. Das gefällt mir. Nun, ich habe noch ein wenig zu arbeiten, Hush, du wirst mich also hoffentlich entschuldigen. Haben wir alles zu deiner Zufriedenheit besprochen?«

»Oh ja, Sir.«

»Gut, gut. Wie wirst du in die Stadt zurückkommen – mit der Fähre?«

Hush nickte.

»Die nehme ich manchmal ebenfalls, aber am Wochenende muss man immer lange Wartezeiten in Kauf nehmen«, betonte Rafe. »Ich werde dich zum Schiffsanlegeplatz hinunterbegleiten und meine Crew beauftragen, dich mit der Yacht hinüberzufahren.«

Hushs Augen weiteten sich vor Überraschung. »Das wollen Sie tun?«

»Natürlich. Du hast doch einen Dienst erwiesen, oder etwa nicht? Eine Hand wäscht die andere. Vielleicht würdest du ja gerne mal das Steuer in die Hand nehmen?«

Diesmal ließ seine jungenhafte Aufregung Hush vergessen, formell zu sein. »Junge, und ob! Ich glaub es nicht!«

Rafe lachte und erfreute sich an der Aufregung des Jungen. »Noch etwas, Hush«, sagte er, als sie beide den Salon verließen. »Kein Wort über diesen Besuch zu Mystere, verstanden? Nicht ein Wort darüber!«

»Nicht ein Wort darüber, Sir.«

»Gut. Vergiss nicht, dass wir nun Partner sind, wenn es darum geht, auf sie aufzupassen. Wenn wir unsere Trümpfe richtig ausspielen, wird niemand ihr wehtun.«

In dem Moment, als er die Salontür schließen wollte, fiel Rafe noch eine letzte Sache ein. »Hush, warte bitte kurz draußen bei Jimmy. Ich werde sofort nachkommen.«

Rafe ging in den Raum zurück und nahm einen Bogen Briefpapier vom Schreibtisch. Nachdem er eine Stahlfeder in ein Tintenfass getunkt hatte, schrieb er lediglich einen Satz: *Besorgen Sie mir bitte relevante Informationen über Lorenzo Perkins, wohnhaft in der Amos Street, und über einen Dockarbeiter namens Sparky, einen Freund von Perkins.*

Auf seinem Weg durch die Vordertür überreichte er Ruth diese Notiz.

»Sorgen Sie bitte dafür, dass Sam das noch heute Abend bekommt. Und wenn Sie es ihm geben, sagen Sie ihm bitte, je eher, desto besser.«

Sam würde ganz genau wissen, was Rafe mit »relevante Informationen« meinte. Und Sam kannte außerdem mindestens ein Dutzend Privatdetektive, die schon irgendwann einmal für Belloch Enterprises gearbeitet hatten. Rafe hatte schon vor langer Zeit gelernt, dass jeder Mensch irgendwo Dreck am Stecken hat und dass man nur gründlich genug danach suchen muss. Die zwei Möchtegern-Erpresser sollten ruhig kommen – er würde auf sie vorbereitet sein.

# 26

Die Angst lag Mystere schwer im Magen, als sie sich für ihre erste Gesellschaft anlässlich ihrer Verlobung fertig machte.

Da Mrs. Astor selbst die Gastgeberin war, wusste Mystere nur allzu gut, dass die Festveranstaltung dieses Abends lediglich die erste von vielen sein würde, denn eine Heirat unter den »oberen Vierhundert« wurde immer als ein historisches Ereignis gefeiert, das der Krönung von Königen gleichkam. Wie sie jemals hoffen konnte, ihre Täuschung aufrecht zu erhalten, das ging über ihren Verstand.

Sie hatte über Rafes Motivation nachgedacht, über seinen scheinbaren Eifer, sich dieser gefährlichen Heuchelei hinzugeben, und ihr war ein Verdacht gekommen, der sie zutiefst beunruhigte. Bei der ersten sich ergebenden Gelegenheit wollte sie ihn damit konfrontieren.

Rafe mochten die letzten Konsequenzen einer Schaffung falscher Erwartungen ja egal sein, sie jedoch konnte diese nur schwer ignorieren. Pauls neuerliches Bemühen um sie würde von einer Sekunde auf die andere umschlagen, sobald die Verlobung aufgelöst werden würde. Und Evan und Baylis waren ihr gegenüber plötzlich auf eine Art und Weise dienstbeflissen geworden, die vermuten ließ, dass auch sie große Erwartungen auf persönlichen Gewinn hegten. Baylis hatte sich sogar seine lächerlichen Newgate-Fransen abrasiert, nachdem er sie für den Kutscher einer großen Dame für unwürdig erklärt hatte.

Lediglich Rose und Hush schienen ihr neustes Dilemma zu verstehen und mitfühlen zu können. Während sie am späten Samstagnachmittag Mysteres dunkles Haar zu einem Nackenknoten zusammenzog, versuchte Rose sie ein wenig zu ermutigen.

»Die Dinge mögen momentan furchtbar erscheinen, Schätzchen, aber du darfst die Hoffnung nicht aufgeben. Wenn wir grübeln, erschaffen wir uns ein Bild der Hölle, das das Schicksal so vielleicht gar nicht für uns vorsieht. Mache dir lediglich Gedanken über das, was du kontrollieren kannst, und lass den lieben Gott den Rest tun.«

Das war ein guter Rat, und er trug dazu bei, Mysteres Laune beträchtlich zu verbessern. Genauso, wie Hushs geflüsterte Bemerkung dazu beitrug, als er ihr an diesem Abend in die Kutsche half.

»Mach dir keine Sorgen, Mystere, niemand wird dir weh tun, solange *wir* auf dich aufpassen.«

Der Junge schien so zuversichtlich zu sein, dass sie lächeln musste – das erste Mal seit geraumer Zeit.

»Wir?«, wiederholte sie. »Hast du dich mit einem Schutzengel zusammengetan?«

Hush zwinkerte ihr geheimnisvoll zu, als er die Tür zumachte. Es war nur eine kurze Fahrt zur Astor-Residenz, die an der oberen Fifth Avenue lag.

»Denk dran, meine Liebe«, sagte Paul, kurz bevor Baylis das Pferdegespann vor dem Haupteingang zum Stehen brachte, »man erwartet von dir, dass du dich zu Rafe gesellst, sobald du ihn erblickt hast. Dieser Abend ist dazu gedacht, euch beide groß herauszustellen. Caroline hat mir gesagt, dass sie sogar den noch nie dagewesenen Schritt unternommen und Zeitungsleute eingeladen hat. Sogar Lance Streeter wird hier sein und neben den Vanderbilts an seinen Canapés knabbern. Also bitte keinen von deinen sarkastischen Blicken und kein abweisendes Verhalten – sei strahlend und demütig. Dies ist ein Theater, und die Lichter müssen sozusagen in dem Moment angehen, in dem du mit Rafe zusammentriffst.

Er nahm ihre beiden Hände in die seinen und beugte sich zu ihr hinüber, wobei ihr seine scharfen Gesichtszüge im flackernden Gaslicht unheilvoll erschienen. »Der heutige Abend dürfte doch kein Problem sein für dich. Deine Schulung und deine Übung werden dir da schon hindurchhelfen. Lady Moonlight wird es schon bald nicht mehr geben, und heute Abend stehst du nicht unter Druck zu stehlen. Du bist Mystere Rillieux, eine kreolische junge Frau aus New Orleans. Und schon bald Mystere Belloch.«

Außer, dachte sie still, als Hush ihr hinaushalf, *dass Rafe genau weiß, wer – und was – ich bin. Und da er ein Mann mit geheimen und zerstörerischen Motiven ist, könnte er gut Pauls Theater zu einer Farce machen.*

Hunderte von Lampions ließen erkennen, dass viele der Gäste schon angekommen waren und sich in den Gärten, die das Haus auf drei Seiten umgaben, zu Zweier- oder Dreiergrüppchen zusammenfanden. Ein Diener führte sie einen Schieferweg entlang, wobei er einen langsamen Schritt annahm, um sich auf Paul einzustellen.

Trotz Pauls Versicherungen von gerade eben spürte Mystere Nervosität in sich aufkommen. In Gedanken katalogisierte sie die Gäste, die sie erkennen konnte, während sie sich ihnen näherte: Garret und Eugenia Teasdale, James und Lizet Addison, Sylvia Rohr, die Vernons, Antonia Butler mit ihren Eltern, Dr. und Mrs. Sanford und natürlich die Vanderbilt-Schwestern, die zum gesellschaftlichen Inventar gehörten und die Mrs. Astors Einladungen sehr viel mehr schätzten als dies die männlichen Vanderbilts taten.

»Dort ist Trevor Sheridan mit seiner Schwester«, bemerkte Paul, sichtlich beeindruckt, dass die Duchess of Granville sich herabgelassen hatte zu kommen. »Caroline sagte mir, dass auch der Herzog gekommen wäre, sich aber im Norden auf einer Jagdexpedition befindet.«

Die Duchess of Granville ... Mystere dachte erneut an die Wappeninsignien, an die sie sich nun törichterweise schon so viele Jahre lang klammerte. Und ein paar flüchtige Momente lang fragte sie sich, ob es nicht doch – trotz der augenscheinlichen Absurdität des Ganzen – irgendwie eine reale Verbindung zwischen dem britischen Adel und zwei Kindern aus den Dubliner Slums geben könnte. Oder – was wahrscheinlicher war – zumindest irgendeinen logischen Grund, warum jemand ihrer Familie auf Briefpapier geschrieben hatte, das das Connacht-Wappen trug.

Sie hatte jedoch keine Zeit mehr, über irgendetwas nachzudenken, denn in dem Moment entdeckte sie Rafe, der in der Nähe des Orchesterpodiums stand und sich angeregt mit Mrs. Astor und Carrie unterhielt.

»Hier lang, Miss«, sagte der Diener ehrerbietig und überraschte sie, indem er ihre Hand nahm und sie drei Marmorstufen hinaufbegleitete, die auf eine breite, gut beleuchtete Gartenterrasse führten.

Wie auf ein Stichwort hin trat Paul zur Seite. Während sie vom Schatten ins Licht trat, wurde Mystere klar, dass dies von Caroline bewusst als der große Auftritt der zukünftigen Braut choreographiert worden war. Das Orchester fing an, Liszts *Triumph der Schönheit* zu spielen. Das Gewirr von Stimmen und Gelächter flaute abrupt ab und während sie vorbeiging, schienen die Männer Haltung anzunehmen. Sie hatte ihr schönstes Kleid ausgewählt, bodenlang und ärmellos, aus smaragdgrünem Satin mit einer doppelbändigen Schärpe in der Taille. Außer einem Paar blasser Mondsteinohrringe trug sie keinen Schmuck. Sogar Rafe schien bei ihrem ersten Anblick regelrecht überwältigt zu sein.

Als sie sich ihm näherte, schritt er vor, verneigte sich galant und führte seine Lippen zu ihrer Hand. »Liebling, deine Schönheit stellt die Vestalischen Jungfrauen in den Schatten«, begrüßte er sie, während sein Blick sie provozierte.

»Die wurden aber wegen ihrer Keuschheit und nicht wegen ihrer Schönheit auserwählt«, konterte sie sofort.

Ihr gelang ein kaltes, verschlossenes Lächeln, während er ihren Arm in den seinen nahm und sie zu Caroline und Carrie führte.

»Oh, Mystere, ich freue mich ja so für euch beide«, sagte Carrie überschwänglich und mit aufrichtiger Liebenswürdigkeit, während sie sie herzlich umarmte. Anders als ihre clevere und abgestumpfte Mutter, wurde Mystere klar, nahm Carrie diese Verlobung ernst, und ihre sich Illusionen hingebende Überschwänglichkeit schmerzte sie beinahe genauso wie Rafes versteckter Zynismus.

Caroline küsste ihr auf beide Wangen, ein wenig reservierter als sonst, jedoch eine glänzende Fassade aufrechterhaltend. Rafe hatte offensichtlich beschlossen, Mrs. Astor zu zeigen, dass er nicht völlig ihre Marionette war.

»Wie gefällt Ihnen Mysteres Kleid, Caroline?«, fragte er sie mit spitzem Ton. »Stimmen Sie mir nicht zu, dass es in der Tat etwas an ihr hervorhebt?«

Er meinte natürlich genau das Gegenteil, denn Mystere hatte wieder sorgfältig ihre Brüste gewickelt. Aber selbst wenn Mrs. Astor neugierig war, was den tatsächlichen

Brustumfang des Mädchens anging, so hatte sie wohl beschlossen, sich jeglicher Frage darüber zu enthalten – ein schwieriges Unterfangen für eine Frau, die sich fast ausschließlich um Äußerlichkeiten kümmerte und nicht um das, was dahinter steckte.

Sie weigerte sich anzubeißen und warf Rafe einen Einhalt gebietenden Blick zu. »Strammgestanden, Mr. Belloch«, zischte sie kaum hörbar, »oder ich werde meine Artillerie befehligen. Habe ich mich deutlich genug ausgedrückt?«

»Unbedingt«, ergab Rafe sich.

Caroline drehte sich für einen Moment um, um mit dem Orchesterchef zu sprechen. Rafe ergriff die Gelegenheit und führte Mystere von der Menschenmenge weg in Richtung einer kleinen, gusseisernen Brücke, die einen lieblichen, mit Lilien bedeckten Teich überspannte.

Bevor er sie jedoch für sich allein haben konnte, überfiel sie plötzlich ein Whisky ausdünstender Abbot Pollard aus dem Hinterhalt eines Oleandergebüschs.

»Erlauben Sie mir, dem glücklichen Paar zu gratulieren«, nuschelte er in nasalem Ton mit gekünstelter Artikulation.

Er lehnte sich vor, um Mystere etwas ins Ohr zu flüstern: »Aber unter uns, meine Liebe, die Perle wird vor die Sau geworfen.«

»Sagen Sie es laut, Pollard, Sie Trunkenbold«, schnauzte Rafe ihn ungehalten an. »Oder hat der Alkohol Ihnen das Rückgrat ersetzt?«

Abbot erhob sein Cocktailglas zu einem spöttischen Toast. »Oh, kommen Sie schon, Sie sind doch ein Freund des arbeitenden Mannes. Erkennen Sie denn nicht, dass Alkohol das Werk der fluchenden Klassen ist?«

»Abbot«, ermahnte Mystere ihn sanft, »Sie trinken *wirk*-

*lich* zu viel. Was tun Sie hier überhaupt so ganz allein und versteckt?«

Erneut erhob er sein Glas, wies dieses Mal jedoch damit in Carolines Richtung. »Möge diese humorlose Xanthippe sich zum Teufel scheren. Sie ist schon wieder verärgert über mich. Ich habe lediglich den ganzen Aufruhr im Astor Place als ›Disastor Place‹ – als Katastrophenort – bezeichnet, und sie hatte keinerlei Verständnis für meinen Missbrauch ihres Namens.«

Dieses Geständnis entlockte Rafe sogar ein Kichern. »Ein alter Scherz, aber ganz schön dreist«, gab er mit widerwilliger Bewunderung zu. »Vielleicht habe ich Sie ja ein wenig unterschätzt, Abbot. Nur ein wenig.«

Rafe führte Mystere wieder in Richtung der kleinen Brücke.

»Nun, solange wir sentimental sind«, rief Abbot ihnen hinterher, »gebt ihr zwei ein wirklich gut aussehendes Paar ab, wenn Mystere auch etwas viel Besseres verdient hätte.«

Rafe führte sie auf die Brücke. Plötzlich hatten sie einen geschützten, im Dunkel liegenden Ort inmitten des ganzen Trubels gefunden, mit einem wundervollen Ausblick auf alles und jeden. Dann und wann erhoben Violinen sich über das gedämpfte Gemurmel der Gäste. Vereinzelte Paare hatten angefangen, auf einem hölzernen Tanzboden, der mitten auf der Terrasse errichtet worden war, Walzer zu tanzen.

»Wir müssen den Klatschmäulern ein paar pikante Themen liefern«, bemerkte Rafe, der die ganze Zeit über Mystere betrachtete, als wäre sie ein Ausstellungsstück in einem Museum.

»Ich habe bemerkt, wie du Carolines Rubinarmband angeschaut hast«, sagte er, während er sie noch immer fixierte. »Eine schöne Ergänzung zu deiner Aussteuer, was, Lady Moonlight?«

»Lady Moonlight gibt es nicht mehr, da ich ja den Smaragdring habe.« Sie schaute ihn nicht an.

»Ja, den Ring. Den Preis deiner Freiheit. Wie läuft denn die Suche nach deinem vermissten Bruder namens Brad.«

»Bram.«

»Richtig, Bram. Du sagtest, er sei acht Jahre älter als du. Erwartest du im Ernst von mir, dir zu glauben, dass er dir gegenüber niemals deinen Nachnamen erwähnt hat?«

»Meine Mutter nahm ihm das Versprechen ab, ihn anderen gegenüber nicht preiszugeben. Ich vermute, er hatte einfach Angst, dass ich, die ich ja jünger war, ihn irgendjemandem erzählen könnte, wenn ich ihn wüsste.«

»In Ordnung, aber warum sollte eure Mutter etwas so Seltsames getan haben?«

Es überraschte sie zu sehen, dass Rafe wirklich neugierig zu sein schien, die gleichen Antworten zu finden, nach denen sie nun schon so lange suchte. Sie wollte ihn gerade wieder auf den Brief ansprechen, wurde jedoch durch seine nächste Frage unterbrochen.

»Woher soll ich wissen, dass diese ganze Geschichte von der verloren gegangenen Identität nicht einfach nur erfunden worden ist, um einen Schatten auf deinem Namen zu vertuschen?«

Wenn sie sich auch über diese Frage ärgerte, so nahm sie doch erneut wahr, dass sein Tonfall auf echte Neugierde schließen ließ und nicht nur auf seinen schikanierenden Sarkasmus.

»Das ist nicht nur Erfindung«, versicherte sie ihm. »Auf meinem Namen liegt tatsächlich ein Schatten, und ich versuche, Licht auf ihn zu werfen.«

Schweigend verarbeitete er ihre Antwort, während er beide Unterarme auf das Geländer der Brücke legte und die Tänzer beobachtete.

Er ist wahrhaftig ein attraktiver Mann, dachte sie, als sie sein zurückgekämmtes kastanienbraunes Haar und seine ausgeprägte Patriziernase betrachtete. Vielleicht war ja seine Behauptung, dass Caroline vorgehabt hatte ihn zu verführen, gar nicht einmal so absurd.

Noch während sie darüber nachdachte, kam ihr die Frage wieder in den Sinn, die sie beschlossen hatte, ihm zu stellen.

»Rafe?«

»Hmm?«

»Deine Entscheidung vom letzten Samstag, lieber mit Caroline ein Spielchen zu treiben als mich zu entlarven – zuerst habe ich mir etwas darauf eingebildet, dass du beschlossen hattest, mich zu beschützen. Inzwischen habe ich jedoch eine andere Theorie.«

Er schaute sie ratlos und mit gerunzelter Stirn an. »Dann solltest du sie mir selbstverständlich erläutern.«

»Ich denke, dass es dir Ernst damit war, als du sagtest, dass du deine Angestellten vor Entbehrungen schützen willst. Aber ich denke auch, dass du vielleicht trotzdem bereit bist, finanziellen Ruin zu riskieren – dass du all dies nur tust, um am Ende Caroline irgendwie zu demütigen.«

»Oh? Und warum sollte ich das tun wollen?«

»Weil du – mehr als alles andere in der Welt – ihr Schaden zufügen möchtest, in der Tat ihrer ganzen gesellschaftlichen Schicht Schaden zufügen möchtest, und zwar für das, was sie – deiner Meinung nach – deinen Eltern angetan haben.«

Sofort bemerkte sie, dass sie einen wunden Punkt berührt hatte. Sein Gesicht spannte sich an, seine Kiefermuskeln traten hervor und er drehte sich um, um ihr direkt gegenüberzustehen. Die Mischung aus Verletzung und Wut in seinem Gesicht ließ sie zutiefst bedauern, so geradeheraus gewesen zu sein.

»Du schlägst deine Schlacht und ich meine«, schlug er um sich, wobei er seine Stimme kaum noch unter Kontrolle hatte. »Meine Eltern haben nicht im Geringsten etwas damit zu tun. Es war eine Kugel, die mein Vater sich ins eigene Hirn jagte, es waren Gram und Schande, die meine Mutter frühzeitig aus dieser Welt rafften, die überempfindlichen Wahrnehmungen, die ich, deiner Meinung nach habe …«

Seine Stimme brach sich, als starke Gefühlsregungen seinen sorgfältigen Abwehrmechanismus besiegten. Mystere glaubte, Tränen zu sehen, was in ihr das Gefühl verursachte, einen Dolch mitten ins Herz gestoßen zu bekommen. Er drehte sich aber sofort von ihr weg, als würde er seine Schwäche verbergen wollen.

Überwältigt ergriff sie seinen Arm. »Oh, Rafe, es tut mir furchtbar Leid. Ich wusste nichts über –«

Brüsk befreite er seinen Arm. »Das stimmt, du wusstest es nicht, also behalte gefälligst dein oberflächliches Theoretisieren für dich, hast du mich verstanden?«

Das erste Mal, seit sie ihn kannte, verärgerten seine kalten Worte sie nicht, so überwältigt war sie von ihren Gewissensbissen. Mehr als alles andere wollte sie etwas finden, das ihn trösten könnte. Ihre kurze Zweisamkeit näherte sich jedoch jäh ihrem Ende. Mit dem schlechtest möglichen Gespür für den richtigen Zeitpunkt gesellte Carrie Astor sich zu ihnen auf die Brücke.

»Verzeiht mir die Unterbrechung, ihr zwei Turteltäubchen«, begrüßte sie die beiden mit einem entschuldigenden Lächeln. »Aber Mutter verlangt, dass Sie beide kommen und einen Walzer für uns tanzen. Dafür hat sie alle anderen von der Tanzfläche verjagt. Daran sind Sie selbst schuld, wissen Sie, nachdem Sie auf dem Addison-Ball so atemberaubend miteinander getanzt haben.«

»Für die liebe Caroline tue ich doch alles«, antwortete Rafe, der inzwischen wieder zu seinem alten Selbstbewusstsein zurückgefunden hatte. »Komm mit, Lady M«, fügte er leise hinzu, als Carrie, die sie von der Brücke führte, weit genug von ihnen entfernt war. »Lass uns Lance Streeter etwas zeigen, worüber er sich ergehen kann.«

Mystere war sich bewusst, dass alle Augen auf ihr ruhten, daher achtete sie sorgfältig darauf, dass ihr Gesicht nichts von der Angst widerspiegelte, die ihr Herz klopfen ließ. Als jedoch das Orchester anfing, zu spielen und Rafe sie auf die Tanzfläche führte, bereitete sie sich innerlich auf eine Wiederholung seiner aggressiven Vorstellung vom Addison-Ball vor, bei der er versucht hatte, Tanz in eine körperliche Schlacht zu verwandeln.

Vor allem nach seinem wütenden Gefühlsausbruch vor wenigen Minuten hatte sie die Befürchtung, dass selbst ihr jahrelanges, rigoroses Training ihr nicht würde helfen können, seine Wildheit zu kontrollieren, die sich anscheinend stets durch körperliche Aktionen freisetzen musste. Wie falsch sie jedoch heute Abend damit lag.

Mrs. Astors Auserwählte um sie herum – ganz zu schweigen von etwa einem Dutzend Klatschreportern – wurde Rafe in ihren Armen zu einem neuen Mann. Anstatt sie bis an die äußersten Grenzen der Balance zu treiben, schien er mit ihr im Geiste und in der Bewegung zu einer einzigen Person zu werden. Sie schwebte so mühelos und im Einklang über die Tanzfläche, »als sei Perfektion«, so sollte Lance Streeter später in verzückter Prosa schreiben, »nicht länger eine Illusion des Künstlers.«

Wieder und wieder steigerte die Musik sich zu einer mächtigen Salve von Blechbläsern und Schlaginstrumenten, um dann in ein sanftes Geflüster von Streich- und Holzblasinstrumenten überzugehen. Der verzückten Mystere erschien es, als gäbe ihr Herz das Tempo an und nicht die Hand des Dirigenten. Als sie jedoch zu Rafe hinaufschaute, der mit einer neuen Zärtlichkeit ihren Blick erwiderte, musste sie sich auf den Boden der Tatsachen zurückzwingen.

Er schauspielert nur, sagte ihr Verstand. Verwechsle bei ihm nicht Erscheinungsbild und Realität. Dies ist nicht die märchenhafte Romanze, die du dir immer für dich ausgemalt hast. Er ist ein grausamer und gefährlicher Mann, und während es gerechtfertigte Gründe für seine Grausamkeit geben mag, so musst du dich vor den Konsequenzen fürchten.

Als die Musiker bei ihrer Schlussfanfare angekommen waren, trat Rafe, sie an der Hand haltend, zurück und verbeugte sich galant vor ihr. Das verzauberte Publikum brach in einen stürmischen Beifall aus, den kein Mensch von der normalerweise gesetzten und reservierten Gruppe erwartet hätte. Selbst Mrs. Astor musste sich Tränen der Rührung wegblinzeln.

»Ich gebe zu«, flüsterte sie später Mystere zu, »dass ich mir meine Entscheidung, diese Heirat anzuordnen, nochmals durch den Kopf hatte gehen lassen. Aber keine zwei Menschen waren jemals so füreinander bestimmt wie Sie und Rafe.«

Mystere gelang es irgendwie, darüber zu lächeln, jedes einzelne Wort jedoch war ein Nagel im Sarg ihrer Hoffnungen. Und Rafe, als ob er spüren konnte, dass seine kleine Vorführung sie nur noch tiefer in die Verzweiflung gestürzt hatte, erfreute sich inzwischen wirklich an seinem ironischen Spielchen zur Unterhaltung des Publikums. Er war liebevoll, aufmerksam, galant, und er wich für den Rest des Abends nicht ein einziges Mal von ihrer Seite.

Alle übrigen Anwesenden waren ebenfalls vollkommen fasziniert von dieser »perfekten Romanze«. Selbst als Mystere hinüberschaute, starrte Antonia Butler in ihre Richtung und machte eine offensichtlich bissige Bemerkung, die die Frauen um sie herum zum Lachen brachte. Antonias Gehässigkeit machte Mystere beinahe froh darüber, ihr den Ring gestohlen zu haben, der nun sorgfältig versteckt in derselben Schatulle lag, die auch den Brief an ihren Vater enthielt.

Sie war Antonia geradezu dankbar für ihre Feindseligkeit, denn diese ließ die trügerische Seifenblase dieser Nacht zerplatzen und brachte ihr dadurch wieder die Bedrohungen in Erinnerung, die sie nicht unterschätzen durfte. Bedrohungen wie Lorenzo Perkins und Sparky. Seit ihrer Zahlung von fünfzig Dollar hatten sie sie nicht wieder belästigt, aber warum hatten sie sich wohl in letzter Zeit nicht mehr gemeldet? Sie bezweifelte, dass ihre Gier so leicht zu befriedigen war. Irgendetwas hatten die beiden vor, und sie durfte es nicht zulassen, dass ein paar Minuten Walzertanzen ihr ein falsches Gefühl von Sicherheit wiegten.

»Warum so niedergeschlagen, Liebste?«, schreckte Rafes Stimme wie wieder in die Gegenwart zurück. »Du siehst aus, als würde man dich zur Guillotine führen. Ist mein Mädchen wegen irgendetwas unglücklich?«

Da war sein Sarkasmus wieder. Es war ihm gelungen, sie für einen Moment beiseite zu führen; ein Brunnen bot ihnen Schutz vor den anderen.

»Die Großartigkeit dieses Momentes wird nicht andauern, und das weißt du genauso gut wie ich«, flüsterte sie ihm vertraulich zu. »Wir müssen uns beide auf unsere eigenen Wege begeben. Dieser ganze Wahnsinn wird immer mehr zu einem Messer mitten durchs Herz.«

Plötzlich legte er beide Arme um sie herum und zog sie zu sich heran, noch bevor sie ihn davon abhalten konnte. Sie konnte seine Männlichkeit spüren, fühlte sich davon angezogen, hatte jedoch gleichzeitig auch Angst, und selbst, als sie die inneren Anzeichen einer sexuellen Reaktion verspürte, wich ihr Verstand noch vor der bloßen Gefahr durch ihn zurück.

»In Ordnung, also«, sagte er nahe an ihrem Ohr, und sein Atem war so feucht und warm wie die Reaktion in ihr, »lass uns diesen *Status quo* verändern, den du nicht aushalten kannst. Was ich dir im Hotel gesagt hatte, hatte ich auch so gemeint – ich will dich.«

Diesmal drehte sie ihr Gesicht zur Seite, als er versuchte, ihr einen Kuss aufzuzwingen.

»Warum sollte ich darauf eingehen?«, feuerte sie wütend zurück. »Damit du mich, wenn deine Leidenschaft erst einmal erloschen ist, aus deinem Bett drängen und zu deinen Büchern und Landkarten zurückkehren kannst, als hättest du gerade eine Tasse Tee getrunken? Ich hatte dir schon gesagt, dass ich nicht den Wunsch habe, deine Hure zu werden.«

»Einige würden sagen, dass die Lady Moonlight aus ihrer Seele schon eine Hure gemacht hat. Warum willst du also nicht auch deinen Körper damit in Einklang bringen?«

»Vielleicht ist das so, aber ich *habe* wenigstens eine Seele, wie befleckt auch immer sie sein mag. Du dagegen hast deine bereitwillig verbannt und einen blinden Hass an ihre Stelle treten lassen. Lass mich gehen!«

Rafe lachte schroff und zog sie mit Leichtigkeit noch näher an sich heran, und das trotz ihrer größten Anstrengung, sich zu befreien. »Ich kann nicht aufhören, dich vor mir zu sehen, wie du an jenem Morgen in meiner Bibliothek ausgesehen hast«, sagte er, wobei seine Stimme schwach und heiser geworden war, da Verlangen seine Kehle zuschnürte. »Und ich spüre, wie mein Körper in Flammen steht, in Flammen, die nur du löschen kannst.«

»Um Gottes willen, was ist denn das?«, rief eine spottende Stimme hinter ihnen. »Habe ich da etwa die Turteltäubchen in *flagranti* erwischt?«

Abbot, inzwischen so betrunken, dass er den Anschein machte, jeden Moment umzufallen, war hinter dem Brunnen hervorgetreten. Eine Hand hielt sein Cocktailglas fest, die andere drohte ihnen mit einer Ihr-solltet-euch-was-schämen-Gebärde. »Unartig, unartig. Ich werde zur Xanthippe rennen und es ihr erzählen, und ihr werdet gezwungen sein, Buße zu tun.«

Widerwillig und vor sich hin fluchend musste Rafe sie nun loslassen. Mystere drehte sich schnell zu Abbot um und setzte ein Lächeln für ihn auf. Plötzlich war er zu ihrem komischen Ritter geworden.

»Wie ich sehe, haben Sie Carolines preisgekrönte Blumenbeete geplündert«, sagte sie leichthin, denn inzwischen befand sich eine frische Chrysantheme an Abbots Revers. »Vielleicht werde ich ja *Sie* verraten.«

Während Abbot einen schnellen Rückwärtsschritt machte, um seine wackelige Balance zu halten, senkte er gleichzeitig seine Nase, um an der entwendeten Blume zu schnuppern.

»Sie überdeckt den Gestank all dieses neuen Geldes«, vertraute er ihr mit schwerer Zunge an. »So viele Nerze und doch so wenig gutes Benehmen. Und Caroline hat sie auch noch *eingeladen,* dieses verräterische Miststück. Turteltäubchen, ich frage euch: Wenn Gold schon rostet, was wird dann wohl mit Eisen passieren?«

Rafe schnaubte zwar, schien jedoch ziemlich amüsiert zu sein über das Spektakel eines betrunkenen, zerzausten Abbot Pollard, der als einsamer Kreuzritter für New Yorks bedrängte alte Garde eintrat.

Mystere bewegte sich von Rafe weg und nahm Abbot beim Arm. »Kommen Sie, wir werden ein wenig Kaffee in Sie hineinflößen. Sie sind schon immer ein kratzbürstiger alter Brummbär gewesen, aber jetzt werden Sie geradezu gemein.«

»Na und?«, nuschelte er streitlustig, ließ es jedoch zu, geführt zu werden. Er schaute Rafe an, der an seine andere Seite gekommen war, um Mystere zu helfen, ihn zu stützen. »Einige Menschen werden mit zunehmendem Alter umgänglicher. Andere wiederum, wie ich selbst, werden härter und engstirniger. Wer kann schon sagen, welche von beiden Gruppen Recht hat? Ich frage Sie, Mr. Belloch – wer kann das schon sagen?«

»In der Tat, wer?«, wiederholte Rafe, seine dunklen Augen auf Mystere gerichtet. »Der ›blinde Hass‹ des einen ist oft des anderen Grund zum Leben«, sagte er zu ihr, ohne seinen Blick abzuwenden.

# 27

»Jetzt oder nie, Sparky«, verkündete Lorenzo Perkins, während er nervös über den Broadway zur riesigen Konstruktion des Astor House Hotels hinüberschaute. »Wir haben Himmel und Hölle in Bewegung gesetzt, um ihn aufzuspüren; lass es uns jetzt nicht vermasseln.«

Er und Sparky saßen auf einer schmiedeeisernen Bank im City Hall Park und vertrieben sich die paar Minuten Zeit bis zu ihrer Verabredung mit Rafe Belloch um elf Uhr.

»Ich sag dir jetzt mal die ungeschminkte Wahrheit«, antwortete Sparky, »ich würd mich besser dabei fühlen, wenn wir mehr über das Mädchen auszuplaudern hätten.«

»Du kriegst jetzt doch wohl keine kalten Füße, oder?«

»Du Dummkopf, du weißt verdammt gut, dass ich dem Teufel in den Hintern kriechen würde, wenn das einen schnellen Profit bringen würde«, versicherte Sparky seinem Partner. »Du hättest aber trotzdem keine Verabredung machen sollen, eh wir nicht mehr handfeste Sachen gegen seine Frau in der Hand haben. *Du* bist doch immer der, der die ganze Zeit damit angibt, dass er mal 'n Pinkerton-Detektiv gewesen ist. Ich hab gehört, dass das alles gelogen ist; du hast nämlich nur Überwachungsberichte für die getippt.«

»Du kapierst es einfach nicht, was? Die Einzelheiten sind doch gar nicht so wichtig. Es ist die Angst davor, was wir wissen oder rausfinden *könnten;* das ist es, was wir in Bellochs Hirn reinkriegen müssen. Wir malen einfach ein Bild für ihn, klar? Er ist mit dieser Frau verlobt; das Letzte, was er nun will, ist, dass irgendwelche schmutzige Wäsche über ihn ans Tageslicht kommt. Hab ich Recht oder nicht?«

»Ich würd mal sagen, dass da was dran ist.«

»In Ordnung also.« Lorenzo stand auf und klopfte den Staub von seiner Hose. »Lass uns gehen. Aber lass mich das Reden übernehmen, du beobachtest einfach nur, wie schnell unser Knabe Belloch zu seiner Brieftasche greifen wird.«

Rafe, der an seinem fürchterlich mit Arbeit überladenen Schreibtisch saß, beobachtete seine Besucher aus Augen, die so hart waren wie Edelsteine. Die beiden Männer standen auf der Schwelle der geöffneten Tür der Suite 511, denn Belloch hatte sie nicht einmal aufgefordert, Platz zu nehmen.

»Niemand hat Sie beide gebeten, sich einzumischen, meine Herren. Nun, da Sie es aber trotzdem getan haben, kommen Sie also bitte zum Punkt. Ich habe schließlich ein Unternehmen zu leiten.«

»Vielleicht sollten Sie lieber nicht ausfallend werden, Mr. Belloch«, antwortete Lorenzo kühn. »Wir sind nämlich diejenigen, die die ganzen Trümpfe in der Hand halten.«

Rafe sandte einen amüsierten Blick zu Sam Farrell hinüber, der auf einem Ecksofa im hinteren Bereich des Raumes saß und gedankenverloren die *Times* überflog.

»Also gut«, startete Rafe seinen Gegenangriff. »Dann bleiben wir halt bei Ihrer Metapher. Ich will was sehen. Dann zeigen Sie mir mal Ihre Trümpfe.«

»Zunächst mal ist Ihre Verlobte nicht die, die sie behauptet zu sein«, erklärte Lorenzo mit melodramatischem Triumph.

»Wer von uns ist das schon? Die ganze Welt ist eine Bühne, Mr. Perkins.«

»Das hat nix mit Philosophie zu tun, wovon ich rede«, beharrte er trotzig. »Ich sag Ihnen, sie behauptet, dass ihr Name Rillieux ist, aber das stimmt nicht.«

»Nicht? Wie lautet er denn dann?«

Lorenzo fiel nicht sofort eine Antwort ein, da er offensichtlich durch die unverblümte und praktische Art und Weise überrascht worden war, in der Rafe seine Frage gestellt hatte.

»Nun, auf jeden Fall nicht Rillieux, das ist so sicher wie das Amen in der Kirche«, schaltete Sparky sich ein, während er einen warnenden Ellbogen in Perkins Seite stieß.

Rafe schüttelte lachend seinen Kopf. »Ich habe meine Zweifel, meine Herren, um es milde auszudrücken. Sie marschieren hier einfach herein und brüsten sich damit, ›Bescheid zu wissen‹, aber offen gesagt glaube ich, dass Sie nichts wissen. Ich frage Sie also nochmals: Wenn Rillieux nicht der Nachname meiner Verlobten ist, wie *lautet* dann ihr richtiger Name?«

»Das weiß sie ja nicht mal selbst«, meldete Lorenzo sich zu Wort. »Ich bin nämlich engagiert worden, um ihren Bruder zu finden, und sie hat mir gegenüber zugegeben, dass sie seinen Nachnamen nicht weiß.«

»Haben Sie den Bruder gefunden?«, wollte Rafe wissen.

»Nein«, gab Lorenzo zu.

»Haben aber eine Menge Geld dafür bekommen, möchte ich wetten.«

Lorenzo ignorierte das einfach. »Was könnte das denn sonst bedeuten, außer, dass sie ihren *eigenen* Nachnamen nicht weiß?«

Rafe trommelte ungeduldig mit den Fingern auf dem Schreibtisch. »Das sind doch nur geistige Hirngespinste, meine Herren. Zu Ihrer Information, sie hat mir das alles schon selbst erzählt. Haben Sie jemals auch nur das kleinste bisschen über ihren Bruder herausgefunden?«

»Ein paar Dinge schon«, antwortete Lorenzo hintergründig.

»Wie zum Beispiel …?«

Lorenzos Schildkrötenaugen wichen Bellochs prüfendem Blick aus.

»So dies und das.«

Rafe lachte erneut und schaute von einem zum anderen. »Das hatte ich mir schon gedacht. Sie haben das Geld des Mädchens genommen und ihr vorgelogen, ihren Bruder zu suchen. Sie haben ganz einfach ihre Liebe und ihre Besorgnis ausgenutzt, um schnell Kohle machen zu können.«

Keiner der beiden Männer gab eine Antwort. Rafe schlug auf den Tisch. »Nun kommt schon, Jungs – *einer* von euch beiden sollte lieber aufhören, ein finsteres Gesicht zu machen und stattdessen die Karten auf den Tisch legen.«

»Hören Sie zu, Belloch«, protestierte Lorenzo, »ich hab für Ihre Verlobte gearbeitet, und ich behaupte, dass selbst ein Blinder sehen kann, dass sie 'ne Menge Geheimnisse über ihre Vergangenheit zu verbergen hat, auch darüber, wer sie ist.«

Die beiden Erpresser waren größtenteils damit beschäftigt, Rafes Schachzügen auszuweichen. Trotzdem aber wussten sie wohl gerade genug, um Mystere irgendwann in der Zukunft Probleme bereiten zu können; soviel konnte Rafe erkennen. Und das würde auch seine eigenen Pläne durchkreuzen können. Er schaute zu Sam hinüber und nickte kurz.

Sam seufzte wie gelangweilt, legte seine Zeitung beiseite und holte eine Aktenmappe aus einer ledernen Aktentasche, die an seinen Beinen lehnte. Er öffnete diese und entnahm ihr einen handgeschriebenen Brief.

»Mr. Perkins«, verkündete er, »ich habe hier einen Brief von Miss Laura Driscoll aus der Washington Street Nr. 17, seit beinahe zwei Jahren nun schon Ihre Geliebte, wie sie selber zugibt. Sie können sich den Brief gerne anschauen, wenn Sie möchten. Nein? Nun, kurz zusammengefasst hat sie sich einverstanden erklärt, vor Gericht zu bezeugen, dass Sie ihr Geld gegeben haben, welches – wie Sie selber zugegeben hatten – eigentlich für eine Operation hätte benutzt werden sollen, die Ihre Frau benötigte. Ich denke, Sie wissen, dass die Stadtgerichte mit Ehebruch überhaupt nicht einverstanden sind. Sie dürften mit ein paar Jahren harter Arbeit auf Blackwell's Island rechnen.«

Rafe beobachtete, wie Perkins seine Melone abnahm, um sich mit einem Taschentuch den Schweiß von der Stirn zu wischen.

»Und was Sie betrifft, Sparky«, fuhr Sam mit wirksam monotoner Stimme fort, »Ihre Schwäche für Geschlechtsverkehr mit Jugendlichen mag die Stadtgerichte vielleicht weniger interessieren, da Ihre Opfer – genauso wie Sie selbst – zum Abschaum der Gesellschaft gehören.«

Sparky runzelte die Stirn und rümpfte seine riesige Nase. »Vorsicht, du kleiner Klugschwätzer«, unterbrach ihn der große Mann wütend. »Sonst werd ich dir gleich deine Beleidigungen ins Maul stopfen.«

Sams rechte Hand verschwand in seiner Anzugjacke und kam wieder zum Vorschein, während sie den Hahn einer Pistole spannte. Beide Besucher erblassten merklich. Sam fuhr fort, aus seinen Unterlagen vorzulesen.

»Eines Ihrer Lieblingsopfer jedoch ist ein Mädchen namens Sissy Folam, gerade mal vierzehn. Und ihr Bruder ist Terrance Folam, Anführer der Five-Points-Bande, vor der sich jeder fürchtete. Terrance ist angeblich ein ziemlich harter, rücksichtsloser Mann mit nur einem einzigen schwachen Punkt, und das ist seine kleine Schwester. Erzählen Sie uns doch mal, Sparky – Terrance weiß wahrscheinlich noch gar nicht – was Sie mit dem Mädchen so alles gemacht haben!«

Eine radikale Veränderung war mit Sparky vergangen. Seine großspurige Streitsucht war zu verschlagener Unterwürfigkeit geworden. »Ich ... nein, Sir, ich befürchte ... lieber nicht, Sir ... Ich bin nicht grade scharf drauf, dass Terrance was erfährt, das bin ich in der Tat nicht.«

Rafe schaute Lorenzo an. »Sehen Sie das genauso, Perkins?«

Lorenzo runzelte missmutig die Stirn, stimmte jedoch ebenfalls zu.

»Ihr beiden stümperhaften Dummköpfe solltet euch lieber auf die Bowery beschränken«, riet Rafe ihnen, vor Ungeduld schnaubend. »Auf der Wall Street seid ihr nämlich nur Köder unter Haien.«

Er nahm ein Teakholzkästchen mit Einlegearbeit aus Jade aus seinem Schreibtisch. »Laut Gesetz oder vom moralischen Standpunkt aus gesehen steht euch beiden überhaupt nichts zu. Hier sind trotzdem hundertfünfzig Dollar für jeden von euch. Ich tue das meiner Verlobten zuliebe, nicht für mich selbst, ihr habt also keine Veranlassung mehr, sie in Zukunft weiterhin zu belästigen.«

Rafe hielt jedem der beiden Männer seinen Anteil hin und zwang sie zum Blickkontakt, bevor er das Geld losließ. »Nun habt ihr kein Recht mehr auf irgendeinen Groll gegen sie, keiner von euch beiden, also lasst sie in Ruhe, ich warne euch. Lasst euch das gesagt sein, Männer, denn ich halte mein Wort: Jeder, der für mich arbeitet, ist ein bewaffneter Scharfschütze, genauso wie ich selbst auch. Sollte ich noch einmal eure habgierigen Visagen auf meinem Staten Island Grundstück oder in meinem Büro in der Wall Street sehen, so werde ich euch auf der Stelle verhaften lassen. Ich habe hier einen Zeugen dafür, dass ihr Erpresser seid – ein schweres Verbrechen. Ihr seid beide gewarnt worden, und nun guten Tag.«

Nachdem die beiden Männer hinausgeeilt waren, ging Rafe ins Schlafzimmer, wo er sich aus einem offenen Fenster lehnte und sich davon überzeugte, dass Lorenzo und Sparky wirklich hinausgegangen waren. Er lief zurück in sein Arbeitszimmer und schaute Sam an. »Meinen Sie, dass wir die Gefahr angemessen aus der Welt geschafft haben?«

»Ohne Frage. Die Anklagen, die wir gegen sie erheben können, sind schwerwiegend, und das wissen die beiden auch. Sie haben ihnen genug Geld gegeben, um jeglichen Rachedurst gestillt zu haben. Andererseits aber auch nicht so viel, dass es den Anschein hat, Sie wollten sie mundtot machen. Übrigens – die Sache mit den ›Ködern unter Haien‹ hat mich beinahe in Lachen ausbrechen lassen. Hat ihnen aber auf jeden Fall einen gehörigen Schrecken eingejagt.«

»Das hoffe ich«, sagte Rafe abwesend. »Wissen Sie, Sam, ich hatte wirklich gehofft, etwas von den beiden zu erfahren. Über die Frau, meine ich.«

»Das habe ich bemerkt. Ich hatte es in der Tat ebenfalls gehofft.«

»Sehen Sie! Verstehen Sie, wie sie ist? Das ist es nämlich, was sie mit den Menschen macht, sie geht einem unter die

Haut, ohne es darauf anzulegen – es passiert einfach.« Rafe legte das Kästchen in die Schublade zurück und fing an, langsam zwischen dem Schreibtisch und der Schlafzimmertür hin- und herzulaufen.

»Ist ja auch egal, Sam, aber ich fange an, Gefallen an ihr zu finden.«

»Da gibt es eine gewagte Theorie«, bemerkte Sam trocken, und Rafe lächelte prompt.

»Ich verstehe nun«, fuhr er fort, »warum die römischen Generäle glauben, dass Frauen einen schlechten Einfluss auf die Krieger ausüben. Sie geben den Männern zu viel Anlass zum Nachdenken, und Männer, die ständig Frauen im Kopf haben, blicken dem Tode nicht mutig ins Gesicht.«

Rafe wusste, dass Sam dramatisch wurde, er nahm es Mystere jedoch wirklich übel, dass sie seine Zerstörungspläne, die er im Interesse der Vergeltung schmiedete, durchkreuzte. Für Caroline Astor und ihre Anhänger war der Tod von John und Katherine Belloch vollkommen unbedeutend. Was war denn auch schon dabei, dass sein Vater während der schwierigen Zeit vor dem Bürgerkrieg viele von ihnen zahlungsfähig gehalten hatte? Nicht ein einziger war erschienen, um einem ehrbaren Mann ein ehrbares Begräbnis zu verschaffen.

Als seine Mutter kurz darauf starb, schickten Caroline und ein paar andere Beileidsbekundungen. Auch ihre Beerdigung jedoch war eine geächtete Veranstaltung, die nur von ein paar Verwandten besucht wurde. Diese letzten Affronts hatten Rafe über all die Jahre hinweg nie wieder losgelassen – hatten sich wie ein Krebsgeschwür in ihm ausgebreitet.

Also gut, dann ist es eben eine Krankheit, gestand er sich

ein. Vielleicht sind wir ja nur so krank wie unsere Geheimnisse.

Und das ist wahrscheinlich auch der Reiz der Lady Moonlight, dachte er mit düsterem Lächeln. Niemand, so hat es den Anschein, besitzt mehr Geheimnisse als sie.

»Sie sind zu streng mit sich selbst«, versicherte Sam ihm, als er alles in seine Aktentasche zurückpackte. »Ich habe sie bisher ja noch nicht kennen gelernt, aber allem Anschein nach muss sie eine wirklich bemerkenswerte Frau sein. Ich denke, Sie haben herausgefunden, dass sie eine fesselnde Persönlichkeit ist.«

»Sie haben Recht, sie ist in der Tat ein Mysterium, wie ihr Name es schon andeutet. Aber in diesem Falle würde ich die Erkundigungen lieber selbst in die Hand nehmen, Sam.«

Farrell ließ ein Grinsen aufblitzen, das seine schlechten Zähne zum Vorschein brachte. »Ich war mir nicht bewusst, meine Dienste angeboten zu haben. Ich bin jedoch froh, dass Sie die Sache so sehen.«

»Ich glaube ihr den größten Teil ihrer Geschichte, und wie bescheiden auch immer ihre Anfänge in Dublin gewesen sein mögen, heute stellt sie etwas Besonderes dar. Diese Frau kann innerhalb einer Sekunde vom Plaudern über das Thema französische Spitzen zum Kampfgeist eines Julius Cäsar übergehen. Außerdem ist sie eine begnadete Tänzerin.«

Nimm das Ganze nicht so wichtig, ermahnte er sich verzweifelt selbst. Du machst törichterweise Platz für sie in deinem Herzen, woran zum Teil dieser Junge, Hush, schuld ist. Falls der Junge nicht ebenfalls ein erstklassiger Schauspieler ist, so ist dieser Besuch am Samstag aufrichtig gewesen. Und die Meinung des Jungen Mystere betreffend, stimmte zudem noch mit seiner eigenen Meinung von ihr überein. Auch wenn ihm das widerstrebte. Trotzdem musste er diese ungewollte Anziehungskraft besiegen.

Die kalte, harte Wahrheit war nämlich die, dass sie zu seinem besten Racheinstrument geworden war. Krankheit, unbegründeter Hass – das mochte ja alles zutreffen. Aber war nicht Carolines erbärmliche, in den letzten Zügen liegende Aristokratie auf ihre Art genauso krank? Wie Pasteur ja bewiesen hatte, bekämpfte man eine Krankheit am besten durch Krankheit selbst.

Plötzlich schaute er zu Sam hinüber, der geduldig auf die Anweisungen seines Arbeitgebers wartete.

»In einem Moment glaube ich, alles begriffen zu haben. Im nächsten Moment haben sich meine Erkenntnisse schon wieder verflüchtigt, ganz so, wie es mit einer Faust geschieht, nachdem man seine Hand wieder geöffnet hat. Die Wahrheit über die Frauen, befürchte ich, weilt an irgendeinem Ort, wo die Sprache sie nicht recht erreichen kann.«

»Ein Mysterium«, resümierte Sam und lächelte entschuldigend wegen des offensichtlichen Wortspiels.

Rafe nickte. In seinen Augen spiegelten sich widersprüchliche Gedanken wider. Er sah sie im Geiste im glänzenden Kerzenschein seines Salons, sah, wie die Linien ihres nackten Körpers sich deutlich durch ihr dünnes Hemd abzeichneten, sah die dunklen Brustwarzen durch den Stoff schimmern, sah den dunklen, geheimnisvollen Schatten zwischen ihren Beinen ... Plötzlich pulsierte sein Blut in Wogen des Verlangens, und nur widerwillig nahm er seinen eigenen Aktenkoffer auf.

»Ja. Mystere«, antwortete er schließlich. »Und nun lassen Sie uns Wilson suchen und zurückfahren. Sie hat uns schon genug Zeit gekostet.«

In dem Moment, als Paul am Mittwoch nach dem Mittagessen einen Familienrat einberief, wusste Mystere schon, dass sie in Schwierigkeiten steckte und warum.

Die vierteljährliche Zahlung seiner Geldanlagen war vor kurzem fällig gewesen, und sie wusste, ohne dass irgendjemand es ihr zu sagen brauchte, dass er an seinen Tresor gegangen war und das Fehlen des Diadems entdeckt hatte. Als Mystere, Rose, Evan, Baylis und Hush im unteren Salon versammelt waren, richtete er sich mit einem beängstigend wichtigtuerischen Schnaufen auf und verkündete: »Es hat ein unglaublicher Eingriff in meine Privatsphäre stattgefunden.«

Noch bevor er überhaupt verbal in Fahrt kommen konnte, äußerte Mystere sich kühn: »Ich bin es gewesen, die das Diadem genommen hat. Die anderen haben nichts damit zu tun.«

Das Ganze war ziemlich gefährlich und riskant. Es stimmte zwar, dass sie für ihn inzwischen unersetzbar geworden war, und Pauls Habgier machte ihn zu einem kalkulierbaren Mann – aber nur bis zu einem gewissen Punkt. Er war unerträglich eingebildet geworden, seit er zu Caroline Astors engerem Kreis gehörte. Den Einbruch in seinen Tresor sah er als einen absoluten Affront an.

Sie wusste, er war cholerisch veranlagt, und Furcht erregend. Er erhob sich schwankend von seinem Stuhl und baute sich vor ihr auf, schwang seinen Stock, als wollte er sie schlagen.

»Paul!«, rief Rose aus. »Nein!«

Evan bewegte sich ziemlich schnell für einen so großen Mann. Mit einer Hand packte er Hush beim Kragen, der gerade den alten Rillieux angreifen wollte; mit der anderen Hand hielt er behutsam und respektvoll Rillieux zurück.

»Sei vorsichtig damit, Boss«, erinnerte Baylis ihn. »Du weißt, die Hand, die uns ernährt …«

Der Wink war vielleicht unbeholfen, aber Rillieux war clever genug, ihn ernst zu nehmen. Diese aufsässige junge Frau war seine größte Hoffnung auf finanzielle Rettung, und das wusste er.

Aber selbst, als er sich wieder beruhigte, ließ seine engstirnige Tyrannei Mystere um so aufsässiger werden.

»Paul, wir haben *alle* von deinen Manieren die Nase voll«, schalt sie ihn aus. »Du gehst zu weit in dem, was du ›Loyalität‹ nennst.«

»Alle?«, wiederholte er, indem er eine Frage daraus machte und die anderen der Reihe nach anschaute. »Ist das also eine Rebellion?«

Auch sie schaute von einem zum anderen, aber selbst Rose und Hush schauten weg und weigerten sich, gegen Paul Partei zu ergreifen.

»Baylis«, flehte sie ihn an, »willst nicht wenigstens du konsequent sein? Jeden Donnerstagabend besuchst du die freien Vorlesungen für Arbeiter. Wo bleibt denn nun dieses ganze Gerede von Gerechtigkeit, das du den ganzen Tag lang von dir gibst?«

Baylis zuckte verlegen mit den Schultern. »Reden kostet nichts. Ich hab keinen richtigen Tritt versetzt gekriegt, Süße. Verdammt noch mal, bevor Paul mich aufgenommen hatte, war ich schon froh, wenn ich nachts einen Heustall zum Schlafen hatte. Wenn er nicht gewesen wäre, hätten die Spagettifresser mich längst zu Hackfleisch gemacht.«

»Genau.« Evan nickte. »Es ist doch gar nicht so schlecht, dass wir alle hier gelandet sind. Das ist doch alles andere als schlecht, Mystere, und wenn wir Belloch erst mal erledigt haben –«

»Das reicht«, unterbrach Paul ihn hastig. »Ihr anderen könnt jetzt gehen. Ich wünsche, mit Mystere alleine zu reden.«

Nachdem sie es abgelehnt hatten, sie zu unterstützen, ließen sie sich nun aber trotzdem Zeit damit, auseinander zu gehen, als wollten sie Paul davor warnen, seine Wut erneut an Mystere auszulassen. Eines war sie gezwungen zu akzeptieren: Paul hatte ihnen – zumindest in ihren Augen – den einzig möglichen Ausweg aus ihrer trostlosen Existenz verschafft. Nachdem sie dieses neue Leben erst einmal genossen hatten, hatten sie nun berechtigterweise Angst davor, in ihr altes Leben zurückkehren zu müssen. In ihrem Widerstand gegen Pauls Despotismus stand sie allein da. Und sie erkannte außerdem, dass Rafe sich mit ziemlicher Sicherheit in Gefahr befand, wenn durch irgendeinen unglücklichen Schicksalsschlag oder durch seinen kranken Willen dieser Kampf zwischen ihnen tatsächlich in einer Heirat enden sollte.

Sie konnte nicht sicher sein, ob Rafe nicht tatsächlich die Dinge so weit treiben würde, nur um seine Boshaftigkeit zu befriedigen. Es wäre jedenfalls möglich, und wenn es so weit kommen sollte, so müsste sie eine Heirat verhindern, indem sie einfach verschwand. Es würde jedoch schwierig werden, Pauls wachsamem Auge zu entgehen. Es war, als wüsste er, dass sie eine Flucht im Sinn hatte. Ohne Geleitschutz konnte sie nirgendwohin gehen. Selbst das Zimmer in der Centre Street – erkannte sie nun – würde sich nicht als der sichere Hafen erweisen, den sie sich erhofft hatte. Es könnte ihr bestenfalls ein paar Tage Sicherheit verschaffen – ihr Verschwinden würde für die Tageszeitungen ein unverhoffter Glücksfall sein, und selbst verkleidet würde sie nicht sehr lange die Fiktion der

Lydia Powell, einer leidtragenden jungen Witwe, aufrechterhalten können.

Wenn sie sich jedoch beeilte, könnte sie den Smaragdring verkaufen und Vorbereitungen zum Verlassen der Stadt treffen – vielleicht mit dem Dampfschiff nach Europa, wo es leichter sein würde, unter all den Gesichtern zu verschwinden. Vielleicht könnte sie Englischunterricht geben oder irgendeine untergeordnete Arbeit beim Theater finden.

Nachdem die anderen nacheinander hinausgegangen waren, stießen Pauls harte, präzise Worte sie wieder in die Gegenwart zurück.

»Mystere, es sollte genügen, dir zu sagen, dass ich es unmöglich gutheißen kann, was du getan hast. Aber wenigstens gibst du zu, das Diadem genommen zu haben. Wirst du mir nun auch ehrlich sagen, was du mit dem Geld gemacht hast, das du dafür bekommen hast, denn ich nehme an, dass es inzwischen verkauft ist?«

Zumindest, tröstete sie sich selbst, kennt er nicht den wahren Grund, aus dem ich es genommen habe. Sollte Paul jedoch jemals herausfinden, wie viel Rafe tatsächlich über ihn wusste, so würde Pauls Verzweiflung unberechenbar sein. Aus diesem Grunde musste sie seine Wut auf sich selbst lenken.

»Ich habe es benutzt, um nach Bram zu suchen«, log sie mit klarer, ruhiger Stimme.

Ihre Antwort schien ihn nicht zu überraschen, trotzdem aber konnte er seine Wut nur schwer im Zaum halten. »Und hast du ihn gefunden?«

Sie schüttelte den Kopf. »Nicht die geringste Spur von ihm.«

»Hast du auch Antonias Ring zu diesem Zweck gestohlen?«

»Jemand anderer hat ihn genommen.«

Nachdem seine Fragen beantwortet waren, ließ er seine Wut explodieren. »Ich habe dir wiederholt befohlen, diese lächerliche Suche aufzugeben, ist es nicht so?«

»Ja, aber warum? Warum ärgert es dich überhaupt so sehr, dass ich nach meinem einzigen Blutsverwandten suche?«

»Da fragst du noch, Mystere? Bist du verrückt geworden? Warum? Sag mir, wie viel Geld hat mich das schon gekostet?«

»Dich gekostet? Nur dich?«

»In Ordnung, die Familie gekostet, meine ich. Mystere, ich habe dich ausgebildet. Ich habe dich aus dieser Kakerlakengrube in der Jersey Street befreit und dir all dies hier gegeben. Und das sind ja wohl alles andere als Almosen! Schau dir doch an, wie du hier lebst, privilegiert, mit Dienern und –«

»Zu diesen Dienern zähle auch ich. Paul, selbst wenn du mit mir den ganzen Kontinent bereist hast, so hast du mich doch immer auch stehlen lassen. Rose macht dir dein Bett und muss trotzdem noch nach draußen, um als Taschendiebin zu arbeiten. Es sind unsere Bemühungen, die dir maßgeschneiderte Anzüge ermöglichen.«

Der Ton, in dem sie dies sagte, war jedoch beinahe sanft, denn ein neuer Verdacht hatte begonnen, in ihr zu nagen. Sie glaubte ihm seine Behauptung nicht, dass lediglich das verschwendete Geld hinter seiner Wut steckte. Sie fragte sich inzwischen, ob Paul nicht einen anderen Grund für seine Abneigung gegen ihre Suche nach Bram hatte. Ihre Neugierde, dies zu erfahren, machte sie weniger erpicht darauf, die Stadt schon jetzt zu verlassen.

»Paul, was weißt du von Bram, das du mir nicht erzählen willst?«

»Nichts«, schnauzte er sie an. »Außer, dass nur ein Narr gutes Geld ausgeben würde, um einen Mann zu suchen, der ziemlich wahrscheinlich schon lange tot ist.«

»Hast du Beweise dafür, dass Bram tot ist?«

»Beweise? Wir reden hier doch nicht von Jesus! Dein Bruder ist ohne Zweifel ein einfacher Matrose gewesen. Vor allem dann, wenn sie zum Dienst gezwungen werden, sterben einfache Matrosen oft ohne irgendeine Aufzeichnung dieses Ereignisses.«

Sie konnte nichts sagen, was dies hätte widerlegen können, und außerdem schien Paul unbedingt, das Thema wechseln zu wollen.

»Mystere«, fing er an, nachdem sein Gesicht inzwischen verbissen ruhig geworden war, »durch cleveres Management und unter großen, persönlichen Entbehrungen ist es mir gelungen, den vierteljährlichen Schein für meine – das heißt, für die Anlage der Familie zu bezahlen. Eine weitere Zahlung wird im November fällig. In der Zwischenzeit haben wir eine Menge zusätzlicher Ausgaben. Vor allem jetzt, da du verlobt bist.«

»Was bedeutet ...?«

»Was bedeutet, dass es sich für Lady Moonlight als notwendig erweisen könnte, wieder in Aktion zu treten.«

Reflexartig schüttelte sie den Kopf.

»Denk lieber einen Moment lang nach«, redete er ihr gut zu. »Es fängt schon an, ein wenig verdächtig auszusehen.«

»Was denn?«

»Die nackten Tatsachen natürlich. Seit dem Moment, als deine Verlobung mit einem der wohlhabendsten Männer der Stadt bekannt gegeben wurde, gibt es keine Lady Moonlight mehr. Selbst die dummen Zeitungsschreiber können sich einen Reim darauf machen.«

Paul sah, dass seine Logik sie zumindest zum Nachdenken brachte. Sein Tonfall wurde sogar noch schmeichlerischer.

»Mystere, ich habe deinen schmerzerfüllten Gesichtsausdruck gesehen, als Evan dummerweise andeutete, Rafe beseitigen zu wollen. Du weißt doch, wie dieser Prahlhans gerne seinen Mund aufreißt; das kommt von diesen Draufgängern, mit denen er aufgewachsen ist.«

Mit seinen scheinbar aufrichtigen Versuchen, sie zu beruhigen, gelang es ihm jedoch nicht, ihre Zweifel zu beseitigen. Du lügst, dachte sie. Ich habe deine und Evans selbstgefällige Bemerkungen gehört, und ich weiß, dass du vorhast, Rafe zu töten.

»Es wird keine Notwenigkeit geben, Gewalt auszuüben, in welcher Form auch immer«, fuhr er fort, »wenn Rafe dir gegenüber großzügig und zuvorkommend sein wird, finanziell gesehen, meine ich. Du musst ihn dir lediglich in einem ... intimen und persönlichen Moment einfangen. Du weißt schon, erwähne, wie verteufelt hoch die Ausgaben werden, diese Art von Dinge.«

»Und wenn er nicht zuvorkommend sein wird?«

Paul zuckte mit den Schultern und warf ihr einen unbarmherzigen Blick zu, der ihr kalt den Rücken hinunterlief. »Er wird schon«, war alles, was er ihr zur Antwort gab.

»Nehmen wir mal an, es liegt nicht an ihm«, forderte sie ihn heraus. »Was ist, wenn ich mich weigere mitzumachen?«

Sie hatte ihn bewusst dazu gedrängt zu bestätigen, was sie schon längst befürchtet hatte.

»Du hast keine andere Wahl als mitzumachen«, antwortete er mit einer Stimme, in der nicht das kleinste bisschen Menschlichkeit lag. »Du wirst tun, was ich dir auftrage.«

»Und wenn ich es nicht tue?«

»Dann werde ich dich eigenhändig umbringen«, erklärte er unbeirrbar. »Ich habe etwas aus dir gemacht, und ich kann dich verdammt noch mal auch wieder zerstören.«

# 28

Wie er es meistens tat, nachdem er vernichtende Drohungen gegen Mystere ausgesprochen hatte, versuchte Rillieux während des Nachmittagstees, sich umgänglich und reumütig zu geben. Sie zog sich jedoch lediglich hinter das distanzierte, gezwungene Lächeln zurück, das sie mit den Jahren perfektioniert hatte. Pauls letzter Wutanfall hatte sie mehr denn je mit dem Gefühl zurückgelassen, dass es an ihr lag, Blutvergießen und strafrechtliche Verfolgung auf beiden Seiten zu verhindern. Trotz ihrer wachsenden Angst vor Paul und ihrer Verachtung seinem Tun gegenüber, wie er Diebstahl nannte, war dies hier sozusagen ihre Familie. Rose und Hush im Besonderen. Sie musste auch für sie das Beste tun, nicht nur für sich selbst und für Rafe.

Sie wollte jedoch nicht für immer aus der Stadt verschwinden, ehe sie nicht ihre kürzlich aufgekommenen Zweifel über Paul ausgeräumt hatte. In ihr wuchs nämlich die Überzeugung, dass er Teil einer Verschwörung gewesen war, die mit Brams Verschwinden zu tun gehabt hatte. Diese Überzeugung wurde durch einen Vorfall direkt nach dem Tee noch verstärkt.

Die Nachmittagspost war während der Teezeit angekommen, und Hush hatte sie pflichtbewusst auf dem Briefständer in der Eingangshalle sortiert. Mysteres kleiner Stapel enthielt lediglich eine Nachricht von einer ehemaligen Schulfreundin, die gerade in Griechenland Urlaub machte.

Oben auf Pauls Stapel erspähte sie jedoch die vertrauten, goldgeprägten Insignien der Granvilles verbunden mit dem Wappen der Sheridans. Paul nahm kommentarlos seine Post an sich und ging in Richtung Treppe.

»Hast du nicht vor, deine Post zu öffnen?«, rief sie hinter ihm her. »Normalerweise kannst du doch kaum erwarten und reißt sie direkt hier auf.«

»Ich bin müde«, rief er zurück, ohne sich dabei umzudrehen. Sie konnte nicht sicher sein, ob er nicht vielleicht übertrieb, um Mitleid zu erregen, er klang jedoch wirklich müde. Sie hasste das Mitgefühl, das sie für ihn empfand; schließlich war er ein alter Schurke, der seine Leiden verdient hatte.

Hush sah, wie sie ihren Seidentaftsonnenschirm aus dem Schirmständer nahm. »Soll ich die Pferde anspannen?«, fragte er, da er erpicht auf ihre Gesellschaft war.

»Ich werde die Kutsche heute nicht benutzen«, sagte sie und zerzauste liebevoll seinen dicken Schopf pechschwarzen Haares. »Aber ich möchte, dass du mir noch ein bisschen aus Wilkie Collins vorliest – später.«

Hush blickte schnell zur Treppe hinüber und sah, dass Paul erst halb nach oben gekommen war, was ihm durch die Spiraldrehung einen ausgezeichneten Ausblick auf alles unter ihm verschaffte. Er folgte Mystere nach draußen auf die Eingangsstufen und steckte ihr schnell etwas in die Tasche ihres efeufarbenen Seidenkleides.

Sie schaute hinunter und sah ein eindrucksvolles Bündel Banknoten.

»Fast hundert Dollar«, prahlte er, noch bevor sie etwas sagen konnte. »Und Paul weiß nichts davon. Sie gehören dir.«

»Hush, ich –«

Sie hätte ihn so gerne gebeten, mit dem Stehlen aufzuhören, für wen auch immer. Aber sie konnte keine solche Heuchlerin sein, denn wenn es ihr unter Baylis ständiger Bewachung gelingen sollte, so wäre sie selbst überglücklich, Antonias Ring verkaufen zu können. Und Hushs Geschenk konnte sie wirklich gut gebrauchen, denn die Veräußerung des Ringes war inzwischen problematisch geworden. Einige gestohlene Gegenstände waren immer »heißer« als andere und in den Straßen war die Rede davon, dass die Polizei vor allem diesen Dieb schnappen wollte. Außerdem gab es angeblich eine Belohnung, was es schon gefährlich machte, mit einem potentiellen Kunden auch nur über den Ring zu reden.

»Du solltest dir wegen Sparky und Lorenzo keine Sorgen mehr machen, wegen keinem von den beiden«, fügte er hinzu.

»Und warum sollte ich das nicht?«

»Du sollst es einfach nicht, das ist alles«, wich er ihr aus. »Du hast schon genug am Hals, also vergiss sie.«

»Hush, ich danke dir für das Geld«, entschloss sie sich schließlich zu sagen, wobei sie ihn kurz umarmte. »Ich hoffe nur, dass wir beide irgendwann aufhören können, Diebe zu sein«, flüsterte sie, kurz bevor sie ihn losließ und Baylis an ihrer Seite erschien.

Sie entdeckte Rafes Kutsche beinahe sofort. Sie stand direkt Randstein der Great Jones Street, vielleicht fünfzehn Meter von der mit Steinen gepflasterten Sackgasse entfernt, in der das Wohnhaus der Rillieux' stand.

Mystere drehte sich um. »Wusstest du, dass er hier ist?«, fragte sie Hush, der noch immer auf den Eingangsstufen stand. Ein schwacher Anflug von Verdruss erwärmte ihr Gesicht, als der Junge lediglich grinste und ihr trotzig die Tür vor der Nase zuschlug.

Nach ihrem ersten Zögern raffte sie nun mit ihrer freien Hand ihren Rock und lief forsch und mit vor Wut angespanntem Gesicht auf die Kutsche zu. Sie fragte sich, wie lange Rafe wohl schon dort gelauert hatte, um ihr am helllichten Tage nachzuspionieren.

Unter Wilsons amüsiertem, musterndem Blick marschierte sie schnurstracks auf Rafes Seite der Kutsche zu. »Warum versiehst du mich nicht gleich mit einem Halsband und einer Leine?«, fragte sie ihn.

»Oh, ich glaube, du fühlst dich auch so schon beengt genug«, entgegnete er, wobei seine Augen ostentativ in Höhe ihrer Brüste schwebten. »Sei eine liebenswerte Verlobte und steig ein, wir wollen an diesem schönen Tag zusammen eine Ausfahrt machen.«

»Das werde ich nicht.«

Sie begann, eilig den Gehweg entlangzulaufen, wobei sie ihren Sonnenschirm als Sichtschutz gegen ihn verwendete. Wilson hatte keine Befehle nötig; er gab den Pferden ein Zeichen, woraufhin diese anfingen, im Passgang neben Mystere herzulaufen.

Rafe ließ die Tür der Kutsche aufschwingen und stieß den Fußtritt herunter. »Ich sagte, du sollst einsteigen.«

»Und ich sagte, dass ich das nicht tun werde. Ich bin keine von deinen Angestellten; ich brauche nicht nach deiner Pfeife zu tanzen.«

»Auch noch hochmütig, was?« Er schien nicht in der Stimmung zu sein für ihr herablassendes Benehmen. »Wilson, scharf rechts«, rief er, und der gut angelernte Kutscher scherte auf der Stelle zum Gehweg hinüber aus. Mystere hatte kaum Zeit zu reagieren, bevor Rafe sich bei noch rollender Kutsche hinauslehnte und sie mit seinen starken Armen packte.

Er zog sie ziemlich unsanft nach innen. Sie landete neben ihm auf demselben Sitz.

»Rück weg von mir«, protestierte sie und versuchte ohne viel Erfolg ihn wegzudrücken.

Er lachte, denn er freute sich über ihre vergeblichen Bemühungen, wie ein kleiner Junge sich über einen Vogel freut, den er in seiner Hand gefangen hält. »Sei ruhig. Oder willst du als Nächstes wegen versuchter Vergewaltigung um Hilfe schreien?«

»Nein, denn das würde dich nur erregen. Bitte rücke von mir weg!«

»Wilson«, rief er durch den geöffneten Ledervorhang nach draußen. »Nimm den langen Weg zum Park.«

»Zum Park?«, wiederholte sie und unterbrach für einen Moment ihren Kampf. »Warum bist du nicht wenigstens so ehrlich und befiehlst ihm, dich zu deinem Hotel zu fahren?«

Er lachte erneut, presste sich dicht an sie heran.

»Weil nicht einmal Wilson annehmen würde, dass ich dich in mein Hotel bitte, um zum Beispiel deinen Rat über ein technisches Problem einzuholen.«

Noch bevor sie irgendetwas sagen konnte, nahm sein Mund schon den ihren in Besitz.

Sie wusste sehr wohl, dass er sie für seinen Rachefeldzug benutzte, sein Kuss bestätigte ihr jedoch auch sein Begehren. Einen fatalen Moment lang steigerte ihr körperliches Verlangen sich, um dem seinen gleichzukommen und ihre Misere noch komplizierter zu machen. Das Feuer in ihrem Körper drohte all ihre Pläne zu zerstören.

»Warum das nun wieder?«, keuchte er, nachdem es ihr schließlich gelungen war, ihr Gesicht wegzudrehen.

Sie setzte sich abrupt auf den leeren Sitz hinüber und

versuchte, ihre Atmung unter Kontrolle zu bekommen. Durch das Fenster konnte sie beobachten, wie Baylis zur Eingangstür rannte, um Rillieux mitzuteilen, dass sie »entführt« worden sei. Wenn sie Antonias Smaragd und ihren Brief bei sich gehabt hätte, so hätte sie genau solch eine Gelegenheit für ihr Verschwinden genutzt.

Aber die Wahl des richtigen Zeitpunktes sprach wieder einmal gegen sie.

»Eine Prostituierte wäre wahrscheinlich angebrachter«, stammelte sie.

»Glaube mir«, versicherte er ihr bitter, während er sich mit seinen Fingern durchs Haar fuhr, »ich wäre zu einer gegangen, wenn ich der Meinung wäre, dass mir das helfen könnte.«

»Rafe?«, fragte Mystere, nachdem sie eine Zeit lang in angespanntem Schweigen weitergefahren waren.

»Was ist?« Er klang leicht verärgert, wie ein bedrängter Elternteil, der einen ruhigen Moment zum Nachdenken benötigte.

»Was für ein Mann ist Trevor Sheridan?«

Seine Augen verengten sich, als wollte er sie etwas fragen. Stattdessen antwortete er jedoch nur abwesend: »Er ist wie alle Männer seines Schlages, nehme ich an – steht mit beiden Beinen im Leben und hört niemals auf, Pläne zu schmieden. Ich kenne ihn nicht allzu gut, aber man hört so einiges aus verlässlichen Quellen.«

»Wie zum Beispiel …?«

Er runzelte die Stirn. »Schau, er ist zu alt für dich, wenn es Verführung ist, was du im Sinn hast. Außerdem ist er glücklich verheiratet mit Alana Van Alen, einer geistreichen und schönen Frau. Und er ist auch kein Mann, der sich für einen berechnenden, gesellschaftlichen Emporkömmling engagiert, obwohl man von ihm sagt, dass er selber einmal einer gewesen ist. In der Tat hat er in den Clubs einen Spitznamen, und zwar ›das Raubtier‹, du wärst also schön dumm, wenn du vorhast ihn zu bestehlen.«

»Warum nennt man ihn – «

Gebieterisch hob er eine Hand, um sie zum Schweigen zu bringen. Ganz plötzlich sah er jedoch äußerst neugierig aus. »Wenn es um diesen Brief ohne Unterschrift geht, so hatte ich dich doch früher schon gewarnt, keine allzu großen Hoffnungen darauf zu setzen. Was hat dich nur in die Sache mit Sheridan so hineinsteigern lassen?«

Zunächst sagte sie nichts, sondern sah sich lediglich sein Gesicht gut an, um sich dann zu entscheiden, ob sie ihm trauen konnte oder nicht.

»Ist das vielleicht irgendein Voodoo-Fluch?«, beschwerte er sich zornig und entzog seinen Blick ihrer eingehenden Musterung.

Sie entschied sich, ihm von dem Brief zu erzählen, der an diesem Tage eingetroffen war, und davon, wie sie das Granville-Sheridan-Wappen erspäht und wie Paul sich geweigert hatte, ihn in ihrem Beisein zu öffnen.

»Ich kann dir genau sagen, worum es sich dabei handelt«, warf er ein, »ich habe nämlich ebenfalls einen erhalten. Es geht um keine Intrige, es handelt sich lediglich um eine Einladung zu einer Soiree an diesem Wochenende im Hause der Sheridans, zu Ehren des Herzogs und der Herzogin. Rillieux wird mit Sicherheit gewusst haben, dass die Einladung kommen würde, denn er ist ja dick mit Mrs. Astor befreundet.«

»Nun, mit Sicherheit will er aber nicht, dass ich davon weiß«, bemerkte sie. »Und kurz davor ist er fast gewalttätig geworden, als ich ihm sagte, dass ich noch immer nach

Bram suche. Als ich ihn bedrängte, mir zu sagen, ob er irgendetwas über Brams Verschwinden wisse, log er mich an. Das konnte ich ihm genau ansehen.«

Einen Augenblick lang sagte sie nichts, und ihrem Gesicht konnte man die angestrengte Konzentration ansehen.

»Es ist Evan«, sagte sie abrupt und eher laut denkend.

»Wer ist Evan?«

»Der Mann, der uns als Butler dient. Er hat sich mir gegenüber immer zuvorkommend verhalten, sogar freundlich. Aber ich habe das Gefühl, ihn irgendwie aus der Zeit zu kennen, bevor Paul uns aus dem Waisenhaus entführt hatte. Ich erinnere mich, ihn irgendwann einmal kurz gesehen zu haben.«

»Uns? Also hat Rillieux deinen Bruder ebenfalls entführt?«

»Ja. Jeweils an einem Nachmittag in der Woche wurden die Waisen nach draußen geschickt, um für ihren Unterhalt zu betteln. Paul schnappte sich uns in einer kleinen Nebengasse der Lexington Street, glaube ich, mich erinnern zu können. Ich habe vergessen, wo genau das war, aber da waren Mietskasernen auf der einen Seite und Restaurants und Lebensmittelgeschäfte auf der anderen Seite der Gasse. Ich glaube, es waren er und Baylis, die sich uns genähert hatten. Sie waren nie gewalttätig; es lief ohne Zwang und ohne Drohungen ab. Sie kauften uns ein leckeres Essen in einem Restaurant und sahen unsere Flucht aus dem Waisenhaus als ein großes Abenteuer mit unserer neuen ›Familie‹. Sie verwöhnten uns fürchterlich und schienen ernsthaft betrübt, nachdem Bram verschwunden war.«

»›Schienen‹ ist wohl das entscheidende Wort«, warf Rafe mit mildem Sarkasmus ein. »Könnten du oder dein Bruder versehentlich irgendetwas gesagt haben, woraus man hätte schließen können, dass ihr hier in Amerika Verwandte mit Geld habt? Irgendetwas, das der alte Rillieux erfahren haben könnte?«

»Das ist mit Sicherheit möglich, obwohl wir beide aus Gewohnheit verschwiegen waren; dafür hatte meine Mutter gesorgt. Es ist jedoch viel wahrscheinlicher, dass irgendjemand irgendwann den Brief gesehen hat, obwohl Bram immer vorsichtig mit ihm gewesen ist.«

»Vorsichtig für einen Jungen. Es muss mit Sicherheit Zeiten gegeben haben, in denen der Brief unbewacht geblieben ist. Übrigens, irgendwann würde ich diesen Brief gerne selber sehen.«

Plötzliche Beunruhigung ergriff sie, denn sie nahm wahr, dass sie mit dem einzigen Geheimnis, das zu hüten sie ihrer Mutter auf dem Sterbebett versprechen musste, ein gefährliches Risiko einging. Dieser Mann hier bewies ihr, dass »vertraut sein« nicht immer auch Zuneigung bedeutete. Sie war eine Närrin zu vergessen, dass *er* eine der Gefahren sein könnte, die ihre Mutter vorhergesehen hatte. Und was seine Fragen und seine augenscheinliche Neugierde betraf, so war er ein General, der Informationen für einen Krieg sammelte, das war alles, und nicht jemand, dem daran lag, ihr zu helfen.

»Wie dem auch sei«, fügte er mit schroffer Abweisung hinzu, als sie das Astor House ein paar Blocks weiter durch die Bäume hindurchschimmernd auftauchen sahen, »mit großer Wahrscheinlichkeit interpretiert du zu viel in diese vermeintliche Verknüpfung mit dem Hause Granville hinein. Bei allem Respekt für deine Mutter, aber sie verließ das Leben mit dem Gefühl, ihren Kindern unbedingt ein Überleben ermöglichen zu wollen. Sie – komm schon, ist ja schon gut, hör auf damit. Ich werde ja schon still sein.«

Es hatte sie beide überrascht, als das Reden über ihre Mutter plötzlich Tränen bei ihr hervorgerufen hatte.

»Ihr Frauen macht euch für das Wahlrecht stark«, schimpfte er, »aber sieh dir an, wie sentimental und sensibel du bist.«

»Diese Frau macht sich für nichts stark«, erklärte sie in einem plötzlichen Ausbruch defensiver Wut und Verletztheit. »Aber vielleicht sollten wir über die letzten Minuten *deiner* Mutter reden? Oder ist ihr Tod tragischer, weil sie wohlhabender gewesen ist? Ob du es glaubst oder nicht, Rafe, ein armes Herz bricht genauso wie ein reiches.«

»Du scheinst vergessen zu haben, dass sie ebenfalls arm war, als ihr Herz brach.« Er beugte sich näher zu ihrer Seite der Kutsche hinüber und küsste sie erneut auf die Lippen, diesmal zwar nicht ganz so gewaltsam, jedoch auch kein bisschen weniger leidenschaftlich. Erneut konnte sie das Verlangen nach ihm spüren, das ihr Herz rasen und ihren Puls schneller schlagen ließ.

»Hier ist der Park«, brachte er in angespanntem Flüstern vor. »Soll ich Wilson bitten anzuhalten?«

»Wenigstens fragst du ja nun«, sagte sie und gewährte ihm widerwillig ein kleines Lächeln.

# 29

Die ganze Woche über wartete Mystere darauf, dass Paul die bevorstehende Soiree zu Ehren des Duke und der Duchess of Granville im Hause der Sheridans erwähnen würde. Er tat es jedoch nicht. Die meiste Zeit über blieb er in seinem Zimmer und beklagte sich: »Mein verdammtes Alter ist es, was mir zu schaffen macht.« Insgesamt war er zu allen höflich, jedoch auch distanziert. Selbst als er am Donnerstag zufällig mitbekam, dass Rafe anrief, um zu verabreden, Mystere am Abend der Sheridan-Veranstaltung abzuholen, benahm Paul sich noch immer, als ob nichts stattfinden würde.

In Mysteres Augen ergab das keinen Sinn. Paul war inzwischen so eng mit Carolines verbunden, dass man ihn scherzhaft »Ward der Ältere« nannte. Als er am Samstagmorgen noch immer nichts gesagt hatte, beschloss sie, das Thema ihm gegenüber anzuschneiden.

Sie fand ihn im unteren Salon, wo er, noch immer in seinen Morgenmantel gekleidet, an einem kleinen Schreibtisch saß.

»Paul?«

Langsam blickte er vom Gegenstand seines Studiums auf, was auch immer das gerade gewesen sein mochte. Ein Lichtstrahl fing sein Gesicht ein und ließ eine aschfahle Blässe erkennen, die sie erschreckte. Er hatte sich die ganze Woche über schon nicht gut gefühlt, nun erkannte sie, dass es sich diesmal wohl nicht nur um seine übliche Hypochondrie handeln konnte.

»Du musst lauter reden, meine Liebe. Ich habe gerade Chinin genommen, und das verdammte Zeug bringt meinen Kopf zum Klingen.«

»Ich hatte mich gerade gefragt, ob du vorhast – vorausgesetzt natürlich, du fühlst dich bis dahin besser – die Sheridan-Veranstaltung heute Abend zu besuchen? Sollte das der Fall sein, so könntest du mit mir und Rafe fahren.«

Sie hatte zwar keine Ahnung, ob Rafe das überhaupt dulden würde, das spielte aber auch überhaupt keine Rolle. Sie brauchte lediglich einen Vorwand, um Pauls Antwort abschätzen zu können. Anstatt jedoch auf die Soiree selbst einzugehen, konzentrierte er sich auf Rafe.

»Mr. Rafael Belloch«, grübelte er zerstreut. »Und ich hatte mich die ganze Zeit über schon gewundert, warum dieser Mann den Onkel seiner Verlobten kaum grüßt.«

Diese Antwort bereitete ihr Sorgen. Sie fragte sich, wie viel er wohl von Rafes Mitwisserschaft ahnte. Vorsichtig fragte sie nach: »Wie meinst du das?«

»Schon gut. Nein, ich gehe nicht«, antwortete er ihr schließlich. »Caroline hat sich bereit erklärt, mich zu entschuldigen.«

»Aber … warum hast du die Soiree mir gegenüber nicht zumindest erwähnt?«

»Warum? Du hast es doch auch so rausgekriegt, oder?«

Seine hintergründige Antwort überzeugte sie nur noch mehr davon, dass er etwas wusste und es für sich behielt. Sie fand jedoch nicht den Mut, ihn direkt danach zu fragen. Selbst jetzt, wo er alt und gebrechlich war, war er kein Mann, den sie unbedingt in die Enge treiben wollte.

»Aber warum willst du nicht, dass ich gehe?«, fuhr sie unbeirrt fort.

»Geh oder geh nicht, das ist mir völlig egal. Aber ist es dir niemals in den Sinn gekommen, dass es vielleicht klüger wäre, deiner Anwesenheit durch gelegentliches Fernbleiben mehr Wert zu verleihen?«

Er schaute zu ihr hinüber, sie stand in der offenen Tür. »Vor allem nach dieser eindrucksvollen Vorstellung, die du und Rafe an Mrs. Astors Abend am letzten Wochenende gegeben habt. Übrigens – Antonia, so hat Caroline mir erzählt, hat sofort das gehässige Gerücht in die Welt gesetzt, dass ihr beide heimlich für euren Tanzauftritt geprobt hättet. Lance Streeter war ihr dabei behilflich. Du bist auf dem besten Wege, den Konsul des gemeinen Volkes zu erobern, meine Liebe. Das sollte dich freuen.«

»Ganz ungemein«, antwortete sie abwesend, denn sie versuchte noch immer, Pauls neue Argumentation zu verstehen. »Seit wann planst du denn so strategisch, wenn es um öffentliche Auftritte geht? Für gewöhnlich sieht deine Einstellung doch eher so aus, dass du jede Einladung annimmst, die du bekommst. Was ist plötzlich anders?«

»Um mich geht es doch gar nicht, du dumme Gans. Ich bin nur ein alter Mann auf wackeligen Beinen, der süchtig nach Reichtum und Macht ist.«

»Vor allem nach Macht«, erinnerte sie ihn, wenn auch mit einem entwaffnenden Lächeln.

»Natürlich. Sieh mich doch nur an. Ich habe eine Art Ausgleich für meine nachlassende ... Potenz, wenn du so willst, entwickelt. Das gebe ich zu. Ich bin zu einem Vampir geworden, der umherfliegt und Blut saugt, wo er nur kann.«

»Paul, ich meine doch nur –«

»Du jedoch«, fuhr er fort, »bist kein räuberischer alter Mann, der mit Einschränkungen geschlagen ist. Ich sehe inzwischen, dass ich dich zu sehr in die falsche Richtung gedrängt habe. Willst du vielleicht wie die Vanderbilt-Schwestern enden, so *dankbar*, dass du niemals eine Einladung ablehnst? Ich habe es schon immer gesagt, man muss sich nur die alten Sprichwörter anschauen, denn dort findet man Gottes Wahrheit. Allzu große Vertrautheit erzeugt in der Tat Verachtung, wohingegen eine gewisse Unnahbarkeit Ehrfurcht und Respekt einflößt.«

Das ist ein gutes Argument, erkannte sie, aber nichtsdestotrotz verdächtig. Nichts von all dem hat ihn bis zur Sheridan-Einladung auch nur einen Funken interessiert.

»Ich freue mich zu sehen, dass du plötzlich an ›Gottes Wahrheit‹ interessiert bist«, antwortete sie schließlich, wobei ihr unterwürfiger Ton die Ironie ihrer Worte ein wenig milderte.

»Ich bin ein Verbrecher«, beharrte er schroff, »kein Ketzer.«

Die Tatsache, dass er sich selbst einen Verbrecher genannt hatte, erschütterte sie so sehr, dass sie in nachdenkliches Schweigen verfiel. Seit vielen Jahren schon beobachtete sie Paul genau. Sie kannte seine Gewissensattacken, die normalerweise mit seinen größeren Übeltaten einhergingen.

»Habt ihr beide euch schon auf einen Hochzeitstermin geeinigt?«, fragte er unvermittelt.

»*Wir?* Du sprichst mir mehr Macht zu, als ich besitze.«

»Unsinn. Du *benutzt* nur weniger Macht, als du besitzt, und damit meine ich nicht die psychische. In jedem Fall solltest du dich zu einem Termin entschließen, je eher, desto besser.«

»Paul, seit Tagen benimmst du dich nun schon so seltsam. Worüber machst du dir Sorgen?«

»Wo gehen nur all die Jahre hin?«, erwiderte er ausweichend, während er sich bemühte aufzustehen. »Entschuldige mich, meine Liebe, aber ich werde jetzt ein Nickerchen machen.«

Sie beobachtete ihn, wie er schwankend aus dem Salon ging. Der Vorfall mit dem Diadem, dachte sie bei sich, scheint ein Wendepunkt gewesen zu sein, und vielleicht hat dieser bei ihm die Angst ausgelöst, die Kontrolle über mich zu verlieren. Das würde dann auch seine Bemerkung erklären, die Hochzeit so bald wie möglich stattfinden zu lassen.

Alles Übrige jedoch, sein untypisches Verhalten hinsichtlich der Sheridan-Veranstaltung und diese seltsame Bemerkung darüber, dass Rafe ihn kaum grüßte – sie konnte sich keinen Reim darauf machen.

Während sie sich all diese Eindrücke durch den Kopf gehen ließ, durchquerte sie abwesend den Raum, um das Licht auszuschalten, was Paul vergessen hatte. Etwa auf halbem Wege zum Schreibtisch fiel ihr aus dem Augenwinkel heraus etwas auf, das auf der Schreibunterlage lag. Noch bevor sie erkennen konnte, um was es sich handelte, wurde ihr schon klar, dass Paul das Licht nicht vergessen hatte – es war bewusst geschehen, damit sie dies hier sehen konnte.

Sie beugte sich näher herunter und zitterte am ganzen Körper, nachdem sie erkannte, was dort lag. Sie und ihre dumme, dumme Achtlosigkeit. Diese kleinen, zerrissenen und sorgfältig auf einen Bogen Briefpapier aufgeklebten Papierstückchen waren von ganz unten aus dem Abfalleimer der Eingangshalle herausgefischt worden: Es war der Brief aus Stephen Breaux' Kanzlei.

Innerhalb eines Herzschlages fühlten ihre Beine sich schwach an, und sie musste sich in den Stuhl setzen, der noch von Pauls Körper warm war. »Heilige Maria«, flüsterte sie, zu bestürzt, um überhaupt Angst empfinden zu können.

»Ich könnte schwören, dass das keine Haare sind, sondern persische Seide«, erging Rose sich in Lob, und ihr Tonfall war genauso übersprudelnd wie ihre Stimmung. Sie kämmte mit einer Haarbürste das dunkelbraune Haar Mysteres und bewunderte seine mahagonifarbenen Schattierungen an den Stellen, wo das Sonnenlicht des späten Nachmittages es durchtränkte.

Mystere schaute einen Moment in den Schminkspiegel und traf dort mit Roses Augen zusammen. Sie bedankte sich lächelnd für das Kompliment. Die gute Stimmung der älteren Frau hatte zwei Abende zuvor begonnen, und zwar als Rafe angerufen und Rose seine Nachricht entgegengenommen hatte.

Rose kannte Mystere inzwischen gut und konnte manchmal sogar ihre Gedanken lesen.

»Oh, ich weiß«, beichtete sie, während sie das Haar geschickt zusammenband und ein schwarzes Netz darüber zog. »Aber das Leben hier ist normalerweise ziemlich unromantisch. Jetzt, da dein vornehmer Herr regelmäßig bei uns anruft, ist es viel aufregender. Das ist schon fast eine richtige Liebesgeschichte.«

Eine richtige Liebesgeschichte ... der grausame Schwindel dieser Worte beeinträchtigte ihr Lächeln, aber Mystere brachte es nicht übers Herz, Roses gehobene Stimmung zu dämpfen. »Du scheinst Rafe Belloch zu mögen«, war alles, was sie sagte.

»Er ist gefährlich gut aussehend«, kicherte Rose, »und

man sagt, dass seine Vergangenheit furchtbar romantisch und traurig ist.«

»Warum? Was hast du über ihn gehört?«

»Nun, da ist … man sagt, dass er noch ein Kind war, vielleicht in Hushs Alter, als sein Vater das Familienvermögen verlor – irgendeine Fehlspekulation bei den ausländischen Banken oder so was in der Richtung. Der alte Mann, sagt man, hat sich eine Kugel durch den Kopf gejagt, nachdem er von Mrs. Astors Gesellschaft auf furchtbare Weise geschnitten worden war. Ihm drohte eine Gefängnisstrafe wegen seiner Schulden, und nicht einer von ihnen wollte ihm auch nur einen Cent leihen. Ich nehme an, er konnte diese Schande nicht ertragen.«

»Ja«, sagte Mystere. Sie war erstaunt, dass die Version, die durch die Gerüchteküche in Umlauf gebracht worden war, mehr oder weniger mit der übereinstimmte, die sie kannte.

»Aber wir dürfen nicht ewig an alten Wunden lecken«, betonte Rose und weigerte sich schlichtweg, ihre fröhliche, hoffnungsvolle Stimmung aufzugeben. »Ich weiß, dass dir alles so furchtbar kompliziert vorkommt, Süße. Aber jedes Ding muss in der Tat mal ein Ende haben.«

Rose wandte sich ab und fing an, vor sich hinzusummen, als sie Mysteres Kleid aus Seide und Spitze für den Abend ausbreitete und es einer abschließenden Kontrolle auf Makel hin unterzog.

Mystere wurde plötzlich wütend auf sich selbst. Wenn Roses Stimmung durch die Aussicht auf eine Heirat – eine *grandiose* Heirat, wie sie sie genannt hatte – neu beseelt worden war, warum war sie selbst nicht in der Lage, das kleinste bisschen Freude zu empfinden?

Vielleicht machten ja sowieso alle nichts anderes als ständig zu schauspielern, warum sollte sie also nicht wenistens so tun, als sei sie glücklich?

»Süße, woran denkst du gerade?«, wollte Rose wissen, als sie zum Spiegel zurückkehrte und sich neben sie stellte. »Lass dich durch mein albernes Pfeifen nicht davon abhalten, dich zu beklagen, wenn du das gerne tun möchtest.«

»Rose, tut mir Leid, ich will nicht so pessimistisch sein.«

»Ich werde nicht zulassen, dass du dich entschuldigst«, betonte sie. »Diesmal bin nämlich *ich* diejenige, die sich entschuldigen muss. Das quält mich schon seit Mittwoch.«

»Was?«

»Die Art und Weise, wie du dich vor Paul für uns stark gemacht hast und wir alle einfach wie die Ölgötzen da gestanden sind.«

»Du brauchst dich nicht –«

»Für die Jungs kann ich allerdings nicht sprechen, *ich* jedoch bin stolz auf das, was du gesagt hast, der Himmel möge dich beschützen. Aber ich hatte so große Angst, Mystere. Nicht nur wegen mir, sondern auch wegen dir.«

»Angst davor, mich zu ermutigen, meinst du das?«

»Ja. Sicher, Paul ist zu alt und gebrechlich, um gefährlich zu erscheinen. Außer, dass Evan und Baylis ihm praktisch aus der Hand fressen. Sie tun alles, was er ihnen befiehlt, egal, als wie dumm oder falsch es sich auch herausstellen sollte. Das darfst du *niemals* vergessen, und richte deine Gedanken auf jedwede Möglichkeit, hier herauszukommen. Selbst wenn es wirklich Mrs. Astors Werk ist – kann eine Heirat mit Rafe Belloch dich denn in eine größere Gefahr bringen, als du sie hier erlebst?«

»Ich weiß nicht«, antwortete sie aufrichtig. »Manchmal frage ich mich, ob ›Wahl‹ nicht ein Wort ist, das der Teufel sich selbst ausgedacht hat, um uns verrückt werden zu lassen.«

»Nein, zu diesem Zwecke hat er die Männer erfunden«, berichtigte Rose sie und sie mussten beide lachen. »Wenn die Männer uns nicht mit dem Verstand widerlegen können, so suchen sie sich andere Wege, uns ihren Willen aufzuzwingen.«

»Ich bin mir da nicht so sicher, dass es nur die Männer sind. Mrs. Astor spielt nach den gleichen Regeln und gewinnt immer. Darf ich dich etwas fragen?«

Die plötzliche Veränderung in ihrem Tonfall alarmierte Rose. »Du solltest dich schämen, mich dafür erst um Erlaubnis zu bitten.«

»Es ist nur, dass … es geht um Evan. Du hattest mal erwähnt, dass er sechs Monate in einer Gefängnisarbeitstruppe verbracht hat. Ist das schon viele Jahre her?«

Rose nickte.

»Vielleicht zwölf Jahre?«

Rose wusste, worauf sie damit hinauswollte; Mystere konnte die Unsicherheit und die Angst in ihren Augen lesen. Sie sah jedoch außerdem Entschlossenheit in Roses angespanntem Gesicht.

»Ja«, antwortete sie und fügte mit fester Stimme hinzu, »etwa um die gleiche Zeit, als du aus dem Waisenhaus weggelaufen bist.«

»Und er arbeitete damals auch schon für Paul?«

»Ja.« Diesmal zögerte Rose nur einen Moment lang und platzte dann schnell mit der Tatsache heraus, von der sie wusste, dass Mystere auf sie hinzielte: »Evans Trupp transportierte oft gespendete Möbelstücke in städtische Waisenhäuser. Paul hatte ihm aufgetragen, seine Augen nach ›geeigneten Waisen‹ aufzuhalten, wie Paul sie nannte. Ich bin mir sicher, dass er so zum ersten Mal von dir gehört haben muss … nun, von dir und deinem Bruder.«

Möbelstücke ... Mystere erinnerte sich nun, wo und wann sie Evans Gesicht zum ersten Mal gesehen hatte. Er war mit mehreren anderen unrasierten Zuchthäuslern in gestreifter Kleidung und gestrickten Mützen zusammen gewesen, die neue Bettgestelle in das oberste Stockwerk des Jersey-Street-Waisenhauses getragen hatten. Die Kinder waren alle in den Aufenthaltsraum gejagt worden ... und Evan würde – vor allem nach Pauls Unterweisung – mit Sicherheit nach Kostbarkeiten jeglicher Art Ausschau gehalten haben. Außerdem konnte er lesen, und Bram hatte den Brief manchmal unter seinem Matratzenbezug versteckt.

Sie schaute Rose an. »Du weißt schon seit einiger Zeit von dem Brief, den ich habe, nicht wahr?«

»Ja. Aber nicht von Anfang an, und gelesen habe ich ihn auch noch nie. Aber Baylis hat mir davon erzählt.«

Mystere fing an zu sprechen; ihre Stimme verließ sie jedoch, und sie war gezwungen, noch einmal von vorn anzufangen. »Rosie, was ist mit Bram? Haben Paul und die Jungs dafür gesorgt, dass er entführt wurde?«

Rose nahm Mysteres Hände in die ihren. »Mystere, ich würde dich diesbezüglich nicht anlügen, wenn ich die Wahrheit wüsste. Ich weiß sie aber einfach nicht. Das wäre natürlich nicht unter ihrer Würde, aber ich kann mir nicht denken, was Paul dadurch gewonnen haben könnte außer vielleicht ein bisschen Geld von einer Erpresserbande. Auf jeden Fall wissen wir beide doch, dass ein aufgewecktes Kind sehr viel mehr Wert ist als ein bisschen Geld, zumindest für Paul.«

Mystere glaubte ihr. Einen Augenblick lang blieb sie ruhig und versuchte, die Bedeutung all dessen zu begreifen; Pauls eigentliche Motive aber entzogen sich ihr.

»Rose, ich verstehe dennoch nicht, was Paul vorhat. Was weiß er, was ich nicht weiß? Warum hat er bisher noch nichts unternommen?«

»Baylis erzählt mir mehr als Evan, aber selbst wenn er über Pauls Pläne Bescheid weiß, so hat er mir doch nichts darüber gesagt. Aber, Süße, du hast doch schon den zusammengeklebten Brief gefunden, oder? Der, den Paul aus dem Abfalleimer herausgefischt hat?«

Mystere nickte und spürte, wie ihr Herz sich zusammenzog, als sie daran erinnert wurde.

Rose gluckste. »Ach, Mädchen, ich wünschte, ich hätte mitgekriegt, wie du das getan hast. Du weißt doch, dass er den Abfall durchstöbert, oder etwa nicht?«

»Ja, ich ... oh, es ist nur, dass ich so viel um die Ohren habe, ich bin unvorsichtig geworden.«

»Das bist du in der Tat, und ich habe genauso wenig wie du eine Vorstellung davon, was Paul vorhat. Vielleicht glaubt er ja, dass Rafe dir zuliebe so lange geschwiegen hat und verlässt sich nun darauf, dass deine Heirat ihn auch in Zukunft schützen wird.«

»Ja, denn ohne Zweifel weiß er, dass Kopien dieses Briefes ihn an den Galgen bringen könnten, wenn er Rafe irgendwie schadet. Es sei denn, Paul kann einen ›Unfall‹ so überzeugend arrangieren, dass Rafes Nachlassverwalter ihn nicht verdächtigen würde.«

»Es brodelt ganz fürchterlich,« gab Rose zu, »und ich kann es dir nicht verdenken, dass du Angst hast. Wenn Paul jedoch seine Hoffnungen in diese Heirat steckt, so hast du erst recht Grund dazu. Es könnte ja auch genauso gut ein Neuanfang für dich sein, Süße. Setz all deine Hoffnungen in diesen Gedanken.«

# 30

»Zur Sheridan-Residenz, Wilson«, rief Rafe aus, während er Mystere in die Kutsche half.

»Das ist doch auf der unteren Fifth Avenue, oder?«, rief Wilson zurück.

»Ja. Die Nummer habe ich vergessen, aber du wirst es schon am Verkehr erkennen.«

»Richtig. Werde in Windeseile dort sein, Sir!«

Das Gefährt setzte sich in Gang, und Rafe öffnete den ledernen Vorhang auf beiden Seiten, um das Licht der Straßenlaternen hereinzulassen. Dieses Mal hatte er sich, anstatt sie zu bedrängen, auf dem gegenüberliegenden Sitz niedergelassen. Ein paar Sekunden lang betrachtete er sie schweigend.

»Der alte Rillieux hat mir einen bösen Blick zugeworfen«, bemerkte er schließlich. »Was geht wohl in seinem Kopf vor?«

»Er weiß, dass du über ihn Bescheid weißt. Er hat den Brief von Stephen Breaux gefunden.«

»Ah … warst wohl unvorsichtig, was? Ist das der Grund, warum er beschlossen hat, nicht mit uns zu kommen?«

»Da bin ich mir nicht sicher. Ich habe den Verdacht, dass er ursprünglich geplant hatte, zu Hause zu bleiben, weil er hoffte, dass auch ich das dann tun würde. Ich vermute, er will mich nicht in die Nähe Trevor Sheridans oder des Herzogs und der Herzogin kommen lassen.«

»Warum hat er dann aber nicht den Addison-Ball ausgelassen? Sie waren doch auch dort zugegen.«

»Ja, aber er hat mich von ihnen fern gehalten. Und außerdem war das, bevor ich angefangen hatte, ihm Fragen zu stellen.«

»Nun, ich bin froh, dass der alte Schurke Breaux' Brief gefunden hat. Lass ihn ruhig ein bisschen schwitzen. Er hat es verdammt noch mal viel zu leicht gehabt auf Kosten anderer.«

»Du solltest ihn nicht unterschätzen. Er ist alt und kränklich, das ja. Aber sein Geist hört niemals auf zu intrigieren. Er stellt eine wirkliche Gefahr dar.«

»Zur Hölle mit ihm. Dieser Brief ist sogar perfekt. Er dient dazu, ihn zu warnen, zieht jedoch andererseits nicht die Polizei mit hinein, und eine direkte Drohung beinhaltet er ebenfalls nicht.«

»So interpretierst *du* die Geschichte.«

»Mach dir keine Sorgen wegen ihm. Sag mir, wie viel hast du eigentlich für Antonias Ring bekommen?«

Ärger überkam sie angesichts seines unverblümten, fordernden Benehmens. Sie hatte in der Tat beschlossen, den Ring erst ein wenig von seiner traurigen Berühmtheit verlieren zu lassen, bevor sie an Helzer, Pauls Stammhehler, persönlich herantreten wollte. Ihr graute davor, ihn in der Water Street, einer schrecklich rauen Gegend, aufzusuchen. Sie hatte ihn jedoch ein Mal bei sich zu Hause getroffen, und er war ihr gegenüber sehr nett und höflich gewesen. Er hatte über Jahre hinweg in einem illegalen Gewerbe überlebt, und zwar durch Habsucht, Gerissenheit und vor allem durch Verschwiegenheit – es sollte ihr also gelingen, mit ihm zu verhandeln.

»Noch nichts«, antwortete sie wahrheitsgemäß.

Sein höhnisches Lachen irritierte sie nur noch mehr. »So. Du findest also langsam heraus, dass der Teufel in der Not auch Fliegen frisst, was? Du kannst nicht einmal ein Zehntel seines wahren Wertes für ihn bekommen, nicht wahr?«

»Hast du kein Imperium zu leiten? Warum machst du dir so viele Gedanken wegen des Ringes?«

»Das ist offensichtlich, und du weißt es. Ich bin mir fast sicher, dass du verschwinden wirst, sobald du ihn erst einmal verkauft hast.«

Sie schaute aus ihrem Fenster und ignorierte ihn einfach. »Und das wird dir dann ganz bestimmt das Herz brechen.«

»Oh, ein oder zwei Tage lang werde ich dich schon vermissen, nehme ich mal an. Aber um mein Herz geht es hier doch gar nicht. Dein Verschwinden würde mich öffentlich demütigen, das ist das große Problem. Die ganzen Spekulationen darüber, für wen meine Verlobte mich wohl hat sitzen lassen … abgesehen davon, dass du sowieso geschnappt werden wirst.«

»Das ist Quatsch, und das weißt du«, klagte sie ihn an, wobei sie sich noch immer weigerte, in seine Richtung zu schauen. »Der wahre Grund, warum du mein Weglaufen fürchtest, ist der Schlag, den das deinen abartigen Plänen versetzen würde.«

»Ausgerechnet du hältst Reden über Abartigkeit – eine Diebin, deren ganzes Leben eine einzige Lüge ist? Diese Stoffstreifen, mit denen du deine Brüste umwickelst und deine Reize verbirgst, auf die du eigentlich stolz sein solltest – ist das etwa nicht abartig?«

»Nein! Was ich tue, ist zwar falsch und verboten, aber nicht abartig. Mein Ziel ist das Überleben und nicht die

Rache. Du jedoch – du wirst uns beide zugrunde richten, nicht wahr? Und all das nur, um einen weiteren sinnlosen Pfeil an Caroline zu verschwenden.«

»An Caroline allein, glaubst du? Nein, ich bin darauf aus, ihren ganzen Stand zu zerstören, nicht nur sie selbst. Es sind die ›oberen Vierhundert‹, die ich im Auge habe, wenn ich auch zugeben muss, dass sie das Zentrum der Zielscheibe ist und den direktesten Schuss abbekommen wird. Und im übrigen – du hast Unrecht; ich habe keinen gezielten Plan, dich zu zerstören. Aber …«

»Aber, um es ebenfalls bildlich auszudrücken«, fuhr sie fort, als er eine Pause machte, »wo gehobelt wird, da fallen auch Späne.«

Sie schaute ihn wieder an.

Er lächelte über ihren Zynismus. »Gut gesagt«, lobte er sie. »Ich habe diese ganzen Mühen jedoch nicht auf mich genommen, um für nichts und wieder nichts eine Klatschseitenberühmtheit zu werden.«

Seine Worte schmerzten, denn sie verstand sofort, was er damit meinte. Das Tanzen, die heimlichen Küsse, all das war lediglich darauf abgezielt gewesen, Reporter auf sich aufmerksam zu machen und somit ein Publikum für seine Pläne zu bekommen. Dies beantwortete auch Pauls Frage, warum ein »Mann des Imperiums« so erpicht darauf war, seinen Namen in den Zeitungen zu sehen.

Wie alle anderen wurde nun auch sie benutzt.

»Ja«, erwiderte sie scharf, und verletzte Gefühle ließen ihre Stimme ein wenig lauter werden, »du wirst sie ganz langsam nach und nach zerstören, denn was bringt schon Grausamkeit, wenn man sie nicht in die Länge ziehen und genießen kann, nicht wahr? Sobald deine große Chance kommt, wirst du sie ergreifen.«

Ein Teil seines Gesichtes lag im Schatten, aber sie konnte die Wut erkennen, die in ihm aufkam.

»Überlass diese ganze Vorhersagerei lieber deinem Scharlatanonkel«, schnauzte er sie an. »Meine Pläne werden mir nicht von einem dienstbaren Geist ins Ohr geflüstert. Ich lebe mein Leben, indem ich eigenständig handele, wie die meisten Menschen es tun.«

»Nein. Trotz der Möglichkeiten, die großer Reichtum einem bietet, bist du nur ein Prophet des Jüngsten Gerichts, und deine Geschichte handelt von Anfang an vom Untergang. Dein großspuriger Plan der Zerstörung wird nur in deinem Kopf stattfinden. Eher wirst du die Pyramiden von Gizeh zum Einsturz bringen als das Imperium von Mrs. Astor.«

»Und du? Du, die du meine Pläne niedermachst – was ist mit dir? Deiner schwärmerischen Suche nach einem Bruder, der zweifelsohne inzwischen ein Prinz irgendwo in Tahiti ist, und nach einem Vermögen – wenn sich beides nur erst finden ließe! Und wenn sie nicht gestorben sind ...«

Seine Worte verletzten sie wie Schläge, und zwar sowohl wegen ihrer Verachtung als auch wegen ihrer Richtigkeit. Mit Mühe kämpfte sie gegen ihre Tränen an, denn sie wusste, dass er sie nur wieder verspotten würde.

»Ich habe nichts von einem Vermögen gesagt«, korrigierte sie ihn. »Und es will mir nicht gelingen zu sehen, wie meine Liebe zu Bram mit deinem maßlosen Hass gleichgesetzt werden kann.«

Nach einem Moment der Stille gab er ein wenig nach. »Du wirst deine Gründe haben, nehme ich an. Ich mache dir nicht den geringsten Vorwurf, dass du die Suche nach Bram weiterverfolgst, vor allem angesichts deiner grausamen Parodie von Familie, die Rillieux dir vorgaukelt. Ich würde genauso meinen Bruder finden wollen, selbst wenn er sich schließlich als der Sheriff von Nottingham herausstellen sollte. Aber ich gebe dir den guten Rat, dich nach so vielen Jahren auf eine schlechte Nachricht gefasst zu machen.«

Sie nahm an, dass dies so etwas wie ein Versöhnungsangebot war, oder zumindest eine Andeutung davon. Also beschloss sie, selbst ebenfalls eines auszusprechen.

»Du hast in meinem Interesse mit Perkins und Sparky geredet, nicht wahr?«, fragte sie ihn. »Hältst sie von mir fern? Du und Hush, ihr arbeitet doch irgendwie zusammen, oder?«

»Ich und Hush? Nun ja, wir haben in der Tat ein wenig bei einer Zigarre geplaudert.«

»Einer Zig– du verachtest Rillieux, aber deine eigene Korrumpierung junger Menschen zählt nicht, ich verstehe.«

»Korrumpierung? Das ist hart. Ich habe ihn wahrscheinlich für den Rest seines Lebens vom Zigarrerauchen geheilt. Sage mir, ›korrumpiere‹ ich etwa auch dich – mit meinen Verführungen, meine ich, willst du das mit deiner Andeutung hier sagen? Wenn es so ist, werde ich selbstverständlich sofort Abstand davon nehmen. Die Wahl liegt bei dir.«

Seine fordernden Augen ließen sie nicht davonkommen. Während sie kapitulierte, verachtete sie ihn, und so antwortete sie mit bissiger Stimme: »Nein, du korrumpierst mich nicht. Ich bin eine Frau, und ich weiß, was ich tue. Hush jedoch ist erst zwölf.«

»Das ist alt genug, um sein Wort zu halten, trotzdem hat der kleine Rotzlöffel es dir erzählt.«

»Er hat mir überhaupt nichts erzählt. Ich habe es durch sein Verhalten und durch gewisse Bemerkungen erraten. Ich ... vielen Dank jedenfalls. Dafür, dass du Lorenzo und Sparky von mir fern gehalten hast, meine ich.«

»Du brauchst mir nicht zu danken. Ich will nur nicht, dass die beiden Stümper meine Pläne durchkreuzen.«

»Du kannst dich wohl nicht ein einziges Mal menschlich zeigen, nicht wahr? Du drehst sofort durch, sobald jemand dich zu lange anschaut oder versucht, höflich zu sein. Wovor hast du solche Angst?«

»Angst?«, wiederholte er gereizt. »Vor Tod, Krankheit, Armut, dem üblichen Zeug halt. Bist du nun unter die Psychiater gegangen und versuchst, die Seelen der Menschen zu erforschen?«

»Oh, Rafe, hör auf damit. Wie kann ein so erfolgreicher und brillanter Mann bloß nicht erkennen, dass Rache kein ausreichender Grund zum Leben ist?«

»Verdammt, ich hatte dich doch schon früher gebeten, mich mit deinen Predigten in Ruhe zu lassen. Ich lebe für das, was mir gefällt. Du solltest vielleicht von Zeit zu Zeit ein paar Geschichtsbücher lesen, nicht nur all diese törichten, sentimentalen Liebesgeschichten, die ihr Frauen verschlingt. Rache liegt mitten im Zentrum der menschlichen Ereignisse, Lady M. Männer wie Alexander der Große und Dschingis Khan haben sie über alles andere gestellt.«

»Es hat keinen Sinn«, gab sie auf, »gegen dich kann einfach niemand ankommen, du weißt immer alles besser und hast immer Recht.«

»Solange du dir das merkst«, riet er ihr, »werden wir blendend miteinander auskommen.«

Sie beendeten die Fahrt in angespanntem Schweigen, wobei Mystere sich durch die Fenster die hell erleuchteten Häuser und die gepflegten Rasenflächen anschaute, die auf beiden Seiten vorbeizogen. Dieser Abschnitt der Fifth Avenue, auf dem sich die Sheridan-Residenz befand, hatte kürzlich eine gewisse Flucht der Reichen erlebt, nachdem Unternehmer mit geschäftlichen Interessen begonnen hatten, aus der Adresse, die mit hohen Prestigewert besaß, Kapital zu schlagen. Trotzdem gab es noch eine Menge großer Villen.

Rafe durchbrach schließlich die Stille, jedoch nur, um beleidigend zu sein.

»Schau«, bemerkte er und zeigte aus dem Fenster zum Nachthimmel empor. »Ein Mond, der hell genug ist, um Schatten zu werfen. Wirst du da nicht erliegen?«

»In keinem Sinne des Wortes, Mr. Belloch«, versicherte sie ihm.

»Nun forderst du mich aber heraus. Etwa dazu, dich zum Erliegen zu bringen?«

»Hier, meinst du? Auf der Fifth Avenue in einer Kutsche?«

»Das wird in Kutschen ziemlich häufig gemacht.«

»Ziemlich häufig, ich verstehe.«

Er lachte über ihren beleidigten Ton und ihr geziertes Verhalten. »Vielleicht macht das Geschaukel es ja nur umso –«

Sie versuchte, ihm eine Ohrfeige zu geben, er packte jedoch mit Leichtigkeit ihr Handgelenk. Er lachte, verspottete sie, dann brachte er sie aus dem Gleichgewicht und zog sie mühelos auf seinen Schoß. Noch ehe sie sich überhaupt wieder fangen konnte, hatte sein hungriger Mund schon den ihren geöffnet, und seine Zunge ging gierig und neckend auf Entdeckungsreise.

Ein widerwilliges Seufzen entwich ihr; Hitze loderte in ihren Lenden, ihre Wut auf ihn wurde zu einer aggressiven Leidenschaft, die der seinen gleichkam und ihn provozierte, nur um so fordernder zu werden. Lediglich Wilsons Stimme, als er den Pferden befahl, langsamer zu werden, veranlasste sie, ihr Gesicht von seinem abzuwenden und nach Luft zu ringen.

»Behauptest du noch immer, nicht zu erliegen?«, flüsterte er, küsste ihr Ohr und knabberte leicht daran herum, was in ihr den Wunsch erzeugte, sich ihm völlig hinzugeben.

»Jedenfalls nicht aus freiem Willen«, protestierte sie wenig überzeugend, als sie mühsam aufstand und sich wieder auf die gegenüberliegende Seite setzte.

»Gib dem Mond die Schuld daran«, sagte er unschuldig.

Wilson schloss sich der Reihe ankommender Fahrzeuge vor einer hohen Mauer aus Marmorblöcken an. Die zur Allee hin liegenden, massiven Eisentore waren weit geöffnet, um ein hell erleuchtetes Haus mit Mansardendach zum Vorschein zu bringen. Die Verandatüren standen ebenfalls weit offen, und Mystere konnte sehen, wie die Gäste sich im gesamten Erdgeschoss und in der angrenzenden Galerie untereinander vermischten und wie Gruppen und Paare auf den Rasen vor dem Haus hinausströmten. Ihre Augen suchten Trevor Sheridan, der immer leicht zu erkennen war wegen seines Spazierstockes aus Ebenholz, der mit einem goldenen Löwen verziert war und den er stets bei sich hatte. Sie konnte jedoch weder ihn noch den Herzog oder die Herzogin entdecken.

Ihre nervöse Erwartungshaltung bewirkte, dass sie sich atemlos fühlte. Sie beschloss, dieser langen Ungewissheit endlich ein Ende zu setzen, wenn sie die Gelegenheit dazu bekommen sollte. Sie würde Sheridan ohne Umschweife fragen, ob er irgendetwas über ihre Familie wusste – oder zumindest über irgendjemand anderen in New York, der Briefe mit dem Connacht-Motiv nach Dublin geschickt haben könnte.

Rafe musste jedoch ihren Entschluss vorausgesehen haben. Nachdem er ihr aus der Kutsche geholfen und Wilson weitergefahren war, um sich das Fahrzeug abzustellen, zerrte Mystere an Rafes Arm, damit sie vor den Toren stehen blieben, die mit dem wohlbekannten Wappen geschmückt waren.

Er betrachtete ihr entschlossenes, unnachgiebiges Gesicht. Plötzlich fluchte er vor sich hin. »Du verdammte Närrin.«

Mit einer Kraft, der sie sich nicht einmal versuchte zu widersetzen, zog er sie etwa zehn Meter von der gepflasterten Auffahrt weg zu einer kleinen Nische in der Mauer, die das Grundstück umgab.

»Lady M, ich befürchte, nun verlierst du den Verstand. Man tritt auf gesellschaftlichen Veranstaltungen nicht einfach an einen Mann wie Sheridan heran«, ermahnte er sie in nachdrücklichem Ton, »und platzt mit einer verdammten Menge Fragen über mögliche Verbindungen zum Adelsstand heraus.«

»Für dich ist es leicht – «

»Es wird«, brachte er sie mit gebieterischem Zorn zum Schweigen, »von Speichelleckern und Kriechern umgeben sein, von denen mindestens einer regelmäßig von der Regenbogenpresse bestochen wird. Willst du, dass all deine Geheimnisse in reißerischen Schlagzeilen zu lesen sein werden?«

Die Eindringlichkeit seiner Worte veranlasste sie, über

diese Frage nachzudenken. Schon nach ein paar Sekunden wurde ihr klar, dass er Recht hatte; sie war eine Närrin. Es brauchte nur ein Klatschreporter des winzigsten Hinweis bekommen und die ganze schockierende Wahrheit würde herauskommen.

»Wie soll ich es denn anstellen?«, wandte sie ein. »Ich *muss* ihn einfach sprechen.«

»Du bist eine noch größere Närrin, als ich es für möglich gehalten habe.«

»Warum?«

»Weil Sheridan ein Mann ist, den man zu Recht fürchtet, darum. Er ist rücksichtslos.«

»Er hat wohl keine Monopolstellung auf diesem Gebiet, was?«

Rafe schüttelte sie ungeduldig. »Hör mir bitte zu. Trevor Sheridan meidet man am besten wie die Pest. Auf alle Fälle solltest du erkennen, dass Ansprüche auf ›Familienbindungen‹ ziemlich häufig sind und sich genauso häufig als falsch herausstellen. Du müsstest schon bei Sheridans Anwälten beginnen, nicht bei ihm.«

»Ja«, stimmte sie einen Moment später zu. »So werde ich es machen, du hast Recht.«

Als Rafe sie zum Eingangstor zurückführte, bemerkte sie einen in den Nachthimmel schießenden Funkenstreifen etwa einen Block von ihnen entfernt. Eine Gruppe von Männern stand um eine Art Leuchtfeuer herum, das mitten auf der Allee errichtet worden war. Die Männer wiederum waren von einer Reihe Polizisten umgeben, die Schrotflinten und Knüppel schwangen. Sie konnte einen wirren Tumult von geschrienen Spötteleien und Flüchen hören, die Worte waren jedoch auf diese Entfernung hin nicht zu verstehen.

»Was hat das zu bedeuten?«, fragte sie Rafe.

»Das sind Hafenarbeiter, die den ›Bossen‹ grausame, arbeiterfeindliche Taktiken vorwerfen. Ihre eigenen Gewerkschaften werden selbstverständlich von aufrichtigen, friedliebenden Engeln geleitet. Komm schnell – hier kommt Ihre Herrlichkeit.«

Caroline und Ward waren in der Nähe des Tores stehen geblieben, als sie die beiden aus der Dunkelheit näher kommen sahen. Rafe schaute zu McCallister hinüber, der wiederum seine Augen nicht von Mystere abwenden konnte.

»Vorsicht, Ward«, lachte Rafe, »Sie haben einen lüsternen Blick. Bringen Sie sich lieber wieder unter Kontrolle und heben sie ihn für Ihre Frau auf.«

Caroline war jedoch nicht in der Stimmung, Rafe das Kommando übernehmen zu lassen.

»Habt ihr zwei schon über ein Datum gesprochen?«, erkundigte sie sich ohne Vorrede bei Rafe.

»Tut mir Leid, Caroline, in unserem berauschenden Freudentaumel haben wir –«

»Eine Juni-Braut würde zwar allen gefallen«, überfuhr sie ihn, »aber das ist noch fast ein Jahr hin. Der kommende September wäre doch ideal, was meint ihr? Die furchtbare Hitze wird sich gelegt haben, und ihr könnt trotzdem noch vor dem Winter eine nette Hochzeitsreise planen.«

Rafe war nicht länger zum Scherzen aufgelegt, denn es lag nicht die geringste Spur von Ernsthaftigkeit in Carolines Stimme.

»Aber … September«, gelang es Mystere angesichts Rafes anhaltenden Schweigens schwach zu protestieren. »Das ist … schon übernächsten Monat, so – so bald schon.«

Caroline schaute sie unerbittlich an. »Habt ihr zwei übrigens schon ein willkommenes Nebenprodukt eurer Verlobung bemerkt? Man hört inzwischen wieder von etwas anderem als nur von Lady Moonlight.«

Mystere verließ jegliche Kraft. Nur durch Rafes Unterstützung konnte sie sich aufrecht halten, als in eine bestimmte Befürchtung in ihr hochkam: *Caroline weiß es. Irgendwie hat sie es herausbekommen.*

Der Blick der Matrone wandte sich Rafe zu, während sie hinzufügte: »Und das kann für uns nur von Vorteil sein.«

Es lag eine subtile, jedoch bestimmte Betonung auf dem Wörtchen »uns«, als ob sie Rafe warnen wollte, dem Patriarchat zuliebe auf dem Pfad der Tugend zu bleiben oder sich ansonsten auf verheerende Konsequenzen gefasst zu machen.

»Kommen Sie mit, Ward«, fügte sie hinzu, und die beiden schwebten davon und ließen Rafe und Mystere so beeindruckt zurück, dass ihnen zunächst die Worte fehlten. Erst nach einer Weile durchbrach Rafe die Stille.

»›Der Teufel segelt auf einem sinkenden Schiff, und der Ort, an dem er regiert, nennt sich das Reich der Verdammnis.‹ Das habe ich mal einen Priester von sich geben hören.«

»Ja«, stimmte Mystere leise zu und betrachtete sein fein geschnittenes Profil im Mondlicht. »Aber welchen Teufel muss ich eigentlich fürchten?«

»Wir sind Legionäre«, versicherte er ihr. »Führ dich vernünftig auf, und sei verdammt vorsichtig mit dem, was du zu wem sagst, Sheridan eingeschlossen. Caroline hat es uns gerade klar gemacht: Wir erkaufen uns ihr Schweigen, indem wir einen Hochzeitstermin im September verkünden. Also werden wir mitmachen.«

»Solange zumindest, bis *du* etwas anderes entscheidest, ist es nicht so?«

»Starke Männer dominieren eben.«

»Und du bist stärker als Caroline, das ist es doch, oder?«

»Ich – verdammt«, brummte er verärgert, als Abbot Pollards massige Gestalt plötzlich ihren Weg genau zwischen den Toren blockierte. Zumindest scheint er nüchtern zu sein, dachte Mystere.

Sein verärgertes Gesicht verwirrte sie, bis er eine Kopfbewegung in Richtung der lärmenden Protestierenden machte. »Wütende Bauern mit Heugabeln. Und wir erlauben ihnen auch noch zu wählen, auf eine gewisse Art haben sie also sogar Recht – Amerikas Probleme sind ganz und gar unsere Schuld. Da bestechen wir unsere gewählten Beamten nun schon so großzügig, und sie verraten uns noch immer, indem sie vor diesen Angehörigen der untersten Bevölkerungsschicht kriechen.«

»Ja, ja, die breite Öffentlichkeit soll sich zum Teufel scheren und dieser ganze Blödsinn«, fauchte Rafe ungeduldig, und streifte, Mystere mit sich ziehend, an Abbot vorbei. »Abbot, Sie sollten sich lieber mit dem Betrinken beeilen. Dann sind Sie nämlich viel unterhaltsamer.«

»Ah, natürlich«, rief Abbot laut genug hinter ihnen her, damit auch andere es hören konnten. »Ich habe euch in einem ›erregten Moment‹ gestört. Ihr beide kommt mir vor wie zwei schamlose Exhibitionisten.«

»Nichtsnutziger alter Kerl«, murmelte Rafe. »Ich habe keinen Zweifel daran, dass er sich irgendwo einen Lustknaben hält.«

Der Rest des Abends erwies sich als ereignislos und enttäuschend für Mystere, die ja in der Hoffnung gekommen war, sich kurz vor einer wichtigen neuen Erkenntnis über ihre Vergangenheit zu befinden. Nachdem Rafe es abgelehnt hatte, ihr irgendwelche Freiheiten zu gewähren, tauschte sie schließlich nur kurze, höfliche Bemerkungen mit dem Herzog und der Herzogin aus und unterhielt sich einen Augenblick mit Alana Sheridan; mit ihrem berüchtigten Ehemann Trevor sprach sie jedoch überhaupt nicht. In der Tat wäre es wahrscheinlich einfacher gewesen, einen wilden Bären zu streicheln – der Ire hatte ein furchteinflößendes, imposantes Auftreten und schien wenig am gesellschaftlichen Leben interessiert zu sein. In dieser Hinsicht zumindest war er wie Rafe.

Etwa zwei Stunden nach ihrer Ankunft gingen sie wieder. Mystere tat der Mund weh von ihrem ständigen unaufrichtigen Lächeln. Die Heuchelei dieses Abends hatte jedoch eine ungewollte – und sehr unwillkommene – Reaktion bei ihr ausgelöst. Rafes Aufmerksamkeiten, die er ihr den ganzen Abend über in der Öffentlichkeit zukommen ließ, seine kleinen Berührungen und Komplimente, die Art, wie er sie anlächelte, seine körperliche Zuneigung, all das hatte bewirkt, dass sie anfing sich zu fragen, ob nicht vielleicht ein wenig von seiner Schauspielerei *echte* Zuneigung sein könnte.

Als er sich zum ersten Mal in ihr Leben gedrängt hatte, hatte sie lediglich seine Worte vernommen. Inzwischen jedoch hatte jeder einzelne Tonfall seiner Stimme eine neue Bedeutung angenommen, jede Nuance in der Betonung war äußerst wichtig für sie geworden. Das war alles neu, und mehr und mehr fing sie an, darüber nachzudenken, ob vielleicht auch *er* gerade dabei war, den Kampf gegen sein Herz zu verlieren? Manchmal dachte sie, dass in seinem Blick etwas anderes als nur Lust oder Verschlagenheit lag; sie hoffte außerdem, dass er sie aus wohlwollenden

Gründen vor Caroline beschützt haben könnte, und jetzt auch vor Sparky und Lorenzo.

Nein, beschloss sie erneut, als Rafes Kutsche in die Nacht hineinrollte, um sie nach Hause zu bringen, und sie widerstand kühl seinen körperlichen Annäherungsversuchen. Sie musste sich an kalte Logik festklammern und ihre Kraft nicht an Sehnsüchte verschwenden. In ihrer wachsenden Verzweiflung war sie verletzbar und sie durfte nicht vergessen, dass Rafe wahrscheinlich die größte Gefahr von allen war. Sie musste ihre Hoffnungen darauf setzen, Bram zu finden und mehr über ihre Familie zu erfahren – und vielleicht auch darauf, noch eine ganze Weile vor dem September aus New York herauszukommen.

Sie würde bei Sheridans Anwälten beginnen, nicht bei ihm selbst.

In Ordnung also, gelobte sie sich. *Am Montag müssten sie in ihren Büros sein. Das wird dann also der Zeitpunkt sein, an dem ich damit beginne.*

# 31

Der Montagmorgen begann düster und ohne Sonnenschein. Ein dichter, zinnfarbener Himmel drohte mit Regen. In ihrer nervösen Erwartung der Rechtsanwälte Sheridans vergaß Mystere jedoch, sich auf schlechtes Wetter einzustellen. Schon bald würde sie diese mangelnde Voraussicht bitter bereuen.

Das Telefonverzeichnis von Manhattan gab als Trevor Sheridans Geschäftsadresse eine Suite im Commerce Building auf der Wall Street an, und sie konnte nur hoffen, dass seine Anwälte ebenfalls in seinem Büro untergebracht waren. Den größten Teil des Wochenendes verbrachte sie damit zu proben, was sie sagen würde. Ihre Situation war voller Gefahren. Sie musste sorgsam vermeiden, zu viel von sich preiszugeben, was es wiederum schwierig für sie machte, jemandem Informationen zu entlocken.

Ein weiteres Problem bestand in der Gefahr, erkannt zu werden. Sie zog es kurz in Erwägung anzurufen, entschied dann jedoch, dass es zu leicht für sie wäre, bei einer Unbekannten einfach wieder einzuhängen. Nachdem sie weiter über dieses Problem nachgedacht hatte, fand sie eine Lösung, die ihr normales, physisches Erscheinungsbild auch ohne eine plumpe Verkleidung verändern würde. Da sie in der Öffentlichkeit ihr langes Haar fast immer straff zu einem Nackenknoten zurückgekämmt trug, würde sie es nun zunächst herunterhängen lassen, um einen Teil ihres

Gesichtes damit zu verdecken. Und heute würde sie außerdem ihre Brust nicht wickeln. Sie wusste aus Erfahrung, dass die meisten Männer ihrem Gesicht wenig Beachtung schenkten, wenn sie nur das richtige Kleid trug.

Bevor sie jedoch ihren lang ersehnten, vielgefürchteten Besuch in der Wall Street machte, gab es noch eine kleine geschäftliche Sache zu erledigen. Sie schrieb eine kurze Mitteilung an Helzer, Pauls Hehler, und bat ihn um ein Treffen wegen »eines Gegenstandes von ungewöhnlich hoher Qualität«. Danach machte sie sich auf die Suche nach Hush.

Es war noch früh, noch nicht ganz acht, und Paul war noch nicht nach unten gekommen. Mystere fand Hush draußen in der Remise hinter dem Haus, bei der es sich eigentlich nur um einen Stall handelte, aus dem ein paar Boxen herausgehauen worden waren. Durch Baylis' willkürliche Anordnung war es die Aufgabe des Jungen, sich um die Pferde, die Kutsche und um das Zaumzeug zu kümmern.

»Guten Morgen, Hush«, begrüßte sie ihn, nachdem sie um die offene Tür herumgebogen war. »Bist du gerade zu beschäftigt, um mir einen Gefallen tun zu können?«

Hush kniete neben einem Vorderrad der Kutsche und schmierte Fett auf die Radnabe. Als er Mystere erblickte, sperrte er den Mund auf, denn sie sah buchstäblich wie eine andere Frau aus. Das leichte Gartenkleid aus cremefarbener Baumwolle, dessen dünnes Material ihre Figur besonders zur Geltung brachte – ihr wurde bewusst, dass er sie noch nie mit uneingeschnürten Brüsten gesehen hatte – hob diese Veränderung sogar noch hervor.

Langsam stellte er das Fetteimerchen ab und stand auf. »Mystere?«

Sie lachte. »Wer sollte ich denn wohl sonst sein?«

»Nun, es ist jedenfalls deine Stimme, die hat sich nicht verändert.«

Sie fühlte sich unwohl angesichts seines anhaltenden Starrens. »Ich habe auch ein Gesicht«, erinnerte sie ihn und er errötete leicht, als er seinen Blick erhob.

Sie übergab ihm die Nachricht, die in einem unbeschriebenen und versiegelten Briefumschlag steckte. »Würdest du das bitte zu Mr. Jerome Helzer in die Water Street bringen? Du musst es ihm aber persönlich übergeben. Und dann warte du auf seine Antwort. Damit würdest du mir einen großen Gefallen tun.«

»Du kannst mich um *jeden* Gefallen bitten«, machte er sich lustig, während er noch immer verstohlen auf ihren vollen Busen schielte. »Ich gehe sofort.«

»Ich danke dir. Hier ist ein wenig Geld für den Bus. Und sollte Paul verärgert über dich sein, wenn du zurückkommst, so sage ihm einfach ... sage ihm, dass ich dich weggeschickt habe, um ein Paar Schuhe zur Reparatur zu bringen.«

Gemeinsam verließen sie den Stall. Hush schlug die Tür zu und sicherte den Riegel.

»Mystere?«, fragte er, bevor sie auf der Great Jones Street getrennte Wege einschlugen.

»Ja?«

»Ich werde nicht fragen, wo du hingehst oder sonst was, aber – ist alles in Ordnung?«

»Mir geht es gut«, versicherte sie ihm, auch wenn ein weiterer Anfall nervöser Angst sie befürchten ließ, dem Besuch vielleicht nicht gewachsen zu sein. So vieles belastete sie, und sie war so begierig darauf, einige verzwickte Fragen beantwortet zu bekommen. Und dann gab es da auch noch immer das Risiko, dass ihr heutiger Besuch das Gegenteil bewirkte und das verworrene Netz aus Lügen und Täuschungen für alle sichtbar aufgedeckt werden würde.

Derart gedankenverloren befahl sie Baylis, die Kutsche herauszuholen, und sie bemerkte kaum, dass die ersten dicken, prasselnden Regentropfen fielen. Als es dann richtig anfing zu regnen, bereute sie es, keinen Regenschirm mitgenommen zu haben.

Ihr Brief zumindest war sicher in ihrer ledernen Handtasche.

Während der Fahrt zur Wall Street versuchte sie, sich ein wenig besser zurechtzumachen, aber trotz der milden Morgentemperatur zitterte sie. Es war nicht nur die feuchte Luft, die sie frieren ließ. Der Balanceakt, den sie seit einiger Zeit vollführte, war unendlich viel gefährlicher geworden. Wenn ihr Besuch bei den Anwälten irgendwie an die Öffentlichkeit geraten würde, so könnten die Konsequenzen katastrophal sein. Paul, der stets unberechenbar war, war zu jeder verzweifelten Tat fähig, wenn er sich in die Enge getrieben fühlte. Und wenn Caroline auch berechenbarer war, so war sie doch auf keinen Fall weniger gefährlich.

Der Regen ließ nach, als die Kutsche auf der Wall Street in östliche Richtung fuhr und sich dem Fluss näherte. Es gelang ihr jedoch nicht, die Erinnerung an Carolines Augen abzuschütteln, die wie neuer, harter Stahl gefunkelt hatten, als sie Rafe und Mystere ihren schrecklichen Verdacht mitzuteilen schien, dass nämlich auch *sie* die Wahrheit über die wahre Identität der Lady Moonlight erraten hatte.

Wie oder warum sie es erraten hatte war nun irrelevant, obwohl Mystere den Verdacht hatte, dass es mit dieser schockierenden Szene in Rafes Salon begonnen hatte. Caroline musste das verblüffende Rätsel um Mysteres

Brustwickel gelöst haben, und diese Spur hatte sie dann weiter verfolgt. Carolines unvermeidliche Schlussfolgerung musste sein, dass Paul der führende Kopf eines großen Schwindels war.

Mit ihrer durch endlose Überlegungen entstandenen Weisheit hatte Caroline bisher kein äußerliches Zeichen einer Spannung zwischen sich und Paul erkennen lassen. Mystere wusste jedoch, dass das lediglich kosmetische Gründe hatte – sie wollte die Ehrbarkeit der alten Garde retten. Paul würde gesellschaftlich geschnitten werden, aber voraussichtlich nicht vor der Hochzeit, die Caroline unbedingt erzwingen wollte. Da Mrs. Astor sich selbst für die Rillieux' engagiert hatte, konnte diese Art von Skandal sie und die ›oberen Vierhundert‹ für immer besudeln.

Und darin, sagte Mystere zu sich selbst, lag die größte Ironie von allem. Denn Rafe plante, genau solch einen Skandal anzuzetteln – er plante außerdem, mit Caroline in einem letzten Todeskampf die Klingen zu kreuzen – und es hatte den Anschein, als hätte Caroline angefangen, seine wahren Absichten zu erahnen.

»Commerce Building, Lady«, verspottete Baylis sie, und Wasser schwappte auf, als das Gefährt am Randstein anhielt.

Sie erlaubte ihm, hinunterzusteigen und ihr auf den Gehweg zu helfen. Während sie durch und durch nass wurde, wandte sie ihr Gesicht dem vierstöckigen Bürogebäude mit seinen Spitzbogenfenstern und Wasserspeiern im gotischen Stil zu.

Ihre Beine weigerten sich zunächst, die erste Marmorstufe zu betreten. Sie konnte den Verdruss der Menschen auf dem geschäftigen Gehweg spüren, die dadurch gezwungen waren, um sie herumzusteuern.

»Für Bram«, flüsterte sie, und durchnässt und verängstigt fand sie die Kraft, die Treppe hinaufzueilen.

»Und was geht Sie das an?«, fragte der Mann mit strenger Miene, nachdem er schließlich an den Schalter gekommen war, um mit ihr zu sprechen, »ob Mr. Sheridans Anwalt zu sprechen ist oder nicht?«

Dieser Mann war um die dreißig und besser gekleidet als das halbe Dutzend Büroangestellter mit Augenblenden und Ärmelhaltern, die in dem großen Zentralbüro hinter dem Schalter beschäftigt waren. Überall um sie herum klingelten und klapperten Schreibmaschinen, und sie musste lauter sprechen, damit man sie überhaupt verstehen konnte.

»Sind Sie ein Anwalt?«, fragte sie höflich, denn er hatte nicht einmal den Anstand gehabt, sich vorzustellen.

»Das geht Sie überhaupt nichts an«, fuhr er sie an, und sie bemerkte, dass sein Spitzbart ihn wie einen Teufel aussehen ließ. »Geben Sie einfach nur Ihr Anliegen an, aus dem Sie hier sind.«

Ihre nasse Kleidung machte es schwierig für sie, ihr Zittern unter Kontrolle zu halten. Nun war tatsächlich die Zeit gekommen zu sprechen, und sie kam sich ausgesprochen lächerlich vor.

»Ich versuche herauszufinden«, antwortete sie so tapfer sie konnte angesichts der Tatsache, dass Baylis außer Hörweite am anderen Ende des Raumes auf sie wartete, »ob Mr. Sheridan vielleicht irgendetwas über meine Familie weiß.«

»Warum? Glauben Sie vielleicht, er ist ein öffentlicher Stammbaumforscher?«

»Natürlich nicht. Aber meine Famil–«

»Und um welche Familie könnte es sich dabei wohl handeln? Oh, nun sagen Sie mir aber nicht«, spottete der Büroangestellte oder was auch immer er war, »dass Sie Ihren Nachnamen eigentlich nicht kennen, ist es das?«

Ihr wurde heiß. Der Mann hatte bewusst seine Stimme erhoben, damit diejenigen, die in der Nähe arbeiteten, es ebenfalls hören konnten.

»Tatsächlich, das ist ... das ist richtig«, gelang es ihr zu sagen.

»Ja, und was Sie gerne wissen würden«, fuhr er fort, während unbarmherzige Heiterkeit in seinen starren grauen Augen blitzte, »ist, ob Sie nicht vielleicht entweder mit Mr. Sheridan oder mit den Granvilles verwandt sind.«

»Vielleicht nicht unbedingt verwandt«, schränkte sie ein, »aber womöglich auf irgendeine Weise verbunden. Sehen Sie, ich habe einen Brief ...«

Aber bevor sie ihre Handtasche öffnen konnte, rief der Mann laut aus: »Hört mal, Kollegen! Diese Lady hier hat einen Brief. Nun, das ändert natürlich alles, was?«

Brüllendes, höhnisches Gelächter ersetzte für einen Augenblick das Geklapper der Schreibmaschinen. Ihr Widersacher stand hinter dem langen, hölzernen Schalter, der die Besucher von dem Arbeitsbüro trennte. Er zog eine Schublade auf und knallte dann einen dicken Stapel Briefe vor ihr auf den Tresen.

»Wir haben ungefähr fünfzig Briefe dieser Art hier«, erwiderte er scharf. »Und das sind nur die, die wir gesammelt haben. Was dagegen, wenn wir Ihren dazutun?«

Er durchblätterte den Stapel, und sie spürte, dass ihr Herz schwer wurde wie Blei, als sie erkannte, dass mindestens die Hälfte der Briefe unter dem Granville-Wappen geschrieben waren.

»Ihr Spiel mit der vertraulichen Mitteilung ist schon alt«, versicherte der Mann ihr barsch. »Es ist nicht nur das Haus Granville – jede alteingesessene Familie der Aristokratie wird mit habgierigen, faulen Anspruchstellern überschwemmt.«

Erst jetzt wurde ihr voll und ganz bewusst, wie er und die anderen im Büro auf ihre durchnässte Erscheinung starrten. Sie war zunächst zu gedankenverloren und nervös gewesen, um darüber nachzudenken, welches Bild sie abgab. Ein dünnes Kleid, darunter lediglich ein Unterkleid und ein Leibchen, und alles war durchnässt – und dieses helle elektrische Licht, das von der Decke herabhing, gab ein grausam klares Bild von ihr ab ... von einem Teil von ihr, wurde ihr klar, denn die Augen der Männer schienen sie wie prüfende Hände zu berühren.

»Ich stelle überhaupt keine Behauptungen auf«, beharrte sie. »Aber wenn ich nur einen kurzen Termin bei –«

»*Zum Henker* mit Ihrem Termin«, unterbrach der Mann sie ungeduldig.

»Ich versichere Ihnen, dass Mr. Sheridan nichts mit Ihren Nachforschungen zu tun haben will. Nur weil ein Mann wohlhabend und seine Schwester gut verheiratet ist, heißt das noch lange nicht, dass er mit jedem Goldgräber verwandt sein muss, der jemals auf dem Zwischendeck nach Amerika gesegelt ist.«

»Sie dachte wohl, dass 'ne gute Figur ihr die Türen öffnen würde«, verhöhnte ein Büroangestellter sie. »Ist bewusst klatschnass hier reingekommen, jawohl, um uns alle aufzureizen. Ich würd also vorschlagen, dass wir sie in den Lagerraum mitnehmen und ihr *unsere* ›Wurzeln‹ zeigen.«

Sein widerliches Wortspiel rief einen Chor von höhnischen Bemerkungen und Gelächter hervor.

»Es ist viel leichter, den Reichen auf der Tasche zu liegen als sich seinen Lebensunterhalt selbst zu verdienen; genau so denken viele von euch wohlgestalteten jungen Mädchen«, versicherte der Mann ihr. »Und nun machen Sie, dass Sie schleunigst hier rauskommen, bevor ich Sie verhaften lasse.«

Sie war so niedergeschlagen, dass sie nicht einmal die Chance hatte, ihren Brief vorzuzeigen, bevor ein uniformierter Portier sie wieder nach draußen auf den Gehweg drängte. Das alles ging so schnell, dass Baylis sie nicht einmal hatte weggehen sehen.

Der Regen hatte aufgehört; ein grauer trostloser Himmel jedoch ließ die Wall Street hässlich und kalt aussehen. Überall hatten sich große Pfützen gebildet, die Kratern ähnelten. Ein Schienenwagen rumpelte vorbei, dessen riesiges Zugpferd von offenen Wunden gezeichnet war. Nicht nur, dass Mystere das Elend in den Augen des Pferdes lesen konnte, in diesem Moment voller Resignation spürte sie eine tiefe Affinität mit der hoffnungslosen Kreatur.

So niedergeschmettert, wie sie sich fühlte, konnte sie zunächst keine andere Reaktion zustande bringen, als stumm loszulaufen. Baylis entkommen zu sein, wäre eine Chance gewesen, die sie hätte nutzen können, sie fühlte jedoch nichts außer Einsamkeit und Verzweiflung. So ging sie die Wall Street in nördlicher Richtung auf den Turm der Trinity Church zu. Mit jeder verstrichenen Sekunde wurde ihr klarer, wie gründlich ihre Hoffnungen zerschlagen worden waren und wie ausgesprochen gewöhnlich und dumm sie in diesem Büro ausgesehen haben musste. *Hört mal, Kollegen! Diese Lady hier hat einen Brief.*

Viel zu lange schon hatte sie ihre Schwierigkeiten schweigend ertragen und ihre Sehnsüchte und Träume für sich behalten. Der fürchterliche Misserfolg in Sheridans Büro hatte ihr jedoch den Rest gegeben, er bedeutete das Ende all ihrer Hoffnungen. Gerade jetzt brauchte sie jemanden, mit dem sie ihr Elend teilen konnte, irgendjemanden, dem sie nicht egal war. In der Tat die einzige Person, die die ganze Geschichte kannte.

Direkt vor ihr entließ gerade eine Mietdroschke ihren Fahrgast, und Mystere rief dem Kutscher zu, dass er warten solle. Ihr Bestimmungsort befand sich zwar nur ein paar Blocks um die Ecke den Broadway entlang, aber sie wollte plötzlich keine Zeit mehr verlieren, dorthin zu kommen. Sie eilte nach vorn und nahm die Hand des Kutschers, der ihr in den Fahrgastbereich hinter seinem hohen Sitz half.

»Wohin, Ma'am?«

»Zum Astor House Hotel«, antwortete sie entschlossenen.

Sie genoss dieses neue Gefühl, sich zur Abwechslung einmal wirklich nach Rafes Gesellschaft zu sehnen. Natürlich durfte sie es nicht zulassen, dass eine verzweifelte Hoffnung ihr den Blick vernebelte. Es erschien ihr jedoch so, als sei er ihr Freund, wenn auch er selbst sich nicht so bezeichnen würde. Es erschien ihr außerdem so, dass er ein wenig unentschlossen war, was seine rücksichtslosen Pläne anging, und sie betete heimlich, dass er seine Meinung vielleicht ändern würde.

Trotz ihres fürchterlichen Rückschlages in Sheridans Büro hatte sie beschlossen, an ihrer Hoffnung, dass die Katastrophe nicht unmittelbar bevorstand, festzuhalten. Was Paul anging, so konnte Rafe genauso gut Recht haben – der Brief von Breaux könnte als Warnung gedient haben, ohne gleich eine Krise heraufzubeschwören.

Im Grunde genommen spielte das aber kaum eine Rolle. Sie musste aus New York fliehen, bevor Rafe – ob nun Freund oder nicht – zu einer gefährlichen Heirat mit ihr gezwungen werden würde. Und vielleicht würden ja ihr Verschwinden und der anschließende Schock der »oberen Vierhundert« genau in Rafes Pläne passen – ein angemessenes, ironisches Ende dieser turbulenten Episode ihres Lebens.

Gerade jetzt jedoch, als die Mietdroschke vor dem Hotel an den Randstein fuhr, stellte Mystere fest, dass sie hoffte, Rafe dort anzutreffen, denn sie hatte weder den Wunsch noch den Mut, ihn in seinem Unternehmensbüro aufzusuchen. Ihr Wunsch zu reden, festgehalten und bis an den Rand süßen Vergessens geküsst zu werden schien in jeder einzelnen Zelle ihres Körpers zu pulsieren.

Sie bezahlte den Kutscher und ging auf die große Drehtür des Hotels zu. Sie war nass, und sie fror, und außerdem sah sie nicht viel besser aus als ein Bettler von der Straße, aber irgendwie betete sie, dass sie ihn finden würde. Plötzlich erschien er ihr so sehr als ein Weg der Rettung, und gerettet werden wollte sie auf jeden Fall.

Sie war vielleicht noch zehn Schritte von der Tür entfernt, als Rafe so plötzlich auftauchte, als hätte das Gebäude ihn ausgespuckt. Im nächsten Augenblick trafen sich schon ihre Blicke.

Ein hoffnungsvolles Lächeln überzog ihre Lippen; den Bruchteil einer Sekunde später wirbelte jedoch Antonia Butler direkt hinter Rafe aus der Tür und hakte sich bei ihm ein, und Mystere hatte plötzlich das Gefühl, als würde das ganze Elend ihres Lebens in diesen einen Moment gelegt.

# 32

Rafe beobachtete, wie Mysteres ausdrucksvolle Lippen sich zu einem Lächeln öffneten, und er beobachtete auch den ersten Schimmer der Freude in ihren Augen, als sie ihn erblickte. Er schaute sie noch immer an, als sie ein paar Sekunden später Antonia entdeckte. Das Lächeln schwand innerhalb eines Herzschlages dahin, und Mystere drehte sich abrupt. Sie schlängelte sich gewagt durch den Verkehr, als sie den Broadway überquerte und in den City Hall Park flüchtete.

Verdammt, dachte er und war kurz davor, ihr hinterherzulaufen. Aber schon versuchte Antonia, die Mystere offensichtlich nicht gesehen hatte, ihn weiterhin in ihr ermüdendes, raffiniertes, erotisches Geplänkel zu verwickeln. Und warum sollte sie das auch nicht tun, denn er selbst hatte ja gerade die letzte Stunde damit verbracht, dieses Spielchen mitzuspielen.

Im Moment jedoch ignorierte er das und beobachtete noch immer Mysteres sich entfernende Gestalt. Zuerst war er sich nicht sicher gewesen, ob sie es war, so verändert hatte sie ausgesehen – vom Wind zerzaustes Haar, provokativ in ihrer feuchten Kleidung, die ihre buchstäblich ungehinderten Schönheit hervor hob. Aber diese Vergissmeinnichtaugen waren unverkennbar gewesen.

So ein verdammtes Pech, fluchte er innerlich. All seine Bemühungen, einen schockierenden Eindruck zu erzeugen – und nun bekam er das Meiste davon ab. Und am irritierendsten von allem war die Tatsache, dass er sich plötzlich wie aus heiterem Himmel Mysteres verletzten Gefühlen verpflichtet fühlte.

Antonia wiederholte irgendetwas in beleidigtem Ton und er bemerkte, dass sie auf seine Antwort wartete.

»Was?«, fragte er sie ein wenig schroff.

Sie hielt abrupt an und zerrte an ihm herum, damit auch er stehen blieb.

»›Was?‹«, äffte sie seine geistesabwesende Frage nach. »Sie haben mir überhaupt nicht zugehört, nicht wahr, Rafe Belloch?«

»Natürlich habe ich das«, behauptete er mit der Überzeugungskraft eines Papageis, der mechanisch vor sich hinplappert.

»Haben Sie nicht, ganz offensichtlich!«, beschuldigte sie ihn. »Plötzlich kommt es mir so vor, als hätte sich Ihr einzigartiger Sinn für kühne Abenteuer in ein schlechtes Gewissen verwandelt.«

»Ist das so?«, antwortete er abwesend. Er war so zerstreut, dass er mit ungewollter Offenheit hinzufügte: »Sie reden ja sowieso nur nichts sagendes Zeug.«

Sie runzelte die Stirn, und das mit gutem Grund, denn er war es gewesen, der mit ihrem geistlosen Verführungsritual begonnen hatte.

»Ich rede …?« Antonias kokette Gereiztheit wurde plötzlich zu echter Verärgerung. Ihr hübsches Gesicht hatte die Tendenz, sich in eine rachsüchtige Maske zu verwandeln, wenn sie sich verletzt fühlte. »*Sie* waren es doch, der mich angerufen hatte, erinnern Sie sich, Rafe? Es war Ihre Idee, beherzt unkonventionell zu sein, nicht meine.«

»Ich werde Sie niemals irgendwelcher Absichten bezichtigen«, versprach Rafe in so sanftem Ton, dass sie nur noch verwirrter wurde. Er fuhr fort, die Frau an seiner Seite und alles andere zu ignorieren, mit Ausnahme von Mystere, die nun hinter einer hohen Hecke verschwand.

Sam Farrell hat Recht gehabt, dachte Rafe. Er konnte in der Tat stolz auf Mrs. Astors Verachtung sein, nicht jedoch, so musste er nun vernichtend feststellen, auf die Verachtung Mysteres.

Er fasste einen Entschluss und griff zu seiner Brieftasche, um eine Banknote herauszuziehen. Diese drückte er Antonia in die Hand.

»Ich würde Ihnen ja meine Kutsche leihen«, erklärte er, als er seinen Arm aus dem ihren zog, »aber es könnte sein, dass ich sie selber noch brauche. Sie werden jedoch ohne Probleme eine Mietdroschke finden. Bitte entschuldigen Sie mich, es ist etwas dazwischengekommen.«

Antonia fiel vor Staunen über sein Benehmen die Kinnlade herunter, Rafe war jedoch im nächsten Moment schon auf und davon und entlockte den Kutschern Verfluchungen, als er genauso gewagt wie Mystere den Broadway überquerte.

Rafe schlitterte um die Hecke herum und holte die durchnässte Mystere gerade noch ein, bevor sie den Parkeingang erreicht hatte.

»Mystere! Langsam!«

Obwohl sie vom Durcheinander ihrer verzweifelten Gefühle überwältigt war, konnte sie nicht umhin wahrzunehmen, dass er sie bei ihrem richtigen Namen genannt hatte – etwas, das er normalerweise nur tat, wenn andere dabei waren.

»Du musst mit Antonia Schluss gemacht haben«, warf sie

ihm an den Kopf, während sie ihre Schritte beschleunigte, »dass du dich nun so schnell von ihr trennen konntest.«

Er war jedoch schneller und sprintete an ihr vorbei, um ihr das enge Tor in dem Zaun, der den Park umgab, zu versperren.

»Es ist nicht das, was du denkst«, protestierte er.

»Da stimme ich dir zu – es ist das, was du *bist*. Lass mich vorbei.«

»Nein, nicht bevor du es mich hast erklären lassen. Wir haben lediglich im Restaurant des Hotels Kaffee getrunken und ein Dessert zu uns genommen. Wir sind nicht nach oben gegangen.« Er runzelte die Stirn und fügte hinzu: »Nicht, dass dich das überhaupt etwas anginge.«

»Das habe ich auch nie behauptet. Und nun lass mich bitte vorbei!«

»Du kleine Närrin, ich arrangiere das alles doch nur, um ein Gerücht in die Welt zu setzen und einen Skandal heraufzubeschwören, siehst du das denn nicht? Um Caroline zu bedrängen, denn ich wusste mit Sicherheit, dass sie davon erfahren würde. Vielleicht ist es sogar schon geschehen.«

»Und das macht das Ganze dann annehmbar?«, fragte sie mit großen, empörten Augen. Eine heftige Wut verkrampfte ihre Eingeweide. »Du weißt ganz genau, dass Lance Streeter und dieses blutsaugende Pack von Lästerzungen einen öffentlichen Wirbel darum machen werden. Was soll's also, dass unsere Verlobung nur vorgetäuscht ist; die Öffentlichkeit nimmt sie als echt hin. Aber was du heute getan hast, wird *mich* mehr als alle anderen erniedrigen. Du hattest doch geschworen, mich nicht vernichten zu wollen.«

Er schüttelte den Kopf. »Falsch. Du liegst völlig falsch.

Du sprichst von der Öffentlichkeit, aber für sie ist eine provinzlerische Moralvorstellung in der sündigen Stadt fehl am Platz. Caroline wird diejenige sein, die kochen wird vor Wut, denn diese Geschichte zeigt ihr, dass ihre Zügel ihr zu entgleiten drohen.

»Oh, du machst mich krank, Rafe, weißt du das? Die Massen dies, Mrs. Astor das ... du und Abbot, ihr seid euch wirklich sehr ähnlich. Es ist Mrs. Astors geschlossene Welt im Kampf mit dem dampfenden Misthaufen, und du bist anscheinend entschlossen zu beweisen, dass der Misthaufen als Sieger hervorgehen wird. Aber was bringt es einem denn überhaupt, Recht zu haben?«

Rafe war es nicht gewohnt, versöhnlich zu sein. Andererseits konnte er aber auch nicht abstreiten, dass sie, zumindest im Augenblick, völlig Recht hatte.

»Ich verstehe deinen Standpunkt ja«, räumte er ein, »und du hast auch Recht, bis zu einem gewissen Punkt jedenfalls. Ich habe ein paar niederträchtige Taktiken angewandt, das gebe ich zu. Aber bedenke bitte auch meinen Standpunkt. Für ein paar Stunden Langeweile mit Antonia kann ich meinen Feind schockieren. Ohne einen eigentlichen Verstoß habe ich den Einsatz in meinem Kräftemessen mit Caroline erhöht.«

»Schön. Aber warum bist du dann jetzt hier, um mir meinen Weg zu blockieren und mich erneut in die Enge zu treiben? Warum bist du nicht weiterhin mit Antonia zusammen und arbeitest an deinem ›Eindruck von Sünde‹?«

»Wegen dieses Blickes, den du mir vor ein paar Minuten zugeworfen hast, darum. Ich hatte das Gefühl, erdolcht zu werden. Die Frage sollte aber eigentlich lauten – warum bist du zu meinem Hotel gekommen?«

Ein plötzliches Erröten war nur ein Teil ihrer Antwort,

aber seinem Grinsen nach zu urteilen war es der beste Teil.

»Ich … ich bin heute Morgen in Sheridans Büro gewesen«, erklärte sie ihm unglücklich.

»Das dachte ich mir schon. Und …?«

Ihr Kinn zitterte einen Moment lang, bevor sie sich wieder unter Kontrolle hatte, und dann antwortete sie: »Es war eine Katastrophe. Ich glaube, es ist mir gelungen, meine Identität zu schützen; aber sie haben mir ins Gesicht gelacht, und wer könnte ihnen das auch verübeln?«

Seine Augen wanderten ihren Körper entlang, von den nassen Haaren bis hin zu ihren wohlgeformten Knöcheln. Ihr zerknittertes, durchnässtes Kleid ließ ihr wirres Haar nur noch wilder erscheinen. Der dünne Stoff des Baumwolloberteils ließ deutlich ihre Formen erkennen. »Die befreite Schönheit«, bemerkte er mit einem Lächeln.

»Ich sehe fürchterlich aus«, erwiderte sie trotzig.

»Falsch. Du siehst unzivilisiert und unersättlich aus und … in der Tat ganz schön attraktiv.« Er küsste ihre feuchte Nase. »Sag mir, was machen wir nun? Wollen wir weiter hier herumstehen?«

»Hast du dich nicht um Antonia zu kümmern?«

»Nein. Ich war ziemlich unhöflich zu ihr, jetzt bin ich ganz für dich da.«

»Nun, ich bin an deine Unhöflichkeit gewöhnt. Aber eines sage ich dir«, nahm sie in einem Ausbruch trotziger Entrüstung den Kampf wieder auf, »ich werde jetzt *nicht* mit dir in dieses Hotel gehen. Nicht, nachdem du dort gerade erst mit ihr herumgeflirtet hast.«

»Einverstanden. Wie wär's denn mit folgendem Plan? Die Sonne müsste bald wieder hervorkommen. Ich werde dich nach Hause fahren, damit du dir trockene Sachen anziehen kannst. Dann verdrücken wir beide uns und machen eine kleine Kreuzfahrt auf dem Hudson. Wie wäre das?«

In der Tat, so dachte sie, ist das eine wundervolle Idee. Sie brauchte dringend eine Erholung von den überfüllten Straßen und der Hektik Manhattans. Und wenn es nur Selbsttäuschung war, seine Lust sich nur als Zuneigung ausgab, so brauchte sie doch auch Aufmerksamkeit, Trost ...

»Lediglich eine Bedingung«, fügte er hinzu. »Wenn du dich umziehst – benutze nicht wieder diese verdammten Wickel.«

Ihre Augen wichen zwar den seinen aus, aber sie nickte. »Wenn du meinst, dass du dich wirst beherrschen können.«

»Zur Hölle, ich werde es nicht einmal versuchen. Aber ich bin mir sicher, dass du damit schon fertig werden wirst.«

Ihre Blicke trafen sich und hielten aneinander fest.

Gemeinsam fingen sie an zu lachen.

Während Mystere sich trockene Kleidung anzog und ihre wilde, durcheinander gebrachte Haarmähne auskämmte, rief Rafe seine Yacht-Crew auf ihrem Schiffslandeplatz in Manhattan an. Er trug ihnen auf, die *Courageous Kate* für eine kleine Kreuzfahrt fertig zu machen.

Als Rafe und Mystere dort ankamen, liefen die Dampfturbinen schon auf Hochtouren. Innerhalb einer Minute kreuzte die Yacht um die Battery herum und fuhr Richtung Norden durch den City Harbour in die Mündung des Hudson hinein. Rafe und Mystere machten einen kurzen Rundgang durch das elegante Boot.

Besonders beeindruckt war Mystere von der luxuriösen

Ausstattung und Qualität der privaten Kabine des Kapitäns mit ihren goldfarbenen Samtvorhängen und dem Ofen mit Nickelbesatz. Ein durch die Motoren angetriebener Generator an Bord versorgte die Yacht mit elektrischem Licht.

Sie blieben schließlich beide in der Nähe des Bugs stehen und lehnten sich gegen die Reling, um sich anzuschauen, wie die Stadt nach und nach in ländliche Weiden überging, während sie weiter nach Norden fuhren. Grasbewachsene Dämme voller Timotheusgras und Klee charakterisierten die New-Jersey-Küste. Ein Fischer winkte ihnen träge zu. Mystere brauchte sich einfach nur umzudrehen, um den Eindruck zu bekommen, dass es überhaupt keine Stadt gäbe. Die Sonne stand hoch am Himmel, als wäre sie unverrückbar. Sie fühlte, wie sie auf ihrem Nacken und ihren Schultern brannte; es war angenehm, ihre Heftigkeit zu spüren.

Während die rauchende, lärmende Stadt immer weiter hinter ihnen verschwand, breitete sich eine träge Ruhe in Mystere aus. Rafes Stimmung hatte sich ebenfalls verändert. Er hatte sie nicht wie gewöhnlich aus dem Hinterhalt beschossen, sondern sich tatsächlich mit ihr unterhalten.

»Wer ist die ursprüngliche *Courageous Kate*?«, wollte sie von ihm wissen. »Irgendeine mutige Schönheit namens Kate, der du den Hof gemacht hast, bis sie dein Herz brach?«

»Nein, aber in gewissem Sinne ist sie schon meine Geliebte. Sie ist ein tapferes kleines Mädchen aus dem Westen, das einen unserer Züge gerettet hatte, nachdem ein Brückenbock unterspült worden war. Sie durchquerte einen tobenden Fluss in pechschwarzer Dunkelheit, um den herannahenden Zug aufzuhalten. Sie war erst fünfzehn Jahre alt, als das passierte, und sie wurde überall für die Eisenbahner zu einer Heldin.«

»Eine Heldin«, wiederholte Mystere mit nachdenklicher Weichheit. »So ganz anders als Lady Moonlight. Das ist wohl der Unterschied zwischen Ruhm und Schande.«

Er betrachtete sie schweigend, scheinbar wie gelähmt. Sie hatte ihr langes braunes Haar zwar durchgekämmt, es dann jedoch offen gelassen, sodass es nun ungehindert über ihren Rücken und ihre Schultern herabwallen konnte.

»Dieser Unterschied«, brachte er vor, »ist vielleicht weniger klar definiert, als wir glauben.«

Sie war sich nicht sicher, ob die seltsame Verzerrung seines Mundes ein Lächeln sein sollte. Sie wusste lediglich, dass sie sich von ihm angezogen fühlte, und plötzlich küsste sie seine festen Lippen mit einer Leidenschaft, die noch heißer war als die Julisonne.

»Ich gebe zu«, beichtete sie mit einer Stimme, die kaum mehr war als ein Flüstern. »Manchmal fürchte ich mich davor, an die Zeit zu denken, in der du nicht bei mir sein wirst.«

Hör jetzt auf, warnte eine innere Stimme sie. *Zerstöre diese Nähe nicht, wenn sie auch nur eine Illusion ist, denn eine zeitweise Illusion ist immer noch besser als ein kaltes, einsames, gefährliches Dasein ohne Trost, ohne die intime Berührung dieses Mannes.*

Er küsste sie, erst ihren Mund, dann die weiche Haut ihres Halses, wobei seine Lippen eine Reaktion bei ihr hervorriefen, die sie erschauern ließ.

»Darüber brauchen wir uns aber jetzt keine Gedanken zu machen«, flüsterte er nahe an ihrem Ohr. »Der Tag neigt sich schon dem Ende zu. Komm mit mir zurück nach Staten Island – für die Nacht, meine ich.«

Eine Zeit lang sagte sie nichts, sondern beobachtete, wie

der Fluss sich weiß schäumend vor dem Bug der Yacht teilte. Die Stille wurde erst schmerzhaft, dann unerträglich.

Als ob er sie unterbrechen wollte, oder vielleicht auch nur, um sie an seine Aufforderung zu erinnern, bewegte er seine Hand, die auf ihrer Hüfte ruhte – bewegte sie nach oben, um ihre Brüste zu liebkosen.

»Rafe«, protestierte sie angesichts seiner schockierenden Freimütigkeit, jedoch ohne den geringsten Versuch, sich ihm zu entziehen.

»Soll ich Skeels nun auftragen, nach Staten Island zurückzufahren?«

Sie schaute hinauf in seine bittenden Augen, während sie ihre eigenen Augen vor der Sonne abschirmte.

»Ja«, ergab sie sich ihm, müde von den Kämpfen und den Drohungen, müde, gegen den Reiz anzukämpfen, den er auf sie ausübte.

Schon bald würde sie vor allem und jedem, den sie kannte, fliehen müssen, fliehen vor dem Bekannten und Vertrauten in eine ungewisse Zukunft voller Gefahren. Zumindest heute Nacht aber würde sie ein paar Stunden des Glücks in Rafe Bellochs Bett verbringen. Sie wusste, dass sie am Morgen – wenn sie clever war – ihre Chance würde ergreifen müssen, sich von Rillieux zu befreien und für immer zu verschwinden.

# 33

Als die *Courageous Kate* an ihrem Staten-Island-Liegeplatz vertäut wurde, war die Sonne schon am westlichen Horizont heruntergebrannt.

»Hungrig?«, fragte Rafe, als sie beide Arm in Arm auf das massive Tor seiner Garden-Cove-Besitzung zuliefen.

»Verhungert«, gab sie zu, nachdem ihr bewusst geworden war, dass sie seit dem Frühstück nichts mehr gegessen hatte, und auch dann nur Kaffee und ein Croissant. »Nun, das ist ein seltsames Gefühl«, fügte sie hinzu und lächelte im Zwielicht zu ihm auf.

»Was?«

»Dass du mir so harmlose Fragen stellst, und schau – zur Abwechslung zerrst du einmal nicht an mir herum wie an einem unartigen Kind. In der Tat laufe ich gerade aus freien Stücken neben dir her.«

»Du klingst enttäuscht. Würdest du lieber gezwungen werden?«

Er sagte das leichthin, aber seine Zweideutigkeit entging ihr nicht.

»Zwang«, wiederholte sie, »befreit einen zwar von der Verantwortung; ich ziehe es jedoch vor, selbst über mein Schicksal zu bestimmen.«

»Wahlmöglichkeiten, sagte einst ein weiser Mann, sind die Scharniere des Schicksals.«

»Ja«, flüsterte sie fast, denn Rafe hatte keine Ahnung, wie

wahr seine Worte in ihren Ohren klangen. Ihr eigenes Schicksal hatte eine Weggabelung erreicht, und sehr bald schon musste sie die schwere Entscheidung treffen, welchen Weg sie einschlagen sollte. Beide Richtungen steckten voller Gefahren, heute Nacht jedoch, schwor sie sich, würde sie nicht mehr daran denken. Auch wenn Rafe sie nicht liebte und es wahrscheinlich niemals tun könnte, so würde sie sich doch mit Lügen zufrieden geben. Sie wollte aufhören, sich über alles Sorgen zu machen, sie wollte Freude und Nähe und Wärme spüren, sie wollte sich erwünscht und gebraucht fühlen anstatt ständig ausgenutzt, gejagt und in Angst zu sein.

»Wir sind's nur, Jimmy«, sagte Rafe, als sie kurz vor Einbruch der Dunkelheit das Tor erreichten. »Wenn wir herein gegangen sind, sei doch bitte so gut und laufe zu Millys Unterkunft hinüber und bitte sie, ein leichtes Abendessen für uns beide vorzubereiten. Sie braucht aber nichts zu kochen.«

»Mach ich, Boss.«

»Ach, und würdest du dann bitte in den Weinkeller hinuntergehen und eine Flasche ... Burgunder, würd ich sagen, holen.«

Die schwere Eisentür ächzte, als Jimmy sie aufschwingen ließ und dann wieder schloss. Mystere spürte, wie seine Augen sie abschätzten; sie errötete unbemerkt und dachte daran, wie viele Male der gut aussehende Rafe Belloch wohl ein Frauenzimmer mit nach Hause und in sein Bett gebracht hatte. Sie nahm jedoch all ihre neu gewonnene Entschlossenheit zusammen und verjagte diese Gedanken. Die trostlose Realität ist jetzt nicht wichtig, dachte sie. Nur für diese eine Nacht lebst du in einer Märchenwelt, und du wirst dir dein eigenes glückliches Ende schreiben.

Während die Köchin ihre Mahlzeit zubereitete, tranken Rafe und Mystere im vorderen Salon den Wein.

Sie wanderte in dem Raum umher und sah sich Fotografien aus den glücklicheren Tagen in Rafes Leben an. Er errichtete ein kleines Feuer, um das dürftige Kerzenlicht zu verstärken. Es flackerte nun blutorange hinter einem bestickten Ofenschirm. Schweigend betrachtete er Mystere in dem warmen Licht.

»Ich sehe nun, wo du dein gutes Aussehen her hast«, kommentierte sie, wobei sie mit dem Kopf auf ein Foto auf dem Sims wies. »Deine Eltern waren ein schönes Paar.«

»Das habe ich auch immer so gesehen«, antwortete er mit eher wehmütigem als bitterem Tonfall. »Und wenn sie das auch in der Öffentlichkeit nicht so zeigten, so waren sie doch sehr verliebt ineinander. Die Zeit schien nichts daran ändern zu können.«

Trotz ihrer neu gewonnenen Entschlossenheit versetzten seine wehmütigen Worte ihr einen Stich ins Herz.

»Rafe?«

»Hmm?«

»Was hast du hinsichtlich Carolines Ultimatum vor? Den Hochzeitstermin im September, meine ich?«

»Mach dir deswegen keine Sorgen«, tat er sie in nüchternem Tonfall ab. »Die Dinge werden sich schon vor September zuspitzen.«

Diese Antwort brachte jedoch nur noch mehr Fragen auf. Genau in diesem Augenblick erschien Ruth in der Tür, um ihnen anzukündigen, dass ihr Essen schon im Speisezimmer serviert sei.

Sie erfreuten sich beide an einem leichten Mahl aus Sandwiches, Käse und frischem Obst, und Mystere genoss ihre friedliche, unterhaltsame Konversation. Weder hatte sie bisher diese Seite an Rafe gesehen, noch hatte sie bisher wahrgenommen, dass er so angenehm und aufrichtig charmant sein konnte. Für einen hartherzigen Geschäftsmann schien er auf jeden Fall sehr belesen zu sein. Er sprach mit Begeisterung von den Romanen des im Ausland lebenden Amerikaners Henry James.

»Aber zur Hölle mit Henry James«, sagte er abrupt und schaute sie auf eine Weise an, die ein nervöses Flattern in ihrem Magen hervorrief. »Lass und nach oben gehen. Ich will dir etwas Wunderschönes zeigen.«

Mit einem dreiarmigen Kandelaber, der ihnen den Weg leuchten sollte, führte er sie die prachtvolle Haupttreppe mit ihrer gedrechselten Balustrade hinauf. Er stellte den Kandelaber auf eine Kommode neben der Tür, nahm sie bei der Hand und führte sie quer durch den großen Raum zu einer breiten Front bis zum Boden reichender Fenster hin.

»Dieses Haus steht auf erhöhtem Gelände«, erklärte er ihr, als er die Vorhänge aus reiner Spitze sowie die brokatene Übergardine beiseite zog. »Den Ausblick weiß man erst nach Einbruch der Dunkelheit richtig zu würdigen.«

Mystere raubte es beinahe den Atem beim Anblick der erhabenen Schönheit Manhattans, das nach Einbruch der Dunkelheit durch Gas und Elektrizität erleuchtet wurde. Lichter glitzerten wie Millionen von Sternen die ganze Upper Bay entlang.

Rafe zog die Riegel zurück und öffnete die Flügelfenster, und sie spürte, wie der sanfte Nachtwind ihr Gesicht wie mit forschenden Fingern liebkoste.

Er stand dicht hinter ihr, seine Arme umfassten sie und sein Kinn lag auf ihrem Kopf, als sie ein paar Minuten lang schweigend schauten, versunken in die atemberaubend schöne Aussicht.

»In diesem Anblick der Stadt gibt es nichts Hässliches und kein Leid«, bemerkte sie schließlich sanft. »Ich wünschte, ich könnte die Stadt immer so von hier aus sehen.«

»Dann bleibt die Zeit einfach hier stehen, für heute Nacht«, antwortete er und küsste ihren Hals. Dann drehte er sie um, damit sie ihn anschauen konnte, und zog sie nah an sich heran, um ihren Mund zu küssen.

»Ja«, stimmte sie in bittersüßem Sichergeben zu. »Und es wird nur die Welt geben, die wir uns selbst erschaffen.«

Er führte sie durch den Raum zu einem Bett mit gewölbtem Baldachin. Als sie schamhaft hinter einen zweiteiligen Paravent neben dem Bett trat, protestierte Rafe.

»Nein. Ich möchte dabei zusehen, wie du dich entkleidest, genau so, wie ich es in jener Nacht im Salon getan habe.«

»Ist das diesmal auch wieder ein Befehl?«

»Nein. Eine Bitte.«

»Dann sollst du deinen Wunsch erfüllt bekommen.«

Er schleuderte seine Schuhe von sich und zog sein Hemd und sein Unterhemd aus, sodass er von der Taille aufwärts nackt war. Sie wusste ja schon, dass er stark war, aber seine harte, muskulöse Brust und sein straffer Bauch überraschten sie erneut aufs Angenehmste.

Er saß am Fußende des Bettes und sah ihr in atemloser Faszination dabei zu, wie sie ihre Kleidung zu einem Haufen um ihre Füße herum fallen ließ. Diesmal verspürte sie keine glühende Scham, sondern zunehmende Hitze, die sich völlig anders anfühlte.

»Dreh dich langsam um«, bat er sie, als sie nackt da stand, und er betrachtete ihre in sanftes Licht getauchte Gestalt.

Sie gehorchte ihm und konnte beobachten, wie Verlangen sein Gesicht veränderte und seine eigene Erregung auch die ihre steigerte. Er stand auf und hob seine Arme, ein stummes Zeichen, das sie mit magnetischer Kraft näher zu ihm hinzog. Als ihre nackten Brüste seinen muskulösen Körper berührten, entwich ihnen beiden gleichzeitig ein Stöhnen.

Die Zärtlichkeit seines Kusses verwandelte sich schnell zu einem gierigen, verlangenden Hunger. Die Tatsache, dass sie beide völlig verschieden waren und wegen allem im Streit lagen, erschien Mystere nun trivial. Sie hatten schon viel zu viel Zeit mit Kämpfen vergeudet.

*Die Zeit bleibt einfach hier stehen.*

Dieser Satz hallte wie ein Gedicht in ihrem Kopf nach.

Rafe nahm sie mit Leichtigkeit hoch. legte sie auf die seidenen Laken des Bettes und kniete sich daneben, um sie zu küssen. Mystere atmete schwer, als er zuerst die eine, dann die andere ihrer Brustwarzen in seinen Mund nahm, wobei er genau wusste, was er tun musste, um ihr Verlangen noch mehr zu verstärken.

Er liebkoste ihren Körper so lange, bis sie das Gefühl hatte, von innen heraus zu verglühen.

»Komm nun zu mir«, drängte sie ihn in atemlosem Flüstern, während sie ungeduldig an ihm zerrte.

Er stand auf und zog seine Hose aus, und sie war hingerissen vom Anblick seiner Erregung. Als er sich neben sie legte, murmelte sie in sein Ohr: »Ich will dich in mir spüren.«

Er ließ eine Hand an der Innenseite ihrer Schenkel hochgleiten, und sie stöhnte bei der angenehmen Berührung seiner Finger, die sie wie Blütenblätter einer taufrischen Blume öffneten.

Nur einen kurzen Moment lang, als er das erste Mal in sie eindrang, wurde sie sich erneut seiner Größe bewusst. Die

Lust überwog jedoch bei weitem jeden Schmerz, und nachdem er erst einmal langsam und vorsichtig mit seiner ganzen Länge in sie eingedrungen war, konnte sie spüren, wie sie selbst sich ihm öffnete und sich ihm anpasste; und als er anfing, sich härter und schneller zu bewegen, stieg ein seliger Freudenschrei in ihr empor.

Als Liebhaber überraschte er sie erneut, denn er war zwar energisch und bestimmend, jedoch gleichzeitig zärtlich und leidenschaftlich; er war genauso eifrig bedacht, Genuss zu vermitteln wie ihn vermittelt zu bekommen. Wieder und wieder nahm er sie mit sich auf die höchsten Gipfel der Ekstase – und ihr unersättliches Verlangen stand dem seinen in nichts nach. Hinter ihnen, jenseits der offenen Fenster, erloschen die Lichter Manhattans, als es allmählich auf Mitternacht zuging und dann weit darüber hinaus.

Sie war sich nicht sicher, wann genau die Worte »ich liebe dich« zum ersten Mal über ihre Lippen kommen wollten, irgendwie jedoch gelang es ihr, sie zu unterdrücken. Wenn sie inzwischen auch erkannt hatte, dass sie wahr waren – und nicht nur der Leidenschaftlichkeit des Momentes entsprungen – so erkannte sie doch auch, dass es nicht sein durfte. Nicht nur, weil er sie nicht liebte, sondern weil diese Nacht ihre letzte sein musste.

Vollkommen erschöpft schliefen sie schließlich im Gewirr ihrer nackten Glieder ein. Mystere träumte, eine große Dame zu sein und in einer Kutsche mit dem Granville-Wappen zu fahren, zu ihrer einen Seite Rafe, zu ihrer anderen ein lächelnder Bram.

Dann jedoch veränderte sich alles zum Schlechten. Brams hübsche Gesichtszüge schmolzen und verwandelten sich in Pauls Fuchsgesicht, und er lachte sie wild an. Als sie sich daraufhin an Rafe um Hilfe wandte, war dieser zu einer gehörnten, teuflischen Vision von Mrs. Astor geworden und schrie sie mit dämonischer Freude an: *Was ist denn nun mit* bub'n'sis, *du widerliche kleine Diebin?*

Es war der Klang der Vögel, die den Sonnenaufgang feierten, der Mystere aus ihrem unruhigen Schlaf weckte.

Die Fenster standen noch immer weit offen und ein kühler, stetiger Wind blies von der Bucht herein und ließ sie ein wenig zittern, als sie die Bettdecke zurückschlug. Rafe schlief noch immer fest an ihrer Seite. Er sah sogar noch attraktiver aus im Schlaf, da seine Gesichtszüge kein Zeichen seiner üblichen Verachtung für die Welt im Allgemeinen aufwiesen. Im Bett herrschte ein heilloses Durcheinander, hervorgerufen durch die Gewalt ihrer Leidenschaft.

Als sie vorsichtig und leise ihre Beine aus den seinen löste, verspürte sie ein angenehmes Wundsein zwischen ihren Schenkeln. Sehr behutsam gab sie ihm einen Kuss auf die Lippen, bevor sie aus dem Bett stieg und ihre Kleidung zusammensuchte.

Sie begann sich vor dem geöffneten Fenster anzuziehen, und die Brise verursachte ihr eine Gänsehaut, während sie beobachtete, wie der Horizont im Osten im Sonnenaufgang des neuen Tages lachsrosa zu glühen anfing. Schon konnte sie sehen, wie die erste Fähre am öffentlichen Schiffslandeplatz beladen wurde, und sie beeilte sich, damit sie diese noch erreichen konnte.

Als sie sich jedoch umdrehte und Rafe dort liegen sah, verlor sie beinahe den Mut. Es wäre so einfach, das Ganze zu verwerfen und aufzuschieben, zu ihm zurück in das warme Bett zu kriechen ... aber nein, *nein,* befahl sie sich in gnadenlosem Zielbewusstsein. Das wäre zwar im Moment der leichtere Weg – vielleicht – aber wenn sie bliebe, so würde sie nur den Schmerz ertragen müssen mit anzusehen, wie all dies wieder zerstört werden würde.

Caroline Astor und Paul erwarteten beide eine Hochzeit – aus unterschiedlichen Gründen zwar, aber beide waren sie potentiell gefährlich; Paul, wenn die Heirat stattfinden würde und Caroline, wenn sie es nicht tun würde. Und Rafe war der Schwierigste von den Dreien.

Wenn er sie durch irgendeinen unglücklichen Zufall heiraten würde, so wäre es eine lieblose Ehe gegen seinen Willen; er könnte jedoch auch alles sabotieren in seinem unerbittlichen Rachefeldzug. Was auch immer geschehen würde, ihre beste Chance, frei zu bleiben und nach Bram suchen zu können, lag in der Flucht. Besonders jetzt, da ihr verheerender Besuch in Sheridans Büro sie davon überzeugt hatte, dass sie und Bram keine logische Verbindung zum Hause Granville besaßen. Es wäre sinnlos, noch länger in New York zu bleiben, sinnlos und gefährlich.

Gestern, als Rafe sie nach Hause gebracht hatte, damit sie sich anziehen konnte, hatte Hush ihr Helzers Antwort auf ihre Nachricht übergeben. Sie sollte ihn später an diesem Tage wegen des Ringes treffen. Wenn sie Glück hatte, musste sie sich höchstens für ein paar Tage in dem Zimmer in der Centre Street verstecken.

Mystere zog ihr französisches Musselinkleid an und machte rasch Papier, eine Stahlfeder und ein Tintenfass in dem Konsoltischchen neben der Tür ausfindig. Sie ließ eine kurze Nachricht für Rafe zurück und warf von der Tür aus noch einen langen Blick auf ihn zurück.

Der Raum schien plötzlich zu verschwimmen, als Tränen ihr in die Augen stiegen. Ihrer Kehle fühlte sich an, als würde der Schmerz sie zusammenschnüren. Du musst ihn verlassen, ermahnte ihr Verstand sie. Dieser jetzige Schmerz ist nichts im Vergleich mit dem, was auf dich zukäme, wenn du bleiben würdest. Pauls Verzweiflung, Carolines Stolz, Rafes Rachsüchtigkeit – all das wird dich vernichten, wenn du nicht gehst.

Dann, indem sie sich schwor, niemals wieder zurückzublicken, verließ sie den Mann, von dem sie nun wusste, dass sie ihn liebte – und sie ging fort, um sich einem ungewissen Schicksal zu stellen.

»Verdammt«, murmelte Rafe und wurde langsam immer wütender, während er die kurze Nachricht las, die Mystere ihm auf dem Schreibtisch zurückgelassen hatte. Sie hatte sich nicht die Zeit genommen, sie abzulöschen, und ein paar Buchstaben waren verschmiert, sie war jedoch noch lesbar.

*Ich bin für immer gegangen, und ich bitte dich, nicht nach mir zu suchen. Es ist sehr viel besser so. Ich danke dir für die letzte Nacht. Du hast es mir einfach gemacht, indem du so getan hast, als würdest du mich lieben.*

Und in einer abschließenden Demonstration ihres rebellischen Geistes, die seine Lippen vor Bitterkeit entstellte, hatte sie mit *Lady Moonlight* unterschrieben.

Ein paar Minuten lang, während er sich schnell anzog, raste Rafe vor Wut über sie. Er war ein Mann, der es gewohnt war, das Sagen zu haben, die völlige Kontrolle zu besitzen; und wenn es um Frauen ging, so war *er* derjenige, der für Zurückweisungen zuständig war und nicht sie.

Als seine Wut nachließ, überkam ihn stattdessen eine kalte, quälende Sorge. Entgegen seiner Behauptung hatte er ihr Geheimnis nicht vor Mrs. Astor schützen können, und er hatte diese stümperhaften Erpresser nur verjagt, um die Kontrolle über die Ereignisse zu behalten. Doch es ging nicht nur um Kontrolle, um seinen verletzten männlichen Stolz – die Frau, die er letzte Nacht in seinen Armen gehalten hatte, diese sittsame kleine Schönheit, die sich in eine derart leidenschaftliche Geliebte verwandelt hatte, war die einzige Frau auf der ganzen Welt, die es mit ihm aufnehmen konnte. Er wusste, dass er sie finden *musste*, noch bevor sie sich zu weit entfernen konnte.

Es ist deine Schuld, dass sie nicht mit Mystere unterschreiben konnte, dachte er mit bitterer Aufrichtigkeit. Du hast ja auch kaum jemals ihren Namen benutzt...

Die Suche nach ihr würde nicht leicht sein, nicht mit der Kenntnis, die sie vom Überleben auf der Straße hatte. Er würde Hilfe benötigen, aber er würde die Männer finden, die er dazu brauchte. Immerhin war er ein Mann, der ein großes Unternehmen leitete. Er würde sie finden, und wenn er dazu Himmel und Hölle in Bewegung setzen musste.

# 34

»Zusammenfassend, meine Herren, ist die Entscheidung, unsere Kurzstrecken im Mittleren Westen zusammenzulegen, nun endgültig. Dies wird eine radikale Umorganisation im Management-Bereich mit sich ziehen, und das derzeitige System mit siebzehn Gebietsleitern wird zu einem System mit drei regionalen Inspektoren mit Sitz in Detroit, Cincinatti und Omaha überarbeitet werden.«

Rafes klare, feste und kräftige Stimme füllte mit Leichtigkeit den großen Versammlungsraum, in dem fast dreißig leitende Angestellte von Belloch Enterprises um einen langen, rechteckigen Tisch aus poliertem Eichenholz saßen. Es war kurz nach zehn am Morgen, und die Besprechung näherte sich dem Ende ihrer zweiten Stunde.

Wenn er auch präzise und gut organisiert war, so sah Rafe doch müde aus und schien teilweise zerstreut zu sein. Sam Farrell, der am einen Ende des Tisches saß, sah seinen Boss ungeduldig alle paar Minuten auf die Uhr schauen.

Rafe fing wieder an zu sprechen. Plötzlich jedoch war draußen im Vorraum Lärm zu hören, und zwar die Stimme einer Frau, die mit energischer Autorität protestierte.

»Es ist mir egal, ob Jesus persönlich mit seinen Jüngern dort drin ist. Ich sagte, ich *will* Rafe Belloch sprechen, und ich werde ihn sofort zu Gesicht bekommen!«

Die Tür flog auf, um eine finster dreinschauende Caroline Astor hereinzulassen, und Ward trippelte wie der Adjutant eines Generals an ihrer Seite. Unter seinem Arm trug er einen wunderschönen Rosenholzkasten. Zwei der privaten Wachposten von Belloch Enterprises trotteten hinter den beiden her und entschuldigten sich schulterzuckend bei Rafe.

»Sie sagte, wir müssten sie schon erschießen, wenn wir sie aufhalten wollen«, brachte einer von ihnen in verlegenem Tonfall vor.

»Ihr habt eure Chance verpasst, Jungs«, murmelte Rafe und wurde sich bewusst, dass sämtliche hier versammelten Männer sie mit vor Überraschung offenen Mündern anstarrten. Die wenigen, die die aufdringliche Frau noch nicht kannten, wurden schnell informiert, dass es sich um *die* Mrs. Astor handelte.

»Meine Herren«, rief sie in ihrer äußerst gebieterischen Art aus, »ich muss Sie alle bitten, den Raum zu verlassen. Ich habe ein paar private Worte mit Mr. Belloch zu wechseln, und die können nicht warten.«

Im Versammlungsraum war es so still wie in einem Hörsaal nach der Aufforderung, sich freiwillig für einen Versuch zur Verfügung zu stellen. Die Männer sahen von Mrs. Astor zu ihrem Unternehmenschef. Noch nie hatte Rafe die Last seiner Führungsposition so akut gespürt wie in diesem Moment. Es war jedoch Sams gewandte, diplomatische Art, die ihn rettete.

»Männer«, schlug Sam vor, während er sich von seinem Stuhl erhob, »wir könnten sowieso alle eine Pause gebrauchen. Ich für meinen Teil habe keinen Zweifel, dass Mrs. Astors Angelegenheit dringend ist, ansonsten wäre sie nicht hier. Lassen Sie uns also einen Moment unterbrechen.«

»Ich danke Ihnen, mein Herr«, erwiderte sie mit formeller Höflichkeit. »Aber würden *Sie* bitte hier bleiben?«, bat sie Sam.

Dieser blickte zu Rafe hinüber, der mit der Schulter zuckte und ihm nickend die Erlaubnis erteilte. Sobald der Raum bis auf die vier leer war, kam Caroline direkt zum Punkt.

»Haben Sie etwa die Zeitungen noch nicht gesehen, Sie charakterloser Schuft?«, fragte sie.

»Nein«, antwortete er ausdruckslos. »Ich bin beschäftigt gewesen.«

»Nicht zu beschäftigt jedenfalls für ihre gestrige kleine Darbietung mit Antonia, nicht wahr?«

»Kaffee und Cremeschnitten?«, protestierte er. »Wo liegt da der Skandal?«

»Sie sind wirklich abscheulich, Rafe. Sie sind ein Patriarch der ›oberen Vierhundert‹, Sie sind offiziell verlobt, und Sie wussten ganz genau, wie Ihr Handeln interpretiert werden würde.«

»Oh? Ist es etwa erwähnt worden?«, fragte er in unausstehlicher Unschuld.

»Erwähnt?«, wiederholte sie, wobei Empörung ihre an sich schon kräftige Stimme noch lauter werden ließ. »Die Klatschreporter kreischen alle vor Schadenfreude über Ihre offensichtliche Verletzung des Anstandes. Und da ich mich für Ihre Verlobung ›engagiert‹ habe, nennen sie es die Rache des Herzensbrechers.«

Trotz ihrer Empörung gefiel Rafe dieser Seitenhieb. Er hatte Mühe, ein ernstes Gesicht zu behalten.

»Was hätten Sie stattdessen geschrieben, Caroline«, fragte er ruhig, »wenn Sie mich verführt hätten, wie Sie das ja einst vorgehabt haben?«

Sam, der stehen geblieben war, weil Mrs. Astor das ebenfalls getan hatte, sah erstaunt aus, was bei ihm nur sehr selten vorkam. Ward wurde bleich, ohne Zweifel vor Angst, da er auf Carolines Reaktion gefasst war.

Einen Moment lang war ihre Wut so heftig, dass sie sichtbar zitterte. In Sekundenschnelle hatte ihr eiserner Wille sich jedoch wieder durchgesetzt, und eine kühle Entschlusskraft war deutlich in ihrer Stimme zu hören. »Ward, bringen Sie mir die Kiste.«

Sie schaute Rafe an. »In Ordnung, Sie wollen also geradeheraus sein, nicht wahr? Dann erlauben Sie mir doch mitzuspielen. Sie haben mich beschuldigt, Ihre Eltern getötet zu haben. Wenn Sie das wirklich glauben, so verlangt es die Ehre, dass Sie nun *mich* töten.«

Caroline öffnete den Deckel der mit Filz ausgeschlagenen Kiste.

Rafe starrte auf zwei schöne Duell-Pistolen mit kunstvollen Elfenbein- und Silberintarsien. Die Initialen W.B.A. waren in die Griffstücke eingraviert.

»Erbstücke der Familie meines Gatten«, erklärte sie überflüssigerweise. »Und – nein, er weiß nicht, dass ich sie genommen habe.«

»Werde ich Sie kaltblütig ermorden müssen?«, wollte Rafe wissen, wobei er nur mit Mühe ernst bleiben konnte. »Oder fordern Sie mich zum Duell?«

»Warum kein Duell? Ich kenne die Regeln. Ich habe meinen Sekundanten, Sie haben den Ihren, das Ganze wird also korrekt bezeugt werden. In diesem riesigen Raum können wir leicht zehn Schritte machen. Ist das nicht die Art und Weise, wie ›gekränkte‹ Gentlemen wie Sie ernsthafte Dinge regeln?«

»Caroline, Sie verraten Ihr Alter. Es ist verboten, sich zu duellieren; heutzutage lassen wir Anwälte unsere Schlachten schlagen.«

»Verboten? Nun kommen Sie schon! Das ist einer Diebin Beihilfe zu leisten ebenfalls, Mr. Belloch, aber die Gesetze konnten Sie nicht daran hindern, Mysteres Geheimnis für sich zu behalten, nicht wahr?«

Rafe wollte lachen, ihre Heftigkeit schüchterte ihn jedoch ein. Sie nahm eine Pistole heraus und reichte sie ihm mit dem Griffstück zuerst.

»Nehmen Sie sie«, verlangte sie. »Ich glaube, Sie werden feststellen, dass sie ordnungsgemäß geladen und präpariert ist. Ich werde es nicht zulassen, dass mein Name durch den Dreck gezogen wird, nur, weil Sie einen Groll gegen mich hegen. Nehmen Sie sie schon, Rafe. Wenn ich Ihren Vater getötet habe, so erschießen Sie mich dafür. Oder ich erschieße Sie, je nach dem, wie es ausgehen wird.«

»Caroline, bitte –«

»Sie können mir weder Angst einjagen noch Schuldgefühle einreden wegen der Feigheit Ihres Vaters. Also erschießen Sie mich – Sie haben keine andere Wahl.«

Rafe nahm die Pistole, entriss Caroline jedoch gleichzeitig die Kiste. Er legte die Pistole weg und gab Sam dann die Kiste.

»Ward, um Himmels willen«, fauchte Caroline und versuchte ihn plötzlich zu stützen, da er kurz davor zu sein schien, in Ohnmacht zu fallen.

»Ich werde zu den anderen nach draußen gehen«, entschuldigte Sam sich, nachdem er gesehen hatte, dass seine Dienste nicht mehr benötigt wurden.

Rafe lief schweigend hin und her, wobei er die ganze Zeit Carolines Blick auf sich gerichtet fühlte. Sie war es dann auch, die als Erste etwas sagte, nachdem sie Ward auf einen Stuhl geholfen hatte.

»Sie werden mit diesem bösartigen kleinen Spiel, das Sie

da spielen, aufhören, Rafe. Und es wird Ende September eine Hochzeit geben. Noch ein Trick wie der, den Sie gestern mit Antonia veranstaltet haben, und ich werde Sie zerstören, Rafe Belloch, auf die eine oder andere Weise. Kugel oder Bankrott.«

»Das ist nett, Caroline«, antwortete er matt, denn er war mit seinen Gedanken noch immer zu sehr mit Mystere beschäftigt, als dass irgendetwas anderes ihn hätte interessieren können. Seltsamerweise hatte Carolines Melodrama mit den Pistolen irgendwie seinen Wunsch, sie zu zerstören, zunichte gemacht, denn tief in ihrer Wut und ihrer verletzten Würde sah er den gleichen Klassenfanatismus, der seinen eigenen Vater zerstört hatte.

Ich habe meinen ganzen Groll auf Caroline konzentriert, erkannte er nun, womit ich es aber in Wahrheit zu tun, ist eine veraltete Art zu leben.

All die Jahre hindurch hatte er gelebt, um eine Schimäre zu vernichten, die nur in seinem Kopf existierte. Dank seiner kurzsichtigen Gehässigkeit war das Beste, was ihm je passieren konnte – so dachte er selbst jetzt noch – für immer dieser Art von Leben zu entkommen.

»In der Tat, Caroline«, sagte er einen Augenblick später, »Sie haben teilweise Recht. Mein Vater hat am Ende tatsächlich Feigheit gezeigt. Niemand hat ihn ermordet, der Tod war seine eigene Wahl, und in dieser Hinsicht habe ich einen unlogischen Groll gehegt. Aber Sie werden mich niemals davon überzeugen können, dass ihm nach seinem Tode nicht Unrecht getan wurde durch diejenigen, die ihm eine bessere Behandlung schuldeten. Ihre Wenigkeit eingeschlossen.«

Mrs. Astor wurde ein wenig sanfter bei diesem Bild von ihm, so brillant, männlich und gut aussehend ... und unerreichbar.

»Vielleicht haben wir Ihnen ja wirklich irgendwie Unrecht getan«, gab sie nach.

»Nicht mir, meinen Eltern.«

»Ja, gut, das ist unwichtig. Was ich sagen wollte, ist, dass Sie ein Narr sind. Sie haben sich offensichtlich in Mystere oder wer auch immer sie in Wirklichkeit ist, verliebt; und trotzdem sind Sie bereit gewesen, sie zu zerstören – aus Verdruss.«

Er hörte sich ihre Worte schweigend an, denn sie hatte völlig Recht.

Ihre Stimme wurde verständiger. »Das ganze Geheimnis des Überlebens liegt darin, den Schmerz abzuleiten und weiterzumachen. Sie denken zu viel nach. Versenkung in die eigene Misere ist ein Vorrecht der Mittelschicht, nicht unseres, da wir gesellschaftlich höher gestellt sind. Ich hatte gehofft, dass Mystere Ihnen helfen würde, das zu erkennen.«

Mystere ... Rafe wusste, dass Mrs. Astor unmöglich schon erfahren haben konnte, dass sie weggelaufen war und sich irgendwo versteckt hielt. Sobald man Mysteres Abwesenheit bemerkte, würde alles definitiv aufgedeckt werden. In der Tat, erkannte Rafe plötzlich, würde der Verdacht sich auf ihn konzentrieren, der letzten Person, die mit ihr zusammen gewesen war. Das war der Skandal, vor dem Caroline sich fürchtete.

»Oh, verstehen Sie mich bitte nicht falsch«, fügte Caroline hinzu. »Natürlich hat es mich völlig umgehauen, als ich schließlich mutmaßte, wer und was sie sein muss. Natürlich darf die Öffentlichkeit das nicht herausfinden, sonst werden wir alle zu Witzfiguren. Aber mir ist es egal, ich mag das Mädchen.«

Rafe nickte. »Das weiß ich. Sie hatten sie schon immer gern.«

»Ja, sie ist bezwingend, Rafe, und lebendig. Ich kann es nicht genau benennen, aber da ist etwas in ihren Augen. Sie sucht nach etwas …«

»Transzendentalem?«, ergänzte er.

»Ja, genau. Es könnte natürlich sein, dass sie es nie finden wird, aber Gott segne ihr Herz bei dieser Suche. Sie ist weiß Gott kein Engel, aber ich wünschte, ich könnte so sein wie sie. Sollten Sie irgendetwas davon jemals wörtlich wiedergeben, so werde ich Sie zum Teufel schicken.«

»Oh, Ward wird mir ganz bestimmt den Rücken decken«, sagte er voller Zynismus. Er wusste nur zu gut, dass Ward niemals auch nur ein Wort von dem widerlegen würde, was Mrs. Astor behauptete, denn er fürchtete, dass man ihm wegen Blasphemie seine Zunge herausreißen könnte.

»Können wir nicht einen Waffenstillstand schließen, Sie und ich?«, fragte Caroline ihn. Ihre Stimme war angesichts ihrer Gefühle weicher geworden.

Rafe erwiderte ihren flehenden Blick und sah, dass Mystere die ganze Zeit über Recht gehabt hatte. Nur Mrs. Astor stand noch – verletzt zwar, aber siegreich – auf dem Schlachtfeld, auf dem massive Willenskräfte aufeinander gestoßen waren.

»Waffenstillstand«, gab er sich geschlagen, denn im Grunde wollte er nun nichts anderes mehr tun als sich auf die Suche nach Mystere zu begeben.

Seine Kapitulation bewegte Caroline zu einer seltenen Offenheit.

»Ich werde nun, da Sam gegangen ist, keine Heuchlerin sein. Auch ich war dummerweise gewillt, eine Menge zu riskieren, um Ihre Geliebte zu werden. Sogar meine Selbstachtung, wenn Sie mich ein Mal benutzt und dann zurückgewiesen hätten. Das wussten Sie, nicht wahr?«

»Der Gedanke ist mir gekommen«, antwortete er diplomatisch.

»Nun werden Sie mich aber auf keinen Fall mehr in Betracht ziehen, denn Sie sind verliebt«, fügte sie hinzu und legte eine leicht eifersüchtige Betonung auf die letzten drei Worte. »Übrigens, ich konnte Mystere nicht erreichen. Ihr … ›Onkel‹ behauptet, dass sie letzte Nacht nicht nach Hause gekommen sei. Ich nehme an, dass sie bei Ihnen ist?«

»Ja«, log er.

»Seien Sie um Gottes willen diskret; und halten Sie sie von Ihrem Hotel fern. Ja, und noch etwas: Sagen Sie ihr bitte, dass sie mich anrufen soll«, bat Caroline ihn und fügte hinzu: »Kommen Sie, Ward. Rafe muss nun wieder an seine Arbeit.«

Rafe hatte jedoch keine derartige Absicht.

»Sie beschließen die Sitzung«, trug er Sam auf, sobald dieser zur Tür hereinkam. »Ich werde Paul Rillieux aufsuchen. Mein Gott, ich habe da einen ganz schönen Schlamassel angerichtet.«

»Vielleicht haben Sie das«, antwortete Sam. »Aber Sie werden das alles schon wieder in Ordnung bringen, Boss. Erinnern Sie sich daran, was Sie Ihren Ingenieuren gesagt hatten, als die Rock-Island-Linie in Walnut Creek stecken geblieben war? Alle waren schon kurz davor aufzugeben.«

Rafe grinste. »Natürlich erinnere ich mich daran. Ich sagte, wenn wir die Brücke nicht höher machen können, dann müssen wir halt den Fluss niedriger machen. Und ich will verdammt sein, wenn wir nicht tatsächlich den Fluss niedriger gemacht haben.«

»Ich werde mich um alles hier kümmern«, versicherte Sam ihm. »Gehen Sie ruhig Mystere suchen.«

Paul Rillieux schien amüsiert und irgendwie herablassend auf Rafe Bellochs Benehmen und Tonfall zu reagieren. Paul hatte seinen Besuch schon erwartet, seit er irgendwann spät in der vergangenen Nacht erkannt hatte, dass Mystere schließlich doch weggelaufen sein musste.

»Wo ist sie?«, wiederholte Rillieux die Frage seines Besuchers, legte seinen Stock auf die Knie und lehnte sich in seinen Sessel zurück. »Sie wird sich wohl nach Westen durcharbeiten, wie wir über Frauen zu sagen pflegten, die allein reisten. Obwohl ich bezweifle, dass sie ihren Körper verkaufen wird, denn sie ist eine starrköpfige, stolze ... –«

»Ich weiß, wie sie ist, Rillieux«, unterbrach Rafe ihn ungeduldig.

Das Fuchsgesicht grinste ihn an. »Ich bin mir sicher, dass Sie das wissen.«

»Sir, Sie haben weniger Freunde, als Sie glauben. Und Alter schützt einen Mann nicht vor dem Gefängnis, wenn er erst einmal verurteilt worden ist.«

»Belloch, Sie betreten mein Haus und bedrohen mich?«

»*Ihr* Haus?« Rafe stand auf, machte ein paar Schritte durch den Salon und ging dann drohend auf Rillieux zu. »Ich hatte Sie gefragt, wo Mystere ist, und ich erwarte eine Antwort.«

»Lassen Sie uns nichts überstürzen, Mr. Belloch.« Er schlug drei Mal mit der Spitze seines Stockes auf den Fußboden. Beinahe sofort wurde eine Seitentür aufgestoßen und der kräftige »Butler«, den Rafe als Evan kannte, schritt mit einer Schrotflinte unter dem Arm in den Raum.

»Gib lieber auf dein Benehmen Acht, du feiger Hund«, riet er Rafe in missmutigem Ton, »sonst hast du gleich eine Ladung Schrot in deinem Bauch.«

Rafe hatte keine andere Wahl als sich zurückzuhalten. Das mörderische Funkeln in Evans feindseligen Augen war unmissverständlich. Es diente ihm als Erinnerung daran, dass Mysteres Vergehen im Großen und Ganzen gesehen eigentlich gar nicht so schwerwiegend waren. Es war das Böse in Rillieux, das sie so lange in dieser Räuberhöhle beherrscht hatte.

»Wenn man sich schuldig bekennt«, erklärte Rillieux seinem Besucher, »so umgeht man halt einfach die Jury. Ich gebe alles zu, wessen Sie mich angeklagt haben, mehr oder weniger zumindest. Was jedoch Ihre Frage nach Mysteres Aufenthaltsort angeht – da habe ich auf jeden Fall die Absicht, mit Ihnen zu kooperieren. Ich bin ziemlich zuversichtlich, dass sie die Stadt noch nicht verlassen haben kann. Ich kenne ihren genauen Aufenthaltsort jedoch nicht. Während wir hier reden, sind mehrere Männer auf der Suche nach ihr.«

»Das wundert mich nicht, denn für Sie ist sie ja der Schlüssel zum Tresor. *Sie* haben sich von ihrem Bruder befreit, nicht wahr, Rillieux? Haben einer Bande von Erpressern einen Hinweis gegeben, damit sie ihn schnappen konnten, denn wenn es irgendwelche Reichtümer zu erben gäbe, so malten Sie sich aus, würde Mystere leichter zu kontrollieren sein.«

»Ich sehe schon, sie hat Ihnen von ihrem kostbaren Brief erzählt.«

Dieses Thema schien Rillieux überhaupt nicht zu berühren. Nachdem er anscheinend den Brief der Anwaltskanzlei in New Orleans gelesen hatte, wusste er, dass es nicht nötig war zu lügen, dass es keinen Sinn hatte, Belloch etwas vorzumachen.

»Und selbst wenn ich die Entführung des Jungen arrangiert hätte?«, konterte Rillieux. »Was natürlich rein hypothetisch gemeint ist. Vergessen Sie nicht, dass die Tatsache allein, dass diese beiden Kinder einen gewissen Brief besaßen und ich davon wusste, den Brief noch längst nicht bedeutungsvoll macht. Ich habe über die Jahre hinweg heimlich Nachforschungen angestellt, jedoch ohne Erfolg.«

»Und das ist jetzt auch nicht länger wichtig für Sie«, ergänzte Rafe, »da Ihre Augen nun auf mein Geld fixiert sind.«

Paul machte eine missbilligende Geste mit der Hand. »Sie schreiben einem alten und kranken Mann zu viel Macht zu. Da Sie jedoch das Thema Geld angeschnitten haben – meine Leute sind alarmiert worden, Mystere wird nicht unentdeckt aus der Stadt herauskommen können.«

»Das ist ein Angebot, nehme ich an?«

Rillieux zuckte mit den Schultern. »In diesem Moment haben Sie nichts in der Hand. Wenn Sie Mystere finden wollen, so liegt Ihre größte Chance bei mir. Ich stehe in ständigem Kontakt mit meinen Leuten.«

»Ja, und bis jetzt haben Sie noch nichts.«

»Das wird sich aber ändern, das versichere ich Ihnen. Und wenn es soweit ist, werden Sie der Erste sein, der davon in Kenntnis gesetzt wird.«

Rafe nickte zustimmend, denn er war zu verzweifelt, es nicht zu tun. Bisher hatte er jedoch noch nicht zugestimmt, was eine Bezahlung betraf; sollte der alte Schurke doch glauben, was er wollte.

Sobald Rafe das Haus verlassen hatte, fing Rillieux an, sich Sorgen zu machen. Auch Belloch verfügte über weitreichende Möglichkeiten. Es kamen im Grunde nur zwei

Wege in Betracht, auf denen Mystere die Stadt verlassen konnte: der Wasserweg oder die Eisenbahn. Das bedeutete, dass man die Fahrkartenbüros im Hafenviertel und der Grand Central Station beobachten müsste. Außerdem konnten Bellochs Männer sie zuerst entdecken – oder die Polizei, falls irgendetwas davon an die Öffentlichkeit geriet.

Rillieux war zu einer kritischen Schlussfolgerung gekommen: Belloch hatte überhaupt keine Intentionen, sein Vermögen an irgendjemanden abzugeben, und Mystere war nicht länger das gehorsame Mädchen, das für seine Vorschläge empfänglich war. Wenn Paul profitieren wollte, so musste er das jetzt tun, nicht erst später, und dann fliehen, bevor Caroline ihn vernichten konnte.

»Verbreite die Nachricht in den Straßen«, wies er Evan an. »Dreihundert Dollar Belohnung bar auf die Hand für denjenigen, der Mystere schnappt und sie zu mir bringt. Belloch hat es ganz schön erwischt – er wird eine stolze Summe bezahlen, um sie wieder in seine Arme schließen zu können.«

# 35

Die drei Tage, die sie praktisch wie eine Gefangene in ihrem Zimmer in der Centre Street verbringen musste, hatten ausgereicht, Mystere darauf aufmerksam zu machen, wie verwöhnt und verhätschelt sie in der Zeit geworden war, in der sie sich als Rillieux' debütierende Nichte ausgegeben hatte. Außerdem erkannte sie schnell, was für eine blinde Närrin sie doch gewesen war zu glauben, dass eine Nacht der Freude und des Glücks Rafe aus ihren Gedanken vertreiben könnte. Genau das Gegenteil war der Fall: Glühende Erinnerungen an ihn wurden zur reinen Folter während der langen, schlaflosen Nächte in dem fremden und unbequemen Bett mit seiner harten Matratze.

Als man ihr das Zimmer gezeigt hatte, hatten dort ein paar schöne, alte Möbelstücke gestanden. Als sie jedoch am Dienstag dort angekommen war, nachdem sie vor Rafe geflohen war, waren die schönen Stücke verschwunden; an deren Stelle hatte sie ein derbes Seilbett und ein primitiv gestaltetes Waschgestell der Art vorgefunden, wie man sie in Katalogen bestellte.

Sie teilte sich nun ein düsteres, fensterloses Wasserklosett mit drei anderen Mieterinnen, die sich alle über ihre Anwesenheit zu ärgern schienen. Und sie war zu einer spartanischen Diät aus Lebensmitteln gezwungen, die nicht so schnell verdarben, da es in dem Zimmer immer heiß war und sie dort weder einen Eisschrank noch einen Herd hatte. Es gab zwar ein paar saubere Restaurants in der Nähe auf dem Broadway oder der Sixth Avenue, aber aus Angst davor, erkannt zu werden, ging sie nur nach draußen, wenn es unbedingt nötig war.

Ihre Wirtin, Mrs. Cunningham, war humorlos und kleinlich, eine füllige, alternde Witwe mit Falten, die ihre eigentlich interessanten Gesichtszüge entstellten. Sie war wenig zuvorkommend und schien ständig über irgendetwas verärgert zu sein, aber zumindest war sie keine Schnüfflerin und gab sich nicht damit ab, Mystere auszufragen.

Die anderen Mieterinnen hatten jedoch keine derartige Diskretion an den Tag gelegt. Sie wies deren Versuche zu einem Gespräch besonnen zurück, stets höflich zwar, aber bewusst arrogant in der Hoffnung, dass ihnen ein solcher Snobismus verhasst war. Das schien zu funktionieren, denn am Morgen zuvor hatte vor ihrer Tür ein kurze Dialog stattgefunden. Die spöttischen Stimmen wurden bewusst lauter, damit sie den neuen Namen hören konnte, den sie für sie gefunden hatten:

»Sollen wir die neue Mieterin zum Essen einladen, Mädels?«

»Oh, weißt du es denn nicht? Die Marquise nimmt ihre Mahlzeiten nicht mit gewöhnlichen Sterblichen ein.«

»Nein, die Marquise zieht es vor, an Keksen zu knabbern, und zwar ganz allein mit ihrer erhabenen Wenigkeit.«

Ihr Gelächter klang derb, irgendwie gekünstelt, denn sie ärgerten sich wirklich über sie.

Sollen sie sich ruhig mit ihren belanglosen Gehässigkeiten abreagieren, dachte sie. Solange es sie davon abhielt, sich über sie zu wundern, war es ihr egal. Wenn sie Glück hatte, würde sie schon bald fort und dieser Ort nur noch eine verblassende Erinnerung für sie sein.

Sie hatte ihr Geschäft mit Jerome Helzer abgeschlossen, nun war ihre Flucht aus der Stadt zumindest finanziert, wenn nicht gar gesichert. Noch immer erschauderte sie, wenn sie sich an die Water Street erinnerte, in deren Nähe die Mietskasernen inmitten ihrer übelriechenden Abwasserkanäle und dem Gestank von Fäulnis und Verfall hochragten.

Helzer hatte sie mit professioneller Höflichkeit behandelt, zunächst jedoch eine clevere Kaufunwilligkeit vorgetäuscht, indem er andeutete, dass der Butler-Smaragd zu bekannt war und somit auch zu riskant. Zweifelsohne hatte er aber sein Schmirgelrad und seine Säge mit Diamantspitze schon in Bewegung, noch bevor sie in ihr Zimmer zurückgekehrt war. Sie hatte nämlich gehört, dass niemand besser darin war als er, einen Edelstein zu verändern – oder schneller darin, einen loszuwerden. Das interessierte sie jedoch wenig, denn er hatte ihr, ohne Fragen zu stellen, eintausend Dollar in bar bezahlt, und das war genug, um es ihr zu erlauben, ihren Standort zu wechseln und eine Weile zu überleben. Wenn sie Glück hatte, sogar lange genug, um eine einträgliche Anstellung zu finden.

Mystere hatte sich für Boston entschieden, denn sie wusste von respektablen Gegenden, in denen Zimmer zu akzeptablen Preisen vermietet wurden. Sie wusste außerdem, dass sie sich beeilen musste, denn zu viele Menschen waren hinter ihr her. Wenigstens fühlte sie sich ein wenig besser durch die Erkenntnis, dass fast alle ein Interesse daran hatten, die Nachricht von ihrer Flucht geheim zu halten. Niemand außer der Presse selbst würde etwas von der Geschichte haben, wenn sie in den Zeitungen hochgespielt werden würde. Trotzdem würde die Nachricht irgendwann nach draußen dringen, denn es gab zu viele

Informanten unter den Hausangestellten der »oberen Vierhundert«.

Sie dachte sich also den bestmöglichen Plan aus, denn sie wusste, dass die Grand Central Station und die Schifffahrtsbüros der Passagierlinien gut überwacht werden würden. Den Flüssen würde man wahrscheinlich weniger Aufmerksamkeit schenken, so hatte Mystere schon eine Passage auf der Hudson River Line nach Creton-on-Hudson gebucht. Von dort aus würde sie dann mit dem Zug nach Boston reisen.

Ihr Boot sollte um neun Uhr an diesem Morgen von seinem Liegeplatz in der West Street ausschiffen, sie war jedoch schon lange vor Tagesanbruch wach und stellte sich der Angst, die ihr inzwischen einen stechenden Kopfschmerz verursachte. Sie fürchtete nicht nur das Unbekannte, sondern auch die Tatsache, dass sie nun für immer aus Rafes Leben verschwinden würde. Es hatte eine Zeit gegeben, da hatte sie genau darum gebetet; nun jedoch hoffte sie insgeheim, dass er irgendwie auftauchen und sie zurückhalten würde.

Um acht Uhr lief sie zum Mietdroschkenstand in der 14. Straße und arrangierte schnell, dass ein zweiter Kutscher ihren Schrankkoffer abholte und ihn am Dampfschiffterminal ablieferte.

Obwohl ihr Gesicht durch den Spitzenschleier ihrer Witwenhaube verdeckt war, drückte Mystere sich ganz nach hinten in den Sitz der Droschke, denn sie fühlte sich ungeschützt und verletzbar durch die zahllosen Augen. Als ihre Angst schließlich nachließ, dachte sie erneut an das große, triste, aus Holz gebaute Terminalgebäude, wo jeder von der Straße sich leicht zwischen den Passagieren mit Schiffskarten herumtreiben konnte.

Zunächst mit derlei Sorgen beschäftigt, dauerte es eine Weile, bis sie feststellte, dass die Mietdroschke in Richtung Lower East Side fuhr und nicht zum City Harbor.

»Sir!«, rief sie verärgert zum Kutscher hoch. »Sie nehmen den falschen Weg, um zur West Street zu kommen!«

»Ich weiß genau, wo ich bin, Lady«, versicherte er ihr und knallte mit seiner geflochtenen Peitsche auf die Hinterbacken des Pferdes, damit es schneller wurde. Dadurch wollte er sichergehen, dass sein Fahrgast nicht fliehen konnte.

Erst jetzt kam ihr in den Sinn, dass sie keine Ahnung hatte, was mit der Droschke passierte, die ihren Schrankkoffer transportierte. Sie wurde krank vor Angst, als die schneller werdende Kutsche in eine ungepflasterte Gasse in der Nähe der Docks einbog.

Plötzlich hielt sie neben einem verlassenen Verladedock an, und zwar so abrupt, dass sie beinahe nach vorn von ihrem Sitz gerutscht wäre.

»Ich denke, ich habe das gerissene kleine Weibsstück erwischt, nach dem du gesucht hast«, rief der Kutscher jemandem zu, den sie jedoch nicht sehen konnte. »Komm und sieh dir ihr Gesicht an.«

Angestrengt versuchte sie, ihren Atem unter Kontrolle zu halten, während Angst ihre Muskeln zu lähmen schien. Ein paar Sekunden lang überlegte sie, ob sie aus der Droschke springen sollte. Bevor sie jedoch irgendetwas unternehmen konnte, schob sich ein riesiges, bösartiges, unrasiertes Gesicht um den Leinenschutz herum und sah sie an. Der Atem, der plötzlich in ihre Nasenlöcher stieg, stank nach billigem Whisky.

»Dann wollen wir dich mal genauer anschauen«, sagte Sparky und griff nach ihrem Schleier.

»Fass mich nicht an!«, protestierte sie und schob seine Hand weg.

»Du bist ein lebhaftes kleines Miststück, was?«, fragte er anerkennend. »Vielleicht durchsuch ich dich lieber nach Waffen, was?«

Er griff nach ihren Brüsten, aber so schnell wie eine Schlange hatte Mystere ihn fest in seine Hand gebissen. Sparky schrie vor Wut und Schmerz.

»Du magst es wohl auf die grobe Art, wie?«, bemerkte er aufreizend, und seine Stimme wurde plötzlich vor Erregung ganz heiser. »Das ist auch *mein* Ding.«

Sie sah, wie er seine rechte Faust zusammenballte. Bevor sie sich jedoch schützen konnte, schlug Sparky schon so hart zu, dass der Schlag sie buchstäblich betäubte. Sie war nicht in der Lage sich zu wehren, als er ihr die Haube herunterriss.

Nachdem er sie erkannt hatte, entstellte ein breites Grinsen sein riesiges Mondgesicht. Die Droschke schaukelte heftig, als der große Mann sich nach oben hievte, sie zur Seite stieß und sich neben sie setzte.

»Gutes Auge, Hiram, du hast unsere Wachtel geschnappt«, rief er zum Kutscher hoch. »Und nun lass uns zur Great Jones Street fahren und das Kopfgeld kassieren.«

»Ich werde ihr das bringen«, sagte Paul zu Rose und erhob sich von seinem Stuhl. Er hakte den Stock über seinen Vorderarm, sodass er ihr das Tablett abnehmen konnte. »Ich hatte dir doch schon gesagt, als Mystere hierher gebracht wurde, dass du dich von ihr fern halten sollst. Ist das klar?«

»Aber Paul, ich wollte doch nur –«

»Rose, du hast schon viel zu viel Mitgefühl für sie entwickelt.«

»Irgendjemand muss das ja schließlich tun«, sagte sie zornig. »Ich habe ihre Prellung gesehen, Donnerwetter!«

»Na, na, hier ist sie sicher und niemand wird ihr wehtun. Ich werde es nicht zulassen, dass du gemeinsam mit ihr intrigierst, hast du mich verstanden? Sie ist zu meiner – ich meine unserer letzten Chance geworden, ein bisschen Kapital aufzutreiben, bevor wir alle fliehen müssen. Rafe Belloch kann es sich leisten.«

Auf dem Tablett befanden sich eine Suppenschale, Brot und Butter, ein Glas Milch und ein paar Toilettenartikel. Paul trug es langsamen Schrittes nach unten in den mit Gas beleuchteten Kellerraum, der als Speisesaal für die Bediensteten benutzt wurde. Er holte einen Schlüssel aus seiner Tasche und schloss eine Tür auf, die durch einen riesigen Kohleofen verdeckt wurde.

Die Tür führte in einen kleinen, fensterlosen Lagerraum, der mit Gartengeräten und Nahrungsmitteln vollgestellt war. Es strömte genug Licht herein, um Mystere sichtbar werden zu lassen, die auf einer Matratzenpritsche lag. Ihre Hand- und Fußgelenke waren mit Seilen zusammengebunden.

Paul stellte das Tablett auf einer in der Nähe stehenden hölzernen Kiste ab. Dann befreite er sie von ihrem Stoffknebel.

»Musst du mir das unbedingt in den Mund stecken?«, protestierte sie. »Ich bin ja wohl kaum der Typ, der schreit.«

»Ich weiß, aber es ist schwierig vorauszusagen, wer eventuell auf einen Sprung vorbeischauen könnte, und das Risiko möchte ich lieber nicht eingehen. Hier ist eine köstliche Rindfleischsuppe mit Gerstenkörnern, die Rose gemacht hat«, fügte er in einschmeichelndem Ton hinzu. »Tut mir

Leid, dass die Jungs gerade außer Haus sind, sodass ich die Gelegenheit nicht nutzen kann, dir die Hände loszubinden. Soweit ist es schon gekommen, dass mein kleines Mädchen mich inzwischen überwältigen kann. Du musst dich schon füttern lassen.«

»Ich habe keinen Hunger«, versuchte sie zu fauchen. Ihre Stimme klang jedoch schwer und träge und die Worte kamen langsamer als gewöhnlich. Sie erinnerte sich vage an ihre Ankunft, als Paul sie gezwungen hatte, irgendeine nicht einmal unangenehm schmeckende Flüssigkeit zu trinken. Was auch immer das gewesen war, kurz darauf hatte sie jedenfalls das Bewusstsein verloren.

»Wie spät ist es?«, fragte sie ihn.

»Ungefähr fünf Uhr am Nachmittag. Du hast den ganzen Tag schlafend verbracht.«

»Schlafend? Betäubt, meinst du wohl?«

Paul zuckte mit den Schultern. »Nenn es, wie du willst. Hier, probier ein bisschen davon.«

»Nein«, blieb sie stur und drehte ihren Kopf weg. »Wenn du mich dazu zwingst, so werde ich dir die Suppe ins Gesicht spucken.«

Paul gab mit einem Seufzer auf und stellte die Schale zur Seite. Er zuckte zusammen, als er auf die riesige Schwellung an ihrer Schläfe blickte. Selbst in dem kärglichen Licht sah sie noch übel aus.

»Meine Süße, das war wirklich dumm von dir, einem Schwein wie Sparky Widerstand zu leisten«, belehrte er sie.

Mystere sagte nichts dazu, obwohl sei insgeheim froh war, mit ihm gekämpft zu haben, denn offensichtlich hatte ihn das von seinem Vorhaben abgebracht, sie zu vergewaltigen. Sparky hatte nämlich daraufhin von ihr abgelassen.

»Ich will nicht, dass Belloch verstimmt ist«, fügte Paul hinzu. Es würde nicht funktionieren, ihm beschädigte Ware zu verkaufen, denn der Mann ist genauso ein Hitzkopf wie du.«

Ein Gefühl hilfloser Frustration ließ sie aufstöhnen. »Paul, nein, bitte überdenk noch einmal, was du da tust. Lass mich doch einfach gehen, bitte.«

Er schüttelte seinen ergrauten Kopf und spitzte wie ein herzloser Rechnungsprüfer den Mund. »Kommt nicht in Frage, meine Liebe. Ich habe Hush schon geschickt, ihn zu holen.«

Bei diesen Worten musste ein verräterischer Hoffnungsschimmer in ihren Augen zu sehen gewesen sein, denn er fügte trocken hinzu: »Erwarte von dem Jungen nicht, dass er dich wie Tom Sawyer befreit, denn er weiß nicht, dass du hier bist. Und schau mich nicht so an; in dieser Sache habe ich keine andere Wahl. Ich habe inzwischen erkannt, dass all meine großen Pläne aussichtslos sind. Ich bin ein angeschlagener alter Mann, auf den keiner mehr hören will. Ich habe die Kontrolle über dich verloren, und die anderen verliere ich ebenfalls. Und am beunruhigsten von allem ist es, dass ich den Verdacht habe, dass Caroline sich von mir distanziert – und das könnte mir wirklich schaden. Etwas habe ich jedoch noch, das für Rafe Belloch von großem Wert ist: seine Verlobte.«

»Paul, du hast alles missverstanden. Rafe hat überhaupt nicht vor, mich zu heiraten.«

»Nein, du bist diejenige, die alles missverstanden hat. Ich habe mit dem Mann gesprochen, er will dich genauso sehr, wie man in der Hölle Eiswasser will. Er ist in dich verliebt und du in ihn. Nun leugne das doch nicht.«

»Ich gebe zu, dass ich ihn liebe, na und? Aber er liebt mich *nicht*, und er wird mich *nicht* heiraten. Wie oft muss ich dir das noch sagen? Er ist ein gefährlicher, unberechenbarer Mann, und du bist ein Narr zu glauben, dass du Einfluss auf ihn ausüben kannst, nur, weil du verzweifelt bist.«

»Ich bin ein Narr, okay«, räumte er traurig ein. »Ein alter Narr, der viel zu lange ein Narrenspiel gespielt hat. Ich habe jedoch keinerlei Intentionen, im Gefängnis zu sterben, meine Liebe. Ich erwarte, dass Belloch bald hier sein wird, und dann werden die Verhandlungen erst richtig beginnen. Nun, wenn du dich weigerst zu essen, muss ich dir den Knebel wieder umbinden.«

»Oh, Paul«, protestierte sie den Tränen nahe, als sie erkannte, dass das Spiel schließlich und endlich aus war. Und dabei war sie der Freiheit so nahe gekommen. Sie war so nah dran gewesen, den Mann zu schützen, den sie liebte. Die Verzweiflung schien sich wie eine Schlinge um ihren Hals zu legen. »Ich flehe dich an, tu ihm bitte nichts.«

Dies waren ihre letzten Worte, bevor er ihr den Knebel wieder umband.

»Nun denn«, gab er ihr zur Antwort, »wenn wir uns schon alle auf dem Weg zur Hölle befinden, so habe *ich* wenigstens die Zügel in der Hand.«

# 36

Die Dunkelheit hatte schon begonnen, sich über die Stadt zu legen, als Hush mit Rafe Belloch zurückkehrte. Paul, Baylis und Evan hatten sich zusammengetan, um gemeinsam im Salon zu warten. Die Schrotflinte lag gut sichtbar auf Evans Schoß.

Hush betätigte den Klingelzug erst gar nicht, sondern benutzte seinen eigenen Schlüssel, um die Eingangstür zu öffnen. Rafe blieb in der Tür zum Salon stehen, um sich einen Moment lang das Trio anzuschauen.

»Ah, Mr. Belloch«, begrüßte Paul ihn selbstgefällig. »Freut mich sehr, dass Sie vorbeischauen konnten.«

»Hier ist also der Kopf der Bande«, antwortete Rafe. »Ein Dieb und Schwindler, der gekonnt Mrs. Astors hochnäsigen Ton imitieren kann.«

Evan machte ein finsteres Gesicht und verstärkte seinen Griff um die Schrotflinte. »Sie sind genauso kühn wie ein Kalb«, sagte er verächtlich. »Passen Sie lieber auf, was Sie sagen, Sie Windhund, oder ich werd Sie durchlöchern.«

Rafe ignorierte ihn und starrte noch immer Rillieux an. »Okay, hier bin ich. Wo ist Mystere?«

»Für diese Information werden Sie mich bezahlen müssen, Mr. Belloch, und Sie werden reichlich bezahlen.«

»Scheren Sie sich doch zum Teufel. Wo ist sie?«

Evan und Baylis tauschten ein höhnisches Grinsen aus.

Evan schob sich von seinem Stuhl hoch und erhob die Schrotflinte gegen Rafe.

»Ihre Räuberbaronmethoden machen hier keinerlei Eindruck, Belloch«, knurrte Evan. »Jetzt sind Sie in *unserem* Haus, und laut Gesetzt können wir Sie als einen Eindringling erschießen.«

»Hush«, sagte Rafe leise, denn der Junge stand direkt hinter ihm im Korridor. »Geh lieber zur Seite. Gut so. Jungs, ihr seid dran.«

Rafe machte mehrere Schritte in den Raum hinein, um für Jimmy und Skeels Platz zu machen, die plötzlich aus dem Korridor hereinkamen, wo sie so lange gewartet hatten. Beide Männer hielten ihre Pistolen schussbereit und nahmen ihre Stellung jeweils an einer Seite ihres Bosses ein.

In einem Schulterhalfter zwischen seiner Weste und seinem Mantel trug Rafe ebenfalls eine Pistole. In Sekundenschnelle hatte er diese herausgezogen und auf jeden der drei Gegner war nun ein Lauf gerichtet.

»Wahrscheinlich könntest du mich töten«, sagte Rafe mit kalter, gebieterischer Stimme zu Evan. »Aber das ist ein einläufiges Gewehr mit nur einem Schuss. Mein Leben gegen eure drei. Und nun nimm entweder diese Schrotflinte herunter oder drück ab.«

Evan, dessen Gesicht bleich geworden war wie die Wand, wartete gar nicht erst auf Pauls Befehl. Nicht einer der drei Männer, die ihm gegenüberstanden, sah im Geringsten verängstigt aus. Er legte das Gewehr auf den Boden, und Jimmy kam herüber, um es zu holen.

»Nun, dann lasst uns also noch einmal von vorn anfangen«, sagte Rafe zu Rillieux. »Wo halten Sie Mystere versteckt?«

»Fahren Sie doch zur Hölle«, antwortete Rillieux außer sich vor Zorn. »Ich sagte doch schon, dass Sie für diese Information bezahlen werden.«

Rafes Blick wanderte von einem zum andern. »Es gibt nichts Falsches an euch dreien, was eine Büchse Sprengpulver nicht richten könnte. Hush!«

»Sir?«

»Könnte Mystere irgendwo hier im Hause sein?«

»Weiß nicht, Sir. Hab sie nicht gesehen.«

»Sie verschwenden Ihre Zeit«, versicherte Rillieux ihm. »Sie ist nirgendwo auch nur in der Nähe dieses Hauses.«

Das ganze Spektakel hatte Rose aus ihrem Quartier gelockt. Sie streckte ihren Kopf in den Raum und schnappte nach Luft, als sie die gezogenen Waffen sah.

»Rose?« fragte Hush. »Halten sie Mystere irgendwo hier im Haus gefangen?«

Rafe drehte sich um, um die rothaarige Bedienstete anzuschauen. Sie wurde blass, schüttelte jedoch nur ihren Kopf, zu verängstigt, um überhaupt irgendetwas sagen zu können.

»Sie haben sie alle dazu gebracht, Angst vor Ihnen zu haben«, sagte er zu Rillieux. »Aber Sie haben ein Telefon in der Eingangshalle. Vielleicht würde Inspector Byrnes sich ja für diesen Fall interessieren?«

Rillieux ließ es ruhig darauf ankommen. »Vielleicht. Vor allem, wenn er erfährt, wer Lady Moonlight ist – und die Tatsache, dass *Sie* sie geschützt haben, um sie erobern zu können.«

Pauls spöttisches Gesicht schien Rafe zu fragen, ob er nun immer noch so gottverdammt unnachgiebig war. Es war jedoch Rose, die schließlich die festgefahrene Situation durchbrach.

»Sir?«, sagte sie zögernd zu Rafe. »Ich weiß, wo Mystere ist.«

»Verdammt, Rose, halt den Mund!«, explodierte Paul und warnte sie durch seinen wütenden Blick. »Ich hatte dir doch schon früher gesagt, dass Illoyalität –«

»Oh, halt du den Mund, Paul!«, fauchte sie. »Ich habe schon viel zu lange still gehalten, während du das arme Mädchen missbraucht hast. Ich habe dich und deine tyrannischen Methoden satt. Mach von mir aus, was du willst, ich werde nicht länger deine Marionette sein.«

»Er wird Ihnen nichts tun«, versicherte Rafe ihr. »Dafür werde ich sorgen. Ist sie hier im Haus, Rose?«

»Ja, Sir. Unten im Keller, ich werd's Ihnen zeigen.«

»Rillieux«, befahl Rafe knapp, »Sie kommen mit uns. Jimmy, du und Skeels, ihr bleibt oben und behaltet die beiden hier im Auge. Wenn ihr einen von ihnen erschießen müsst, mir soll's recht sein. Das wird den Bürgern die Kosten ersparen, sie im Gefängnis ernähren zu müssen.«

Absolut nichts, nahm Mystere mit einem Gefühl wachsender Verzweiflung wahr, schärft den Verstand mehr als Gefangenschaft.

In der Dunkelheit hatte sie keine Vorstellung davon, wie viel Zeit schon vergangen war. Ihre Hände und Füße waren durch das lange Gefesseltsein gefühllos geworden, und die Luft in dem Lagerraum war schwer und stickig. Der Knebel schmerzte in ihrem Mund und machte es schwierig für sie zu atmen. Es war jedoch ihr Geist, der sie noch mehr quälte als ihr Körper.

Während der Zeit, in der sie über ihre triste Situation nachdenken konnte, hatte sie alle Hoffnung auf einen positiven Ausgang aufgegeben. Viele Dinge könnten passieren, das hing ganz von Paul ab und von den Geschehnissen, die sie weder vorhersagen noch kontrollieren konnte. *Eine* schreckliche Schlussfolgerung hatte sie jedoch gezogen: Rillieux würde sie töten lassen.

Niemals, nicht einmal in den trostlosen Abgründen des Elends hatte sie sich so hilflos und Einsam gefühlt. Sie weinte, bis sie keine Tränen mehr übrig hatte. Als die Tür schließlich aufgestoßen wurde und sie Rafes wütendes Fluchen hören konnte, verspürte sie anstelle von Freude nur eine furchtbare Angst.

»Verdammt, Rillieux«, murmelte Rafe, als er schnell ihre Fesseln entfernte. Rose hielt eine Kerze, um das schwache Licht, das hereinströmte, zu verstärken, und man konnte nun deutlich Mysteres schlimme Schwellungen erkennen. »Haben Sie vorgehabt, mir eine Leiche als Braut auszuhändigen?«

Erschreckt durch Rafes plötzliche Wut fing Rillieux an, laut zu protestieren. »Hören Sie, Rafe, ich habe sie nicht –«

»Halt den Mund, du rücksichtsloser alter Bastard.« Er begann, Mysteres Glieder sanft zu massieren, um ihre Blutzirkulation wieder anzuregen. »Sie haben sie außerdem betäubt. Das sehe ich an ihren Pupillen.«

»Lediglich eine kleine Dosis Beruhigungsmittel, um ihr beim Einschlafen zu hel –«

»Es war Laudanum; Sie hätten sie töten können. Gehen Sie mir bloß aus den Augen, bevor ich Sie erschieße. Würden Sie mir bitte helfen, Rose?«

Rose kam ihm zu Hilfe, wurde jedoch durch Rillieux' betont kühle Ankündigung unterbrochen.

»*Sie* werden sie nicht retten, Belloch.«

Rafe riss seinen Kopf hoch. Mystere sah das Blinken einer kleinen Damenpistole in Pauls Hand. In ihrer äußersten Verzweiflung erkannte sie, dass ihre schlimmsten Befürchtungen wahr wurden.

»Nein – ich werde es nicht zulassen, dass du ihm etwas antust!«, schrie sie mit all ihrer Kraft.

»Du beschützt ihn?«, fauchte Paul. »Wo ich doch derjenige bin, der dich von der Straße geholt –?«

»... und meinen Bruder entführt hat!«, klagte sie ihn an.

»Wenn ich jemals an Sheridan rangekommen wäre, um nachprüfen zu können, ob das Vermögen dir gehört, dann hätte es sich für uns beide ausgezahlt, Bram losgeworden zu sein«, gab Rillieux kaltblütig zu.

»Was hast du mit ihm gemacht?« Mystere wurde hysterisch. Rafes starke Hände reichten kaum aus, sie auf der Pritsche zu halten.

»Er ist dort hingegangen, wo jeder arme Junge verdammt ist hinzugehen, nämlich zur See. Und ich hoffe bei Gott, dass er inzwischen zu Fischfutter verrottet ist.« Rillieux' Gesicht wurde blutrünstig. »Er hatte die gleiche verräterische Seele wie du. Eher werd ich dich mit meinen eigenen Händen umbringen, als dass ich dich von meinen Machenschaften profitieren lasse.« Er spannte den Hahn der Pistole und drückte sie an ihre geschwollene Schläfe.

Ein wildes Brüllen schien aus den Tiefen der Hölle zu kommen. Noch bevor Mystere überhaupt begreifen konnte, was da geschah, erkannte sie, dass Rafe sich auf Rillieux gestürzt hatte und ihn mit der Grausamkeit eines wilden Tieres angriff.

Der alte Rillieux war Rafe körperlich nicht gewachsen – wenn da nicht die Pistole gewesen wäre.

Plötzlich war ein lauter Knall zu hören. Eine blaue Rauchwolke stieg auf.

Rafe brach zusammen.

Rose schrie.

Mit vor Wut verzerrtem Gesicht stand Paul da und feuerte seine nun leere Pistole ab, als wäre er sich ihrer Nutzlosigkeit nicht bewusst. Über ihren Köpfen dröhnten Fußschritte, als Rafes Männer Alarm gaben und mit Baylis und Evan handgreiflich wurden.

»Ich werde mich noch an dir rächen, du abtrünniges kleines Miststück!«, schrie Rillieux Mystere an. »Du wirst mich niemals loswerden! Jedes Mal, wenn du über deine Schulter zurückschaust, wirst du Angst haben, dass ich hinter dir stehe!« Mit diesen Worten schleuderte er Mystere die nutzlose Pistole ins Gesicht und floh über die Kellertreppe nach draußen.

Ohne Zweifel war Baylis schon vor ihm dort und wartete mit der Kutsche auf ihn.

»Rafe! Rafe!« Mystere weinte und kroch zu der gekrümmt daliegenden Gestalt hin.

»Lauft ihm hinterher!«, fuhr Rafe seine Männer an, als diese in der Tür erschienen. »Lasst ihn nicht entkommen!«

»Rafe, du bist verletzt«, schrie Mystere, als sie sah, dass ihre Hand, die seitlich auf seinem Körper lag, voller Blut war.

Rafe richtete sich auf, wobei sein Gesicht sich vor Schmerz verzerrte. »Es hat den Anschein, als würde Ruth sich um eine weitere Wunde kümmern müssen. Es ist nicht allzu schlimm, glaube ich. Der Schuss scheint glatt durch meine Seite hindurchgegangen zu sein.«

Sie gingen zusammen die Treppe zum Salon hinauf. Rose holte Verbandszeug und Rafe nahm einen großen Schluck Brandy. Als er das Glas geleert hatte, war auch wieder Farbe in sein Gesicht zurückgekehrt.

»Bringen Sie Mystere nach oben und lassen Sie ihr ein Bad ein. Sie sieht bleicher aus als ein Geist«, ordnete Rafe an.

Da sie sich weigerte, von seiner Seite zu weichen, musste Mystere beinahe nach oben gezerrt werden, und das gelang auch nur, weil Roses ihr konstanter versicherte, dass Rafes Wunde nicht tödlich sei.

Rafe wartete besorgt im oberen Korridor, während Rose Mystere half, sich zu baden und Nachtwäsche anzuziehen.

Während Rafe noch wartete, kam Jimmy zurück. »Boss? Der alte Mann ist verschwunden. Er und seine Lakaien. Spurlos verschwunden. Wir können sie nirgends finden.«

Rafe nickte mit einem Ausdruck grimmiger Resignation. »Jeder für sich selbst und den letzten beißen die Hunde. Sag Skeels, er soll auf der Yacht auf uns warten, alles klar? Und ich möchte, dass du hier bleibst.«

Jimmy nickte und ging zurück nach unten.

Ein paar Sekunden später kam Rose aus Mysteres Schlafzimmer.

»Sie ruht sich nun aus, Gott sei Dank«, berichtete sie Rafe. »Sie ist jedoch nicht besonders müde, und sie hat nach Ihnen gefragt. Sie brauchen nicht anzuklopfen, sie erwartet Sie.«

Er nickte. Als sie sich umdrehte, um nach unten zu gehen, rief Rafe hinter ihr her: »Rose?«

Sie schaute zurück. »Ja, Sir?«

»Ich nehme an, da Mystere aus Irland kommt, dass sie katholisch ist, oder?«

Rose sah erschrocken aus. »Nun, ja, Sir.«

»Dann möchte ich, dass Sie Hush einen Priester holen lassen.« Rafe überreichte der entsetzten Frau ein paar

Banknoten. »Das sollte reichen, um einen herzubringen. Sagen Sie Hush, er soll im Pfarrhaus von Saint Patrick's nachfragen.«

»Oh, aber, Sir«, protestierte Rose, »Mystere schwebt in keiner ernsthaften Gefahr. Sie braucht keine letzte –«

»Gehen Sie einfach«, verlangte er beharrlich.

Rose ging nach unten, und Rafe betrat das Schlafzimmer. Als er sah, wie Mystere bequem in ihrem Bett ruhte, ihr wunderschönes Haar fächerförmig um ihren Kopf herum auf dem Kissen ausgebreitet, spürte er plötzliche Erleichterung. Obwohl ihr Bluterguss übel aussah, schien sie sich gut genug zu fühlen, ihn mit einem warmen, wenn auch ein wenig zaghaften Lächeln zu begrüßen.

»Wie geht es dir?«, frage er.

»Das sollte ich eigentlich dich fragen«, brachte sie vor.

Er grinste reuevoll. »Ob du es glaubst oder nicht, ich habe schon Schlimmeres erlebt.«

»Ich befürchte, als Flüchtling bin ich ein fürchterlicher Reinfall.«

»Mit Sicherheit bist du aber ziemlich gut darin, dich heimlich aus dem Bett eines Mannes zu schleichen«, versicherte er ihr, lächelte jedoch dabei.

»Das war nicht leicht. Ich hatte große Lust, dorthin zurückzuschleichen und dich wachzuküssen.«

Rafe setzte sich auf das Bett und schob sanft ihr Haar zur Seite, um sich die Prellung besser anschauen zu können. »Haben Rillieux oder seine Männer das getan?«

»Nein, es war Sparky.«

Rafe nickte, sagte jedoch nichts. Die Männer waren fair gewarnt worden, und nun machte Rafe sich in Gedanken eine Notiz. Sparkys Tage als Frauenschläger waren gezählt.

»Wie dem auch sei, ich wünschte, du *wärest* in mein Bett zurückgekrochen«, versicherte er ihr.

Die Bettdecke rutschte zurück, und er konnte sehen, wie Mysteres Seidenunterkleid sich schmeichelhaft an ihren Körper schmiegte und die Fülle ihrer Brüste betonte. Sie sah seine Augen auf sich ruhen und zog verlegen die Decke wieder höher.

»Was ist mit Mrs. Astor?«, fragte sie, um das Thema zu wechseln. »Weiß sie, dass ich versucht habe zu fliehen?«

»Caroline, das habe ich im Laufe der Jahre gelernt, weiß meistens mehr, als alle glauben, dass sie weiß. Aber das spielt nun wirklich keine Rolle.«

»Das spielt es sehr wohl, und das weißt du.«

Er schüttelte den Kopf. »Zu deiner Information, Caroline betet dich an. Weißt du schon, dass sie das Gerücht in die Welt gesetzt hat, Lady Moonlight sei an die Westküste gezogen?«

»Aber ... warum sollte sie –?«

»Warum, um jeden Verdacht von dir zu lenken, damit du sicher hier in der Stadt bleiben kannst.«

»Vielleicht«, schlug Mystere traurig vor, »wird sie mir gegenüber weniger nachsichtig sein, nachdem sie erfährt, dass unsere Hochzeit nicht stattfinden wird. Oder wenn der rachsüchtige Rafe Belloch seinen ausgeklügelten Racheplan gegen sie vollendet.«

»Was deinen zweiten Punkt angeht«, betonte Rafe, »so hat Caroline mich aufgesucht und meine Spitzenleute aus unserem Sitzungssaal hinausgejagt, um sich mit mir auszusprechen.«

»Und ...?«

Rafe lächelte ironisch, als er sich daran erinnerte. »Sagen wir einfach, sie und ich haben miteinander abgerechnet.

Was bedeutet – sie hat gewonnen und ich akzeptiere das. Und was deinen ersten Punkt angeht…«

Er näherte sein Gesicht dem ihren und küsste sanft die hauchdünne Haut ihrer Augenlider. »Du hattest Recht, Mrs. Belloch. Rache ist kein ausreichender Grund zu leben.«

Mrs. Belloch … seine überraschenden Worte brachten ihr Herz zum Rasen, und eine neue Hoffnung stieg in ihr empor. Äußerlich jedoch umwölkten Zweifel ihre Augen.

Rafe missverstand sie und runzelte die Stirn. »Es sei denn«, korrigierte er sich und zog sich ein wenig von ihr zurück, »du weist mich zurück?«

»Ich habe mir so große Mühe gegeben, mich nicht in dich zu verlieben«, beichtete sie ihm kläglich.

»Dann gibt es ja kein Problem. Ich mache eine ehrliche Frau aus dir. Ich habe nach einem Priester geschickt. Wir werden direkt hier in diesem Hause getraut werden – noch heute Nacht.«

»Rafe. Das können wir nicht.«

»Wir können und wir werden. Wegen Rillieux brauchst du dir keine Sorgen zu machen, der alte Bock ist geflohen. Außerdem bist du ja möglicherweise schwanger. Bist du es?«

»Es ist noch zu früh, um das sagen zu können«, antwortete sie und errötete.

»Dann lass uns auf Nummer sicher gehen. Und abgesehen davon wird es Caroline beruhigen. Sie will nur eine Heirat, keine große Hochzeitsfeier. Es sei denn, dass du –«

»Ich habe genug Trubel für zwei Lebzeiten gehabt«, versicherte sie ihm. »Ich lege keinen Wert auf eine große Hochzeit.«

Ihr Blick wich dem seinen aus.

»Warum dann also dieser seltsame Widerwille?«, wollte er wissen. »Du hast doch gerade noch gesagt, dass du in mich verliebt bist.«

»Rafe, verstehst du das denn nicht? Genau das ist ja mein Grund – Liebe. Sie ist der einzige Grund, aus dem ich jemals heiraten würde. Nicht du bist das Problem; es sind deine Beweggründe. Caroline zu betrügen, eine ehrliche Frau aus mir zu machen … wenn du mich nicht – nicht lieben kannst, so muss ich mir einen anderen Mann suchen, der das kann.«

Er beugte sich nahe zu ihr hinüber, so nahe, dass sie die Wärme spüren konnte, die er ausstrahlte.

»An dem Morgen, an dem du mich verlassen hattest«, erzählte er ihr mit leidenschaftlicher Stimme, »war meine erste Reaktion Wut. Dann jedoch … erinnerst du dich noch daran, wie du mir erzählt hast, welche Gefühle du empfunden hattest, als Bram entführt worden war? Als ob die Hälfte deiner Seele mit ihm gegangen wäre?«

Sie nickte, während sie gegen einen Gefühlsausbruch ankämpfte.

»Nun, genau so habe ich mich gefühlt, als ich fürchten musste, dass du für immer aus meinem Leben verschwunden sein könntest. Mystere, die Wahrheit ist, dass deine verwundete Seele in allem zu der meinen passt. Die einzige Möglichkeit, sie wieder zu heilen, ist die, zusammen zu sein. Ich liebe dich, mein mysteriöses Mädchen, ich liebe dich von ganzem Herzen. Bitte heirate mich.«

»Das werde ich«, flüsterte sie, während ihr Herz die Fesseln wegriss, die sie davon abgehalten hatten zu hoffen und seine Liebe zu erwidern. Sie zögerte, denn sie hatte beinahe Angst, es zu glauben, als sie jedoch freudig spürte, wie er seine Arme um sie legte, kehrte die Hoffnung zurück. Auch wenn sie befürchtete, dass vielleicht das Laudanum und ihr eigener Kopf ihr erbärmliche Streiche spielten, so beobachtete sie doch, wie sein Gesichtsausdruck sich durch die Liebe zu ihr veränderte, und sie gab sich hilflos seinem langen und leidenschaftlichen Kuss hin.

Lediglich ein zaghaftes Klopfen konnte sie wieder auseinander bringen.

»Ja?«, rief Mystere.

Hush und Rose traten ein.

»Hush hat einen Priester mitgebracht«, erklärte Rose. Ihr Lächeln, das sie nicht ganz unterdrücken konnte, verriet, dass sie inzwischen geraten hatte, was Rafe vorhatte. »Ein netter alter Herr namens Father Perry. Er wartet unten.«

»Schicken Sie ihn herauf«, sagte Rafe. »Und ihr beiden müsst auch dabeisein, denn wenn mich nicht alles täuscht, werden zwei Zeugen benötigt. Übrigens – seid ihr beide gewillt, bei uns in Garden Cove zu leben? Es wird keine Stehlerei mehr geben, nur ehrliche Arbeit gegen ehrlichen Lohn.«

»Ich glaub es nicht!«, rief Hush aus, und sein Gesicht hellte sich auf, als ihm klar wurde, dass er dann mit seiner geliebten Mystere zusammen bleiben würde. »Und ob, Mr. Belloch!«

»Nun, Sir, ich warne Sie aber«, fügte Rafe in gespieltem Ernst hinzu, »ich werde *nicht* zulassen, dass Sie meiner Frau hinter meinem Rücken den Hof machen. Das Wort eines Gentleman?«

»Ehrenwort«, versprach der Junge und errötete vor Stolz.

»Und nun geht ihr beiden Männer nach draußen«, sagte

Rose aufgeregt, wobei sie mit der plötzlichen Hektik lediglich von ihren Tränen der Freude ablenken wollte. »Es wird keine Trauung im Schlafzimmer geben. Geht und leistet dem Priester Gesellschaft, bis Mystere richtig angezogen ist und ich sie nach unten bringe. Mit Sicherheit wird sie nicht im Unterkleid heiraten! Was würde Father Perry da von uns denken?«

Binnen einer Stunde waren Rafe und Mystere verheiratet. Es war inzwischen schon zu spät, um noch nach Staten Island zurückzukehren, also beschloss das frisch vermählte Paar, ihre erste Nacht als Mann und Frau in dem Herrenhaus in der Great Jones Street zu verbringen.

Baylis, Evan und Rillieux waren schon lange verschwunden, trotzdem verbrachte Jimmy die Nacht im Erdgeschoss, nur für den Fall, dass einer von ihnen so dumm sein würde zurückzukehren.

Später an diesem Abend, als Rafe Mysteres Kleid auf dem Rücken aufknöpfte, murmelte er ihr ins Ohr: »Nun, deinen Bruder hast du zwar nicht gefunden, dafür aber einen treuen Ehemann. Bist du glücklich?«

Tränen traten ihr in die Augen, sie hatte das Gefühl, vor lauter Freude platzen zu müssen.

»Das eine kann man doch durch das andere nicht ersetzen«, antwortete sie. »Aber ja, Mr. Belloch, ich bin ausgesprochen glücklich.«

Beide entkleideten sie sich im Schein einer kleinen elektrischen Lampe auf Mysteres Kommode. Als sie das Licht löschten, bemerkte Rafe Strahlen hellen Mondlichts durch die Mansardenfenster des Raumes hineinströmen.

»Geh bitte hinüber zu den Fenstern«, flüstere er ihr ins Ohr, kurz bevor sie sich zu Bett begaben.

»Aber warum?«

»Bitte, nur für einen Moment.«

Vollkommen nackt und lautlos ging Mystere zu den Fenstern hinüber und drehte sich dann langsam um. Silberweißes Mondlicht tauchte sie in eine fluoreszierende Aura kosmischen Staubes. In diesem Moment, mit Rafes verzehrendem Blick auf ihrem Körper, fühlte sie sich wie eine nächtliche Göttin, die aus Elfenbein geschnitzt und dann durch einen göttlichen Funken zum Leben erweckt worden war.

Lange Zeit sagte er kein einziges Wort.

»Lady Moonlight«, bemerkte er schließlich mit einer Stimme, die vor Liebe sanft und vor Lust tiefer geworden war. »Und nun komm ins Bett, meine Lady«, fügte er hinzu und hob seine Arme.

Als sie den Raum durchquerte, um zu ihrem Ehemann zu gelangen, schien sie nicht zu gehen, sondern wie Mondstrahlen über einen sanften See zu gleiten.

# Epilog

*November 1883*

Trevor Sheridan beugte sich in seinem gepolsterten Lehnstuhl aus Nussbaumholz vor und legte beide Unterarme auf den Schreibtisch, um eine sauber getippte Nachricht zu lesen, die auf seiner Schreibunterlage lag. Diese war zwei Tage zuvor in seiner internen Bürokorrespondenz aufgetaucht. Der Verfasser war einer seiner besten Büroangestellten, ein Mann, der sieben Jahre zuvor als Botenjunge bei der Firma angefangen und seitdem beispielhafte Arbeitsleistung erbracht hatte.

*Sehr geehrter Herr,*

*vor ein paar Monaten ist eine junge Frau in unsere Büroräume gekommen, um Nachforschungen anzustellen über eine mögliche Verbindung zwischen ihr selbst und der Sheridan- oder Granville-Ahnenreihe. Ich erwähne das erst jetzt, da ich kürzlich eine Fotografie von Rafe Bellochs neuer Ehefrau in der* Times *gesehen habe. Ich könnte schwören, dass sie dieselbe Frau ist, die in unser Büro gekommen war.*

*Ein oder zwei andere Angestellte, die an jenem Tag ebenfalls dort waren, haben das Gleiche bemerkt. Ich sah es als meine Pflicht an, Ihnen das mitzuteilen, Sir, denn sie behauptete, irgendeinen Brief zu haben, und ich dachte, Sie könnten diesen vielleicht sehen wollen.*

*Mit freundlichen Grüßen*
*Nathan Winkler*

Während Sheridan die Nachricht zu Ende las und sie dann wieder zusammenfaltete, hörte er Schritte im Korridor vor der offenen Tür seines Büros im zweiten Stockwerk des Commerce Building. Er schaute auf und sah Rafe und Mystere Belloch in der Tür stehen.

»Kommen Sie herein, kommen Sie bitte herein«, begrüßte er sie und erhob sich, als die beiden den Raum betraten. Er wies auf zwei geschnitzte, vergoldete Louis-XVI-Armsessel vor seinem Schreibtisch. »Bitte nehmen Sie doch Platz. Ich bin froh, dass Sie sich bereit erklärt haben zu kommen.«

Seine beiläufige Begrüßung erschien Mystere irgendwie gezwungen, als wäre Höflichkeit seiner Natur fremd. Eine Seite von Sheridans Mund verzog sich zu etwas, das man den Ansatz eines Lächelns hätte nennen können. Aber genauso gut, dachte sie, kann das auch ein Ausdruck von Missmut sein.

Dies war der Tag, an dem sie tatsächlich kennen lernte, und Trevor Sheridan war ihr auf Anhieb unsympathisch. Seine grimmige Härte und Unerbittlichkeit war auf kurze Entfernung hin noch deutlicher erkennbar, und sie sagte sich, dass »das Raubtier« ein passender Name für ihn war – wenn man ersten Eindrücken trauen konnte. Sie erinnerte sich jedoch daran, wie sie ihren eigenen Ehemann ebenfalls zunächst nicht hatte leiden können, eine Abneigung, die sich inzwischen zu einer leidenschaftlichen Liebe entwickelt hatte.

»Ich muss zugeben«, begann sie ein wenig nervös, »dass ich seit Ihrem Anruf vor Neugierde beinahe geplatzt wäre, Mr. Sheridan.«

»Genauso wie ich, Mrs. Belloch, da ich erst verspätet von Ihrem Besuch erfahren habe. Dankenswerterweise hat ein scharfsinniger Angestellter mir darüber Bericht erstattet, nachdem er erkannte, wer sie gewesen waren.«

Trotz ihrer brennenden Neugierde konnte Mystere nicht umhin, bei der Erinnerung an diesen Tag empört die Stirn zu runzeln; oder über sein indirektes Eingeständnis, dass nur Frauen von gesellschaftlichem Rang ernsthaft Beachtung verdienten.

»Der Empfang, den ich von Ihren Büroangestellten erfahren habe, Mr. Sheridan, wäre nicht einmal eines Mörders würdig gewesen.«

Er erhob seine Hände von der Schreibunterlage und öffnete sie in einer hilflosen kleinen Geste. »Entschuldigen Sie uns, Mrs. Belloch, wenn wir hier eine zynische kleine Bruderschaft geworden sind. Ich bin kein gutes Vorbild für meine Untergebenen, das gebe ich zu, aber Sie müssen wissen, dass die Geschichten, die wir erzählt bekommen, sich nur allzu sehr ähneln, ihre eingeschlossen, soweit ich darüber informiert bin.«

»Ja gut, das tut jetzt nichts zur Sache«, mischte Rafe – ganz der Geschäftsmann und gewohnt, das Kommando zu übernehmen – sich ungeduldig ein. »Schauen Sie sich lieber den Brief an.«

Mit zitternden Händen öffnete Mystere den silbernen Verschluss ihrer Handtasche und dann den schützenden Gamslederbeutel, der den Brief enthielt. Sie holte das Stück Briefpapier heraus und achtete beim Entfalten besonders darauf, es nicht noch mehr zu beschädigen.

»Der Brief ist irgendwann vor langer Zeit nass geworden, und dadurch ist die Tinte nun verschwommen,« erklärte sie. »Zum Ende hin wird er unlesbar, einschließlich der Unterschrift.«

»Ausgerechnet der«, bemerkte Sheridan, wobei sein zynischer Ton bewirkte, dass Rafe seine Fäuste auf den Armlehnen zusammenballte. Mysteres flehender Blick beruhigte ihn jedoch wieder, und Rafe konnte sich ein kleines Grinsen nicht verkneifen, nachdem er wahrscheinlich erkannte, dass das genau der Ton gewesen wäre, den er selbst unter solchen Umständen benutzt hätte.

Sheridan nahm den Brief entgegen und sagte die nächsten zwei oder drei Minuten nichts. Da er sich beim Lesen darüber beugte, konnte man sein Gesicht nicht sehen. Um mehr Licht auf den Brief zu werfen, kippte er die bronzene Lampe auf seinem Schreibtisch etwa zur Seite, was deren facettierte Prismen zum Klingeln brachte. Mystere beobachtete Sheridan mit wachsender Sorge.

Schließlich schaute er von dem Brief auf und sah sich ihr Gesicht so genau an, als wäre er beauftragt worden, ein Abbild davon zu modellieren. Seine haselnussbraunen Augen schienen ungewöhnlich dunkel und voller Zorn.

»Natürlich könnten Sie auch der weiblichen Seite ähneln«, bemerkte er, als würde er laut denken. »Ich bin Maureen nie begegnet und habe nie ein Bildnis von ihr gesehen. Offen gesagt sind Sie für eine Sheridan ein wenig zu klassisch gebaut. Mara ist ein Beweis dafür, dass wir unsere weiblichen Schönheiten haben, jedoch keine von Ihrer Art.«

»Für eine Sheridan?«, wiederholte sie unsicher.

Sein Tonfall wurde unerwartet gefühlvoll. »Diesen Brief habe ich an meinen Cousin Brendan geschrieben – vor mehr als zwanzig Jahren, als ich gerade begonnen hatte, mein Vermögen zu machen.«

»Dann war mein Vater also ein Sheridan«, wiederholte sie, während sie zuerst Rafe anschaute und ihr Blick dann für einen Moment zum Fenster glitt. »Oh, Gott sei dank, endlich weiß ich es«, fügte sie murmelnd hinzu, da sie plötzlich von Gefühlen übermannt wurde. Schock, Verwunderung, Freude, alles spülte wie eine Flut über sie hinweg, als hätte jemand die Schleusentore geöffnet. »Ich bin jemand. *Bram* ist jemand,« sagte sie weinend und wünschte von ganzem Herzen, dass Bram an ihrer Seite wäre und das Glück mit ihr teilen könnte, von dem sie nun wusste, dass es ihr sicher war.

»Brendans Mutter war eine Sheridan«, erklärte er. »Aber natürlich änderte sich ihr Name mit ihrer Heirat. Meiner tat das nicht, da mein Vater ein Sheridan war. Sie müssen mir lediglich Ihren Nachnamen sagen, um zu beweisen, dass Sie Brendans Mädchen sind.«

»Sie wissen doch, dass sie das nicht kann«, vermittelte Rafe. »Das hat Sie Ihnen doch schon gesagt, als Sie sie anriefen.«

Sheridan nickte langsam. »Das weiß ich. Aber wenn Verwandtschaftsansprüche im Spiel sind, werde ich nichts einfach nur annehmen. Sie müssen mir schon beweisen, dass Cousin Brendan wirklich Ihr Vater war. Wenn Sie das beweisen können, so werden ich Sie zu einer Sheridan machen, mit allen Rechten, die Ihr Name Ihnen einräumt.«

»Nun hören Sie mal, Sheridan«, protestierte Rafe. »Ich verstehe eine solche Skepsis ja bei den anderen Forderungen, mit denen Sie zu tun hatten. Aber Sie haben doch gerade zugegeben, diesen Brief geschrieben zu haben. Mit

Sicherheit ist das in den anderen Fällen nicht so gewesen, oder?«

»Nein, na und? Ich habe aber absolut keine Ahnung, wie dieser Brief in den Besitz Ihrer Frau gekommen ist.«

»Doch, das haben Sie«, wandte Rafe ein. »Das Wort ihrer Mutter, das sie ihr und ihrem Bruder gegeben hatte. Aber ich nehme an, Sie wollen damit andeuten, dass Mystere ihn gestohlen haben könnte; zweifelsohne, um an Ihr gewaltiges Vermögen ranzukommen.«

»Sie würden vielleicht weniger verächtlich klingen«, tadelte Sheridan ihn, »wenn Sie die tatsächliche Höhe dieses gewaltigen Vermögens kennen würden, Mr. Belloch.«

»Sehen Sie, ich bin wirklich beeindruckt von Ihnen. Jeder, der irgendetwas in dieser Stadt zu sagen hat, weiß, dass Sie prall gefüllte Lagerhäuser in der Pearl Street besitzen und dass Sie mit Ihrem Vermögen ganze Nationen kaufen könnten. Aber lassen Sie uns offen sein: Das kann ich mit meinem auch. Meine Frau braucht keine zwei Vermögen – was sie braucht, ist eine Familie.«

Erneut setzte Sheridan dieses kalte Lächeln auf. »Sie mag sehr wohl die Wahrheit sagen – das heißt, so weit sie sie kennt. Ich habe jedoch keine Möglichkeit nachzuprüfen, wer ihr diesen Brief gegeben hat oder wie diese Person in seinen Besitz gekommen ist. Wenn sie mir wenigstens ihren Nachnamen sagen könnte, so wäre ich sehr viel überzeugter.«

Sheridan schwieg einen Moment lang und betrachtete eingehend Mysteres blühende Erscheinung. Während seiner Befragung im Verlaufe ihres Telefongespräches vor zwei Tagen hatte sie ihm schon die ziemlich bemerkenswerte Behauptung zukommen lassen, dass sie ihren eigenen Nachnamen nicht kenne. Sie hatte ihn angefleht und ihm klar zu machen versucht, dass es angesichts ihres geringen Alters zu jener Zeit schließlich gut möglich war, dass sie ihn nicht mehr wisse.

»Vielleicht hat das Leben ja in der Vergangenheit ein schändliches Spiel mit Ihnen getrieben«, bemerkte er. »Aber Ihr Schicksal hat sich nun offenbar gewendet.«

»Männer«, rügte sie die beiden, »fixieren sich immer nur auf ›Vermögen‹, als ob uns Frauen nichts anderes interessieren könnte. Für mich ist Geld nie das Thema gewesen – für mich gibt es nichts Wichtigeres, als meinen Bruder Bram zu finden. Der Wunsch, eindeutig und unverkennbar unseren Nachnamen zu erfahren, kommt erst lange danach.«

»Ja, natürlich. In Ihrem Falle hat es überhaupt nichts mit Geld zu tun, sondern ausschließlich mit Liebe«, fasste Sheridan mit subtilem, jedoch erkennbarem Sarkasmus zusammen.

Rafes Kiefermuskeln traten plötzlich deutlich hervor. »Treiben Sie's lieber nicht zu weit, Sheridan. Ich werde nicht so einfach zu vernichten sein wie einige andere, die Sie ruiniert haben.«

»Oh, hört auf damit, alle beide«, bat Mystere, die keine Lust hatte, in einen Zusammenstoß zwischen zwei stolzen Männern zu geraten.

»Schauen Sie, Mrs. Belloch, ich finde Sie ja ziemlich überzeugend«, räumte Sheridan ein, »aber ich muss ein wenig mehr über Ihre Familie damals in Irland wissen. Kommen Sie mit irgendeinem Beweis zurück – Ihr Bruder selbst wäre ideal, da er älter ist und sich an mehr erinnern wird – und wir werden Sie beide zu rechtmäßigen Sheridans erklären.«

»Ich hatte dich gewarnt, dass er ein harter Brocken ist«, erklärte Rafe, als sie ihre Überzieher beim Portier abgeholt hatten und aus dem Commerce Building hinaustraten. »Aber zur Hölle mit seinen Skrupeln. Du bist seine Verwandte, Gott steh dir bei, darauf würde ich jede Wette eingehen. Die Tatsache, dass er zugegeben hat, den Brief geschrieben zu haben, ist so gut wie ein Beweis.«

Er half Mystere in die Kutsche und trug Wilson auf, sich auf den Weg in Richtung Battery zu machen.

»Nein, er hat Recht«, sagte Mystere. »Ich kann nicht beweisen, dass dieser Brief wirklich mir gehört. Und ich erkenne nun, dass er ebenso wenig eine Vorstellung davon hat, wo Bram sein könnte. Du hast von Anfang an Recht gehabt, nehme ich an.«

»Ich? Was meinst du?«

»Meine Suche nach Bram. Ich weiß, dass du sie für Zeitverschwendung hältst.«

Tränen drohten sie zu überwältigen. Sie schaute nach draußen in den spätherbstlichen Abend und beobachtete die Fußgänger, die sich gegen den frischen Wind schützten. Hier und da entdeckte sie Sträucher, die schon für den kommenden Frost abgedeckt waren.

»Das stimmt nicht«, versicherte Rafe ihr, während er ihr Kinn mit einer Hand umfasste und ihr Gesicht zu sich drehte. »Die alten Veteranen im Regiment meines Vaters haben immer gesagt, dass niemand wirklich tot ist, solange er nicht in Vergessenheit geraten ist. Du hast deinen Bruder auf deine Art am Leben erhalten; dafür werde ich dich niemals tadeln.«

Rafes Worte, die als Trost gedacht waren, verursachten stattdessen heiße Tränen, die zitternd an ihren langen Wimpern hingen. »Es ist Paul«, sagte sie, überzeugter denn je. »Er ist es, der hinter Brams Verschwinden steckt.«

Nachdem er einen Moment lang mit sich selbst gerungen hatte, antwortete Rafe: »Letzten Sommer, als du dich versteckt hast, habe ich Rillieux danach gefragt. Genau genommen hat er natürlich nichts zugegeben, der alte Fuchs. Aber er hat so gut wie gebeichtet, Bram an eine Bande verkauft zu haben, und zwar aus dem Grunde, dich in der Erbschaftslinie zu haben, falls ein Vermögen zu holen sein sollte.«

Verzweiflung überkam sie und das Gefühl, zutiefst gedemütigt worden zu sein.

»All die Jahre, die ich verschwendet, und all das Geld, das ich ausgegeben habe«, klagte sie, »für eine sinnlose Suche nach Bram. Oh, Rafe, damals hatte ich zumindest Hoffnung, an die ich mich klammern konnte. Niemals im Leben werde ich ihn nun finden.«

Mit ihren letzten Worten verließ ihre Stimme sie und sie brach weinend in Rafes Armen zusammen.

»Das ist doch nun egal«, sagte er ihr besänftigend ins Ohr. »Noch ist nicht alles verloren, Lady Moonlight.«

Mit geschwollenen, rot geränderten Augen schaute sie zu ihm auf. »Ich kann an nichts anderes mehr denken.«

»Ich habe diesen Fall dem besten Mann übergeben, den ich kenne«, versicherte er ihr.

»Sam Farrell?«

Er nickte.

»Du meinst doch nicht – dann weiß Sam, wo –?«

»Nein, Sam nicht. Aber er hat genau den Menschen auf der ganzen weiten Welt gefunden, der die besten Chancen hat, Bram zu finden. Und ich habe im Büro schon organisiert, dass ich ein wenig Zeit freinehmen kann, denn ich werde dich persönlich zu diesem Menschen bringen. Wir werden deinen Bruder finden.«

Mystere schaute ihn voller Ehrfurcht und Verwunderung an. Wenn sie jemals an seiner Liebe gezweifelt hätte, so wäre sie sich nun sicher gewesen. Sie umarmte ihn in unaussprechlicher Freude.

»Man hätte mich warnen müssen«, murmelte Rafe in ihr Haar.

»Wovor?«, wollte sie wissen, ihr Gesicht strahlend vor Glück.

»Dass dein Talent sich auch auf das Stehlen von Herzen erstreckt.« Er küsste sie. »Ich liebe dich, Lady Moonlight.«